汪曾祺
作品

梁由之主编

06

| 后十年集 | 散文随笔卷

汪曾祺 著

梁由之 编

上海三联书店

目录

前 记

汪曾祺一九二○年三月五日出生，一九九七年五月十六日去世，享年七十七岁。

他是一个出道甚早、大器晚成、与众不同的作家。早年出手不凡，写下若干充满现代色彩的短篇小说和散文，深受业师沈从文的赏识和喜爱，在巴金主持的文化生活出版社出版了第一个短篇小说集——《邂逅集》。随后，长期搁笔。花甲之岁，机缘巧合，他积蓄多年的能量和才情突然爆发，佳作迭出，好评如潮，为当代中国文学奉献了一批最为醇厚温馨清新俊逸的精品。

如以十年为计量单位，汪曾祺直到最后十年，才进入真正的创作高峰期，跟惯常的老来才退恰成对照。据统计，其间，他"衰年变法"，写下短篇小说约二十万字，散文随笔约四十万字，占了平生作品的泰半。奇怪的是，汪先生生前身后，坊间形形色色林林总总的选本，琳琅满目不计其数，后十年作品却从未结集。无论对普通读者还是研究者而言，这都未免是个缺憾。

汪曾祺是我最偏爱的当代作家。从青少年时代起，我就嗜好汪作，迄今兴味不减。庸常岁月读汪，是爱好，也是习惯，更是享受。刻下，有机会按照自己的好尚和思路主持出版汪老著述，这当然是一种荣幸。浮生若梦，心为形役，从吾所好，不亦乐乎？

心动不如行动，是弥补缺憾的时候了。我自行操刀，编就了这部《后十年集》。汪老最后十年的主要作品，殆汇于此。

书分小说和散文随笔两卷，纳入我策划主编的《汪曾祺作品》系列，与情形近似的《前十年集》（汪朝编）、《书信集》（李建新编）互为关联，互相映衬。

说是后十年，其实，只是取其概数而已。大抵按写作时间编次，唯小说中《聊斋新义》和《当代野人》两个系列，分别有十余篇和数篇，写于不同年份，为了集中呈示其独特韵味和便于阅读，分别集中编纂，自成单元。

编选、出版过程中，汪先生的三个子女汪朗、汪明、汪朝，尤其是汪朝大姐，为我提供了许多帮助。上海三联书店、周青丰和他的团队，对相关工作大力支持。借此一并致谢。

有人称汪曾祺为"最后一个士大夫。"这种说法，似是而非。汪先生当然有个性、有傲骨、有闲情逸致，但他又是个相当平民化、人间烟火味浓厚、极有情趣的人。他的作品，亦复如此——自然也包括《后十年集》。

汪先生曾感叹："活着多好呀！"一转眼，老头儿仙逝快二十年了。

二〇一六年八月六日，
夏历丙申猴年立秋前一日，
梁由之记于深圳天海楼。

后十年集

散文随笔卷

1986

沈从文先生在西南联大

沈先生在联大开过三门课：各体文习作、创作实习和中国小说史。三门课我都选了，——各体文习作是中文系二年级必修课，其余两门是选修。西南联大的课程分必修与选修两种。中文系的语言学概论、文字学概论、文学史（分段）……是必修课，其余大都是任凭学生自选。诗经、楚辞、庄子、昭明文选、唐诗、宋诗、词选、散曲、杂剧与传奇……选什么，选哪位教授的课都成。但要凑够一定的学分（这叫"学分制"）。一学期我只选两门课，那不行。自由，也不能自由到这种地步。

创作能不能教？这是一个世界性的争论问题。很多人认为创作不能教。我们当时的系主任罗常培先生就说过：大学是不培养作家的，作家是社会培养的。这话有道理。沈先生自己就没有上过什么大学。他教的学生后来成为作家的，也极少。但是也不是绝对不能教。沈先生的学生现在能算是作家的，也还有那么几个。问题是由什么样的人来教，用什么方法教。现在的大学里很少开创作课的，原因是找不到合适的人来教。偶尔有大学开这门课的，收效甚微，原因是教得不甚得法。

教创作靠"讲"不成。如果在课堂上讲鲁迅先生所讥笑的"小说作法"之类，讲如何作人物肖像，如何描写环境，如何结构，结构有几种——攒珠式的、橘瓣式的……那是要误人子弟的，教创作主要是让学生自己"写"。沈先生把他的课叫作"习作"、"实习"，很能说明问题。如果要讲，那"讲"要在"写"之后。就学生的作业，讲他的得失。教授先讲一套，让学生照猫画虎，那是行不通的。

沈先生是不赞成命题作文的，学生想写什么就写什么。但有时在课堂上也出两个题目。沈先生出的题目都非常具体。我记得他曾给我的上一班同学出过一个题目："我们的小庭院有什么"，有几个同学就这个题目写了相当不错的散文，都发表了。他给比我低一班的同学曾出过一个题目："记一间屋子里的空气"！我的那一班出过些什么题目，我倒不记得了。沈先生为什么出这样的题目？他认为：先得学会车零件，然后才能学组装。我觉得先做一些这样的片段的习作，是有好处的，这可以锻炼基本功。现在有些青年文学爱好者，往往一上来就写大作品，篇幅很长，而功力不够，原因就在零件车得少了。

沈先生的讲课，可以说是毫无系统。前已说过，他大都是看了学生的作业，就这些作业讲一些问题。他是经过一番思考的，但并不去翻阅很多参考书。沈先生读很多书，但从不引经据典，他总是凭自己的直觉说话，从来不说亚里士多德怎么说、福楼拜怎么说、托尔斯泰怎么说、高尔基怎么说。他的湘西口音很重，声音又低，有些学生听了一堂课，往往觉得不知道听了一些什么。沈先生的讲课是非常谦抑，非常自制的。他不用手势，没有任何舞台道白式的腔调，没有一点哗众取宠的江湖气。他讲得很诚恳，甚至很天真。但是你要是真正听"懂"了他的话，——听"懂"了他的话里并未发挥罄尽的余意，你是会受益匪浅，而且会终生受用的。听沈先生的课，要像孔子的学生听孔子讲话一样："举一隅而三隅反。"

沈先生讲课时所说的话我几乎全都忘了（我这人从来不记笔记）！我们有一个同学把闻一多先生讲唐诗课的笔记记得极详细，现已整理出版，书名就叫《闻一多论唐诗》，很有学术价值，就是不知道他把闻先生讲唐诗时的"神气"记下来了没有。我如果把沈先生讲课时的精辟见解记下来，也可以成为一本《沈从文论创作》。可惜我不是这样的有心人。

沈先生关于我的习作讲过的话我只记得一点了，是关于人物对话的。我写了一篇小说（内容早已忘记干净），有许多对话。我竭力把对话写得美一点，有诗意，有哲理。沈先生说："你这不是对话，是两个聪明脑壳打架！"从此我知道对话就是人物所说的普普通通的话，要尽量写得朴素。不要哲理，不要诗意。这样才真实。

沈先生经常说的一句话是："要贴到人物来写。"很多同学不懂他的这句话是什么意思。我以为这是小说学的精髓。据我的理解，沈先生这句极其简略的话包含这样几层意思：小说里，人物是主要的，主导的；其余部分都是派生的，次要的。环境描写、作者的主观抒情、议论，都只能附着于人物，不能和人物游离，作者要和人物同呼吸、共哀乐。作者的心要随时紧贴着人物。什么时候作者的心"贴"不住人物，笔下就会浮、泛、飘、滑，花里胡哨，故弄玄虚，失去了诚意。而且，作者的叙述语言要和人物相协调。写农民，叙述语言要接近农民；写市民，叙述语言要近似市民。小说要避免"学生腔"。

我以为沈先生这些话是浸透了淳朴的现实主义精神的。

沈先生教写作，写的比说的多，他常常在学生的作业后面写很长的读后感，有时会比原作还长。这些读后感有时评析本文得失，也有时从这篇习作说开去，谈及有关创作的问题，见解精到，文笔讲究。—— 一个作家应该不论写什么都写得讲究。这些读后感也都没有保存下来，否则是会比《废邮存底》还有看头的。可惜！

沈先生教创作还有一种方法，我以为是行之有效的，学生写了一个作品，他除了写很长的读后感之外，还会介绍你看一些与你这个作品写法相近似的中外名家的作品。记得我写过一篇不成熟的小说《灯下》，记一个店铺里上灯以后各色人的活动，无主要人物、主要情节，散散漫漫。沈先生就介绍我看了几篇这样的作品，包括他自己写的《腐烂》。学生看看别人是怎样写的，自己是怎样写的，对比借鉴，是会有长进的。这些书都是沈先生找来，带给学生的。因此他每次上课，走进教室里时总要夹着一大摞书。

沈先生就是这样教创作的。我不知道还有没有别的更好的方法教创作。我希望现在的大学里教创作的老师能用沈先生的方法试一试。

学生习作写得较好的，沈先生就做主寄到相熟的报刊上发表。这对学生是很大的鼓励。多年以来，沈先生就干着给别人的作品找地方发表这种事。经他的手介绍出去的稿子，可以说是不计其数了。我在一九四六年前写的作品，几乎全都是沈先生寄出去的。他这辈子为别人寄稿子用去的邮费也是一个相当可观的数目了。为了防止超重太多，节省邮费，他大都把原稿的纸边裁去，只剩下纸芯。这当然不大好看。但是抗战时期，百物昂贵，不能不打这点小算盘。

沈先生教书，但愿学生省点事，不怕自己麻烦。他讲《中国小说史》，有些资料不易找到，他就自己抄，用夺金标毛笔，筷子头大的小行书抄在云南竹纸上。这种竹纸高一尺，长四尺，并不裁断，抄得了，卷成一卷。上课时分发给学生。他上创作课夹了一摞书，上小说史时就夹了好些纸卷。沈先生做事，都是这样，一切自己动手，细心耐烦。他自己说他这种方式是"手工业方式"。他写了那么多作品，后来又写了很多大部头关于文物的著作，都是用这种手工业方式搞出来的。

沈先生对学生的影响，课外比课堂上要大得多。他后来为了躲避日本飞机空袭，全家移住到呈贡桃园新村。每星期上课，进城住两天。文林街二十号联大教职员宿舍有他一间屋子。他一进城，宿舍里几乎从早到晚都有客人。客人多半是同事和学生，客人来，大都是来借书，求字，看沈先生收到的宝贝，谈天。

沈先生有很多书，但他不是"藏书家"，他的书，除了自己看，也是借给人看的，联大文学院的同学，多数手里都有一两本沈先生的书，扉页上用淡墨签了"上官碧"的名字。谁借了什么书，什么时候借的，沈先生是从来不记得的。直到联大"复员"，有些同学的行装里还带着沈先生的书，这些书也就随之而漂流到四面八方了。沈先生书多，而且很杂，除了一般的四部书、中国现代文学、外国文学的译本，社会学、人类学、黑格尔的《小逻辑》、弗洛伊德、亨利·詹姆斯、道教史、陶瓷史、《髹饰录》、《糖霜谱》……兼收并蓄，五花八门。这些书，沈先生大都认真读过。沈先生称自己的学问为"杂知识"。一个作家读书，是应该杂一点的。沈先生读过的书，往往在书后写两行题记。有的是记一个日期，那天天气如何，也有时发一点感慨。有一本书的后面写道："某月某日，见一大胖女人从桥上过，心中十分难过。"这两句话我一直记得，可是一直不知道是什么意思。大胖女人为什么使沈先生十分难过呢？

　　沈先生对打扑克简直是痛恨。他认为这样地消耗时间，是不可原谅的。他曾随几位作家到井冈山住了几天。这几位作家成天在宾馆里打扑克，沈先生说起来就很气愤："在这种地方打扑克！"沈先生小小年纪就学会掷骰子，各种赌术他也都明白，但他后来不玩这些。沈先生的娱乐，除了看看电影，就是写字。他写章草，笔稍偃侧，起笔不用隶法，收笔稍尖，自成一格。他喜欢写窄长的直幅，纸长四尺，阔只三寸。他写字不择纸笔，常用糊窗的高丽纸。他说："我的字值三分钱！"从前要求他写字的，他几乎有求必应。近年有病，不能握管，沈先生的字变得很珍贵了。

　　沈先生后来不写小说，搞文物研究了，国外、国内，很多人都觉得很奇怪。熟悉沈先生历史的人，觉得并不奇怪。沈先生年轻时就对文物有极其浓厚的兴趣。他对陶瓷的研究甚深，后来又对丝绸、刺绣、木雕、漆器……都有广博的知识。沈先生研究的文物基本上是手工艺制品。他从这些工艺品看到的是劳动者的创造性。他为这些优美的造型、不可思议的色彩、神奇精巧的技艺发出的惊叹，是对人的惊叹。他热爱的不是物，而是人，他对一件工艺品的孩子气的天真激情，使人感动。我曾戏称他搞的文物研究是"抒情考古学"。他八十岁生日，我曾写过一首诗送给他，中有一联："玩物从来非丧志，著书老去为抒情"，是记实。他有一阵在昆明收集了很多耿马漆盒。这种黑红两色刮花的圆形缅漆盒，昆明多的是，而且很便宜。沈先生一进城就到处逛地摊，选买这种漆盒。他屋里装甜食点心、装文具邮票……的，都是这种盒子。有一次买得一个直径一尺五寸的大漆盒，一再抚摩，说："这可以作一期《红黑》

杂志的封面！"他买到的缅漆盒，除了自用，大多数都送人了。有一回，他不知从哪里弄到很多土家族的挑花布，摆得一屋子，这间宿舍成了一个展览室。来看的人很多，沈先生于是很快乐。这些挑花图案天真稚气而秀雅生动，确实很美。

沈先生不长于讲课，而善于谈天。谈天的范围很广，时局、物价……谈得较多的是风景和人物。他几次谈及玉龙雪山的杜鹃花有多大，某处高山绝顶上有一户人家，——就是这样一户！他谈某一位老先生养了二十只猫。谈一位研究东方哲学的先生跑警报时带了一只小皮箱，皮箱里没有金银财宝，装的是一个聪明女人写给他的信。谈徐志摩上课时带了一个很大的烟台苹果，一边吃，一边讲，还说："中国东西并不都比外国的差，烟台苹果就很好！"谈梁思成在一座塔上测绘内部结构，差一点从塔上掉下去。谈林徽因发着高烧，还躺在客厅里和客人谈文艺。他谈得最多的大概是金岳霖。金先生终生未娶，长期独身。他养了一只大斗鸡。这鸡能把脖子伸到桌上来，和金先生一起吃饭。他到处搜罗大石榴、大梨。买到大的，就拿去和同事的孩子的比，比输了，就把大梨、大石榴送给小朋友，他再去买！……沈先生谈及的这些人有共同特点。一是都对工作、对学问热爱到了痴迷的程度；二是为人天真到像一个孩子，对生活充满兴趣，不管在什么环境下永远不消沉沮丧，无机心，少俗虑。这些人的气质也正是沈先生的气质。"闻多素心人，乐与数晨夕"，沈先生谈及熟朋友时总是很有感情的。

文林街文林堂旁边有一条小巷，大概叫作金鸡巷，巷里的小院中有一座小楼。楼上住着联大的同学：王树藏、陈蕴珍（萧珊）、施载宣（萧荻）、刘北汜。当中有个小客厅。这小客厅常有熟同学来喝茶聊天，成了一个小小的沙龙。沈先生常来坐坐。有时还把他的朋友也拉来和大家谈谈。老舍先生从重庆过昆明时，沈先生曾拉他来谈过"小说和戏剧"。金岳霖先生也来过，谈的题目是"小说和哲学"。金先生是搞哲学的，主要是搞逻辑的，但是读很多小说，从普鲁斯特到《江湖奇侠传》。"小说和哲学"这题目是沈先生给他出的。不料金先生讲了半天，结论却是：小说和哲学没有关系。他说《红楼梦》里的哲学也不是哲学。他谈到兴浓处，忽然停下来，说："对不起，我这里有个小动物！"说着把右手从后脖领伸进去，捉出了一只跳蚤，甚为得意。有人问金先生为什么搞逻辑，金先生说："我觉得它很好玩！"

沈先生在生活上极不讲究。他进城没有正经吃过饭，大都是在文林街二十号对面一家小米线铺吃一碗米线。有时加一个西红柿，打一个鸡蛋。有一次我和他上街闲逛，到玉溪街，他在一个米线摊上要了一盘凉鸡，还到附近茶馆里借了一个盖碗，打了一碗酒。他用盖碗盖子喝了一点，其余的都叫我一个人喝了。

沈先生在西南联大是一九三八年到一九四六年。一晃，四十多年了！

一九八六年一月二日上午

载一九八六年第五期《人民文学》

午门忆旧

　　北京解放前夕，一九四八年夏天到一九四九年春天，我曾在午门的历史博物馆工作过一段时间。

　　午门是紫禁城总体建筑的一个重要的组成部分。这是故宫的正门，是真正的"宫门"。进了天安门、端门，这只是宫廷的"前奏"，进了午门，才算是进了宫。有午门，没有午门，是不大一样的。没有午门，进天安门、端门，直接看到三大殿，就太敞了，好像一件衣裳没有领子。有午门当中一隔，后面是什么，都瞧不见，这才显得宫里神秘庄严，深不可测。

　　午门的建筑是很特别的。下面是一个凹形的城台。城台上正面是一座九间重檐庑殿顶的城楼；左右有重檐的方亭四座。城楼和这四座正方的亭子之间，有廊庑相连属，稳重而不笨拙，玲珑而不纤巧，极有气派，俗称为"五凤楼"。在旧戏里，五凤楼成了皇宫的代称。《草桥关》里姚期唱道："到来朝陪王伴驾在那五凤楼"，《珠帘寨》里程敬思唱道："为千岁懒登五凤楼"，指的就是这里。实际上姚期和程敬思都是不会登上五凤楼的。楼不但大臣上不去，就是皇帝也很少上去。

　　午门有什么用呢？旧戏和评书里常有一句话："推出午门

斩首！"哪能呢！这是编戏编书的人想象出来的。午门的用处大概有这么三项：一是逢什么大典时，皇上登上城楼接见外国使节。曾见过一幅紫铜的版刻，刻的就是这一盛典。外国使节、满汉官员，分班肃立，极为隆重。是哪一位皇上，庆的是何节日，已经记不清了。其次是献俘。打了胜仗（一般就是镇压了少数民族），要把俘虏（当然不是俘虏的全部，只是代表性的人物）押解到京城来。献俘本来应该在太庙。《清会典·礼部》："解送俘囚至京师，钦天监择日献俘于太庙社稷。"但据熟悉掌故的同志说，在午门。到时候皇上还要坐到城楼亲自过过目。究竟在哪里，余生也晚，未能亲历，只好存疑。第三，大概是午门最有历史意义，也最有戏剧性的故实，是在这里举行廷杖。廷杖，顾名思义，是在朝廷上受杖。不过把一位大臣按在太和殿上打屁股，也实在不大像样子，所以都在午门外举行。廷杖是对廷臣的酷刑。据朱国桢《涌幢小品》，廷杖始于唐玄宗时。但是盛行似在明代。原来不过是"意思意思"。《涌幢小品》说："成化以前，凡廷杖者不去衣，用厚棉底衣，重毡迭帊，示辱而已。"穿了厚棉裤，又垫着几层毡子，打起来想必不会太疼。但就这样也够呛，挨打以后，要"卧床数日，而后得愈"。"正德初年，逆瑾（刘瑾）用事，恶廷臣，始去衣。"——那就说脱了裤子，露出屁股挨打了。"遂有杖死者。"掌刑的是"厂卫"。明朝宦官掌握的特务机关有东厂、西厂，后来又有中行厂。廷杖在午门外进行，抢杖的该是中行厂的锦衣卫。五凤楼下，血肉横飞，是何景象？

　　不知从什么时候起，五凤楼就很少有人上去。"马道"的门锁着。民国以后，在这里设立了历史博物馆。据历史博物馆的老工友说，建馆后，曾经修缮过一次，从城楼的天花板上扫出了一些烧鸡骨头、荔枝壳和桂圆壳。他们说，这是"飞贼"留下来的。北京的"飞贼"作了案，就到五凤楼天花板上藏着，谁也找不着——那倒是，谁能搜到这样的地方呢？老工友们说，"飞贼"用一根麻绳，一头系一个大铁钩，一甩麻绳，把铁钩搭在城垛子上，三把两把，就"就"上去了。这种情形，他们谁也不会见过，但是言之凿凿。这种燕子李三式的人物引起老工友们美丽的向往，因为他们都已经老了，而且有的已经半身不遂。

"历史博物馆"名目很大，但是没有多少藏品，东边的马道里有两尊"将军炮"。是很大的铜炮，炮管有两丈多长。一尊叫作"武威将军炮"，另一尊叫什么将军炮，忘了。据说张勋复辟时曾起用过两尊将军炮，有的老工友说他还听到过军令："传武威将军炮！"传"××将军炮！"是谁传？张勋，还是张勋的对立面？说不清。马道拐角处有一架李大钊烈士就义的绞刑机。据说这架绞刑机是德国进口的，只用过一次。为什么要把这东西陈列在这里呢？我们在写说明卡片时，实在不知道如何下笔。

城楼（我们习惯叫作"正殿"）里保留了皇上的宝座。两边铁架子上挂着十多件袁世凯祭孔用的礼服，黑缎的面料，白领子，式样古怪，道袍不像道袍。这一套服装为什么陈列在这里，也莫名其妙。

四个方亭子陈列的都是没有多大价值，也不值什么钱的文物：不知道来历的墓志、烧瘫在"匣"里的钧窑磁碗、清代的"黄册"（为征派赋役编造的户口册）、殿试的卷子、大臣的奏折……西北角一间亭子里陈列的东西却有点特别，是多种刑具。有两把杀人用的鬼头刀，都只有一尺多长。我这才知道，杀头不是用力把脑袋砍下来，而是用"巧劲"把脑袋"切"下来。最引人注意的是一套凌迟用的刀具，装在一个木匣里，有一二十把，大小不一。还有一把细长的锥子。据说受凌迟的人挨了很多刀，还不会死，最后要用这把锥子刺穿心脏，才会气绝。中国的剐刑搞得这样精细而科学，真是令人叹为观止。

整天和一些价值不大、不成系统的文物打交道，真正是"抱残守缺"。日子过得倒是蛮清闲的。白天检查检查仓库，更换更换说明卡片，翻翻资料，都是可做可不做的事情。下班后，到左掖门外筒子河边看看算卦的算卦，——河边有好几个卦摊；看人叉鱼，——叉鱼的沿河走，捏着鱼叉，欻地一叉下去，一条二尺来长的黑鱼就叉上来了。到了晚上，天安门、端门、左右掖门都关死了，我就到屋里看书。我住的宿舍在右掖门旁边，据说原是锦衣卫——就是执行廷杖的特务值宿的房子。四外无声，异常安静。我有时走出房门，站在午门前的石头坪场上，仰看满天星斗，觉得全世界都是凉的，就我这里一点是热的。

北平一解放，我就告别了午门，参加四野南下工作团南下了。

从此就再也没有到午门去看过，不知道午门现在是什么样子。

有一件事可以记一记。解放前一天，我们正准备迎接解放，来了一个人，说："你们赶紧收拾收拾，我们还要办事呢！"他是想在午门上登基。这人是个疯子。

一九八六年一月九日

载一九八六年第五期《北京文学》

玉渊潭的传说

　　玉渊潭公园范围很大。东接钓鱼台，西到三环路，北靠白堆子、马神庙，南通军事博物馆。这个公园的好处是自然，到现在为止，还不大像个公园，——将来可不敢说了。没有亭台楼阁、假山花圃。就是那么一片水，好些树。绕湖边长堤，转一圈得一个多小时。湖中有堤，贯通南北，把玉渊潭分为西湖和东湖。西湖可游泳，东湖可划船。湖边有很多人钓鱼，湖里有人坐了汽车内胎扎成的筏子撒网。堤上有人遛鸟。有两三处是鸟友们"会鸟"的地方。画眉、百灵，叫成一片。有人打拳、做鹤翔桩、跑步。更多的人是遛弯儿的。遛弯儿有几条路线，所见所闻不同。常遛的人都深有体会。有一位每天来遛的常客，以为从某处经某处，然后出玉渊潭，最有意思。他说："这个弯儿不错。"

　　每天遛弯儿，总可遇见几位老人。常见，面熟了，见到总要点点头："遛遛？"——"吃啦？"——"今儿天不错，——没风！"……

　　几位老人都已经八十上下了。他们是玉渊潭的老住户，有的已经住了几辈子。他们原来都是种地的，退休了。身子骨都挺硬朗。早晨，他们都绕长堤遛弯儿。白天，放放奶羊，莳弄莳弄巴掌大的一块菜地，摘一点喂鸡的猪儿草。晚饭后大都聚在湖北岸水闸旁边聊天。尤其是夏天，常常聊到很晚。这地方凉快。

我听他们聊，不免问问玉渊潭过去的事。

他们说玉渊潭原本是一片荒地，没有什么人来。只有每年秋天，热闹几天。城里很多人到玉渊潭来吃烤肉，——北京人不是讲究"贴秋膘"吗？各处架起烤肉炙子，烧着柴火，烤肉的香味顺风飘得老远……

秋高气爽，到野地里吃烤肉，瞧瞧湖水，闻着野花野草的清香，确实是一件乐事。我倒愿意这种风气能够恢复。不过，很难了！

老人们说：这玉渊潭原本是私人的产业，是张××的（他们把这个姓张的名字叫得很真凿，我曾经记住，后来忘了）。那会儿玉渊潭就是当中有一条陆地，种稻子。土肥水好，每年收成不错，玉渊潭一带的人，种的都是张家的地。

他们说：不但玉渊潭，由打阜成门，一直到现在的三环路，都是张××的，他一个人的。

（这可能么？）

这张××是怎么发的家呢？他是做"供"的。早年间北京人订供，不是一次给钱，而是分期给，按时给，从正月给到腊月，年底下就能捧回去一盘供。这张××收了很多家的钱，全花了。到了年根，要面没面，要油没油，拿什么给人家呀！他着急呀，睡不着觉。迷迷糊糊地，着了。做了一个梦。梦里听见有人跟他说：张××，哪儿哪儿有你的油，你的面，你去拉吧！他醒来，到了那儿，有一所房，里面有油，有面。他就赶着车往外拉。怎么拉也拉不完。怎么拉，也拉不完。起那儿，他就发了大财了！

这个传说当然不可信，情节也比较一般化。不过也还有点意思。从这个传说让我了解了几件事。

第一，北京人家过年，家家都要有一盘供。南方人也许不知道什么是"供"。供，就是面擀成指头粗的条，在油里炸透，蘸了蜂蜜，堆成宝塔形，供在神案上的一种甜食。这大概本来是佛教敬奉释迦牟尼的东西，而且本来可能是庙里制作的。《红楼梦》第一回写葫芦庙中炸供，和尚不小心，油锅火逸，造成火灾，可为旁证。不过《红楼梦》写炸供是在三月十五，而北京人家摆供则在大年初一，季节不同。到后来，就不只是敬给释迦牟尼了，天上地下，各教神仙都有份。似乎一切神佛都爱吃甜东西。其实爱吃这种甜食的是孩子。北京的孩子大概都曾乘大人看不见的时候，偷偷地掰过供尖吃。到了撤供的时候，一盘供就会矮了一截。现在过年的时候，没有人家摆供了，不过点心铺里还有"蜜供"卖，只是不复堆成宝塔形，而是一疙瘩一块的。很甜，有一点蜜香。

第二，我这才知道，北京人家订供，用的是这种"分期付款"的办法。分期付款，我原以为是外国传来的，殊不知中国，北京，古已有之。所不同的，现在的分期付款是先取了东西，再陆续付钱，订供则是先钱后货。小户人家，到年底一次拿出一笔钱来办供，有些费劲，这样零揪着按月交钱，就轻松多了；做供的呢，也可以攒了本钱，从容备料。买主卖主，两得其便。这办法不错！

第三，这几位老人对这传说毫不怀疑。他们是当真事儿说的。他们说张××实有其人，他们说他就住在三环路的南边。

他们说北京人有一句话："你有钱！——你有钱能比得了张××吗？"这几位老人都相信：人要发财，这是天意，这是命。因此，他们都顺天而知命，与世无争，不作非分之想。他们勤劳了一辈子，恬淡寡欲，心平气和。因此，他们都长寿。

一九八六年一月十三日
载一九八六年第五期《北京文学》

香港的高楼和北京的大树

香港多高楼，无大树。

中环一带，高楼林立，车如流水。楼多在五六十层以上。因为都很高，所以也显不出哪一座特别突出。建筑材料钢筋水泥已经少见了。飞机钢、合金铝、透亮的玻璃、纯黑的大理石。香港马路窄，无林荫树。寸土如金，无隙地可种树也。

这个城市，五光十色，只是缺少必要的、足够的绿。

半山有树。

山顶有树。

只是似乎没有人注意这些树，欣赏这些树。树被人忽略了。

海洋公园有树，都修剪得很整洁。这里有从世界各地移植来的植物。扶桑花皆如碗大，有深红、浅红、白色的，内地少见。但是游人极少在这些过于鲜明的花木之间留连。到这里来的目的是乘坐"疯狂飞天车"、浪船、"八脚鱼"之类的富于刺激性的、使人晕眩的游乐玩意儿。

我对这些玩意儿全都不敢领教，只是吮吸着可口可乐，看看年轻人乘坐这些玩意儿的兴奋紧张的神情，听他们在危险的瞬间发出的惊呼。我老了。

我坐在酒店的房间里（我在香港极少逛街，张辛欣说我从北京到香港就是换一个地方坐着），想起北京的大树，中山公园、劳动人民文化宫、天坛的柏树，北海的白皮松。

渡海到大屿岛梅窝参加大陆和香港作家的交流营，住了两天。这是香港人度假的地方，很安静。海、沙滩、礁石。错错落落，不很高的建筑。上山的小道。我现在明白了，为什么居住在高度现代化的城市的人需要度假。他们需要暂时离开紧张的生活节奏，需要安静，需要清闲。

古华看看大屿山，两次提出疑问："为什么山上没有大树？"他说："如果有十棵大松树，不要多，有十棵，就大不一样了！"山上是有树的。台湾相思树，枝叶都很美。只是大树确实是没有。

没有古华家乡的大松树。

也没有北京的大柏树、白皮松。

"所谓故国者非有乔木之谓也。"然而没有乔木，是不成其为故国的。《金瓶梅》潘金莲有言："南京的沈万山，北京的大树，人的名儿，树的影儿。"至少在明朝的时候，北京的大树就有了名了。北京有大树，北京才成其为北京。

回北京，下了飞机，坐在"的士"里，与同车作家谈起香港的速度。司机在前面搭话："北京将来也会有那样的速度的！"他的话不错。北京也是要高度现代化的，会有高速度的。现代化、高速度以后的北京会是什么样子呢？想起那些大树，我就觉得安心了。现代化之后的北京，还会是北京。

载一九八六年二月二十三日《光明日报》

一篇好文章

《朱光潜先生二三事》刊在三月二十七日《北京晚报》上。作者耿鉴庭。

这篇文章的好处是没有作家气。耿先生是医生，不是作家，他也没有想把这篇文章写成一个文学作品，他没有一般作家写作时的心理负担，所以能写得很自然，很亲切，不矜持作态。耿先生没有想在文章中表现自己（青年作家往往竭力想在作品里表现自己的个性，使人读了不大舒服），但是从字里行间可以看出耿先生的人品：谦虚、富于人情、而有修养。

这篇文章不求"全"，没有想对朱光潜先生做全面的评述，真正是只写了二三事。一件是耿先生到燕南园找同乡，向朱光潜先生问路，偶尔相识，谈了一些话；一件是在胡先骕先生家，听朱先生和胡先生谈诗，说及朱自清先生家大门的对联；第三件是在北大看到朱光潜先生挨斗；第四件是朱先生来治耳聋，看到一本黄天朋著的《韩愈研究》，在一张薛涛笺上题了一首诗。对这几件事，耿先生并未做评论——只在写朱先生挨斗时，写了他的"生死置之度外的从容神态"，并未对朱先生的为人做理性的概括，说他如何平易近人，如何好学，对朋友如何有情，甚至对朱先生的那首诗也未称赞，只是说"这可能是他未收入诗稿的一首诗吧！"然而读了使人如与朱先生对晤，神态宛然。文中没有很多感情外露的话，只是在写到朱先生等人挨斗时，说了一句："我看了以后，认为他们都是上得无双谱的学者，真为他们的健康而担忧。"但是我们觉得文章很有感情。有感情而不外露，乃真有感情。这篇文章的另一个好处是完全没有感伤主义——感伤主义即没有那么多感情却装得很有感情。

文章写得很短，短而有内容，写得很淡，淡而有味。

从耿先生的文章中得知，朱自清先生的尊人，即《背影》的主人公到抗战时还活着。我小时读《背影》，看到朱先生的父亲写给朱先生的信中说："……唯右膀疼痛，举箸捉笔，诸多不便，大概大去之期不远矣。"（手边无《背影》，原文可能有记错处），以为朱先生的父亲早已作古了，朱先生的父亲活得那样长，令人欣慰。我很希望耿先生能写一篇关于朱先生父亲的文章。

《晚报》发表的散文，有不少好的，我觉得可以精选一本，供读者长期阅读。——"一分钟小说"也可以编选成集。

载一九八六年四月十九日《北京晚报》

故乡的食物

炒米和焦屑

小时读《板桥家书》："天寒冰冻时，穷亲戚朋友到门，先泡一大碗炒米送手中，佐以酱姜一小碟，最是暖老温贫之具"，觉得很亲切。郑板桥是兴化人，我的家乡是高邮，风气相似。这样的感情，是外地人们不易领会的。炒米是各地都有的。但是很多地方都做成了炒米糖。这是很便宜的食品。孩子买了，咯咯地嚼着。四川有"炒米糖开水"，车站码头都有得卖，那是泡着吃的。但四川的炒米糖似也是专业的作坊做的，不像我们那里。我们那里也有炒米糖，像别处一样，切成长方形的一块一块。也有搓成圆球的，叫作"欢喜团"。那也是作坊里做的。但通常所说的炒米，是不加糖黏结的，是"散装"的；而且不是作坊里做出来，是自己家里炒的。

说是自己家里炒，其实是请了人来炒的。炒炒米也要点手艺，并不是人人都会的。入了冬，大概是过了冬至吧，有人背了一面大筛子，手持长柄的铁铲，大街小巷地走，这就是炒炒米的。有时带一个助手，多半是个半大孩子，是帮他烧火的。请到家里来，管一顿饭，给几个钱，炒一天。或二斗，或半石；像我们家人口多，一次得炒一石糯米。炒炒米都是把一年所需一次炒齐，没有零零碎碎炒的。过了这个季节，再找炒炒米的也找不着。一炒炒米，就让人觉得，快要过年了。

装炒米的坛子是固定的，这个坛子就叫"炒米坛子"，不作别的用途。舀炒米的东西也是固定的，一般人家大都是用一个香烟罐头。我的祖母用的是一个"柚子壳"。柚子，——我们那里柚子不多见，从顶上开一洞，把里面的瓤掏出来，再塞上米糠，风干，就成了一个硬壳的钵状的东西。她用这个柚子壳用了一辈子。

我父亲有一个很怪的朋友，叫张仲陶。他很有学问，曾教我读过《项羽本纪》。他薄有田产，不治生业，整天在家研究易经，算卦。他算卦用蓍草。全城只有他一个人用蓍草算卦。据说他有几卦算得极灵。有一家，丢了一只金戒指，怀疑是女用人偷了。这女用人蒙了冤枉，来求张先生算一卦。张先生算了，说戒指没有丢，在你们家炒米坛盖子上。一找，果然。我小时就不大相信，算卦怎么能算得这样准，怎么能算得出在炒米坛盖子上呢？不过他的这一卦说明了一件事，即我们那里炒米坛子是几乎家家都有的。

炒米这东西实在说不上有什么好吃。家常预备，不过取其方便。用开水一泡，马上就可以吃。在没有什么东西好吃的时候。泡一碗，可代早晚茶。来了平常的客人，泡一碗，也算是点心。郑板桥说"穷亲戚朋友到门，先泡一大碗炒米送手中"，也是说其省事，比下一碗挂面还要简单。炒米是吃不饱人的。一大碗，其实没有多少东西。我们那里吃泡炒米，一般是抓上一把白糖，如板桥所说"佐以酱姜一小碟"，也有，少。我现在岁数大了，如有人请我吃泡炒米，我倒宁愿来一小碟酱生姜，——最好滴几滴香油，那倒是还有点意思的。另外还有一种吃法，用猪油煎两个嫩荷包蛋——我们那里叫作"蛋瘪子",抓一把炒米和在一起吃。这种食品是只有"惯宝宝"才能吃得到的。谁家要是老给孩子吃这种东西,街坊就会有议论的。

我们那里还有一种可以急就的食品,叫作"焦屑"。糊锅巴磨成碎末,就是焦屑。我们那里,餐餐吃米饭,顿顿有锅巴。把饭铲出来,锅巴用小火烘焦,起出来,卷成一卷,存着。锅巴是不会坏的,不发馊,不长霉,攒够一定的数量,就用一具小石磨磨碎,放起来。焦屑也像炒米一样,用开水冲冲,就能吃了,焦屑调匀后成糊状,有点像北方的炒面,但比炒面爽口。

我们那里的人家预备炒米和焦屑,除了方便,原来还有一层意思,是应急。在不能正常煮饭时,可以用来充饥。这很有点像古代行军用的"糒"。有一年,记不得是哪一年,总之是我还小,还在上小学,党军(国民革命军)和联军(孙传芳的军队)在我们县境内开了仗,很多人都躲进了红十字会。不知道出于一种什么信念,大家都以为红十字会是哪一方的军队都不能打进去的,进了红十字会就安全了。红十字会设在炼阳观,这是一个道士观。我们一家带了一点行李进了炼阳观。祖母指挥着,特别关照,把一坛炒米和一坛焦屑带了去。我对这种打破常规的生活极感兴趣。晚上,爬到吕祖楼上去,看双方军队枪炮的火光在东北面不知什么地方一阵一阵地亮着,觉得有点紧张,也很好玩。很多人家住在一起,不能煮饭,这一晚上,我们是冲炒米、泡焦屑度过的。没有床铺,我把几个道士诵经用的蒲团拼起来,在上面睡了一夜。这实在是我小时候度过的一个浪漫主义的夜晚。

第二天,没事了,大家就都回家了。

炒米和焦屑和我家乡的贫穷和长期的动乱是有关系的。

端午的鸭蛋

家乡的端午，很多风俗和外地一样。系百索子。五色的丝线拧成小绳，系在手腕上。丝线是掉色的，洗脸时沾了水，手腕上就印得红一道绿一道的。做香角子。丝线缠成小粽子，里头装了香面，一个一个串起来，挂在帐钩上。贴五毒。红纸剪成五毒，贴在门坎上。贴符。这符是城隍庙送来的。城隍庙的老道士还是我的寄名干爹，他每年端午节前就派小道士送符来，还有两把小纸扇。符送来了，就贴在堂屋的门楣上。一尺来长的黄色、蓝色的纸条，上面用朱笔画些莫名其妙的道道，这就能避邪么？喝雄黄酒。用酒和的雄黄在孩子的额头上画一个王字，这是很多地方都有的。有一个风俗不知别处有不：放黄烟子。黄烟子是大小如北方的麻雷子的炮仗，只是里面灌的不是硝药，而是雄黄。点着后不响，只是冒出一股黄烟，能冒好一会儿。把点着的黄烟子丢在橱柜下面，说是可以熏五毒。小孩子点了黄烟子，常把它的一头抵在板壁上写虎字。写黄烟虎字笔画不能断，所以我们那里的孩子都会写草书的"一笔虎"。还有一个风俗，是端午节的午饭要吃"十二红"，就是十二道红颜色的菜。十二红里我只记得有炒红苋菜、油爆虾、咸鸭蛋，其余的都记不清，数不出了。也许十二红只是一个名目，不一定真凑足十二样。不过午饭的菜都是红的，这一点是我没有记错的，而且，苋菜、虾、鸭蛋，一定是有的。这三样，在我的家乡，都不贵，多数人家是吃得起的。

我的家乡是水乡。出鸭。高邮大麻鸭是著名的鸭种。鸭多，鸭蛋也多。高邮人也善于腌鸭蛋。高邮咸鸭蛋于是出了名。我在苏南、浙江，每逢有人问起我的籍贯，回答之后，对方就会肃然起敬："哦！你们那里出咸鸭蛋！"上海的卖腌腊的店铺里也卖咸鸭蛋，必用纸条特别标明："高邮咸蛋"。高邮还出双黄鸭蛋。别处鸭蛋也偶有双黄的，但不如高邮的多，可以成批输出。双黄鸭蛋味道其实无特别处。还不就是个鸭蛋！只是切开之后，里面圆圆的两个黄，使人惊奇不已。我对异乡人称道高邮鸭蛋，是不大高兴的，好像我们那穷地方就出鸭蛋似的！不过高邮的咸鸭蛋，确实是好，我走的地方不少，所食鸭蛋多矣，但和我家乡的完全不能相比！曾经沧海难为水，他乡咸鸭蛋，我实在瞧不上。袁枚的《随园食单·小菜单》有"腌蛋"一条。袁子才这个人我不喜欢，他的《食单》好些菜的做法是听来的，他自己并不会做菜。但是《腌蛋》这一条我看后却觉得很亲切，而且"与有荣焉"。文不长，录如下：

> 腌蛋以高邮为佳，颜色红而油多，高文端公最喜食之。席间，先夹取以敬客。放盘中，总宜切开带壳，黄白兼用；不可存黄去白，使味不全油亦走散。

高邮咸蛋的特点是质细而油多。蛋白柔嫩，不似别处的发干、发粉，入口如嚼石灰。油多尤为别处所不及。鸭蛋的吃法，如袁子才所说，带壳切开，是一种，那是席间待客的办法。平常食用，一般都是敲破"空头"用筷子挖着吃。筷子头一扎下去，吱——红油就冒出来了。高邮咸蛋的黄是通红的。苏北有一道名菜，叫作"朱砂豆腐"，就是用高邮鸭蛋黄炒的豆腐。我在北京吃的咸鸭蛋，蛋黄是浅黄色的，这叫什么咸鸭蛋呢！

端午节，我们那里的孩子兴挂"鸭蛋络子"。头一天，就由姑姑或姐姐用彩色丝线打好了络子。端午一早，鸭蛋煮熟了，由孩子自己去挑一个，鸭蛋有什么可挑的呢！有！一要挑淡青壳的。鸭蛋壳有白的和淡青的两种。二要挑形状好看的。别说鸭蛋都是一样的，细看却不同。有的样子蠢，有的秀气。挑好了，装在络子里，挂在大襟的纽扣上。这有什么好看呢？然而它是孩子心爱的饰物。鸭蛋络子挂了多半天，什么时候孩子一高兴，就把络子里的鸭蛋掏出来，吃了。端午的鸭蛋，新腌不久，只有一点淡淡的咸味，白嘴吃也可以。

孩子吃鸭蛋是很小心的。除了敲去空头，不把蛋壳碰破。蛋黄蛋白吃光了，用清水把鸭蛋里面洗净，晚上捉了萤火虫来，装在蛋壳里，空头的地方糊一层薄罗。萤火虫在鸭蛋壳里一闪一闪地亮，好看极了！

小时读囊萤映雪故事，觉得东晋的车胤用练囊盛了几十只萤火虫，照了读书，还不如用鸭蛋壳来装萤火虫。不过用萤火虫照亮来读书，而且一夜读到天亮，这能行么？车胤读的是手写的卷子，字大，若是读现在的新五号字，大概是不行的。

咸菜慈菇汤

一到下雪天，我们家就喝咸菜汤，不知是什么道理。是因为雪天买不到青菜？那也不见得。除非大雪三日，卖菜的出不了门，否则他们总还会上市卖菜的。这大概只是一种习惯。一早起来，看见飘雪花了，我就知道：今天中午是咸菜汤！

咸菜是青菜腌的。我们那里过去不种白菜，偶有卖的，叫作"黄芽菜"，是外地运去的，很名贵。一盘黄芽菜炒肉丝，是上等菜。平常吃的，都是青菜，青菜似油菜，但高大得多。入秋，腌菜，这时青菜正肥。把青菜成担的买来，洗净，晾去水气，下缸。一层菜，一层盐，码实，即成。随吃随取，可以一直吃到第二年春天。

腌了四五天的新咸菜很好吃，不咸，细、嫩、脆、甜，难可比拟。

咸菜汤是咸菜切碎了煮成的。到了下雪的天气，咸菜已经腌得很咸了，而且已经发酸。咸菜汤的颜色是暗绿的。没有吃惯的人，是不容易引起食欲的。

咸菜汤里有时加了慈菇片，那就是咸菜慈菇汤。或者叫慈菇咸菜汤，都可以。

我小时候对慈菇实在没有好感。这东西有一种苦味。民国二十年，我们家乡闹大水，各种作物减产，只有慈菇却丰收。那一年我吃了很多慈菇，而且是不去慈菇的嘴子的，真难吃。

我十九岁离乡，辗转漂流，三四十年没有吃到慈菇，并不想。

前好几年，春节后数日，我到沈从文老师家去拜年，他留我吃饭，师母张兆和炒了一盘慈菇肉片。沈先生吃了两片慈菇，说："这个好！格比土豆高。"我承认他这话。吃菜讲究"格"的高低，这种语言正是沈老师的语言。他是对什么事物都讲"格"的，包括对于慈菇、土豆。

因为久违，我对慈菇有了感情。前几年，北京的菜市场在春节前后有卖慈菇的。我见到，必要买一点回来加肉炒了。家里人都不怎么爱吃。所有的慈菇，都由我一个人"包圆儿"了。

北方人不识慈菇。我买慈菇，总要有人问我："这是什么？"——"慈菇。"——"慈菇是什么？"这可不好回答。

北京的慈菇卖得很贵，价钱和"洞子货"（温室所产）的西红柿、野鸡脖韭菜差不多。

我很想喝一碗咸菜慈菇汤。

我想念家乡的雪。

虎头鲨·昂嗤鱼·砗螯·螺蛳·蚬子

苏州人特重塘鳢鱼。上海人也是，一提起塘鳢鱼，眉飞色舞。塘鳢鱼是什么鱼？我向往之久矣。到苏州，曾想尝尝塘鳢鱼，未能如愿。后来我知道：塘鳢鱼就是虎头鲨，嘻！

塘鳢鱼亦称土步鱼。《随园食单》："杭州以土步鱼为上品，而金陵人贱之，目为虎头蛇，可发一笑。"虎头蛇即虎头鲨。这种鱼样子不好看，而且有点凶恶。浑身紫褐色，有细碎黑斑，头大而多骨，鳍如蝶翅。这种鱼在我们那里也是贱鱼，是不能上席的。苏州人做塘鳢鱼有清炒、椒盐多法。我们家乡通常的吃法是氽汤，加醋、胡椒。虎头鲨氽汤，鱼肉极细嫩，松而不散，汤味极鲜，开胃。

昂嗤鱼的样子也很怪，头扁嘴阔，有点像鲇鱼，无鳞，皮色黄，有浅黑色的不规整的大斑。无背鳍。而背上有一根很硬的尖锐的骨刺。用手捏起这根骨刺，它就发出昂嗤昂嗤小小的声音。这声音是怎么发出来的，我一直没弄明白。这种鱼是由这种声音得名的。它的学名是什么，只有去问鱼类学专家了。这种鱼没有很大的，七八寸长的，就算难得的了。这种鱼也很贱，连乡下人也看不起。我的一个亲戚在农村插队，见到昂嗤鱼，买了一些，农民都笑他："买这种鱼干什么！"昂嗤鱼其实是很好吃的。昂嗤鱼通常也是氽汤。虎头鲨是醋汤，昂嗤鱼不加醋，汤白如牛乳，是所谓"奶汤"，昂嗤鱼也极细嫩，鳃边的两块蒜瓣肉有大拇指大，堪称至味。有一年，北京一家鱼店不知从哪里运来一些昂嗤鱼，无人问津。顾客都不识这是啥鱼。有一位卖鱼的老师傅倒知道："这是昂嗤。"我看到，高兴极了，买了十来条。回家一做，满不是那么一回事！昂嗤要吃活的（虎头鲨也是活杀）。长途转运，又在冷库里冰了一些日子，肉质变硬，鲜味全失，一点意思都没有！

砗螯我的家乡叫馋螯，砗螯是扬州人的叫法。我在大连见到花蛤，我以为就是砗螯。不是。形状很相似，入口全不同。花蛤肉粗而硬，咬不动。砗螯极柔软细嫩。砗螯好像是淡水里产的，但味道却似海鲜。有点像蛎黄，但比蛎黄味道清爽。比青蛤、蚶子味厚。砗螯可清炒，烧豆腐，或与咸肉同煮。砗螯烧乌青菜（江南人叫塌苦菜），风味绝佳。乌青菜如是经霜而现拔的，尤美。我不食砗螯四十五年矣。

砗螯壳稍呈三角形，质坚，白如细瓷，而有各种颜色的弧形花斑，有浅紫的，有暗红的，有赭石，墨蓝的，很好看。家里买了砗螯，挖出砗螯肉，我们就从一堆砗螯壳里去挑选，挑到好的，洗净了留起来玩。砗螯壳的铰合部有两个突出的尖嘴子，把尖嘴子在糙石上磨磨，不一会儿就磨出两个小圆洞，含在嘴里吹，呜呜地响，且有细细颤音，如风吹窗纸。

螺蛳处处有之。我们家乡清明吃螺蛳，谓可以明目。用五香煮熟螺蛳，分给孩子，一人半碗，由他们自己用竹签挑着吃，孩子吃了螺蛳，用小竹弓把螺蛳壳射到屋顶上，喀拉喀拉地响。夏天"检漏"，瓦匠总要扫下好些螺蛳壳。这种小弓不作别的用处，就叫作螺蛳弓，我在小说《戴车匠》里对螺蛳弓有较详细的描写。

蚬子是我所见过的贝类里最小的了，只有一粒瓜子大。蚬子是剥了壳卖的。剥蚬子的人家附近堆了好多蚬子壳，像一个坟头。蚬子炒韭菜，很下饭。这种东西非常便宜，为小户人家的恩物。

有一年修运河堤。按工程规定，有一段堤面应铺碎石，包工的贪污了款子，在堤面铺了一层蚬子壳。前来检收的委员，坐在汽车里，向外一看，白花花的一片，还抽着雪茄烟，连说："很好！很好！"

我的家乡富水产。鱼中之名贵的是鳊鱼、白鱼（尤重翘嘴白）、鲈花鱼（即鳜鱼），谓之"鳊、白、鲈"。虾有青虾、白虾。蟹极肥。以无特点，故不及。

野鸭·鹌鹑·斑鸠·鵽

过去我们那里野鸭子很多。水乡，野鸭子自然多。秋冬之际，天上有时"过"野鸭子，黑乎乎的一大片，在地上可以听到它们鼓翅的声音，呼呼的，好像刮大风。野鸭子是枪打的（野鸭肉里常常有很细的铁砂子，吃时要小心），但打野鸭子的人自己不进城来卖。卖野鸭子有专门的摊子。有时卖鱼的也卖野鸭子，把一个养活鱼的木盆翻过来，野鸭一对一对地摆在盆底，卖野鸭子是不用秤约的，都是一对一对地卖。野鸭子是有一定分量的。依分量大小，有一定的名称，如"对鸭"、"八鸭"。哪一种有多大分量，我现在已经记不清了。卖野鸭子都是带毛的。卖野鸭子的可以代客当场去毛，拔野鸭毛是不能用开水烫的。野鸭子皮薄，一烫，皮就破了。干拔。卖野鸭子的把一只鸭子放入一个麻袋里，一手提鸭，一手拔毛，一会儿就拔净了。——放在麻袋里拔，是防止鸭毛飞散。代客拔毛，不另收费，卖野鸭子的只要那一点鸭毛。——野鸭毛是值钱的。

野鸭的吃法通常是切块红烧。清炖大概也可以吧，我没有吃过。野鸭子肉的特点是：细、"酥"，不像家鸭每每肉老。野鸭烧咸菜是我们那的家常菜。里面的咸菜尤其是佐粥的妙品。

现在我们那里的野鸭子很少了。前几年我回乡一次，偶有，卖得很贵。原因据说是因为县里对各乡水利作了全面综合治理，过去的水荡子、荒滩少了，野鸭子无处栖息。而且，野鸭子过去是吃收割后遗撒在田里的谷粒的，现在收割得很干净，颗粒归仓，野鸭子没有什么可吃的，不来了。

鹌鹑是网捕的。我们那里吃鹌鹑的人家少，因为这东西只有由乡下的亲戚送来，市面上没有卖的。鹌鹑大都是用五香卤了吃。也有用油炸了的。鹌鹑能斗，但我们那里无斗鹌鹑的风气。

我看见过猎人打斑鸠。我在读初中的时候。午饭后，我到学校后面的野地里去玩。野地里有小河，有野蔷薇，有金黄色的茼蒿花，有苍耳（苍耳子有小钩刺，能挂在衣裤上，我们管它叫"万把钩"），有才抽穗的芦荻。在一片树林里，我发现一个猎人。我们那里猎人很少，我从来没有见过猎人，但是我一看见他，就知道：他是一个猎人。这个猎人给我一个非常猛厉的印象。他穿了一身黑，下面却缠了鲜红的绑腿。他很瘦。他的眼睛黑，而冷。他握着枪。他在干什么？树林上面飞过一只斑鸠。他在追逐这只斑鸠。斑鸠分明已经发现猎人了。它想逃脱。斑鸠飞到北面，在树上落一落，猎人一步一步往北走。斑鸠连忙往南面飞，猎人扬头看了一眼，斑鸠落定了，猎人又一步一步往南走，非常冷静。这是一场无声的，然而非常紧张的、坚持的较量。斑鸠来回飞，猎人来回走。我很奇怪，为什么斑鸠不往树林外面飞。这样几个来回，斑鸠慌了神了，它飞得不稳了，歪歪倒倒的，失去了原来均匀的节奏。忽然，砰——枪声一响，斑鸠应声而落。猎人走过去，拾起斑鸠，看了看，装在猎袋里。他的眼睛很黑，很冷。

我在小说《异秉》里提到王二的熏烧摊子上，春天，卖一种叫作"鹦"的野味，鹦这种东西我在别处没看见过。"鹦"这个字很多人也不认得。多数字典里不收。《辞海》里倒有这个字，标音为（duo 又读 zhua）。zhua 与我乡读音较近，但我们那里是读入声的，这只有用国际音标才标得出来。即使用国际音标标出，在不知道"短促急收藏"的北方人也是读不出来的。《辞海》"鹦"字条下注云："见鹦鸠"，似以为"鹦"即"鹦鸠"，而在"鹦鸠"条下注云："鸟名。雉属。即'沙鸡'。"这就不对了。沙鸡我是见过的，吃过的。内蒙、张家口多出沙鸡。《尔雅·释鸟》郭璞注："出北方沙漠地"，不错。北京冬季偶尔也有卖的。沙鸡嘴短而红，腿也短。我们那里的鹦却是水鸟，嘴长，腿也长。鹦的滋味和沙鸡有天渊之别。沙鸡肉较粗，略带酸味；鹦肉极细，非常香。我一辈子没有吃过比鹦更香的野味。

萎蒿·枸杞·荠菜·马齿苋

小说《大淖记事》："春初水暖，沙洲上冒出很多紫红色的芦芽和灰绿色的萎蒿，很快就是一片翠绿了。"我在书页下方加了一条注："萎蒿是生于水边的野草，粗如笔管，有节，生狭长的小叶，初生二寸来高，叫作'萎蒿薹子'，加肉炒食极清香。……"萎蒿的萎字，我小时不知怎么写，后来偶然看了一本什么书，才知道的。这个字音"吕"。我小学有一个同班同学，姓吕，我们就给他起了个外号，叫"萎蒿薹子"（萎蒿薹子家开了一爿糖坊，小学毕业后未升学，我们看见他坐在糖坊里当小老板，觉得很滑稽）。但我查了几本字典，"萎"都音"楼"，我有点恍惚了。"楼""吕"一声之转。许多从"娄"

的字都读"吕"，如"屡"、"缕"、"褛"……这本来无所谓，读"楼"读"吕"，关系不大。但字典上都说蒌蒿是蒿之一种，即白蒿，我却有点不以为然了。我小说里写的蒌蒿和蒿其实不相干。读苏东坡《惠崇春江晚景》诗："竹外桃花三两枝，春江水暖鸭先知。蒌蒿满地芦芽短，正是河豚欲上时。"此蒌蒿生于水边，与芦芽为伴，分明是我的家乡人所吃的蒌蒿，非白蒿。或者"即白蒿"的蒌蒿别是一种，未可知矣。深望懂诗、懂植物学，也懂吃的博雅君子有以教我。

我的小说注文中所说的"极清香"，很不具体，嗅觉和味觉是很难比方，无法具体的。昔人以为荔枝味似软枣，实在是风马牛不相及。我所谓"清香"，即食时如坐在河边闻到新涨的春水的气味。这是实话，并非故作玄言。

枸杞到处都有。开花后结长圆形的小浆果，即枸杞子。我们叫它"狗奶子"，形状颇像。本地产的枸杞子没有入药的，大概不如宁夏产的好。枸杞是多年生植物。春天，冒出嫩叶，即枸杞头。枸杞头是容易采到的。偶尔也有近城的乡村的女孩子采了，放在竹篮里叫卖："枸杞头来！……"枸杞头可下油盐炒食；或用开水焯了，切碎，加香油、酱油、醋，凉拌了吃。那滋味，也只能说"极清香"。春天吃枸杞头，云可以清火，如北方人吃苣荬菜一样。

"三月三，荠菜花赛牡丹"。俗谓是日以荠菜花置灶上，则蚂蚁不上锅台。

北京也偶有荠菜卖。菜市上卖的是园子里种的，茎白叶大，颜色较野生者浅淡，无香气。农贸市场间有南方的老太太挑了野生的来卖，则又过于细瘦，如一团乱发，制熟后强硬扎嘴。总不如南方野生的有味。

江南人惯用荠菜包春卷，包馄饨，甚佳。我们家乡有用来包春卷的，用来包馄饨的没有，——我们家乡没有"菜肉馄饨"。一般是凉拌。荠菜焯熟剁碎，界首茶干切细丁，入虾米，同拌。这道菜是可以上酒席作凉菜的。酒席上的凉拌荠菜都用手抟成一座尖塔，临吃推倒。

马齿苋现在很少有人吃。古代这是相当重要的菜蔬。苋分人苋、马苋。人苋即今苋菜，马苋即马齿苋。我的祖母每于夏天摘肥嫩的马齿苋晾干，过年时做馅包包子。她是吃长斋的，这种包子只有她一个人吃。我有时从她的盘子里拿一个，蘸了香油吃，挺香。马齿苋有点淡淡的酸味。

马齿苋开花，花瓣如一小囊。我们有时捉了一个哑巴知了，——知了是应该会叫的，捉住一个哑巴，多么扫兴！于是就摘了两个马齿苋的花瓣套住它的眼睛，——马齿苋花瓣套知了眼睛正合适，一撒手，这知了就拼命往高处飞，一直飞到看不见！

三年自然灾害，我在张家口沙岭子吃过不少马齿苋。那时候，这是宝物！

载一九八六年第五期《雨花》

谈读杂书

我读书很杂,毫无系统,也没有目的。随手抓起一本书来就看。觉得没意思,就丢开。我看杂书所用的时间比看文学作品和评论的要多得多。常看的是有关节令风物民俗的,如《荆楚岁时记》《东京梦华录》。其次是方志、游记,如《岭表录异》《岭外代答》。讲草木虫鱼的书我也爱看,如法布尔的《昆虫记》,吴其濬的《植物名实图考》,《花镜》。讲正经学问的书,只要写得通达而不迂腐的也很好看,如《癸巳类稿》。《十驾斋养新录》差一点,其中一部分也挺好玩。我也爱读书论、画论。有些书无法归类,如《宋提刑洗冤录》,这是讲验尸的。有些书本身内容就很庞杂,如《梦溪笔谈》《容斋随笔》之类的书,只好笼统地称之为笔记了。

读杂书至少有以下几种好处:第一,这是很好的休息。泡一杯茶懒懒地靠在沙发里,看杂书一册,这比打扑克要舒服得多。第二,可以增长知识,认识世界。我从法布尔的书里知道知了原来是个聋子,从吴其濬的书里知道古诗里的葵就是湖南、四川人现在还吃的冬苋菜,实在非常高兴。第三,可以学习语言。杂书的文字都写得比较随便,比较自然,不是正襟危坐,刻意为文，但自有情致，而且接近口语。一个现代作家从古人学语言，与其苦读《昭明文选》、"唐宋八家"，不如多看杂书。这样较易融入自己的笔下。这是我的一点经验之谈。青年作家，不妨试试。第四，从杂书里可以悟出一些写小说、写散文的道理，尤其是书论和画论。包世臣《艺舟双楫》云："吴兴书笔，专用平顺，一点一画，一字一行，排次顶接而成。古帖字体，大小颇有相径庭者，如老翁携幼孙行，长短参差，而情意真挚，痛痒相关。吴兴书如士人入隘巷，鱼贯徐行，而争先竞后之色，人人见面，安能使上下左右空白有字哉！"他讲的是写字，写小说、散文不也正当如此吗？小说、散文的各部分，应该"情意真挚，痛痒相关"，这样才能做到"形散而神不散"。

一九八六年六月九日
载一九八六年七月八日《新民晚报》

读廉价书

文章滥贱，书价腾踊。我已经有好多年不买书了。这一半也是因为房子太小，买了没有地方放。年轻时倒也有买书的习惯。上街，总要到书店里逛逛，挟一两本回来。但我买的，大都是便宜的书。读廉价书有几样好处：一是买得起，掏出钱时不肉痛；二是无须珍惜，可以随便在上面圈点批注；三是丢了就丢了，不心疼。读廉价书亦有可记之事，爱记之。

一折八扣书

一折八扣书盛行于三十年代。中学生所买的大都是这种书。一折，而又打八扣，即定价如是一元，实售只是八分钱。当然书后面的定价是预先提高了的。但是经过一折八扣，总还是很便宜的。为什么不把定价压低，实价出售，而用这种一折八扣的办法呢，大概是投合买书人贪便宜的心理：这差不多等于白给了。

一折八扣书多是供人消遣的笔记小说，如《子不语》《夜雨秋灯录》《续齐谐》等等。但也有文笔好、内容有意思的，如余谵心的《板桥杂记》、冒辟疆的《影梅庵忆语》。也有旧诗词集。我最初读到的《漱玉词》和《断肠词》就是这种一折八扣本。《断肠词》的样子我到现在还记得，封面是砖红色的，一侧画一支滴下两滴墨水的羽毛笔。一折八扣书都很薄，但也有较厚的，《剑南诗钞》即是相当厚的两本。这书的封面是米黄色的铜版纸，王西神题签。

这在一折八扣书中是相当贵的了。

星期天，上午上街，买买东西（毛巾、牙膏、袜子之类），吃一碗脆鳝面或辣油面（我读高中在江阴，江阴的面我以为是做得最好的，真是细若银丝，汤也极好）、几只猪油青韭馅饼（满口清香），到书摊上挑一两本一折八扣书，回校。下午躺在床上吃粉盐豆（江阴的特产），喝白开水，看书，把三角函数、化学分子式暂时都忘在脑后，考试、分数，于我何有哉，这一天实在过得蛮快活。

一折八扣书为什么卖得如此之贱？因为成本低。除了垫出一点纸张油墨，就不须花什么钱。谈不上什么编辑，选一个底本，排印一下就是。大都只是白文，无注释，多数连标点也没有。

我倒希望现在能出这种无前言后记，无注释、评语、考证，只印白文的普及本的书。我不爱读那种塞进长篇大论的前言后记的书，好像被人牵着鼻子走。读了那样板着面孔的前言和啰唆的后记，常常叫人生气。而且加进这样的东西，书就卖得很贵了。

扫叶山房

扫叶山房是龚半千的斋名，我在南京，曾到清凉山看过其遗址。但这里说的是一家书店。这家书店专出石印线装书，白连史纸，字颇小，但行间加栏，所以看起来不很吃力。所印书大都几册作一部，外加一个蓝布函套。挑选的都是内容比较严肃、有一定学术价值的古籍，这对于置不起善本的想做点学问的读书人是方便的。我不知道这家书店的老板是何许人，但是觉得是个有心人，他也想牟利，但也想做一点于人有益的事。这家书店在什么地方，我不记得了，印象中好像在上海四马路。扫叶山房出的书不少，嘉惠士林，功不可泯。我希望有人调查一下扫叶山房的始末，写一篇报告，这在中国出版史上将是有意思的一笔，虽然是小小的一笔。

我买过一些扫叶山房的书，都已失去。前几年架上有一函《景德镇匋录》，现在也不知去向了。

旧书摊

昆明的旧书店集中在文明街，街北头路西，有几家旧书店。我们和这几家旧书店的关系，不是去买书，倒是常去卖书。这几家旧书店的老板和伙计对于书都不大内行，只要是稍微整齐一点的书，古今中外，文法理工，都要，而且收购的价钱不低。尤其是工具书，拿去，当时就付钱。我在西南联大时，时常断顿，有时日高不起，拥被坠卧。朱德熙看我到快十一点钟还不露面，便知道我午饭还没有着落，于是挟了一本英文字典，走进来，推推我："起来起来，去吃饭！"到了文明街，出脱了字典，两个人便可以吃一顿破酥包子或两碗焖鸡米钱，还可以喝二两酒。

工具书里最走俏的是《辞源》。有一个同学发现一家书店的《辞源》的收售价比原价要高出不少，而拐角的商务印书馆的书架就有几十本崭新的《辞源》，于是以原价买到，转身即以高价卖给旧书店。他这种搬运工作干了好几次。

我应当在昆明旧书店也买过几本书，是些什么书，记不得了。

在上海，我短不了逛逛旧书店。有时是陪黄裳去，有时我自己去。也买过几本书。印象真凿的是买过一本英文的《威尼斯商人》。其时大概是想好好学学英文，但这本《威尼斯商人》始终没有读完。

我倒是在地摊上买到过几本好书。我在福煦路一个中学教书。有一个工友，姑且叫他老许吧，他管打扫办公室和教室外面的地面，打开水，还包几个无家的单身教员的伙食。伙食极简便，经常提供的是红烧小黄鱼和炒鸡毛菜。他在校门外还摆了一个书摊。他这书摊是名副其实的"地摊"，连一块板子或油布也没有，书直接平摊在人行道的水泥地上。老许坐于校门内侧，手里做着事，择菜和清除洋铁壶的水碱，一面拿眼睛向地摊上瞭着。我进进出出，总要蹲下来看看他的书。我曾经买过他一些书，——那是和烂纸的价钱差不多的，其中值得纪念的有两本。一本是张岱的《陶庵梦忆》，这本书现在大概还在我家不知哪个角落里。一本在我来说，是很名贵的：万有文库汤显祖评本《董解元西厢记》。我对董西厢一直有偏爱，以为非王西厢所可比。汤显祖的批语包括眉批和每一出的总批，都极精彩。这本书字大，纸厚，汤评是照手书刻印的。汤显祖字似欧阳率更《张翰帖》，秀逸处似陈老莲，极可爱。我未见过临川书真迹，得见此影印刻本，而不禁神往不置。"万有文库"算是什么稀罕版本呢？但在我这个向不藏书的人，是视同珍宝的。这书跟随我多年，约十年前为人借去不还，弄得我想引用汤评时，只能于记忆中得其仿佛，不胜怅怅！

小镇书遇

我戴了右派帽子，下放张家口沙岭子劳动。沙岭子是宣化至张家口之间的一个小站。这里有一个镇，本地叫作"堡"（读如"捕"）。每遇星期天，节假日，没有什么地方可去，我们就去堡里逛逛。堡里有一个供销社（卖红黑灯芯绒、凤穿牡丹被面、花素直贡呢，动物饼干、果酱面包、油盐酱醋、韭菜花、青椒糊、臭豆腐），一个山货店，一个缝纫社，一个木业生产合作社，一个兽医站。若是逢集，则有一些卖茄子、辣椒、疙瘩白的菜担，一些用绳络网在筐里的小猪秧子。我们就怀了很大的兴趣，看凤穿牡丹被面，看铁锅，看扫帚，看茄子，看辣椒，看猪秧子。

堡里照例还有一个新华书店。充斥于书架上的当然是毛选，此外还有些宣传计划生育的小册子、介绍化肥农药配制的科普书、连环画《智取威虎山》《三打白骨精》。有一天，我去逛书店，忽然在一个书架的最高层发现了几本书：《梦溪笔谈》《容斋随笔》《癸巳类稿》《十驾斋养新录》。我不无激动地搬过一张凳子，把这几册书抽下来，请售货员计价。售货员把我打量了一遍，开了发票。

"你们这个书店怎么会进这样的书？"

"谁知道！也除是你，要不然，这几本书永远不会有人要。"

不久，我结束劳动，派到县上去画马铃薯图谱。我就带了这几本书，还有一套郭茂倩的《乐府诗集》，到沽源去了。白天画图谱，夜晚灯下读书，如此右派，当得！

这几本书是按原价卖给我的，不是廉价书。但这是早先的定价，故不贵。

鸡蛋书

赵树理同志曾希望他的书能在农村的庙会上卖，农民可以拿几个鸡蛋来换。这个理想一直未见实现。用实物换书，有一定困难，因为鸡蛋的价钱是涨落不定的。但是便宜到只值两三个鸡蛋，这样的书原先就有过。

我家在高邮北市口开了一爿中药店万全堂。万全堂的廊下常年摆着一个书摊。两张板凳支三块门板，"书"就一本一本地平放在上面。为了怕风吹跑，用几根削方了的木棍横压着。摊主用一个小板凳坐在一边，神情古朴。这些书都是唱本，封面一色是浅紫色的很薄的标语纸的，上面印了单线的人物画，都与内容有关，左边留出长方的框，印出书名：《薛丁山征西》《三请樊梨花》《李三娘挑水》《孟姜女哭长城》……里面是白色有光纸石印的"文本"，两句之间空一字，念起来不易串行。我曾经跟摊主借阅过。一本"书"一会儿就看完了，因为只有几页，看完一本，再去换。这种唱本几乎千篇一律，开头总是："自从盘古开天地，三皇五帝到如今"，三皇五帝是和什么故事都挨得上的。唱词是没有多大文采的，但却文从字顺，合辙押韵（七字句和十字句）。当中当然有许多不必要的"水词"。老舍先生曾批评旧曲艺有许多不必要的字，如"开言有语叫张生"，"叫张生"就得了嘛，干嘛还要"开言"还"有语"呢？不行啊，不这样就凑不足七个字，而且韵也押不好。这种"水词"在唱本中比比皆是，也自成一种文理。我倒想什么时候有空，专门研究一下曲艺唱本里的"水词"。不是开玩笑，我觉得我们的新诗里所缺乏的正是这种"水词"，字句之间过于拥挤，这是题外话。我读过的唱本最有趣的一本是《王婆骂鸡》。

这种唱本是卖给农民的。农民进城，打了油，撕了布，称了盐，到万全堂买了治牙疼的"过街笑"、治肚子疼的暖脐膏，顺便就到书摊上翻翻，挑两本，放进捎码子，带回去了。

农民拿了这种书，不是看，是要大声念的。会唱《送麒麟》《看火戏》的还要打起调子唱。一人唱念，就有不少人围坐静听。自娱娱人，这是家乡农村的重要文化生活。

唱本定价一百二十文左右，与一碗宽汤饺面相等，相当于三个鸡蛋。

这种石印唱本不知是什么地方出的（大概是上海），曲本作者更不知道是什么人。

另外一种极便宜的书是"百本张"的鼓曲段子。这是用毛边纸手抄的，折叠式、不装订，书面写出曲段名，背后有一方长方形的墨印"百本张"的印记（大小如豆腐干）。里面的字颇大，是整脚的馆阁体楷书，而皆微扁。这种曲本是在庙会上卖的。我曾在隆福寺买到过几本。后来，就再看不见了。这种唱本的价钱，也就是相当于三个鸡蛋。

附带想到一个问题。北京的鼓词俗曲的资料极为丰富，可是一直没有人认真地研究过。孙楷第先生曾编过俗曲目录，但只是目录而已。事实上这里可研究的东西很多，从民俗学的角度，从北京方言角度，当然也从文学角度，都很值得钻进去，搞十年八年。一般对北京曲段多只重视其文学性，重视罗松窗、韩小窗，对于更俚俗的不大看重。其实有些极俗的曲段，如"阔大奶奶逛庙会"、"穷大奶奶逛庙会"，单看题目就知道是非常有趣的。车王府有那么多曲本，一直躺在首都图书馆睡觉，太可惜了！

一九八六年七月八日

载一九九〇年第四期《群言》

吃食和文学

口味·耳音·兴趣

我有一次买牛肉。排在我前面的是一个中年妇女，看样子是个知识分子，南方人。轮到她了，她问卖牛肉的："牛肉怎么做？"我很奇怪，问："你没有做过牛肉？"——"没有。我们家不吃牛羊肉。"——"那您买牛肉——？"——"我的孩子大了，他们会到外地去。我让他们习惯习惯，出去了好适应。"这位做母亲的用心良苦。我于是尽了一趟义务，把她请到一边，讲了一通牛肉做法，从清炖、红烧、咖喱牛肉，直到广东的蚝油炒牛肉、四川的水煮牛肉、干煸牛肉丝……

有人不吃羊肉。我们到内蒙去体验生活。有一位女同志不吃羊肉，——闻到羊肉气味都恶心，这可苦了。她只好顿顿吃开水泡饭，吃咸菜。看见我吃手抓羊肉、羊贝子（全羊）吃得那样香，直生气！

有人不吃辣椒。我们到重庆去体验生活。有几个女演员去吃汤圆，进门就嚷嚷"不要辣椒！"卖汤圆的冷冷地说："汤圆没有放辣椒的！"

许多东西不吃，"下去"，很不方便。到一个地方，听不懂那里的话，也很麻烦。

我们到湘鄂赣去体验生活。在长沙，有一个同志的鞋坏了，去修鞋，鞋铺里不收。"为什么？"——"修鞋的不好过。"——"什么？"——"修鞋的不好过！"我只得给他翻译一下，告诉他修鞋的今天病了，他不舒服。上了井冈山，更麻烦了：井冈山说的是客家话。我们听一位队长介绍情况，他说这里没有人肯当干部，他挺身而出，他老婆反对，说是"辣子冇补，两头受苦"——"什么什么？"我又得给他翻译："辣椒没有营养，吃下去两头受苦。"这样一翻译可就什么味道也没有了。

我去看昆曲，"打虎游街"、"借茶活捉"……好戏。小丑的苏白尤其传神，我听得津津有味，不时发出笑声。邻座是一个唱花旦的京剧女演员，她听不懂，直着急，老问："他说什么？说什么？"我又不能逐句翻译，她很遗憾。

我有一次到民族饭店去找人，身后有几个少女在叽叽呱呱地说很地道的苏州话。一边的电梯来了，一个少女大声招呼她的同伴："乖面乖面（这边这边）！"我回头一看：说苏州话的是几个美国人！

我们那位唱花旦的女演员在语言能力上比这几个美国少女可差多了。

一个文艺工作者、一个作家、一个演员的口味最好杂一点，从北京的豆汁到广东的龙虱都尝尝（有些吃的我也招架不了，比如贵州的鱼腥草）；耳音要好一些，能多听懂几种方言，四川话、苏州话、扬州话（有些话我也一句不懂，比如温州话）。否则，是个损失。

口味单调一点、耳音差一点，也还不要紧，最要紧的是对生活的兴趣要广一点。

一九八六年八月十二日

苦瓜是瓜吗？

昨天晚上，家里吃白兰瓜。我的一个小孙女，还不到三岁，一边吃，一边说："白兰瓜、哈密瓜、黄金瓜、华莱士瓜、西瓜，这些都是瓜。"我很惊奇了：她已经能自己经过归纳，形成"瓜"的概念了（没有人教过她）。这表示她的智力已经发展到了一个重要的阶段。凭借概念，进行思维，是一切科学的基础。她奶奶问她："黄瓜呢？"她点点头。"苦瓜呢？"她摇摇头。我想：她大概认为"瓜"是可吃的，并且是好吃的（这些瓜她都吃过）。今天早起，又问她："苦瓜是不是瓜？"她还是坚决地摇了摇头，并且说明她的理由："苦瓜不像瓜。"我于是进一步想：我对她的概念的分析是不完全的。原来在她的"瓜"概念里除了好吃不好吃，还有一个像不像的问题（苦瓜的表皮疙里疙瘩的，也确实不大像瓜）。我翻了翻《辞海》，看到苦瓜属葫芦科。那么，我的孙女认为苦瓜不是瓜，是有道理的。我又翻了翻《辞海》的"黄瓜"条：黄瓜也是属葫芦科。苦瓜、黄瓜习惯上都叫作瓜；而另一种很"像"是瓜的东西，在北方却称之为："西葫芦"。瓜乎？葫芦乎？苦瓜是不是瓜呢？我倒糊涂起来了。

前天有两个同乡因事到北京，来看我。吃饭的时候，有一盘炒苦瓜。同乡之一问："这是什么？"我告诉他是苦瓜。他说："我倒要尝尝。"夹了一小片入口："乖乖！真苦啊！——这个东西能吃？为什么要吃这种东西？"我说："酸甜苦辣咸，苦也是五味之一。"他说："不错！"我告诉他们这就是癞葡萄。另一同乡说："'癞葡萄'，那我知道的。癞葡萄能这个吃法？"

"苦瓜"之名，我最初是从石涛的画上知道的。我家里有不少有正书局珂罗版印的画集，其中石涛的画不少。我从小喜欢石涛的画。石涛的别号甚多，除石涛外有释济、清湘道人、大涤子、瞎尊者和苦瓜和尚。但我不知道苦瓜为何物。到了昆明，一看：哦，原来就是癞葡萄！我的大伯父每年都要在后园里种几棵癞葡萄，不是为了吃，是为了成熟之后摘下来装在盘子里看着玩的。有时也剖开一两个，挖出籽儿来尝尝。有一点甜味，并不好吃。而且颜色鲜红，如同一个一个血饼子，看起来很刺激，也使人不大敢吃它。当作菜，我没有吃过。有一个西南联大的同学，是个诗人，他整了我一下子。我曾经吹牛，说没有我不吃的东西。他请我到一个小饭馆吃饭，要了三个菜：凉拌苦瓜、炒苦瓜、苦瓜汤！我咬咬牙，全吃了。从此，我就吃苦瓜了。

苦瓜原产于印度尼西亚，中国最初种植是广东、广西。现在云南、贵州都有。据我所知，最爱吃苦瓜的似是湖南人。有一盘炒苦瓜，——加青辣椒、豆豉，少放点猪肉，湖南人可以吃三碗饭。石涛是广西全州人，他从小就是吃苦瓜的，而且一定很爱吃。"苦瓜和尚"这别号可能有一点禅机，有一点独往独来，不随流俗的傲气，正如他叫"瞎尊者"，其实并不瞎；但也可能是一句实在话。石涛中年流寓南京，晚年久住扬州。南京人、扬州人看见这个和尚拿癞葡萄来炒了吃，一定会觉得非常奇怪的。

北京人过去是不吃苦瓜的。菜市场偶尔有苦瓜卖，是从南方运来的。买的也都是南方人。近二年北京人也有吃苦瓜的了，有人还很爱吃。农贸市场卖的苦瓜都是本地的菜农种的，所以格外鲜嫩。看来人的口味是可以改变的。

由苦瓜我想到几个有关文学创作的问题：

一、应该承认苦瓜也是一道菜。谁也不能把苦从五味里开除出去。我希望评论家、作家——特别是老作家，口味要杂一点，不要偏食。不要对自己没有看惯的作品轻易地否定、排斥。不要像我的那位同乡一样，问道："这个东西能吃？为什么要吃这种东西？"提出"这样的作品能写？为什么要写这样的作品？"我希望他们能习惯类似苦瓜一样的作品，能吃出一点味道来，如现在的某些北京人。

二、《辞海》说苦瓜"未熟嫩果作蔬菜，成熟果瓤可生食"。对于苦瓜，可以各取所需，愿吃皮的吃皮，愿吃瓤的吃瓤。对于一个作品，也可以见仁见智。可以探索其哲学意蕴，也可以踪迹其美学追求。北京人吃凉拌芹菜，只取嫩茎，西餐馆做罗宋汤则专要芹菜叶。人弃人取，各随尊便。

三、一个作品算是现实主义的也可以，算是现代主义的也可以，只要它真是一个作品。作品就是作品。正如苦瓜，说它是瓜也行，说它是葫芦也行，只要它是可吃的。苦瓜就是苦瓜。——如果不是苦瓜，而是狗尾巴草，那就另当别论。截至现在为止，还没有人认为狗尾巴草很好吃。

一九八六年九月六日

咸菜和文化

偶然和高晓声谈起"文化小说"，晓声说："什么叫文化？——吃东西也是文化。"我同意他的看法。这两天自己在家里腌韭菜花，想起咸菜和文化。

咸菜可以算是一种中国文化。西方似乎没有咸菜。我吃过"洋泡菜"，那不能算咸菜。日本有咸菜，但不知道有没有中国这样盛行。"文革"前福建日报登过一则猴子腌咸菜的新闻，一个新华社归侨记者用此材料写了一篇对外的特稿："猴子会腌咸菜吗？"被批评为"资产阶级新闻观点"。——为什么这就是资产阶级新闻观点呢？猴子腌咸菜，大概是跟人学的。于此可以证明咸菜在中国是极为常见的东西。中国不出咸菜的地方大概不多。各地的咸菜各有特点，互不雷同。北京的水疙瘩、天津的津冬菜、保定的春不老。"保定有三宝，铁球、面酱、春不老"，我吃过苏州的春不老，是用带缨子的很小的萝卜腌制的，腌成后寸把长的小缨子还是碧绿的，极嫩，微甜，好吃，名字也起得好。保定的春不老想也是这样的。周作人曾说他的家乡经常吃的是咸极了的咸鱼和咸极了的咸菜。鲁迅《风波》里写的蒸得乌黑的干菜很诱人。腌雪里蕻南北皆有。上海人爱吃咸菜肉丝面和雪笋汤。云南曲靖的韭菜花风味绝佳。曲靖韭菜花的主料其实是细切晾干的萝卜丝，与北京作为吃涮羊肉的调料的韭菜花不同。贵州有冰糖酸，乃以芥菜加醪糟、辣子腌成。四川咸菜种类极多，据说必以自流井的粗盐腌制乃佳。行销（真是"行销"）全国，远至海外（有华侨的地方），堪称咸菜之王的，应数榨菜。朝鲜辣菜也可以算是咸菜。延边的腌蕨菜北京偶有卖的，人多不识。福建的黄萝卜很有名，可惜未曾吃过。我的家乡每到秋末冬初，多数人家都腌萝卜干。到店铺里学徒，要"吃三年萝卜干饭"，言其缺油水也。中国咸菜多矣，此不能备载。如果有人写一本《咸菜谱》，将是一本非常有意思的书。

咸菜起于何时，我一直没有弄清楚。古书里有一个"菹"字。我少时曾以为是咸菜。后来看《说文解字》，菹字下注云："酢菜也"，不对了。汉字凡从酉者，都和酒有点关系。酢菜现在还有。昆明的"茄子酢"、湖南乾城的"酢辣子"，都是密封在坛子里使酒化了的，吃起来都带酒香。这不能算是咸菜。

有一个蓄字，则确乎是咸菜了。这是切碎了腌的。这东西的颜色是发黄的故称"黄蓄"。腌制得法，"色如金钗股"云。我无端地觉得，这恐怕就是酸雪里蕻。蓄似乎不是很古的东西。这个字的大量出现好像是在宋人的笔记和元人的戏曲里。这是穷秀才和和尚常吃的东西。"黄蓄"成了嘲笑秀才和和尚，亦为秀才和和尚自嘲的常用的话头。中国咸菜之多，制作之精，我以为跟佛教有一点关系。佛教徒不茹荤，又不一定一年四季都能吃到新鲜蔬菜，于是就在咸菜上打主意。我的家乡腌咸菜腌得最好的是尼姑庵。尼姑到相熟的施主家去拜年，都要备几色咸菜。关于咸菜的起源，我在看杂书时还要随时留心，并希望博学而好古的馋人有以教我。

　　和咸菜相伯仲的是酱菜。中国的酱菜大别起来，可分为北味的与南味的两类。北味的以北京为代表。六必居、天源、后门的"大葫芦"都很好。——"大葫芦"门悬大葫芦为记，现在好像已经没有了。保定酱菜有名，但与北京酱菜区别实不大。南味的以扬州酱菜为代表，商标为"三和"、"四美"。北方酱菜偏咸，南则偏甜。中国好像什么东西都可以拿来酱。萝卜、瓜、莴苣、蒜苗、甘露、藕，乃至花生、核桃、杏仁，无不可酱。北京酱菜里有酱银苗，我到现在还不知道究竟是什么东西。只有荸荠不能酱。我的家乡不兴到酱园里开口说买酱荸荠，那是骂人的话。

　　酱菜起于何时，我也弄不清楚。不会很早。因为制酱菜有个前提，必得先有酱，——豆制的酱。酱——酱油，是中国一大发明。"柴米油盐酱醋茶"，酱为开门七事之一。中国菜多数要放酱油。西方没有。有一个京剧演员出国，回来总结了一条经验，告诫同行，以后若有出国机会，必须带一盒固体酱油！没有郫县豆瓣，就做不出"正宗川味"。但是中国古代的酱和现在的酱不是一回事。《说文》酱字注云从肉、从酉、爿声。这是加盐、加酒、经过发酵的肉酱。《周礼·天官·膳夫》："凡王之馈，酱用百有二十瓮。"郑玄注："酱，谓醯醢也。"醯、醢，都是肉酱。大概较早出现的是豉，其后才有现在的酱。汉代著作中提到的酱，好像已是豆制的。东汉王充《论衡》："作豆酱恶闻雷"，明确提到豆酱。《齐民要术》提到酱油，但其时已至北魏，距现在一千五百多年——当然，这也相当古了。酱菜的起源，我现在还没有查出来，俟诸异日吧。

考查咸菜和酱菜的起源，我不反对，而且颇有兴趣。但是，也不一定非得寻出它的来由不可。

"文化小说"的概念颇含糊。小说重视民族文化，并从生活的深层追寻某种民族文化的"根"，我以为是未可厚非的。小说要有浓郁的民族色彩，不在民族文化里腌一腌、酱一酱，是不成的，但是不一定非得追寻得那么远，非得追寻到一种苍苍莽莽的古文化不可。古文化荒邈难稽（连咸菜和酱菜的来源我们还不清楚）。寻找古文化，是考古学家的事，不是作家的事。从食品角度来说，与其考察太子丹请荆轲吃的是什么，不如追寻一下"春不老"；与其查究楚辞里的"蕙肴蒸"，不如品味品味湖南豆豉；与其追溯断发文身的越人怎样吃蛤蜊，不如蒸一碗霉干菜，喝两杯黄酒。我们在小说里要表现的文化，首先是现在的，活着的；其次是昨天的，消逝不久的。理由很简单，因为我们可以看得见，摸得着，尝得出，想得透。

一九八六年九月十一日

载一九八七年第一期《作品》

他乡寄意

抗日战争时期，昆明重庆流传一则谜语：航空信——打一地名。谜底是：高邮。这说明知道我的家乡的人还是不少的。但是多数人对我的家乡的所知，恐怕只限于我们那里出咸鸭蛋，而且有双黄的。我遇到很多外地人问过我：你们那里为什么出双黄鸭蛋？我也回答过，说这和鸭种有关；我们那里水多，小鱼小虾多，鸭吃多了小鱼小虾，爱下双黄蛋。其实这是想当然耳。直到现在，我也说不清这是什么道理。敝乡真是"小地方"，经济、文化都比较落后，只落得以产双黄鸭蛋而出名，悲哉！

我的家乡过去是相当穷的。穷的原因是多水患。我们那里是水乡。人家多傍水而居，出门就得坐船。秦少游诗云："菰蒲深处疑无地，忽有人家笑语声"，大抵里下河一带都是如此。县城的西面是运河，运河西堤外便是高邮湖。运河河身高，几乎是一条"悬河"，而县境的地势低，据说运河的河底和县城的城墙一般高。这可能有一点夸张。但我们小时候到运河堤上去玩，站在河堤上，是可以俯瞰下面人家的屋顶的。城里的孩子放风筝，风筝飘在堤上人的脚底下。这样，全县就随时处在水灾的威胁之中。民国二十年的大水我是亲历的。湖水浸入运河，运河堤破，洪水直灌而下，我家所住的东大街成了一条激流汹涌的大河。这一年水灾，毁坏田地房屋无数，死了几万人。我在外面这些年，经常关心的一件事，是我的家乡又闹水灾了没有？前几年，我的一个在江苏省水利厅当总工程师的初中同班同学到北京开会，来看我。他告诉我：高邮永远不会闹水灾了。我于是很想回去看看。我十九岁离乡，在外面已四十多年了。

苏北水灾得到根治，主要是由于修建了江都水利枢纽和苏北灌溉总渠。这是两项具有全国意义的战略性的水利工程，我的初中同班同学是参与这两项工程的主要设计者之一。我参观了江都水利枢纽，对那些现代化的机械一无所知，只觉得很壮观。但是我知道，从此以后，运河水大，可以泄出；水少，可以从长江把水调进来，不但旱涝无虞，而且使多少万人的生命得到了保障。呜呼，厥功伟矣！

我在家乡住了约一个星期。每天早起，我都要到运河堤上走一趟。运河拓宽了。小时候我们过运河去玩，由东堤到西堤，两篙子就到了。现在西门宝塔附近的河面宽得像一条江。我站在平整坚实的河堤上，看着横渡的轮船，拉着汽笛，悠然驶过，心里说不出的感动。

县境内的河也都经过统一规划，综合治理了，交通、灌溉都很方便。很多地方都实现了电力灌溉。我看了几份材料，都说现在是"要水一声喊，看水穿花鞋"。这两句话有点大跃进的味道，而且现在的妇女也很少穿花鞋的。不过过去到处可见的长到三十二轧的水车和凉亭似的牛车棚确实看不到了。我倒建议保留一架水车，放在博物馆里，否则下一辈人将不识水车为何物。

由于水利改善，粮食大幅度地增产了。过去我们那里的田，打五百斤粮食，就算了不起了；现在亩产千斤，不成问题。不少地方已达"吨粮"——亩产两千斤。因此，农民的生活大大提高了。很多人家盖起了新房子，砖墙、瓦顶、玻璃窗，门外种着西番莲、洋菊花。农村姑娘的衣着打扮也很入时，烫发、皮鞋，吓！

不过粮食增产有到头的时候。两千斤粮食又能卖多少钱呢？单靠农业，我们那个县还是富不起来的。希望还在发展工业上。我希望地方的有识之士动动脑筋。也可以把在外面工作的内行请回去出出主意。到二〇〇〇年，我的故乡应当会真正变个样子，成为一个开放型的城市。这样，故乡人民的心胸眼界才有可能开阔起来，摆脱小家子气。

我们那个县从来很难说是人文荟萃之邦。不但和扬州、仪征不能比，比兴化、泰州也不如。宋代曾以此地为高邮军，大概繁盛过一阵，不少文人都曾在高邮湖边泊舟，宋诗里提及高邮的地方颇多。那时出过鼎鼎大名、至今为故人引为骄傲的秦少游，还有一位孙宰老。明代出过一个散曲家兼画家的王西楼（磐）。清代出过王氏父子——王念孙、王引之。还有一位古文家夏之蓉。此外，再也数不出多少名人了。而且就是这几位名人，也没有在我的家乡产生多大的影响。秦少游没有留下多少遗迹。原来的文游台下有一个秦少游读书处，后来也倒塌了。连秦少游老家在哪里，也都搞不清楚，实在有点对不起这位绝代词人。听说近年发现了秦氏宗谱，那么这个问题可能有点线索了吧。更令人遗憾的是历代研究秦少游的故乡人颇少。我上次回乡看到一部《淮海集》，是清版。我们县应该有一部版本较好的《淮海集》才好。近年有几位青年有志于研究秦少游，地方上应该予以支持。王西楼过去知道的人更少。我小时候在家乡就没有读过一首王西楼的散曲，只是现在还流传一句有地方特点的歇后语："王西楼嫁女儿——话（画）多银子少。"《王西楼乐府》最初是在高邮刻印的，最好能找到较早的版本。我希望家乡能出一两个王西楼专家。散曲的谱不是很难找到，能不能把王西楼的某些散曲，比如那首有名的《唢呐》，翻成简谱在县里唱一唱？如果能组织一场王西楼散曲演唱晚会，那是会很叫人兴奋的。王念孙父子在清代训诂学界影响很大，号称"高邮王氏之学"。但是我的很多家乡人只知道"独旗杆王家"，至于王家是怎么回事，就不大了然了。我也希望故乡有人能继承光大王氏之学。前年高邮在王氏旧宅修建了高邮王氏纪念馆，让我写字，我寄去一副对联："一代宗师，千秋绝学；二王余韵，百里书声"，下联实是我对于乡人的期望。

以上说的是传统文化。对于现代科学，我们高邮人做出贡献的也有。比如孙云铸，是世界有名的古生物学家、地层学家。他的《中国北方寒武纪动物化石》是我国第一部古生物学专著。我初到昆明时，曾到他家去过。他家桌上、窗台上，到处都是三叶虫化石。这是一位很纯正的学者。可是故乡人知道他的不多。高邮拟修县志，我希望县志里有孙云铸的传。我也希望故乡的后辈能继承老一辈严谨的治学精神。

我们县是没有多少名胜古迹的。过去年代较久，建筑上有特点的，是几座庙：承天寺、天王寺、善因寺。现在已经拆得一点不剩了。西门宝塔还在，但只是孤伶伶的一座塔，周围是一片野树。高邮的"刮刮老叫"的古迹是文游台，这是苏东坡、秦少游等名士文人雅集之地，我们小时候春游远足，总是上文游台。登高四望，烟树帆影、豆花芦叶，确实是可以使人胸襟一畅的。文游台在敌伪时期，由一个姓王的本地人县长重修了一次，搞得不像样子。重修后的奎楼、公园也都不理想。请恕我说一句直话：有点俗。听说文游台将重修，不修便罢，修就修好。文游台既是宋代的遗迹，建筑上要有点宋代的特点。比如：大斗拱、素朴的颜色。千万不要因陋就简，或者搞得花花绿绿的。

我离乡日久，鬓毛已衰，对于故乡一无贡献，很惭愧。《新华日报》约我为《故乡情》写稿，略抒芹意，希望我的乡人不要见怪。

一九八六年八月二十八日北京

载一九八六年九月十七日《新华日报》

云南茶花

很多地方在选市花，这是好事。想一想十年大乱时期，公园都成了菜园，现在真是大不相同了。选市花，说明人们有了闲情逸致。人有闲情逸致，说明国运昌隆。

有些市的市民对市花有不同意见，一时定不下来。昆明的市花是不会有争议的。如果市民投票，一定会一致通过：茶花。几十年前昆明就选过一次（那时别的市还没有选举市花之风）。现在再选，还会维持原议。

云南茶花，——滇茶，久负盛名。

张岱《陶庵梦忆・逍遥楼》云："滇茶故不易得，亦未有老其材八十余年者。朱文懿公逍遥楼滇茶，为陈海樵先生手植，扶疏蓊翳，老而愈茂。诸文孙恐其力不胜葩，岁删其萼盈斛，然所遗落枝头，犹自燔山熠谷焉。"

鲁迅说张岱的文章每多夸张。这一篇看起来也像有些夸张，但并不，而且写得极好，得滇茶之神理。

昆明西山某寺有一棵大茶花。走进山门，越过站着四大金刚的门道，一抬头便看见通红的一大片。是得抬头的，因为茶花非常高大。大雄宝殿前的石坪是很大的，这棵茶花几乎占了石坪的一小半。花皆如汤碗大，一朵一朵，像烧得炽旺的火球。

张岱说滇茶“燔山熠谷”，是一点不错的。据说这棵茶花每年能开三百来朵。满树黑绿肥厚的大叶子衬托着，更显得热闹非常。这才真叫作大红大绿。这样的大红大绿显出一种强壮的生命力。华贵之极，却毫不俗气。这是一个夺人眼目的大景致。如果我的同乡人来看了，一定会大叫一声“乖乖咙的咚！”我不知道寺里的和尚是不是也“岁删其萼盈斛”，但是他们是怕这棵茶花负担不起这样多的大花的，便搭了一个杉木的架子，撑着四围的枝条。昆明茶花到处都有，而该寺的这一棵，大概要算最大的。

茶花的好处是花大，色浓，花期长，而树本极能耐久。西山某寺的茶花大概已经不止八十年了。

江西井冈山一带有一个风俗。人家生了孩子，孩子过周岁时，亲戚朋友送礼，礼物上都要放一枝带叶子的油茶。油茶常绿，越冬不凋，而且开了花就结果；茶果未摘，接着就开花。这是取一个吉兆，祝福这孩子活得像油茶一样强健。一个很美的风俗。我不知道油茶和山茶有没有亲属关系，我在思想上是把它们归为一类的。凡茶之类，都很能活。

中国是茶花的故乡。茶花分滇茶、浙茶。浙茶传到日本，又由日本传到美国。现在日本的浙茶比中国的好，美国的比日本的好。只有云南滇茶现在还是世界第一。

前几年，江西山里发现黄茶花，这是国宝。如果栽培成功，是可以换外汇的。

茶花女喜欢戴的是什么茶花？大概不是滇茶，滇茶太大。我想是浙茶。而且无端地觉得，是白的。

一九八六年十月二十日

载一九八七年第一期《北京文学》

八仙

　　八仙是反映中国市民的俗世思想的一组很没有道理的仙家。

　　这八位是一个杂凑起来的班子。他们不是一个时代的人。张果老是唐玄宗时的，吕洞宾据说是残唐五代时人，曹国舅只能算是宋朝人。他们也不是一个地方的。张果老隐于中条山，吕洞宾好像是山西人，何仙姑则是出荔枝的广东增城人。他们之中有几位有师承关系，但也很乱。到底是汉钟离度了吕洞宾呢，还是吕洞宾度了汉钟离？是李铁拐度了别人，还是别人度了李铁拐？搞不清楚。他们的事迹也没有多少关联。他们大都是单独行动，组织纪律性是很差的。这八位是怎么弄到一起去的呢？最初可能是出于俗工的图画。王世贞《题八仙像后》云：

　　　　八仙者，钟离、李、吕、张、蓝、韩、曹、何也。不知其会所由始，亦不知其画所由始，余所睹仙迹及图史亦详矣，凡元以前无一笔，而我明如冷起敬、吴伟、杜董稍有名者亦未尝及之。意或庸妄画工合委巷丛俚之谈，以是八公者，老则张，少则蓝、韩，将则钟离，书生则吕，贵则曹，病则李，妇女则何，为各据一端作滑稽观耶!

这猜想是有道理的。把他们画在一起,只是为了互相搭配,好玩。

中国人为什么对八仙有那样大的兴趣呢?无非是羡慕他们的生活。

八仙后来被全真教和王重阳教拉进教里成了祖师爷,但他们的言行与道教的教义其实没有多大关系。他们突出的事迹是"度人"。他们度人并无深文大义,不像佛教讲精修,更没有禅宗的顿悟,只是说了些俗得不能再俗的话:看破富贵荣华,不争酒色财气……简单说来,就是抛弃一些难于满足的欲望。另外一方面,他们又都放诞不羁,随随便便。他们不像早先的道家吸什么赤黄色,饵丹砂。他们多数并非不食人间烟火,有什么吃什么。有一位叫陈莹中的作过一首长短句赠刘跛子(即李铁拐),有句云:"年华,留不住,饥餐困寝,触处为家。这一轮明月,本自无瑕。随分冬裘夏葛,都不会赤火黄芽。谁知我,春风一拐,谈笑有丹砂。"总之是在克制欲望与满足可能的欲望之间,保持平衡,求得一点心理的稳定。达到这种稳定,就是所谓"自在"。"自在神仙",此之谓也。这是一种很便宜的,不费劲的庸俗的生活理想。

八仙又和庆寿有关。周宪王《瑶池会八仙庆寿》吕洞宾唱:

汉钟离遥献紫琼钩,张果老高擎千岁韭,蓝采和漫舞长衫袖,捧寿面是曹国舅。岳孔目这铁拐护得千秋,献牡丹是韩湘子,进灵丹的是徐信守,贫道啊,满捧着玉液金瓯。

八仙都来向老太爷或老太太庆寿，岂不美哉。既能自在逍遥，又且长寿不死，中国的市民要求的还有什么呢？

很多中国人家的正堂屋的香案上，常常在当中供着福禄寿三星瓷像，两旁是八仙。你是不是觉得很俗气？

八仙在中国的民族心理上，是一个消极的因素。

一九八六年十二月四日

载一九八七年第三期《北京文学》

《汪曾祺自选集》自序

承漓江出版社的好意，约我出一个自选集。我略加考虑，欣然同意了。因为，一则我出过的书市面上已经售缺，好些读者来信问哪里可以买到，有一个新的选集，可以满足他们的要求；二则，把不同体裁的作品集中在一起，对想要较全面地了解我的读者和研究者方便一些，省得到处去搜罗。

自选集包括少量的诗，不多的散文，主要的还是短篇小说。评论文章未收入，因为前些时刚刚编了一本《晚翠文谈》，交给了浙江出版社，手里没有存稿。

我年轻时写过诗，后来很长时间没有写。我对于诗只有一点很简单的想法。一个是希望能吸收中国传统诗歌的影响（新诗本身是外来形式，自然要吸收外国的，——西方的影响）。一个是最好要讲一点韵律。诗的语言总要有一点音乐性，这样才便于记诵，不能和散文完全一样。

我的散文大都是记叙文。间发议论，也是夹叙夹议。我写不了像伏尔泰、叔本华那样闪烁着智慧的论著，也写不了蒙田那样渊博而优美的谈论人生哲理的长篇散文。我也很少写纯粹的抒情散文。我觉得散文的感情要适当克制。感情过于洋溢，就像老年人写情书一样，自己有点不好意思。我读了一些散文，觉得有点感伤主义。我的散文大概继承了一点明清散文和五四散文的传统。有些篇可以看出张岱和龚定庵的痕迹。

我只写短篇小说，因为我只会写短篇小说。或者说，我只熟悉这样一种对生活的思维方式。我没有写过长篇，因为我不知道长篇小说为何物。长篇小说当然不是篇幅很长的小说，也不是说它有繁复的人和事，有纵深感，是一个具有历史性的长卷……这些等等。我觉得长篇小说是另外一种东西。什么时候我摸得着长篇小说是什么东西，我也许会试试，我没有写过中篇（外国没有"中篇"这个概念）。我的小说最长的一篇大约是一万七千字。有人说，我的某些小说，比如《大淖记事》稍为抻一抻就是一个中篇。我很奇怪：为什么要抻一抻呢？抻一抻，就会失去原来的完整，原来的匀称，就不是原来那个东西了。我以为一篇小说未产生前，即已有此小说的天生的形式在，好像宋儒所说的未有此事物，先有此事物的"天理"。我以为一篇小说是不能随便抻长或缩短的。就像一个苹果，既不能把它压小一点，也不能把它泡得更大一点。压小了，泡大了，都不成其为一个苹果。宋玉说东邻之处子，增之一分则太长，减之一分则太短，施朱则太赤，敷粉则太白，说的虽然绝对了一些，但是每个作者都应当希望自己的作品修短相宜，浓淡适度。当他写出了一个作品，自己觉得：嘿，这正是我希望写成的那样，他就可以觉得无憾。一个作家能得到的最大的快感，无非是这点无憾，如庄子所说："提刀而立，为之四顾，为之踌躇满志。"否则，一个作家当作家，当个什么劲儿呢？

我的小说的背景是：我的家乡高邮、昆明、上海、北京、张家口。因为我在这几个地方住过。我在家乡生活到十九岁，在昆明住了七年，上海住了一年多，以后一直住在北京，——当中到张家口沙岭子劳动了四个年头。我的以这些不同地方为背景的小说，大都受了一些这些地方的影响，风土人情、语言——包括叙述语言，都有一点这些地方的特点。但我不专用这一地方的语言写这一地方的人事。我不太同意"乡土文学"的提法。我不认为我写的是乡土文学。有些同志所主张的乡土文学，他们心目中的对立面实际上是现代主义，我不排斥现代主义。

我写的人物大都有原型。移花接木，把一个人的特点安在另一个人的身上，这种情况是有的。也偶尔"杂取种种人"，把几个人的特点集中到一个人的身上。但多以一个人为主。当然不是照搬原型。把生活里的某个人原封不动地写到纸上，这种情况是很少的。对于我所写的人，会有我的看法，我的角度，为了表达我的一点什么"意思"，会有所夸大，有所削减，有所改变，会加入我的假设，我的想象，这就是现在通常所说的主体意识。但我的主体意识总还是和某一活人的影子相黏附的。完全从理念出发，虚构出一个或几个人物来，我还没有这样干过。

重看我的作品时，我有一点奇怪的感觉：一个人为什么要成为一个作家呢？这多半是偶然的，不是自己选择的。不像是木匠或医生，一个人拜师学木匠手艺，后来就当木匠；读了医科大学，毕业了就当医生。木匠打家具，盖房子；医生给人看病。这都是实实在在的事。作家算干什么的呢？我干了这一行，最初只是对文学有一点爱好，爱读读文学作品，——这种人多了去了！后来学着写了一点作品，发表了，但是我很长时期并不意识到我是一个"作家"。现在我已经得到社会承认，再说我不是作家，就显得矫情了。这样我就不得不慎重地考虑考虑：

作家在社会分工里是干什么的？我觉得作家就是要不断地拿出自己对生活的看法，拿出自己的思想、感情，——特别是感情的那么一种人。作家是感情的生产者。那么，检查一下，我的作品所包含的是什么样的感情？我自己觉得：我的一部分作品的感情是忧伤，比如《职业》《幽冥钟》；一部分作品则有一种内在的欢乐，比如《受戒》《大淖记事》；一部分作品则由于对命运的无可奈何转化出一种常有苦味的嘲谑，比如《云致秋行状》《异秉》。在有些作品里这三者是混和在一起的，比较复杂。但是总起来说，我是一个乐观主义者。对于生活，我的朴素的信念是：人类是有希望的，中国是会好起来的。我自觉地想要对读者产生一点影响的，也正是这点朴素的信念。我的作品不是悲剧。我的作品缺乏崇高的、悲壮的美。我所追求的不是深刻，而是和谐。这是一个作家的气质所决定的，不能勉强。

重看旧作，常常会觉得：我怎么会写出这样一篇作品来的？——现在叫我来写，写不出来了。我的女儿曾经问我："你还能写出一篇《受戒》吗？"我说："写不出来了。"一个人写出某一篇作品，是外在的、内在的各种原因造成的。我是相信创作是有内部规律的。我们的评论界过去很不重视创作的内部规律，创作被看作是单纯的社会现象，其结果是导致创作缺乏个性。有人把政治的、社会的因素都看成是内部规律，那么，还有什么是外部规律呢？这实际上是抹煞内部规律。一个人写成一篇作品，是有一定的机缘的。过了这个村，没有这个店。为了让人看出我的创作的思想脉络，各辑的作品的编排，大体仍以写作（发表）的时间先后为序。

严格地说，这个集子很难说是"自选集"。"自选集"应该是从大量的作品里选出自己认为比较满意的。我不能做到这一点。一则是我的作品数量本来就少，挑得严了，就更会所剩无几；二则，我对自己的作品无偏爱。有一位外国的汉学家发给我一张调查表，其中一栏是："你认为自己最具有代表性的作品是哪几篇"，我实在不知道如何填。我的自选集不是选出了多少篇，而是从我的作品里剔除了一些篇。这不像农民田间选种，倒有点像老太太择菜。老太太择菜是很宽容的，往往把择掉的黄叶、秸梗拿起来再看看，觉得凑合着还能吃，于是又搁回到好菜的一堆里。常言说：拣到篮里的都是菜，我的自选集就有一点是这样。

一九八六年十二月十四日
序于北京蒲黄榆路寓居

1987

后十年集　散文随笔卷

宋朝人的吃喝

唐宋人似乎不怎么讲究大吃大喝。杜甫的《丽人行》里列叙了一些珍馐，但多系夸张想象之辞。五代顾闳中所绘《韩熙载夜宴图》主人客人面前案上所列的食物不过八品，四个高足的浅碗，四个小碟子。有一碗是白色的圆球形的东西，有点像外面滚了米粒的蓑衣丸子。有一碗颜色是鲜红的，很惹眼，用放大镜细看，不过是几个带蒂的柿子！其余的看不清是什么。苏东坡是个有名的馋人，但他爱吃的好像只是猪肉。他称赞"黄州好猪肉"，但还是"富者不解吃，贫者不解煮"。他爱吃猪头，也不过是煮得稀烂，最后浇一勺杏酪。——杏酪想必是酸里咕叽的，可以解腻。有人"忽出新意"以山羊肉为玉糁羹，他觉得好吃得不得了。这是一种什么东西？大概只是山羊肉加碎米煮成的糊糊罢了。当然，想象起来也不难吃。

宋朝人的吃喝好像比较简单而清淡。连有皇帝参加的御宴也并不丰盛。御宴有定制，每一盏酒都要有歌舞杂技，似乎这是主要的，吃喝在其次。幽兰居士《东京梦华录》载《宰执亲王宗室百官入内上寿》，使臣诸卿只是"每分列环饼、油饼、枣塔为看盘，次列果子。惟大辽加之猪羊鸡鹅兔连骨熟肉为看盘，皆以小绳束之。又生葱韭蒜醋各一碟。三五人共列浆水一桶，立杓数枚"。"看盘"只是摆样子的，不能吃的。"凡御宴至第三盏，方有下酒肉、咸豉、爆肉、双下驼峰角子"。第四盏下酒的肫子骨头、索粉、白肉胡饼；第五盏是群仙炙、开花饼、太平毕罗、干饭、缕肉羹、莲花肉饼；第六盏假圆鱼、密浮酥捺花；第七盏排炊羊、胡饼、炙金肠；第八盏假沙鱼、独下馒头、肚羹；第九盏水饭、簇饤下饭。如此而已。

宋朝市面上的吃食似乎很便宜。《东京梦华录》云："吾辈入店，则用一等玻璃浅棱碗，谓之'碧碗'，亦谓之'造羹'，菜蔬精细，谓之'造齑'，每碗十文"。《会仙楼》条载："止两人对坐饮酒……即银近百两矣"，初看吓人一跳。细看，这是指餐具的价值——宋人餐具多用银。

几乎所有记两宋风俗的书无不记"市食"。钱塘吴自牧《梦粱录·分茶酒店》最为详备。宋朝的肴馔好像多是"快餐"，是现成的。中国古代人流行吃羹。"三日入厨下，洗手作羹汤"，不说是洗手炒肉丝。《水浒传》林冲的徒弟说自己"安排得好菜蔬，端整得好汁水"，"汁水"也就是羹。《东京梦华录》云"旧只用匙今皆用箸矣"，可见本都是可喝的汤水。其次是各种燺菜、燺鸡、燺鸭、燺鹅。再次是半干的肉脯和全干的肉犯。几本书里都提到"影戏犯"，我觉得这就是四川的灯影牛肉一类的东西。炒菜也有，如炒蟹，但极少。

宋朝人饮酒和后来有些不同的，是总要有些鲜果干果，如柑、梨、蔗、柿、炒栗子、新银杏，以及莴苣、"姜油多"之类的菜蔬和玛瑙饧、泽州饧之类的糖稀。《水浒传》所谓"铺下果子按酒"，即指此类东西。

宋朝的面食品类甚多。我们现在叫作主食，宋人却叫"从食"。面食主要是饼。《水浒》动辄说"回些面来打饼"。饼有门油、菊花、宽焦、侧厚、油锅、新样满麻……《东京梦华录》载武成王庙前海州张家、皇建院前郑家最盛，每家有五十余炉。五十几个炉子一起烙饼，真是好家伙！

遍检《东京梦华录》《都城纪胜》《西湖老人繁胜录》《梦粱录》《武林旧事》，都没有发现宋朝人吃海参、鱼翅、燕窝的记载。吃这种滋补性的高蛋白的海味，大概从明朝才开始。这大概和明朝人的纵欲有关系，记得鲁迅好像曾经说过。

宋朝人好像实行的是"分食制"。《东京梦华录》云"用一等琉璃浅棱碗……每碗十文"，可证。《韩熙载夜宴图》上画的也是各人一份，不像后来大家合坐一桌，大盘大碗，筷子勺子一起来。这一点是颇合卫生的，因不易传染肝炎。

一九八七年一月十八日

载一九八七年第六期《作家》

昆明菜

我这篇东西是写给外地人看的，不是写给昆明人看的。和昆明人谈昆明菜，岂不成了笑话！其实不如说是写给我自己看的。我离开昆明整四十年了，对昆明菜一直不能忘。

昆明菜是有特点的。昆明菜——云南菜不属于中国的八大菜系。很多人以为昆明菜接近四川菜，其实并不一样。四川菜的特点是麻、辣。多数四川菜都要放郫县豆瓣、泡辣椒，而且放大量的花椒，——必得是川椒。中国很多省的人都爱吃辣，如湖南、江西，但像四川人那样爱吃花椒的地方不多。重庆有很多小面馆，门面的白墙上多用黑漆涂写三个大字"麻、辣、烫"，老远的就看得见。昆明菜不像四川菜那样既辣且麻。大抵四川菜多浓厚强烈，而昆明菜则比较清淡纯和。四川菜调料复杂，昆明菜重本味。比较一下怪味鸡和汽锅鸡，便知二者区别所在。

汽锅鸡

中国人很会吃鸡。广东的盐焗鸡，四川的怪味鸡，常熟的叫花鸡，山东的炸八块，湖南的东安鸡，德州的扒鸡……如果全国各种做法的鸡来一次大奖赛，哪一种鸡该拿金牌？我以为应该是昆明的汽锅鸡。

是什么人想出了这种非常独特的吃法？估计起来，先得有汽锅，然后才有汽锅鸡。汽锅以建水所制者最佳。现在全国出陶器的地方都能造汽锅，如江苏的宜兴。但我觉得用别处出的汽锅蒸出来的鸡，都不如用建水汽锅做出的有味。这也许是我的偏见。汽锅既出在建水，那么，昆明的汽锅鸡也可能是从建水传来的吧？

原来在正义路近金碧路的路西有一家专卖汽锅鸡。这家不知有没有店号，进门处挂了一块匾，上书四个大字："培养正气"。因此大家就径称这家饭馆为"培养正气"。过去昆明人一说："今天我们培养一下正气"，听话的人就明白是去吃汽锅鸡。"培养正气"的鸡特别鲜嫩，而且屡试不爽。没有哪一次去吃了，会说"今天的鸡差点儿事！"所以能永远保持质量，据说他家用的鸡都是武定肥鸡。鸡瘦则肉柴，肥则无味。独武定鸡极肥而有味。揭盖之后：汤清如水，而鸡香扑鼻。

听说"培养正气"已经没有了。昆明饭馆里卖的汽锅鸡已经不是当年的味道，因为用的不是武定鸡，什么鸡都有。

恢复"培养正气"，重新选用武定鸡，该不是难事吧？

昆明的白斩鸡也极好。玉溪街卖馄饨的摊子的铜锅上搁一个细铁条篦子，上面都放两三只肥白的熟鸡。随要，即可切一小盘。昆明人管白斩鸡叫"凉鸡"。我们常常去吃，喝一点酒，因为是坐在一张长板凳上吃的，有一个同学为这种做法起了一个名目，叫"坐失（食）良（凉）机（鸡）"。玉溪街卖的鸡据说是玉溪鸡。

华山南路与武成路交界处从前有一家馆子叫"映时春"，

做油淋鸡极佳。大块鸡生炸，十二寸的大盘，高高地堆了一盘。蘸花椒盐吃。二十几岁的小伙子，七八个人，人得三五块，顷刻瓷盘见底矣。如此吃鸡，平生一快。

昆明旧有卖爐鸡杂的，挎腰圆食盒，串街唤卖。鸡肫鸡肝皆用篾条穿成一串，如北京的糖葫芦。鸡肠子盘紧如素鸡，买时旋切片。耐嚼，极有味，而价甚廉，为佐茶下酒妙品。估计昆明这样的小吃已经没有了。曾与老昆明谈起，全似孟元老《东京梦华录》中所记了也。

火　腿

云南宣威火腿与浙江金华火腿齐名，难分高下。金华火腿知道的人多，有许多品级。比较著名的是"雪舫蒋腿"。更高级的，以竹叶熏成的，谓之"竹叶腿"。宣威火腿似没有这么多讲究，只是笼统地叫作火腿。火腿出在宣威，据说宣威家家腌制，而集中销售则在昆明。正义路牌坊东侧原来有一家火腿庄，除了卖整只、零切的火腿，还卖火腿骨、火腿油。上海卖金华火腿的南货店有时卖"火腿脚爪"，单卖火腿油，却没有听说过。火腿骨熬汤，火腿油炖豆腐，想来一定很好吃。

火腿作为提味的配料时多，单吃，似只有一种吃法，蒸熟了切片。从前有蜜炙火腿，不知好吃否。金华火腿按部位分油头、上腰、中腰，——再以下便是脚爪。昆明人吃火腿特重小腿至肘棒的那一部分，谓之"金钱片腿"，因为切开作圆形，当中是精肉，周围是肥肉，带着一圈薄皮。大西门外有一家本地饭馆，不大，很不整洁，但是菜品不少，金钱片腿是必备的。因为赶马的马锅头最爱吃这道菜，——这家饭馆的主要顾客是马锅头。马锅头兄弟一进门，别的菜还没有要，先叫："切一盘金钱片腿！"

一道昆明菜，不是以火腿为主料，但离开火腿却不成的，是"锅贴乌鱼"。这是东月楼的名菜。乃以乌鱼两片（乌鱼必活杀，鱼片须旋批），中夹兼肥带瘦的火腿一片，在平底铛上，以文火烙成，不加任何别的作料。鲜嫩香美，不可名状。

东月楼在护国路，是一家地道的昆明老馆子。除锅贴乌鱼外，尚有酱鸡腿，也极好。听说东月楼现在也没有了。

昆明吉庆祥的火腿月饼甚佳。今年中秋，北京运到一批，买来一尝，滋味犹似当年。

牛 肉

我一辈没有吃过昆明那样好的牛肉。

昆明的牛肉馆的特别处是只卖牛肉一样，——外带米饭、酒，不卖别的菜肴。这样的牛肉馆，据我所知，有三家。有一家在大西门外凤翥街，因为离西南联大很近，我们常去。我是由这家"学会"吃牛肉的。一家在小东门。而以小西门外马家牛肉馆为最大。楼上楼下，几十张桌子。牛肉馆的牛肉是分门别类地卖的。最常见的是汤片和冷片。白牛肉切薄片，浇滚烫的清汤，为汤片。冷片也是同样旋切的薄片，但整齐地码在盘子里，蘸甜酱油吃，（甜酱油为昆明所特有）。汤片、冷片皆极酥软，而不散碎。听说切汤片冷片的肉是整个一边牛蒸熟了的，我有点不相信：哪里有这样大的蒸笼，这样大的锅呢？但切片的牛肉确是很大的大块的。牛肉这样酥软，火候是要很足。有人告诉我，得蒸（或煮？）一整夜。其次是"红烧"。"红烧"不是别的地方加了酱油焖煮的红烧牛肉，也是清汤的，不过大概牛肉曾用红米曲染过，故肉呈胭脂红色。"红烧"是切成小块的。这不用牛身上的"好"肉，如胸肉腿肉，带一些"筋头巴脑"，和汤、冷片相较，别是一种滋味。还有几种牛身上的特别部位，也分开卖。却都有代用的别名，不"会"吃的人听不懂，不知道这是什么东西。如牛肚叫"领肝"，牛舌叫"撩青"。很多地方卖舌头都讳言"舌"字，因为"舌"与"蚀"同音。无锡陆稿荐卖猪舌改叫"赚头"。广东饭馆把牛舌叫"牛脷"其实本是"牛利"，只是加了一个肉月偏旁，以示这是肉食。这都是反"蚀"之意而用之，讨个吉利。把舌头叫成"撩青"，别处没有听说过。稍想一下，是有道理的。牛吃青草，都是用舌头撩进嘴里的。这一别称很形象，但是太费解了。牛肉馆还有牛大筋卖。我有一次同一个女同学去吃马家牛肉馆，她问我："这是什么？"我实在不好回答。我在昆明吃过不少次牛大筋，只是因为它好吃，不是为了壮阳。"领肝"、"撩青"、"大筋"都是带汤的。牛肉馆不卖炒菜。上牛肉馆其实主要是来喝汤的，——汤好。

昆明牛肉馆用的牛都是小黄牛，老牛、废牛是不用的。

吃一次牛肉馆是花不了多少钱的，比一般小饭馆便宜，也好吃，实惠。

马家牛肉馆常有人托一搪瓷茶盘来卖小菜，藠头、腌蒜、腌姜、糟辣椒……有七八样。两三分钱即可买一小碟，极开胃。

马家牛肉店不知还有没有？如果没有了，就太可惜了。

昆明还有牛干巴，乃将牛肉切成长条，腌制晾干。小饭馆有炒牛干巴卖。这东西据说生吃也行。马锅头上路，总要带牛干巴，用刀削成薄片，酒饭均宜。

蒸 菜

昆明尚食蒸菜。正义路原来有一家。蒸鸡、蒸骨、蒸肉。都放在直径不到半尺的小蒸笼中蒸熟。小笼层层相叠，几十笼为一摞，一口大蒸锅上蒸着好几摞。蒸菜都酥烂，蒸鸡连骨头都能嚼碎。蒸菜有衬底。别处蒸菜衬底多为红薯、洋芋、白萝卜，昆明蒸菜的衬底却是皂角仁。皂角仁我是认识的。我们那里的少女绣花，常用小瓷碟蒸十数个皂角仁，用来"光"绒，取其滑润，并增光泽。我没有想到这东西能吃，且好吃。样子也好看，莹洁如玉。这么多的蒸菜，得用多少皂角仁，得多少皂角才能剥出这样多的仁呢？玉溪街里有一家也卖蒸菜。这家所卖蒸菜中有一色 rang 小瓜：小南瓜，挖出瓤，塞入肉蒸熟，很别致。很多地方都有 rang 菜，rang 冬瓜，rang 茄子，都是塞肉蒸熟的菜。rang 不知道怎么写，一般字典查不到这个字。或写成"酿"，则音义都不对。我们到北京后曾做过 rang 小瓜，终不似玉溪街的味道。大概这家因为是和许多其他蒸菜摆在一起蒸的，鸡、骨、肉的蒸气透入蒸小瓜的笼，故小瓜里的肉有瓜香，而包肉的瓜则带鲜味。单 rang 一瓜，不能腴美。

诸 菌

有朋友到昆明开会，我告诉他到昆明一定要吃吃菌子。他住在一旧交家里，把所有的菌子都吃了。回北京见到我，说："真是好！"

鸡枞为菌中之王。南道街有一家专做鸡枞的馆子。这家还卖苦菜汤，是熬在一口大锅里，非常便宜，好吃。外省人说昆明有三怪：姑娘叫老太，芥菜叫苦菜。听昆明人说苦菜不是芥菜，别是一种。

前月有一直住在昆明的老同学来，说鸡㙡出在富民。有一次他们开会，从富民拉了一汽车鸡㙡来，吃得不亦乐乎。鸡㙡各处皆有，富民可能出得多一些。

青头菌、牛肝菌、干巴菌、鸡油菌，我在别的文章里已写过，不重复。昆明诸菌总宜鲜吃。鸡㙡可制成油鸡㙡，干巴菌可晾成干，可致远，然而风味减矣。

乳扇、乳饼

乳扇是晾干的奶皮子，乳饼即奶豆腐。这种奶制品我颇怀疑是元朝的蒙古兵传入云南的。然而蒙古人的奶制品只是用来佐奶茶，云南则作为菜肴。这两样其实只能"吃着玩"，不下饭的。

炒鸡蛋

炒鸡蛋天下皆有。昆明的炒鸡蛋特泡。一颠翻面，两颠出锅，动锅不动铲。趁热上桌，鲜亮喷香，逗人食欲。

番茄炒鸡蛋，番茄炒至断生，仍有清香，不疲软，鸡蛋成大块，不发死。番茄与鸡蛋相杂，颜色仍分明，不像北方的西红柿炒鸡蛋，炒得"一塌糊涂"。

映时春有雪花蛋，乃以鸡蛋清、温熟猪油于小火上，不住地搅拌，猪油与蛋清相入，油蛋交融。嫩如鱼脑，洁白而有亮光。入口即已到喉，齿舌都来不及辨别是何滋味，真是一绝。

另有桂花蛋，则以蛋黄以同法制成。雪花蛋、桂花蛋上都撒了一层瘦火腿末，但不宜多，多则掩盖鸡蛋香味。鸡蛋这样的做法，他处未见。我在北京曾用此法做一盘菜待客，吹牛说"这是昆明做法"。客人尝后，连说"不错！不错！"且到处宣传。其实我做出的既不是雪花蛋，也不是桂花蛋，简直有点像山东的"假螃蟹"了！

炒青菜

袁子才《随园食单》指出：炒青菜须用荤油，炒荤菜当用素油，很有道理。昆明炒青菜都用猪油。昆明的青菜炒得好，因为：菜新鲜，油多，火暴，慎用酱油，起锅时一般不烹水或烹水极少，不盖锅（饭馆里炒青菜多不盖锅），或盖锅时间甚短。这样炒出来的青菜不失菜味，且不变色，视之犹如从园中初摘出来的一样。

菜花昆明叫椰花菜。北京炒菜花先以水焯过，再炒。这样就不如干脆加水煮成奶油菜花汤了。昆明炒椰花菜皆生炒，脆而不梗，干干净净。如加火腿，尤妙。

炒苞谷只有昆明有。每年北京嫩玉米上市时，我都买一些回来抠出玉米粒加瘦肉末炒了吃。有亲戚朋友来，觉得很奇怪："玉米能做菜？"尝了两筷子，都说"好吃"。炒苞谷做法简单，在北京的一个很小的范围内已经推广。有一个西南联大的校友请几个老同学上家里聚一聚，特别声明："今天有一道昆明菜！"端上来，是炒苞谷。苞谷既老，放了太多的肉，大量酱油，还加了很多水咕嘟了！我跟他说："你这样的炒苞谷，能把昆明人气死。"

临离昆明前我和朱德熙在一家饭馆里吃了一盘肉炒菠菜，当时叫绝，至今不忘。菠菜极嫩（北京人爱吃长成小树一样的菠菜，真不可解），油极大，火甚匀，味极鲜。炒菠菜要尽量少动铲子。频频翻锅，菠菜就会发黑，且有涩味。

黑芥·韭菜花·茄子酢

昆明谓黑大头菜为黑芥。袁子才以为大头菜偏宜肉炒，很对。大头菜得肉，香味才能发出。我们有时几个人在昆明饭馆里吃饭，一看菜不够了，就赶紧添叫一盘黑芥炒肉。一则这个菜来得快；二则极下饭，且经吃。

韭菜花出曲靖。名为韭菜花，其实主料是切得极细晾干的萝卜丝。这是中国咸菜里的"神品"。这一味小菜按说不用多少成本，但价钱却颇贵，想是因为腌制很费工。昆明人家也有自己腌韭菜花的。这种韭菜花和北京吃涮羊肉作调料的韭菜花不是一回事，北京人万勿误会。

茄子酢是茄子切细丝，风干，封缸，发酵而成。我很怀疑这属于古代的菹。菹，郭沫若以为可能是泡菜。《说文解字》"菹"字下注云："酢菜也"，我觉得可能就是茄子酢一类的东西。中国以酢为名的小菜别处也有，湖南有"酢辣子"。古书里凡从酉的字都跟酒有点关系。茄子酢和酢辣子都是经过酒化了的，吃起来带酒香。

马铃薯

马铃薯的名字很多。河北、东北叫土豆，内蒙、张家口叫山药，山西叫山药蛋，云南、四川叫洋芋，上海叫洋山芋。除了搞农业科学的人，大概很少人叫得惯马铃薯。我倒是叫得惯了。我曾经画过一部《中国马铃薯图谱》。这是我一生中的一部很奇怪的作品。图谱原来是打算出版的，因故未能实现。原稿旧存沙岭子农业科学研究所，"文化大革命"中毁了，可惜！

一九五八年，我下放张家口沙岭子农业科学研究所劳动。一九六〇年摘了右派分子帽子，结束了劳动，一时没有地方可去，留在所里打杂。所里要画一套马铃薯图谱，把任务交给了我，所里有一个下属的马铃薯研究站，设在沽源。我在张家口买了一些纸笔颜色，乘车往沽源去。

马铃薯是适于在高寒地带生长的作物。马铃薯会退化。在海拔较低、气候温和的地方种一二年，薯块就会变小。因此每年都有很多省市开车到张家口坝上来调种。坝上成为供应全国薯种的基地。沽源在坝上，海拔一千四，冬天冷到零下四十度，马铃薯研究站设在这里，很合适。

这里集中了全国的马铃薯品种，分畦种植。正是开花的季节，真是洋洋大观。

　　我在沽源，究竟是一种什么心清，真是说不清。远离了家人和故友，独自生活在荒凉的绝塞，可以谈谈心的人很少，不免有点寂寞。另外一方面，摘掉了帽子，总有一种轻松感。日子过得非常悠闲。没有人管我，也不需要开会。一早起来，到马铃薯地里（露水很重，得穿了浅勒的胶靴），掐了一把花，几枝叶子，回到屋里，插在玻璃杯里，对着它画。马铃薯的花是很好画的。伞形花序，有一点像复瓣水仙。颜色是白的，浅紫的。紫花有的偏红，有的偏蓝。当中一个高庄小窝头似的黄心。叶子大都相似，奇数羽状复叶，只是有的圆一点，有的尖一点，颜色有的深一点，有的淡一点，如此而已。我画这玩意儿又没有定额，尽可慢慢地画。不过我画得还是很用心的，尽量画得像。我曾写过一首长诗，记述我的生活，代替书信，寄给一个老同学。原诗已经忘了，只记得两句："坐对一丛花，眸子炯如虎。"画画不是我的本行，但是"工作需要"，我也算起了一点作用，倒是颇堪自慰的。沽源是清代的军台，我在这里工作，可以说是"发往军台效力"。我于是用画马铃薯的红颜色在带来的一本《梦溪笔谈》的扉页上画了一方图章："效力军台"——我带来一些书，除《梦溪笔谈》外，有《癸已类稿》《十架斋养新录》，还有一套商务印书馆铅印本《四史》。晚上不能作画——灯光下颜色不正，我就读这些书。我自成年后，读书读得最专心的，要算在沽源这一段时候。

　　我对马铃薯的科研工作有过一点很小的贡献：马铃薯的花都是没有香味的。我发现有一种马铃薯，"麻土豆"的花，却是香的。我告诉研究站的研究人员，他们都很惊奇："是吗？——真的！我们搞了那么多年马铃薯，还没有发现。"

到了马铃薯逐渐成熟——马铃薯的花一落，薯块就成熟了，我就开始画薯块。那就更好画了，想画得不像都不大容易。画完一种薯块，我就把它放进牛粪火里烤烤，然后吃掉。全国像我一样吃过那么多种马铃薯的人，大概不多！马铃薯的薯块之间的区别比花、叶要明显。最大的要数"男爵"，一个可以当一顿饭。有一种味极甜脆，可以当水果生吃。最好的是"紫土豆"，外皮乌紫，薯肉黄如蒸栗，味道也像蒸栗，入口更为细腻。我曾经扛回一袋，带到北京。春节前后，一家大小，吃了好几天。我很奇怪："紫土豆"为什么不在全国推广呢？

马铃薯原产南美洲，现在遍布全世界。苏联卫国战争时期的小说，每每写战士在艰苦恶劣的前线战壕中思念家乡的烤土豆，"马铃薯"和"祖国"几乎成了同义字。罗宋汤、沙拉，离开了马铃薯做不成，更不用说奶油烤土豆、炸土豆条了。

马铃薯传入中国，不知始于何时。我总觉得大概是明代，和郑和下西洋有点缘分。现在可以说遍及全国了。沽源马铃薯研究站不少品种是从青藏高原、大小凉山移来的。马铃薯是山西、内蒙、张家口的主要蔬菜。这些地方的农村几乎家家都有山药窖，民歌里都唱："想哥哥想得迷了窍，抱柴火跌进了山药窖。""交城的山里没有好茶饭，只有莜面栲栳栳，还有那山药蛋。"山西的作者群被称为"山药蛋派"。呼和浩特的干部有一点办法的，都能到武川县拉一车山药回来过冬。大笼屉蒸新山药，是待客的美餐。张家口坝上、坝下，山药、西葫芦加几块羊肉爊一锅烩菜，就是过年。

中国的农民不知有没有一天也吃上罗宋汤和沙拉。也许即使他们的生活提高了，也不吃罗宋汤和沙拉，宁可在大烩菜里多加几块肥羊肉。不过也说不定。中国人过去是不喝啤酒的，现在北京郊区的农民喝啤酒已经习惯了。我希望中国农民也会爱吃罗宋汤和沙拉。因为罗宋汤和沙拉是很好吃的。

一九八七年二月十六日

载一九八七年第六期《作家》

腊梅花

"雪花、冰花、腊梅花……"我的小孙女这一阵老是唱这首儿歌。其实她没有见过真的腊梅花，只是从我画的画上见过。

周紫芝《竹坡诗话》云："东南之有腊梅，盖自近时始。余为儿童时，犹未之见。元祐间，鲁直诸公方有诗，前此未尝有赋此诗者。政和间，李端叔在姑溪，元夕见之僧舍中，尝作两绝，其后篇云：'程氏园当尺五天，千金争赏凭朱栏。莫因今日家家有，便作寻常两等看。'观端叔此诗，可以知前日之未尝有也。"看他的意思，腊梅是从北方传到南方去的。但是据我的印象，现在倒是南方多，北方少见，尤其难见到长成大树的。我在颐和园藻鉴堂见过一棵，种在大花盆里，放在楼梯拐角处。因为不是开花的时候，绿叶披纷，没有人注意。和我一起住在藻鉴堂的几个搞剧本的同志，都不认识这是什么。

我的家乡有腊梅花的人家不少。我家的后园有四棵很大的腊梅。这四棵腊梅，从我记事的时候，就已经是那样大了。很可能是我的曾祖父在世的时候种的。这样大的腊梅，我以后在别处没有见过。主干有汤碗口粗细，并排种在一个砖砌的花台上。这四棵腊梅的花心是紫褐色的，按说这是名种，即所谓"檀心磬口"。腊梅有两种，一种是檀心的，一种是白心的。我的家乡偏重白心的，美其名曰："冰心腊梅"，而将檀心的贬为"狗心腊梅"。腊梅和狗有什么关系呢？真是毫无道理！因为它是狗心的，我们也就不大看得起它。

不过凭良心说，腊梅是很好看的。其特点是花极多——这也是我们不太珍惜它的原因。物稀则贵，这样多的花，就没有什么稀罕了。每个枝条上都是花，无一空枝。而且长得很密，一朵挨着一朵，挤成了一串。这样大的四棵大腊梅，满树繁花，黄灿灿的吐向冬日的晴空，那样的热热闹闹，而又那样的安安静静，实在是一个不寻常的境界。不过我们已经司空见惯，每年都有一回。

每年腊月，我们都要折腊梅花。上树是我的事。腊梅木质疏松，枝条脆弱，上树是有点危险的。不过腊梅多枝杈，便于登踏，而且我年幼身轻，正是"一日上树能千回"的时候，从来也没有掉下来过。我的姐姐在下面指点着："这枝，这枝！——哎，对了，对了！"我们要的是横斜旁出的几枝，这样的不蠢；要的是几朵半开，多数是骨朵的，这样可以在瓷瓶里养好几天——如果是全开的，几天就谢了。

下雪了，过年了。大年初一，我早早就起来，到后园选摘几枝全是骨朵的腊梅，把骨朵都剥下来，用极细的铜丝，——这种铜丝是穿珠花用的，就叫作"花丝"，把这些骨朵穿成插鬓的花。我们县北门的城门口有一家穿珠花的铺子，我放学回家路过，总要钻进去看几个女工怎样穿珠花，我就用她们的办法穿成各式各样的腊梅珠花。我在这些腊梅珠子花当中嵌了几粒天竹果，——我家后园的一角有一棵天竹。黄腊梅、红天竹，我到现在还很得意：那是真很好看的。我把这些腊梅珠花送给我的祖母，送给大伯母，送给我的继母。她们梳了头，就插戴起来。然后，互相拜年。我应该当一个工艺美术师的，写什么屁小说！

一九八七年二月十八日

载一九八七年第六期《作家》

紫 薇

　　唐朝人也不是都能认得紫薇花的。《韵语阳秋》卷第十六："白乐天诗多说别花，如《紫薇花诗》云'除却微之见应爱，世间少有别花人'……今好事之家，有奇花多矣，所谓别花人，未之见也。鲍溶作《仙檀花诗》寄袁德师侍御，有'欲求御史更分别'之句，岂谓是邪？"这里所说的"别"是分辨的意思。白居易是能"别"紫薇花的，他写过至少三首关于紫薇的诗。

　　《韵语阳秋》云：

　　　　白乐天作中书舍人，入直西省，对紫薇花而有咏曰："丝纶阁下文章静，钟鼓楼中刻漏长。独坐黄昏谁是伴，紫薇花对紫薇郎。"后又云："紫薇花对紫薇翁，名目虽同貌不同"，则此花之珍艳可知矣。爪其本则枝叶俱动，俗谓之"不耐痒花"。自五月开至九月尚烂熳，俗又谓之"百日红"。唐人赋咏，未有及此二事者。本朝梅圣俞时注意此花。一诗赠韩子华，则曰"薄肤痒不胜轻爪，嫩干生宜近禁庐"；一诗赠王景彝，则曰："薄薄嫩肤搔鸟爪，离离碎叶剪城霞"，然皆著不耐痒事，而未有及百日红者。胡文恭在西掖前亦有三诗，其一云："雅当翻药地，繁极曝衣天"，注云："花至七夕犹繁"，似有百日红之意，可见当时此花之盛。省吏相传，咸平中，李昌武自别墅移植于此。晏元献尝作赋题于省中，所谓"得自羊墅，来从召园，有昔日之绛老，无当时之仲文"是也。

对于年轻的读者，需要做一点解释，"紫薇花对紫薇郎"是什么意思。紫薇郎亦作紫微郎，唐代官名，即中书侍郎。《新唐书·百官志二》注："开元元年，改中书省曰紫微省，中书令曰紫微令。"白居易曾为中书侍郎，故自称紫微郎。中书侍郎是要到宫里值班的，独自坐在办公室里，不免有些寂寞，但是这也不是一般人所能谋得到的差事，诗里又透出几分得意。"紫薇花对紫薇郎"，使人觉得有点罗曼蒂克，其实没有。不过你要是有一点罗曼蒂克的联想，也可以。石涛和尚画过一幅紫薇花，题的就是白居易的这首诗。紫薇颜色很娇，画面很美，更易使人产生这是一首情诗的错觉。

从《韵语阳秋》的记载，我们可以知道两件事。一是"爪其本则枝叶俱动"。紫薇的树干的外皮易脱落，露出里面的"嫩肤"，嫩肤上留下一片一片的青色和白色的云斑。用指甲搔搔树干的嫩肤，确实是会枝叶俱动的。宋朝人叫它"不耐痒花"，现在很多地方叫它"怕痒痒树"或"痒痒树"。这到底是什么道理，好像没有人解释过。二是花期甚长。这是夏天的花。胡文恭说它"繁极曝衣天"，白居易说它"独占芳菲当夏景，不将颜色托春风"。但是它"花至七夕犹繁"。我甚至在飘着小雪的天气，还看见一棵紫薇依然开着仅有的一穗红花！

我家的后园有一棵紫薇。这棵紫薇有年头了，主干有茶杯口粗，高过屋檐。一到放暑假，它开起花来，真是"繁"得不得了。紫薇花是六瓣的，但是花瓣皱缩，瓣边还有很多不规则的缺刻，所以根本分不清它是几瓣，只是碎碎叨叨的一球，当中还射出许多花须、花蕊。一个枝子上有很多朵花。一棵树上有数不清的枝子。真是乱。乱红成阵。乱成一团。简直像一群幼儿园的孩子放开了又高又脆的小嗓子一起乱嚷嚷。在乱哄哄的繁花之间还有很多赶来凑热闹的黑蜂。这种蜂不是普通的蜜蜂，个儿很大，有指头顶那样大，黑的，就是齐白石爱画的那种。我到现在还叫不出这是什么蜂。这种大黑蜂分量很重。它一落在一朵花上，抱住了花须，这一穗花就叫它压得沉了下来。它起翅飞去，花穗才挣回原处，还得哆嗦两下。

大黑蜂不像马蜂那样会做窠。它们也不像马蜂一样的群居，是单个生活的。在人家房檐的椽子下面钻一个圆洞，这就是它的家。我常常看见一个大黑蜂飞回来了，一收翅膀，钻进圆洞，就赶紧用一根细细的帐竿竹子捅进圆洞，来回地拧，它就在洞里嗯嗯地叫。我把竹竿一拔，啪地一声，它就掉到了地上。我赶紧把它捉起来，放进一个玻璃瓶里，盖上盖——瓶盖上用洋钉凿了几个窟窿。瓶子里塞了好些紫薇花。大黑蜂没有受伤，它只是摔晕过去了。过了一会儿，它缓醒过来了，就在花瓣之间乱爬。大黑蜂生命力很强，能活几天。我老幻想它能在瓶里待熟了，放它出去，它再飞回来。可是不知什么时候，它仰面朝天，死了。

紫薇原产于中国中部和南部。白居易诗云"浔阳官舍双高树，兴善僧庭一大丛，何似苏州安置处，花堂栏下月明中"，这些都是偏南的地方。但是北方很早就有了，如长安。北京过去也有，但很少（北京人多不识紫薇）。近年北京大量种植，到处都是。街心花园几乎都有。选择这种花木来美化城市环境是很有道理的，因为它花繁盛，颜色多（多为胭脂红，也有紫色和白色的），花期长。但是似乎生长得很慢。密云水库大坝下的通道两侧，隔不远就有一棵紫薇。我每年夏天要到密云开一次会，年年到坝下散步，都看到这些紫薇。看了四年，它们好像还是那样大。

比起北京雨后春笋一样耸立起来的高楼，北京的花木的生长就显得更慢。因此，对花木要倍加爱惜。

一九八七年四月二十一日
载一九八七年第六期《作家》

金岳霖先生

　　西南联大有许多很有趣的教授，金岳霖先生是其中的一位。金先生是我的老师沈从文先生的好朋友。沈先生当面和背后都称他为"老金"。大概时常来往的熟朋友都这样称呼他。关于金先生的事，有一些是沈先生告诉我的。我在《沈从文先生在西南联大》一文中提到过金先生。有些事情在那篇文章里没有写进，觉得还应该写一写。

　　金先生的样子有点怪。他常年戴着一顶呢帽，进教室也不脱下。每一学年开始，给新的一班学生上课，他的第一句话总是："我的眼睛有毛病，不能摘帽子，并不是对你们不尊重，请原谅。"他的眼睛有什么病，我不知道，只知道怕阳光。因此他的呢帽的前檐压得比较低，脑袋总是微微地仰着。他后来配了一副眼镜，这副眼镜一只的镜片是白的，一只是黑的。这就更怪了。后来在美国讲学期间把眼睛治好了，——好一些，眼镜也换了，但那微微仰着脑袋的姿态一直还没有改变。他身材相当高大，经常穿一件烟草黄色的麂皮夹克，天冷了就在里面围一条很长的驼色的羊绒围巾。联大的教授穿衣服是各色各样的。闻一多先生有一阵穿一件式样过时的灰色旧夹袍，是一个亲戚送给他的，领子很高，袖口极窄。联大有一次在龙云的长子、蒋介石的干儿子龙绳武家里开校友会，——龙云的长媳是清华校友，闻先生在会上大骂"蒋介石，王八蛋！混蛋！"那天穿的就是这件高领窄袖的旧夹袍。朱自清先生有一阵披着一件云南赶马人穿的蓝色毡子的一口钟。除了体育教员，教授里穿夹克的，好像只有金先生一个人。他的眼神即使是到美国治了后也还是不大好，走起路来有点深一脚浅一脚。他就这样穿着黄夹克，微仰着脑袋，深一脚浅一脚地在联大新校舍的一条土路上走着。

金先生教逻辑。逻辑是西南联大规定文学院一年级学生的必修课，班上学生很多，上课在大教室，坐得满满的。在中学里没有听说有逻辑这门学问，大一的学生对这课很有兴趣。金先生上课有时要提问，那么多的学生，他不能都叫得上名字来，——联大是没有点名册的，他有时一上课就宣布："今天，穿红毛衣的女同学回答问题。"于是所有穿红衣的女同学就都有点紧张，又有点兴奋。那时联大女生在蓝阴丹士林旗袍外面套一件红毛衣成了一种风气。——穿蓝毛衣、黄毛衣的极少。问题回答得流利清楚，也是件出风头的事。金先生很注意地听着，完了，说："Yes! 请坐！"

学生也可以提出问题，请金先生解答。学生提的问题深浅不一，金先生有问必答，很耐心。有一个华侨同学叫林国达，操广东普通话，最爱提问题，问题大都奇奇怪怪。他大概觉得逻辑这门学问是挺"玄"的，应该提点怪问题。有一次他又站起来提了一个怪问题，金先生想了一想，说："林国达同学，我问你一个问题：'Mr. 林国达 is perpenticular to the blackboard(林国达君垂直于黑板)'，这什么意思？"林国达傻了。林国达当然无法垂直于黑板，但这句话在逻辑上没有错误。

林国达游泳淹死了。金先生上课，说："林国达死了，很不幸。"这一堂课，金先生一直没有笑容。

有一个同学，大概是陈蕴珍，即萧珊，曾问过金先生："您为什么要搞逻辑？"逻辑课的前一半讲三段论，大前提、小前提、结论、周延、不周延、归纳、演绎……还比较有意思。后半部全是符号，简直像高等数学。她的意思是：这种学问多么枯燥！金先生的回答是："我觉得它很好玩。"

除了文学院大一学生必修逻辑，金先生还开了一门"符号逻辑"，是选修课。这门学问对我来说简直是天书。选这门课的人很少，教室里只有几个人。学生里最突出的是王浩。金先生讲着讲着，有时会停下来，问："王浩，你以为如何？"这堂课就成了他们师生二人的对话。王浩现在在美国。前些年写了一篇关于金先生的较长的文章，大概是论金先生之学的，我没有见到。

王浩和我是相当熟的。他有个要好的朋友王景鹤，和我同在昆明黄土坡一个中学教书，王浩常来玩。来了，常打篮球。大都是吃了午饭就打。王浩管吃了饭就打球叫'练盲肠'。王浩的相貌颇"土"，脑袋很大，剪了一个光头，——联大同学剪光头的很少，说话带山东口音。他现在成了洋人——美籍华人，国际知名的学者，我实在想象不出他现在是什么样子。前年他回国讲学，托一个同学要我给他画一张。我给他画了几个青头菌、牛肝菌，一根大葱，两头蒜，还有一块很大的宣威火腿。——火腿是很少入画的。我在画上题了几句话，有一句是"以慰王浩异国乡情"。王浩的学问，原来是师承金先生的。

一个人一生哪怕只教出一个好学生，也值得了。当然，金先生的好学生不止一个人。

金先生是研究哲学的，但是他看了很多小说。从普鲁斯特到福尔摩斯，都看。听说他很爱看平江不肖生的《江湖奇侠传》。有几个联大同学住在金鸡巷，陈蕴珍、王树藏、刘北汜、施载宣（萧荻）。楼上有一间小客厅。沈先生有时拉一个熟人去给少数爱好文学、写写东西的同学讲一点什么。金先生有一次也被拉了去。他讲的题目是《小说和哲学》。题目是沈先生给他出的。大家以为金先生一定会讲出一番道理。不料金先生讲了半天，结论却是：小说和哲学没有关系。有人问：那么《红楼梦》呢？金先生说："红楼梦里的哲学不是哲学。"他讲着讲着，忽然停下来："对不起，我这里有个小动物。"他把右手伸进后脖颈，捏出了一个跳蚤，捏在手指里看看，甚为得意。

金先生是个单身汉（联大教授里不少光棍，杨振声先生曾写过一篇游戏文章《释鳏》，在教授间传阅），无儿无女，但是过得得其乐。他养了一只很大的斗鸡（云南出斗鸡）。这只斗鸡能把脖子伸上来，和金先生一个桌子吃饭。他到处搜罗大梨、大石榴，拿去和别的教授的孩子比赛。比输了，就把梨或石榴送给他的小朋友，他再去买。

金先生朋友很多，除了哲学家的教授外，时常来往的，据我所知，有梁思成、林徽因夫妇，沈从文，张奚若……君子之交淡如水，坐定之后，清茶一杯，闲话片刻而已。金先生对林徽因的谈吐才华，十分欣赏。现在的年轻人多不知道林徽因。她是学建筑的，但是对文学的趣味极高，精于鉴赏，所写的诗和小说如《窗子以外》《九十九度中》，风格清新，一时无二。林徽因死后，有一年，金先生在北京饭店请了一次客，老朋友收到通知，都纳闷：老金为什么请客？到了之后，金先生才宣布："今天是徽因的生日。"

金先生晚年深居简出。毛主席曾经对他说："你要接触接触社会。"金先生已经八十岁了，怎么接触社会呢？他就和一个蹬平板三轮车的约好，每天蹬着他到王府井一带转一大圈。我想象金先生坐在平板三轮上东张西望，那情景一定非常有趣。王府井人挤人，熙熙攘攘，谁也不会知道这位东张西望的老人是一位一肚子学问，为人天真、热爱生活的大哲学家。

金先生治学精深，而著作不多。除了一本大学丛书里的《逻辑》，我所知道的，还有一本《论道》。其余还有什么，我不清楚，须问王浩。

我对金先生所知甚少。希望熟知金先生的人把金先生好好写一写。

联大的许多教授都应该有人好好地写一写。

一九八七年二月二十三日

载一九八七年第五期《读书》

滇游新记

滇南草木状

尤加利树 尤加利树北方没有。四十六年前到昆明始识此树。树叶厚重，风吹作金石声。在屋里静坐读书，听着哗啦哗啦的声音，会忽然想起，这是昆明。说不上是乡愁，只是有点觉得此身如寄。因此对尤加利树颇有感情。

尤加利树木理旋拧，有一个特殊的用途，作枕木，经得起震，不易裂。现在枕木大都改成钢或水泥制造的了，这种树就不那么受到重视了。树叶提汁，可制糖果，即桉叶糖。爱吃桉叶糖的人也不是很多。

连云宾馆门内有一棵大尤加利树，粗可合抱，少见。

叶子花 昆明叶子花多，楚雄更多。龙江公园到处都是叶子花。这座公园是新建的，建筑物的墙壁栏杆的水泥都发干净的灰白色，叶子花的紫颜色更把公园衬托得十分明朗爽洁。芒市宾馆一丛叶子花攀附在一棵大树上。树有四丈高，花一直开到树顶。

叶子花的紫，紫得很特别，不像丁香，不像紫藤，也不像玫瑰，它就是它自己那样的一种紫。

叶子花夏天开花。但在我的印象里，它好像一年到头都开，老开着，没有见它枯萎凋谢过。大概它自己觉得不过是叶子，就随便开开吧。

叶子花不名贵，但不讨厌。

马缨花 走进龙江公园，我对市文联的同志说："楚雄如果选市花，可以选叶子花。"文联的同志说："彝族有自己的花，——马缨花。"马缨花？马缨花即合欢，北方多得很。"这是杜鹃科杜鹃的一种。"那么这不是合欢。走进开座谈会的会议室，桌上摆了一盆很大的花，我问："这是不是马缨花？"——"是的，是的。"名不虚传！这株马缨花干粗如酒杯口，横卧而出，矫健如龙，似欲冲盆飞去。叶略似杜鹃而长，一丛一丛的，相抱如莲花瓣。周围的叶子深绿色，中心则为嫩绿。干端叶较密集，绿叶中开出一簇火红的。花有点像杜鹃，但花瓣较坚厚，不像杜鹃那样的薄命相。花真是红。这是正红，大红。彝族人叫它马缨花是有道理的。云南的马缨不是麻丝攒成的，而是用一方红布扎成一个绣球。马缨不是缀在马的颈下，而是结在马的前额，如果是白马或黑马，老远就看得见，非常显眼。额头有马缨的马，多半是马帮里的头马。把这种花叫作马缨花，神似。马缨花大红大绿，颜色华贵，而姿态又颇奔放，于端庄中透出粗野，真是难得！

车行在高黎贡山中，公路两边的丛岭中，密林深处，时时可以看到一树通红通红的马缨花。

令箭 云南人爱种花。楚雄街道两边楼房的栏杆上摆得满满的花，各色各样，令箭尤其多。令箭北方常见，但不如楚雄的花开得多。北方令箭，开十几朵就算不错，楚雄的令箭一盆开花上百朵。一片叶子上密密匝匝地涨出了好多骨朵，大概都有三十几个，真不得了！滇南草木，得天独厚，没有话说。

一品红 北京的一品红是栽在盆里的，高二三尺。芒市、盈江的一品红长成一人多高的树，绿叶少而红叶多，这也未免太过分了！

兰 云南兰花品类极多。盈江县招待所庭院中有一棵香樟树，树丫里寄生的兰花就有四种。这都是热带兰花。有一种是我认得的，虎头兰。花大，浅黄色。有一舌，舌白，舌端有紫色斑点。其余三种都未见过。一种开白花，一种开浅绿花。另一种开淡银红色的花，花瓣边似剪秋罗，很长的一串，除了有兰花一样的长叶子披下来，真很难说这是兰花。

兰花最贵重的是素心兰。大理街上有一家门前放了两盆素心兰，旁贴一纸签："出售"。一看标价：二百。大理是素心兰的产地，本地昂贵如此，运到外地，可想而知。素心兰种在高高泥盆里。盆腹鼓起，如一小坛。

在保山，有人要送我一盆虎头兰。怎么带呢？

茶花 茶花已经开过了。遗憾。

闻丽江有一棵茶花王，每年开花万朵，号称"万朵茶花"，——当然这是累计的，一次开不了那样多。不过这也是奇迹了。有人告诉过我，茶花最多只能开三百朵。

大青树 大青树不成材，连烧火都不燃，故能不遭斧斤，保其天年，唯堪与过往行人遮荫，此不材之材。滇南大青树多"一树成林"。

紫薇 紫薇我没有见过很大的。昆明金殿两边各有一棵紫薇，树上挂一木牌，写明是"明代紫薇"，似可信。树干近根部已经老得不成样子，疙瘩流秋。梢头枝叶犹繁茂，开花时，必有可观。用手指搔搔它的树干，无反应。它已经那么老了，不再怕痒痒了。

一九八七年三月十一日

泼水节印象

作家访问团四月六日离京赴云南，是为了能赶上泼水节。

十一日到芒市。这是泼水节的前一天。这天干部带领群众上山采花。采的花名锥栗花，是一串一串繁密而细碎的白色的小花，略带点浅浅的豆绿。我们到时，全市已经用锥栗花装饰起来了。

泼水节由来的传说是大家都知道的：有一魔王，具无上魔力，猛恶残暴，祸祟人民。他有七个妻子。一日，魔王酒醉，告诉最年轻的妻子："我虽有无上魔力，亦有弱点。如拔下我的一根头发，在我颈上一勒，我头即断。"其妻乃乘魔王酣睡，拔取其头发一根，将魔王头颈勒断。不料魔王头落在哪里，哪里即起大火。魔王之妻只好将头抱着，七个妻子轮流抱持。她们身上沾染血污，气味腥臭。诸邻居人，乃各以香水，泼向她们，为除不洁，世代相沿，遂成节日。

这大概只是口头传说，并无文字记载。泼水节仪式中看不出和这个传说直接有关的痕迹。傣族人所以重视这个节，是因为这是傣历的新年。作为节日的象征的，是龙。节日广场的中心有一条木雕彩画的巨龙。傣族的龙和汉族的不大一样。汉族的龙大体像蛇，蜿蜒盘屈；傣族的龙有点像鸟，头尾高昂，如欲轻举。这是东南亚的龙，不是北方的龙。龙治水，这是南方人北方人都相信的。泼水节供养木龙，顺理成章。泼水节是水的节。

节日还没有正式开始，一早起来，远近已经是一片铓锣象脚鼓的声音。铓锣厚重，声音发闷而能传远，象脚鼓声也很低沉，节拍也似很单调，只是一股劲地咚咚咚咚……蓬蓬蓬蓬……

不像北方锣鼓打出许多花点。不强烈，不高昂激越，而极温柔。

仪式很简单。先由地方负责同志讲话，然后由一个中年的女歌手祝福，女歌手神情端肃，曼声吟诵，时间不短，可惜听不懂祝福的词句，同时，有人分发泼水粑粑和金米饭。泼水粑粑乃以糯米粉和红糖，包在芭蕉叶中蒸熟；金米饭是用一种山花把糯米染黄蒸熟了的。

泼水开始。每人手里都提了一只小水桶，塑料的或白铁的，内装多半桶清水，水里还要滴几点香水，桶内插了花枝。泼水，并不是整桶的往你身上泼，只是用花枝蘸水，在你肩膀上掸两下，一面用傣语说："好吃好在。"我们是汉人，给我们泼水的大都用汉语说："祝你健康。""祝你健康"太一般了，不如"好吃好在"有意思。接受别人泼水后，可以也用花枝蘸水在对方肩头掸掸，或在肩上轻轻拍三下。"好吃好在"，——"祝你健康"。但是少男少女互泼，常常就不那么文雅了。越是漂亮的，挨泼的越多。主席台上有一个身材修长，穿了一身绿纱的姑娘，不大一会儿已经被泼得浑身上下都湿透了。

主席台上的桌椅都挪开了，为什么？有人告诉我：要在这里跳舞，跳"嘎漾"。台上跳，台下也跳。不知多少副铓锣象脚鼓都敲响了，蓬蓬咚咚，混成一片，分不清是哪一面锣哪一腔鼓敲出来的声音。

"嘎漾"的舞步比较简单。脚下一步一顿，手臂自然摆动，至胸前一转手腕。"嘎漾"是鹭鸶舞的意思。舞姿确是有点儿像鹭鸶。傣族人很喜欢鹭鸶。在碧绿的田野里时常可以看到成群的白鹭。"嘎漾"有十五六种姿式，主要的变化在腕臂。虽然简单，却很优美。傣族少女，着了筒裙，小腰秀颈，姗姗细步，跳起"嘎漾"，极有韵致。在台上跳"嘎漾"的，就是方才招呼我们吃泼水粑粑，用花枝为我们泼水的服务员，全都打扮得花枝招展，一个赛似一个。我问陪同人："她们是不是演员？"——"不是，有的是机关干部，有的是商店营业员。"

跳"嘎漾"的大部分是水傣，也有几个旱傣，她们也是服务人员。旱傣少女的打扮别是一样：头上盘了极粗的发辫，插了一头各种颜色的绢花。白纱上衣，窄袖，胸前别满了黄灿灿的镀金饰物。一边龙一边凤，还有一些金花、金蝶、金葫芦。下面是黑色的喇叭裤，系黑短围裙，垂下两根黑地彩绣的长飘带。水傣少女长裙曳地，仪态大方；旱傣少女则显得玲珑而带点稚气。

泼水节是少女的节，是她们炫耀青春、比赛娇美的节日。正是由于这些着意打扮，到处活跃的少女，才把节日衬托得如此华丽缤纷，充满活力。

晚上有宴会，到各桌轮流敬酒的，还是她们。一个一个重新梳洗，换了别样的衣裙，容光焕发，精力旺盛。她们的敬酒，有点霸道。杯到人到，非喝不可。好在砂仁酒度数不高而气味芳香，多喝两杯也无妨。我问一个岁数稍大的姑娘："你们今天是不是把全市的美人都动员来了？"她笑着说："哪里哟！比我们好看的有的是！"

第二天，我们到法帕区又参加了一次泼水节。规模不能与芒市比，但在杂乱中显出粗豪，另是一种情趣。

归时已是黄昏。德宏州时差比北京晚一小时，过七点了，天还不暗。但是泼水高潮已过。泼水少女，已经兴尽，三三两两，阑珊归去，只余少数顽童，还用整桶泥水，泼向行人车辆。

有一个少女在河边洗净筒裙，晾在树上。同行的一位青年小说家，有诗人气质，说他看了两天泼水节，没有觉得怎么样，看了这个少女晾筒裙，忽然非常感动。

> 泼水归来日未曛，
>
> 散抛锥栗入深林。
>
> 铓锣象鼓声犹在，
>
> 缅桂梢头晾筒裙。

泼水，泼人、被泼，都是未婚少女的事。一出嫁，即不再参与。已婚妇女的装束也都改变了。不再着鲜艳的筒裙，只穿白色衣裤，头上系一个衬有硬胎的高高的黑绸圆筒。背上大都用兜布背了一个孩子。她们也过泼水节，但只是来看看热闹。她们的精神也变了，冷静、淡漠，也许还有点惆怅、凄凉，不再像少女那样笑声琅琅，神采飞扬，眼睛发光。

一九八七年五月四日

大等喊

云南省作协的同志安排我在一个傣族寨子里住一晚上。地名大等喊。

车从瑞丽出发，经过一个中缅边界的寨子，云井寨。一条宽路从缅甸通向中国，可以直来直往。除了有一个水泥界桩外，无任何标志。对面有一家卖饵丝的铺子。有人买了一碗饵丝。一个缅甸女孩把饵丝递过来，这边把钱递过去。他们的手已经都伸过国界了。只要脚不跨过界桩，不算越境。

中缅边界真是和平边界。两国之间，不但毫无壁垒，连一道铁丝网都没有，简直不像两国的分界。我们到畹町的界桥看过。桥头有一个检查站，旗杆上飘着中华人民共和国的国旗。一个缅甸小女孩提了饭盒走过界桥。她妈在畹町街上摆摊子做生意，她来给妈送饭来了。她每天过来，检查站的都认得她。她大摇大摆地走过来。脸上带着一点笑。意思是：我又来了，你们好！站在国境线上，我才真正体会到中缅人民真是胞波。陈毅同志诗："共饮一江水"，是纪实，不是诗人的想象。

车经喊撒。喊撒有一个比较大的奘房，要去看看。

进寨子，有一家正在办丧事，陪同的同志说："可以到他家坐坐。"傣族人对生死看得比较超脱，人过五十五死去，亲友不哭。这也许和信小乘佛教有关。这家的老人是六十岁死的，算是"喜丧"了。进寨，寨里的人似都没有哀戚的神色，只是显得很沉静。有几个中年人在糊扎引魂的幡幢——傣族人死后，要给他制一个缅塔尖顶似的纸幡幢，用竹竿高高地竖起来，这样他的灵魂才能上天。几个年轻人不紧不慢地敲铓锣、象脚鼓，另外一些人好像在忙着做饭。傣族的风俗，人死了，亲友要到这家来坐五天。这位老人死已三日，已经安葬，亲友们还要坐两天。我们脱鞋，登木梯，上了竹楼。竹楼很宽敞，一侧堆了很多叠得整整齐齐的被子，有二十来个岁数较大的男男女女在楼板上坐着，抽烟、喝茶。他们也极少说话，静静的。

奘房是赕佛的地方。赕是傣语，本意是以物献佛，但不如说听经拜佛更确切些。傣族的赕佛，大体上是有一个男人跪在佛的前面诵念经文，很多信佛的跪在他身后听着。诵经人穿着如常人，也并无钟鼓法器，只是他一个人念，声音平直。偶尔拖长，大概是到了一个段落。傣族的跪，实系中国古代人的坐。古人席地而坐。膝着地，臀部落于脚跟，谓之坐。——如果直身，即为"长跪"。傣族赕佛时的姿势正是这样。

喊撒奘房的出名，除了比较大，还因为有一位佛爷。这位佛爷多年在缅甸，前三年才被请了回来。他并不领头赕佛，却坐在偏殿上。佛爷名叫伍并亚温撒，是全国佛教协会的理事，岁数不很大。他着了一身杏黄色的僧衣。这种僧衣不知叫什么，不是褊衫，也不是袈裟，上身好像只是一块布，缠裹着，袒其右臂。他身前坐了一些善男。有人来了，向他合十为礼，他也点头笑答。有些信徒抽用一种树叶卷成的像雪茄似的烟。佛爷并不是道貌岸然，很随和。他和信徒们随意交谈。谈的似乎不是佛理，只是很家常的话，因为他不时发出很有人情味的笑声。

近午，至大等喊。等喊，傣语是堆金子的地方。因为有两个寨子都叫等喊，汉族人就在前面多加了一个字，一个叫大等喊，一个叫小等喊。傣语往往用很少的音节表很多的意思，如畹町，意思是太阳当顶的地方。因为电影《葫芦信》《孔雀公主》都在大等喊拍过外景，所以旅游的人都想来看看。

住的旅馆名"醉仙楼"，这是个汉族名字，老板在招牌下面于是又加了两个字：傣家。老板是汉人，夫人是傣族。两层的木结构建筑，作曲尺形。房间不多，作家访问团二十余人，就基本上住满了。房间里有床，并不是叫我们睡在地板上。房屋样式稍稍有点像竹楼。老板又花了钱把拍《葫芦信》和《孔雀公主》的布景上的装饰零件和木雕的佛龛之类买了下来，配置在廊厦角落，于是就很有点傣味了。

一住下来，泡一杯茶，往藤椅一坐，觉得非常舒服。连日坐汽车，参加活动，大家都累了，需要休息。

醉仙楼在寨口。一条平路，通到寨子里。寨里有几条岔路，也极平整。寨里极安静。到处都是干干净净的。空气好极了。

到处是树。一丛一丛的凤尾竹，很多柚子树。大等喊的柚子是很有名的。现在不是柚子成熟的时候，只看见密密的深绿的树叶。空气里有一种淡淡的清苦的味道，就是柚树叶片散发出来的。这里那里安置了一座一座竹楼，错落有致。傣家的竹楼不是紧挨着的，各家之间都有一段距离。除了当路的正门，竹楼的三面都是树。有一座奘房，大门锁着。我们到寨里一家首富的竹楼上做了一会儿客，女主人汉话说得很好，善于应酬。楼上真是纤尘不染。

醉仙楼的傣族特点不在住房，而在饭食。我们在这里吃了四顿地道的傣族饭。芭蕉叶蒸豆腐。拿上来的是一个绿色的芭蕉叶的包袱，解开来，里面是豆腐，还加了点碎肉、香料，鲜嫩无比。竹筒烤牛肉。一截二尺许长的青竹，把拌了作料的牛肉塞在里面，筒口用树叶封住，放在柴火里烤熟，切片装盘。牛肉外面焦脆，闻起来香，吃起来有嚼头。牛肉丸子。傣族人很会做牛肉。丸子小小的，我们吃了都以为是鱼丸子，因为极其细嫩。问了问，才知道是牛肉的。做这种丸子不用刀剁，而是用两根铁棒敲，要敲两个小时。苦肠丸子，苦肠是牛肠里没有完全消化的青草。傣族人生吃，做调料，蘸肉，是难得的美味。听说要请我们吃苦肠，我很高兴。只是老板怕我们吃不来，是和在肉丸子里蒸了的。有一点苦味，大概是因为碎草里有牛的胆汁。其实我倒很想尝尝生苦肠的味道。弄熟了，意思就不大了。当然，还少不了傣家的看家菜：酸笋煮鸡。不过这道菜我们在畹町、芒市都已经吃过了。小菜是酸腌菜、鱼眼睛菜——一种树的嫩头，有小骨朵如鱼眼，酸渍。傣族人喜食酸。

醉仙楼的老板不俗。他供应我们这几顿傣家饭是没有多少赚头的。他要请我们写几个字，特地大老远地跑到县城，和一位画家匀来了几张宣纸。醉仙楼每个房间里都放着一个缅甸细陶水壶，通身乌黑，造型很美。好几个作家想托他买。因为这两天没有缅甸人过来赶集，老板就按原价卖给了他们。这些作家于是一个攥了一个陶壶，上路了。

　　大等喊小住两天，印象极好。

　　这里的乌鸦比北方的小，鸟身细长，鸣声比较尖细，不像北方乌鸦哇哇地哑叫。

一九八七年五月八日
载一九八七年第八期《滇池》

杜甫草堂·三苏祠·升庵祠

几次到成都，总不免要去杜甫草堂。第一次是自己想去，以后都是陪别人。我对杜甫草堂有些失望。我希望能看到一点遗迹。既名草堂，总得有一个草堂。我知道唐代的草堂是不可能保存到今天的，但是以意为之，得其仿佛，重盖几间，总还是可以的。《茅屋为秋风所破歌》的茅屋在哪里呢？没有。"老妻画纸为棋局，稚子敲针作钓钩"大概在一个什么环境里？杜甫是在什么地方观察到"细雨鱼儿出，微风燕子斜"的？都无从想象。现在是一群相当高大轩敞，颇为阔气的建筑。我觉得草堂最好按照杜诗所描绘的样子改建。可以补种杜诗屡次提到的四松、栀木。待客的器皿也可用大邑青瓷，——我想现在都还能买到吧。纪念馆里有不少时贤字画。我想陈列的字画最好有点唐朝风格。字宜选用唐人写经、褚遂良、薛稷、欧阳询、怀素诸人体。现在挂的，画多是大红大绿的大写意，字多剑拔弩张的将军体，与杜甫、与草堂都不谐调。现在那里实际上是一个供人游览的公园。有人一边走，一边提了一架录音机，放邓丽君的流行歌曲。我仿佛看见杜甫躲在竹丛里苦笑。

三苏祠在眉山，情况比杜甫草堂要好得多。祠是苏氏故宅，以宅为祠。东坡文云："家有五亩之宅"，现在扩大了一些。当日房屋，不复存在。现有的都是重建的，但不甚华焕。有一口井，用当地所产红砂岩为井栏。据说这是当年的旧井，现在还能从井里打上水来。正屋西边有一株荔枝树。据说是苏东坡离家时家人所植，想等东坡回来时吃荔枝。东坡四方流寓，没有能吃上家园的荔枝。这株荔枝早已枯死，现在看到的是后来补栽的，现地方还是原来的地方。"祠"的负责人要求写几个字，写了四句诗：

> 当日家园有五亩，
> 至今文字重三苏。
> 红栏旧井犹堪汲，
> 丹荔重栽第几株？

据后来到三苏祠的人说：眉山招待所的东坡肘子极好。我们那次因为要赶路，未能一尝。

杨升庵是新都人，正德间试进士第一，后获罪谪戍云南永昌。他曾在新都的桂湖住过，死后，乡人在湖上建了升庵祠。他能诗能文，写词曲，还注意搜集古今谣谚，这和我好像有一点关系，我曾经编过《民间文学》，现在在搞戏，于是想去看看。桂湖不甚大，弯曲而长，南岸是一带高岗，三面是平陆。岸上都种了桂花，所以叫作桂湖。升庵祠在北面，不大，三开的大厅。祠内陈设颇朴素。有一些字画碑刻，皆不俗。祠内正准备为升庵立像，让我们参观了许多设计的小样，未能赞一词。在这些泥塑小样前想了四句诗：

桂湖老样弄新姿，

湖上升庵旧有祠。

一种风流谁得似？

状元词曲罪臣诗。

一九八七年三月二十一日

载一九八七年第五期《北京文学》

泰山拾零

游过泰山的人很多，关于泰山的书籍、文章、导游的小册子也很多。凡别人已经记过的，不欲再记。且我往游泰山，距今已十几年，印象淡忘，难以追忆。只记一些现在还记得的小事，少留鸿印尔。

陈庙长

泰山管理处设在岱庙，主任姓陈。但是当地人都不叫他陈主任，而叫他陈庙长，因为他在庙里办公，在庙里住。陈庙长对泰山非常熟悉，有重要一点的客人来，都由他接待。陈庙长有一套讲究的衣服，毛料的中山装。有外宾来，他就换上这身衣服。当地人一看陈庙长走在街上，就互相传告："今天有外国人来，陈庙长换衣服了！"这是一个很幽默健谈的人，他向我们介绍了泰山概况，背了几首咏泰山的诗，最后还背了韩复榘的大作。

韩复榘是国民党时期山东省政府主席，是个没有文化的军阀，有许多关于他的笑话。流传得最广的是，蒋介石规定行人靠左走，韩复榘说："蒋委员长提倡的事我都赞成，就是这一点不行。大家都靠左走，右边谁走呢？"

韩复榘咏泰山诗如下：

> 远看泰山黑乎乎，
> 上边细来下边粗。
> 有朝一日倒过来，
> 下边细来上边粗。

这是咏泰山诗的压卷之作！

韩复榘还有一首咏济南趵突泉的诗，也不错：

> 趵突泉，
> 泉趵突，
> 三个泉眼一般粗，
> 咕嘟咕嘟又咕嘟。

陈庙长在陪我们游山途中还讲了一些韩复榘的逸事，因与泰山无关，不录。当然，韩复榘的故事和诗，都是别人编出来的。

经石峪

泰山留给我印象最深的是经石峪。

在半山的巉岩间忽然有一片巨大的石坂，石色微黄，是一整块，极平，略有倾斜，上面刻了一部金刚经，字大径斗，笔势雄浑厚重，大巧若拙，字体微扁，非隶非魏。郭沫若断为齐梁人所书，有人有不同意见。经石峪成为中国书法里的独特的字体。龚定庵谓：南书无过瘗鹤铭，北书无过金刚经。瘗鹤铭在镇江焦山，金刚经即指泰山经石峪。

为什么在这里刻了一部经？积雨之后，山水下注，流过石面，淙淙作响，有如梵唱，流水念经，亦是功德。

快活三里

登泰山，紧十八，慢十八，不紧不慢又十八。"十八"指的是十八里还是十八盘，未详。反正爬完三个十八，就到南天门了。三个十八，爬起来都很累人。当中忽有一段平路，名曰"快活三里"。这名字起得好！若在原隰，三里平路，有何稀奇！但在陡峻的山路上，爬得上气不接下气，忽遇坦途，可以直起身来，均匀地呼吸，放脚走去，汗收体爽，真是快活。人生道路，亦犹如此。

讨钱

泰山山道旁，有不少人家以讨钱为生。讨钱的大都是老婆婆和小孩子。她们坐在路边，并不出声，进香的善男信女，就自动把钱丢进她们面前的瓢里。小孩子有时缠着奶奶："奶奶，我今天跟你去讨钱！"——"不叫你去！"——"要去嘛，要去嘛！"这些孩子不觉得讨钱有什么羞耻，他要跟奶奶去讨钱，就跟要跟奶奶去逛庙会或上街买东西一样。这些人家的日子过得不错。每年香期，收入很可观。讨钱是山上居民的专利，山下乞丐不能分享。她们穿戴得整整齐齐，并不故作褴褛。

泰山老奶奶

泰山是道教的山。中国的山不是属于佛教就是属于道教。天下名山僧占多。峨嵋、五台、普陀、九华山，是佛教的四大名山，各为普贤、文殊、观音、地藏的道场。青城、武当是道教的山。泰山的主神似为碧霞元君。碧霞元君是东岳大帝的女儿。但据陈庙长告诉我，当地老乡不知道什么碧霞元君，都叫她泰山老奶奶。不知道为什么，元君的塑像不是一个窈窕的少女，却是一个很富态的半老的官妆的命妇，秉笏端正，毫无表情。碧霞元君祠长年锁闭，参拜的人只能从窗格的窟窿间看一眼。善男信女，只能从窟窿里把奉献的香钱丢进去。一年下来，祠内堆满了钱。每年打开祠门，清点一次。明清以来有定制，这钱是皇后嫔妃的脂粉钱，别人不得擅用。

绣球花

泰山五大夫松附近有一家茶馆。爬了一气山，进去喝了壶热茶，太好了。水好，茶叶不错，房屋净洁，座位也舒服。

茶馆有一个院子，院里的石条上放了十多盆绣球花。这里的绣球的花头比我在别处看过的小。别处的绣球一球有一个脑袋大，这里的只比拳头略大一点。花瓣不像别处的是纯白的，是豆绿色的。花瓣较小而略厚。干不高，不到二尺；枝多横生。枝干皆老，如盆景。叶深墨绿色，甚整齐，无一叶残败。这些绣球显出一种充足而又极能自制的生命力。我不知道这样的豆绿色的绣球是泰山的水土使然，还是别是一种。茶馆的主人以茶客喝剩的茶水洗之，盆面积了颇厚的茶叶。这几盆绣球真美，美得使人感动。我坐在花前，谛视良久，恋恋不忍即去。别之已十几年，犹未忘。

山顶夜宴

游泰山的，大都在山顶住一夜，等着第二天看日出。山顶有招待所。招待所供应晚餐，煮挂面，陈庙长特意给我们安排了一顿正式的晚餐。在泰山绝顶，这样的晚餐算是非常丰盛的了：烧鸡、卤肉、炒鸡蛋、炸花生米，还有炒棍儿扁豆。这棍豆是山上出的，照上海人的说法，真是"嫩得不得了！"我平生吃过的棍豆，以泰山顶上的最为鲜嫩。还有一种很特别的菜，油炸的绿叶。陈庙长说这是藿香，泰山的特产。颜色碧绿，入口酥脆而有清香，嚼之下酒，真是妙绝。这顿夜宴，不知费了几许人力，惭愧惭愧。

把青菜的叶子油炸了吃，这是山东特有的吃法，我后来在别处还吃过油炸菠菜，也很好吃。山东菜谱中皆未载此种做法。

看日出

游泰山的最大希望在看日出。很多人看不到，因为天气不好。

等着看日出，要受一点罪。山顶上夜里很冷，风大。招待所床位已经全部租出，有人只能裹了一件潮乎乎的棉大衣在庙下蜷缩一夜。

夜里下了雨。

次日拂晓，雨停了。有几个青年大叫："天晴了！快去！快去！"

天气还不很好，但总算看到日出了。但是并不像许多传文里所描写过的，气势磅礴，灿烂辉煌，红黄赤白，瞬息万变，使人目眩神移，欢喜赞叹。下山后有人问我："看到日出了么？怎么样，我只能说："看到了，还不错。"这样的日出，我在别处也看见过。在井冈山黄洋界看到日出，所得印象即比在泰山看到的要深，因为是无意中看到的，更令人惊奇不置，想要高歌大叫。

世间事物，宣传太过，即使真的了不起，也很难使人满足。

耙和尚

泰山是道教的山，但后山山脚却有一座佛寺，寺名今忘（好像是叫宝庆寺）。寺里的罗汉塑得很好。据说这寺里的罗汉和苏州紫金庵的、昆明笻竹寺的鼎足而三，可以齐名。那两处的我都看过。紫金庵的比较小，罗汉神态安详，是坐像。笻竹寺门的罗汉有的踞坐，有的靠墙，有的向前探头，有的侧卧着，姿态各异，而彼此之间互相顾盼，有所交流，是一组有联系的，带一点戏剧性的群像。这寺里的罗汉是立像，各各站在一个龛里，比常人稍高大。塑得的确不错，眉目如生，肌肉似有弹性，衣纹繁复而流畅，涂色精细但不琐碎。龛面罩了玻璃，保存得很好。

寺后有一片庄稼地。陈庙长告诉我们，这有一段故事，寺里的和尚很霸道，强占了很多民田。这里的庄户人和和尚打了多年官司，一直打到皇帝那里。皇帝看了呈子，说"罢了吧。""罢了吧"意思是算了吧，不要再打官司了。庄户人一听，圣旨下来了，就把寺里的和尚都活埋在地里，只露出一个个和尚脑袋，用耙地的耙都给耙了。这当然只是个故事，不过当地人说确实有过那么回事，他们这么说，咱就听着，不抬杠。

莱芜讴

我们顺便到莱芜看了看。莱芜有中国最大的淡水养鱼湖，据说湖的面积有三个西湖大。坐了汽艇在湖里游了一圈，确实很大。有几只船在捕鱼，鱼都很大。

午饭、晚饭都上了鳜鱼，鳜鱼有七八斤重，而且不止一条。可惜煮治不甚得法，太淡。凡做鱼，宁偏咸，毋偏淡。厨师口诀云："咸鱼淡肉"，——肉淡一点不妨。这样大的鱼，宜做松鼠鱼，红烧白煮皆不易入味。

晚上看了莱芜梆子。莱芜梆子的特别处是每逢尾腔都倒吸气，发出"讴——"的声音。所以叫作"莱芜讴"。倒吸气，向里唱，怎么能出声音呢？我试了试，不行。这种唱法不知是怎么形成的，别的剧种从无这样的唱法。由"莱芜讴"我想到"赵代秦楚之讴"会不会也是这种唱法？"讴歌"，讴和歌应该是有区别的。"讴"，会不会是吸气发声？这当然是瞎想，毫无佐证。不过我在内蒙确曾遇到一个蒙古人，他的说话方式很特别，一句话的上半句是呼气说出的，下半句却是吸着气说的。说不定古代曾有过吸气而讴的讴法，后来失传了。

一九八七年三月二十四日

载一九八七年第一卷第二期《文学家》

建文帝的下落

　　我对建文帝有一点感情，是因为学唱过《惨睹》。《惨睹》是传奇《千忠戮》的一折。《千忠戮》作者无考，大约是明末清初人。这部传奇写的是燕王朱棣攻破南京后，建文帝与大臣陈济化装为僧道，流亡湖广、云南，备受迫害的故事。《惨睹》的唱词写得很特别，一折中用了八个"阳"字，唱昆曲的人故又别称之为"八阳"。"八阳"的曲子十分慷慨悲壮。头一句"收拾起大地山河一担装，四大皆空相"，破空而来，如果是有好嗓子的冠生，唱起来真是声如裂帛。这是昆曲里的名曲，一度十分流行。"家家'收拾起'；户户'不提防'"，可想见其盛况 ——"不提防"是《长生殿·禅词》的开头："不提防余年值乱离。"我随中国作协作家赴云南访问团到云南，离昆明后第一站是武定狮子山。听说狮子山的正续禅寺，建文帝曾在那里住过，我于是很有兴趣。

　　狮子山郁郁葱葱，多奇树珍禽，流泉曲径，但山势并不很雄伟险峻。有人称它是"西南第一山"，未免夸大。

　　正续禅寺也算不得是一座大寺庙。如果把中国的寺庙划分等级，至多只能列入三等。但是附近几县来烧香的人很多，因为这里曾经住过一位皇帝。寺不在大，有帝则名。来烧香的善男信女当中，有人未必知道这位皇帝是建文帝，更不知道建文帝是怎样的一个皇帝，反正只要是皇帝就好。中国的农民始终对皇帝保持着崇敬。何况这位皇帝又当了和尚，或者这位和尚曾经是皇帝，这就在他们的崇敬心理上更增加了一个层次。

建文帝的下落是一个谜。《明史》只说"城破，宫中火起，帝不知所终"。"不知所终"，留下一个疑案。他当时没有死，流亡出去，是有可能的。但是是不是经湖广，到云南，并无确证。至于是不是往来滇西一带，又常常在正续禅寺歇足，就更难说了。但是清代有些在云南做过地方官的文人是愿意把这件事坐实了的。正续禅寺的大雄宝殿楹柱上有一副对联：

> 叔误景隆军，一片婆心原是佛；
> 祖兴皇觉寺，再传天子复为僧。

这说得还比较含混。寺后有惠帝祠，阁前有一副对联，就更加言之凿凿了：

> 僧为帝，帝亦为僧，数十载衣钵相传，
> 正觉依然皇觉旧；
> 叔负侄，侄不负叔，八千里芒鞋徒步，
> 狮山更比燕山高。

大雄宝殿后面还有一座殿，据说布局不似佛殿，而像皇家的朝廷，有丹陛、品级台。莫非建文帝当了和尚还要坐朝？后殿和惠帝祠都正在修缮，我们没有能进去着。看了惠帝塑像的照片，仍作皇帝的打扮，龙袍，戴着没有翅子的纱帽，端坐着，眼睛细长，胖乎乎的，腮帮子有点下坠。

大雄宝殿东侧有一小院，院中有亭，亭外有联。上联是写景的，没有记住，下联是"小亭曾是帝王居"。据说建文帝生前就住在这亭子里。我们坐在帝王居里的矮凳上喝了一杯茶。亭前花木甚多，木香花花大如小儿拳。

寺里的负责人请大家写字，在所难免。用隶书写了一副对联：

皇权僧钵千年梦；

大地山河一担装。

还请写一个横披，用行书写了四个大字：

是耶非耶

武定出壮鸡。我原来以为壮鸡就是一肥壮的鸡。不是的。所谓"壮鸡"，是把母鸡骟了，长大了，样子就有点像公鸡，味道特别鲜嫩。只有武定人会动这种手术。我只知道公鸡可骟，不知母鸡亦可骟也！

一九八七年四月三十日

载一九八七年第十二期《大西南文学》

杨慎在保山

我到保山，有一个愿望：打听杨升庵的踪迹。我请市文联的同志给我找几本地方志。感谢他们，找到了。

我对升庵并没有多少了解。五十年代在北京看过一出川戏《文武打》。这是一出格调古淡的很奇怪的戏，写的是一个迂阔的书生，路上碰到一个酒醉的莽汉，醉汉打了书生几砣，后来又认了错，让书生打他，书生怕打重了，乃以草棍轻击了醉汉几下。这出戏说不上有什么情节。事隔三十多年，我连那点几乎没有的情节也淡忘了。但这两个人物的扮相却分明记得：莽汉穿白布短衫，脖领里斜插了一只红布的灯笼；书生穿青褶子，脸上涂得雪白，浓墨描眉，眼角下弯，两片殷红的嘴唇，像戴了一个面具。这出戏以丑行应工，但完全没有后来丑角的科诨，演得十分古朴。有人告诉我，这出戏是杨升庵写的。我想这是可能的。我还想，很有可能杨升庵当时这出戏就是这样演的，这可以让我们窥见明杂剧的一种演法，这是一件活文物。我曾经搞过几年民间文学，读了升庵辑录的古今谣谚。因此，对升庵颇有好感。

七十年代，我到过四川新都，这是杨升庵的老家。新都有个桂湖，环湖都植桂花。湖畔有升庵祠。桂湖不大，逛一圈毫不吃力。看了一点关于升庵的材料，想了四句诗：

> 桂湖老桂弄新姿，
> 湖上升庵旧有祠。
> 一种风流谁得似，
> 状元词曲罪臣诗。

升庵名慎，字用修，升庵乃其别号。他年轻时即负才名。正德间试进士第一，其时他大概是十八九岁，可谓少年得志。到明世宗时以"议大礼"得罪，谪戍永昌，这时他大概三十四岁左右。他死于一五五九年，七十一岁，一直流放在永昌，未能归蜀。永昌府在明代管属地区甚广，一直延及西双版纳，但是府治在今保山。杨升庵也以住保山的时候为多。算起来，他在保山待了大概有三十七年左右。可谓久矣。

杨慎在保山是如何度过这三十七年的呢？

曾在一本书里看到，他醉则乘篮舆过市，插花满头。陈老莲曾画升庵醉后图，面色酡红，相当胖，插花满头，但是由侍儿扶着步走，并未乘舆。

《康熙通志》曰："杨慎戍永昌，遍游诸郡，所至携倡伶以随。曼酋欲求其诗不可得，乃以白绫作裓，遣服之。酒后乞诗，杨欣然命笔，醉墨淋漓，挥满裙袖，重价购归。杨知之更以为快。"

"裓"字未经见，《辞海》也不收，我怀疑这是倡伶的水袖。

这样看起来，升庵在保山是仍然保持诗人气质，放诞不羁的。"所至携倡伶以随"，生活也相当优裕，不像是下放劳动，靠挣工分吃饭。但是他的内心是痛苦的。放诞，正是痛苦的一种表现。他在保山，多亏了他的世叔保山张志淳和忘年诗友张志淳的儿子张含的照顾。张含《丙寅除夕简杨用修》诗曰："征途易老百年身，底事光阴改换频。子美生涯浑烂醉，叔伦廖落又逢春。诗魂寥落不可捉。乡梦渺茫何足真。独把一杯饯残岁，尽情灯火伴愁人。"丙寅是一五六六年，其时升庵已经死了七年了，"寅"字可能是个错字，或当作"丙辰"。丙辰是一五五六年，距升庵谪戍已经有多年了，这些年他只能于烂醉中度过。

增加杨升庵生活的悲剧性，是他和夫人黄娥的长期离别。黄娥也是才女，能诗。

《永昌府志》曰"杨用修久戍滇中，妇黄氏寄一律曰：'雁飞曾不到衡湘，锦字何由寄永昌。三春花柳妾薄命，六诏风烟君断肠。曰归曰归愁岁暮，其雨其雨怨朝阳。相怜空有刀环约，何日金鸡下夜郎？'"这首诗我在升庵祠的壁上曾见过石刻的原迹。我很怀疑这只是黄夫人独自的思念，没有寄到升庵手里，"锦字何由寄永昌"，只是欲寄而不达，说得很清楚。一个女诗人，盼丈夫回来，盼了三十多年，想一想，能不令人泪下？

"何日金鸡下夜郎？"杨慎本来可以赦回四川了，但是，《康熙通志》曰："杨慎归蜀，年已七十余，而滇士有谗之抚臣王昺者。昺，俗戾人也，使四指挥以银铛锁来滇。慎不得已，至滇，则昺以墨败；然慎不能归，病寓禅寺以殁。"

乍一看这一条材料，我颇觉新奇，"以银铛锁来滇"，用银链子把杨升庵锁回云南，那是很好看的。后来一想，这"银"字是个刻错了的字，原字当是"银"。"银铛"是铁链。杨升庵还是被用铁链锁回来的。王昺是个"俗戾人"，不会干出用银链锁人这样的韵事。这位王昺不过是地区和省一级之间的干部，竟能随便把一位诗人用铁链锁回来，令人发指！王昺因贪污而垮台（"以墨败"），然而杨慎却以七十余岁的高龄病死在寺庙里了。

杨慎到底犯了什么罪？"议大礼"。"议大礼"是怎么回事？我没有弄清楚。也不大容易弄清楚，因为《升庵集》大概不会收这篇文章。但是想起来不外是于当时的某种制度发表了一通议论，杨升庵犯的是言论自由罪。

一九八七年五月一日
载一九八七年第十二期《大西南文学》

观音寺

我在观音寺住过一年。观音寺在昆明北郊，是一个荒村，没有什么寺。——从前也许有过。西南联大有几个同学，心血来潮，办了一所中学。他们不知通过什么关系，在观音寺找了一处校址。这原是资源委员会存放汽油的仓库，废弃了。我找不到工作，闲着，跟当校长的同学说一声，就来了。这个汽油仓库有几间比较大的屋子，可以当教室，有几排房子可以当宿舍，倒也像那么一回事。房屋是简陋的，瓦顶、土墙，窗户上没有玻璃。——那些五十三加仑的汽油桶是不怕风雨的。没有玻璃有什么关系！我们在联大新校舍住了四年，窗户上都没有玻璃。在窗格上糊了桑皮纸，抹一点青桐油，亮堂堂的，挺有意境。教员一人一间宿舍，室内床一、桌一、椅一。还要什么呢？挺好。每个月还有一点微薄的薪水，饿不死。

这地方是相当野的。我来的前一学期，有一天，薄暮，有一个赶马车的被人捅了一刀，——昆明市郊之间通马车，马车形制古朴，一个有篷的车厢，厢内两边各有一条木板，可以坐八个人，马车和身上的钱都被抢去了，他手里攥着一截突出来的肠子，一边走，一边还问人："我这是什么？我这是什么？"

因此这个中学里有几个校警，还有两支老旧的七九步枪。

学校在一条不宽的公路边上，大门朝北。附近没有店铺，也不见有人家。西北围墙外是一个孤儿院。有二三十个孩子，都挺瘦。有一个管理员。这位管理员不常出来，不知道是什么样子，但是他的声音我们很熟悉。他每天上午、下午都要教这些孤儿唱戏。他大概是云南人，教唱的却是京戏。而且老是那一段：《武家坡》。他唱一句，孤儿们跟着唱一句。"一马离了西凉界，"——"一马离了西凉界"；"不由人一阵阵泪洒胸怀，"——"不由人一阵阵泪洒胸怀"。听了一年《武家坡》，听得人真想泪洒胸怀。

孤儿院的西边有一家小茶馆，卖清茶、葵花子，有时也有两块芙蓉糕。还卖市酒。昆明的白酒分升酒（玫瑰重升）和市酒。市酒是劣质白酒。

再往西去，有一个很奇怪的单位，叫作"灭虱站"。这还是一个国际性的机构，是美国救济总署办的，专为国民党的士兵消灭虱子。我们有时看见一队士兵开进大门，过了一会儿，在我们附近散了一会儿步之后，又看见他们开了出来。听说这些兵进去，脱光衣服，在身上和衣服上喷一种什么药粉，虱子就灭干净了。这有什么用呢？过几天他们还不是浑身又长出虱子来了么？

我们吃了午饭、晚饭常常出去散步。大门外公路对面是一大片农田。田里种的不是稻麦，却是胡萝卜。昆明的胡萝卜很好，浅黄色，粗而且长，细嫩多水分，味微甜。联大学生爱买了当水果吃，因为很便宜。女同学尤其爱吃，因为据说这种胡萝卜含少量的砒，吃了可以驻颜。常常看见几个女同学一人手里提了一把胡萝卜。到了宿舍里，嘎吱嘎吱地嚼。胡萝卜田是很好看的。胡萝卜叶子琐细，颜色浓绿，密密地，把地皮盖得严严的，说它是"堆锦积绣"，毫不为过。再往北，有一条水渠。渠里不常有水。渠沿两边长了很多木香花。开花的时候白灿灿的耀人眼目，香得不得了。

学校后面——南边是一片丘陵。山上有一口池塘。这池塘下面大概有泉眼，所以池水常满，很干净。这样的池塘按云南人的习惯应该叫作"龙潭"。龙潭里有鱼，鲫鱼。我们有时用自制的鱼竿来钓鱼。这里的鱼未经人钓过，很易上钩。坐在这样的人迹罕到的池边，仰看蓝天白云，俯视钓丝，不知身在何世。

东面是坟。昆明人家的坟前常有一方平地，大概是为了展拜用的。有的还有石桌石凳，可以坐坐。这里有一些矮柏树，到处都是蓝色的野菊花和报春花。这种野菊花非常顽强，连根拔起来养在一个破钵子里，可以开很长时间的花。这里后来成了美国兵开着吉普带了妓女来野合的场所。每到月白风清的夜晚，就可以听到公路上不断有吉普车的声音。美国兵野合，好像是有几个集中的地方的，并不到处撒野。他们不知怎么看中了这个地方。他们扔下了好多保险套，白花花的，到处都是。后来我们就不大来了。这个玩意儿，总是不那么雅观。

我们的生活很清简。教书、看书。打桥牌，聊大天。吃野菜，吃灰菜、野苋菜。还吃一种叫作豆壳虫的甲虫。我在小说《老鲁》里写的，都是真事。喔，我们还演过话剧，《雷雨》，师生合演。演周萍的叫王惠。这位老兄一到了台上简直是晕头转向。他站错了地位，导演着急，在布景后面叫他："王惠，你过来！"他以为是提词，就在台上大声嚷嚷："你过来！"弄得同台的演员莫名其妙。他忘了词，无缘无故在台上大喊："鲁贵！"我演鲁贵，心说：坏了，曹禺的剧本里没有这一段呀！没法子，只好上去，没话找话："大少爷，您明儿到矿上去，给您预备点什么早点？煮几个鸡蛋吧！"他总算明白过来了："好，随便，煮鸡蛋！去吧！"

生活清贫，大家倒没有什么灾病。王惠得了一次破伤风，——打篮球碰破了皮，感染了。有一个姓董的同学和另一个同学搭一辆空卡车进城。那个同学坐在驾驶仓里，他靠在卡车后面的挡板上，挡板的铁闩松开了，他摔了下去，等找到他的时候，坏了，他不会说中国话了，只会说英语，而且只有两句："I am cold，I am hungry"（我冷，我饿）。翻来覆去，说个不停。这二位都治好了。我们那时都年轻，很皮实，不太容易被疾病打倒。

炮仗响了。日本投降那天，昆明到处放炮仗，昆明人就把抗战胜利叫作"炮仗响了"。这成了昆明人计算时间的标记，如："那会炮仗还没响"，"这是炮仗响了之后一个月的事情"。大后方的人纷纷忙着"复员"，我们的同学也有的联系汽车，计划着"青春作伴好还乡"。有些因为种种原因，一时回不去，不免有点恓恓惶惶。有人抄了一首唐诗贴在墙上：

故园东望路漫漫，

双袖龙钟泪不干，

马上相逢无纸笔，

凭君传语报平安。

诗很对景，但是心情其实并不那样酸楚。昆明的天气这样好，有什么理由急于离开呢？这座中学后来迁到篆塘到大观楼之间的白马庙，我在白马庙又接着教了一年，到一九四六年八月，才走。

家常酒菜

　　家常酒菜，一要有点新意，二要省钱，三要省事。偶有客来，酒渴思饮。主人卷袖下厨，一面切葱姜，调作料，一面仍可陪客人聊天，显得从容不迫，若无其事，方有意思。如果主人手忙脚乱，客人坐立不安，这酒还喝个什么劲！

拌菠菜

　　拌菠菜是北京大酒缸最便宜的酒菜。菠菜焯熟，切为寸段，加一勺芝麻酱、蒜汁，或要芥末，随意。过去（一九四八年以前）才三分钱一碟。现在北京的大酒缸已经没有了。

　　我做的拌菠菜稍为细致。菠菜洗净，去根，在开水锅中焯至八成熟（不可盖锅煮烂），捞出，过凉水，加一点盐，剁成菜泥，挤去菜汁，以手在盘中抟成宝塔状。先碎切香干（北方无香干，可以熏干代），如米粒大，泡好虾米，切姜末、青蒜末。香干末、虾米、姜末、青蒜末，手捏紧，分层堆在菠菜泥上，如宝塔顶。好酱油、香醋、小磨香油及少许味精在小碗中调好。菠菜上桌，将调料轻轻自塔顶淋下。吃时将宝塔推倒，诸料拌匀。

这是我的家乡制拌枸杞头、拌荠菜的办法。北京枸杞头不入馔，荠菜不香。无可奈何，代以菠菜。亦佳。清馋酒客，不妨一试。

拌萝卜丝

小红水萝卜，南方叫"杨花萝卜'，因为是杨花飘时上市的。洗净，去根须，不可去皮。斜切成薄片，再切为细丝，愈细愈好。加少糖，略腌，即可装盘，轻红嫩白，颜色可爱。扬州有一种菊花，即叫"萝卜丝"。临吃，浇以三合油（酱油、醋、香油）。

或加少量海蜇皮细丝同拌，尤佳。

家乡童谣曰："人之初，鼻涕拖，油炒饭，拌萝菠"，可见其普遍。

若无小水萝卜，可以心里美或卫青代，但不如杨花萝卜细嫩。

干丝

干丝是扬州菜。北方买不到扬州那种质地紧密，可以片薄片，切细丝的方豆腐干，可以豆腐片代。但须选色白，质紧，片薄者。切极细丝，以凉水拔二三次，去盐卤味及豆腥气。

拌干丝，拔后的豆腐片细丝入沸水中煮两三开，捞出，沥去水，置浅汤碗中。青蒜切寸段，略焯，虾米发透，并堆置豆腐丝上。五香花生米搓去皮膜，撒在周围。好酱油、小磨香油、醋（少量），淋入，拌匀。

煮干丝。鸡汤或骨头汤煮。若无鸡汤骨汤，用高压锅煮几片肥瘦肉取汤亦可，但必须有荤汤，加火腿丝、鸡丝。亦可少加冬菇丝、笋丝。或入虾仁、干贝，均无不可。欲汤白者入盐。或稍加酱油（万不可多），少量白糖，则汤色微红。拌干丝宜素，要清爽；煮干丝则不厌浓厚。

无论拌干丝，煮干丝，都要加姜丝，多多益善。

扦瓜皮

黄瓜（不太老即可）切成寸段，用水果刀从外至内旋成薄条，如带，成卷。剩下带籽的瓜心不用，酱油、糖、花椒、大料、桂皮、胡椒（破粒）、干红辣椒（整个）、味精、料酒（不可缺）调匀。将扦好的瓜皮投入料汁，不时以筷子翻动，使瓜皮沾透料汁，腌约一小时，取出瓜皮装盘。先装中心，然后以瓜皮面朝外，层层码好，如一小馒头，仍以所余料汁自馒头顶淋下。扦瓜皮极脆，嚼之有声，诸味均透，仍有瓜香。此法得之海拉尔一曾治过国宴的厨师。一盘瓜皮，所费不过四五角钱耳。

炒苞谷

昆明菜。苞谷即玉米。嫩玉米剥出粒，与瘦猪肉同炒，少放盐。略用葱花煸锅亦可，但葱花不能煸得过老，如成黑色，即不美观。不宜用酱油，酱油会掩盖苞谷的清香。起锅时可稍烹水，但不能多，多则成煮苞谷矣！我到菜市买玉米，挑嫩的，别人都很奇怪：

"挑嫩的干什么？"——"炒肉。"——"玉米能炒了吃？"北京人真是少见多怪。

松花蛋拌豆腐

北豆腐入开水焯过，俟冷，切为小骰子块，加少许盐。松花蛋（要腌得较老的），亦切为骰子块，与豆腐同拌。老姜在蒜臼中捣烂，加水，滗去渣，淋入。不宜用姜米，亦不加醋。

芝麻酱拌腰片

拌腰片要领：一、先不要去腰臊，只用快刀两面平片，剩下腰臊即可扔掉。如先将腰子平剖两半，剥出腰臊，再用平刀片，则腰片易残破不整。二、腰片须用凉水拔，频频换水，至腰片血水排净，方可用。三、焯腰片要锅大水多。等水大开，将腰片推下，旋即用笊篱抄出，不可等腰片复开。将第一次焯腰片的水泼去，洗净锅，再坐锅，水大开，将焯过一次的腰片投入再焯，旋即捞出，放凉水盆中。两次焯，则腰片已熟，而仍脆嫩。如一次焯，待腰片大开，即成煮矣。腰片凉透，挤去水，入盘，浇以芝麻酱、剁碎的郫县豆瓣、葱末、姜米、蒜泥。

拌里脊片

以四川制水煮牛肉法制猪肉，亦可。里脊或通脊斜切薄片，以茨粉抓过。烧开水一锅，投入肉片，以笊篱翻拢，至肉片变色，即可捞出，加调料。

如热吃，即可倾入水煮牛肉的调料：郫县豆瓣（剁碎）炒至出香味，加酱油、少量糖、料酒。最后撒碾碎的生花椒、芝麻。

焯过肉的汤，撇去浮沫，可做一个紫菜汤。

塞馅回锅油条

油条两股拆开，切成寸半长的小段。拌好猪肉（肥瘦各半）馅。馅中加盐、葱花、姜末。如加少量榨菜末或酱瓜末、川冬菜末，亦可。用手指将油条小段的窟窿捅通，将肉馅塞入、逐段下油锅炸至油条挺硬，肉馅已熟，捞出装盘。此菜嚼之酥脆。油条中有矾，略有涩味，比炸春卷味道好。

这道菜是本人首创，为任何菜谱所不载。很多菜都是馋人瞎捉摸出来的。

其他酒菜

凤尾鱼、广东香肠，市上可以买到；茶叶蛋、油炸花生米、五香煮栗子、煮毛豆，人人会做；盐水鸭、水晶肘子，做起来太费事，皆不及。

一九八七年七月二十五日

载一九八八年第六期《中国烹任》

钓鱼台

　　我在钓鱼台西边住了好几年，不知道钓鱼台里面是什么样子。

　　钓鱼台原是一片野地，清代，清明前后，偶尔有闲散官员爱写写诗的，携酒来游。这地方很荒凉，有很多坟。张问陶《船山诗草·闰二月十六日清明与王香圃徐石溪查苗圃小山兄弟携酒游钓鱼台看桃花归过白云观法源寺即事二首》云："荒坟沿路有，浮世几人闲。"可证。这里的景致大概是："柳枝漠漠笼青烟，山桃欲开红可怜。人声渐远波声小，一片明湖出林杪。"（《船山诗草·十九日习之招国子卿竹堂稚存琴山质夫立凡携酒游钓鱼台》）不知道从什么时候起，逐渐营建，最后成了国宾馆。

　　钓鱼台的周围原来是竹竿扎成的篱笆，竹竿上涂绿油漆，从篱笆窟窿中约略可见里面的房屋树木。"文化大革命"初期，不是一九六六年就是一九六七年，改筑了围墙，里面就什么也看不见了。围墙上安了电网，隔不远有一个红灯泡。晚上红灯一亮，瞧着有点瘆人。围墙东面、北面各开一座大门。东面大门里是一座假山；北面大门里砌了一个很大的照壁，遮住行人的视线。照壁上涂了红漆，堆出五个笔势飞动的金字："为人民服务"。门里安照壁，本是常事，但是这五个字用在这里，似乎不怎么合适。为什么搞得这样戒备森严起来了呢？原因之一，是江青常常住在这里，"文化大革命"的许多重大决策都是由这里做出的。不妨说，这是"文革"的策源地。我每天要从"为人民服务"之前经过，觉得照壁后面，神秘莫测。

我们街坊有两个孩子爬到五楼房顶上拿着照相机对着钓鱼台拍照，刚接快门，这座楼已经被钓鱼台的警卫围上了。

钓鱼台原来有一座门，靠南边，朝西，像一座小城门，石额上有三个馆阁体的楷书："钓鱼台"。附近的居民称之为"古门"。这座门正对玉渊潭。玉渊潭和钓鱼台原是一体。张问陶诗中的"一片明湖出林杪"，指的正是玉渊潭。玉渊潭有一条贯通南北的堤，把潭分成东西两半，堤中有水闸，东西两湖的水是相通的。原来潭东、潭西和当中的土堤都是可以走人的。自从江青住进钓鱼台之后，把挨近钓鱼台的东湖沿岸都安了带毛刺的铁丝网，——老百姓叫它"铁蒺藜"。铁蒺藜是钉在沿岸的柳树上的。这样，东湖就成了禁地。行人从潭中的堤上走过时，不免要向东边看一眼，看看可望而不可即的钓鱼台，沉沉烟霭，苍苍树木。

"四人帮"垮台后，铁蒺藜拆掉了，东湖解放了。湖中有人划船、钓鱼、游泳。东堤上又可通行了。很多人散步、练气功、遛鸟。有些游人还爱扒在"古门"的门缝上往里看。警卫的战士看到，也并不呵斥。有一年，修缮西南角的建筑，为了运料方便，打开了古门，人们可以看到里面的"养元斋"，一湾流水，几块太湖石，丛竹高树。钓鱼台不再那么神秘了。

原来的铁蒺藜有的是在柳树上箍一个圈，再用钉子钉上的，有一棵柳树上的铁蒺藜拆不净，因为它已经长进树皮里，拔不出来了。这棵柳树就带着外面拖着一截的铁蒺藜往上长，一天比一天高。这棵带着铁蒺藜的树，是"四人帮"作恶的一个历史见证。似乎这也像经了"文化大革命"一通折腾之后的中国人。

一九八七年八月十七日

《茱萸集》题记

　　"小学校的钟声"一九四六年在《文艺复兴》发表时，有一个副题："茱萸小集之一"。原来想继续写几篇，凑一个小集子，后来不知道为什么没有写下去，于是就只有"之一"，"之二"、"之三"都无消息了。现在要编一本给台湾乡亲看的集子，想起原拟的集名，因为篇数不算少，去掉一个'小'字，题为《茱萸集》。这也算完了一笔陈年旧账。

　　当初取名《茱萸小集》原也没有深意。我只是对这种植物，或不如说对这两个字的字形有兴趣。关于茱萸的典故是大家都知道的。《续齐谐记》："费长房谓景桓曰：'九月九日，汝家有灾，急令家人各作绛囊盛茱萸系臂，登高，饮菊花酒。'"，王维的诗也是大家都知道的："遥知兄弟登高处，遍插茱萸少一人。"我取茱萸为集名时自然也想到这些，有点怀旧的情绪，但这和小说的内容没有直接的关联。如果读者于此有所会心，自也不妨，但这不是我的本心。

　　我是江苏高邮人。关于我的家乡，外乡人所知道的，大概只有两件事。一是出过一个秦少游，二是出双黄鸭蛋。一九三九年，到昆明考入西南联大，读中国文学系，是沈从文先生的入门弟子。离校后教了几年中学。一九四九年以后，当了相当长时间的文学刊物的编辑。一九六二年起在北京京剧院担任京剧编剧，至今尚未离职。

我一九四〇年开始发表作品，当时我二十岁。大学时期所写诗文都已散佚。此集的第一篇"小学校的钟声"可以作为那一时期的代表。这篇东西大约写于一九四五年。一九四八年，我在巴金先生主编的文学丛刊中出过一本《邂逅集》。以后写作，一直是时断时续。一九六二年出过一本《羊舍的夜晚》。一九八二年出过一本《汪曾祺短篇小说选》，一九八五年出过小说集《晚饭花集》。近期将出版谈创作的文集《晚翠文谈》《汪曾祺自选集》。散文尚未成集，须俟明春。

我的小说在中国当代文学中可以视为"别裁伪体"。我年轻时有意"领异标新"。中年时曾说过："凡是别人那样写过的，我就绝不再那样写。"现在我老了，我已无意把自己的作品区别于别人的作品。我的作品倘与别人有什么不同，只是因为我不会写别人那样的作品。

我希望台湾的读者能喜欢我的小说。

一九八七年八月下旬，北京

夏天的昆虫

蝈　蝈

蝈蝈我们那里叫作"叫蚰子"。因为它长得粗壮结实，样子也不大好看，还特别在前面加一个"侉"字，叫作"侉叫蚰子"。这东西就是会呱呱地叫。有时嫌它叫得太吵人了，在它的笼子上拍一下，它就大叫一声："呱！——"停止了。它什么都吃。据说吃了辣椒更爱叫，我就挑顶辣的辣椒喂它。早晨，掐了南瓜花（谎花）喂它，只是取其好看而已。这东西是咬人的。有时捏住笼子，它会从竹篾的洞里咬你的指头肚子一口！

另有一种秋叫蚰子，较晚出，体小，通身碧绿如玻璃料，叫声轻脆。秋叫蚰子养在牛角做的圆盒中，顶面有一块玻璃。我能自己做这种牛角盒子，要紧的是弄出一块大小合适的圆玻璃。把玻璃放在水盆里，用剪子剪，则不碎裂。秋叫蚰子价钱比侉叫蚰子贵得多。养好了，可以越冬。

叫蚰子是可以吃的。得是三尾的，腹大多子。扔在枯树枝火中，一会儿就熟了。味极似虾。

蝉

蝉大别有三类。一种是"海溜"，最大，色黑，叫声洪亮。

这是蝉里的楚霸王，生命力很强。我曾捉了一只，养在一个断了发条的旧座钟里，活了好多天。一种是"嘟溜"，体较小，绿色而有点银光，样子最好看，叫声也好听："嘟溜——嘟溜——嘟溜"。一种叫"叽溜"，最小，暗赭色，也是因其叫声而得名。

蝉喜欢栖息在柳树上。古人常画"高柳鸣蝉"，是有道理的。

北京的孩子捉蝉用粘竿，——竹竿头上涂了粘胶。我们小时候则用蜘蛛网。选一根结实的长芦苇，一头撅成三角形，用线缚住，看见有大蜘蛛网就一绞，三角里络满了蜘蛛网，很黏。瞅准了一只蝉，轻轻一捂，蝉的翅膀就被粘住了。

佝偻丈人承蜩，不知道用的是什么工具。

蜻 蜓

家乡的蜻蜓有三种。

一种极大，头胸浓绿色，腹部有黑色的环纹，尾部两侧有革质的小圆片，叫作"绿豆钢"。这家伙厉害得很，飞时巨大的翅膀磨得嚓嚓地响。或捉之置室内，它会对着窗玻璃猛撞。

一种即常见的蜻蜓，有灰蓝色和绿色的。蜻蜓的眼睛很尖，但到黄昏后眼力就有点不济。它们栖息着不动，从后面轻轻伸手，一捏就能捏住。玩蜻蜓有一种恶作剧的玩法：掐一根狗尾巴草，把草茎插进蜻蜓的屁股，一撒手，蜻蜓就带着狗尾草的穗子飞了。

一种是红蜻蜓。不知道什么道理，说这是灶王爷的马。

另有一种纯黑的蜻蜓。身上，翅膀都是深黑色，我们叫它鬼蜻蜓，因为它有点鬼气。也叫"寡妇"。

刀 螂

刀螂即螳螂。螳螂是很好看的。螳螂的头可以四面转动。螳螂翅膀嫩绿，颜色和脉纹都很美。昆虫翅膀好看的，为螳螂，为纺织娘。

或问：你写这些昆虫什么意思？答曰：我只是希望现在的孩子也能玩玩这些昆虫，对自然发生兴趣。现在的孩子大都只在电子玩具包围中长大，未必是好事。

载一九八七年第九期《北京文学》

从桂林山水说到电视连续剧《红楼梦》

应首届漓江旅游文学笔会之邀去了一趟桂林。"桂林山水甲天下"，名不虚传。我到过一些风景名胜地区，看了之后，有时会感到失望，觉得盛名之下其实难副，累得腰酸腿疼，殊不值得。桂林不是这样。市境内即多山。屋后路边，随时可以忽然冒出来一座山，拔地而起，形状奇特，匪夷所思。由桂林往阳朔，船行在漓江里，两岸皆山。近山远山，**重重叠叠**，浓浓淡淡，彼此相望相携，相扶相倚，连绵不断，而皆有特点，无一雷同。坐在船顶，左顾右盼，真是应接不暇。那天下了雨。烟雨漓江，更增画意。参加笔会，免不了要发言，还要当场写字，应急的办法，是临时凑几句旧诗。在赴闭幕式之前，想了四句：

> 山皆奇特如盆景，
> 水尽温柔似女郎。
> 山水真堪天下甲，
> 桂林小住不思乡。

头一句写得很笨拙，也太实了，只是得其形似而已。第二句稍微有点意思。桂林的水的确是很温柔，和我前不久在云南看到的怒江大不一样。怒江真当得一个怒字，山险流急。

离开广西时曾想用文字捉住漓江之游的印象，枯坐多时，毫无办法。

> 描摹清景入新词，
>
> 烟雨漓江欲霁时。
>
> 待寄所思无一字，
>
> 桂林宜画不宜诗。

由此我想到游记其实是很难写的。"状难状之景如在目前"，事实上很难办到。郦道元《水经注》写三峡："两岸连山，略无缺处，自非停午夜分，不见曦月"，可以说把三峡写绝了，然而也只能调动读者的想象，不会读了之后就如同到过三峡一样。具体地重现风景，绘画要比文学更具优越性。同样，调动人们对风景的想象和向往，有时文学优于绘画。各有所长，各有所短，分工不同，性能各异。彼此可以相通，不能代替。王摩诘诗中有画，画中有诗，但是他的画仍是画，诗仍是诗。

各类艺术，都是这样。比如电影和小说。电影常改编小说，电影也可以小说化，但是电影不是小说。小说的特点是作者的叙述语言起绝对作用，而电影是一次性的镜头艺术，画面不可能代替小说作者的叙述语言。有人说凌子风拍的《边城》没有充分表达沈从文的风格，固也；然而我觉得拍成那样就算不易。《边城》的结尾："这个人也许永远不回来了，也许明天回来！"这在电影里怎么表现呢？

由此，我想到电视连续剧《红楼梦》。对这部电视剧评价不一。有人说好。有人说这是《红楼梦》连环画。有人说这是"郊区版"《红楼梦》，未免有些挖苦。相当多的人说：这不是《红楼梦》。我想说一句公道话：这本来就不是《红楼梦》。电视剧《红楼梦》的优劣姑且不论，但这是电视剧，不是小说。可以从电视剧的角度对它评价，但不能要求它全像小说。可以说长道短，不要强人所难。

载一九八七年第十期《北京文学》

1988

后十年集　散文随笔卷

星斗其文，赤子其人

沈先生逝世后，傅汉斯、张充和从美国电传来一副挽辞。字是晋人小楷，一看就知道是张充和写的。词想必也是她拟的。只有四句：

> 不折不从　亦慈亦让
> 星斗其文　赤子其人

这是嵌字格，但是非常贴切，把沈先生的一生概括得很全面。这位四妹对三姐夫沈二哥真是非常了解。——荒芜同志编了一本《我所认识的沈从文》，写得最好的一篇，我以为也应该是张充和写的《三姐夫沈二哥》。

沈先生的血管里有少数民族的血液。他在填履历表时，"民族"一栏里填土家族或苗族都可以，可以由他自由选择。湘西有少数民族血统的人大都有一股蛮劲，狠劲，做什么都要做出一个名堂。黄永玉就是这样的人。沈先生瘦瘦小小（晚年发胖了），但是有用不完的精力。他小时是个顽童，爱游泳（他叫"游水"）。进城后好像就不游了。三姐（师母张兆和）很想看他游一次泳，但是没有看到。我当然更没有看到过。他少年当兵，漂泊转徙，很少连续几晚睡在同一张床上。吃的东西，最好的不过是切成四方的大块猪肉（煮在豆芽菜汤里）。行军、拉船，锻炼出一副极富耐力的体魄。二十岁冒冒失失地闯到北平来，举目无亲。连标点符号都不会用，就想用手中一支笔打出一个天下。经常为弄不到一点东西"消化消化"而愁。冬天屋里生不起火，用被子围起来，还是不停地写。我一九四六年到上海，因为找不到职业，情绪很坏，他写信把我大骂了一顿，说："为了一时的困难，就这样哭哭啼啼的，甚至想到要自杀，真是没出息！你手中有一支笔，怕什么！"他在信里说了一些他刚到北京时的情形。——同时又叫三姐从苏州写了一封很长的信安慰我。他真的用一支笔打出了一个天下了。一个只读过小学的人，竟成了一个大作家，而且积累了那么多的学问，真是一个奇迹。

沈先生很爱用一个别人不常用的词："耐烦"。他说自己不是天才（他应当算是个天才），只是耐烦。他对别人的称赞，也常说"要算耐烦"。看见儿子小虎搞机床设计时，说"要算耐烦"。看见孙女小红做作业时，也说"要算耐烦"。他的"耐烦"，意思就是锲而不舍，不怕费劲。一个时期，沈先生每个月都要发表几篇小说，每年都要出几本书，被称为"多产作家"，但是写东西不是很快的，从来不是一挥而就。他年轻时常常日以继夜地写。他常流鼻血。血液凝聚力差，一流起来不易止住，很怕人。有时夜间写作，竟致晕倒，伏在自己的一摊鼻血里，第二天才被人发现。我就亲眼看到过他的带有鼻血痕迹的手稿，他后来还常流鼻血，不过不那么厉害了。他自己知道，并不惊慌。很奇怪，他连续感冒几天，一流鼻血，感冒就好了。

他的作品看起来很轻松自如，若不经意，但都是苦心刻琢出来的。《边城》一共不到七万字，他告诉我，写了半年。他这篇小说是《国闻周报》上连载的，每期一章。小说共二十一章，$21 \times 7 = 147$，我算了算，差不多正是半年。这篇东西是他新婚之后写的，那时他住在达子营。巴金住在他那里。他们每天写，巴老在屋里写，沈先生搬个小桌子，在院子里树荫下写。巴老写了一个长篇，沈先生写了《边城》。他称他的小说为"习作"，并不完全是谦虚。有些小说是为了教创作课给学生示范而写的，因此试验了各种方法。为了教学生写对话，有的小说通篇都用对话组成，如《若墨医生》；有的，一句对话也没有。《月下小景》确是为了履行许给张家小五的诺言"写故事给你看"而写的。同时，当然是为了试验一下"讲故事"的方法（这一组"故事"明显地看得出受了《十日谈》和《一千零一夜》的影响）。同时，也为了试验一下把六朝译经和口语结合的文体。这种试验，后来形成一种他自己说是"文白夹杂"的独特的沈从文体，在四十年代的文字（如《烛虚》）中尤为成熟。他的亲戚，语言学家周有光曾说"你的语言是古英语"，甚至是拉丁文。沈先生讲创作，不大爱说"结构"，他说是"组织"。我也比较喜欢"组织"这个词。"结构"过于理智，"组织"更带感情，较多作者的主观。他曾把一篇小说一条一条地裁开，用不同方法组织，看看哪一种形式更为合适。沈先生爱改自己的文章。他的原稿，一改再改，天头地脚页边，都是修改的字迹，蜘蛛网似的，这里牵出一条，那里牵出一条。作品发表了，改。成书了，改。看到自己的文章，总要改。有时改了多次，反而不如原来的，以至三姐后来不许他改了（三姐是沈先生文集的一个极其细心、极其认真的义务责任编辑）。沈先生的作品写得最快，最顺畅，改得最少的，只有一本《从文自传》。这本自传没有经过冥思苦想，只用了三个星期，一气呵成。

他不大用稿纸写作。在昆明写东西，是用毛笔写在当地出产的竹纸上的，自己折出印子。他也用钢笔，蘸水钢笔。他抓钢笔的手势有点像抓毛笔（这一点可以证明他不是洋学堂出身）。《长河》就是用钢笔写的，写在一个硬面的练习簿上，直行，两面写。他的原稿的字很清楚，不潦草，但写的是行书。不熟悉他的字体的排字工人是会感到困难的。他晚年写信写文章爱用秃笔淡墨。用秃笔写那样小的字，不但清楚，而且顿挫有致，真是一个功夫。

他很爱他的家乡。他的《湘西》《湘行散记》和许多篇小说可以作证。他不止一次和我谈起棉花坡，谈起枫树坳，——一到秋天满城落了枫树的红叶。一说起来，不胜神往。黄永玉画过一张凤凰沈家门外的小巷，屋顶墙壁颇零乱，有大朵大朵的红花——不知是不是夹竹桃，画面颜色很浓，水气泱泱。沈先生很喜欢这张画，说："就是这样！"八十岁那年，和三姐一同回了一次凤凰，领着她看了他小说中所写的各处，都还没有大变样。家乡人闻知沈从文回来了，简直不知怎样招待才好。他说："他们为我捉了一只锦鸡！"锦鸡毛羽很好看，他很爱那只锦鸡，还抱着它照了一张相，后来知道竟作了他的盘中餐，对三姐说"真煞风景！"锦鸡肉并不怎么好吃。沈先生说及时大笑，但也表现出对乡人的殷勤十分感激。他在家乡听了傩戏，这是一种古调犹存的很老的弋阳腔。打鼓的是一位七十多岁的老人，他对年轻人打鼓失去旧范很不以为然。沈先生听了，说："这是楚声，楚声！"他动情地听着"楚声"，泪流满面。

沈先生八十岁生日，我曾写了一首诗送他，开头两句是：

犹及回乡听楚声，

此身虽在总堪惊。

　　端木蕻良看到这首诗，认为"犹及"二字很好。我写下来
的时候就有点觉得这不大吉利，没想到沈先生再也不能回家乡
听一次了！他的家乡每年有人来看他，沈先生非常亲切地和他
们谈话，一坐半天。每当同乡人来了，原来在座的朋友或学生
就只有退避在一边，听他们谈话。沈先生很好客，朋友很多。
老一辈的有林宰平、徐志摩。沈先生提及他们时充满感情。没
有他们的提掖，沈先生也许就会当了警察，或者在马路旁边"瘪
了"。我认识他后，他经常来往的有杨振声、张奚若、金岳霖、
朱光潜诸先生、梁思成林徽因夫妇。他们的交往真是君子之交，
既无朋党色彩，也无酒食征逐。清茶一杯，闲谈片刻。杨先生
有一次托沈先生带信，让我到南锣鼓巷他的住处去，我以为有
什么事。去了，只是他亲自给我煮一杯咖啡，让我看一本他收
藏的姚茫父的册页。这册页的芯子只有火柴盒那样大，横的，
是山水，用极富金石味的墨线勾轮廓，设极重的青绿，真是妙
品。杨先生对待我这个初露头角的学生如此，则其接待沈先生
的情形可知。杨先生和沈先生夫妇曾在颐和园住过一个时期，
想来也不过是清晨或黄昏到后山谐趣园一带走走，看看湖里的
金丝莲，或写出一张得意的字来，互相欣赏欣赏，其余时间各
自在屋里读书做事，如此而已。沈先生对青年的帮助真是不遗
余力。他曾经自己出钱为一个诗人出了第一本诗集。一九四七
年，诗人柯原的父亲故去，家中拉了一笔债，沈先生提出卖字
来帮助他。《益世报》登出了沈从文卖字的启事，买字的可定
出规格，而将价款直接寄给诗人。柯原一九八〇年去看沈先生，
沈先生才记起有这回事。他对学生的作品细心修改，寄给相熟

的报刊，尽量争取发表。他这辈子为学生寄稿的邮费，加起来是一个相当可观的数字。抗战时期，通货膨胀，邮费也不断涨，往往寄一封信，信封正面反面都得贴满邮票。为了省一点邮费，沈先生总是把稿纸的天头地脚页边都裁去，只留一个稿芯，这样分量轻一点。稿子发表了，稿费寄来，他必为亲自送去。李霖灿在丽江画玉龙雪山，他的画都是寄到昆明，由沈先生代为出手的。我在昆明写的稿子，几乎无一篇不是他寄出去的。一九四六年，郑振铎、李健吾先生在上海创办《文艺复兴》，沈先生把我的《小学校的钟声》和《复仇》寄去。这两篇稿子写出已经有几年，当时无地方可发表。稿子是用毛笔楷书写在学生作文的绿格本上的，郑先生收到，发现稿纸上已经叫蠹虫蛀了好些洞，使他大为激动。沈先生对我这个学生是很喜欢的。为了躲避日本飞机空袭，他们全家有一阵住在呈贡新街，后迁跑马山桃源新村。沈先生有课时进城住两三天。他进城时，我都去看他，交稿子，看他收藏的宝贝，借书。沈先生的书是为了自己看，也为了借给别人看的。"借书一痴，还书一痴"，借书的痴子不少，还书的痴子可不多。有些书借出去一去无踪。有一次，晚上，我喝得烂醉，坐在路边，沈先生到一处演讲回来，以为是一个难民，生了病，走近看看，是我！他和两个同学把我扶到他住处，灌了好些酽茶，我才醒过来。有一回我去看他，牙疼，腮帮子肿得老高。沈先生开了门，一看，一句话没说，出去买了几个大橘子抱着回来了。沈先生的家庭是我见到的最好的家庭，随时都在亲切和谐气氛中。两个儿子，小龙小虎，兄弟怡怡。他们都很高尚清白，无丝毫庸俗习气，无一句粗鄙言语，——他们都很幽默，但幽默得很温雅。一家人于钱上都看得很淡。《沈从文文集》的稿费寄到，九千多元，大概开过家庭会议，又从存款中取出几百元，凑成一万，寄到家乡办学。

沈先生也有生气的时候，也有极度烦恼痛苦的时候，在昆明，在北京，我都见到过，但多数时候都是笑眯眯的。他总是用一种善意的、含情的微笑，来看这个世界的一切。到了晚年，喜欢放声大笑，笑得合不拢嘴，且摆动双手作势，真像一个孩子。只有看破一切人事乘除、得失荣辱，全置度外，心地明净无渣滓的人，才能这样畅快地大笑。

沈先生五十年代后放下写小说散文的笔（偶然还写一点，笔下仍极活泼，如写纪念陈翔鹤文章，实写得极好），改业钻研文物，而且钻出了很大的名堂，不少中国人、外国人都很奇怪。实不奇怪。沈先生很早就对历史文物有很大兴趣。他写的关于展子虔《游春图》的文章，我以为是一篇重要文章，从人物服装颜色式样考订图画的年代和真伪，是别的鉴赏家所未注意的方法。他关于书法的文章，特别是对宋四家的看法，很有见地。在昆明，我陪他去遛街，总要看看市招，到裱画店看看字画。昆明市政府对面有一堵大照壁，写满了一壁字（内容已不记得，大概不外是总理遗训），字有七八寸见方大，用二爨掺一点北魏造像题记笔意，白墙蓝字，是一位无名书家写的，写得实在好。我们每次经过，都要去看看。昆明有一位书法家叫吴忠荩，字写得极多，很多人家都有他的字，家家裱画店都有他的刚刚裱好的字。字写得很熟练，行书，只是用笔枯扁，结体少变化。沈先生还去看过他，说"这位老先生写了一辈子字！"意思颇为他水平受到限制而惋惜。昆明碰碰撞撞都可见到黑漆金字抱柱楹联上钱南园的四方大颜字，也还值得一看。沈先生到北京后即喜欢搜集瓷器。有一个时期，他家用的餐具都是很名贵的旧瓷器，只是不配套，因为是一件一件买回来的。他一度专门搜集青花瓷。买到手，过一阵就送人。西南联大好几位助教、研究生结婚时都收到沈先生送的雍正青花的茶杯或酒杯。沈先生对陶瓷赏鉴极精，一眼就知是什么朝代的。一个朋友送我一个梨皮色釉的粗瓷盒子，我拿去给他看，他说："元朝东西，民间窑！"有一阵搜集旧纸，大都是乾隆以前的。多是染过色的，瓷青的、豆绿的、水红的，触手细腻到像煮熟的鸡蛋白外的薄皮，真是美极了。至于茧纸、高丽发笺，那是凡品了。（他搜集旧纸，但自己舍不得用来写字。晚年写字用糊窗户的高丽纸，他说："我的字值三分钱。"）

在昆明，搜集了一阵耿马漆盒。这种漆盒昆明的地摊上很容易买到，且不贵。沈先生搜集器物的原则是"人弃我取"。其实这种竹胎的，涂红黑两色漆，刮出极繁复而奇异的花纹的圆盒是很美的。装点心，装花生米，装邮票杂物均合适，放在桌上也是个摆设。这种漆盒也都陆续送人了。客人来，坐一阵，临走时大都能带走一个漆盒。有一阵研究中国丝绸，弄到许多大藏经的封面，各种颜色都有：宝蓝的、茶褐的、肉色的，花纹也是各式各样。沈先生后来写了一本《中国丝绸图案》。有一阵研究刺绣。除了衣服、裙子，弄了好多扇套、眼镜盒、香袋。不知他是从哪里"寻摸"来的。这些绣品的针法真是多种多样。我只记得有一种绣法叫"打子"，是用一个一个丝线疙瘩缀出来的。他给我看一种绣品，叫"七色晕"，用七种颜色的绒绣成一个团花，看了真叫人发晕。他搜集、研究这些东西，不是为了消遣，是从发现、证实中国历史文化的优越这个角度出发的，研究时充满感情。我在他八十岁生日写给他的诗里有一联：

玩物从来非丧志，

著书老去为抒情。

这全是记实。沈先生提及某种文物时常是赞叹不已。马王堆那副不到一两重的纱衣,他不知说了多少次。刺绣用的金线原来是盲人用一把刀,全凭手感,就金箔上切割出来的。他说起时非常感动。有一个木俑(大概是楚俑)一尺多高,衣服非常特别:上衣的一半(连同袖子)是黑色,一半是红的;下裳正好相反,一半是红的,一半是黑的。沈先生说:"这真是现代派!"如果照这样式(一点不用修改)做一件时装,拿到巴黎去,由一个长身细腰的模特儿穿起来,到表演台上转那么一转,准能把全巴黎都"镇"了!他平生搜集的文物,在他生前全都分别捐给了几个博物馆、工艺美术院校和工艺美术工厂,连收条都不要一个。

　　沈先生自奉甚薄。穿衣服从不讲究。他在《湘行散记》里说他穿了一件细毛料的长衫,这件长衫我可没见过。我见他时总是一件洗得褪了色的蓝布长衫,夹着一摞书,匆匆忙忙地走。解放后是蓝卡其布或涤卡的干部服,黑灯芯绒的"懒汉鞋"。有一年做了一件皮大衣(我记得是从房东手里买的一件旧皮袍改制的,灰色粗线呢面),他穿在身上,说是很暖和,高兴得像一个孩子。吃得很清淡。我没见他下过一次馆子。在昆明,我到文林街二十号他的宿舍去看他,到吃饭时总是到对面米线铺吃一碗一角三分钱的米线。有时加一个西红柿,打一个鸡蛋,超不过两角五分。三姐是会做菜的,会做八宝糯米鸭,炖在一个大砂锅里,但不常做。他们住在中老胡同时,有时张充和骑自行车到前门月盛斋买一包烧羊肉回来,就算加了菜了。在小羊宜宾胡同时,常吃的不外是炒四川的菜头,炒慈菇。沈先生爱吃慈菇,说"这个好,比土豆'格'高"。他在《自传》中说他很会炖狗肉,我在昆明,在北京都没见他炖过一次。有一次他到他的助手王亚蓉家去,先来看看我(王亚蓉住在我们家马路对面,——他七十多了,血压高到二百多,还常为了一点研究资料上的小事到处跑），我让他过一会儿来吃饭。他带来一卷画，是古代马戏图的摹本，实在是很精彩。他非常得意地问我的女儿："精彩吧？"那天我给他做了一只烧羊腿，一条鱼。他回家一再向三姐称道："真好吃。"他经常吃的荤菜是猪头肉。

　　他的丧事十分简单。他凡事不喜张扬，最反对搞个人的纪念活动。反对"办生做寿"。他生前累次嘱咐家人，他死后，不开追悼会，不举行遗体告别。但火化之前，总要有一点仪式。新华社消息的标题是沈从文告别亲友和读者，是合适的。只通知少数亲友。——有一些景仰他的人是未接通知自己去的。不收花圈，只有约二十多个布满鲜花的花篮，很大的白色的百合花、康乃馨、菊花、菖兰。参加仪式的人也不戴纸制的白花，但每人发给一枝半开的月季，行礼后放在遗体边。不放哀乐，放沈先生生前喜爱的音乐，如贝多芬的"悲怆"奏鸣曲等。沈先生面色如生，很安详地躺着。我走近他身边，看着他，久久不能离开。这样一个人，就这样地去了。我看他一眼，又看一眼，我哭了。

　　沈先生家有一盆虎耳草，种在一个椭圆形的小小钧窑盆里。很多人不认识这种草。这就是《边城》里翠翠在梦里采摘的那种草，沈先生喜欢的草。

一九八八年五月二十六日

载一九八八年第七期《人民文学》

悬空的人

　　黑人学者赫伯特约我去谈谈。这是一个很有教养的人。他在爱荷华大学读了十年，得过四个学位，学过哲学，现在在教历史，但是他的兴趣在研究戏剧，——美国戏剧和别的国家的戏剧。我在一个酒会上遇见他。他说他对许多国家的戏剧都有所了解，唯独对中国戏剧不解。他问我中国的丧服是不是白色的，我说：是的。他说欧洲的丧服是黑的，只有中国和黑人的丧服是白的。他觉得这有某种联系。

　　赫伯特很高大，长眉毛，大眼睛，阔唇，结实的白牙齿。说话时声音不高，从从容容，带着深思。听人说话时很专注，每有解悟，频频点头，或露出明亮的微笑。

　　和他住在一起的另一个黑人叫安东尼，比较瘦小，很文静，话很少，神情有点忧郁。他在南朝鲜研究过造纸、印刷和绘画，他想把这三者结合起来。他给我看了他的一张近作。纸是他自己造的，很厚，先印刷了一遍，再用中国毛笔画出来的。画的是《爱丽斯漫游奇境》里的镜中景象。当然，是抽象的。我觉得画的是痛苦的思维。他点点头。他现在在爱荷华大学美术馆负责。

赫伯特讲了他准备写的一个戏的构思。开幕是一个教堂，正在举行一个人的丧礼，大家都穿了白衣服。不一会儿，抬上来一具棺材。死者从棺材里爬了出来。别人问他："你是来演戏的，还是来看戏的？"以下的一场，一些人在打篮球（当然是虚拟动作），剧情在球赛中进行。因为他的构思还没有完成，无法谈得很具体，我只能建议他把戏里存在的两个主题拧在一起，赋予打篮球以一个象征的意义。

以后就谈起美国的黑人问题。

赫伯特说：美国人都能说出他们是从哪里来的。从英格兰来的，苏格兰来的，荷兰来的，德国来的。我们说不出。我的来历，可以追溯到我的曾祖父。再往上，就不知道了。都是奴隶。我们不知道自己叫什么。Black People，nigro，都是白人叫我们的。我们是从非洲来的，但是是从哪个国家、哪个部族来的？不知道。我们只能把整个非洲当作我们的故乡，但是非洲很大，这个故乡是渺茫的。非洲人也不承认我们，说"你们是美国人！"我们没有文化传统，没有历史。

我说：这是一种很深刻的悲哀。

赫伯特和安东尼都说：很深刻的悲哀！

赫伯特说：美国政府希望我们接受美国文化，但是这不是我们的文化。

我说美国现在的种族歧视好像不那么厉害。

赫伯特说：有些州还有，有些州好些，比如爱荷华。所以我们愿意住在这里。取消对黑人的歧视，约翰逊起了作用。我出去当了四年兵，回来一看：这是怎么回事？——黑人可以和白人同坐一列车，在一个饭馆里吃饭了。但是实际上还是有差别的。黑人杀了白人，要判很重的刑，常常是终身监禁；白人杀了黑人，关几年，很快就放出来了；黑人杀黑人，美国政府不管，——让你们杀去吧！

赫伯特承认，黑人犯罪率高（纽约哥伦比亚大学附近的一个公园、芝加哥的黑人区，晚上没有人敢去），脏。这应该主要由制度负责，还是应该黑人自己负责？

赫伯特说，主要是制度问题。二百年了，黑人没有好的教育，居住条件差，吃得不好，——黑人吃的东西和白人不一样。这不是一朝一夕能改变的。

（我想到改善人民的饮食和居住条件是直接和提高民族素质有关的事。住高楼大厦和大杂院，吃精米白面高蛋白和吃窝头咸菜的人就是不一样。）

我知道美国政府近年对黑人的政策有很大的改变，有意在黑人中培养出一部分中产阶级。美国的大学招生，政府规定黑人要占一定的百分比。完成不了比率，要受批评，甚至会削减学校的经费。黑人比较容易得到奖学金（美国奖学金很高，得到奖学金，学费、生活费可不成问题）。赫伯特、安东尼都在大学教书，爱荷华大学的副教务长（是一个诗人）是黑人。在芝加哥街头可以看到很多穿戴得相当讲究的黑人妇女（浑身珠光宝气，比有些白人妇女还要雍容华贵）。我问：是不是这样？

是这样，但是美国的大企业主没有一个是黑人。

这样，美国的黑人就发生了分化：中产阶级的黑人和贫穷的黑人。

我问赫伯特和安东尼：你们的意识，你们的心态，是接近白人，还是接近贫穷的黑人？他们都说：接近白人。

因此，赫伯特说，贫穷的黑人也不承认我们。他们说：你们和我们不一样。

赫伯特说：他们希望我们替他们讲话，但是——我们不能。鞋子掉了，只能由自己提（他做一个提鞋的动作）。只能由他们当中产生领袖，出来说话。我们，只能写他们。

在我起身告辞的时候，赫伯特问我：我们没有历史，你说我们应该怎么办？

我说，既然没历史，那就：从我开始！

赫伯特说：很对！

没有历史，是悲哀的。

一个人有祖国，有自己的民族，有文化传统，不觉得这有什么。一旦没有这些，你才会觉得这有多么重要，多么珍贵。

我在美国，听说有一个留学生说："我宁愿在美国做狗，不愿意做中国人。"岂有此理！

载一九八八年六月三日台湾《中时晚报》

《蒲桥集》自序

我写散文，是搂草打兔子，捎带脚。不过我以为写任何形式的文学，都得首先把散文写好。因此陆陆续续写了一些。

中国是个散文的大国，历史悠久。《世说新语》记人事，《水经注》写风景，精彩生动，世无其匹。唐宋以文章取士。会写文章，才能做官，别的国家，大概无此制度。唐宋八家，在结构上，语言上，试验了各种可能性。宋人笔记，简洁潇洒，读起来比典册高文更为亲切，《容斋随笔》可为代表。明清考八股，但要传世，还得靠古文。归有光、张岱，各有特点。"桐城派"并非都是谬种，他们总结了写散文的一些经验，不可忽视。龚定庵造语奇崛，影响颇大。"五四"以后，散文是兴旺的。鲁迅、周作人，沉郁冲淡，形成两支。朱自清的《背影》现在读起来还是非常感人。但是近二三十年，散文似乎不怎么发达，不知是什么原因。其实，如果一个国家的散文不兴旺，很难说这个国家的文学有了真正的兴旺。散文如同布帛麦菽，是不可须臾离开的。

"五四"以后的新文学的形式，如新诗、戏剧，是外来的。小说也受了外国很大的影响。独有散文，却是土产。那时翻译了一些外国的散文，如法国蒙田的、挪威的别伦·别尔生的、英国兰姆的，但是影响不大，很少人摹仿他们那样去写。屠格涅夫和波德莱尔的散文诗译过来了，有影响。但是散文诗是诗，不是散文。近十年文学，相当一部分努力接受西方影响，被称为新潮或现代派。但是，新潮派的诗、小说、戏剧，我们大体知道是什么样子，新潮派的散文是什么样子呢，想象不出。新潮派的诗人、戏剧家、小说家，到了他们写散文的时候，就不大看得出怎么新潮了，和不是新潮的人写的散文也差不多。这对于新潮派作家，是无可奈何的事。看来所有的人写散文，都不得不接受中国的传统。事情很糟糕，不接受民族传统，简直就写不好一篇散文。不过话说回来，既然我们自己的散文传统这样深厚，为什么一定要拒绝接受呢？我认为二三十年来散文不发达，原因之一，可能是对于传统重视不够。包括我自己。到我意识到的时候，已经晚了。老年读书，过目便忘。水过地皮湿，吸入不多，风一吹，就干了。假我十年以学，我的散文也许会写得好一些。

二三十年来的散文的一个特点，是过分重视抒情。似乎散文可以分为两大类：抒情散文和非抒情散文。即便是非抒情散文中，也多少要有点抒情成分，似乎非如此即不足以称散文。散文的天地本来很广阔，因为强调抒情，反而把散文的范围弄得狭窄了。过度抒情，不知节制，容易流于伤感主义。我觉得伤感主义是散文（也是一切文学）的大敌。挺大的人，说些小姑娘似的话，何必呢。我是希望把散文写得平淡一点，自然一点，"家常"一点的，但有时恐怕也不免"为赋新词强说愁"，感情不那么真实。

我写散文，是捎带脚，写的时候，没有想到要出一个集子，发表之后，剪存了一些，但是随手乱塞，散佚了不少。承作家出版社的好意，要我自己编一本散文集，只能将找得到的归拢归拢，成了现在的这样。我还会写写散文，如有机会出第二个集子，也许会把旧作找补一点回来。但这不知是哪年的事了。

我的住处在东蒲桥边，故将书名定为《蒲桥集》。东蒲桥在修立交桥，修成后是不是还叫东蒲桥，不知道。不过好赖总还是有一座桥的。即使桥没有了，叫作《蒲桥集》，也无妨。

一九八八年六月十日

载一九九〇年第二期《花城》

自报家门

　　京剧的角色出台，大都有一段相当长的独白。向观众介绍自己的历史，最近遇到什么事，他将要干什么，叫作"自报家门"。过去西方戏剧很少用这种办法。西方戏剧的第一幕往往是介绍人物，通过别人之口互相介绍出剧中人。这实在很费事。中国的"自报家门"省事得多。我采取这种办法，也是为了图省事，省得麻烦别人。

　　法国安妮・居里安女士打算翻译我的小说。她从波士顿要到另一个城市去，已订好了飞机票，听说我要到波士顿，特意把机票退了，好跟我见一面。她谈了对我的小说的印象，谈得很聪明。有一点是别的评论家没有提过，我自己从来没有意识到的。她说我很多小说里都有水，《大淖记事》是这样。《受戒》写水虽不多，但充满了水的感觉。我想了想，真是这样。这是很自然的。我的家乡是一个水乡。

　　江苏北部一个不大的城市——高邮。在运河的旁边。运河西边，是高邮湖。城的地势低，据说运河的河底和城墙垛子一般高。我们小时候到运河堤上去玩，可以俯瞰堤下人家的屋顶。因此，常常闹水灾。县境内有很多河道。出城到乡镇，大都是坐船。农民几乎家家都有船。水不但于不自觉中成了我的一些小说的背景，并且也影响了我的小说的风格。水有时是汹涌澎湃的，但我们那里的水平常总是柔软的，平和的，静静地流着。

我是一九二〇年生的。三月五日。按阴历算，那天正好是正月十五，元宵节。这是一个吉祥的日子。中国一直很重视这个节日。到现在还是这样。到了这天，家家吃"元宵"，南北皆然。沾了这个光，我每年的生日都不会忘记。

我的家庭是一个旧式的地主家庭。房屋、家具、习俗，都很旧。整所住宅，只有一处叫作"花厅"的三大间是明亮的。因为朝南的一溜大窗户是安玻璃的。其余的屋子的窗格上都糊的是白纸。一直到我读高中时，晚上有的屋里点的还是豆油灯。这在全城（除了乡下）大概找不出几家。

我的祖父是清朝末科的"拔贡"。这是略高于"秀才"的功名。据说要八股文写得特别好，才能被选为"拔贡"。他有相当多的田产，大概有两三千亩田。还开着两家药店，一家布店，但是生活却很俭省。他爱喝一点酒，酒菜不过是一个咸鸭蛋，而且一个咸鸭蛋能喝两顿酒。喝了酒有时就一个人在屋里大声背唐诗。他同时又是一个免费为人医治眼疾的眼科医生。我们家看眼科是祖传的。在孙辈里他比较喜欢我。他让我闻他的鼻烟。有一回我不停地打嗝，他忽然把我叫到跟前，问我他吩咐我做的事做好了没有。我想了半天，他吩咐过我做什么事呀？我使劲地想。他哈哈大笑："嗝不打了吧！"他说这是治打嗝的最好的办法。他教过我读《论语》，还教我写过初步的八股文，说如果在清朝，我完全可以中一个秀才（那年我才十三岁）。他赏给我一块紫色的端砚，好几本很名贵的原拓本字帖。一个封建家庭的祖父对于孙子的偏爱，也仅能表现到这个程度。

我的生母姓杨。杨家是本县的大族。在我三岁时，她就死去了。她得的是肺病，早就一个人住在一间偏屋里，和家人隔离了。她不让人把我抱去见她。因此我对她全无印象。我只能从她的遗像（据说画得很像）上知道她是什么样子，另外我从父亲的画室里翻出一摞她生前写的大楷，字写得很清秀。由此我知道我的母亲是读过书的。她嫁给我父亲后还能每天写一张大字，可见她还过着一种闺秀式的生活，不为柴米操心。

我父亲是我所知道的一个最聪明的人。多才多艺。他不但金石书画皆通，而且是一个擅长单杠的体操运动员，一名足球健将。他还练过中国的武术。他有一间画室，为了用色准确，裱糊得"四白落地"。他后半生不常作画，以"懒"出名。他的画室里堆积了很多求画人送来的宣纸，上面都贴了一个红签："敬求法绘，赐呼××。"我的继母有时提醒："这几张纸，你该给人家画画了。"父亲看看红签，说："这人已经死了。"每逢春秋佳日，天气晴和，他就打开画室作画。我非常喜欢站在旁边看他画，对着宣纸端详半天。先用笔杆的一头或大拇指指甲在纸上划几道，决定布局，然后画花头、枝干、布叶、勾筋。画成了，再看看，收拾一遍，题字，盖章，用摁钉钉在板壁上，再反复看看。他年轻时曾画过工笔的菊花。能辨别、表现很多菊花品种。因为他是阴历九月生的，在中国，习惯把九月叫作菊月，所以对菊花特别有感情。后来就放笔作写意花卉了。他的画，照我看是很有功力的。可惜局处在一个小县城里，未能浪游万里，多睹大家真迹。又未曾学诗，题识多用成句，只成"一方之士"，声名传得不远。很可惜！他学过很多乐器，笙箫管笛、琵琶、古琴都会。他的胡琴拉得很好。几乎所有的中国乐器我们家都有过。包括唢呐、海笛。他吹过的箫和笛子是我一生中见过的最好的箫笛。他的手很巧，心很细。我母亲的冥衣（中国人相信人死了，在另一个世界——阴间还要生活，故用纸糊制了生活用物烧了，使死者可以"冥中收用"，统称冥器。）是他亲手糊的。他选购了各种矸花的色纸，糊了很多套，四季衣裳，单夹皮棉，应有尽有。"裘皮"剪得极细，和真的一样，还能分出羊皮、狐皮。他会糊风筝。有一年糊了一个蜈蚣——这是风筝最难的一种，带着儿女到麦田里去放。蜈蚣在天上矫矢摆动，跟活的一样。这是我永远不能忘记的一天。他放蜈蚣用的是胡琴的"老弦"。用琴弦放风筝，我还未见过第二人。他养过鸟，养过蟋蟀。他用钻石刀把玻璃裁成小片，再用胶水一片一片逗拢粘固，做成小船、小亭子、八面玲珑绣球，在里面养金铃子——一种金色的小昆虫，磨翅发声如金铃。我父亲真是一个聪明人。如果我还不算太笨，大概跟我从父亲那里接受的遗传因子有点关系。我的审美意识的形成，跟我从小看他作画有关。

我父亲是个随便的人，比较有同情心，能平等待人。我十几岁时就和他对座饮酒，一起抽烟。他说："我们是多年父子成兄弟。"他的这种脾气也传给了我。不但影响了我和家人子女、朋友后辈的关系，而且影响了我对我所写的人物的态度以及对读者的态度。

我的小学和初中是在本县读的。

小学在一座佛寺的旁边，原来即是佛寺的一部分。我几乎每天放学都要到佛寺里逛一逛，看看哼哈二将、四大天王、释迦牟尼、迦叶阿难、十八罗汉、南海观音。这些佛像塑得生动。这是我的雕塑艺术馆。

从我家到小学要经过一条大街，一条曲曲弯弯的巷子。我放学回家喜欢东看看，西看看，看看那些店铺，手工作坊、布店、酱园、杂货店、爆仗店、烧饼店、卖石灰麻刀的铺子、染坊……我到银匠店里去看银匠在一个模子上錾出一个小罗汉，到竹器厂看师傅怎样把一根竹竿做成笸箩的笸子，到车匠店看车匠用硬木车旋出各种形状的器物，看灯笼铺糊灯笼……百看不厌。有人问我是怎样成为一个作家的，我说这跟我从小喜欢东看看西看看有关。这些店铺、这些手艺人使我深受感动，使我闻嗅到一种辛劳、笃实、轻甜、微苦的生活气息。这一路的印象深深注入我的记忆，我的小说有很多篇写的便是这座封闭的、褪色的小城的人事。

初中原是一个道观，还保留着一个放生鱼池。池上有飞梁（石桥），一座原来供奉吕洞宾的小楼和一座小亭子。亭子四周长满了紫竹（竹竿深紫色）。这种竹子别处少见。学校后面有小河，河边开着野蔷薇。学校挨近东门，出东门是杀人的刑场。我每天沿着城东的护城河上学、回家，看柳树，看麦田，看河水。

我自小学五年级至初中毕业，教国文的都是一位姓高的先生。高先生很有学问，他很喜欢我。我的作文几乎每次都是"甲上"。在他所授古文中，我受影响最深的是明朝大散文家归有光的几篇代表作。归有光以轻淡的文笔写平常的人物，亲切而凄婉。这和我的气质很相近，我现在的小说里还时时回响着归有光的余韵。

我读的高中是江阴的南菁中学。这是一座创立很早的学校，至今已有百余年历史。这个学校注重数理化，轻视文史。但我买了一部词学丛书，课余常用毛笔抄宋词，既练了书法，也略窥了词意。词大都是抒情的，多写离别。这和少年人每易有的无端感伤情绪易于相合。到现在我的小说里还带有一点隐隐约约的哀愁。

读了高中二年级，日本人占领了江南，江北危急。我随祖父、父亲在离城稍远的一个村庄的小庵里避难。在庵里大概住了半年。我在《受戒》里写了和尚的生活。这篇作品引起注意，不少人问我当过和尚没有。我没有当过和尚。在这座小庵里我除了带了准备考大学的教科书，只带了两本书，一本《沈从文小说选》，一本屠格涅夫的《猎人日记》。说得夸张一点，可以说这两本书定了我的终身。这使我对文学形成比较稳定的兴趣，并且对我的风格产生深远的影响。我父亲也看了沈从文的小说，说："小说也是可以这样写的？"我的小说也有人说是不像小说，其来有自。

一九三九年，我从上海经香港、越南到昆明考大学。到昆明，得了一场恶性疟疾，住进了医院。这是我一生第一次住院，也是唯一的一次。高烧超过四十度。护士给我注射了强心针，我问她："要不要写遗书？"我刚刚能喝一碗蛋花汤，晃晃悠悠进了考场。考完了。一点把握没有。天保佑，发了榜，我居然考中了第一志愿：西南联大中国文学系！

我成不了语言文字学家。我对古文字有兴趣的只是它的美术价值——字形。我一直没有学会国际音标。我不会成为文学史研究者或文学理论专家，我上课很少记笔记，并且时常缺课。我只能从兴趣出发，随心所欲，乱七八糟地看一些书。白天在茶馆里，夜晚在系图书馆。于是，我只能成为一个作家了。

不能说我在投考志愿书上填了西南联大中国文学系是冲着沈从文去的，我当时有点恍恍惚惚，缺乏任何强烈的意志。但是"沈从文"是对我很有吸引力的，我在填表前是想到过的。

沈先生一共开过三门课：各体文习作、创作实习、中国小说史，我都选了。沈先生很欣赏我。我不但是他的入室弟子，可以说是得意高足。

沈先生实在不大会讲课。讲话声音小，湘西口音很重，很不好懂。他讲课没有讲义，不成系统，只是即兴的漫谈。他教创作，反反复复，经常讲的一句话是：要贴到人物来写。很多学生都不大理解这是什么意思。我是理解的。照我的理解，他的意思是：在小说里，人物是主要的，主导的，其余的都是次要的，派生的。作者的心要和人物贴近，富同情，共哀乐。什么时候作者的笔贴不住人物，就会虚假。写景，是制造人物生活的环境。写景处即是写人，景和人不能游离。常见有的小说写景极美，但只是作者眼中之景，与人物无关。这样有时甚至会使人物疏远。即作者的叙述语言也须和人物相协调，不能用知识分子的语言去写农民。我相信我的理解是对的。这也许不是写小说唯一的原则（有的小说可以不着重写人，也可以有的小说只是作者在那里发议论），但是是重要的原则。至少在现实主义的小说里，这是重要原则。

沈先生每次进城（为了躲日本飞机空袭，他住在昆明附近呈贡的乡下，有课时才进城住两三天），我都去看他。还书、借书，听他和客人谈天。他上街，我陪他同去，逛寄卖行、旧货摊，买耿马漆盒，买火腿月饼。饿了，就到他的宿舍对面的小铺吃一碗加一个鸡蛋的米线。有一次我喝得烂醉，坐在路边，他以为是一个生病的难民，一看，是我！他和几个同学把我架到宿舍里，灌了好些酽茶，我才清醒过来。有一次我去看他，牙疼，腮帮子肿得老高，他不说一句话，出去给我买了几个大橘子。

我读的是中国文学系，但是大部分时间是看翻译小说。当时在联大比较时髦的是 A. 纪德，后来是萨特。我二十岁开始发表作品。外国作家我受影响较大的是契诃夫，还有一个西班牙作家阿索林。我很喜欢阿索林，他的小说像是覆盖着阴影的小溪，安安静静的，同时又是活泼的、流动的。我读了一些弗吉尼亚·伍尔夫的作品，读了普特斯特小说的片段。我的小说有一个时期明显地受了意识流方法的影响，如《小学校的钟声》、《复仇》。

离开大学后，我在昆明郊区一个联大同学办的中学教了两年书。《小学校的钟声》和《复仇》便是这时写的。当时没有地方发表。后来由沈先生寄给上海的《文艺复兴》，郑振铎先生打开原稿，发现上面已经叫蠹虫蛀了好些小洞。

一九四六年初秋，我由昆明到上海。经李健吾先生介绍，到一个私立中学教了两年书。一九四八年初春离开。这两年写了一些小说，结为《邂逅集》。

到北京，失业半年，后来到历史博物馆任职。陈列室在午门城楼上，展出的文物不多，游客寥寥无几。职员里住在馆里的只有我一个人。我住的那间据说原是锦衣卫值宿的屋子。为了防火，当时故宫范围内都不装电灯，我就到旧货摊上买了一盏白瓷罩子的古式煤油灯。晚上灯下读书，不知身在何世。北京一解放，我就报名参加了四野南下工作团。

我原想随四野一直打到广州，积累生活，写一点刚劲的作品。不想到武汉就被留下来接管文教单位，后来又被派到一个女子中学当副教导主任。一年之后，我又回到北京，到北京市文联工作。一九五四年，调中国民间文艺研究会。

自一九五○年至一九五八年，我一直当文艺刊物编辑。编过《北京文艺》《说说唱唱》《民间文学》。我对民间文学是很有感情的。民间故事丰富的想象和农民式的幽默，民歌比喻的新鲜和韵律的精巧使我惊奇不置。但我对民间文学的感情被割断了。一九五八年，我被错划成右派，下放到长城外面的一个农业科学研究所劳动，将近四年。

这四年对我来说是很重要的。我和农业工人（即是农民）一同劳动，吃一样的饭，晚上睡在一间大宿舍里，一铺大炕（枕头挨着枕头，虱子可以自由地从最东边一个人的被窝里爬到最西边的被窝里）。我比较切实地看到中国的农村和中国的农民是怎么回事。

一九六二年初，我调到北京京剧团当编剧，一直到现在。

我二十岁开始发表作品，今年六十九岁，写作时间不可谓不长。但我的写作一直是断断续续，一阵一阵的，因此数量很少。过了六十岁，就听到有人称我为"老作家"，我觉得很不习惯。第一，我不大意识到我是一个作家；第二，我没有觉得我已经老了。近两年逐渐习惯了。有什么办法呢，岁数不饶人。杜甫诗："座下人渐多。"现在每有宴会，我常被请到上席，我已经出了几本书，有点影响。再说我不是作家，就有点矫情了。我算什么样的作家呢？

我年轻时受过西方现代派的影响，有些作品很"空灵"，甚至很不好懂。这些作品都已散失。有人说翻翻旧报刊，是可以找到的。劝我搜集起来出一本书。我不想干这种事。实在太幼稚，而且和人民的疾苦距离太远。我近年的作品渐趋平实。在北京市作协讨论我的作品的座谈会上，我做了一个简短的发言，题为"回到民族传统，回到现实主义"，这大体上可以说是我现在的文学主张。我并不排斥现代主义。每逢有人诋毁青年作家带有现代主义倾向的作品时，我常会为他们辩护。我现在有时也偶尔还写一点很难说是纯正的现实主义的作品，比如

《昙花、鹤和鬼火》，就是在通体看来是客观叙述的小说中有时还夹带一点意识流片段，不过评论家不易察觉。我的看似平常的作品其实并不那么老实。我希望能做到融奇崛于平淡，纳外来于传统，不今不古，不中不西。

我是较早意识到要把现代创作和传统文化结合起来的。和传统文化脱节，我以为是开国以后，五十年代文学的一个缺陷。——有人说这是中国文化的"断裂"，这说得严重了一点。有评论家说我的作品受了两千多年前的老庄思想的影响，可能有一点。我在昆明教中学时案头常放的一本书是《庄子集解》。但是我对庄子感极大的兴趣的，主要是其文章，至于他的思想，我到现在还不甚了了。我自己想想，我受影响较深的，还是儒家。我觉得孔夫子是个很有人情味的人，并且是个诗人。他可以发脾气，赌咒发誓。我很喜欢《论语·子路曾晳冉有公西华侍坐》。他让在坐的四位学生谈谈自己的志愿，最后问到曾晳（点）。

　　"点，尔何如？"

　　鼓瑟希，铿尔，舍瑟而作，对曰："异乎三子者之撰。"

　　子曰："何伤乎？亦各言其志也。"

　　曰："暮春者，春服既成，冠者五六人，童子六七人，浴乎沂，风乎舞雩，咏而归。"

　　夫子喟然叹曰："吾与点也。"

这写得实在非常美。曾点的超功利的率性自然的思想是生活境界的美的极至。

我很喜欢宋儒的诗：

> 万物静观皆自得，
>
> 四时佳兴与人同。

说得更实在的是：

> 顿觉眼前生意满，
>
> 须知世上苦人多。

我觉得儒家是爱人的，因此我自诩为"中国式的人道主义者"。

我的小说似乎不讲究结构。我在一篇谈小说的短文中，说结构的原则是：随便。有一位年龄略低我的作家每谈小说，必谈结构的重要。他说："我讲了一辈子结构，你却说：随便！"我后来在谈结构的前面加了一句话："苦心经营的随便"，他同意了。我不喜欢结构痕迹太露的小说，如莫泊桑，如欧·亨利。我倾向"为文无法"，即无定法。我很向往苏轼所说的："如行云流水，初无定质，但常行于所当行，常止于所不可不止，文理自然，姿态横生。"我的小说在国内被称为"散文化"的小说。我以为散文化是世界短篇小说发展的一种（不是唯一的）趋势。

我很重视语言，也许过分重视了。我以为语言具有内容性。语言是小说的本体，不是外部的，不只是形式、是技巧。探索一个作者气质、他的思想（他的生活态度，不是理念），必须由语言入手，并始终浸在作者的语言里。语言具有文化性。作品的语言映照出作者的全部文化修养。语言的美不在一个一个句子，而在句与句之间的关系。包世臣论王羲之字，看来参差不齐，但如老翁携带幼孙，顾盼有情，痛痒相关。好的语言正当如此。语言像树，枝干内部液汁流转，一枝摇，百枝摇。语言像水，是不能切割的。一篇作品的语言，是一个有机的整体。

我认为一篇小说是作者和读者共同创作的。作者写了，读者读了，创作过程才算完成。作者不能什么都知道，都写尽了。要留出余地，让读者去捉摸，去思索，去补充。中国画讲究"计白当黑"。包世臣论书以为当使字之上下左右皆有字。宋人论崔颢的《长干曲》"无字处皆有字"。短篇小说可以说是"空白的艺术"。办法很简单：能不说的话就不说。这样一篇小说的容量就会更大了，传达的信息就更多。以己少少许，胜人多多许。短了，其实是长了。少了，其实是多了。这是很划算的事。

我这篇"自报家门"实在太长了。

一九八八年三月二十日

载一九八八年第七期《作家》

沈从文转业之谜

　　沈先生忽然改了行。他的一生分成了两截。一九四九年以前，他是作家，写了四十几本小说和散文；一九四九以后，他变成了一个文物研究专家，写了一些关于文物的书，其中最重大（真是又重又大）的一本是《中国古代服饰研究》。近十年沈先生的文学作品重新引起注意，尤其是青年当中，形成了"沈从文热"。一些读了他的小说的年轻一些的读者觉得非常奇怪：他为什么不再写了呢？国外有些研究中国现代文学的学者也为之大惑不解。我是知道一点内情的，但也说不出个究竟。在他改业之初，我曾经担心他能不能在文物研究上搞出一个名堂，因为从我和他的接触（比如讲课）中，我觉得他缺乏"科学头脑"。后来发现他"另有一功"，能把抒情气质和科学条理完美地结合起来，搞出了成绩，我松了一口气，觉得"这样也好"。我就不大去想他的转业的事了。沈先生去世后，沈虎雏整理沈先生遗留下来的稿件、信件。我因为刊物约稿，想起沈先生改行的事，要找虎雏谈谈。我爱人打电话给三姐（师母张兆和），三姐说："叫曾祺来一趟，我有话跟他说。"我去了，虎雏拿出几封信。一封是给一个叫吉六的青年作家的退稿信（一封很重要的信），一封是沈先生在一九六一年二月二日写给我的很长的信（这封信真长，是在练习本撕下来的纸上写的，钢笔小字，两面写，共十二页，估计不下六千字，是在医院里写的；这封信，他从医院回来家后用毛笔在竹纸上重写了一次寄给我，这是底稿；其时我正戴了右派分子帽子，下放张家口沙岭子劳动；沈先生寄给我的原信我一直保存，"文化大革命"中遗失了），还有一九四七年我由上海寄给沈先生的两封信。看了这几封信，我对沈先生转业的前因后果，逐渐形成了一个比较清晰的轮廓。

从一个方面说，沈先生的改行，是"逼上梁山"，是他多年挨骂的结果。左、右都骂他。沈先生在写给我的信上说：

"我希望有些人不要骂我，不相信，还是要骂。根本连我写什么也不看，只图个痛快。于是骂倒了。真的倒了。但是究竟是谁的损失？"

沈先生的挨骂，以前的，我不知道。我知道的，对他的大骂，大概有三次。

一次是抗日战争时期，约在一九四二年顷，从桂林发动，有几篇很锐利的文章。我记得有一篇是聂绀弩写的。聂绀弩我后来认识，是一个非常好的人。他后来也因黄永玉之介去看过沈先生，认为那全是一场误会。聂和沈先生成了很好的朋友，彼些毫无芥蒂。

第二次是一九四七年，沈先生写了两篇杂文，引来一场围攻。那时我在上海，到巴金先生家，李健吾先生在座。李健吾先生说，劝从文不要写这样的杂论，还是写他的小说。巴金先生很以为然。我给沈先生写的两封信，说的便是这样的意思。

第三次是从香港发动的。一九四八年三月，香港出生了一本《大众文艺丛刊》，撰稿人为党内外的理论家。其中有一篇郭沫若写的《斥反动文艺》，文中说沈从文"一直是有意识地作为反动派而活动着"。这对沈先生是致命的一击。可以说，是郭沫若的这篇文章，把沈从文从一个作家骂成了一个文物研究者。事隔三十年，沈先生的《中国古代服饰研究》却由前科学院院长郭沫若写了序。人事变幻，云水悠悠，逝者如斯，谁能逆料？这也是历史。

已经有几篇文章披露了沈先生在解放前后神经混乱的事（我本来是不愿意提及这件事的），但是在这以前，沈先生对形势的估计和对自己前途的设想是非常清醒，非常理智的。他在一九四八年十二月七日写给吉六君的信中说：

"大局玄黄未定……一切终得变。从大处看发展，中国行将进入一个崭新时代，则无可怀疑。"

基于这样的信念，才使沈先生在北平解放前下决心留下来。留下来不走的，还有朱光潜先生、杨振声先生。朱先生和沈先生同住在中老胡同，杨先生也常来串门。对于"玄黄未定"之际的行止，他们肯定是多次商量过的。他们决定不走，但是心境是惶然的。

一天，北京大学贴出了一期壁报，大字全文抄出了郭沫若的《斥反动文艺》。不知道这是地下党的授意，还是进步学生社团自己干的。在那样的时候，贴出这样的大字报，是什么意思呢？这不是"为渊驱鱼"，把本来应该争取，可以争取的高级知识分子一齐推出去么？这究竟是谁的主意，谁的决策？

这篇壁报对沈先生的压力很大，沈先生由神经极度紧张，到患了类似迫害狂的病症（老是怀疑有人监视他，制造一些尖锐声音来刺激他），直接的原因，就是这张大字壁报。

沈先生在精神濒临崩溃的时候，脑子却又异常清楚，所说的一些话常有很大的预见性。四十年前说的话，今天看起来还是很准确。

"一切终得变"，沈先生是竭力想适应这种"变"的。他在写给吉六君的信上说：

"用笔者求其有意义，有作用，传统写作方式以及对社会的态度，值得严肃认真加以检讨，有所抉择。对于过去种种，得决心放弃，从新起始来学习。这个新的起始，并不一定即能配合当前需要，惟必能把握住一个进步原则来肯定，来完成，来促进。"

但是他又估计自己很难适应：

"人近中年，情绪凝固，又或因情绪内向，缺乏适应能力，用笔方式，二十年三十年统统由一个'思'字出发，此时却必需用'信'字起步，或不容易扭转。过不多久，即未被迫搁笔，亦终得把笔搁下。这是我们一代若干人必然结果。"

不幸而言中。沈先生对自己搁笔的原因分析得再清楚不过了。不断挨骂，是客观原因；不能适应，有主观成分，也有客观因素。解放后搁笔的，在沈先生一代人中不止沈先生一个人，不过不像沈先生搁得那样彻底，那样明显，其原因，也不外是"思"与"信"的矛盾。三十多年来，直到"文化大革命"结束，中国文艺的主要问题也是强调"信"，忽略"思"。十一届三中全会以后，新时期十年文学的转机，也正是由"信"回复到"思"，作家可以真正地独立思考，可以用自己的眼睛观察生活，用自己的脑和心思索生活，用自己的手表现生活了。

北平一解放，我们就觉得沈先生无法再写作，也无法再在北京大学教书。教什么呢？在课堂上他能说些什么话呢？他的那一套肯定是不行的。

沈先生为自己找到一条出路，也可以说是一条退路：改行。

沈先生的改行并不是没有准备，没有条件的。据沈虎雏说，他对文物的兴趣比对文学的兴趣产生得更早一些，他十八岁时曾在一个统领身边做书记。这位统领官收藏了百来轴自宋至明清的旧画，几十件铜器及古瓷。还有十来箱书籍，一大批碑帖。这些东西都由沈先生登记管理。由于应用，沈先生学会了许多知识。无事可做时，就把那些古画一轴一轴地取出，挂到壁间独自欣赏。或翻开《西清古鉴》《薛氏彝器钟鼎款识》来看。"我从这方面对于这个民族在一段长长的年份中，用一片颜色，一把线，一块青铜或一堆泥土，以及一组文字，加上自己生命作成的种种艺术，皆得了一个初步普遍的认识。由于这点初步知识，使一个以鉴赏人类生活与自然现象为生的乡下人，进而对人类智慧光辉的领会，发生了极宽泛而深切的兴味。"（见《从文自传·学历史的地方》）沈先生对文物的兴趣，自始至终，一直是从这一点出发的，是出于对于民族，对于民族的历史和文化的深爱。他的文学创作、文物研究，都浸透了爱国主义的感情。从热爱祖国这一点上看，也可以说沈先生并没有改行。我心匪石，不可转也，爱国爱民，始终如一，只是改变了一下工作方式。

沈先生的转业并不是十分突然的，是逐渐完成北平解放前一年，北大成立了博物馆系；并设立了一个小的博物馆。这个博物馆是在杨振生、沈从文等几位热心的教授的赞助下搞起来的，馆中的陈列品很多是沈先生从家里搬去的。历史博物馆成立以后，因与馆长很熟，时常跑去帮忙。后来就离开北大，干脆调过去了。沈先生改行，心情是很矛盾的，他有时很痛苦，有时又觉得很轻松。他名心很淡，不大计较得失。沈先生到了历史博物馆，除了鉴定文物，还当讲解员。常书鸿先生带了很多敦煌壁画的摹本在午门楼上展览。他自告奋勇，每天都去。我就亲眼看见他非常热情兴奋地向观众讲解。一个青年问我："这人是谁？他怎么懂得这么多？"从一个大学教授到当讲解员，沈先生不觉有什么"丢份"。他那样子不但是自得其乐，简直是得其所哉。只是熟人看见他在讲解，心里总不免有些凄然。

　　沈先生对于写作也不是一下就死了心。"跛者不忘履"，一个人写了三十年小说，总不会彻底忘情，有时是会感到手痒的。他对自己写作是很有信心的。在写给我的信上说："拿破仑是伟人，可是我们羡慕也学不来。至于雨果、莫里哀、托尔斯泰、契诃夫等等的工作，想效法却不太难（我初来北京还不懂标点时，就想到这并不太难）。"直到一九六一年写给我的长信上还说，因为高血压，馆（历史博物馆）中已决定"全休"，他想用一年时间"写本故事"（一个长篇），写三姐家堂兄三代闹革命。他为此两次到宣化去，"已得到10万字材料，估计写出来必不会太坏……"想重新提笔，反反复复，经过多次。终于没有实现，一是客观环境不允许，他自己心理障碍很大。他在写给我的信上说："幻想……照我的老办法，呆头呆脑用契诃夫作个假对象，竞赛下去，也许还会写个十来个本本的。……可是万一有个什么人在刊物上寻章摘名，以为这是什么修正主义，如此或如彼的一说，我还是招架不住，也可说不费吹灰之力，一切努力，即等于白费。想到这一点，重新动笔的勇气，不免就消失一半。"二是，他后来又扎进了文物，"越陷越深"，提笔之念，就淡忘了。他手里有几十个研究选题待完成，他有很大的责任感和紧迫感，时间精力全为文物占去，实在顾不上再想写作了。

从写小说到改治文物，而且搞出丰硕的成果，失之东隅，收之桑梓，就沈先生个人说，无所谓丢失。就国家来说，失去一个作家，得到一个杰出的文物研究专家，也许是划得来的。但是从一个长远的历史角度来看，这算不算损失？如果是损失，那么，是谁的损失？谁为为之？孰令致之？这问题还是很值得我们深思的。我们应该从沈从文的转业得出应有的历史教训。

一九八八年八月二十四日

淡淡秋光

秋葵·凤仙花·秋海棠

秋葵叶似鸡脚，又名鸡脚葵、鸡爪葵。花淡黄色，淡若无质。花瓣内侧近蒂处有檀色晕斑。花心浅白，柱头深紫。秋葵不是名花，然而风致楚楚。古人诗说秋葵似女道士，我觉得很像，虽然我从未见过一个女道士。

凤仙花有单瓣、复瓣。单瓣者多为水红色。复瓣者为深红、浅红、白色。复瓣者花似小牡丹，只是看不见花蕊。花谢，结小房如玉搔头。凤仙花极易活，子熟，花房裂破，子实落在泥土、砖缝里，第二年就会长出一棵一棵的凤仙花，不烦栽种。凤仙花可染指甲。凤仙花捣烂，少加矾，用花叶包于指尖，历一夜，第二天指甲就成了浅浅的红颜色。北京人即谓凤仙为"指甲花"。现在大概没有用凤仙花染指甲的了，除非偏远山区的女孩子。

我们那里的秋海棠只有一种，矮矮的草本，开浅红色四瓣的花，中缀黄色的花蕊如小绒球。像北京的银星海棠那样硬秆、大叶、繁花的品种是没有的。

我母亲生肺病后（那年我才三岁）移居在一小屋中，与家人隔离。她死后，这间小屋就成了堆放她生前所用家具什物的贮藏室。有时需要取用一件什么东西，我的继母就打开这间小屋，我也跟着进去看过。这间小屋外面有一小天井，靠墙有一个秋叶形的小花坛。花坛里开着一丛秋海棠。也没有人管它，它自开自落。我母亲没有给我留下什么记忆。我记得的只有两件事。一件是我父亲陪母亲乘船到淮安去就医，把我带在身边。船篷里挂了好些船家自腌的大头菜（盐腌的，白色，有点儿像南浔大头菜，不像云南的"黑芥"），我一直记着这大头菜的气味。另一件便是这丛秋海棠。我记住这丛秋海棠的时候，我母亲去世已经有两三年了。我并没有感伤情绪，不过看见这丛秋海棠，总会想到母亲去世前是住在这里的。

香橼·木瓜·佛手

我家的"花园"里实在没有多少花。花园里有一座"土山"。这"土山"不知是怎么形成的，是一座长长的隆起的土丘。"山"上只有一棵龙爪槐，旁枝横出，可以倚卧。我常常带了一块带筋的酱牛肉或一块榨菜，半躺在横枝上看小说，读唐诗。"山"的东麓有两棵碧桃，一红一白，春末开花极繁盛。"山"的正面却种了四棵香橼。我不知道我的祖父在开园堆山时为什么要栽了这样几棵树。这玩意儿就是"橘逾淮南则为枳"的枳（其实这是不对的，橘与枳自是两种）。这是很结实的树。木质坚硬，树皮紧细光滑。叶片经冬不凋，深绿色。树枝有硬刺。春天开白色的花。花后结圆球形的果，秋后成熟。香橼不能吃，瓤极酸涩，很香，不过香的不好闻。凡花果之属有香气者，总要带点甜味才好，香橼的香气里却带苦味。香橼很肯结，树上累累的都是深绿色的果子。香橼算是我家的"特产"，可以摘了送人。但似乎不受欢迎。没有什么用处，只好听它自己碧绿地垂在枝头。到了冬天，皮色变黄了，放在盘子里，摆在水仙花旁边，也还有点意思，其时已近春节了。总之，香橼不是什么佳果。

香橼皮晒干，切片，就是中药里的枳壳。

花园里有一棵木瓜，不过不大结。我们所玩的木瓜都是从水果摊上买来的。所谓"玩"，就是放在衣口袋里，不时取出来，凑在鼻子跟前闻闻。——那得是较小的，没有人在口袋里揣一个茶叶罐大小的木瓜的。木瓜香味很好闻。屋子里放几个木瓜，一屋子随时都是香的，使人心情恬静。

我们那里木瓜是不吃的。这东西那么硬，怎么吃呢？华南切为小薄片，制为蜜饯。——厦门人是什么都可以做蜜饯的，加了很多味道奇怪的药料。昆明水果店将木瓜切为大片，泡在大玻璃缸里。有人要买，随时用筷子夹出两片。很嫩，很脆，很香。泡木瓜的水里不知加了什么，否则这木头一样的瓜怎么会变得如此脆嫩呢？中国人从前是吃木瓜的。《东京梦华录》载"木瓜水"，这大概是一种饮料。

佛手的香味也很好，不过我真不知道一个水果为什么要长得这么奇形怪状！佛手颜色嫩黄可爱。《红楼梦》贾母提到一个蜜蜡佛手，蜜蜡雕为佛手，颜色、质感都近似，设计这件摆设的工匠是个聪明人。蜜蜡不是很珍贵的玉料，但是能够雕成一个佛手那样大的蜜蜡却少见，贾府真是富贵人家。

佛手、木瓜皆可泡酒。佛手酒微有黄色，木瓜酒却是红色的。

橡栗

橡栗即"狙公赋芧"的芧，不知道为什么我们小时候却叫它"茅栗子"。这是"形近而讹"么？不过我小时候根本不认得这个"茅"字。橡即栎。我们也不认得"栎"字，只是叫它"茅栗子树"。我们那里茅栗子树极少，只有西门外小校场的西边有一棵，很大。到了秋天，茅栗子熟了，落在地下，我们就去捡茅栗子玩。茅栗有什么好玩的？形状挺有趣，有一点像一个小坛子，不过底是尖的。皮色浅黄，很光滑。如此而已。我们有时在它的像个小盖子似的蒂部扎一个小窟窿，插进半截火柴棍，成了一个"捻捻转"。用手一捻，它就在桌面上旋转，像一个小陀螺。如此而已。

小校场是很偏僻的地方，附近没有什么人家。有一回，我和几个女同学去捡茅栗子，天黑下来了，我们忽然有些害怕，就赶紧往城里走。路过一家孤零零的人家门外，门前站着一个岁数不大的人，说："你们要茅栗子么？我家里有！"我们立刻感到：这是个坏人。我们没有搭理他，只是加快了脚步，拼命地走。我是同学里的唯一的男子汉，便像一个勇士似的走在最后。到了城门口，发现这个坏人没有跟上来，才松了一口气。当时的紧张心情，我过了很多年还记得。

梧桐

一叶落而知天下秋，梧桐是秋的信使。梧桐叶大，易受风。叶柄甚长，叶柄与树枝连接不很结实，好像是粘上去的。风一吹，树叶极易脱落。立秋那天，梧桐树本来好好的，碧绿碧绿，忽然一阵小风，欻的一声，飘下一片叶子，无事的诗人吃了一惊：啊！秋天了！其实只是桐叶易落，并不是对于时序有特别敏感的"物性"。梧桐落叶早，但不是很快就落尽，《唐明皇秋夜梧桐雨》证明秋后梧桐还是有叶子的，否则雨落在光秃秃的枝干上，不会发出使多情的皇帝伤感的声音。据我的印象，梧桐大批地落叶，已是深秋，树叶已干，梧桐籽已熟。往往是一夜大风，第二天起来一看，满地桐叶，树上一片也不剩了。

梧桐籽炒食极香，极酥脆，只是太小了。

我的小学校园中有几棵大梧桐，大风之后，我们就争着捡梧桐叶。我们要的不是叶片，而是叶柄。梧桐叶柄末端稍稍鼓起，如一小马蹄。这个小马蹄纤维很粗，可以磨墨。所谓"磨墨"，其实是在砚台上注了水，用粗纤维的叶柄来回磨蹭，把砚台上干硬的宿墨磨化了，可以写字了而已。不过我们都很喜欢用梧桐叶柄来磨墨，好像这样磨出的墨写出字来特别的好。一到梧桐落叶那几天，我们的书包里都有许多梧桐叶柄，好像这是什么宝贝。对于这样毫不值钱的东西的珍视，是可以不当一回事的么？不啊！这里凝聚着我们对于时序的感情。这是"俺们的秋天"。

一九八八年十一月九日

载一九八九年第一期《散文世界》

小说陈言

抓住特点

　　杨慎《升庵诗话》卷四《劣唐诗》："学诗者动辄言唐诗，便以为好，不思唐人有极恶劣者。"他举了一些劣诗，如"莫将闲话当闲话，往往事从闲话生"，这真是"下净优人口中语"。但他又举"水牛浮鼻渡，沙鸟点头行"，以为这也是劣诗，我却未敢同意。水牛浮鼻而渡，这是江南水乡随时可见到的景象，许多画家都画过。但是写在诗里却是唯一的一次。"沙鸟点头行"尤为观察入微。这一定不是野鸭子那样的水鸟，水鸟走起来是一摇一摆的。这是长腿的沙鸟，只有长腿鸟"行"起来才是一步一点头。这不是劣诗。这也许不算好诗，但是是很好的小说语言，因为一下子抓住了特点。

　　写景、状物，都应该抓住特点。写人尤当如此。宋朝有一个皇帝，要接见一个从外省调进京的官，他怕自己认不出这个官（同时被接见的还有别的人），问一个大臣，这个官长得什么模样。大臣回答："这个人很好认，他长得是个西字脸。"第二天接见，皇帝一直忍不住笑。一个人长得一个西字脸是很好笑的。我们不但可以想见此人的脸型，还仿佛看见他的眉眼。这位大臣很能抓住人的特点。鲁迅写高老夫子的步态，"像木

匠牵着的钻子，一扇一扇地直走"，此公形象，如在眼前。因
为有特点。

虚 构

小说就是虚构。

纪晓岚对蒲松龄《聊斋》多虚构很不以为然：

> 小说既述见闻，即属叙事，不比戏场关目，随意
> 装点。……今嬿昵之词，媟狎之态，细微曲折，摹绘如生，
> 使出自言，似无此理，使出作者代言，则何从而见闻，
> 又所未解也。

这位纪文达公（纪晓岚谥号）真是一个迂夫子。他以为小
说都得是记实，不能"装点"。照他的看法，"嬿昵之词"、"媟
狎之态"都不能有。如果把这些全去掉，《聊斋》还有什么呢？

不但小说，就是历史，也不能事事有据。《史记》写陈涉
称王后，乡人入宫去见他，惊叹道："夥颐！涉之为王沉沉者！"
写得很生动。但是，司马迁从何处听来？项羽要烹了刘邦的老
爹，刘邦答话："我翁即若翁，必欲烹而翁，则幸分我一杯羹。"
刘邦的无赖嘴脸如画。但是我颇怀疑，这是历史还是小说？历
来的史家都反对历史里有小说家言，正足以说明这是很难避免
的。因为修史的史臣都是文学家，他们是本能地要求把文章写
得生动一些的。历史材料总不会那样齐全，凡有缺漏处，史臣
总要加以补充。补充，即是有虚构，有想象。这样本纪、列传
才较完整，否则，干巴嗤咧，"断烂朝报"。

但是，虚构要有生活根据，要合乎情理，嘉庆二十三年，涪陵冯镇峦远村氏《读〈聊斋〉杂说》云：

> 昔人谓：莫易于说鬼，莫难于说虎。鬼无伦次，虎有性情也。说鬼到说不来处，可以意为补接；若说虎到说不来处，大段著力不得。予谓不然。说鬼亦要有伦次，说鬼亦要得性情。谚语有之："说谎亦须说得圆"，此即性情伦次之谓也。试观《聊斋》说鬼狐，即以人事之伦次，百物之性情说之。说得极圆，不出情理之外；说来极巧，恰在人人意愿之中。虽其间亦有意为补接，凭空捏造处，亦有大段吃力处，然却喜其不甚露痕迹牵强之形，故所以能令人人首肯也。

这说得不错。

"虚构"即是说谎，但要说得圆。我们曾照江青的指示，写一个戏：八路军派一个干部，进入蒙古草原，发动王府的奴隶，反抗日本侵略者和附逆的王爷（这是没有发生过，不可能发生的事）。这位干部怎样能取得牧民的信任呢？蒙古草原缺盐。盐湖都叫日本人控制起来了。一个蒙奸装一袋盐到了一个"浩特"，要卖给牧民。这盐是下了毒的。正在紧急关头，八路军的干部飞马赶到，说："这盐不能吃！"他把蒙奸带来的盐抓了一把，放在一个碗里，加了水，给一条狗喝了。狗伸伸四条腿，死了。下面的情节可以想象：八路军干部揭露蒙奸的阴谋，并将自己带来的盐分给牧民，牧民感动，高呼"共产党万岁！"这个剧本提纲念给演员听后，一个演员提出："大牲口喂盐，有给狗喝盐水的吗？狗肯喝吗？就是喝，台上怎么表演？哪里去找这样一个狗演员？"这不是虚构，而是胡说八道。因为，无此情理。

《阿Q正传》整个儿是虚构的。但是阿Q有原型。阿Q在被判刑的供状上画了一个圆圈，竭力想画得圆，这情节于可笑中令人深深悲痛。竭力想把圆圈画得圆，这当然是虚构，是鲁迅的想象。但是不识字的愚民不会在一切需要画押的文书上画押，只能画一个圆圈（或画一个"十"字）却是千真万确的。这一点，不是任意虚构。因此，真实。

干　净

扬州说书艺人授徒，在家中设高桌（过去扬州说书都是坐在高桌后面），据案教学生，每天只教二十句。学生每天就说这二十句，反复说，要说得"如同刀切水洗的一般"。"刀切水洗"，指的是口齿清楚，同时也包含叙事干净，不拖泥带水。

过去说文章，常说简练。"简练"一词，近年不大有人提，为一些青年作者和评论家所厌闻。他们以为"简练"意味简单、粗略、浅。那么，咱们换一个说法：干净。"干净"不等于不细致。

张岱《陶庵梦忆·柳敬亭说书》："余听其说'景阳冈武松打虎'白文，与本传大异。其描写刻画，微入毫发，然又找截干净，并不唠叨。"说书总要有许多枝杈，北方评书艺人称长篇评书为"蔓子活"，如瓜牵蔓。但不论牵出去多远，最后还能"找"回来，来龙去脉，清清楚楚。扬州王少堂说《水浒》，"武十回"、"宋十回"、"卢十回"，一回是一回，有起有落，有放有收。

因为参加"飞马奖"的评选，我读了一些长篇小说，一些作品给我一个印象，是：芜杂。

芜杂的原因之一，是材料太多，什么都往里搁，以为这样才"丰富"，结果是拥挤不堪，人物、事件、情景，不能从容展开。

第二是作者竭力要表现哲学意蕴。这大概是受了西方现代主义的影响和青年评论家的怂恿（以为这样才"深刻"）。作者对自己要表现的哲学似懂非懂，弄得读者也云遮雾罩。我不相信，中国一下子出了这么多的哲学家。我深感目前的文艺理论家不是在谈文艺，而是在谈他们自己也不太懂的哲学，大家心里都明白，这种"哲学"是抄来的。我不反对文学作品中的哲学，但是文学作品主要是写生活。只能由生活到哲学，不能由哲学到生活。

第三，语言不讲究，啰唆，拖沓。

重读《丧钟为谁而鸣》，觉得海明威的叙述是非常干净的。他没有想表现什么"思想"，他只是写生活。

我希望更多地看到这样的小说：明明白白，清清楚楚，干干净净。

一九八八年十一月十三日

载一九八九年第一期《小说选刊》

吴大和尚和七拳半

我的家乡有"吃晚茶"的习惯。下午四五点钟，要吃一点点心，一碗面，或两个烧饼或"油端子"。一九八一年，我回到阔别四十余年的家乡，家乡人还保持着这个习惯。一天下午，"晚茶"是烧饼。我问："这烧饼就是巷口那家的？"我的外甥女说："是七拳半做的。""七拳半"当然是个外号，形容这人很矮，只有七拳半那样高，这个外号很形象，不知道是哪个尖嘴舌而极其聪明的人给他起的。

我吃着烧饼，烧饼很香，味道跟四十多年前的一样，就像吴大和尚做的一样。于是我想起吴大和尚。

我家除了大门、旁门，还有一个后门。这后门即开在吴大和尚住家的后墙上。打开后门，要穿过吴家，才能到巷子里。我们有时抄近，从后门出入，吴大和尚家的情况看得很清楚。

吴大和尚（这是小名，我们那里很多人有大名，但一辈子只以小名"行"）开烧饼饺面店。

我们那里的烧饼分两种。一种叫作"草炉烧饼"，是在砌得高高的炉里用稻草烘热的。面粗，层少，价廉，是乡下人进城时买了充饥当饭的。一种叫作"桶炉烧饼"。用一只大木桶，里面糊了一层泥，炉底燃煤炭，烧饼贴在炉壁上烤熟。"桶炉烧饼"有碗口大，较薄而多层，饼面芝麻多，带椒盐味。如加钱，还可"插酥"，即在擀烧饼时加较多的"油面"，烤出，极酥软。如果自己家里拿了猪油渣和霉干菜去，做成霉干菜油渣烧饼，风味独绝。吴大和尚家做的是"桶炉"。

原来，我们那里饺面店卖的面是"跳面"。在墙上挖一个洞，将木杠插在洞内，下置面案，木杠压在和得极硬的一大块面上，人坐在木杠上，反复压这一块面。因为压面时要一步一跳，所以叫作"跳面"。"跳面"可以切得极细极薄，下锅不浑汤，吃起来有韧劲而又甚柔软。汤料只有虾子、熟猪油、酱油、葱花，但是很鲜。如不加汤，只将面下在作料里，谓之"干拌"，尤美。我们把馄饨叫作饺子。吴家也卖饺子。但更多的人去，都是吃"饺面"，即一半馄饨，一半面。我记得四十年前吴大和尚家的饺面是一百二十文一碗，即十二个当十铜元。

吴家的格局有点特别。住家在巷东，即我家后门之外，店堂却在对面。店堂里除了烤烧饼的桶炉，有锅台，安了大锅，煮面及饺子用；另有一张（只一张）供顾客吃面的方桌。都收拾得很干净。

吴家人口简单。吴大和尚有一个年轻的老婆，管包饺子、下面。他这个年轻的老婆个子不高，但是身材很苗条。肤色微黑。眼睛狭长，睫毛很重，是所谓"桃花眼"。左眼上眼皮有一小疤，想是小时生疮落下来。这块小疤使她显得很俏。但她从不和顾客眉来眼去，卖弄风骚，只是低头做事，不声不响。穿着也很朴素，只是青布的衣裤。她和吴大和尚生了一个孩子。还在喂奶。吴大和尚有一个妈，整天也不闲着，翻一家的棉袄棉裤，纳鞋底，摇晃睡在摇篮里的孙子。另外，还有个小伙计，"跳"面、烧火。

表面上看起来，这家过得很平静，不争不吵。其实不然。吴大和尚经常在夜里打他的老婆，因为老婆"偷人"。我们那里把和人发生私情叫作"偷人"。打得很重，用劈柴打，我们隔着墙都能听见。这个小个子女人很倔强，不哭，不喊，一声不出。

第二天早起，一切如常，该干什么还干什么。吴大和尚擀烧饼，烙烧饼；他老婆包饺子，下面。

终于有一天吴大和尚的年轻的老婆不见了，跑了，丢下她的奶头上的孩子，不知去向。我们始终不知道她的"孤佬"（我们那里把不正当的情人，野汉子，叫作"孤佬"）是谁。

我从小就对这个女人充满了尊敬，并且一直记得她的模样，记得她的桃花眼，记得她左眼上眼皮上的那一小块疤。

吴大和尚和这个桃花眼、小身材的小媳妇大概都已经死了。现在，这条巷口出现了七拳半的烧饼店。我总觉得七拳半和吴大和尚之间有某种关联，引起我一些说不清楚的感慨。

七拳半并不真是矮得出奇，我估量他大概有一米五六。是一个很有精神的小伙子。他是一个名副其实的"个体户"，全店只有他一个人。他不难成为万元户，说不定已经是万元户，他的烧饼做得那样好吃，生意那样好。我无端地觉得，他会把本街的一个最漂亮的姑娘娶到手，并且这位姑娘会真心爱他，对他很体贴。我看看七拳半把烧饼贴在炉膛里的样子，觉得他对这点充满信心。

两个做烧饼的人所处的时代不同。我相信七拳半的生活将比吴大和尚的生活更合理一些，更好一些。

也许这只是我的希望。

载一九八八年十二月七日《人民日报》

西南联大中文系

　　西南联大中文系的教授有清华的，有北大的。应该也有南开的。但是哪一位教授是南开的，我记不起来了，清华的教授和北大的教授有什么不同，我实在看不出来。联大的系主任是轮流做庄。朱自清先生当过一段系主任。担任系主任时间较长的，是罗常培先生。学生背后都叫他"罗长官"。罗先生赴美讲学，闻一多先生代理过一个时期。在他们"当政"期间，中文系还是那个老样子，他们都没有一套"施政纲领"。事实上当时的系主任"为官清简"，近于无为而治。中文系的学风和别的系也差不多：民主、自由、开放。当时没有"开放"这个词，但有这个事实。中文系似乎比别的系更自由。工学院的机械制图总要按期交卷，并且要严格评分的；理学院要做实验，数据不能马虎。中文系就没有这一套。记得我在皮名举先生的"西洋通史"课上交了一张规定的马其顿国的地图，皮先生阅后，批了两行字："阁下之地图美术价值甚高，科学价值全无。"似乎这样也可以了。总而言之，中文系的学生更为随便，中文系体现的"北大"精神更为充分。

　　如果说西南联大中文系有一点什么"派"，那就只能说是"京派"。西南联大有一本《大一国文》，是各系共同必修。这本书编得很有倾向性。文言文部分突出地选了《论语》，其中最突出的是《子路曾皙冉有公西华侍坐》。"暮春者，春服既成，冠者五六人，童子六七人，浴乎沂，风乎舞雩，咏而归"，这种超功利的生活态度，接近庄子思想的率性自然的儒家思想对联大学生有相当深广的潜在影响。还有一篇李清照的《金石录后序》。一般中学生都读过一点李清照的词，不知道她能写这样感情深挚、挥洒自如的散文。这篇散文对联大文风是有影响的。语体文部分，鲁迅的选的是《示众》。选一篇徐志摩的《我所知道的康桥》，是意料中事。选了丁西林的《一只马蜂》，就有点特别。更特别的是选了林徽因的《窗子以外》。这一本《大一国文》可以说是一本"京派国文"。严家炎先生编中国流派文学史，把我算作最后一个"京派"，这大概跟我读过联大有关，甚至是和这本《大一国文》有点关系。这是我走上文学道路的一本启蒙的书。这本书现在大概是很难找到了。如果找得到，翻印一下，也怪有意思的。

　　"京派"并没有人老挂在嘴上。联大教授的"派性"不强。唐兰先生讲甲骨文，讲王观堂（国维）、董彦堂（董作宾），也讲郭鼎堂（沫若），——他讲到郭沫若时总是叫他"郭沫（读如妹）若"。闻一多先生讲（写）过"擂鼓的诗人"是大家都知道的。

　　联大教授讲课从来无人干涉，想讲什么就讲什么，想怎么讲就怎么讲。刘文典先生讲了一年庄子，我只记住开头一句："《庄子》嘛，我是不懂的喽，也没有人懂。"他讲课是东拉西扯，有时扯到和庄子毫不相干的事。倒是有些骂人的话，留给我的印象颇深。他说有些搞校勘的人，只会说甲本作某，乙本作某，——"到底应该作什么？"骂有些注解家，只会说甲如何说，乙如何说："你怎么说？"他还批评有些教授，自己拿了一个有注解的本子，发给学生的是白文，"你把注解发给学生！要不，你也拿一本白文！"他的这些意见，我以为是对的。他讲了一学期《文选》，只讲了半篇木玄虚的《海赋》。好几堂课大讲"拟声法"。他在黑板上写了一个挺长的法国字，举了好些外国例子。曾见过几篇老同学的回忆文章，说闻一多先生讲楚辞，一开头总是"痛饮酒熟读《离骚》，方称名士"。有人问我"是不是这样？"是这样。他上课，抽烟。上他的课的学生，也抽。他讲唐诗，不蹈袭前人一语。讲晚唐诗和后期印象派的画一起讲，特别讲到"点画派"。中国用比较文学的方法讲唐诗的，闻先生当为第一人。他讲《古代神话与传说》非常"叫座"。上课时连工学院的同学都穿过昆明城，从拓东路赶来听。那真是"满坑满谷"，昆中北院大教室里里外外都是人。闻先生把自己在整张毛边纸上手绘的伏羲女娲图钉在黑板上，把相当繁琐的考证，讲得有声有色，非常吸引人。还有一堂"叫座"的课是罗庸（膺中）先生讲杜诗。罗先生上课，不带片纸。不但杜诗能背写在黑板上，连仇注都背出来。唐兰（立庵）先生讲课是另一种风格。他是教古文字学的，有一年忽然开了一门"词选"，不知道是没有人教，还是他自己感兴趣。他讲"词选"主要讲《花间集》（他自己一度也填词，极艳）。他讲词的方法是：不讲。有时只是用无锡腔调念（实是吟唱）一遍："'双鬓隔香红，玉钗头上风'——好！真好！"这首词就 pass 了。沈从文先生在联大开过三门课："各体习作"、"创作实习"、"中国小说史"，沈先生怎样教课，我已写了一篇《沈从文先生在西南联大》，发表在《人民文学》上，兹不赘。他讲创作的精义，只有一句"贴到人物来写"。听他的课需要举一隅而三隅反，否则就会觉得"不知所云"。

联大教授之间，一般是不互论长短的。你讲你的，我讲我的。但有时放言月旦，也无所谓。比如唐立庵先生有一次在办公室当着一些讲师助教，就评论过两位教授，说一个"集穿凿附会之大成"、一个"集啰唆之大成"。他不考虑有人会去"传小话"，也没有考虑这两位教授会因此而发脾气。

西南联大中文系教授对学生的要求是不严格的。除了一些基础课，如文字学（陈梦家先生授）、声韵学（罗常培先生授）要按时听课，其余的，都较随便。比较严一点的是朱自清先生的"宋诗"。他一首一首地讲，要求学生记笔记，背，还要定期考试，小考，大考。有些课，也有考试，考试也就是那么回事。一般都只是学期终了，交一篇读书报告。联大中文系读书报告不重抄书，而重有无独创性的见解。有的可以说是怪论。有一个同学写了一篇关于李贺的报告给闻先生，说别人的诗都是在白地子上画画，李贺的诗是在黑地子上画画，所以颜色特别浓烈，大为闻先生激赏。有一个同学在杨振声先生教的"汉魏六朝诗选"课上，就"车轮生四角"这样的合乎情悖乎理的想象写了一篇很短的报告《方车轮》。就凭这份报告，在期终考试时，杨先生宣布该生可以免考。

联大教授大都很爱才。罗常培先生说过，他喜欢两种学生：一种，刻苦治学；一种，有才。他介绍一个学生到联大先修班去教书，叫学生拿了他的亲笔介绍信去找先修班主任李继侗先生。介绍信上写的是"……该生素具创作夙慧。……"一个同学根据另一个同学的一句新诗（题一张抽象派的画的）"愿殿堂毁塌于建成之先"填一首词，作为"诗法"课的练习交给王了一先生，王先生的评语是："自是君身有仙骨，剪裁妙处不须论"。具有"夙慧"，有"仙骨"，这种对于学生过甚其辞的评价，恐怕是不会出之于今天的大学教授的笔下的。

我在西南联大是一个不用功的学生，常不上课，但是乱七八糟看了不少书。有一个时期每天晚上到系图书馆去看书。有时只我一个人。中文系在新校舍的西北角，墙外是坟地，非常安静。在系里看书不用经过什么借书手续，架上的书可以随便抽下一本来看。而且可抽烟。有一天，我听到墙外有一派细乐的声音。半夜里怎么会有乐声，在坟地里？我确实是听见的，不是错觉。

我要不是读了西南联大，也许不会成为一个作家。至少不会成为一个像现在这样的作家。我也许会成为一个画家。如果考不取联大，我准备考当时也在昆明的国立艺专。

一九八八年

后十年集　散文随笔卷

1989

吴雨僧先生二三事

　　吴宓（雨僧）先生相貌奇古。头顶微尖，面色苍黑，满脸刮得铁青的胡子，有学生形容他的胡子之盛，说是他两边脸上的胡子永远不能一样：刚刮了左边，等刮右边的候，左边又长出来了。他走路很快，总是提了一根很粗的黄藤手杖。这根手杖不是为了助行，而是为了矫正学生的步态。有的学生走路忽东忽西，挡在吴先生的前面，吴先生就用手杖把他拨正。吴先生走路是笔直的，总是匆匆忙忙的。他似乎没有逍遥闲步的时候。

　　吴先生是西语系的教授。他在西语系开了什么课我不知道。他开的两门课是外系学生都可以选读或自由旁听的。一门是"中西诗之比较"，一门是"红楼梦"。

　　"中西诗之比较"第一课我去旁听了。不料他讲的第一首诗却是：

　　一去二三里，烟村四五家，楼台六七座，八九十枝花。

　　吴先生认为这种数字的排列是西洋诗所没有的。我大失所望了，认为这讲得未免太浅了，以后就没有再去听，其实讲诗正应该这样：由浅入深。数字入诗，确也算得是中国诗的一个特点。骆宾王被人称为"算博士"。杜甫也常以数字为对，如"两个黄鹂鸣翠柳，一行白鹭上青天。"、"窗含西岭千秋雪，门泊东吴万里船。"吴先生讲课这样的"卑之勿甚高论"，说明他治学的朴实。

"红楼梦"是很"叫座"的，听课的学生很多，女生尤其多。我没有去听过，但知道一件事。他一进教室，看到有些女生站着，就马上出门，到别的教室去搬椅子。联大教室的椅子是不固定的，可以搬来搬去。吴先生以身作则，听课的男士也急忙蜂拥出门去搬椅子。到所有女生都已坐下，吴先生才开讲。吴先生讲课内容如何，不得而知。但是他的行动，很能体现"贾宝玉精神。"

文林街和府甬道拐角处新开了一家饭馆，是几个湖南学生集资开的，取名"潇湘馆"，挂了一个招牌。吴先生见了很生气，上门向开馆子的同学抗议：林妹妹的香闺怎么可以作为一个饭馆的名字呢！开饭馆的同学尊重吴先生的感情，也知道他的执拗的脾气，就提出一个折中的方案，加一个字，叫作"潇湘饭馆"。吴先生勉强同意了。

听说陈寅恪先生曾说吴先生是《红楼梦》里的妙玉，吴先生以为知己。这个传说未必可靠，也许是哪位同学编出来的。但编造得颇为合理，这样的编造安在陈先生和吴先生的头上，都很合适。

吴先生长期过着独身生活，吃饭是"打游击"。他经常到文林街一家小饭馆去吃牛肉面。这家饭馆只有一间门脸，卖的也只是牛肉面。小饭馆的老板很尊重吴先生。抗战期间，物价飞涨，小饭馆随时要调整价目。每次涨价，都要征得吴先生同意。吴先生听了老板说明涨价的理由，把老的价目表撤下，在一张红纸上用毛笔正楷写一张新的价目表贴在墙上：炖牛肉多少钱一碗，牛肉面多少钱一碗，净面多少钱一碗。

抗战胜利，三校（西南联大是清华、北大、南开联合起来的）复原，不知道为什么吴先生没有回清华（他是老清华了），我就没有再见到吴先生。有一阵谣传他在四川出了家，大概是因为他字"雨僧"而附会出来的。后来打听到他辗转在武汉大学、香港大学教书，最后落到北碚师范学院。"文化大革命"中挨斗得很厉害。罪名之一，是他曾是"学衡派"，被鲁迅骂过。这是一篇老账了，不知道造反派怎么翻了出来。他在挨斗中跌断了腿。他不能再教书，一个月只能领五十元生活费。他花三十七块钱雇了一个保姆，只剩下十三块钱，实在是难以度日，后来他回到陕西，死在老家。吴先生可以说是穷困而死。一个老教授，落得如此下场，哀哉！

一九八九年一月七日

载一九八九年第三期《今古传奇》

"无事此静坐"

我的外祖父治家整饬，他家的房屋都收拾得很清爽，窗明几净。他有几间空房，檐外有几棵梧桐，室内木榻、漆桌、藤椅。这是他待客的地方。但是他的客人很少，难得有人来。这几间房子是朝北的，夏天很凉快。南墙挂着一条横幅，写着五个正楷大字：

无事此静坐

我很欣赏这五个字的意思。稍大后，知道这是苏东坡的诗，下面的一句是：

一日当两日

事实上，外祖父也很少到这里来。倒是我常常拿了一本闲书，悄悄走进去，坐下来一看半天，看起来，我小小年纪，就已经有一点隐逸之气了。

静，是一种气质，也是一种修养。诸葛亮云："非淡泊无以明志，非宁静无以致远"。心浮气躁，是成不了大气候的。静是要经过锻炼的，古人叫作"习静"。唐人诗云："山中习静朝观槿，松下清斋折露葵。""习静"可能是道家的一种功夫，习于安静确实是生活于扰攘的尘世中人所不易做到的。静，不是一味地孤寂，不闻世事。我很欣赏宋儒的诗："万物静观皆自得，四时佳兴与人同"。唯静，才能观照万物，对于人间生活充满盎然的兴致。静是顺乎自然，也是合乎人道的。

世界是喧闹的。我们现在无法逃到深山里去，唯一的办法是闹中取静。毛主席年轻时曾采取了几种锻炼自己的方法，一种是"闹市读书"。把自己的注意力高度集中起来，不受外界干扰，我想这是可以做到的。

这是一种习惯，也是环境造成的。我下放张家口沙岭子农业科学研究所劳动，和三十几个农业工人同住一屋。他们吵吵闹闹，打着马锣唱山西梆子，我能做到心如止水，照样看书、写文章。我有两篇小说，就是在震耳的马锣声中写成的。这种功夫，多年不用，已经退步了，我现在写东西总还是希望有个比较安静的环境，但也不必一定要到海边或山边的别墅中才能构思。

大概有十多年了，我养成了静坐的习惯。我家有一对旧沙发，有几十年了。我每天早上泡一杯茶，点一支烟，坐在沙发里，坐一个多小时。虽是犹然独坐，然而浮想连翩。一些故人往事，一些声音、一些颜色、一些语言、一些细节，会逐渐在我的眼前清晰起来，生动起来。这样连续坐几个早晨，想得成熟了，就能落笔写出一点东西。我的一些小说散文，常得之于清晨静坐之中。曾见齐白石一幅小画，画的是淡蓝色的野藤花，有很多小蜜蜂，有颇长的题记，说这是他家的野藤，花时游蜂无数，他有个孙子曾被蜂螫，现在这个孙子也能画这种藤花了，最后两句我一直记得很清楚："静思往事，如在目底。"这段题记是用金冬心体写的，字画皆极娟好。"静思往事，如在目底"，我觉得这是最好的创作心理状态。就是下笔的时候，也最好心里很平静，如白石老人题画所说："心闲气静日一挥。"

我是个比较恬淡平和的人，但有时也不免浮躁，最近就有点如我家乡话所说"心里长草"。我希望政通人和，使大家能安安静静坐下来，想一点事，读一点书，写一点文章。

一九八九年八月十六日
载一九八九年十月十八日《消费时报》

寻常茶话

袁鹰编《清风集》约稿。我对茶实在是个外行。茶是喝的，而且喝得很勤，一天换三次叶子。每天起来第一件事，便是坐水，沏茶。但是毫不讲究。对茶叶不挑剔。青茶、绿茶、花茶、红茶、沱茶、乌龙茶，但有便喝。茶叶多是别人送的，喝完了一筒，再开一筒，喝完了碧螺春，第二天就可以喝蟹爪水仙。但是不论什么茶，总得是好一点的。太次的茶叶，便只好留着煮茶叶蛋。《北京人》里的江泰认为喝茶只是"止渴生津利小便"，我以为还有一种功能，是：提神。《陶庵梦记》记闵老子茶，说得神乎其神。我则有点像董日铸，以为"浓、热、满三字尽茶理"。我不喜欢喝太烫的茶，沏茶也不爱满杯。我的家乡说为客人斟茶斟酒"酒要满，茶要浅"，茶斟得太满是对客人不敬，甚至是骂人。于是就只剩下一个字，浓。我喝茶是喝得很酽的。曾在机关开会，有个女同志尝了我的一口茶，说是"跟药一样"。因此，写不出关于茶的文章。要写，也只是些平平常常的话。

我读小学五年级那年暑假，我的祖父不知怎么忽然高了兴，要教我读书。"穿堂"的右侧有两间空屋。里间是佛堂，挂了一幅丁云鹏画的佛像，佛的袈裟是朱红的。佛像下，是一尊乌斯藏铜佛。我的祖母每天早晚来烧一炷香。外间本是个贮藏室，房梁上挂着干菜，干的粽叶。靠墙有一坛"臭卤"，面筋、百叶、笋头、苋菜秸都放在里面臭。临窗设一方桌，便是我的书桌。祖父每天早晨来讲《论语》一章，剩下的时间由我自己写大小字各一张。大字写《圭峰碑》，小字写《闲邪公家传》，都是祖父从他的藏帖里拿来给我的。隔日作文一篇。还不是正式的八股，是一种叫作"义"的文体，只是解释《论语》的内容。题目是祖父出的。我共做了多少篇"义"，已经不记得了。只记得有一题是"孟子反不伐义"。

祖父生活俭省，喝茶却颇考究。他是喝龙井的，泡在一个深栗色的扁肚子的宜兴砂壶里，用一个细瓷小杯倒出来喝。他喝茶喝得很酽，一次要放多半壶茶叶。喝得很慢，喝一口，还得回味一下。

他看看我的字，我的"义"，有时会另拿一个杯子，让我喝一杯他的茶。真香。从此我知道龙井好喝，我的喝茶浓酽，跟小时候的熏陶也有点关系。

后来我到了外面，有时喝到龙井茶，会想起我的祖父，想起孟子反。

我的家乡有"喝早茶"的习惯，或者叫作"上茶馆"。上茶馆其实是吃点心，包子、蒸饺、烧麦、千层糕……茶自然是要喝的。在点心未端来之前，先上一碗干丝。我们那里原先没有煮干丝，只有烫干丝。干丝在一个敞口的碗里堆成塔状，临吃，堂倌把装在一个茶杯里的作料——酱油、醋、麻油浇入。喝热茶、吃干丝，一绝！

抗日战争时期，我在昆明住了七年，几乎天天泡茶馆。"泡茶馆"是西南联大学生特有的说法。本地人叫作"坐茶馆"，

"坐"，本有消磨时间的意思，"泡"则更胜一筹。这是从北京带过去的一个字，"泡"者，长时间地沉溺其中也，与"穷泡"、"泡蘑菇"的"泡"是同一语源。联大学生在茶馆里往往一泡就是半天。干什么的都有。聊天、看书、写文章。有一位教授在茶馆里读梵文。有一位研究生，可称泡茶馆的冠军。此人姓陆，是一怪人。他曾经徒步旅行了半个中国，读书甚多，而无所著述，不爱说话。他简直是"长"在茶馆里。上午、下午、晚上，要一杯茶，独自坐着看书。他连漱洗用具都放在一家茶馆里，一起来就到茶馆里洗脸刷牙。听说他后来流落四川，穷困潦倒而死，悲夫！

昆明茶馆里卖的都是青茶，茶叶不分等次，泡在盖碗里。文林街后来开了家"摩登"茶馆，用玻璃杯卖绿茶、红茶——滇红、滇绿。滇绿色如生青豆，滇红色似"中国红"葡萄酒，茶叶都很厚。滇红尤其经泡，三开之后，还有茶色。我觉得滇红比祁（门）红、英（德）红都好，这也许是我的偏见。当然比斯里兰卡的"利普顿"要差一些——有人喝不来"利普顿"，说是味道很怪。人之好恶，不能勉强。我在昆明喝过大烤茶。把茶叶放在粗陶的烤茶罐里，放在炭火上烤得半焦，倾入滚水，茶香扑人。几年前在大理街头看到有烤茶缸卖，犹豫一下，没有买。买了，放在煤气灶上烤，也不会有那样的味道。

一九四六年冬，开明书店在绿杨村请客。饭后，我们到巴金先生家喝功夫茶。几个人围着浅黄色的老式圆桌，看陈蕴珍（萧珊）"表演"濯器、炽炭、注水、淋壶、筛茶。每人喝了三小杯。我第一次喝功夫茶，印象深刻。这茶太酽了，只能喝三小杯。在座的除巴先生夫妇，有靳以、黄裳。一转眼，四十三年了。靳以、萧珊都不在了。巴老衰病，大概没有喝一次功夫茶的兴致了。那套紫砂茶具大概也不在了。

我在杭州喝过一杯好茶。

一九四七年春，我和几个在一个中学教书的同事到杭州去玩。除了"西湖景"，使我难忘的两样方物。一是醋鱼带把。所谓"带把"，是把活草鱼的脊肉剔下来，快刀切为薄片，其薄如纸，浇上好秋油，生吃。鱼肉发甜，鲜脆无比。我想这就是中国古代的"切脍"。一是在虎跑喝的一杯龙井。真正的狮峰龙井雨前新芽，每蕾皆一旗一枪，泡在玻璃杯里，茶叶皆直立不倒，载浮载沉，茶色颇淡，但入口香浓，直透脏腑，真是好茶！只是太贵了。一杯茶，一块大洋，比吃一顿饭还贵。狮峰茶名不虚，但不得虎跑水不可能有这样的味道。我自此方知道，喝茶，水是至关重要的。

我喝过的好水有昆明的黑龙潭泉水。骑马到黑龙潭，疾驰之后，下马到茶馆里喝一杯泉水泡的茶，真是过瘾。泉就在茶馆檐外地面，一个正方的小池子，看得见泉水咕嘟咕嘟往上冒。井冈山的水也很好，水清而滑。有的水是"滑"的，"温泉水滑洗凝脂"并非虚语。井冈山水洗被单，越洗越白；以泡"狗古脑"茶，色味俱发，不知道水里含了什么物质。天下第一泉、第二泉的水，我没有喝出什么道理。济南号称泉城，但泉水只能供观赏，以泡茶，不觉得有什么特点。

有些地方的水真不好。比如盐城。盐城真是"盐城"，水是咸的。中产以上人家都吃"天落水"。下雨天，在天井上方张了布幕，以接雨水，存在缸里，备烹茶用。最不好吃的水是菏泽。菏泽牡丹甲天下，因为菏泽土中含碱，牡丹喜碱性土。我们到菏泽看牡丹，牡丹极好，但茶没法喝。不论是青茶、绿茶，沏出来一会儿就变成红茶了，颜色深如酱油，入口咸涩。由菏泽往梁山，住进招待所后，第一件事便是赶紧用不带碱味的甜水沏一杯茶。

老北京早起都要喝茶，得把茶喝"通"了，这一天才舒服。无论贫富，皆如此。一九四八年我在午门历史博物馆工作。馆里有几位看守员，岁数都很大了。他们上班后，都是先把带来的窝头片在炉盘上烤上，然后轮流用水舀坐水沏茶。茶喝足了，才到午门城楼的展览室里去坐着。他们喝的都是花茶。北京人爱喝花茶，以为只有花茶才算是茶（很多人把茉莉花叫作"茶叶花"）。我不太喜欢花茶，但好的花茶例外，比如老舍先生家的花茶。

老舍先生一天离不开茶。他到莫斯科开会，苏联人知道中国人爱喝茶，倒是特意给他预备了一个热水壶。可是，他刚沏了一杯茶，还没喝几口，一转脸，服务员就给倒了。老舍先生很愤慨地说："他妈的！他不知道中国人喝茶是一天喝到晚的！"一天喝茶喝到晚，也许只有中国人如此。外国人喝茶都是论"顿"的，难怪那位服务员看到多半杯茶放在那里，以为老先生已经喝完了，不要了。

龚定庵以为碧螺春天下第一。我曾在苏州东山的"雕花楼"喝过一次新采的碧螺春。"雕花楼"原是一个华侨富商的住宅，楼是进口的硬木造的，到处都雕了花，八仙庆寿、福禄寿三星、龙、凤、牡丹……真是集恶俗之大成。但碧螺春真是好。不过茶是泡在大碗里的，我觉得这有点煞风景。后来问陆文夫，文夫说碧螺春就是讲究用大碗喝的。茶极细，器极粗，亦怪！

我还在湖南桃源喝过一次擂茶。茶叶、老姜、芝麻、米，加盐放在一个擂钵里，用硬木的擂棒"擂"成细末，用开水冲开，便是擂茶。我在《湘行二记》中对擂茶有较详细的叙述，为省篇幅，不再抄引。

　　茶可入馔，制为食品。杭州有龙井虾仁，想不恶。裘盛戎曾用龙井茶包饺子，可谓别出心裁。日本有茶粥。《俳人的食物》说俳人小聚，食物极简单，但"唯茶粥一品，万不可少"。茶粥是啥样的呢？我曾用粗茶叶煎汁，加大米熬粥，自以为这便是"茶粥"了。有一阵子，我每天早起喝我所发明的茶粥，自以为很好喝。四川的樟茶鸭子乃以柏树枝、樟树叶及茶叶为熏料，吃起来有茶香而无茶味。曾吃过一块龙井茶心的巧克力，这简直是恶作剧！用上海人的话说：巧克力与龙井茶实在完全"弗搭界"。

一九八九年九月十六日

载一九九〇年三月二十日《光明日报》

皖南一到

草　木

合肥菊花很好，花大，棵矮，叶肥厚而颜色深。招待所廊前所放的菊花都可称为名种。金寨路边有卖菊花的摊子，狮子头、绿菊、金背大红，每盆均索价三元。这样的价钱在北京是买不到的（我想还可以还价）。大概合肥的土质、气候对菊花很相宜。

合肥多冬青树，甚高大，紫灰色的小果子累累结满一树。出合肥，公路两侧多植冬青。以冬青为公路的林荫树，我在别的省还没有见过。自屯溪至黟县，路边尽植乌桕，通红的叶子。沿路有茶山、竹山。屯溪附近小山上有油茶，正纷纷地开着白花。问之本地人，云是近年所推广。有几个县大面积种植了油菜。大概安徽人是吃菜籽油的，能吃得惯茶油么？

屯　溪

到屯溪，往华山宾馆的三江楼。三江者：自镇海桥以西为横江；桥东为与横江成直角，南北向者率河。率河，直河也。又东，则为新安江。走到阳台上，三江在望。接待站的同志嘱为宾馆写字，即为书"三江一望"隶书大横幅。三江水皆清浅，两岸早晚都有妇女捶衣，槌声清越。

到屯溪，主要目的是看看一条老街。据说这本是一条明代的街，因遭匪掠，街尽毁于火，现在的老街是清代重建的，但规模还是老样子。街不宽，有一段两边店铺的风火墙尖几欲相接，但因禁车辆通行，故很安静。店铺中有放迪斯科音乐的，音量不大，不吵人。小小一条街有几家卖文房四宝、古玩瓷器的，使这条街有颇浓的文化气息。杂货店中卖桂圆、荔枝，黄山小胡桃尤其多。有一家酱园，酱油、醋都放在敞盖的缸里。有一家相当大的药店，放药的抽屉的位置很高，看样子是一家老药店了，药香直飘到街上。这虽是重建的街，但黑瓦白墙，犹存旧制，漫步街头，可以感受到一些历史气氛，比花了重赏新造的什么"宋街"之类的假古董要有意思。

歙 县

歙县谯楼的门洞是方的，两边各竖十二根巨大的木柱，柱皆向外倾侧，涂红漆，上建楼，甚宽广。这样的建筑别处未见过，——一般的钟楼鼓楼都是发券的拱形门洞。本地即称这座建筑为"二十四根柱子"。

"许国石坊"在正街中心，本地人叫作"八角牌坊"。牌基为长方形，实为两座同样的牌坊而左右连接，形制很特别，据说这样的石坊中国只有两座，为全国重点文物。石坊有横额两道。上面一道大书"大学士"，下面一道写的是"少保兼礼部尚书武英殿大学士许国"，皆阴刻涂黑漆。字极端正，或云为董其昌书。许国事迹待考。石坊柱子是方形的，四面都刻了狮子，颇生动，两侧的狮子是倒立的。倒立的石狮我还是头一回见到。石坊为"黟县青"所斫治。黟县青石多大材，硬度宜于雕凿，而又坚致不易风化，是造牌坊的好材料。皖南多石牌坊，牌坊大都是"黟县青"。

歙县是我的老家所在。在合肥，我曾戏称我是"寻根"来了。小时候听祖父说：我们本是徽州人，从他起往上数，第七代才迁居至高邮。祖父为修家谱，曾到过歙县。这家谱我曾见过，一开头是汪华的像。汪华大概是割据一方的豪侠，后来降了唐，受李渊封为越国公。"越国公"在隋唐之际是很高的爵位，隋炀帝时的司空杨素就被封为越国公。他在当地被称为"汪王"，甚至称之为"汪王大帝"。据说汪家的老祠堂很大，叫作"汪王庙"。一说汪华降的是南唐，非李唐。我问徽州人，汪家老祠堂还在么？答云：早没有了，早年还能拾到一些残砖断瓦。汪家是歙县第一大姓，我在徽州碰到好几位姓汪的。我站在歙县的大街上，想：这是我的老家，竟有一种说不出来的感情。慎终追远，是中国人抹不掉的一种心态。而且，也似无可厚非。

黟 县

到黟县，为看古民居。

先到西递。西递之名甚怪。据说镇中流水萦绕，先向东流，又折而向西，水可一直流到每一家的堂前、灶前；又说这原是通往西路的驿站，故名。似乎这都有点想当然尔。

传说西递始建于南宋。徽州商业是南宋以临安为行在所之后发达起来的。徽商在外面发了财，回乡盖房，聚居成镇，有这种可能。现在看起来，里巷曲折四通，一律铺了黟县青石；

人家住宅分布得很有秩序，不是杂乱无章，随便乱盖，是一个古镇的样子，也可以说有一点南宋遗规，但房屋都是后来翻盖过的了。在两家看到他们家祖先的"影"，男的都是补服顶戴，顶子是水晶的，官不大，大概是捐的官（女的则是凤冠霞帔，据一个讲解员说，洪承畴的母亲死后，顺治帝特许以明代服饰成殓，成沿成风，人家祖先影像都是男的穿清代服装，女的穿明代服装，说或有据，我回忆我家从前的影像，都是如此）。看看人家挂的字画，题款年代多为咸、同之际。有一个绅董议事的厅堂，廊下挂了一副木制的对联："之九万里而南；以八千岁为春"，字是郑板桥写的。那么这所厅堂的建筑年代最早也不会超过乾隆。

因为是商人的家（有一家的朱红对联上写道："做官好营商好效好便好；创业难守成难知难不难"，很朴实地说出了商人哲学），没有深宅大院。门小，进门是一个天井，天井石条上照例有几盆花。上水石积苔甚厚。有一家有一丛天竹，结实才如胡椒大，而颜色鲜红发亮，与别处常见的如梧桐子大者不同，或别是一种。正面为前堂、后堂，是待客起坐处，两侧是卧室。房屋不高大，谨谨慎慎，人口不多，住起来大概相当舒服。门窗雕镂得很精致，或有涂金漆者。我没有看到流水直到堂前灶前，倒看到一家"四水归堂"。堂中方砖下是空的，落雨，水由天井流至堂下。有一块石牌可以揭起，取水甚便。

有一家在两巷相交处有一转角楼，楼在围墙内，依势而起，逶逶迤迤，不方不正。屯溪人说这是小姐抛彩球的绣楼。这当然是无稽之谈。抛球择婿是戏文里的事，于史无征，而且即在戏里，也只有王宝钏抛过彩球，余无闻焉（据说广西壮族有抛彩球风俗，不知如何会传到山西梆子里——"彩楼配"最初大概是山西梆子）。明清以后，黟县何能有此风俗？抛球的彩楼是临时搭起的，怎么会有一个永久性的建筑？这家有多少小姐？每个小姐都用抛球的办法择婿么？再说这座楼下是两条相交的巷子，并非通衢广场，也容不下许多王孙公子挨挨挤挤地抢彩球。这座楼上有一白底黑字的横匾，文曰："桃花源里人家"，证明这是主人静处闲眺的地方，与小姐无涉。楼下围墙开一小门，黑色的大理石横额上刻了一行小篆，涂金，笔划细秀："作退一步想"，是这家的后门，而已。因为这座楼形制特别，小巧玲珑，望之有趣，因此生出小姐抛彩球的附会，也无足怪。

下午到宏村，参观一家旧宅。

我们是从后门进去的。房子是一个盐商盖的。盐商大概很发了点财，房子很考究。主房两进。两进之间是一个大天井，四面"跑马楼"。楼上无隔断，不能住人，想是庋藏财物的。楼下北面为大厅。木料都很粗大，涂生桐油。这宅子引起美术界的注意，是因为有极精细的木雕。徽州木雕是在素面的木枋上开出长方的一块，内刻人物故事。天井南面的木枋上刻的是"百子闹元宵"，整整一百个孩子，敲锣打鼓，狮子龙灯，高跷旱船，很热闹，只是构图稍平。北面木枋上刻的是"唐肃宗宴客图"。两边的人物都微微向内倾侧，形成以肃宗为中心的画面，设计很聪明。据讲解同志说，这幅木雕共七层，层次分明，最后的人物的靴鞋都交代得很清楚（"百子闹元宵"只三层）。木雕右侧是一个侍仆在扇风炉烧茶水。左侧有一个大臣坐着，歪着头，眯着眼，由一个待诏为之挑耳。宴会上掏耳朵，这风俗很奇怪。也许是明清之际或唐肃宗时有此习俗，否则雕刻的细木匠不会无缘无故地刻出来。

前进是住人的。正中为堂屋，两侧是卧房，分别住着房主人的大小老婆。两边的槅扇都雕镂贴金,刻的是八仙,无特别处。我们还参观了房主人抽大烟的房子,打牌的房子。这家房主人有一个贴身丫头,前几年死了,八十几岁,她曾在这里住过,对于这座房的建造始末,各处作何用途,可以历述。这位贴身丫头死时八十多岁,那么这所房屋也就是八九十年,故能完好如新。房主只能算是个中等盐商,他的生活也止于娶小、抽大烟、打牌,房子也只能是这样。不像扬州大盐商可以盖得起大花园,养一些名士,附庸风雅。从这所房子看无一处匾额对联,可见此公无甚文化。但是他的房子里的木雕,特别是"唐肃宗宴客图",实在是海内精品。在文化史上,可为此俗人记一小功。

木雕在"文化大革命'中由当地政府议决,用泥糊了,上写"毛主席万岁",乃得幸存。

正屋右侧,有一块三角形的余地,即于其上建一间不规整的三角形的房屋,两边靠墙,一面敞开,形制很特别,亭子不像亭子,大概可称之为"榭"。中国建筑学家引美国同行参观,即以这间屋子作为中国建筑善于因地制宜,利用空间的实例。屋前阶下有石砌的养鱼池,也是三角形的,现在还有四五条鲤鱼在池底游着。这间房子是干什么用的呢?在这里下围棋倒是个好地方。但房主人大概不会下棋,只会坐在阶前,看池中鱼,命令厨子今天选哪一条宰了吃。

引导我们参观的讲解员捧了参观题名册,请写几个字。写什么呢?这家房主人姓汪,讲解员也姓汪,我也姓汪,于是写了四个大字:"宗传越国"。

讲解员说:"你们等一等,我给你们看一个宝。"他拿来一个布包,打开来,是一只干制的野人的脚!看起来,这像是人脚,从骨骼看,这"人"是可以直立的,不像是野兽的掌。脚趾甚尖利,脚面密被寸长的棕黑色的粗毛。这到底是一个什么东西？据讲解员说，他母亲交给他时，说到她这儿，这只脚已经传了九十二代。奇怪！

讲解员一直把我们送出村口。这村子倒是家家墙外有石砌水沟，流水清澈，有人在沟边洗菜。讲解员说村中皆汪姓。村南有一圆门，外姓人只能住在圆门外。村外有南湖，湖上有南湖书院，旧制，凡汪姓子弟可免费在书院中读书六年。看来当初建村（或镇）是经过整体规划的，这些活水流通的水沟是盖房之前就设计好了的。宏村，和西递，都是研究中国村镇史的极好材料。

徽 菜

徽菜专指徽州菜，不是泛指安徽菜。徽菜有特点，味重油多，臭鳜鱼是突出的代表作。据说过去贵池人以鱼篓挑鳜鱼至徽州卖，路上得走几天，至徽州，鱼已发臭，徽州人烹食之，味极美，遂为名菜。我们在合肥的徽菜馆中吃的，鳜鱼是新鲜的，但煎熟后浇以臭卤，味道也非常好，不失为使人难忘的异味。炸斑鸠，极香，骨尽酥，佐以连骨嚼咽。毛豆腐是徽州人嗜吃的家常菜。菜馆和饭店做的毛豆腐都是用油炸出虎皮，浇以碎肉汁，加工过于精细，反不如我在屯溪老街一豆腐坊中所吃的，在平锅上煎熟，佐以葱花辣椒糊，更有风味。屯溪烧饼以霉干菜肉末为馅，烤出脆皮，为他处所无，徽州人很爱吃，但亦不能仿制，不知有何诀窍。

一九八九年十一月十九日

载一九九〇年第二期《花城》

沽　源

　　沙岭子农业科学研究所派我到沽源的马铃薯研究站去画马铃薯图谱。我从张家口一清早坐上长途汽车，近晌午时到沽源县城。

　　沽源原是一个军台。军台是清代在新疆和蒙古西北两路专为传递军报和文书而设置的邮驿。官员犯了罪，就会被皇上命令"发往军台效力"。我对清代官制不熟悉，不知道什么品级的官员，犯了什么样的罪名，就会受到这种处分，但总是很严厉的处分，和一般的贬谪不同。然而据龚定庵说，发往军台效力的官员并不到任，只是住在张家口，花钱雇人去代为效力。我这回来，是来画画的，不是来看驿站送情报的，但也可以说是"效力"来了，我后来在带来的一本《梦溪笔谈》的扉页上画了一方图章："效力军台"，这只是跟自己开开玩笑而已，并无很深的感触。我戴了右派分子的帽子，只身到塞外——这地方在外长城北侧，可真正是"塞外"了——来画山药（这一带人都把马铃薯叫作"山药"），想想也怪有意思。

　　沽源在清代一度曾叫"独石口厅"。龚定庵说他"北行不过独石口"，在他看来，这是很北的地方了。这地方冬天很冷。

经常到口外揽工的人说："冷不过独石口。"据说去年下了一场大雪，西门外的积雪和城墙一般高。我看了看城墙，这城墙也实在太矮了点，像我这样的个子，一伸手就能摸到城墙顶了。不过话说回来，一人多高的雪，真够大的。

这城真够小的。城里只有一条大街。从南门慢慢地遛达着，不到十分钟就出北门了。北门外一边是一片草地，有人在套马；一边是一个水塘，有一群野鸭子自自在在地浮游。城门口游着野鸭子，城中安静可知。城里大街两侧隔不远种一棵树——杨树，都用土整围了高高的一圈，为的是怕牛羊啃吃，也为了遮风，但都极瘦弱。不一定能活。在一处墙角竟发现了几丛波斯菊，这使我大为惊异了。波斯菊昆明是很常见的。每到夏秋之际，总是开出很多淡紫色的花。波斯菊花瓣单薄，叶细碎如小茴香，茎细长，微风吹拂，姗姗可爱。我原以为这种花只宜在土肥雨足的昆明生长，没想到它在这少雨多风的绝塞孤城也活下来了。当然，花小了，更单薄了，叶子稀疏了，它，伶仃萧瑟了。虽则是伶仃萧瑟，它还是竭力地放出浅紫浅紫的花来，为这座绝塞孤城增加了一分颜色，一点生气。谢谢你，波斯菊！

我坐了牛车到研究站去。人说世间"三大慢"：等人、钓鱼、坐牛车。这种车实在太原始了，车轱辘是两个木头饼子，本地人就叫它"二饼子车"。真叫一个慢。好在我没有什么急事，就躺着看看蓝天；看看平如案板一样的大地——这真是"大地"，大得无边无沿。

我在这里的日子真是逍遥自在之极。既不开会，也不学习，也没人领导我。就我自己，每天一早趁着露水，掐两丛马铃薯的花，两把叶子，插在玻璃杯里，对着它一笔一笔地画。上午画花，下午画叶子，——花到下午就蔫了。到马铃薯陆续成熟时，就画薯块，画完了，就把薯块放到牛粪火里烤熟了，吃掉。我大概吃过几十种不同样的马铃薯。据我的品评，以"男爵"为最大，大的一个可达两斤；以"紫土豆"味道最佳，皮色深紫，薯肉黄如蒸栗，味道也似蒸栗；有一种马铃薯可当水果生吃，很甜，只是太小，比一个鸡蛋大不了多少。

沽源盛产莜麦。那一年在这里开全国性的马铃薯学术讨论会，与会专家提出吃一次莜面。研究站从一个叫"四家子"的地方买来坝上最好的莜面，比白面还细，还白；请来几位出名的做莜面的媳妇来做。做出了十几种花样，除了"搓窝窝"、"搓鱼鱼"、"猫耳朵"，还有最常见的"压饸饹"，其余的我都叫不出名堂。蘸莜面的汤汁也极精彩，羊肉口蘑渐（这个字我始终不知道怎么写）子。这一顿莜面吃得我终生难忘。

夜雨初晴，草原发亮，空气闷闷的，这是出蘑菇的时候。我们去采蘑菇。一两个小时，可以采一网兜。回来，用线穿好，晾在房檐下。蘑菇采得，马上就得晾，否则极易生蛆。口蘑干了才有香味，鲜口蘑并不好吃，不知是什么道理。我曾经采到一个白蘑。一般蘑菇都是"黑片蘑"，菌盖是白的，菌摺是紫黑色的。白蘑则菌盖菌摺都是雪白的，是很珍贵的，不易遇到。年底探亲，我把这只亲手采的白蘑带到北京，一个白蘑做了一碗汤，孩子们喝了，都说比鸡汤还鲜。

一天，一个干部骑马来办事，他把马拴在办公室前的柱子上。我走过去看看这匹马，是一匹枣红马，膘头很好，鞍辔很整齐。我忽然意动，把马解下来，跨了上去。本想走一小圈就下来，没想到这平平的细沙地上骑马是那样舒服，于是一抖缰绳，让马快跑起来。这马很稳，我原来难免的一点畏怯消失了，只觉得非常痛快。我十几岁时在昆明骑过马，不想人到中年，忽然作此豪举，是可一记。这以后，我再也没有骑过马。

有一次，我一个人走出去，走得很远。忽然变天了，天一下子黑了下来，云头在天上翻滚，堆着，挤着，绞着，拧着。闪电熠熠，不时把云层照透。雷声訇訇，接连不断，声音不大，不是劈雷，但是浑厚沉雄，威力无边。我仰天看看凶恶奇怪的云头，觉得这真是天神发怒了。我感觉到一种从未体验过的恐惧。我一个人站在广漠无垠的大草原上，觉得自己非常的小，小得只有一点。

我快步往回走。刚到研究站，大雨下来了，还夹有雹子。雨住了，却又是一个很蓝很蓝的天，阳光灿烂。草原的天气，真是变化莫测。

天凉了，我没有带换季的衣裳，就离开了沽源。剩下一些没有来得及画的薯块，是带回沙岭子完成的。

我这辈子大概不会再有机会到沽源去了。

载一九九〇年一月十日《济南日报》

初访福建

漳 州

漳州多三角梅。我们所住的漳州宾馆内到处都是。栽在路边大石盆里，种在花圃里。三角梅别处也有。云南谓之叶子花，因为花与叶形状无殊，只是颜色不同。昆明全种之墙头。楚雄叶子花有一层楼那样高，鲜丽夺目，但只有紫色的一种。漳州三角梅则有很多种颜色，除了紫的，有大红的、桃红的、浅红的，还有紫铜色的。紫铜色的花我还没有见过。有白色的，微带浅绿。三角梅花形不大好看，但是蓬勃旺盛，热热闹闹。这种花好像是不凋谢的。我没有看到枝头有枯败的花，地下也没有落瓣。

到处都是卖水仙花的。店铺中装在纸箱里成箱出售，标明二十粒、三十粒，谓一箱装二十头、三十头也。二十粒者是上品。胜利路、延安北路人行道上摆了一溜水仙花头，装在花篮状的竹篓里。卖水仙的多是小姑娘。天很晚了，她们提着空篓，有的篓里还有几个没有卖掉的花头，结伴归去。她们一天能卖多少钱？

一个修钟表的小店当门的桌边放了两小盆水仙。修表的是一个年轻人。两盆水仙开得很好，已经冒出好几个花骨朵。修表的桌边放两盆水仙，很合适。

参观漳州八宝印泥厂。印泥是朱砂和蓖麻油调制的（加了少量金箔、朱粉、冰片），而其底料则为艾绒。漳州出艾绒。浙江、上海等地的印泥厂每年都要到漳州采买艾绒。漳州出印泥，跟出艾绒有关。印泥厂备好纸墨，请写字留念。纸很好，六尺夹宣。写了几句顺口溜："天外霞，石榴花，古艳流千载，清芳入万家。"漳州八宝印泥颜色很正，很像石榴花。

凡到漳州者总要去看看百花村，因为很近便。百花村所培植的主要是榕树盆景。榕树是不材之材，不能做梁柱、打家具，烧火也不燃，却是制作盆景的极好材料。榕树盆景较大，不能置之客厅书室，但是公园、宾馆、大会堂、大餐厅，则只有这样大的盆景才相称，因此行销各地，"创汇"颇多。榕树盆景并不是栽到盘子里就算完事，须经相材、取势、锯截、修整，方能敧侧横斜，偃仰矫矢，这也是一门学问。百花村有一个兰圃，种建兰甚多，可惜我们去时管理员不在，门锁着，未能参观。

木棉庵在漳州市外。这个地方的出名，是因为贾似道是在这里被杀的。贾似道是历史上少见的专权误国、荒唐透顶的奸相。元军沿江南下，他被迫出兵，在鲁港大败，不久被革职放逐，至漳州木棉庵为押送人郑虎臣所杀。今木棉庵外土坡上立有石碑两通，大字深刻"郑虎臣诛贾似道于此"，两碑文字一样。贾似道被放逐，是从什么地方起解的呢？为什么走了这条路线？原本是要把他押到什么地方去的呢？郑虎臣为什么选了这么个地方诛了贾似道？郑虎臣的下落如何？他事后向上边复命了没有？按说一个押送人是没有权力把一个犯罪的大臣私自杀了的，尽管郑虎臣说他是"为天下诛贾似道"。想来南宋末年乱得一塌糊涂，没有人追究这件事，也就不了了之了。贾似道下场如此，在"太师"级的大员里是少见的。土坡后有一小庵，当是后建的，但还叫作木棉庵。庵中香火冷落，壁上有当代人题歪诗一首。

云　霄

云霄是果乡。到下畈山上看了看，遍山是果树：芦柑、荔枝、枇杷。枇杷树根大，树冠开张如伞盖，著花极繁。我没有见过枇杷树开这样多的花。明年结果，会是怎样一个奇观？一个承包山头的果农新摘了一篮芦柑，看见县委书记，交谈了几句，把一篮芦柑全倒在我们的汽车里了。在车上剥开新摘芦柑，吃了一路。芦柑瓣大，味甜，无渣。

云霄出蜜柚，因为产量少，不外销，外地人知道的不多。蜜柚甜而多汁，如其名。

在云霄吃海鲜，难忘。除了闽南到处都有的"蚝煎"——海蛎子裹鸡蛋油煎之外，有西施舌、泥蚶。西施舌细嫩无比。我吃海鲜，总觉得味道过于浓重，西施舌则味极鲜而汤极清，极爽口。泥蚶亦名血蚶，肉玉红色，极嫩。张岱谓不施油盐而五味俱足者唯蟹与蚶，他所吃的不知是不是泥蚶。我吃泥蚶，正是不加任何作料，剥开壳就进嘴的。我吃菜不多，每样只是夹几块尝尝味道，吃泥蚶则胃口大开，一大盘泥蚶叫我一个人吃了一小半，面前蚶壳堆成一座小丘，意犹未尽。吃泥蚶，饮热黄酒，人生难得。举杯敬谢主人，曰："这才叫海味！"

云霄出矿泉水。矿泉水，深井水耳。有一位南京大学的水文专家，看了看将军山的地形，说："这样的地形，下面肯定有矿泉水。凿井深至一千四百米，水出。矿泉水是高级饮料，现已在中国流行，时髦青年皆以饮矿泉水为"有伤"。

东 山

听说东山的海滩是全国最大的海滩。果然很大。砂是硅砂，晶莹洁白。冬天，海滩上没有人。接待游客的旅馆、卖旅游纪念品的铺子、冷饮小店、更衣的棚屋，都锁着门。冬天的海滩显得很荒凉。问我有什么印象，只能说：我到过全国最大的海滩了。我对海没有记忆。因此也不易有感情。

东山城上有风动石。一块很大的浑圆的石头，上负一块很大的石头蛋。有大风，上面的石头能动。有个小伙子奔上去，仰卧，双脚蹬石头蛋，果然能动。这两块石头摞在一起，不知有多少年了。这是大自然的游戏。

厦 门

庙总要有些古。南普陀几乎是一座全新的庙。到处都是金碧辉煌。屋檐石柱、彩画油漆、香炉烛台、幡幢供果，都像是新的。佛像大概是新装了金，锃亮锃亮。

大雄宝殿里，百余僧众在做功课。他们的黄色袈裟也都很新，折线分明。一个年轻的和尚敲木鱼以齐节奏。木鱼槌颇大。他敲得很有技巧，利用木鱼槌反弹的力量连续地敲着。这样连续地敲很久，腕臂得有点功夫。节奏是快板——有板无眼：卜、卜、卜、卜……这个年轻和尚相貌清秀，样子极聪明。我觉得他会升成和尚里的干部的。

到后山逛了一圈，回到大殿外面，诵佛的节奏变成了原板——一板一眼：卜——卜——卜……

往鼓浪屿访舒婷。舒婷家在一山坡上，是一座石筑的楼房。

看起来很舒服，但并不宽敞。她上有公婆，下有幼子，她需要料理家务，有客人来，还要下厨做饭。她住的地方，鼓浪屿，名声在外，一定时常有些省内外作家，不速而来，像我们几个，来吃她一顿菜包春卷。她的书房不大，满壁图书，她和爱人写字的桌子却只是两张并排放着的小三屉桌，于是经常发生彼此的稿纸越界的纠纷。我看这两张小三屉桌，不禁想起弗吉尼亚·伍尔夫的《一间自己的屋子》。舒婷在这样的条件下还能写得出朦胧诗么？听说她的诗要变，会变成什么样子？

有人为铁凝、王安忆失去早期作品的优美而惋惜。无可奈何花落去，谁也没有办法。

福　州

鼓山顶有大石如鼓，故名。或云有大风雨则发出鼓声，恐是附会。山在福州市东，汽车可以一直开到涌泉寺山门，往返甚便，故游人多。福州附近山都不大，鼓山算是大山了。山不雄而甚秀，树虽古而仍荣，滋滋润润，郁郁葱葱。福州之山，与他处不同。

涌泉寺始建于唐代，是座古刹了，但现在殿宇精整，想是经过几次重建了。涌泉寺不像南普陀那样华丽，但是规模很大，有气派。大殿很高，只供三世佛。十八罗汉则分坐在殿外两边的廊子上，一边九位。这种布局我在别处庙里还没有见过。

寺里和尚很多，大都很年轻，十八九岁。这里的和尚穿了一种特别的僧鞋，黑灯芯绒鞋面，有鼻，厚胶皮底，看来很结实，也很舒服。一个小和尚发现我在看他的鞋，说："这种鞋很贵，比社会上的鞋要贵得多。"他用的这个词很有意思："社会上的”。这大概是寺庙中特有的用词。这个小和尚会说普通话。

涌泉寺有几口大锅，据说能供一千人吃饭，凡到寺的香客游人都要去看一看。锅大而深，为铜铁合铸，表面漆黑光滑，如涂了油。这样大的锅如何能把饭煮熟？

寺东山上多摩崖石刻。有蔡襄大字题名两处。一处题蔡襄；一处与苏才翁辈同来，则书“蔡君谟”。题名称字，或是一时风气。蔡襄登鼓山，大概有两次，一次与苏才翁等同来，一次是自来。蔡襄至和三年以枢密直学士知福州，登鼓山或当在此时。然襄是仙游人，到福州甚近便，是否至和间登鼓山，也不能肯定。我很喜欢蔡襄的字。有人以为“宋四字”（苏黄米蔡），实应以蔡为首。这两处题名，字大如斗，端重沉着，与三希堂所刻诸帖的行书不相似。盖摩崖题名别是一体。

西禅寺是新盖的，还没有最后完工，正在进行扫尾工程，石匠在敲錾石板石柱，但已经提前使用，和尚开始工作了。一家在追荐亡灵。八个和尚敲着木鱼铙钹，念着经，走着，走得很快。到一个偏殿里，分两边站下，继续敲打唱念，节奏仍然很快，好像要草草了事的样子。两个妇女在殿外，从一个相框里取出一张八寸放大照片，照片上是个中年男人，放进铁炉的火里焚化了。这两个妇女当然是死者的亲属，但看不出是什么关系。她们既没有跪拜，也没有悲泣，脸上是严肃的，但也有些平淡。焚化照片，祈求亡灵升天，此风为别处所未见，大概是华侨兴出来的。但兴起得不会太早，总在有了照相术以后。

后殿有一家在还愿。当初许的愿我也没听说过。三天三夜香烛不断。一个大红的绸制横标上缀着这样的金字。也没有人念经，只是香烟袅绕，烛光烨烨。

寺北正在建造一座宝塔，十三层，快要完工了，已经在封顶。

这是座钢筋水泥结构的塔。看看这座用现代材料建成的灰白色的塔（塔尚未装饰，装饰后会是彩色的），不知人间何世。

寺、塔，都是华侨捐资所建。

福建人食不厌精，福州尤甚。鱼丸、肉丸、牛肉丸皆如小桂圆大，不是用刀斩剁，而是用棒槌之如泥制成的。入口不觉有纤维，极细，而有弹性。鱼饺的皮是用鱼肉捶成的。用纯精瘦肉加茹粉以木槌捶至如纸薄，以包馄饨（福州叫作"扁肉"），谓之燕皮。街巷的小铺小摊卖各种小吃。我们去一家吃了一"套"风味小吃，十道，每道一小碗带汤的，一小碟各样蒸的炸的点心，计二十样矣。吃了一个荸荠大的小包子，我忽然想起东北人。应该请东北人吃一顿这样的小吃。东北人太应该了解一下这种难以想象的饮食文化了。当然，我也建议福州人去吃吃李连贵大饼。

武夷山

武夷山的好处是景点集中。范围不算大，处处有景，在任何地方，从任何角度，都有可看的，不似有些风景区，走半天，才有一处可看，其余各处皆平平。山水对人都很亲切、很和善，迎面走来，似欲与人相就，欲把臂，欲款语，不高傲，不冷漠，不严峻。武夷属低山，游程"有惊无险"。自山麓至天游峰皆石级，走起来不累。我已经近七十，上天游峰不感到心脏有负担。

玉女峰亭亭而立，大王峰虎虎而蹲。晒布岩直挂而下，石色微红，寸草不生，壮观而耐看。天游是绝顶，一览众山，使人有出尘之想。

武夷的好处是有山有水。九曲溪是天造奇境。溪随山宛曲，水极清，溪底皆黑色大卵石。现在是枯水期，水浅，竹筏与卵石相摩，格格有声。坐在筏上，左顾右盼，应接不暇。

船棺不知是何代物。那时候的人是用什么办法把棺材弄到这样无路可通的悬崖绝壁的山洞里的？为什么要把死人葬在这样高的地方？这是无法解释的谜。

水帘洞不是像《西游记》所写的那样洞口有瀑布悬挂如帘，而是从峭壁上挂下一条很长的草绳，山上水沿草绳流注，被风吹散，如烟如雾，飘飘忽忽，如一片透明的薄帘。水帘洞下有田地人家，种植炊煮，皆赖山水。泉下有茶馆，有人在饮茶。

天车是一列巨大的木制绞车，因为嵌置在峭壁极高处的山缝间，如在天上，当地人谓之"天车"。据传，太平天国时有财主数姓，避乱入岩洞中，设此天车，把财物和食物绞上去，在洞中藏匿甚久，太平天国军仰攻之，竟不得上。峭壁有碑记其事。这块碑的措词很尴尬，当然要说太平天国是革命的，地主是反动的，但是游人仰看天车，则只有为天车感到惊奇，碑文想发一点感慨，可不知说什么好。

武夷山是道教山，入山处原有武夷宫，已毁，现在正在重建，结构存其旧制，而规模较小。看了檐口的大斗拱，知道这是宋式建筑。宫前有两棵桂花树，云是当年所植，数百年物也。宫外有荣观，亦宋式。

我们所住的银河饭店门前是崇安溪；屋后亦有小溪，溪水小有落差，入夜水声淙淙不绝。现在是旅游淡季，整个旅馆只住了我们五个人。经理为我们的饭菜颇费张罗，有炒新鲜冬笋，有武夷山的山珍石鳞，即石鸡，山间所产的大蛙也，有狗肉，有蛇汤。

临行，经理嘱写字留念，写了一副对联：

四周山色临窗秀，一夜溪声入梦清。

庚午年正月初四

载一九九〇年四月二十一、二十八日《中国旅游报》

七十书怀

六十岁生日，我曾经写过一首诗：

> 冻云欲湿上元灯，
> 漠漠春阴柳未青。
> 行过玉渊潭畔路，
> 去年残叶太分明。

这不是"自寿"，也没有"书怀"，"即事"而已。六十岁生日那天一早，我按惯例到所居近处的玉渊潭遛了一个弯儿，所写是即目所见。为什么提到上元灯？因为我的生日是旧历的正月十五。据说我是日落酉时诞生，那么正是要"上灯"的时候。沾了元宵节的光，我的生日总不会忘记。但是小时不做生日，到了那天，我总是鼓捣一个很大的，下面安四个轱辘的兔子灯，晚上牵了自制的兔子灯，里面插了蜡烛，在家里厅堂过道里到处跑，有时还要牵到相熟的店铺中去串门。我没有"今天是我的生日"的意识，只是觉得过"灯节"（我们那里把元宵叫作"灯节"）很好玩。十九岁离乡，四方漂泊，过什么生日！

后来在北京安家，孩子也大了，家里人对我的生日渐渐重视起来，到了那天，总得"表示"一下。尤其是我的孙女和外孙女，她们对我的生日比别人更为热心，因为那天可以吃蛋糕。六十岁是个整寿，但我觉得无所谓。诗的后两句似乎有些感慨，因为这时"文化大革命"过去不久，容易触景生情，但是究竟有什么感慨，也说不清。那天是阴天，好像要下雪，天气其实是很舒服的，诗的前两句隐隐约约有一点喜悦。总之，并不衰瑟，更没有过一年少一年这样的颓唐的心情。

一晃，十年过去了，我七十岁了。七十岁生日那天写了一首《七十书怀出律不改》：

> 悠悠七十犹耽酒，
>
> 唯觉登山步履迟。
>
> 书画萧萧余宿墨，
>
> 文章淡淡忆儿时。
>
> 也写书评也作序，
>
> 不开风气不为师。
>
> 假我十年闲粥饭，
>
> 未知留得几囊诗。

这需要加一点注解。

中国人的平均寿命比以前增高多了。我记得小时候看家里大人和亲戚，过了五十，就是"老太爷"了。我祖父六十岁生日，已经被称为"老寿星"。"人生七十古来稀"，现在七十岁不算稀奇了。不过七十总是个"坎儿"。不知从什么时候起，别人对我的称呼从"老汪"改成了"汪老"。我并无老大之感。

但从去年下半年，我一想我再没有六十几了，不免有一点紧张。我并不太怕死，但是进入七十，总觉得去日苦多，是无可奈何的事。所幸者，身体还好。去年年底，还上了一趟武夷山。武夷山是低山，但总是山。我一度心肌缺氧，一般不登山。这次到了武夷绝顶仙游，没有感到心脏有负担。看来我的身体比前几年还要好一些，再工作几年，问题不大。当然，上山比年轻人要慢一些。因此，去年下半年偶尔会有的紧张感消失了。

我的写字画画本是遣兴自娱而已，偶尔送一两件给熟朋友。后来求字求画者渐多。大概求索者以为这是作家的字画，不同于书家画家之作，悬之室中，别有情趣耳，其实，都是不足观的。我写字画画，不暇研墨，只用墨汁。写完画完，也不洗砚盘色碟，连笔也不涮。下次再写、再画，加一点墨汁。"宿墨"是记实。今年（一九九〇）一月十五日，画水仙金鱼，题了两句诗：

> 宜入新春未是春，
> 残笺宿墨隔年人。

这幅画的调子是灰的，一望而知用的是宿墨。用宿墨，只是懒，并非追求一种风格。

有一个文学批评用语我始终不懂是什么意思，叫作"淡化"。淡化主题、淡化人物、淡化情节，当然，最终是淡化政治。"淡化"总是不好的。我是被有些人划入淡化一类了的。我所不懂的是：淡化，是本来是浓的，不淡的，或应该是不淡的、硬把它化得淡了。我的作品确实是比较淡的，但它本来就是那样，并没有经过一个"化"的过程。我想了想，说我淡化，无非是说没有写重大题材，没有写性格复杂的英雄人物，没有写强烈的、富于戏剧性的矛盾冲突。但这是我的生活经历，我的文化素养，我的气质所决定的。我没有经历过太多的波澜壮阔的生活，没有见过咤叱风云的人物，你叫我怎么写？我写作，强调真实，大都有过亲身感受，我不能靠材料写作。我只能写我所熟悉的平平常常的人和事，或者如姜白石所说"世间小儿女"。我只能用平平常常的思想感情去了解他们，用平平常常的方法表现他们。这结果就是淡。但是"你不能改变我"，我就是这样，谁也不能下命令叫我照另外一种样子去写。我想照你说的那样去写，也办不到。除非把我回一次炉，重新生活一次。我已经七十岁了，回炉怕是很难。前年《三月风》杂志发表我一篇随笔，请丁聪同志画了我一幅漫画头像，编辑部要我自己题几句话，题了四句诗：

近事模糊远事真，双眸犹幸未全昏。

衰年变法谈何易，唱罢莲花又一春。

《绣襦记》《教歌》两个叫花子唱的"莲花落"有句"一年春尽又是一年春"，我很喜欢这句唱词。七十岁了，只能一年又一年，唱几句莲花落。

《七十书怀出律不改》，"出律"指诗的第五六两句失粘，并因此影响最后两句平仄也颠倒了。我写的律诗往往有这种情况，五六两句失粘。为什么不改？因为这是我要说的主要两句话，特别是第六句，所书之怀，也仅此耳。改了，原意即不妥贴。

我是赞成作家写评论的，也爱看作家所写的评论。说实在的，我觉得评论家所写的评论实在有点让人受不了。结果是作法自毙。写评论的差事有时会落到我的头上。我认为评论家最让人受不了的，是他们总是那样自信。他们像我写的小说《鸡鸭名家》里的陆长庚一样，一眼就看出这只鸭是几斤几两，这个作家该打几分。我觉得写评论是非常冒险的事：你就能看得那样准？我没有这样的自信。人到一定岁数，就有为人写序的义务。我近年写了一些序。去年年底就写了三篇，真成了写序专家。写序也很难，主要是分寸不好掌握，深了不是，浅了不是。像周作人写序那样，不着边际，是个办法。但是，一、我没有那样大的学问；二、丝毫不涉及所序的作品，似乎有欠诚恳。因此，临笔踌躇，煞费脑筋。好像是法郎士说过："关于莎士比亚，我所说的只是我自己。"写书评、写序，实际上是写写书评、写序的人自己。借题发挥，拿别人来"说事"，当然不太好，但是书评和序里总会流露出本人的观点，本人的文学主张。我不太希望我的观点、主张被了解，愿意和任何人保持一定的距离；但是自设屏障，拒人千里，把自己藏起来，完全不让人了解，似也不必。因此，"也写书评也作序"。

　　"不开风气不为师"，是从龚定庵的诗里套出来的。龚定庵的原句是："但开风气不为师"。龚定庵的诗貌似谦虚，实很狂傲。——龚定庵是谦虚的人么？但是龚定庵是有资格说这个话的。他确实是个"开风气"的。他的带有浓烈的民主色彩的个性解放思想撼动了一代人，他的宗法公羊家的奇崛矫矢的文体对于当时和后代都起了很大的影响。他的思想不成体系，不立门户，说是"不为师"倒也是对的。近四五年，有人说我是这个那个流派的始作俑者，这很出乎我的意外。我从来没有想到提倡什么，我绝无"来吾导乎先路也"的气魄，我只是"悄没声地"自己写一点东西而已。有一些青年作家受了我的影响，甚至有人有意地学我，这情况我是知道的。我要诚恳地对这些青年作家说：不要这样。第一，不要"学"任何人。第二，不要学我。我希望青年作家在起步的时候写得新一点，怪一点，朦胧一点，荒诞一点，狂妄一点，不要过早地归于平淡。三四十岁就写得很淡，那，到我这样的年龄，怕就什么也没有了。这个意思，我在几篇序文中都说到，是真话。

看相的说我能活九十岁，那太长了！不过我没有严重的器质性的病，再对付十年，大概还行。我不愿当什么"离休干部"，活着，就还得做一点事。我希望再出一本散文集，一本短篇小说集，把《聊斋新义》写完，如有可能，把酝酿已久的长篇历史小说《汉武帝》写出来。这样，就差不多了。

七十书怀，如此而已。

一九九○年二月二十四日

载一九九○年第五期《现代作家》

沙岭子

我曾在沙岭子农业科学研究所下放劳动过四个年头——一九五八年至一九六一年。

沙岭子是京包线宣化至张家口之间的一个小站。从北京乘夜车，到沙岭子，天刚刚亮。从车上下来十多个旅客，四散走开了。空气是青色的。下车看看，有点凄凉。我以后请假回北京，再返沙岭子，每次都是乘的这趟车，每次下车，都有凄凉之感。

这是一个极其普通的小车站。四年中，我看到它无数次了，它总是那样。四年不见一点变化。照例是涂成浅黄色的墙壁，灰色板瓦盖顶，冷清清的。

靠站的客车一天只有几趟。过境的货车比较多。往南去的最常见的是大兴安岭下来的红松。其次是牲口，马、牛，大概来自坝上或内蒙草原。这些牛马站在敞顶的车厢里，样子很温顺。往北去的常有现代化的机器，装在高大的木箱里，矗立着。有时有汽车，都是崭新的。小汽车的车头爬在前面小车的后座上，一辆搭着一辆，像一串甲虫。

运往沙岭子到站的货物不多。有时甩下一节车皮，装的是铁矿砂。附近有一个铁厂。铁矿砂堆在月台上。矿砂运走了，月台被染成了紫红色；有时卸一车石灰，月台就被染得雪白的。紫颜色、白颜色，被人们的鞋底带走了，过不几天，月台又恢复了原先的浅灰的水泥颜色。

从沙岭子起运的，只有石头。东边有一个采石场——当地叫作"片石山"，每天十一点半钟放炮崩山。山已经被削去一半了。

农科所原来的房子很好，疏疏朗朗，布置井然。迎面是一排青砖的办公室，整整齐齐。办公室后是一个空场。对面是种子仓库，房梁上挂了很多整株的作物良种。更后是食堂，再后是猪舍。东面是职工宿舍，有两间大的是单身合同工住的，每间可容三十人。我就在东边一间的一张木床上睡了将近三年，直到摘了右派帽子，结束劳动后，才搬到干部宿舍里，和一个姓陈的青年技术员合住一间。种子仓库西边有一条土路，略高出于地面。路之西，有一排矮矮的圆锥形的谷仓，状如蘑菇，工人们就叫它为"蘑菇仓库"，是装牲口饲料玉米豆的。蘑菇仓库以西，是马号。更西，是菜园、温室。农科所的概貌尽于此。此外，所里还有一片稻田，在沙岭子堡（镇）以南；有一片果园，在车站南。

头两年参加劳动，扎扎实实地劳动。大部分农活我差不多都干过。除了一些全所工人一齐出动的集中的突击性的活，如插秧、锄地、割稻子之外，我相对固定在果园干活。干得最多的是喷波尔多液。硫酸铜加石灰兑水，这就是波尔多液。果园一年不知道要喷多少次波尔多液，这是果树防病所必需的。梨树、苹果要喷，葡萄更是十天八天就得喷一回。果园有一本工作日记似的本本，记录每天干的活，翻开到处是"葡萄喷波尔多液"。这日记是由果园组组长填写的。不知道什么道理，这里的干部工人都把葡萄写成"芀芀"。两个字一样，为什么会读出两个字音呢？因为我喷波尔多液喷得细致，到后来这活都交给了我。波尔多液是天蓝色的，很漂亮。因为喷波尔多液的次数太多，我的几件白衬衫都变成浅蓝的了。

结束劳动后暂时无法分配工作，我就留在所里打杂，主要是画画。我曾参加过张家口地区农业展览会的美术工作，在画布或三合板上用水粉画白菜、萝卜、大葱、大蒜、短角牛、张北马。布置过一个超声波展览馆——那年不知怎么兴起了超声波，很多单位都试验这东西，好像这是一种增产的魔术。超声波怎么表现呢？这东西又看不见。我于是画了许多动物、植物、水产，农林牧副渔，什么都有，而在所有的画面上一律加了很多同心圆，表示这是超声波的震幅！我画过一套颇有学术价值的画册：《中国马铃薯图谱》。沽源有个马铃薯研究站，集中了全国各地的，各种品种的马铃薯。研究站归沙岭子农科所领导。领导研究，要出版一套图谱，绘图的任务交给了我。在马铃薯花盛开的时候，我坐上二饼子牛车到了沽源研究站。每天中趟着露水到地里掐一把花，几枝叶子，拿回办公室，插在玻璃杯里，照着画。我的工作实在是舒服透顶，不开会，不学习，没人管，自由自在，也没有指标定额，画多少算多少。画起来是不费事的。马铃薯的花大小只有颜色的区别，花形都一样；叶片也都差不多，有的尖一点，有的圆一点。花和叶子画完，画薯块。一个整个的马铃薯，一个剖面。画完一种薯块，我就把它放进牛粪火里烤熟了，吃掉。这里的马铃薯不下七八十种，每一种我都尝过。中国吃过那么多种马铃薯的人，大概不多。天冷了，马铃薯块还没有画完，有一部分是运到沙岭子画的。还是那样的舒服。一个人一间屋子，升一个炉子，画一块，在炉子上烤烤，吃掉。我还画过一套口蘑图谱，钢笔画。口蘑都是灰白色，不需要着色。

我就这样在沙岭子度过了四个年头。

一九八三年，我应张家口市文联之邀，去给当地青年作家讲过一次课。市文联的两个同志是曾和我同时下放沙岭子农科所劳动过的，他们为我安排的活动，自然会有一项：到沙岭子看看。吉普车开到农科所门前，下车看看，可以说是面目全非。盖了一座办公楼，是灰绿色的。我没有进去，但是觉得在里面办公是不舒服的，不如原先的平房宽敞豁亮。楼上下来一个人，是老王，我们过去天天见。老王见我们很亲热。他模样未变，但是苍老了。他说起这些年的人事变化，谁得了癌症；谁受了刺激，变得糊涂了；谁病死了；谁在西边一棵树上上了吊死了。说不清是什么原因。他说起所里"文化大革命"的一些情况，说起我画的那套马铃薯图谱在"文化大革命"中毁了，很可惜。我在的时候，他是大学刚刚毕业，现在大概是室主任了。那时他还没有结婚，现在女儿已经上大学了。真是"昔别君未婚，儿女忽成行"。他原来是个很精神的小伙子，现在说话却颇有不胜沧桑之感。

老王领我们到后面去看看。原来的格局已经看不出多少痕迹。种子仓库没有了，蘑菇仓库没有了。新建了一些红砖的房屋，横七竖八。我们走到最后一排，是木匠房。一个木匠在干活，是小王！我住在工人集体宿舍的时候，小王的床挨着我的床。我在的时候，所里刚调他去学木匠，现在他已经是四级工，带两个徒弟了。小王已经有两个孩子。他说起他结婚的时候，碗筷还是我给他买的，锁门的锁也是我给他买的，这把锁他现在还在用着。这些，我可一点不记得了。

我们到果园看了看。果园可是大变样了。原来是很漂亮的，葱葱茏茏，蓬蓬勃勃。那么多的梨树。那么多的苹果。尤其是葡萄，一行一行，一架一架，整整齐齐，真是蔚为大观。葡萄有很多别处少见的名贵品种：白香蕉、柔丁香、秋紫、金铃、大粒白、白拿破仑、黑罕、巴勒斯坦……现在，全都不见了。果园给我的感觉，是荒凉。我知道果树老了，需要更新，但何至于砍伐成这样呢？有一些新种的葡萄，才一人高，挂了不多的果。

遇到一个熟人，在给葡萄浇水。我想不起他的名字了。他原来是猪倌，后来专管"下夜"，即夜间在所内各处巡看。这是个窝窝囊囊的人，好像总没有睡醒，说话含糊不清，而且他不爱洗脸。他的老婆跟他可大不一样，身材颀长挺拔，而且出奇的结实，我们背后叫她阿克西尼亚。老婆对他"死不待见"。有一天，我跟他一同下夜，他走到自己家门口，跟我说："老汪，你看着点，偓去闹渠一槌。"他是柴沟堡人。那里人说话很奇怪，保留了一些古音。"偓"即我（像客家话），"渠"即她（像广东话）。"闹渠一槌"是搞她一次。他进了屋，老婆先是不答应，直骂娘。后来没有声音了。待了一会儿，他出来了，继续下夜。我见了他，不禁想起那回事，问老王："他老婆还是不待见他吗？"老王说："他们已经有了两个孩子了。"我很想见见阿克西尼亚，不知她现在是什么样子。

去看看稻田。

稻田挨着洋河。洋河相当宽，但是常常没有水，露出河底的大块卵石。水大的时候可以齐腰。不能行船，也无需架桥。两岸来往，都是徒涉。河南人过来，到河边，就脱了裤子，顶在头上，一步一步趟着水。因此当地人揶揄之道："河南汉，咯吱咯吱两颗蛋。"

河南地薄而多山。天晴时，在稻田场上可以看到河南的大山，山是干山，无草木，山势险峻，皱皱褶褶，当地人说："像羊肚子似的。"形容得很贴切。

稻田倒还是那样。地块、田埂、水渠、渠上的小石桥、地边的柳树、柳树下一间土屋，土屋里有供烧开水用的锅灶，全都没有变。二十多年了，好像昨天我们还在这里插过秧，割过稻子。

稻田离所里比较远。到稻田干活，一般中午就不回所里吃饭了，由食堂送来。都是蒸莜面饸饹，疙瘩白熬山药，或是一人一块咸菜。我们就攥着饸饹狼吞虎咽起来。稻田里有很多青蛙。有一个同我们一起下放的同志，是浙江人。他捉了好些青蛙，撕了皮，烧一堆稻草火，烤田鸡吃。这地方的人是不吃田鸡的，有几个孩子问："这东西好吃？"他们尝了一个："好吃好吃！"于是七手八脚捉了好多，大家都来烤田鸡，不知是谁，从土屋里翻出一碗盐，烤田鸡蘸盐水，就莜面，真是美味。吃完了，各在柳荫下找个地方躺下，不大一会，都睡着了。

在水渠上看见渠对面走来两个女的，是张素花和刘美兰。我过去在果园经常跟她们一起干活。我大声叫她们的名字。刘美兰手搭凉棚望了一眼，问："是不是老汪？"

"就是！"

"你咋会来了？"

"来看看。"

"一下来家吃饭。"

"不了，我要回张家口，下午有个会。"

"没事儿来！"

"来！——你和你丈夫还打架吗？"

刘美兰和丈夫感情不好，丈夫常打她，有一次把她的小手指都打弯了。

"俺都当了奶奶了！"

刘美兰和张素花不知道说了什么，两个人嘻嘻笑着，走远了。

重回沙岭子，我似乎有些感触，又似乎没有。这不是我所记忆、我所怀念的沙岭子，也不是我所希望的沙岭子。然而我所希望的沙岭子又应是什么样子的呢？我也说不出。我只是觉得这一代的人都糊里糊涂地老了。是可悲也。

載一九九〇年第三期《作家》

后十年集　散文随笔卷

1990

人间草木

山丹丹

我在大青山挖到一棵山丹丹。这棵山丹丹的花真多，招待我们的老堡垒户看了看，说："这棵山丹丹有十三年了。"

"十三年了？咋知道？"

"山丹丹长一年，多开一朵花。你看，十三朵。"

山丹丹记得自己的岁数。

我本想把这棵山丹丹带回呼和浩特，想了想，找了把铁锹，把老堡垒户的开满了蓝色党参花的土台上刨了个坑，把这棵山丹丹种上了。问老堡垒户：

"能活？"

"能活。这东西，皮实。"

大青山到处是山丹丹，开七朵花、八朵花的，多的是。

> 山丹丹花开花又落，
>
> 一年又一年……

这支流行歌曲的作者未必知道，山丹丹过一年多开一朵花。唱歌的歌星就更不会知道了。

枸 杞

枸杞到处都有。枸杞头是春天的野菜。采摘枸杞的嫩头，略焯过，切碎，与香干丁同拌，浇酱油醋香油；或入油锅爆炒，皆极清香。夏末秋初，开淡紫色小花，谁也不注意。随即结出小小的红色的卵形浆果，即枸杞子。我的家乡叫作狗奶子。

我在玉渊潭散步，在一个山包下的草丛里看见一对老夫妻弯着腰在找什么。他们一边走，一边搜索。走几步，停一停，弯腰。

"您二位找什么？"

"枸杞子。"

"有吗？"

老同志把手里一个罐头玻璃瓶举起来给我看，已经有半瓶了。

"不少！"

"不少！"

他解嘲似的哈哈笑了几声。

"您慢慢捡着！"

"慢慢捡着！"

看样子这对老夫妻是离休干部，穿得很整齐干净，气色很好。

他们捡枸杞子干什么？是配药？泡酒？看来都不完全是。真要是需要，可以托熟人从宁夏捎一点或寄一点来。——听口音，老同志是西北人，那边肯定会有熟人。

他们捡枸杞子其实只是玩！一边走着，一边捡枸杞子，这比单纯的散步要有意思。这是两个童心未泯的老人，两个老孩子！

人老了，是得学会这样的生活。看来，这二位中年时也是很会生活，会从生活中寻找乐趣的。他们为人一定很好，很厚道。他们还一定不贪权势，甘于淡泊。夫妻间一定不会为柴米油盐、儿女婚嫁而吵嘴。

从钓鱼台到甘家口商场的路上，路西，有一家的门头上种了很大的一丛枸杞，秋天结了很多枸杞子，通红通红的，礼花似的，喷泉似的垂挂下来，一个珊瑚珠穿成的华盖，好看极了。这丛枸杞可以拿到花会上去展览。这家怎么会想起在门头上种一丛枸杞？

槐 花

玉渊潭洋槐花盛开，像下了一场大雪，白得耀眼。来了放蜂的人。蜂箱都放好了，他的"家"也安顿了。一个刷了涂料的很厚的黑色的帆布篷子，里面打了两道土堰，上面架起几块木板，是床。床上一卷铺盖。地上排着油瓶、酱油瓶、醋瓶。一个白铁桶里已经有多半桶蜜。外面一个蜂窝煤炉子上坐着锅。一个女人在案板上切青蒜。锅开了，她往锅里下了一把干切面。不大会儿，面熟了，她把面捞在碗里，加了作料，撒上青蒜，在一个碗里舀了半勺豆瓣。一人一碗。她吃的是加了豆瓣的。

蜜蜂忙着采蜜，进进出出，飞满一天。

我跟养蜂人买过两次蜜，绕玉渊潭散步回来，经过他的棚子，大都要在他门前的树墩上坐一坐，抽一支烟，看他收蜜，刮蜡，跟他聊两句，彼此都熟了。

这是一个五十岁上下的中年人，高高瘦瘦的，身体像是不太好，他做事总是那么从容不迫，慢条斯理的。样子不像个农民，倒有点像一个农村小学校长。听口音，是石家庄一带的。他到过很多省，哪里有鲜花，就到哪里去。菜花开的地方，玫瑰花开的地方，苹果花开的地方，枣花开的地方。每年都到南方去过冬，广西，贵州。到了春暖，再往北翻。我问他是不是枣花蜜最好，他说是荆条花的蜜最好。这很出乎我的意外。荆条是个不起眼的东西，而且我从来没有见过荆条开花，想不到荆条花蜜却是最好的蜜。我想他每年收入应当不错，他说比一般农民要好一些，但是也落不下多少：蜂具，路费；而且每年要赔几十斤白糖——蜜蜂冬天不采蜜，得喂它糖。

女人显然是他的老婆。不过他们岁数相差太大了。他五十了，女人也就是三十出头。而且，她是四川人，说四川话。我问他：你们是怎么认识的？他说：她是新繁县人。那年他到新繁放蜂，认识了。她说北方的大米好吃，就跟来了。

有那么简单？也许她看中了他的脾气好，喜欢这样安静平和的性格？也许她觉得这种放蜂生活，东南西北到处跑，好耍？这是一种农村式的浪漫主义。四川女孩子做事往往很洒脱，想咋个就咋个，不像北方女孩子有那么多考虑。他们结婚已经几年了。丈夫对她好，她对丈夫也很体贴。她觉得她的选择没有错，很满意，不后悔。我问养蜂人：她回去过没有？他说：回去过一次，一个人。他让她带了两千块钱，她买了好些礼物送人，风风光光地回了一趟新繁。

一天，我没有看见女人，问养蜂人，她到哪里去了。养蜂人说：到我那大儿子家去了，去接我那大儿子的孩子。他有个大儿子，在北京工作，在汽车修配厂当工人。

她抱回来一个四岁多的男孩，带着他在棚子里住了几天。她带他到甘家口商场买衣服，买鞋，买饼干，买冰糖葫芦。男孩子在床上玩鸡啄米，她靠着被窝用勾针给他勾一顶大红的毛线帽子。她很爱这个孩子。这种爱是完全非功利的，既不是讨丈夫的欢心，也不是为了和丈夫的儿子一家搞好关系。这是一颗很善良，很美的心。孩子叫她奶奶，奶奶笑了。

过了几天，她把孩子又送了回去。

过了两天，我去玉渊潭散步，养蜂人的棚子拆了。蜂箱集中在一起。等我散步回来，养蜂人的大儿子开来一辆卡车，把棚柱、木板、煤炉、锅碗和蜂箱装好，养蜂人两口子坐上车，卡车开走了。

玉渊潭的槐花落了。

载一九九〇年第三期《散文》

萝 卜

杨花萝卜即北京的小水萝卜。因为是杨花飞舞时上市卖的，我的家乡名之曰："杨花萝卜"。这个名称很富于季节感。我家不远的街口一家茶食店的屋檐下有一个岁数大的女人摆一个小摊子，卖供孩子食用的便宜的零吃。杨花萝卜下来的时候，卖萝卜。萝卜一把一把地码着。她不时用炊帚洒一点水，萝卜总是鲜红的。给她一个铜板，她就用小刀切下三四根萝卜。萝卜极脆嫩，有甜味，富水分。自离家乡后，我没有吃过这样好吃的萝卜。或者不如说自我长大后没有吃过这样好吃的萝卜。小时候吃的东西都是最好吃的。

除了生嚼，杨花萝卜也能拌萝卜丝。萝卜斜切为薄片，再切为细丝，加酱油、醋、香油略拌，撒一点青蒜，极开胃。小孩的顺口溜唱道：

> 人之初，
> 鼻涕拖，
> 油炒饭，

拌萝菠。[1]

油炒饭加一点葱花，在农村算是美食，佐以拌萝卜丝一碟，吃起来是很香的。

萝卜丝与细切的海蜇皮同拌，在我的家乡是上酒席的，与香干拌荠菜、盐水虾、松花蛋同为凉碟。

北京的拍水萝卜也不错，但宜少入白糖。

北京人用水萝卜切片，氽羊肉汤，味鲜而清淡。

烧小萝卜，来北京前我没有吃过（我的家乡杨花萝卜没有熟吃的），很好。有一位台湾女作家来北京，要我亲自做一顿饭请她吃。我给她做了几个菜，其中一个是烧小萝卜。她吃了赞不绝口。那当然是不难吃的：那两天正是小萝卜最好吃的时候，都长足了，但还很嫩，不糠；而且我是用干贝烧的。她说台湾没有这种水萝卜。

我的家乡有一种穿心红萝卜，粗如黄酒盏，长可三四寸，外皮深紫红色，里面的肉有放射形的紫红纹，紫白相间，若是横切开来，正如中药里的槟榔片（卖时都是直切），当中一线贯通，色极深，故名穿心红。卖穿心红萝卜的挑担，与山芋（红薯）同卖，山芋切厚片。都是生吃。

紫萝卜不大，大的如一个大衣扣子，为扁圆形，皮色乌紫。据说这是五倍子染的。看来不是本色，因为它掉色，吃了，嘴唇牙肉也是乌紫乌紫的。里面的肉却是嫩白的。这种萝卜非本地所产，产在泰州。每年秋末，就有泰州人来卖紫萝卜，都是女的，挎一个柳条篮子，沿街吃唤："紫萝——卜！"

我在淮安第一回吃到青萝卜。曾在淮安中学借读过一个学

---

[1] 我的家乡称萝卜为萝菠。

期，一到星期日，就买了七八个青萝卜，一堆花生，几个同学，尽情吃一顿。后来我到天津吃过青萝卜，觉得淮安青萝卜比天津的好。大抵一种东西第一回吃，总是最好的。

天津吃萝卜是一种风气。五十年代初，我到天津，一个同学的父亲请我们到天华景听曲艺。座位之前有一溜长案，摆得满满的，除了茶壶茶碗，瓜子花生米碟子，还有几大盘切成薄片的青萝卜。听"玩意儿"吃萝卜，此风为别处所无。天津谚云："吃了萝卜喝热茶，气得大夫满街爬"，吃萝卜喝茶，此风亦为别处所无。

心里美萝卜是北京特色。一九四八年冬天，我到了北京，街头巷尾，每每听到吆唤："哎——萝卜，赛梨来——辣来换……"声音高亮打远。看来在北京做小买卖的，都得有条好嗓子。卖"萝卜赛梨"的，萝卜都是一个一个挑选过的，用手指头一弹，当当的；一刀切下去，咔嚓嚓的响。

我在张家口沙岭子劳动，曾参加过收心里美萝卜。张家口土质于萝卜相宜，心里美皆甚大。收萝卜时是可以随便吃的。和我一起收萝卜的农业工人起出一个萝卜，看一看，不怎么样的，随手就扔进了大堆。一看，这个不错，往地下一扔，叭嚓，裂成了几瓣，"行！"于是各拿一块啃起来，甜，脆，多汁，难可名状。他们说："吃萝卜，讲究吃'棒打萝卜'。"

张家口的白萝卜也很大。我参加过张家口地区农业展览会的布置工作，送展的白萝卜都特大。白萝卜有象牙白和露八分。露八分即八分露出土面，露出土面部分外皮淡绿色。

我的家乡无此大白萝卜，只是粗如小儿臂而已。家乡吃萝卜只是红烧，或素烧，或与臀肩肉同烧。

江南人特重白萝卜炖汤，常与排骨或猪肉同炖。白萝卜耐久炖，久则出味。或入淡菜，味尤厚。沙汀《淘金记》写么吵吵每天用牙巴骨炖白萝卜，吃得一家脸上都是油光光的。天天吃是不行的，隔几天吃一次，想亦不恶。

四川人用白萝卜炖牛肉，甚佳。

扬州人、广东人制萝卜丝饼，极妙。北京东华门大街曾有外地人制萝卜丝饼，生意极好。此人后来不见了。

北京人炒萝卜条，是家常下饭菜。或入酱炒，则为南方人所不喜。

白萝卜最能消食通气。我们在湖南体验生活，有位领导同志，接连五天大便不通，吃了各种药都不见效，憋得他难受得不行。后来生吃了几个大白萝卜，一下子畅通了。奇效如此，若非亲见，很难相信。

萝卜是腌制咸菜的重要原料。我们那里，几乎家家都要腌萝卜干。腌萝卜干的是红皮圆萝卜。切萝卜时全家大小一齐动手。孩子切萝卜，觉得这个一定很甜，尝一瓣，甜，就放在一边，自己吃。切一天萝卜，每个孩子肚子里都装了不少。萝卜干盐渍后须在芦席上摊晒，水气干后，入缸、压紧、封实，一两月后取食。我们那里说在商店学徒（学生意）要"吃三年萝卜干饭"，谓油水少也。学徒不到三年零一节，不满师，吃饭须自觉，筷子不能往荤菜盘里伸。

扬州一带酱园里卖萝卜头，乃甜面酱所腌，口感甚佳。孩子们爱吃，一半也因为它的形状很好玩，圆圆的，比一个鸽子蛋略大。此北地所无，天源、六必居都没有。

北京有小酱萝卜，佐粥甚佳。大腌萝卜咸得发苦，不好吃。

四川泡菜什么萝卜都可以泡，红萝卜、白萝卜。

湖南桑植卖泡萝卜。走几步，就有个卖泡萝卜的摊子。萝卜切成大片，泡在广口玻璃瓶里，给毛把钱即可得一片，边走边吃，峨嵋山道边也有卖泡萝卜的，一面涂了一层稀酱。

萝卜原产中国，所以中国的为最好。有春萝卜、夏萝卜、秋萝卜、四季萝卜，一年到头都有。可生食、煮食、腌制。萝卜所惠于中国人者亦大矣。美国有小红萝卜，大如元宵，皮色鲜红可爱，吃起来则淡而无味，异域得此，聊胜于无。爱伦堡小说写几个艺术家吃奶油蘸萝卜，喝伏特加，不知是不是这种红萝卜。我在爱荷华南朝鲜人开的菜铺的仓库里看到一堆心里美，大喜，买回来一吃，味道满不对，形似而已，日本人爱吃萝卜，好像是煮熟蘸酱吃的。

载一九九〇年第三期《十月》

五　味

　　山西人真能吃醋！几个山西人在北京下饭馆，坐定之后，还没有点菜，先把醋瓶子拿过来，每人喝了三调羹醋。邻坐的客人直瞪眼。有一年我到太原去，快过春节了。别处过春节，都供应一点好酒，太原的油盐店却都贴出一个条子："供应老陈醋，每户一斤。"这在山西人是大事。

　　山西人还爱吃酸菜，雁北尤甚。什么都拿来酸，除了萝卜白菜，还包括杨树叶子，榆树钱儿。有人来给姑娘说亲，当妈的先问，那家有几口酸菜缸。酸菜缸多，说明家底子厚。

　　辽宁人爱吃酸菜白肉火锅。

　　北京人吃羊肉酸菜汤下杂面。

　　福建人、广西人爱吃酸笋。我和贾平凹在南宁，不爱吃招待所的饭，到外面瞎吃。平凹一进门，就叫："老友面！""老友面"者，酸笋肉丝氽汤下面也，不知道为什么叫作"老友"。

　　傣族人也爱吃酸。酸笋炖鸡是名菜。

　　延庆山里夏天爱吃酸饭。把好好的饭焐酸了，用井拔凉水一和，呼呼地就下去了三碗。

都说苏州菜甜，其实苏州菜只是淡，真正甜的是无锡。无锡炒鳝糊放那么多糖！包子的肉馅里也放很多糖，没法吃！

四川夹沙肉用大片肥猪肉夹了洗沙蒸，广西芋头扣肉用大片肥猪肉夹芋泥蒸，都极甜，很好吃，但我最多只能吃两片。

广东人爱吃甜食。昆明金碧路有一家广东人开的甜品店，卖芝麻糊、绿豆沙，广东同学趋之若鹜。"番薯糖水"即用白薯切块熬的汤，这有什么好喝的呢？广东同学曰："好嘢！"

北方人不是不爱吃甜，只是过去糖难得。我家曾有老保姆，正定乡下人，六十多岁了。她还有个婆婆，八十几了。她有一次要回乡探亲，临行称了二斤白糖，说她的婆婆就爱喝个白糖水。

北京人很保守，过去不知苦瓜为何物，近年有人学会吃了。菜农也有种的了。农贸市场上有很好的苦瓜卖，属于"细菜"，价颇昂。

北京人过去不吃蕹菜，不吃木耳菜，近年也有人爱吃了。

北京人在口味上开放了！

北京人过去就知道吃大白菜。由此可见，大白菜主义是可以被打倒的。

北方人初春吃苣荬菜。苣荬菜分甜荬、苦荬，苦荬相当的苦。

有一个贵州的年轻女演员上我们剧团学戏，她的妈妈不远迢迢给她寄来一包东西，是"择耳根"，或名"则尔根"，即鱼腥草。她让我尝了几根。这是什么东西？苦，倒不要紧，它有一股强烈的生鱼腥味，实在招架不了！

剧团有一干部，是写字幕的，有时也管杂务。此人是个吃辣的专家。他每天中午饭不吃菜，吃辣椒下饭。全国各地的，少数民族的，各种辣椒，他都千方百计地弄来吃，剧团到上海演出，他帮助搞伙食，这下好，不会缺辣椒吃。原以为上海辣椒不好买，他下车第二天就找到一家专卖各种辣椒的铺子。上海人有一些是能吃辣的。

我的吃辣是在昆明练出来的，曾跟几个贵州同学在一起用青辣椒在火上烧烧，蘸盐水下酒。平生所吃辣椒亦多矣，什么朝天椒、野山椒，都不在话下。我吃过最辣的辣椒是在越南。一九四七年，由越南转道往上海，在海防街头吃牛肉粉。牛肉极嫩，汤极鲜，辣椒极辣，一碗汤粉，放三四丝辣椒就辣得不行。这种辣椒的颜色是橘黄色的。在川北，听说有一种辣椒本身不能吃，用一根线吊在灶上，汤做得了，把辣椒在汤里涮涮，就辣得不得了。云南佤佤族有一种辣椒，叫"涮涮辣"，与川北吊在灶上的辣椒大概不相上下。

四川不能说是最能吃辣的省份，川菜的特点是辣而且麻，——搁很多花椒。四川的小面馆的墙壁上黑漆大书三个字：麻辣烫。麻婆豆腐、干煸牛肉丝、棒棒鸡；不放花椒不行。花椒得是川椒，捣碎，菜做好了，最后再放。

周作人说他的家乡整年吃咸极了的咸菜和咸极了的咸鱼。浙东人确实吃得很咸。有个同学，是台州人，到铺子里吃包子，掰开包子就往里倒酱油。口味的咸淡和地域是有关系的。北京人说南甜北咸东辣西酸，大体不错。河北，东北人口重，福建菜多很淡。但这与个人的性格习惯也有关。湖北菜并不咸，但闻一多先生却嫌云南蒙自的菜太淡。

中国人过去对吃盐很讲究，如桃花盐、水晶盐，"吴盐胜雪"，现在则全国都吃再制精盐。只有四川人腌咸菜还坚持用自贡产的井盐。

我不知道世界上还有什么国家的人爱吃臭。

过去上海、南京、汉口都卖油炸臭豆腐干。长沙火宫殿的臭豆腐因为一个大人物年轻时常吃而出了名。这位大人物后来还去吃过，说了一句话："火宫殿的臭豆腐还是好吃。"文化大革命中火宫殿的影壁上就出现了两行大字：

最高指示：
火宫殿的臭豆腐还是好吃。

我们一个同志到南京出差，他的爱人是南京人，嘱咐他带一点臭豆腐干回来。他千方百计，居然办到了。带到火车上，引起一车厢的人强烈抗议。

除豆腐干外，面筋、百叶（千张）皆可臭。蔬菜里的莴苣、冬瓜、豇豆皆可臭。冬笋的老根咬不动，切下来随手就扔进臭坛子里。——我们那里很多人家都有个臭坛子，一坛子"臭卤"。腌芥菜挤下的汁放几天即成"臭卤"。臭物中最特殊的是臭苋菜秆。苋菜长老了，主茎可粗如拇指，高三四尺，截成二寸许小段，入臭坛。臭熟后，外皮是硬的，里面的芯成果冻状。嚼住一头，一吸，芯肉即入口中。这是佐粥的无上妙品。我们那里叫作"苋菜秸子"，湖南人谓之"苋菜咕"，因为吸起来"咕"的一声。

北京人说的臭豆腐指臭豆腐乳。过去是小贩沿街叫卖的："臭豆腐，酱豆腐，王致和的臭豆腐。"臭豆腐就贴饼子，熬一锅虾米皮白菜汤，好饭！现在王致和的臭豆腐用很大的玻璃方瓶装，很不方便，一瓶一百块，得很长时间才能吃完，而且卖得很贵，成了奢侈品。我很希望这种包装能改进，一器装五块足矣。

我在美国吃过最臭的"气死"（干酪），洋人多闻之掩鼻，对我说起来实在没有什么，比臭豆腐差远了。

甚矣，中国人口味之杂也，敢说堪为世界之冠。

载一九九〇年第四期《中国作家》

闹市闲民

我每天在西四倒 101 路公共汽车回甘家口。直对 101 站牌有一户人家。一间屋，一个老人。天天见面，很熟了。有时车老不来，老人就搬出一个马扎儿来："车还得会子，坐会儿。"

屋里陈设非常简单（除了大冬天，他的门总是开着），一张小方桌，一个方机凳，三个马扎儿，一张床，一目了然。

老人七十八岁了，看起来不像，顶多七十岁。气色很好。他经常戴一副老式的圆镜片的浅茶晶的养目镜——这副眼镜大概是他身上唯一值钱的东西。眼睛很大，一点没有混浊，眼角有深深的鱼尾纹。跟人说话时总带着一点笑意，眼神如一个天真的孩子。上唇留了一撮疏疏的胡子，花白了。他的人中很长，唇髭不短，但是遮不住他的微厚而柔软的上唇。——相书上说人中长者多长寿，信然。他的头发也花白了，向后梳得很整齐。他长年穿一套很宽大的蓝制服，天凉时套一件黑色粗毛线的很长的背心。圆口布鞋、草绿色线袜。

从攀谈中我大概知道了他的身世。他原来在一个中学当工友，早就退休了。他有家。有老伴。儿子在石景山钢铁厂当车间主任。孙子已经上初中了。老伴跟儿子。他不愿跟他们一起过，说是："乱！"他愿意一个人。他的女儿出嫁了。外孙也大了。儿子有时进城办事，来看看他，给他带两包点心，说会子话。儿媳妇、女儿隔几个月来给他拆洗拆洗被褥。平常，他和亲属很少来往。

他的生活非常简单。早起扫扫地，扫他那间小屋，扫门前的人行道。一天三顿饭。早点是干馒头就咸菜喝白开水。中午晚上吃面。一年三百六十五天，天天如此。他不上粮店买切面，自己做。抻条，或是拨鱼儿。他的拨鱼儿真是一绝。小锅里坐上水，用一根削细了的筷子把稀面顺着碗口"赶"进锅里。他拨的鱼儿不断，一碗拨鱼儿是一根，而且粗细如一。我为看他拨鱼儿，宁可误一趟车。我跟他说："你这拨鱼儿真是个手艺！"他说："没什么，早一点把面和上，多搅搅。"我学着他的法子回家拨鱼儿，结果成了一锅面糊糊疙瘩汤。他吃的面总是一个味儿！浇炸酱。黄酱，很少一点肉末。黄瓜丝、小萝卜，一概不要。白菜下来时，切几丝白菜，这就是"菜码儿"。他饭量不小，一顿半斤面。吃完面，喝一碗面汤（他不大喝水），涮涮碗，坐在门前的马扎儿上，抱着膝盖看街。

我有时带点新鲜菜蔬，青蛤、海蛎子、鳝鱼、冬笋、木耳菜，他总要过来看看："这是什么？"我告诉他是什么，他摇摇头："没吃过。南方人会吃。"他是不会想到吃这样的东西的。

他不种花，不养鸟，也很少遛弯儿。他的活动范围很小，除了上粮店买面，上副食店买酱，很少出门。

他一生经历了很多大事。远的不说。敌伪时期，吃混合面。傅作义。解放军进城，扭秧歌，呛呛七呛七。开国大典，放礼花。没完没了的各种运动。三年自然灾害，大家挨饿。"文化大革命"。"四人帮"。"四人帮"垮台。华国锋。华国锋下台……

然而这些都与他无关，没有在他身上留下多少痕迹。他每天还是吃炸酱面，——只要粮店还有白面卖，而且北京的粮价长期稳定——坐在门口马扎儿上看街。

他平平静静，没有大喜大忧，没有烦恼，无欲望亦无追求，天然恬淡，每天只是吃抻条面、拨鱼儿，抱膝闲看，带着笑意，用孩子一样天真的眼睛。

这是一个活庄子。

一九九〇年五月五日

载一九九〇年第九期《天涯》

赵树理同志二三事

　　赵树理同志身高而瘦。面长鼻直，额头很高。眉细而微弯，眼狭长，与人相对，特别是倾听别人说话时，眼角常若含笑。听到什么有趣的事，也会咕咕地笑出声来。有时他自己想到什么有趣的事，也会咕咕地笑起来。赵树理是个非常富于幽默感的人。他的幽默是农民式的幽默，聪明，精细而含蓄，不是存心逗乐，也不带尖刻伤人的芒刺，温和而有善意。他只是随时觉得生活很好玩，某人某事很有意思，可发一笑，不禁莞尔。他的幽默感在他的作品里和他的脸上随时可见（我很希望有人写一篇文章，专谈赵树理小说中的幽默感，我以为这是他的小说的一个很大的特点）。赵树理走路比较快（他的腿长；他的身体各部分都偏长，手指也长），总好像在侧着身子往前走，像是穿行在热闹的集市的人丛中，怕碰着别人，给别人让路。赵树理同志是我见到过的最没有架子的作家，一个让人感到亲切的、妩媚的作家。

　　树理同志衣着朴素，一年四季，总是一身蓝卡其布的制服。但是他有一件很豪华的"行头"，一件水獭皮领子、礼服呢面的狐皮大衣。他身体不好，怕冷，冬天出门就穿起这件大衣来。

那是刚"进城"的时候买的。那时这样的大衣很便宜，拍卖行里总挂着几件。奇怪的是他下乡体验生活，回到上党农村，也是穿了这件大衣去。那时作家下乡，总得穿得像个农民，至少像个村干部，哪有穿了水獭领子狐皮大衣下去的？可是家乡的农民并不因为这件大衣就和他疏远隔阂起来，赵树理还是他们的"老赵"，老老少少，还是跟他无话不谈。看来，能否接近农民，不在衣裳。但是敢于穿了狐皮大衣而不怕农民见外的，恐怕也只有赵树理同志一人而已。——他根本就没有考虑穿什么衣服"下去"的问题。

他吃得很随便。家眷未到之前，他每天出去"打游击"。他总是吃最小的饭馆。霞公府（他在霞公府市文联宿舍住了几年）附近有几家小饭馆，树理同志是常客。这种小饭馆只有几个菜。最贵的菜是小碗坛子肉，最便宜的菜是"炒合菜盖被窝"——菠菜炒粉条，上面盖一层薄薄的摊鸡蛋。树理同志常吃的菜便是炒合菜盖被窝。他工作得很晚，每天十点多钟要出去吃夜宵。和霞公府相平行的一个胡同里有一溜卖夜宵的摊子。树理同志往长板凳上一坐，要一碗馄饨，两个烧饼夹猪头肉，喝二两酒，自得其乐。

喝了酒，不即回宿舍，坐在传达室，用两个指头当鼓箭，在一张三屉桌子打鼓。他打的是上党梆子的鼓。上党梆子的锣经和京剧不一样，很特别。如果有外人来，看到一个长长脸的中年人，在那里如醉如痴地打鼓，绝不会想到这就是作家赵树理。

赵树理是一个多才多艺的农村才子。王春同志在一篇文章中提到过树理同志曾在一个集上一个人唱了一台戏：口念锣经过门，手脚并用作身段，还误不了唱。这是可信的。我就亲眼见过树理同志在市文联内部晚会上表演过起霸。见过高盛麟、孙毓堃起霸的同志，对他的上党起霸不是那么欣赏，他还是口念锣经，一丝不苟地起了一趟"全霸"，并不是比划两下就算完事。虽是逢场作戏，但是也像他写小说、编刊物一样地认真。

赵树理同志很能喝酒，而且善于划拳。他的划拳是一绝：两只手同时用，一会儿出右手，一会儿出左手。老舍先生那几年每年要请两次客，把市文联的同志约去喝酒。一次是秋天，菊花盛开的时候，赏菊（老舍先生家的菊花养得很好，他有个哥哥，精于艺菊，称得起是个"花把式"）；一次是腊月二十三，那天是老舍先生的生日。酒、菜，都很丰盛而有北京特点。老舍先生豪饮（后来因血压高戒了酒），而且划拳极精。老舍先生划拳打通关，很少输的时候。划拳是个斗心眼的事，要捉摸对方的拳路，判定他会出什么拳。年轻人斗不过他，常常是第一个"俩好"就把小伙子"一板打死"。对赵树理，他可没有办法，树理同志这种左右开弓的拳法，他大概还没有见过，很不适应，结果往往败北。

赵树理同志讲话很"随便"。那一阵很多人把中国农村说得过于美好，文艺作品尤多粉饰，他很有意见。他经常回家乡，回来总要做一次报告，说说农村见闻。他认为农村还是很穷，日子过得很艰难。他戏称他戴的一块表为"五驴表"，说这块表的钱在农村可以买五头毛驴。——那时候谁家能买五头毛驴，算是了不起的富户了。他的这些话是不合时宜的，后来挨了批评，以后说话就谨慎一点了。

赵树理同志抽烟抽得很凶。据王春同志的文章说，在农村的时候，嫌烟袋锅子抽了不过瘾，用一个山药蛋挖空了，插一根小竹管，装了一"蛋"烟，狂抽几口，才算解气。进城后，他抽烟卷，但总是抽最次的烟。他抽的是什么牌子的烟，我不记得了，只记得是棕黄的皮儿，烟味极辛辣。他逢人介绍这种牌子的烟，说是价廉物美。

赵树理同志担任《说说唱唱》的副主编，不是挂一个名，他每期都亲自看稿，改稿。常常到了快该发稿的日期，还没有合用的稿子，他就把经过初、二审的稿子抱到屋里去，一篇一篇地看，差一点的，就丢在一边，弄得满室狼藉。忽然发现一篇好稿，就欣喜若狂，即交编辑部发出。他把这种编辑方法叫作"绝处逢生法"。有时实在没有较好的稿子，就由编委之一自己动手写一篇。有一次没有像样的稿子，大概是康濯同志说："老赵，你自己搞一篇！"老赵于是关起门来炮制。《登记》（即《罗汉钱》）就是在这种等米下锅的情况下急就出来的。

赵树理同志的稿子写得很干净清楚，几乎不改一个字。他对文字有"洁癖"，容不得一个看了不舒服的字。有一个时候，有人爱用"妳"字。有的编辑也喜欢把作者原来用的"你"改"妳"。树理同志为此极为生气。两个人对面说话，本无须标明对方是不是女性。世界语言中第二人称代词也极少分性别的。"妳"字读"奶"，不读"你"。有一次树理同志在他的原稿第一页页边写了几句话："编辑、排版、校对同志注意：文中所有'你'字一律不得改为'妳'字，否则要负法律责任。"

树理同志的字写得很好。他写稿一般都用红格直行的稿纸，钢笔。字体略长，如其人，看得出是欧字、柳字的底子。他平常不大用毛笔。他的毛笔字我只见过一幅，字极潇洒，而有功力。是在劳动人民文化宫见到的。劳动人民文化宫刚成立，负责"宫务"的同志请十几位作家用宣纸毛笔题词，嵌以镜框，挂在会议室里。也请树理同志写了一幅。树理同志写了六句李有才体的通俗诗：

> 古来数谁大，
> 皇帝老祖宗。
> 今天数谁大，
> 劳动众弟兄。
> 还是这座庙，[1]
> 换了主人翁！

一九九〇年六月八日

载一九九〇年第五期《今古传奇》

---

[1]　劳动人民文化宫原是太庙。

写 字

　　写字总得从临帖开始。我比较认真地临过一个时期的帖，是在十多岁的时候，大概是小学五年级、六年级和初中一年级的暑假。我们那里，那样大的孩子"过暑假"的一个主要内容便是读书和写字。一个暑假，我从祖父读《论语》，每天上午写大、小字各一张，大字写《圭峰碑》，小字写《闭邪公家传》，都是祖父给我选定的。祖父认为我写字用功，奖给了我一块猪肝紫的端砚和十几本旧拓的字帖：我印象最深的是一本褚河南的《圣教序》。这些字帖是一个败落的世家夏家卖出来的。夏家藏帖很多，我的祖父几乎全部买了下来。一个暑假，从一个姓韦的先生学桐城派古文、写字。韦先生是写魏碑的，他让我临的却是《多宝塔》。一个暑假读《古文观止》、唐诗，写《张猛龙》。这是我父亲的主意。他认为得写写魏碑，才能掌握好字的骨力和间架。我写《张猛龙》，用的是一种稻草做的纸——不是解大便用的草纸，很大，有半张报纸那样大，质地较草纸紧密，但是表面相当粗。这种纸市面上看不到卖，不知道父亲是从什么地方买来的。用这种粗纸写魏碑是很合适的，运笔需格外用力。其实不管写什么体的字，都不宜用过于平滑的纸。

古人写字多用麻纸，是不平滑的。像澄心堂纸那样细腻的，是不多见的。这三部帖，给我的字打了底子，尤其是《张猛龙》。到现在，从我的字里还可以看到它的影响，结体和用笔。

临帖是很舒服的，可以使人得到平静。初中以后，我就很少有整桩的时间临帖了。读高中时，偶尔临一两张，一曝十寒。二十岁以后，读了大学，极少临帖。曾在昆明一家茶叶店看到一副对联："静对古碑临黑女，闲吟绝句比红儿。"这副对联的作者真是一个会享福的人。《张黑女》的字我很喜欢，但是没有临过，倒是借得过一本，反反复复"读"了好多遍。《张黑女》北书而有南意，我以为是从魏碑到二王之间的过渡。这种字体很难把握，五十年来，我还没有见过一个书家写《张黑女》而能得其仿佛的。

写字，除了临帖，还需"读帖"。包世臣以为读帖当读真迹，石刻总是形似，失去原书精神，看不出笔意，固也，试读《三希堂法帖·快雪时晴》再到故宫看看原件，两者比较，相去真不可以道里计。看真迹，可以看出纸、墨、笔之间的关系。尤其是"运墨"；"纸墨相得"，是从拓本上感觉不出来的。但是真迹难得看到，像《快雪时晴》《奉橘帖》那样的稀世国宝，故宫平常也不拿出来展览。隔着一层玻璃，也不便揣摩谛视。求其次，则可看看珂罗版影印的原迹。多细的珂罗版也是有网纹的，印出来的字多浅淡发灰，不如原书的沉着入纸。但是，毕竟慰情聊胜无，比石刻拓本要强得多。读影印的《祭侄文》，才知道颜真卿的字是从二王来的，流畅潇洒，并不都像《麻姑仙坛》那样见棱见角的"方笔"；看《兴福寺碑》，觉赵子昂的用笔也是很硬的，不像坊刻应酬尺牍那样柔媚。再其次，便只好看看石刻拓本了。不过最好要旧拓。从前旧拓字帖并不很贵，逛琉璃厂，挟两本旧帖回来，不是难事。现在可不得了了！前十年，我到一家专卖碑帖的铺子里，见有一部《淳化阁帖》，我请售货员拿下来看看，售货员站着不动，只说了个价钱。他的意思我明白：你买得起吗？我只好向他道歉："那就不麻烦你了！"现在比较容易得到的丛帖是北京日报出版社影印的《三希堂法帖》。乾隆本的《三希堂法帖》是浓墨乌金拓。我是不喜欢乌金拓的，太黑，且发亮。北京日报出版社用重磅铜版纸印，更显得油墨堆浮纸面，很"暴"。而且分装四大厚册，很重，展玩极其不便。不过能有一套《三希堂法帖》已属幸事，还有什么话可说呢？

《三希堂法帖》收宋以后的字很多。对于中国书法的发展，一向有两种对立的意见。一种以为中国的书法，一坏于颜真卿，二坏于宋四家。一种以为宋人书是一个重要的突破。宋人宗法二王，而不为二王所囿，用笔洒脱，显出各自的个性和风格。有人一辈子写晋人书体，及读宋人帖，方悟用笔。我觉两种意见都有道理。但是，二王书如清炖鸡汤，宋人书如棒棒鸡。清炖鸡汤是真味，但是吃惯了麻辣的川味，便觉得什么菜都不过瘾。一个人多"读"宋人字，便会终身摆脱不开，明知趣味不高，也没有办法。话又说回来，现在书家中标榜写二王的，有几个能不越雷池一步的？即便是沈尹默，他的字也明显地看出有米字的影响。

"宋四家"指苏（东坡）、黄（山谷）、米（芾）、蔡。"蔡"本指蔡京，但因蔡京人品不好，遂以蔡襄当之。早就有人提出这个排列次序不公平。就书法成就说，应是蔡、米、苏、黄。我同意。我认为宋人书法，当以蔡京为第一。北京日报出版社《三希堂法帖与书法家小传》（卷二），称蔡京"字势豪键，痛快沉着，严而不拘，逸而不外规矩。比其从兄蔡襄书法，飘逸过之，一时各书家，无出其左右者""——但因人品差，书名不为世人所重。"我以为这评价是公允的。

这里就提出一个多年来缠夹不清的问题：人品和书品的关系。一种很有势力的意见以为，字品即人品，字的风格是人格的体现，为人刚毅正直，其书乃能挺拔有力。典型的代表人物是颜真卿。这不能说是没有道理，但是未免简单化。有些书法家，人品不能算好，但你不能说他的字写得不好，如蔡京，如赵子昂，如董其昌，这该怎么解释？历来就有人贬低他们的书法成就。看来，用道德标准、政治标准代替艺术标准，是古已有之的。看来，中国的书法美学、书法艺术心理学，得用一个新的观点，新的方法来重新开始研究。简单从事，是有害的。

蔡京字的好处是放得开，《与节夫书帖》《与宫使书帖》可以为证。写字放得开并不容易。书家往往于酒后写字，就是因为酒后精神松弛，没有负担，较易放得开。相传王羲之的《兰亭序》是醉后所写。苏东坡说要"酒气拂拂从指间出"才能写好字，东坡《答钱穆父诗》书后自题是"醉书"。万金跋此帖后云：

> 右军兰亭，醉时书也。东坡答钱穆父诗，其后亦题曰醉书。较之常所见帖大相远矣。岂醉者神全，故挥洒纵横，不用意于布置，而得天成之妙欤？不然则兰亭之传何其独盛也如此。

说得是有道理的。接连写几张字，第一张大都不好，矜持拘谨。大概第三四张较好，因为笔放开了。写得太多了，也不好，容易"野"。写一上午字、有一张满意的，就很不错了。

有时一张都不好，也很别扭。那就收起笔砚，出去遛个弯儿去。写字本是遣兴，何必自寻烦恼。

一九九〇年七月十二日

载一九九〇年第十期《八小时以外》

多年父子成兄弟

这是我父亲的一句名言。

父亲是个绝顶聪明的人。他是画家，会刻图章，画写意花卉。图章初宗浙派，中年后治汉印。他会摆弄各种乐器，弹琵琶，拉胡琴，笙箫管笛，无一不通。他认为乐器中最难的其实是胡琴，看起来简单，只有两根弦，但是变化很多，两手都要有功夫。他拉的是老派胡琴，弓子硬，松香滴得很厚——现在拉胡琴的松香都只滴了薄薄的一层。他的胡琴音色刚亮。胡琴码子都是他自己刻的，他认为买来的不中使。他养蟋蟀，养金铃子，他养过花，他养的一盆素心兰在我母亲病故那年死了，从此他就不再养花。我母亲死后，他亲手给她做了几箱子冥衣——我们那里有烧冥衣的风俗。按照母亲生前的喜好，选购了各种花素色纸作衣料，单夹皮棉，四时不缺。他做的皮衣能分得出小麦穗、羊羔、灰鼠、狐肷。

父亲是个很随和的人，我很少见他发过脾气，对待子女，从无疾言厉色。他爱孩子，喜欢孩子，爱跟孩子玩，带着孩子玩。我的姑妈称他为"孩子头"。春天，不到清明，他领一群孩子到麦田里放风筝。放的是他自己糊的蜈蚣（我们那里叫"百脚"），是用染了色的绢糊的。放风筝的线是胡琴的老弦。老弦结实而轻，这样风筝可笔直地飞上去，没有"肚儿"。用胡琴弦放风筝，我还未见过第二人。清明节前，小麦还没有"起身"，是不怕践踏的，而且越踏会越长得旺。孩子们在屋里闷了一冬天，在春天的田野里奔跑跳跃，身心都极其畅快。他用钻石刀把玻璃裁成不同形状的小块，再一块一块逗拢，接缝处用胶水粘牢，做成小桥、小亭子、八角玲珑水晶球。桥、亭、球是中空的，里面养了金铃子。从外面可以看到金铃子在里面自在爬行，振翅鸣叫。他会做各种灯。用浅绿透明的"鱼鳞纸"扎了一只纺织娘，栩栩如生。用西洋红染了色，上深下浅，通草做花瓣，做了一个重瓣荷花灯，真是美极了。用小西瓜（这是拉秧的小瓜，因其小，不中吃，叫作"打瓜"或"笃瓜"）上开小口，控净瓜瓤，在瓜皮上雕镂出极细的花纹，做成西瓜灯。我们在这些灯里点了蜡烛，穿街过巷，邻居的孩子都跟过来看，非常羡慕。

父亲对我的学业是关心的，但不强求。我小时，国文成绩一直是全班第一。我的作文，时得佳评，他就拿出去到处给人看。我的数学不好，他也不责怪，只要能及格，就行了。他画画，我小时也喜欢画画，但他从不指点我。他画画时，我在旁边看。其余时间由我自己乱翻画谱，瞎抹。我对写意花卉那时还不大会欣赏，只是画一些鲜艳的大桃子，或者我从来没有见过的瀑布。我小时字写得不错，他倒是给我出过一点主意。在我写过一阵《圭峰碑》和《多宝塔》以后，他建议我写写《张猛龙》。这建议是很好的，到现在我写的字还有《张猛龙》的影响。我初中时爱唱戏，唱青衣，我的嗓子很好，高亮甜润。在家里，他拉胡琴，我唱。我的同学里有几个能唱戏的。学校开同乐会，他应我的邀请，到学校去伴奏。几个同学都只是清唱。有一个姓费的同学借到一顶纱帽，一件蓝官衣，扮起来唱《朱砂井》，但是没有配角，没有衙役，没有犯人，只是一个赵廉，摇着马鞭在台上走了两圈，唱了一段"郿坞县在马上心神不定"，便完事下场。父亲那么大的人陪着几个孩子玩了一下午，还挺高兴。我十七岁初恋，暑假里，在家写情书，他在一旁瞎出主意！我十几岁就学会了抽烟喝酒。他喝酒，给我也倒一杯。抽烟，一次抽出两根他一根我一根。他还总是先给我点上火。我们的这种关系，他人或以为怪。父亲说："我们是多年父子成兄弟。"

　　我和儿子的关系也是不错的。我戴了"右派分子"的帽子下放张家口农村劳动，他那时还从幼儿园刚毕业，刚刚学会汉语拼音，用汉语拼音给我写了第一封信。我也只好赶紧学会汉语拼音，好给他写回信。"文化大革命"期间，我被打成"黑帮"，关进"牛棚"。偶尔回家，孩子们对我还是很亲热。我的老伴告诫他们"你们要和爸爸'划清界限'"，儿子反问母亲："那你怎么还给他打酒？"只有一件事，两代之间，曾有分歧。他下放山西忻县"插队落户"。按规定，春节可以回京探亲。我们等着他回来。不料他同时带回了一个同学。他这个同学的父亲是一位正受林彪迫害，搞得人囚家破的空军将领。这个同学在北京已经没有家。按照大队的规定是不能回北京的。但是这孩子很想回北京，在一伙同学的秘密帮助下，我的儿子就偷偷地把他带回来了。他连"临时户口"也不能上，是个"黑人"，我们留他在家住，等于"窝藏"了他。公安局随时可以来查户口，街道办事处的大妈也可能举报。当时人人自危，自顾不暇，儿子惹了这么一个麻烦，使我们非常为难。我和老伴把他叫到我们的卧室，对他的冒失行为表示不满，我责备他："怎么事前也不和我们商量一下！"我的儿子哭了，哭得很委屈，很伤心。我们当时立刻明白了他是对的，我们是错的。我们这种怕担干系的思想是庸俗的。我们对儿子和同学之间的义气缺乏理解，对他的感情不够尊重。他的同学在我们家一直住了四十多天，才离去。

对儿子的几次恋爱，我采取的态度是"闻而不问"。了解，但不干涉。我们相信他自己的选择，他的决定。最后，他悄悄和一个小学时期女同学好上了，结了婚。有了一个女儿，已近七岁。

我的孩子有时叫我"爸"，有时叫我"老头子！"连我的孙女也跟着叫。我的亲家母说这孩子"没大没小"。我觉得一个现代的，充满人情味的家庭，首先必须做到"没大没小"。父母叫人敬畏，儿女"笔管条直"，最没有意思。

儿女是属于他们自己的。他们的现在，和他们的未来，都应由他们自己来设计。一个想用自己理想的模式塑造自己的孩子的父亲是愚蠢的，而且，可恶！另外，作为一个父亲，应该尽量保持一点童心。

一九九〇年九月一日

载一九九一年第一期《福建文学》

老学闲抄

皇帝的诗

我的家乡高邮是个泽国，经常闹水灾。境内有高邮湖，往来旅客，多于湖边泊船，其中不乏骚人墨客，写了一些诗。高邮县政协盂城诗社寄给我一册《珠湖吟集》，是历代写高邮湖的。我翻看了一遍，不外是写湖上风景、水产鱼虾，写旅兴或旅愁，很少涉及人民生活的，大都无甚深意，没有什么分量。看多了有喝了一肚子白开水之感。奇怪的是，写得很有分量的，倒是两位清朝皇帝的诗。一首是康熙的，一首是乾隆的，录如下：

康熙 高邮湖见居民田庐多在水中因询其故恻然念之

淮扬罹水灾，流波常浩浩。

龙舰偶经过，一望类洲岛。

田亩尽沉沦，舍庐半倾倒。

茕茕赤子民，凄凄卧深潦。

对之心惕然，无策施襁褓。

夹岸罗黔首，踟蹰进耆老。

咨诹不厌烦，利弊细探讨。

饥寒或有由，良惭奉苍颢。

古人念一夫，何况睹枯槁。

凛凛夜不寐，忧勤悬如捣。

亟图浚治功，极济须及早。

今当复故业，咸令乐怀保。

乾隆 高邮湖

淮南古泽国，高邮更巨浸。

诸湖率汇兹，万顷波容任。

洒火含阴精，孕珠符祥谶。

堤岸高于屋，居民疑地窨。

嗟我水乡民，生计惟罟罧。

菱芡佐饔飧，舴艋待用赁。

其乐实未见，其艰亦已甚。

　　乾隆这首诗写得真切沉痛，和刻在许多名胜古迹的御碑上的满篇锦绣珠玑的七言律诗或绝句很不相同。"其乐实未见，其艰亦已甚"，慨乎言之，不啻是在载酒的诗翁的悠然的脑袋上敲了一棒。比较起来，康熙的一首写得更好一些，无雕饰，无典故，明白如话。难得的是民生的疾苦使一位皇帝内心感到惭愧。"凛凛夜不寐，忧勤悬如捣"虽然用的是成句，但感情是真挚的。这种感情不是装出来的，他没有必要装，装也装不出来。

　　康熙和乾隆都是有作为的皇帝。他们的几次南巡，背景和目的是什么，我没有考察过，但绝不只是游山玩水，领略南方的繁华佳丽（不完全排除这因素）。我想体察民风，俾知朝政之得失，是其缘由之一。他们真是做到了"深入群众"了，尤其是康熙。他们的关心民瘼，最终的目的，当然还是为了维持和巩固其统治。这也没有什么不好。他们知道，脱离人民，其统治是不牢固的。他们不只是坐在宫里看报告（奏折），要亲自下来走一走。关心民瘼，不止在嘴上说说，要动真感情。因此，我们在两三百年之后读这样的诗，还是很感动。

我希望我们的领导人也能读一点这样的诗。

诗用生字

《对床夜语》（宋·范晞文撰）卷五：

> 诗用生字，自是一病，苟欲用之，要使一句之意，尽于此字上见工，方为稳帖。如唐人"走月逆行云"、"芙容抱香死"、"笠卸晓峰阴"、"秋雨慢琴弦"、"松凉夏健人"，"逆"字、"抱"字、"卸"字、"慢"字、"健"字，皆生字也，自下得不觉。

此言是也。

前几年有几位很有才华的年轻的作家很注意在语言上下功夫，炼字炼句，刻意求工，往往用一些怪字，使人有生硬之感。有人说，这是炼得太过了。我原先也是这样想。最近想想，觉得不是炼得太过，而是炼得还不够。如果再炼炼，就会由生入熟，本来是生字，读起来却像是熟字，"自下得不觉"。

炼字可以临时炼，对着稿纸，反复捉摸，要找一个恰当而不俗的字。但更重要的是平时的"发现"。阿城的小说里写：老鹰在天上移来移去，这写得好。鹰在高空，全不见翅膀动，只是"移来移去"。这个感觉抓得很准。"炼"字，无非是抓到了一种感觉。一个作家所异于常人者，也无非是对"现象"更敏感些。阿城的"移来移去"的印象，我想是早就有了，不是对着稿纸苦思出来的。

最好还是用常见的字，使之有新意。姜白石说："人所难言，我易言之，人所常言，我寡言之，自不俗"。我之所言，也还是人之所言，不是凭空杜撰出来的。"数峰清苦，商略黄昏雨"，此境人不易到，然而"清苦"、"商略"，固是平常的话也。阿城的"移来移去"，"移"字也是平常的字。

毛泽东用乡音押韵

毛主席的诗词大体上押的是"平水韵"[1]，《西江月·井冈山》是个例外。

> 山下旌旗在望，
> 山头鼓角相闻。
> 敌军围困万千重，
> 我自岿然不动。
>
> 早已森严壁垒，
> 更加众志成城。
> 黄洋界上炮声隆，
> 报道敌军宵遁。

---

[1] "平水韵"原为金代官韵书，供科举考试之用，因为在平水刊行，故名。明清以来作"近体诗"者多以"平水韵"为依据，沿用至今。

这首词押的不是"平水韵"。当然也不是押的北方通俗韵文所用的"十三辙"。如果用听惯"十三辙"的耳朵来听，就会觉得不很协韵，"闻"、"重"、"动"、"城"、"隆"、"遁"，怎么能算是一道韵呢？这不是"中东"、"人辰"相混么？稍一捉摸，哦，这首词是照湖南话押的韵。照湖南话，"重"音 chen，"动"音 den，"城"音 chen，"隆"音 len，"遁"音 den，其韵尾都是 en，正是一道韵。用湖南话读起来会觉得非常和谐。在战争环境里，无韵书可查，毛主席用湖南话押韵大概是不知不觉的。

毛西河说："词本无韵"。不是说词可以不押韵，而是说既没有官颁的韵书可遵循，也不像写北曲似的要以具有权威性的"中原音韵"为依据，可以比较自由。好像没有听说过谁编过一本"词韵"。张玉田谓："词以协律，当以口舌相调"，即只能靠读或唱起来的感觉来决定。既然如此，填词的人在笔下流出自己的乡音，便是很自然的事。

中国语音复杂，不可能定出一本全国通行，能够适合南北各地的戏曲、曲艺的"官韵"。北方戏，曲种大部分依照"十三辙"。但即是"十三辙"也很麻烦，山西话把"人辰"都读成了"中东"。京剧这两道辙也常相混，京剧演员，尤其是老生，认为"中东唱人辰，怎么唱也不丢人"。看来只有"以口舌相调"，凭感觉。现在写戏曲、曲艺，写新诗（如果押韵）乃至填词，只能用鲁迅主张的办法：押大致相同的韵。写"近体诗"的如果愿意恪守"平水韵"，自然也随便。

一九九〇年十月二十五日

载一九九一年第二期《鸭绿江》

贾似道之死

到漳州，除了想买几头水仙花，还想去看看木棉庵。木棉庵离漳州市不远，汽车很快就到了。庵就在公路旁边，由漳州至福州，此为必经之地，用不着专程跑去看。木棉庵是个极小的庵。门开着，随便进出，无人管理。矮佛一尊，佛前一只瓦香炉，空的。殿上无钟磬，庭前有衰草，荒荒凉凉。庵当是后建的，南宋末年，想不是这样，应当是个颇大的去处。庵外土坡上，有碑两通，高过人，大字深刻："郑虎臣诛贾似道于此"。两碑都是一样，字体亦相类。碑阴无字，于贾似道、郑虎臣事皆无记述。

我对贾似道所知甚少，只知道他是一个荒唐透顶的误国奸相。他在元人大兵压境，国家危如累卵的时候还在葛岭赐第的半闲堂里斗蟋蟀。很多人知道贾似道，是因为看了《红梅阁》（川剧、秦腔、昆曲和京剧）。通过李慧娘这个复仇的女鬼的形象，使人对贾似道的专横残忍留下深刻的印象。但《红梅阁》是虚构的传奇。年轻时看过《古今小说》里的《木棉庵郑虎臣报冤》，隔了五十年，印象已淡；而且看的时候就以为这是小说家言，不足为据，不相信它有什么史料价值。近读元人蒋正子《山房随笔》，并取《木棉庵郑虎臣报冤》相对照，发现两者记贾似道事基本相同。这位蒋正子不知道为什么对贾似道那么感兴趣，《山房随笔》只是薄薄的一册，最后的三大段倒都是有关贾似道的。我对蒋正子一无所知，但看来《山房随笔》是严肃的书，不是信口开河，成书距南宋末年当不甚远，有一段注明："季一山闲为郡学正，为予道之。"非得之道听途说，当可信。于是，我对《木棉庵郑虎臣报冤》就另眼相看起来。

贾似道是宋理宗贾贵妃的兄弟，历仕理宗、度宗、恭帝三朝，位极人臣，恶迹至多，不可胜数，自有《宋史》可查。他的最主要的罪恶是隐匿军情，出师溃败，断送了南宋最后一点残山剩水，造成亡国。

蒙古主蒙哥南侵，屯合州，遣忽必烈围鄂州、襄阳。湖北势危，枢密院一日接到三道告急文书，朝野震惊，理宗乃以贾似道兼枢密使京湖宣抚大使，进师汉阳，以解鄂州之围。贾似道不得已拜命。师次汉阳，蒙古攻城甚急，鄂州将破，贾似道丧胆，乃密遣心腹诣蒙古营中，求其退师，许以称臣纳币。忽必烈不许。会蒙古主蒙哥死于合州，忽必烈急于奔丧即位，遂许贾似道和议。约成，拔寨北归。鄂州围解，贾似道将称臣纳币一手遮瞒，上表夸张鄂州之功。理宗亦以贾似道功同再造，下诏褒美。

元军一时未即南下，南宋小朝廷暂得晏安。贾似道以中兴功臣自居，日夕优游湖上，门客作词颂美者以千计。陆景思词中称之为"上天将相，平地神仙"。

理宗传位度宗，加似道太师，封魏国公，许以十日一朝，大小朝政皆于私第裁决。平章私第，成了宰相衙门。

度宗在位十年，卒，赵显继位，是为恭帝。恭帝是个懦弱的小皇帝，在位仅仅两年，凡事离不开贾似道。元军分兵南下，襄、邓、淮、扬，处处告急。贾似道遮瞒不过，只等奏闻。恭帝对似道说："元兵逼近，非师相亲行不可。"于是下诏，以贾似道都督诸路军马。贾似道上表出师，声势倒是很大。其时樊城陷，鄂州破，元军乘势破了池州，贾似道不敢进前，次于鲁港。部将逃的逃，死的死，诸军已溃，战守俱难，贾似道走入扬州城中，托病不出。宋室之亡，关键实在鲁港一战。

一时朝议，以为贾似道丧师误国、乞族诛以谢天下，御史交章劾奏，恭帝醒悟，乃下诏暴其罪，略云：

> 大臣具四海之瞻，罪莫大于误国；都督专阃外之寄，律尤重于丧师。具官贾似道，小才无取，大道未闻。历相两朝，曾无一善。变田制以伤国本[1]，立士籍以阻人才[2]。匿边信而不闻，旷战功而不举。至于寇逼，方议师征，谓当缨冠而疾趋，何为抱头而鼠窜？遂致三军解体，百将离心，社稷之势缀斿，臣民之言切齿。姑示薄罚，俾尔奉祠。呜呼！膺狄惩荆，无复周公之望；放兜殛鲧，尚宽《虞典》之诛，可罢平章军马重事及都督诸路军马。

这篇诏令见于《古今小说》，但看来是可靠的。诏令写得四平八稳，对贾似道的罪恶概括得很全面，这样典重合体的四六，也不是一般书会先生所能措手的。

---

[1] 凡有田者，皆须验契，查勘来历，质对四至，稍有不合，没入其田；又丈量田地尺寸，如是有余，即为隐匿，亦没入。没入田产，不知其数，一时骚然。

[2] 似道极恨秀才，凡秀才应举，须亲书详细履历。又密令亲信查访，凡有词华文采者，皆疑其造言生谤，寻其过误，皆加黜落。

贾似道罢相，朝议以为罪不止此，台史交奏，都以为似道该杀。恭帝柔弱，念似道是三朝元老，不但没有"族诛"，对似道也未加刑，只是谪为高州团练副使，仍命于循州安置。"安置"一词，意思含混。如此发落，实在过轻。

宋制，大臣安置远州，都有个监押官。监押贾似道的，是郑虎臣。郑虎臣的确定，《木棉庵郑虎臣报冤》与《山房随笔》微有不同。《郑虎臣报冤》云："朝议斟酌个监押官，须得有力量的，有手段的，又要平日有怨隙的，方才用得"，只云"朝议"；《随笔》则具体举出"陈静观诸公欲置之死地，遂寻其平日极仇者监押"。郑虎臣和贾似道有什么仇？《随笔》云："武学生郑虎臣登科，（似道）辄以罪配之。"；《郑虎臣报冤》则说："此人乃太学生郑隆之子，郑隆被似道黥配而死。"至于郑虎臣请行，出于自愿，是一致的。——循州路远（在今广东惠州市东），本不是一趟好差事。

郑虎臣官职不高，只是新假的武功大夫，但他是"天使"，路上一切他说了算。贾似道一路备受凌辱，苦不堪言，《郑虎臣报冤》有较细的记载。到了漳州，漳州太守赵介如（此从《山房随笔》，《郑虎臣报冤》作赵介如），本是贾似道的门下客，设宴款待郑虎臣及贾似道。《随笔》云："似道遂坐于下。"《报冤》云："只得另设一席于别室，使通判陪侍似道。"细节不同，似以《报冤》说较合理。赵介如察虎臣有杀贾意，劝虎臣要杀不如趁早，免得似道活受罪。《郑虎臣报冤》云：

> 饮酒中间，介如察虎臣口气，衔恨颇深，乃假意问道："天使今日押团练至此，想无生理，何不叫他速死，免受薷恼，却不干净？"

《山房随笔》则云：

> 介如察其有杀贯意，命馆人启郑，且以辞挑之……
> 其馆人语郑云："天使今日押练使至此，度必无生理，歇若令速殒，免受许多苦恼。"

两相比较，《随笔》似更近情，这样的话哪能在酒席上当面直说，有一个中间人（馆人）传话，便婉转得多。

郑虎臣的回答，《报冤》云：

> 虎臣笑道："便是这恶物事，偏受得许多苦恼，要他好死却不肯死。"

《随笔》云：

> 便是这物事，受得这苦，欲死而不死。

《随笔》较简练，也更像宋朝人的语气。《报冤》"虎臣笑道"，"笑道"颇无道理，为何而笑？

贾似道原是想服毒自杀的。《随笔》云：

> 虎臣一路凌辱，至漳州木棉庵病泄泻。踞虎子，欲绝。虎臣知其服脑子求死。

《郑虎臣报冤》写得较细致：

> 似道自分必死，身边藏有冰脑一包，因洗脸，就

掬水吞之。觉腹中痛极，讨个虎子坐下，看看命绝。

脑子、冰脑，即冰片，是龙脑树干分泌的香料，过去常掺入香末同烧，"瑞脑销金兽"便是指的这东西。中药铺以微量入丸散，治疮疖有效，多吃了，是会致命的。

似道服毒后，还是叫郑虎臣打死的。《郑虎臣报冤》：

> 虎臣料他服毒，乃骂道："奸贼，奸贼，百万生灵死于汝手，汝延捱许多路程，却要自死，到今日老爷偏不容你！"将大槌连头连脑打了二三十，打得稀烂，呜呜死了。

这未免有点小说的渲染，《随笔》只两句话，反倒干脆：

> 乃云："好教作只恁地死！"遂趯数下而殂。

《木棉庵郑虎臣报冤》应该说是历史小说，严格意义的历史小说。是小说，当然会有些虚构，有些想象之词，但检对《山房随笔》，觉得其主要情节都是有根据的。其立意也是严肃的：以垂炯戒。这和《拗相公饮恨半山堂》的存有偏见，《苏小妹三难新郎》纯为娱乐，随意杜撰，是很不相同的。现在许多写历史题材的作品，尤其是电视剧，简直是瞎编，如写李太白与杨贵妃恋爱，就更不像话了。我觉得《木棉庵郑虎臣报冤》是短篇历史小说的一个典范：材料力求有据，写得也并非不生动。今天写历史题材的作品仍可取法。这，就是我写这篇文章的目的。

一九九〇年十月二十五日

载一九九一年第一期《收获》

米线和饵块

未到昆明之前，我没有吃过米线和饵块。离开昆明以后，也几乎没有再吃过米线和饵块。我在昆明住过将近七年，吃过的米线饵块可谓多矣。大概每个星期都得吃个两三回。

米线是米粉像压饸饹似的压出来的那么一种东西，粗细也如张家口一带的莜面饸饹。口感可完全不同。米线洁白，光滑，柔软。有个女同学身材细长，皮肤很白，有个外号，就叫米线。这东西从作坊里出来的时候就是熟的，只需放入配料，加一点水，稍煮，即可食用。昆明的米线店都是用带把的小铜锅，一锅只能煮一两碗，多则三碗，谓之"小锅米线"。昆明人认为小锅煮的米线才好吃，米线配料有多种，除了爨肉之外，都是预先熟制好了的。昆明米线店很多，几乎每条街都有。文林街就有两家。

一家在西边，近大西门，坐南朝北。这家卖的米线花样多，有焖鸡米线、爨肉米线、鳝鱼米线、叶子米线。焖鸡其实不是鸡，是瘦肉，煸炒之后，加酱油香料煮熟。爨肉即鲜肉末。米线煮开，拨入肉末，见两开，即得。昆明人不知道为什么把这种做法叫作爨肉，这是个多么复杂难写的字！云南因有二爨（《爨宝子》《爨龙颜》）碑，很多人能认识这个字，外省人多不识。云南人把荤菜分为两类，大块炖猪肉以及鸡鸭牛羊肉，谓之"大荤"，炒蔬菜而加一点肉丝或肉末，谓之"爨荤"。"爨荤"者零碎肉也。爨肉米线的名称也许是这样引伸出来的。鳝鱼米线的鳝鱼是鳝鱼切段，加大蒜焖酥了的。"叶子"即炸猪皮。这东西有的地方叫"响皮"，很多地方叫"假鱼肚"，叫作"叶子"，似只有云南一省。

街东的一家坐北朝南，对面是西南联大教授宿舍，沈从文先生就住在楼上临街的一间里面。这家房屋桌凳比较干净，米线的味道也较清淡，只有焖鸡和爨肉两种，不过备有鸡蛋和西红柿，可以加在米线里。巴金同志在纪念沈先生文中说沈先生经常以两碗米线，加鸡蛋西红柿，就算是一顿饭了，指的就是这一家。沈先生通常吃的是爨肉米线。这家还卖鸡头脚（卤煮）和油炸花生米，小饮极便。

苊草忠寺坡有一家卖肥肉米线。白汤。大块臀肩肥瘦肉煮得极烂，放大瓷盘中。米线烫热浇汤后，用包馄饨用的竹片扒下约半两肥肉，堆在米线上面。汤肥，味厚。全城卖爨肉米线者只此一家。

青云街有一家卖羊血米线。大锅两口，一锅开水，一锅煮着生的羊血。羊血并不凝结，只是像一锅嫩豆腐。米线放在漏勺里在开水锅中冒得滚烫，扛羊血一大勺盖在米线上，浇芝麻酱，撒上香菜蒜泥，吃辣的可以自己加。有的同学不敢问津，或望望然而去之，因为羊血好像不熟，我则以为是难得的异味。

正义路有一个奎光阁，门面颇大，有楼，卖凉米线。米线，加好酱油，酸甜醋（昆明的醋有两种，酸醋和甜醋，加醋时店伙都要问："吃醋酸嘛甜醋？"通常都答曰："酸甜醋"，即两样都要）、五辛生菜、辣椒。夏天吃凉米线，大汗淋漓，然而浑身爽快。奎光阁在我还在昆明时就关张了。

护国路附近有一条老街，有一家专卖干烧米线，门面甚小，座位靠墙，好像摆在一个半截胡同里，没几张小桌子。干烧米线放大量猪油，酱油，一点儿汤，加大量的辣椒面和川花椒末，烧得之后，无汁水，是盛在盘子里吃的。颜色深红，辣椒和花椒的香气冲鼻子。吃了这种米线得喝大量的茶，——最好是沱茶，因为味道极其强烈浓厚，"叫水"；而且麻辣味在舌上久留不去，不用茶水涮一涮，得一直张嘴哈气。

最为名贵的自然是过桥米线。过桥米线和汽锅鸡堪称昆明吃食的代表作。过桥米线以正义路牌楼西侧一家最负盛名。这家也卖别的饭菜，但是顾客多是冲过桥米线来的。入门坐定，叫过菜，堂倌即在每人面前放一盘生菜（主要是豌豆苗）；一盘（九寸盘）生鸡片、腰片、鱼片，猪里脊片、宣威火腿片，平铺盘底，片大，而薄几如纸；一碗白胚米线。随即端来一大碗汤。汤看来似无热气，而汤温高于一百摄氏度，因为上面封了厚厚的一层鸡油。我们初到昆明，就听到不止一个人的警告：这汤万万不能单喝。说有一个下江人司机，汤一上来，端起来就喝，竟烫死了。把生片推入汤中，即刻就都熟了；然后把米线、生菜拨入汤碗，就可以吃起来。鸡片腰片鱼片肉片都极嫩，汤极鲜，真是食品中的尤物。过桥米线有个传说，说是有一秀才，在村外小河对岸书斋中苦读，秀才娘子每天给他送米线充饥，为保持鲜嫩烫热，遂想出此法。娘子送吃的，要过一道桥。秀才问："这是什么米线？"娘子说"过桥米线！""过桥米线"的名称就是这样来的。此恐是出于附会。"过桥"之名我于南宋人笔记中即曾见过，书名偶忘。

饵块有两种。

一种是汤饵块和炒饵块。饵块乃以米粉压成大坨，于大甑内蒸熟，长方形，一坨有七八寸长，五寸来宽，厚约寸许，四角浑圆，如一小枕头。将饵块横切成薄片，再加几刀，切如骨牌大，入汤煮，即汤饵块；亦可加肉片青菜炒，即炒饵块。我们通常吃汤饵块，吃炒饵块时少。炒饵块常在小饭馆里卖，汤饵块则在较大的米线店里与米线同卖。饵块亦可以切成细条，名曰饵丝。米线柔滑，不耐咀嚼，连汤入口，便顺流而下，一直通过喉咙入肚。饵块饵丝较有咬劲。不很饿，吃米线；倘要充腹耐饥，吃饵块或饵丝。汤饵块饵丝，配料与米线同。青莲街逼死坡下，有一家本来是卖甜品的，忽然别出心裁，添卖牛奶饵丝和甜酒饵丝，生意颇好。或曰：饵丝怎么可以吃甜的？然而，饵丝为什么不能吃甜的呢？既然可以有甜酒小汤圆，当然也可以有甜酒饵丝。昆明甜酒味浓，甜酒饵丝香，醇，甜，糯。据本省人说：饵块以腾冲的最好。腾冲炒饵块别名"大救驾"。传南明永历帝朱由榔，败走滇西，至腾冲，饥不得食，土人进炒饵块一器，朱由榔吞食罄尽，说："这可真是救了驾了！"遂有此名。腾冲的炒饵块我吃过，只觉得切得极薄，配料讲究，吃起来与昆明的炒饵块也无多大区别。据云腾冲的饵块乃专用某地出的上等大米舂粉制成，粉质精细，为他处所不及。只有本省人能品尝各地的米质精粗，外省吃不出所以然。

烧饵块的饵块是米粉制的饼状物，"昆明有三怪，粑粑叫饵块……"指的就是这东西。饵块是椭圆形的，形如北方的牛舌饼大，比常人的手掌略长一些，边缘稍厚。烧饵块多在晚上卖。远远听见一声吆唤："烧饵块……"声音高亢，有点凄凉。走近了，就看到一个火盆，置于交脚的架子上，盆中炽着木炭，上面是一个横搭于盆口的铁篦子，饵块平放在篦子上，卖烧饵的用一柄柿油纸扇扇着木炭，炭火更旺了，通红的。昆明人不用葵扇，扇火多用状如葵扇的柿油纸扇。铁蓖子前面是几个塘瓷把缸，内装不同的酱，平列在一片木板上。不大一会，饵块烧得透了，内层绵软，表面微起薄壳，即用竹片从塘瓷缸中刮出芝麻酱、花生酱、甜面酱、泼了油的辣椒面，依次涂在饵块的一面，对折起来，状如老式木梳，交给顾客。两手捏着，边吃边走，咸、甜、香、辣，并入饥肠。四十余年，不忘此味。我也忘不了那一声凄凉而悠远的吆唤："烧饵块……"

一九八六年，我重回了一趟昆明。昆明变化很大。就拿米线饵块来说，也有了很大的变化。我住在圆通街，出门到青云街、文林街、凤翥街、华山西路、正义路各处走了走。我没有见到焖鸡米线、爨肉米线、鳝鱼米线、叶子米线，问之本地老人，说这些都没有了。代之而起的是到处都卖肠旺米线。"肠"是猪肠子，"旺"是猪血，西南几省都把猪血叫作"血旺"或"旺子"。肠旺米线四十多年前昆明是没有的，这大概是贵州传过来的。什么时候传来的？为什么肠旺米线能把焖鸡爨肉……都打倒，变成肠旺米线的一统天下呢？是焖鸡、爨肉没人爱吃？费工？不赚钱？好像也都不是。我实在百思不得其解。

我没有去吃过桥米线，因为本地人告诉我，现在的过桥米线大大不如从前了。没有那样的鸡片、腰片，——没有那样的刀工。没有那样的汤。那样的汤得用肥母鸡才煨得出，现在没有那样的肥母鸡。

烧饵块的饵块倒还有，但是不是椭圆的，变成了圆的。也不像从前那样厚实，镜子样的薄薄一个圆片，大概是机制的。现在还抹那么多种酱么？还用栎碳火来烧么？

这些变化是怎么发生的？为什么会发生？

一九九〇年十一月二十四日

《蒲桥集》再版后记

 《蒲桥集》能够再版，是我没有想到的。去年房树民同志跟我提过一下，说这本书打算再版，我当时没有太往心里去，因为我觉得这是不可能的。不料现在竟成了真事，我很高兴，比初版时还要高兴。这说明有人愿意看我的书。有人是不愿意有较多的人看他的书的，他的书只写给少数有高度艺术修养的人看。日本有一位女作家到中国来，作协接待她的同志拿了她的书的译本送给她，对她说："很抱歉，这本书只印了两千册。"不料她大为生气，说："我的书怎么可能印得这样多。"她的书在国内，最多的只印七百本。中国古代有一个文人，刻了集子，只印了两本。我没有那样的孤高。当然，我也不希望我的书成为"畅销书"。

 读者不会是对我一个人的散文特别感兴趣，我想这是对散文的兴趣普遍地有所提高。这大概有很深刻、很复杂的社会原因和文学原因。生活的不安定是一个原因。喧嚣扰攘的生活使大家的心情变得很浮躁，很疲劳，活得很累，他们需要休息，"民亦劳止，迄可小休"，需要安慰，需要一点清凉，一点宁静，或者像我以前说过的那样，需要"滋润"。人常会碰到不如意的事。有不如意事，便想寻找可与言人。他需要找人说说话，聊聊。听人说说，自己也说说。我始终认为读者读文章，是参与其中的。他一边读着，一边自己也就随时有自己的意见，自己的看法。阅读，是读者和作者在交谈。当然，散文的作者最好不是"语言无味，面目可憎"的角色。也许这说明读者对人，对生活，对风景，对习俗节令，对饮食，乃至对草木虫鱼的兴趣提高了，对语言，对文体的兴趣提高了，总之是文化素养提高了。果真是这样，那么这才是真正值得高兴的事。

　　上个月，有一个很年轻的从上海来的女编辑来访问我。她说我是文人文学或学者文学的一个代表。这大概是上海文艺界一部分同志的看法。在北京，我还没有听到有人这样说过。过去我只知道有"学者小说"、"学者散文"，还没有听说过笼统的"学者文学"。"学者小说"是小说中的一支，作者大都是大学教授，故亦称教授文学。这类小说的特点是在小说中谈学问，生活气息较少，不用方言俗话，语言讲究而往往深奥难懂。海明威、福克纳、斯坦因贝克……的小说是不能叫作"学者小说"的。亨利·詹姆斯的小说大概可以算是"学者小说"。那是我读过的最难读的小说。我的小说大概不是"学者小说"。"学者散文"的名声比"学者小说"要好一些。英国的许多 Essay 都是"学者散文"。法布尔的《昆虫记》可以说是"学者散文"，因为谈的是自然科学而文笔极好。中国的许多笔记，是"学者散文"，鲁迅的《二十四孝图》是"学者散文"，周作人的大部分散文都是"学者散文"。朱自清的《论雅俗共赏》等一系列论学之作，都可作很好的散文来读。"学者散文"在中国本来是有悠久传统的，大概在四十年代后期中断了。唐弢同志在十多年前就说过中国现在没有"学者散文"，以为是一缺陷，这是具有历史眼光的见识。我愿于此少留意焉，然而未能至也。我没有学问。近年来我痛感读书太少，不系统，没有精思熟读，只是杂览而已，又不做札记，看过便忘。有时为了找一点材料，翻箱倒柜，好不容易找到了，有用的不过是两句，真是"所得不偿劳"。有时想用一个成语，一个典故，大体的意思是知道的，但是这出于何书，这句话最初是谁说的，就模糊了，正如宋朝人所说："用即不错，问却不会。"——连这句话是谁说的，我也记不清了，大概是洪迈。我倒乐于接受"学者散文作家"这样一个桂冠的，可惜来不及了。我已经七十岁，还能读多少书？

　　我在这本书的自序里强调了散文接受民族传统，这是不错的。但我对新潮或现代派说了一些不免轻薄的话。我说："新潮派的诗、小说、戏剧，我们大体知道是什么样子，新潮派的散文是什么样子呢，想象不出。新潮派的诗人、戏剧家、小说家，到了他们写散文的时候，就不大看得出怎么新潮了，和不是新潮的人写的散文也差不多。这对于新潮派作家，是无可奈何的事。"最近我看了两位青年作家的散文，很凑巧，两位都是女的。她们的散文，一个是用意识流的方法写的，一个受了日本新感觉派的影响，都是新潮，而且都写得不错。这真是活报应。本来，诗、小说、戏剧都可以新潮，唯有散文不能，这在逻辑上是讲不通的。这反映出我的文艺思想还是相当的狭窄，具有一定的排他性。我想和我一样狭窄的人，甚至比我还狭窄的人还有，在文艺创作上，大家都是平等的，谁也不要以权威自命。不要对自己看不惯，不对自己口味的作品随便抓起朱笔，来一道"红勒帛"，"秀才辣，试官刷"。至于有的把一切现代派、新潮的作品，无论是诗、小说、戏剧一概视为异端，必欲除之而后快的大人物，则宜另当别论。

　　校阅了一遍初版本，发现错字极少，这在目前的出版物中是难得的。于此，我要对这本书的责任编辑潘静同志，责任校对马云燕、华沙同志深致谢意。

一九九〇年十二月三日

1991

美国女生
——阿美利加明信片

　　"女生"是台湾的叫法。台湾的中青年把男的都叫作"男生"，女的都叫作"女生"，蒋勋（诗人）、李昂（小说家）都如此，虽然被称作"男生"、"女生"的，都已经不是学生了。这种称呼很有趣。不过我这里所说的"女生"，大都还是女学生。

　　我在爱荷华居住的五月花公寓里住了不少爱荷华大学的学生，男生女生都有。我每天上午下午沿爱荷华河散步，总会碰到几个。男生不大搭理我，女生则都迎面带笑很亲切地说一声"嗨！"她们大概都认得我了，因为我是中国人，她们大概也知道我是个作家。我对她们可分辨不清，觉得都差不多。据说，爱荷华州出美女。她们都相当漂亮，皮肤白晰，明眸皓齿，——眼珠大都是灰蓝色，纯蓝的少，但和蛋青色的眼白一衬，显得很透亮。但是我觉得她们都差不多，个头差不多——没有很高的；身材差不多——没有很胖很瘦的；发式差不多，都梳的很随便；服饰也差不多，都是一身白色的针织运动衫裤，白旅游鞋。甚至走路的样子也差不多，比较快，但也不是很匆忙。没有浓妆艳抹，身着奇装异服的，因为她们是大学生。偶尔在星期六的晚上，看到她们穿了盛装，涂了较重的口红，三三五五地上电梯，大概是在哪里参加 Party 回来了。这样的时候很少。美国女生的穿着大概以舒服为主，美观是其次。

在爱荷华市区见到有女生光着脚在大街上走。美国女孩子的脚很好看，但是她们不是为了显露她们的脚形，大概只是图舒服。街上的男人也不注视她们的秀足，不觉得有什么刺激。

街上看到"朋克"，一男一女，都很年轻。像画报上所见的那样，把头发剃光了，只留当中一长绺，染成淡紫色。但我并不觉得他们怪诞，他们的眼睛里也没有什么愤世嫉俗，对现实不满，疯狂颓废。完全没有。他们的眼睛是明净的、文雅的。他们大概只是觉得这样好玩。

我散步后坐在爱荷华河边的长椅上抽烟，休息，遐想，构思。离我不远的长椅上有一个男生一个女生抱着亲吻。他们吻得很长，我都抽了三根烟了，他们还没有完。但是吻得并不热烈，抱得不是很紧，而且女生一边长长地吻着，一边垂着两只脚，前后摇摇，这叫什么接吻？这样的吻简直像是做游戏。这样完全没有色情、放荡意味的接吻，我还从未见过。

参观阿玛纳村，这是个古老的移民村，前些年还保留着旧的生活习惯：不用汽车，用马车。现在改变了，办了很现代化的工厂。在悬着一副木轭为记的餐馆里吃饭。招呼我们的是一个女生，戴一副细黑框的眼镜，穿着黑色的薄呢衫裙，黑浅口半高跟鞋，白色长丝袜。她这副装束显得有点古风，特别是她那双白袜子。她姓莎士比亚，名南希，我对她说："你很了不起，是莎士比亚的后裔，与总统夫人同名。"她大笑。她说她一辈子不想结婚。为什么和一个初次见面的外国人（在她看起来，我们当然是外国人）谈起这样的话呢？她还很年轻，说这个话未免早了一点。她不会有过什么悲痛的遭遇，她的声音里没有一点苦涩。可能她觉得一个人活着洒脱，自在。说不定她真会打一辈子单身。

在耶鲁大学演讲，给我当翻译的是一个博士生，很年轻，穿一身玫瑰红，身材较一般美国女生瘦小，真是娇小玲珑。我在演讲里提到朱庆余的《近试上张水部》和崔颢的《长干曲》，她很顺溜地就翻译出来了。我很惊奇。她得意地说："我最近刚刚读过这两首诗！"她是在台湾学的中文。我看看她的眼睛：非常聪明。

在华盛顿，在白宫对面马路的人行道上，看见一个女生用一根带子拉着一头猫，她想叫猫像狗一样陪着她散步。猫不干，怎么拉，猫还是乱蹦。我们看着她，笑了。她看看我们，也笑了。她知道我们笑什么：这是猫，不是狗！

美国的女生大都很健康，很单纯，很天真，无忧无虑，没有烦恼，也没有困惑。愿上帝保护美国女生。

一九九一年一月五日

载一九九三年一月十五日《经济日报》

我的祖父祖母

我的祖父名嘉勋，字铭甫。他的本名我只在名帖上见过。我们那里有个风俗，大年初一，多数店铺要把东家的名帖投到常有来往的别家店铺。初一，店铺是不开门的，都是天不亮由门缝里插进去。名帖是前两天由店铺的"相公"（学生）在一张一张八寸长、五寸宽的大红纸上用一个木头戳子蘸了墨汁盖上去的，楷书，字有核桃大。我有时也愿意盖几张。盖名帖使人感到年就到了。我盖一张，总要端详一下那三个乌黑的欧体正字：汪嘉勋，好像对这三个字很有感情。

祖父中过拔贡，是前清末科，从那以后就废科举改学堂了。他没有能考取更高的功名，大概是终身遗憾的。拔贡是要文章写得好的。听我父亲说，祖父的那份墨卷是出名的，那种章法叫作"夹凤股"。我不知道是该叫"夹凤"还是"夹缝"，当然更不知道是如何一种"夹"法。拔贡是做不了官的。功名道断。他就在家经营自己的产业。他是个创业的人。

我们家原是徽州人（据说全国姓汪的原来都是徽州人），迁居高邮，从我祖父往上数，才七代。祠堂里的祖宗牌位没有多少块。高邮汪家上几代功名似都不过举人，所做的官也只是

"教渝"、"训导"之类的"学官"，因此，在邑中不算望族。我的曾祖父曾在外地坐过馆，后来做"盐票"亏了本。"盐票"亦称"盐引"，是包给商人销售官盐的执照，大概是近似股票之类的东西，我也弄不清做盐票怎么就会亏了，甚至把家产都赔尽了。听我父亲说，我们后来的家业是祖父几乎是赤手空拳地创出来的。

创业不外两途：置田地，开店铺。

祖父手里有多少田，我一直不清楚。印象中大概在两千多亩，这是个不小的数目。但他的田好田不多。一部分在北乡。北乡田瘦，有的只能长草，谓之"草田"。年轻时他是亲自管田的，常常下乡。后来请人代管，田地上的事就不再过问。我们那里有一种人，专替大户人家管田产，叫作"田禾先生"。看青（估产）、收租、完粮、丈地……这也是一套学问。田禾先生大都是世代相传的。我家的田禾先生姓龙，我们叫他龙先生。他给我留下颇深的印象，是因为他骑驴。我们那里的驴一般都是牵磨用，极少用来乘骑。龙先生的家不在城里，在五里坝。他每逢进城办事或到别的乡下去，都是骑驴。他的驴拴在檐下，我爱喂它吃粽子叶。龙先生总是关照我把包粽子的麻筋拣干净，说驴吃了会把肠子缠住。

祖父所开的店铺主要是两家药店，一家万全堂，在北市口，一家保全堂，在东大街。这两家药店过年贴的春联是祖父自撰的。万全堂是"万花仙掌露，全树上林春"，保全堂是"保我黎民，全登寿城"。祖父的药店信誉很好，他坚持必须卖"地道药材"。药店一般倒都不卖假药，但是常常不很地道。尤其是丸散，常言"神仙难识丸散"，连做药店的内行都不能分辨这里该用的贵重药料，麝香、珍珠、冰片之类是不是上色足量。

万全堂的制药的过道上挂着一副金字对联："修合虽无人见，存心自有天知"，并非虚语。我们县里有几个门面辉煌的大药店，店里的店员生了病，配方抓药，都不在本店，叫家里人到万全堂抓。祖父并不到店问事，一切都交给"管事"（经理）。只到每年腊月二十四，由两位管事挟了总账，到家里来，向祖父报告一年营业情况。因为信誉好，盈利是有保证的。我常到两处药店去玩，尤其是保全堂，几乎每天都去。我熟悉一些中药的加工过程，熟悉药材的形状、颜色、气味。有时也参加搓"梧桐籽大"的蜜丸，碾药，摊膏药。保全堂的"管事"、"同事"（配药的店员）、"相公"（学生意未满师的）跟我关系很好。他们对我有一个很亲切的称呼，不叫我的名字，叫"黑少"——我小名叫黑子。我这辈子没有别人这样称呼过我。我的小说《异秉》写的就是保全堂的生活。

祖父是很有名的眼科医生。汪家世代都是看眼科的。他有一球眼药，有一个柚子大，黑咕隆咚的。祖父给人看了眼，开了方子，祖母就用一把大剪子从黑柚子的窟窿抠出耳屎大一小块，用纸包了交给病人，嘱咐病人用清水化开，用灯草点在眼里。这一球眼药不知道有多少年头了，据说很灵。祖父为人看眼病是不收钱也不受礼的。

中年以后，家道渐丰，但是祖父生活俭朴，自奉甚薄。他爱喝一点好茶，西湖龙井。饭食很简单。他总是一个人吃，在堂屋一侧放一张"马杌"——较大的方凳，便是他的餐桌。坐小板凳。他爱吃长鱼（鳝鱼）汤下面。面下在白汤里，汤里的长鱼捞出来便是酒菜。——他每顿用一个五彩釉画公鸡的茶盅喝一盅酒。没有长鱼，就用咸鸭蛋下酒。一个咸鸭蛋吃两顿。上顿吃一半，把蛋壳上掏蛋黄蛋白的小口用一块小纸封起来，下顿再吃。他的马杌上从来没有第二样菜。喝了酒，常在房里大声背唐诗："李白斗酒诗百篇，长安市上酒家眠。天子呼来不上船，自称臣是酒——中——仙——"汪铭甫的俭省，在我们县是有名的。

但是他曾有一个时期舍得花钱买古董字画。他有一套商代的彝鼎，是祭器。不大，但都有铭文。难得的是五件能配成一套。我们县里有钱人家办丧事，六七开吊，常来借去在供桌上摆一天。有一个大霁红花瓶，高可四尺，是明代物。一九八六年我回乡时，我的妹婿问我："人家都说汪家有个大霁红花瓶，是有过么？"我说："有过！"我小时天天看见，放在"老爷柜"（神案）上，不过我们并不觉得它有什么名贵，和老爷柜上的锡香炉烛台同等看待之。他有一个奇怪古董：浑天仪。不是陈列在南京紫金山天文台和北京观象台的那种大家伙，只是一个直径约四寸的铜的溜圆的圆球，上面有许多星星，下面有一个把，安在紫檀木座上。就放在他床前的小条桌上。我曾趴在桌上细细地看过，没有什么好看。是明代御造的。其珍贵处在一次一共只造了几个。祖父不知是从哪里买来的。他还为此起了一个斋名"浑天仪室"，让我父亲刻了一块长方形的图章。他有几张好画。有四幅马远的小屏条。他曾为这四张画亲自到苏州去，请有名的细木匠做了檀木框，把画嵌在里面。对这四幅画的真伪，我有点怀疑，画的构图颇满，不像"马一角"。但"年份"是很旧的。有一个高约八尺的绢地大中堂，画的是"报喜图"。一棵很大的柏树，树上有十多只喜鹊，下面卧着一头豹子。作者是吕纪。我小时候不知吕纪是何许人，只觉得画得很像，豹子的毛是一根一根都画出来的，真亏他有那么多工夫！这几幅画平常是不让人见的，只在他六十大寿时拿出来挂过。同时挂出来的字画，我记得有郑板桥的六尺大横幅，纸本，画的是兰花；陈曼生的隶书对联；汪琬的楷书对联。我对汪琬的对子很有兴趣，字很端秀，尤其是对子的纸，真好看，豆绿色的蜡笺。他有很多字帖，是一次从夏家买下来的。夏家是百年以上的大家，号"十八鹤来堂夏家"（据说堂建成时有十八只仙鹤飞来）。夏家的房屋极多而大，花园里有合抱的大桂花，有曲沼流泉，人称"夏家花园"。后来败落了，就出卖藏书字画。祖父把几箱字帖都买了。我小时候写的《圭峰碑》《闲邪公家传》，以及后来奖励给我的虞世南的《夫子庙堂碑》、褚遂良的《圣教序》、小字《麻姑仙坛》，都是初拓本，原是夏家的东西。祖父有两件宝。一是一块蕉叶白大端砚。据我父亲说，颜色正如芭蕉叶的背面。是夏之蓉的旧物。一是《云麾将军碑》，据说是个很早的拓本，海内无二，这两样东西祖父视为性命，每遇"兵荒"，就叫我父亲首先用油布包了埋起来。这两件宝物，我都没有看见过。解放后还在，现在不知下落。

　　我弄不清祖父的"思想"是怎么回事。他是幼读孔孟之书的，思想的基础当然是儒家。他是学佛的，在教我读《论语》的桌上有一函《南无妙法莲华经》。他是印光法师的弟子。他屋里的桌上放的两部书，一部是顾炎武的《日知录》，另一部是《红楼梦》！更不可理解的是，他订了一份杂志：邹韬奋编的《生活周刊》。

　　我的祖父本来是有点浪漫主义气质，诗人气质的，只是因为所处的环境，使他的个性不可能得到发展。有一年，为了避乱，他和我父亲这一房住在乡下一个小庙里，即我的小说《受戒》所写的菩提庵里，就住在小说所写"一花一世界"那间小屋里。这样他就常常让我陪他说说闲话。有一天，他喝了酒，忽然说起年轻时的一段风流韵事，说得老泪纵横。我没怎么听明白，又不敢问个究竟。后来我问父亲："是有那么一回事吗？"父亲说："有！是一个什么大官的姨太太。"老人家不知为什么要跟他的孙子说起他的艳遇，大概他的尘封的感情也需要宣泄宣泄吧。因此我觉得我的祖父是个人。

我的祖母是谈人格的女儿。谈人格是同光间本县最有名的诗人，一县人都叫他"谈四太爷"。我的小说《徙》里所写的谈甓渔就是参照一些关于他的传说写的。他的诗我在小说《故里杂记·李三》的附注里引用过一首《警火》。后来又读了友人从旧县志里抄出寄来的几首。他的诗明白晓畅，是"元和体"，所写多与治水、修坝、筑堤有关，是"为事而发"，属闲适一类者较少。看来他是一个关心世务的明白人，县人所传关于他的糊涂放诞的故事不怎么可靠。

祖母是个很勤劳的人，一年四季不闲着。做酱。我们家吃的酱油都不到外面去买。把酱豆瓣加水熬透，用一个牛腿似的布兜子"吊"起来，酱油就不断由布兜的末端一滴一滴滴在盆里。这"酱油兜子"就挂在祖母所住房外的廊檐上。逢年过节，有客人，都是她亲自下厨。她做的鱼圆非常嫩。上坟祭祖的祭菜都是她做的。端午，包粽子。中秋洗"连枝藕"——藕得有五节，极肥白，是供月亮用的。做糟鱼。糟鱼烧肉，我小时候不爱吃那种味儿，现在想起来是很好吃的东西。腌咸蛋。入冬，腌菜。腌"大咸菜"，用一个能容五担水的大缸腌"青菜"。我的家乡原来没有大白菜，只有青菜，似油菜而大得多。腌芥菜。腌"辣菜"，——小白菜晾去水分，入芥末同腌，过年时开坛，色如淡金，辣味冲鼻，极香美。自离家乡，我从来没吃过这么好吃的咸菜。风鸡，——大公鸡不去毛，揉入粗盐，外包荷叶，悬之于通风处，约二十日即得，久则愈佳。除夕，要吃一顿"团圆饭"，祖父与儿孙同桌。团圆饭必有一道鸭羹汤，鸭丁与山药丁、慈菇丁同煮。这是徽州菜。大年初一，祖母头一个起来，包"大圆子"，即汤团。我们家的大圆子特别"油"。圆子馅前十天就以洗沙猪油拌好，每天放在饭锅头蒸一次，油都"吃"进洗沙里去了，煮出，咬破，满嘴油。这样的圆子我最多能吃四个。

祖母的针线很好。祖父的衣裳鞋袜都是她缝制的。祖父六十岁时，祖母给他做了几双"挖云子"的鞋，——黑呢鞋面上挖出"云子"，内衬大红薄呢里子。这种鞋我只在戏台上和古画上见过。老太爷穿上，高兴得像个孩子。祖母还会剪花样。我的小说《受戒》写小英子的妈赵大娘会剪花样，这细节是从我祖母身上借去的。

祖母对祖父照料得非常周到。每天晚上用一个"五更鸡"（一种点油的极小的炉子）给他炖大枣。祖父想吃点甜的，又没有牙，祖母就给他做花生酥，——花生用饼槌碾细，掺绵白糖，在一个针箍子（即顶针）里压成一个个小圆糖饼。

祖母是吃长斋的。有一年祖父生了一场大病。她在佛前许愿，从此吃了长斋。她吃的菜离不了豆腐、面筋、皮子（豆腐皮）……她的素菜里最好吃的是香蕈饺子。香蕈（即冬菇）熬汤，荠菜馅包小饺子，油炸后倾入滚汤中，嗤拉一声。这道菜她一生中也没有吃过几次。

她没有休息的时候。没事时也总在捻麻线。一个牛拐骨，上面有个小铁钩，续入麻丝后，用手一转牛拐，就捻成了麻线。我不知道她捻那么多麻线干什么，肯定是用不完的。小时候读归有光的《先妣事略》："孺人不忧米盐，乃劳苦若不谋夕"，觉得我的祖母就是这样的人。

祖母很喜欢我。夏天晚上，我们在天井里乘凉，她有时会摸着黑走过来，躺在竹床上给我"说古话"（讲故事）。有时她唱"偈"，声音哑哑的："观音老母站桥头……"这是我听过她唱过的唯一的"歌"。

一九九一年十月，我回了一趟家乡，我的妹妹、弟弟说我长得像祖母。他们拿出一张祖母的六寸相片，我一看，是像，尤其是鼻子以下，两腮，嘴，都像。我年轻时没有人说过我像祖母。大概年轻时不像，现在，我老了，像了。

一九九一年一月二十二日

载一九九二年第四期《作家》

随遇而安

我当了一回右派，真是三生有幸。要不然我这一生就更加平淡了。

我不是一九五七年打成右派的，是一九五八年"补课"补上的，因为本系统指标不够。划右派还要有"指标"，这也有点奇怪。这指标不知是一个什么人所规定的。

一九五七年我曾经因为一些言论而受到批判，那是作为思想问题来批判的。在小范围内开了几次会，发言都比较温和，有的甚至可以说很亲切。事后我还是照样编刊物，主持编辑部的日常工作，还随单位的领导和几个同志到河南林县调查过一次民歌。那次出差，给我买了一张软席卧铺车票，我才知道我已经享受"高干"待遇了。第一次坐软卧，心里很不安。我们在洛阳吃了黄河鲤鱼，随即到林县的红旗渠看了两三天。凿通了太行山，把漳河水引到河南来，水在山腰的石渠中活活地流着，很叫人感动。收集了不少民歌。有的民歌很有农民式的浪漫主义的想象，如想到将来渠里可以有"水猪"、"水羊"，想到将来少男少女都会长得很漂亮。上了一次中岳嵩山。这里运载石料的交通工具主要是用人力拉的排子车，特别处是在车上装了一面帆，布帆受风，拉起来轻快得多。帆本是船上用的，这里却施之陆行的板车上，给我十分新鲜的印象。我们去的时候正是桐花盛开的季节，漫山遍野摇曳着淡紫色的繁花，如同梦境。从林县出来，有一条小河。河的一面是峭壁，一面是平野，岸边密植杨柳，河水清澈，沁人心脾。我好像曾经见过这条河，以后还会看到这样的河。这次旅行很愉快，我和同志们也相处得很融洽，没有一点隔阂，一点别扭。这次批判没有使我觉得受了伤害，没有留下阴影。

一九五八年夏天，一天（我这人很糊涂，不记日记，许多事都记不准时间），我照常去上班，一上楼梯，过道里贴满了围攻我的大字报。要拔掉编辑部的"白旗"，措辞很激烈，已经出现"右派"字样。我顿时傻了。运动，都是这样：突然袭击。其实背后已经策划了一些日子，开了几次会，做了充分的准备，只是本人还蒙在鼓里，什么也不知道。这可以说是暗算。但愿这种暗算以后少来，这实在是很伤人的。如果当时量一量血压，一定会猛然增高。我是有实际数据的。"文化大革命"中我一天早上看到一批侮辱性的大字报，到医务所量了量血压，低压 110，高压 170。平常我的血压是相当平稳正常的，90—130。我觉得卫生部应该发一个文件：为了保障人民的健康，不要再搞突然袭击式的政治运动。

开了不知多少次批判会。所有的同志都发了言。不发言是不行的。我规规矩矩地听着，记录下这些发言。这些发言我已经完全都忘了，便是当时也没有记住，因为我觉得这好像不是说的我，是说的另外一个别的人，或者是一个根本不存在的，假设的，虚空的对象。有两个发言我还留下印象。我为一组义和团故事写过一篇读后感，题目是《仇恨·轻蔑·自豪》。这位同志说："你对谁仇恨？轻蔑谁？自豪什么？"我发表过一组极短的诗，其中有一首《早春》，原文如下：

（新绿是朦胧的，飘浮在树杪，完全不像是叶子……）

远树的绿色的呼吸。

批判的同志说：连呼吸都是绿的了，你把我们的社会主义社会污蔑到了什么程度？！听到这样的批判，我只有停笔不记，愣在那里。我想辩解两句，行么？当时我想：鲁迅曾说费厄泼赖应该缓行，现在本来应该到了可行的时候，但还是不行。中国大概永远没有费厄的时候。所谓"大辩论"其实是"大辩认"，他辩你认。稍微辩解，便是"态度问题"。态度好，问题可以减轻；态度不好，加重。问题是问题，态度是态度，问题大小是客观存在，怎么能因为态度如何而膨大或收缩呢？许多错案都是因为本人为了态度好而屈认，而造成的。假如再有运动（阿弥陀佛，但愿真的不再有了），对实事求是、据理力争的同志应予表扬。

开了多次会，批判的同志实在没有多少可说的了。那两位批判"仇恨·轻蔑·自豪"和"绿色的呼吸"的同志当然也知道这样的批判是不能成立的。批判"绿色的呼吸"的同志本人是诗人，他当然知道诗是不能这样引申解释的。他们也是没话找话说，不得已。我因此觉得开批判会对被批判者是过关，对批判者也是过关。他们也并不好受。因此，我当时就对他们没有怨恨，甚至还有点同情。我们以前是朋友，以后的关系也不错。

我记下这两个例子，只是说明批判是一出荒诞戏剧，如莎士比亚说，所有的上场的人都只是角色。

我在一篇写右派的小说里写过："写了无数次检查，听了无数次批判，……她不再觉得痛苦，只是非常的疲倦。她想：定一个什么罪名，给一个什么处分都行，只求快一点，快一点过去，不要再开会，不要再写检查。"这是我的亲身体会。其实，问题只是那一些，只要写一次检查，开一次会，甚至一次会不开，就可以定案。但是不，非得开够了"数"不可。原来运动是一种疲劳战术，非得把人搞得极度疲劳，身心交瘁，丧失一切意志，瘫软在地上不可。我写了多次检查，一次比一次更没有内容，更不深刻，但是我知道，就要收场了，因为大家都累了。

结论下来了：定为一般右派，下放农村劳动。

我当时的心情是很复杂的。我在那篇写右派的小说里写道："……她带着一种奇怪的微笑。"我那天回到家里，见到爱人说，"定成右派了"，脸上就是带着这种奇怪的微笑的。我也不知道我为什么要笑。

我想起金圣叹。金圣叹在临刑前给人写信，说："杀头，至痛也，而圣叹于无意中得之，亦奇。"有人说这不可靠。金圣叹给儿子的信中说："字谕大儿知悉，花生米与豆腐干同嚼，有火腿滋味"，有人说这更不可靠。我以前也不大相信，临刑之前，怎能开这种玩笑？现在，我相信这是真实的。人到极其无可奈何的时候，往往会生出这种比悲号更为沉痛的滑稽感，鲁迅说金圣叹"化屠夫的凶残为一笑"，鲁迅没有被杀过头，也没有当过右派，他没有这种体验。

另一方面，我又是真心实意地认为我是犯了错误，是有罪的，是需要改造的。我下放劳动的地点是张家口沙岭子。离家前我爱人单位正在搞军事化，受军事训练，她不能请假回来送我。我留了一个条子："等我五年，等我改造好了回来。"就背起行李，上了火车。

右派的遭遇各不相同，有幸有不幸。我这个右派算很幸运的，没有受多少罪。我下放的单位是一个地区性的农业科学研究所，所里有不少技师、技术员，所领导对知识分子是了解的，只是在干部和农业工人的组长一级介绍了我们的情况（和我同时下放到这里的还有另外几个人），并没有在全体职工面前宣布我们的问题。不少农业工人（也就是农民）不知道我们是来干什么的，只说是毛主席叫我们下来锻炼锻炼的。因此，我们并未受到歧视。

初干农活，当然很累。像起猪圈、刨冻粪这样的重活，真够一呛。我这才知道"劳动是沉重的负担"这句话的意义。但还是咬着牙挺过来了。我当时想：只要我下一步不倒下来，死掉，我就得拼命地干。大部分的农活我都干过，力气也增长了，能够扛一百七十斤重的一麻袋粮食稳稳地走上和地面成四十五度角那样陡的高跳。后来相对固定在果园上班。果园的活比较轻松，也比"大田"有意思。最常干的活是给果树喷波尔多液。硫酸铜加石灰，兑上适量的水，便是波尔多液，颜色浅蓝如晴空，很好看。喷波尔多液是为了防治果树病害，是常年要喷的。喷波尔多液是个细致活。不能喷得太少，太少了不起作用；不能太多，太多了果树叶子挂不住，流了。叶面、叶背都得喷到。许多工人没这个耐心，于是喷波尔多液的工作大部分落在我的头上，我成了喷波尔多液的能手。喷波尔多液次数多了，我的几件白衬衫都变成了浅蓝色。

我们和农业工人干活在一起，吃住在一起。晚上被窝挨着被窝睡在一铺大炕上。农业工人在枕头上和我说了一些心里话，没有顾忌。我这才比较切近地观察了农民，比较知道中国的农村，中国的农民是怎么一回事。这对我确立以后的生活态度和写作态度是很有好处的。

我们在下面也有文娱活动。这里兴唱山西梆子（中路梆子），工人里不少都会唱两句。我去给他们化妆。原来唱旦角的都是用粉妆，——鹅蛋粉、胭脂，黑锅烟子描眉。我改成用戏剧油彩，这比粉妆要漂亮得多。我勾的脸谱比张家口专业剧团的"黑"（山西梆子谓花脸为"黑"）还要干净讲究。遇春节，沙岭子堡（镇）闹社火，几个年轻的女工要去跑旱船，我用油底浅妆把她们一个个打扮得如花似玉，轰动一堡，几个女工高兴得不得了。我们和几个职工还合演过戏，我记得演过的有小歌剧《三月三》、崔嵬的独幕话剧《十六条枪》。一年除夕，在"堡"里演话剧，海报上特别标出一行字：

台上有布景

这里的老乡还没有见过个布景。这布景是我们指导着一个木工做的。演完戏，我还要赶火车回北京。我连妆都没卸干净，就上了车。

一九五九年底给我们几个人做鉴定，参加的有工人组长和部分干部。工人组长一致认为：老汪干活不藏奸，和群众关系好，"人性"不错，可以摘掉右派帽子。所领导考虑，才下来一年，太快了，再等一年吧。这样，我就在一九六〇年在交了一个思想总结后，经所领导宣布：摘掉右派帽子，结束劳动。暂时无接受单位，在本所协助工作。

我的"工作"主要是画画。我参加过地区农展会的美术工作（我用多种土农药在展览牌上粘贴出一幅很大的松鹤图，色调古雅，这里的美术中专的一位教员曾特别带着学生来观摩）；我在所里布置过"超声波展览馆"（"超声波"怎样用图像表现？声波是看不见的，没有办法，我就画了农林牧副渔多种产品，上面一律用圆规蘸白粉画了一圈又一圈同心圆）。我的"巨著"，是画了一套《中国马铃薯图谱》。这是所里给我的任务。

　　这个所有一个下属单位"马铃薯研究站"，设在沽源。为什么设在沽源？沽源在坝上，是高寒地区（有一年下大雪，沽源西门外的积雪跟城墙一般高）。马铃薯本是高寒地带的作物。马铃薯在南方种几年，就会退化，需要到坝上调种。沽源是供应全国薯种的基地，研究站设在这里，理所当然。这里集中了全国各地、各个品种的马铃薯，不下百来种，我在张家口买了纸、颜色、笔，带了在沙岭子新华书店买得的《癸巳类稿》《十驾斋养新录》和两册《容斋随笔》（沙岭子新华书店进了这几种书也很奇怪，如果不是我买，大概永远也卖不出去），就坐长途汽车，奔向沽源。其时在八月下旬。

　　我在马铃薯研究站画《图谱》，真是神仙过的日子。没有领导，不用开会，就我一个人，自己管自己。这时正是马铃薯开花，我每天趁着露水，到试验田里摘几丛花，插在玻璃杯里，对着花描画。我曾经给北京的朋友写过一首长诗，叙述我的生活。全诗已忘，只记得两句：

　　　　坐对一丛花，
　　　　眸子炯如虎。

下午，画马铃薯的叶子。天渐渐凉了，马铃薯陆续成熟，就开始画薯块。画一个整薯，还要切开来画一个剖面。一块马铃薯画完了，薯块就再无用处，我于是随手埋进牛粪火里，烤烤，吃掉。我敢说，像我一样吃过那么多品种的马铃薯的，全国盖无第二人。

沽源是绝塞孤城。这本来是一个军台。清代制度，大臣犯罪，往往由皇帝批示"发往军台效力"，这处分比充军要轻一些（名曰"效力"，实际上大臣自己并不去，只是闲住在张家口，花钱雇一个人去军台充数）。我于是在《容斋随笔》的扉页上，用朱笔画了一方图章，文曰：

效力军台

白天画画，晚上就看我带去的几本书。

一九六二年初，我调回北京，在北京京剧团担任编剧，直至离休。

摘掉右派分子帽子，不等于不是右派了。"文革"期间，有人来外调，我写了一个旁证材料。人事科的同志在材料上加了批注：

该人是摘帽右派。所提供情况，仅供参考。

我对"摘帽右派"很反感，对"该人"也很反感。"该人"跟"该犯"差不了多少。我不知道我们的人事干部从什么地方学来的这种带封建意味的称谓。

"文化大革命"，我是本单位第一批被揪出来的，因为有

"前科"。

"文革"期间给我贴的大字报，标题是：

老右派，新表演

我搞了一些时期"样板戏"，江青似乎很赏识我，于是忽然有一天宣布："汪曾祺可以控制使用。"这主要当然是因为我曾是右派。在"控制使用"的压力下搞创作，那滋味可想而知。

一直到一九七九年给全国绝大多数右派分子平反，我才算跟右派的影子告别。我到原单位去交材料，并向经办我的专案的同志道谢："为了我的问题的平反，你们做了很多工作，麻烦你们了，谢谢！"那几位同志说："别说这些了吧！二十年了！"

有人问我："这些年你是怎么过来的？"他们大概觉得我的精神状态不错，有些奇怪，想了解我是凭仗什么力量支持过来的。我回答：

"随遇而安。"

丁玲同志曾说她从被划为右派到北大荒劳动，是"逆来顺受"。我觉得这太苦涩了，"随遇而安"，更轻松一些。"遇"，当然是不顺的境遇，"安"，也是不得已。不"安"，又怎么着呢？既已如此，何不想开些。如北京人所说："哄自己玩儿。"当然，也不完全是哄自己。生活，是很好玩的。

随遇而安不是一种好的心态，这对民族的亲和力和凝聚力是会产生消极作用的。这种心态的产生，有历史的原因（如受老庄思想的影响），本人气质的原因（我就不是具有抗争性格的人），但是更重要的是客观，是"遇"，是环境的，生活的，尤其是政治环境的原因。中国的知识分子是善良的。曾被打成右派的那一代人，除了已经死掉的，大多数都还在努力地工作。他们的工作的动力，一是要证实自己的价值。人活着，总得做一点事。二是对生我养我的故国未免有情。但是，要恢复对在上者的信任，甚至轻信，恢复年轻时的天真的热情，恐怕是很难了。他们对世事看淡了，看透了，对现实多多少少是疏离的。受过伤的心总是有罅的。人的心，是脆的。

这是没有办法的事。

为政临民者，可不慎乎。

一九九一年一月三十一日
载一九九一年第二期《收获》

觅我游踪五十年

　　将去云南，临行前的晚上，写了二首旧体诗。怕到了那里，有朋友叫写字，临时想不出合话词句。一九八七年去云南，一路写了不少字，平地抠饼，现想词儿，深以为苦。其中一首是：

> 羁旅天南久未还，
> 故乡无此好湖山。
> 长堤柳色浓如许，
> 觅我旅踪五十年。

　　我在西南联大读书时，曾两度租了房子住在校外。一度在若园巷二号，一度在民强巷五号一位姓王的老先生家的东屋。民强巷五号的大门上刻着一副对联：

> 圣代即今多雨露
> 故乡无此好湖山

　　我每天进出，都要看到这副对子，印象很深。这副对联是集句。上联我到现在还没有查到出处，意思我也不喜欢。我们在昆明的时候，算什么"圣代"呢！下联是苏东坡的诗。王老先生原籍大概不是昆明，这里只是他的寓庐。他在门上刻了这样的对联，是借前人旧句，抒自己情怀。我在昆明待了七年。除了高邮、北京，在这里的时间最长，按居留次序说，昆明是我的第二故乡。少年羁旅，想走也走不开，并不真的是留恋湖山，写诗（应是偷诗）时不得不那样说而已。但是，昆明的湖山是很可留恋的。

我在民强巷时的生活，真是落拓到了极点。一贫如洗。我们交给房东的房租只是象征性的一点，而且常常拖欠。昆明有些人家也真是怪，愿意把闲房租给穷大学生住，不计较房租。这似乎是出于对知识的怜惜心理。白天，无所事事，看书，或者搬一个小板凳，坐在廊檐下胡思乱想。有时看到庭前寂然的海棠树有一小枝轻轻地弹动，知道是一只小鸟离枝飞去了。或是无目的地到处游逛，联大的学生称这种游逛为 Wandering。晚上，写作，记录一些印象、感觉、思绪，片片段段，近似 A. 纪德的《地粮》。毛笔，用晋人小楷，写在自己订成的一个很大的棉纸本子上。这种习作是不准备发表的，也没有地方发表。不停地抽烟，扔得满地都是烟蒂，有时烟抽完了，就在地下找找，拣起较长的烟蒂，点了火再抽两口。睡得很晚。没有床，我就睡在一个高高的条几上，这条几也就是一尺多宽。被窝的里面都已不知去向，只剩下一条棉絮。我无论冬夏，都是拥絮而眠。条几临窗，窗外是隔壁邻居的鸭圈，每天都到这些鸭子呷呷叫起来，天已薄亮时，才睡。有时没钱吃饭，就坚卧不起。同学朱德熙见我到十一点钟还没有露面，——我每天都要到他那里聊一会儿的，就夹了一本字典来，叫："起来，去吃饭！"

把字典卖掉，吃了饭，Wandering，或到"英国花园"（英国领事馆的花园）的草地上躺着，看天上的云，说一些"没有两片树叶长在一个空间"之类的虚无飘渺的胡话。

有一次替一个小报约稿，去看闻一多先生。闻先生看了我的颓废的精神状态，把我痛斥了一顿。我对他的参与政治活动也不以为然，直率地提出了意见。回来后，我给他写了一封短信，说他对我俯冲了一通。闻先生回信说："你也对我高射了一通。今天晚上你不要出去，我来看你。"当天，闻先生来看了我。他那天说了什么，我已经不记得了，看了我，他就去闻家驷先生家了，——闻家驷先生也住在民强巷。闻先生是很喜欢我的。

若园巷二号的房东是一个上了年纪的寡妇，她没有儿女，只和一个又像养女又像使女的女孩子同住楼下的正屋，其余两进房屋都租给联大学生。我和王道乾同住一屋，他当时正在读蓝波的诗，写波特莱尔式的小散文，用粉笔到处画着普希金的侧面头像，把宝珠梨切成小块用线穿成一串喂养果蝇。后来到了法国，在法国入了党，成了专译马克思主义文艺理论的翻译家。他的转折，我一直不了解。若园巷的房客还有何炳棣、吴讷孙，他们现在都在美国，是美籍华人了，一个是历史学家，一个是美学和美术史专家。有一年春节，吴讷孙写了一副春联，贴在大门上：

人斗南唐金叶子

街飞北宋闹蛾儿

这副对联很有点富贵气，字也写得很好。闹蛾儿自然是没有的，昆明过年也只是放鞭炮。"金叶子"是指扑克牌。联大师生打桥牌成风，这位 Nelson 先生就是一个桥牌迷。吴讷孙写了一本反映联大生活的长篇小说《未央歌》，在台湾多次再版。一九八七年我在美国见到他，他送了我一本。

若园巷二号院里有一棵很大的缅桂花（即白兰花）树，枝叶繁茂，坐在屋里，人面一绿。花时，香出巷外。房东老太太隔两三天就搭了短梯，叫那个女孩子爬上去，摘下很多半开的花苞，裹在绿叶里，拿到花市上去卖。她怕我们乱摘她的花，就主动用白瓷盘码了一盘花，洒一点清水，给各屋送去。这些缅桂花，我们大都转送了出去。曾给萧珊、王树藏送了两次。今萧珊、树藏都已去世多年，思之怅怅。

我们这次到昆明，当天就要到玉溪去，哪里也顾不上去看看，只和冯牧陪凌力去找了找逼死坡。路，我还认得，从青莲街上去，拐个弯就是。一九三九年，我到昆明考大学，在青莲街的同济大学附中寄住过。青莲街是一个相当陡的坡，原来铺的是麻石板；急雨时雨水从五华山奔泻而下，经陡坡注入翠湖，水流石上，哗哗作响，很有气势。现在改成了沥青路面。昆明城里再找一条麻石板路，大概没有了。逼死坡还是那样。路边立有一碑："明永历帝殉国处"，我记得以前是没有的，大概是后来立的。凌力将写南明历史，自然要来看看遗迹。我无感触，只想起坡下原来有一家铺子卖核桃糖，装在一个玻璃匣子里，很好吃，也很便宜。

我们一行的目标是滇西，原以为回昆明后可以到处走走，不想到了玉溪第二天就崴了脚，脚上敷了草药，缠了绷带，挂杖跛行了瑞丽、芒市、保山等地，人很累了。脚伤未愈，来访客人又多，懒得行动。翠湖近在咫尺，也没有进去，只在宾馆门前，眺望了几回。

即目可见的风景，一是湖中的多孔石桥，一是近西岸的圆圆的小岛。

这座桥架在纵贯翠湖的通路上，是我们往来市区必经的。我在昆明七年，在这座桥上走过多少次，真是无法计算了。我记得这条道路的两侧原来是有很高大的柳树的。人行路上，柳条拂肩，溶溶柳色，似乎透入体内。我诗中所说"长堤柳色浓如许"，主要即指的是这条通路上的垂柳。柳树是有的，但是似乎矮小，也稀疏，想来是重栽的了。

那座圆形的小岛，实是个半岛，对面是有小径通到陆上的。我曾在一个月夜和两个女同学到岛上去玩。岛上别无景点，平常极少游客，夜间更是阒无一人，十分安静。不料幽赏未已，来了一队警备司令部的巡逻兵，一个班长，把我们骂了一顿："半夜三更，你们到这里来整哪样？你们呐校长，就是这样教育你们呐！"语气非常粗野。这不但是煞风景，而且身为男子，受到这样的侮辱，却还不出一句话来，实在是窝囊。我送她们回南院（女生宿舍），一路沉默。这两个女学生现在大概都已经当了祖母，她们大概已经不记得那晚上的事了。隔岸看小岛，杂树蓊郁，还似当年。

本想陪凌力去看看莲花池，传说这是陈圆圆自沉的地方。凌力要到图书馆去抄资料，听说莲花池已经没有水（一说有水，但很小），我就没有单独去的兴致。

《滇池》编辑部的三位同志来看我，再三问我想到哪里看看，我说脚疼，哪里也不想去。他们最后建议：有一个花鸟市场，不远，乘车去，一会儿就到，去看看。盛情难却，去了。看了出售的花、鸟、猫、松鼠、小猴子、新旧银器……我问："这条街原来是什么街？"——"甬道街。"甬道街！我太熟了，我告诉他们，这里原来有一家馆子，鸡枞做得很好，昆明人想吃鸡枞，都上这家来。这家饭馆还有个特点，用大锅熬了一锅苦菜汤，苦菜汤是不收钱的，可以用大碗自己去舀。现在已经看不出痕迹了。

　　甬道街的隔壁，是文明街，过去都叫"文明新街"。一眼就看出来，两边的店铺都是两层楼木结构，楼上临街是栏杆，里面是隔扇。这些房子竟还没有坏！文明街是卖旧货的地方。街两边都是旧货摊。一到晚上，点了电石灯，满街都是电石臭气。什么旧货都有，玛瑙翡翠、铜佛瓷瓶、破铜烂铁。沿街浏览，蹲下来挑选问价，也是个乐趣。我们有个同班的四川同学，姓李，家里寄来一件棉袍，他从邮局取出来，拆开包裹线，到了文明街，把棉袍搭在胳膊上："哪个要这件棉袍！"当时就卖掉了，伙同几个同学，吃喝了一顿。街右有几家旧书店，收集中外古今旧书。联大学生常来光顾，买书，也卖书。最吃香的是工具书。有一个同学，发现一家旧书店收购《辞源》的收价，比定价要高不少。出街口往西不远，就是商务印书馆。这位老兄于是到商务印书馆以原价买出一套崭新的《辞源》，拿到旧书店卖掉。文明街有三家瓷器店，都是桐城人开的。昆明的操瓷器业者多为桐城帮。朱德熙的丈人家所开的瓷器店即在街的南头。德熙婚后，我常随他到他丈人家去玩，和孔敬（德熙的夫人）到后面仓库里去挑好玩的小酒壶、小花瓶。桐城人请客，每个菜都带汤，谓之"水碗"，桐城人说："我们吃菜，就是这样汤汤水水的。"美国在广岛扔了原子弹后，一天，有两个美国兵来买瓷器，德熙伏在柜台上和他们谈了一会儿。这两个美国兵一定很奇怪：瓷器店里怎么会有一个能说英语的伙计，而且还懂原子物理！

这文明街为文庙西街，再西，即为正义路。这条路我走过多次，现在也还认得出来。

我十九岁到昆明，今年七十一岁，说游踪五十年，是不错的。但我这次并没有去寻觅。朋友建议我到民强巷和若园巷看看，已经到了跟前，不知道为什么，我不怎么想去。

昆明我还是要来的！昆明是可依恋的。当然，可依恋的不止是五十年前的旧迹。

记住：下次再到云南，不要崴脚！

一九九一年五月十一日，北京

载一九九一年第八期《女声》

《汪曾祺自选集》重印后记

漓江出版社要重印《汪曾祺自选集》，建议改名为《受戒》，而以《汪曾祺自选集》为副题。我同意。

我觉得我还是个挺可爱的人，因为我比较真诚。

重读一些我的作品，发现：我是很悲哀的。我觉得，悲哀是美的。当然，在我的作品里可以发现对生活的欣喜。弘一法师临终的偈语："悲欣交集"，我觉得，我对这样的心境，是可以领悟的。

我的作品有读者，我真是一则以喜，一则以惧。我给了读者一些什么？我说过我希望我的作品有益于世道人心，我做到了么？能够做到么？

我算是个"有影响"的作家了。所谓影响，主要是对青年作家的影响。我影响了他们什么？是对生活的、文学的态度，还是仅仅是语言、技巧、韵味？

最近应人之请，写了一篇短文，读二十一世纪的文学。我认为本世纪的中国文学，翻来覆去，无非是两方面的问题：现实主义和现代主义；继承民族传统与接受西方影响。几年前，我曾在一次关于我的作品的讨论会上提出，回到现实主义，回到民族传统。我说：这种现实主义是容纳各种流派的现实主义；这种民族传统是对外来文化的精华兼收并蓄的民族传统。现实主义和现代主义可以并存，并且可以融合；民族传统与外来影响（主要是西方影响）并不矛盾。二十一世纪的文学也许是更加现实主义的，也更加现代主义的；更多的继承民族文化，也更深更广地接受西方影响的。

我今年七十一岁，也许还能再写作十年。这十年里我将更有意识地吸收西方现代文学的影响。

我相信二十一世纪的中国文学将是辉煌的。

一九九一年五月十三日

载一九九一年冬季号《漓江》

烟　赋

　　中国人抽烟，大概开始于明朝，是从外国传入的。从前的中国书里称烟草为淡巴菰，是 tobacco 的译音。我年轻时，上海人还把雪茄叫作"吕宋"。吸烟成风，盖在清代。现存在几种烟草谱，都是清人的著作。纪晓岚就是"嗜食淡巴菰"的。我的高中国文老师史先生说，纪晓岚总纂四库全书时，叫人把书页平摊在一个长案上，他一边吸烟，一边校读，围着大案走一圈，一篇《四库全书总目提要》就出来了。这可能是传闻，但乾隆年间，抽烟的人已经颇多，是可以肯定的。

　　小说《异秉》里的张汉轩说，烟有五种：水、旱、鼻、雅、潮。雅（鸦片）不是烟草所制，潮州烟其实也是旱烟之一种，中国人以前抽的烟实只有旱烟、水烟两大类。旱烟，南方多切成丝，北方则是揉碎了，都是用烟袋，摁在烟锅里抽的。北方人把烟叶都称为关东烟。关东烟里的上品是蛟河烟。这是贡品。据说西太后抽的即是蛟河烟。真正的蛟河烟只产在那么一两亩地里。我在吉林抽过真蛟河烟，名不虚传！其次则"亚布力"也还可以，这是从苏联引进的品种。河北省过去种"易县小叶"。旱烟袋，讲究白铜锅、乌木杆、翡翠嘴。烟袋有极长的。南方老太太用的烟袋，银嘴五寸，乌木杆长至八尺，抽烟时得由别人点火，自己是够不着的。有极短的。可以插在靴掖里，称为"京八寸"。这种烟袋亦称"骚胡子"，说是公公抽烟，叫儿媳妇点火，瞅着没人看见，可以乘机摸一下儿媳妇的手。潮州的烟袋是用竹根做的，在一头挖一窟窿，嵌一小铜胎，以装烟，不另安锅。我一九五〇年在江西土改，那里的农民抽的就是这种烟，谓之"吃黄烟"。山西、内蒙人用羊腿骨做烟袋。抽这种烟得点一盏灯，因为一次只装很小的一撮烟，抽一口就把烟灰吹掉，叫作"一口香"，要不停地点火。云、贵、川抽叶子烟，烟叶剪成二寸许长，裹成小指粗细的烟支，可以说是自制小雪茄，但多数是插在烟锅里抽，也可算是旱烟类。我在鄂温克族地区抽过达斡尔人用香蒿籽窨制的烟，一层烟叶，一层香蒿子，阴干，烟味极佳。是用纸卷了抽的。广东的"生切"也是用纸卷了抽的。新疆的"莫合烟"，即苏联翻译小说里常常见到的"马霍烟"，也是用纸卷了抽的。莫合烟是用烟梗磨碎制成的，不用烟叶。抽水烟应该是最卫生的，烟从水里滤过，有害物质减少了。但抽水烟很麻烦。每天涮水烟袋就很费事。水烟袋要保持洁净，抽起来才香。我有个远房舅舅，到人家做客，都由他的车夫一次带了五支水烟袋，换着抽，此人真是个会享福的人！水烟的烟丝极细，叫作"皮丝"，出在甘肃的兰州和福建的福州，一在西北，一在东南，制法质量也极相似，奇怪！云南人抽水烟筒，那得会抽，否则嗑不出烟来。若论过瘾，应当首推水烟筒。旱烟、水烟，吸时都要在口腔内打一回旋，烟筒的烟则是直灌入肺，毫无缓冲。

卷烟，或称纸烟，北京人叫作烟卷儿，上海一带人叫作香烟。也有少数地方叫作洋烟的。早年的东北评剧《雷雨》里的四凤夸赞周萍的唱词道："穿西服，抽洋烟，梳的本是那个偏分。"可以为证。大概在东北人眼中这些都是很时髦的。东北是"十八岁的大姑娘叼着大烟袋"的地方。卷烟曾经是稀罕东西。现在卷烟已经通行全国。抽旱烟的还有，大都是上了年纪的人，但也相对地减少了。抽水烟的就更少了，白铜镂花的水烟袋已经成为古玩，年轻人都不知道这玩意儿是干什么用的了。说卷烟是洋烟，是有道理的。因为它本是从外国（主要是英国）输入的。上海一带流行的上等烟茄立克、白炮台、555……销行最广的中等烟红锡包（北方叫小粉包）、老刀牌（北方叫强盗牌）都是英国货。世界上的烟卷原分两大系。一类是海洋型，英国烟为其代表。英国烟的烟丝很细，有些烟如白炮台的烟盒上标明是 NACY CUT，大概和海军有点关系。一类是大陆型，典型的代表是埃及烟、法国烟、苏联的白海牌（东北人叫它"大白杆"），以及阿尔巴尼亚等烟属之。抽大陆型烟的人数不多。现在卷烟分为两大派系，一类是烤烟型，即英国烟型；一类是混合型。是一半海洋型、一半大陆型的烟丝的混合，美国烟大都是混合型。英国型的烟烟丝金黄，比较柔和，有烟草的自然的香味，比较为中国人所喜欢。

后来有外商和华侨在中国设厂制烟，比较重要的是英美烟草有限公司和南洋兄弟烟草公司。大前门为南洋兄弟烟草公司所出，美丽牌好像就是英美烟草公司出的。也有较小的厂出烟，大联珠、紫金山……大概是本国的烟厂所出。

我到昆明后抽过很多种杂牌烟。有一种烟叫仙岛牌，不记得是什么地方出的，烟味极好，是英国烤烟型，价钱也不贵。

后来就再不见了，可能是因为日本兵占领了越南，滇越铁路一断，没有来源了。有一种烟，叫"白姑娘"，硬盒扁支的，烟味很冲。有一种从湖南来的烟，抽起来有牙粉味。最便宜的烟是鹦鹉牌，十支装，呛得不得了，不知是什么树叶或草叶做的，肯定不是烟叶！

从陈纳德的飞虎队至美国空军到昆明后，昆明市面上到处是美国烟，多是从美国军用物资仓库中流出的。骆驼牌、老金、LUCKY STRIKE CHESTERFIELD、PHILIPMORRIS……一时抽美国烟的人很多，因为并不太贵。

云南烟业的兴起盖在四十年代初。那里的农业专家和实业家，经过研究，认为云南土壤、气候适于种烟，于是引进美国弗吉尼亚的大金叶，试种成功。随即建厂生产卷烟。所出的牌子有两种：重九和七七。重九当时算是高档烟，这个牌子沿用至今。七七是中档烟，后来不生产了。

五十年代后，云南制烟业得到很大发展，云南烟的质量得到全国公认，把许多省市的卷烟都甩到后面去了。云南卷烟的三大名牌：云烟牌、红山茶、红塔山。最近几年，红塔山的声誉日隆，俨然夺得云南名烟的首席红山茶似已不再生产。说它已经是国产烟的第一，也不为过分。

对于抽烟，我可以说是个内行。

打开烟盒，抽出一支，用手指摸一摸，即可知道工艺水平如何。要松紧合度。既不是紧得吸不动，也不是松得跺一跺就空了半截，没有挺硬的烟梗，抽起来不会"放炮"，溅出火星，烧破衣裤。

放在鼻子底下闻一闻，就知道是什么香型。若是烤烟型，即应有微甜略酸的自然烟香。

最重要的当然就是入口、经喉、进肺的感觉。抽烟，一要过瘾，二要绵软。这本来是一对矛盾，但是配方得当，却可以兼顾。如果要对卷烟加以评品，我于"红塔山"得一字，曰："醇"。

当年生产的烟叶，不能当年就用，得存放一个时期，这样杂质异味才会挥发掉。据闻英国的名牌烟的烟叶都要存放三年。二次世界大战，存烟用尽，质量也不如以前了。玉溪烟厂的烟叶都要存放两年至两年半。这是像中药店配制丸散一样："修合虽无人见，存心自有天知"的事。这个"天"就是抽烟的人。烟叶存放了多久，抽烟的人是看不到的，但是抽得出来。他们不知其所以然，但是知其然，能分辨出烟的好坏。

对烟的评价是最具群众性的，最公平的。卷烟不能像酒一样搞评比。我们国家是不允许卷烟作广告的。现在既不能像过去的美丽牌在《申报》和《新闻报》上作整幅的广告："有美皆备，无丽弗臻"，也不能像克莱文·A一样借重梅兰芳的声誉，宣传这种烟对嗓音无害。卷烟的声誉，全靠质量，靠"烟民"们的口碑。北京人有言："人叫人千声不语，货叫人点手就来。"这是假不得的。桃李不言，下自成蹊，红塔山之赢得声誉，岂虚然哉！

我十八岁开始抽烟，今年七十一岁，从来没有戒过，可谓老烟民矣。到了玉溪烟厂，坚定一个信念，一抽到底，绝不戒烟。吸烟是有害的。有人甚至说吸一支烟，少活五分钟，不去管它了！写了一首五言诗：

　　玉溪好风日，

　　兹土偏宜烟。

宁减十年寿，

不忘红塔山。

诗是打油诗，话却是真话，在家人也不打诳语。

一九九一年五月二十一日，北京

载一九九一年第四期《十月》

徐文长的婚事

偶读徐文长的杂剧《歌代啸》，顺便把《徐渭集》（中华
书局一九八三年版）翻了一遍，对徐文长的生平略有了解。文
长是一大奇人。奇事之一是杀妻。把自己的老婆杀了，这在中
国文人里还没听说过有第二人。徐文长杀的是其继室张氏，不
是原配夫人。

徐文长的原配姓潘。徐文长二十岁订婚，二十一岁结婚。
文长自订《畸谱》云：

> 二十岁。庚子，渭进山阴学诸生，得应乡科，归
> 聘潘女。
> 二十一岁。寓阳江，夏六月，婚。

文长和潘氏夫人是感情很好的。《徐渭集》卷十一：嘉靖
辛丑之夏，妇翁潘公即阳江官舍，将令予合婚，其乡刘寺丞公
代为之媒，先以三绝见遗。后六年而细子弃帷。又三年闻刘公
亦谢世。癸丑冬，徙书室，检旧札见之，不胜凄惋，因赋《七绝》：

一

十年前与一相逢，
光景犹疑在梦中。
记得当时官舍里，
熏风已过荔枝红。

二

华堂日晏绮罗开，
伐鼓吹箫一两回。
帐底画眉犹未了，
寺丞亲着绛纱来。

三

筵前半醉起逡巡，
窄袖长袍妥着身。
若使吹箫人尚在，
今宵应解说伊人。

四

闻君弃世去乘云，
但见缄书不见君。
细子空帷知几度，
争教君不掩荒坟。

五

掩映双鬟绣扇新，

当时相见各青春。
傍人细语亲听得，
道是神仙舍里人。

六
翠幌流尘着地垂，
重论旧事不胜悲。
可怜唯有妆台镜，
曾照朱颜与画眉。

七
筐里残花色尚明，
分明世事隔前生。
坐来不觉西窗暗，
飞尽寒梅雪未晴。

这七首诗除了第四首主要是写刘寺丞的旧札的外，其余六首都是有关潘氏夫人的。癸丑那年，徐文长三十三岁，距离与潘氏结婚已经十二年，离潘之死，也八年了。当时情景，历历在目，文长盖无一日忘之，诗的感情的确是很凄惋的。从诗里看，潘夫人是相当漂亮的。

紧挨着第七首诗后面的是"内子亡十年，其家以甥在，稍还母所服，潞州红衫，颈汗尚泄，余为泣数行下，时夜天大雨雪"：

黄金小纽茜衫温，
袖折犹存举案痕。

开匣不知双泪下，

满庭积雪一灯昏。

　　诗写得很朴实，睹物思人，只是几句家常话，但是感情很
真挚，是悼亡诗里的上品。
　　卷五有《述梦二首》：

一

伯劳打始开，

燕子留不住，

今夕梦中来，

何似当初不飞去？

怜羁雄，

嗤恶侣，

两意茫茫坠晓烟，

门外乌啼泪如雨。

二

跣而濯，

宛如昨，

罗鞋四钩闲不着。

棠梨花下踏黄泥，

行踪不到栖鸳阁。

　　这两首诗第二首很空灵，第一首则颇质实。看诗意，也是
写潘夫人的。诗里写的女人洗脚，不是夫妻咋行？从"怜羁雄，

"嗤恶侣"看，诗是在文长再娶之后写的，做这个梦时。文长已是四十岁以后了。

徐和潘不但感情好，脾气性格也相投。这位潘夫人生前竟没有名字，她的名字是她死后徐文长给她起的。《亡妻潘墓志铭》曰："君姓潘氏，生无名字，死而渭追有之。以其介似渭也，名似，字介君。"给夫人起这样一个名字，称得起是知己了。潘夫人地下有知，想也是感激的。《墓志铭》称"介君彗而朴廉，不嫉疾。"徐文长容易生气，爱多心，潘夫人是知道的，每当要跟文长说点正经事，一定先考虑考虑，别说出什么叫徐文长不爱听的话。"与渭正言，必择而后发，恐渭猜，蹈所讳。"看来潘夫人对徐文长迁就的时候多。因此，闺中相处六年，生活是美满的。

文长再婚后，对原先的夫人更加怀念不置。

徐文长共结过三次婚。第二个夫人姓王，只共同生活了三个月左右。《畸谱》：

> 三十九岁。徙师子街。夏，入赘杭之王，劣甚。
> 始被诒而误，秋，绝之，至今恨不已。

四十岁时与张氏订婚，四十一岁与张结婚。四十六岁时杀了张氏。《畸谱》：

> 四十六岁。易复，杀张下狱。隆庆元年丁卯。

徐文长到底为什么要杀妻，这是个弄不清楚的问题。

他和张氏的感情是不好的，甚至很坏，文长对张氏虽不像对王氏那样，认为"劣甚"，"至今恨不已"，但是"怜羁雄，噬恶侣"的"恶侣"似乎说的是张氏，不是王氏。因为文长入赘王家时间甚短，《述梦》不会是恰恰写于这段时间。文长集中对张只字不提，——他为潘夫人写了多少好诗！《畸谱》中只记了一笔："杀张下狱"，在监狱里所写的诗也只写了对关心他的人、营救他的人表示感谢，对杀妻这件事没有态度，看不出他有什么后悔、内疚。

徐文长杀妻，都说是出于猜疑嫉妒。袁宏道谓"以疑杀其继室"，陶望龄谓"渭为人猜而妒，妻死后有所娶，辄以嫌弃（按，此指王氏），至是又击杀其后妇，遂坐法系狱中"。猜疑什么？是疑其不贞？以无据可查，不能妄测。

比较站得住的原因，是文长这时已经得了精神病，他已经疯了。他曾用锥子锥进自己的耳朵。袁宏道《徐文长传》谓"或以利锥锥其两耳，深入寸许，竟不得死"。陶望龄《徐文长传》谓"……遂发狂，引巨锥刺劀耳，刺深数寸，流血几殆"。这是文长四十五岁时的事。《畸谱》：

四十五岁。病易。丁劀其耳，冬稍瘳。

杀妻是四十六岁，相隔不到一年，他的疯病本没有好，这年又复发了。

一个人干得出用锥子锥自己的耳朵，干出像杀妻这样的事，就不是完全不可想象的了。

一个人为什么要发疯？因为他是天才。

梵高为什么要发疯，你能解释清楚吗？

一九九一年六月十三日

却 老

范泉先生：

　　捧接来书，真同隔世。你历尽坎坷，重返故地，仍理旧业，从来信行文及字迹看，流利秀雅，知身心并甚健康，深可欣慰。承嘱为文谈老年心态，自当如命，但恨只能作泛泛之谈，无深意耳。

　　糊里糊涂，就老了。不知道从什么时候起，别人对我的称呼从"老汪"变成了"汪老"。老态之一，是记性不好。初见生人，经人介绍，很热情地握手，转脸就忘了此人叫什么。有的朋友见过不止一次，一起开会交谈，却怎么也想不起该怎么称呼。有时接到电话，订了约会，自以为是记住了，但却忘得一干二净。但是一些旧事，包括细节，却又记得十分清楚。这是老人"十悖"之一，上了岁数，都是这样。另外一方面，又还不怎么显老，眼睛还不老。人老，首先老在眼睛上。老人眼睛没神，眼睛是空的，说明他已经失去思想的敏锐性，他的思想集中不起来。我自觉还不是这样。前几年《三月风》杂志请丁聪为我画了一张漫画头像，让我写几句话作为像赞，写了四句诗：

近事模糊远事真，

双眸犹幸未全昏。

衰年变法谈何易，

唱罢莲花又一春。

　　人总要老的，但要尽量使自己老得慢一些。要使自己老得
慢一点，首先要保持思想的年轻，不要僵化。重要的，甚至是
唯一的方法，是和年轻人多接触。今年五月，我给青年诗人魏
志远的小说集写了一篇序，说：

　　　　去年下半年，我为几个青年作家写过序，读了一
　　些他们的作品。每一次都是一次新的经验，都是对我
　　的衰老的一次冲击，对我这盆奇形怪状的老盆景下了
　　一场雨。
　　　　……
　　　　志远这样的作家是不需要"导师"的（志远是我
　　在鲁迅文学院所带的研究生，我算是他的导师），谁
　　也不能指导他什么。任何一个作家都不需要什么导师。
　　我不是志远的导师，是朋友。因为年辈的相差，可以
　　说是忘年交。凡上岁数的作家，都应该多有几个忘年交。
　　相交忘年，不是为了去指导，而是去接受指导，或者，
　　说得婉转一点，是接受影响，得到启发。这是遏制衰
　　老的唯一办法。

　　我说的是实实在在的话，不是矫情。但这对一些人是不适
用的。

要长葆思想的活泼，得常用。太原晋祠有泉曰"难老"，有亭，亭中有小竖匾，匾是傅青主所写，曰"永锡难老"。泉水所以难老，因为流动。人的思想也是这样，常用，则灵活敏捷；老不用，就会迟钝甚至痴呆。用思想，最好的办法是写文章。平常想一些事情，想想也就过去了。倘要落笔写成文章，就得再多想想，使自己的思想合逻辑，有条理，同时也会发现这件事所蕴藏的更丰富的意义。为写文章，尤其是散文，就要读一点书。平常读书，稍有发现，常常是看过也就算了。到要写一点什么，就不同了。朱光潜先生说为写文章而读书，会读得更细致，更深入，这是经验之谈。文章越写越有，老不写，就没有。庄稼人学种地，老人们常说"力气越用越有"，写文章也是这样。带着问题读书，常常会旁及有关的材料。最近重读《阅微草堂笔记》，原来是为印证鲁迅对此书的评价（我曾经认为鲁迅的评价偏高），却从书中发现纪晓岚的父亲纪姚安是个非常有意思的人，他的思想非常通达，因写了一篇散文《纪姚安的议论》，这是原先没有想到的。我因此又对乾嘉之际的学者的思想产生兴趣，很想读一读戴乐原、俞理初的书，写文章引起读书的兴趣，这是最大的收获。写作最好养成习惯。老舍先生说他有得写没得写，一天至少要写五百字，因此直到后来，笔下仍极矫健。一个作家，在写作的时候，是生命状态最充盈，最饱满的时候，也是最快乐的时候。孙犁同志说写作是他的最好的休息，我有同感。笔耕不辍，乃长寿之道。只是老人写作，譬如登山，不能跑得过猛。像年轻人那样，不分日夜，一口气干出万把字，那是不行的。

　　一个弄文学的人，倘不愿速老，最好能搞一点现代主义，接受一点西方的影响。上个月，应台湾《联合日报副刊》之邀，写了一篇小文章。文章小，题目却大：《二十一世纪的文学》我认为本世纪中国文学，颠来倒去，无非是两个方向的问题：一个是现实主义与现代主义的问题；一个是继承民族传统与接受外来影响的问题。前几年，在北京市作协举行的讨论我的小说的座谈会上，我于会议将结束时做了一个简短的发言，题目是《回到现实主义，回到民族传统》，好像这是我的文学主张。所以说"回到"，是因为我年轻时接受过西方现代派的影响（范泉先生大概还记得我在《文艺复兴》和《文艺春秋》上发表的那些作品）。经过一段时间的磨练，我觉得现实主义是仍有生命力的；一个人，不能脱离自己本土的文化传统，否则就会变成无国籍的"悬空的人"，——我曾用这题目写过一篇散文，记几个美国黑人学者的心态，他们的没有自己的文化，没有历史的深刻的悲哀。所谓"祖国"，很重要的成分是祖国的文化。为了怕引起误会，我后来在别的文章里做了一点补充：我所说的现实主义是能容纳一切流派的现实主义；我所说的民族文化传统是不排斥外来影响的文化传统。现实主义和现代主义是可以融合的；民族文化和外来影响也并不矛盾，它们之间并非泾渭分明，作家也不必不归杨则归墨，在一棵树上吊死。二十一世纪的文学，可能是既是更加现实主义的，也是更加现代主义的；既有更浓厚的民族传统色彩，也有更鲜明的西方文学的影响。针对中国大陆文学的现状，我以为目前有强调对现代主义、西方影响更加开放的必要。人体需要接受一点刺激，促进新陈代谢。现实主义如果不吸收现代主义，就会衰老、干枯，成为木化石。

"衰年变法谈何易"，变法，我是想过的。怎么变，写那首诗时还没有比较清晰的想法。现在比较清楚了：我得回过头来，在作品里融入更多的现代主义。

不一定每篇作品都是这样。有时是受所表现的生活所制约的。比如我写的《天鹅之死》，时空交错，有点现代派；最近为《中国作家》写的《小芳》，就写得很平实，初看，看不出有什么现代派的影子。说要融入更多的现代主义只是一个主观追求的倾向。

现实主义和现代主义都是一个宽泛的概念，作家不要自我设限，如孔夫子所说："今汝画"。

路漫漫其修远兮，吾将上下而求索。

给我看过相的都说我能长寿。有一位素不相识的退休司机在一个小酒馆里自荐给我看一相，断言我能活九十岁。我今年七十一，还能活多久，未可知也。我是希望能多活几年的，我要多看看，看着世界的变化，国家的变化，文学的变化。

一九九一年六月十七日

我的家乡

　　法国人安妮·居里安女士听说我要到波士顿，特意退了机票，推迟了行期，希望和我见一面。她翻译过我的几篇小说。我们谈了约一个小时，她问了我一些问题。其中一个是，为什么我的小说里总有水？即使没有写到水，也有水的感觉。这个问题我以前没有意识到过。是这样，这是很自然的。我的家乡是一个水乡，我是在水边长大的，耳目之所接，无非是水。水影响了我的性格，也影响了我的作品的风格。

　　我的家乡高邮在京杭大运河的下面。我小时候常常到运河堤上去玩（我的家乡把运河堤叫作"上河堆"或"上河埫"。"埫"字一般字典上没有，可能是家乡人造出来的字，音淌。"堆"当是"堤"的声转）。我读的小学的西面是一片菜园，穿过菜园就是河堤。我的大姑妈（我们那里对姑妈有个很奇怪的叫法，叫"摆摆"，别处我从未听有此叫法）的家，出门西望，就看见爬上河堤的石级。这段河堤有石级，因此地名"御码头"，康熙或乾隆曾在此泊舟登岸（据说御码头夏天没有蚊子）。运河是一条"悬河"，河底比东堤下的地面高，据说河堤和城墙垛子一般高。站在河堤上，可以俯瞰堤下街道房屋。我们几个同学，可以指认哪一处的屋顶是谁家的。城外的孩子放风筝，风筝在我们脚下飘。城里人家养鸽子，鸽子飞起来，我们看到的是鸽子的背。几只野鸭子贴水飞向东，过了河堤，下面的人看见野鸭子飞得高高的。

我们看船。运河里有大船。上水的大船多撑篙。弄船的脱光了上身，使劲把篙子梢头顶上肩窝处，在船侧窄窄的舷板上，从船头一步一步走到船尾。然后拖着篙子走回船头，欻的一声把篙子投进水里，扎到河底，又顶着篙子，一步一步向船尾。如是往复不停。大船上用的船篙甚长而极粗，篙头如饭碗大，有锋利的铁尖。使篙的通常是两个人，船左右舷各一个；有时只有一个人，在一边。这条船的水程，实际上是他们用脚一步一步走出来的。这种船多是重载，船帮吃水甚低，几乎要漫到船板上来。这些撑篙男人都极精壮，浑身作古铜色。他们是不说话的，大都眉棱很高，眉毛很重。因为长年注视着滚动的水，故目光清明坚定。这些大船常有一个舵楼，住着船老板的家眷。船老板娘子大都很年轻，一边扳舵，一边敞开怀奶孩子，态度悠然。舵楼大都伸出一支竹竿，晾晒着衣裤，风吹着啪啪作响。

看打鱼。在运河里打鱼的多用鱼鹰。一般都是两条船，一船八只鱼鹰，有时也会有三条、四条，排成阵势。鱼鹰栖在木架上，精神抖擞，如同临战状态。打鱼人把篙子一挥，这些鱼鹰就劈劈啪啪，纷纷跃进水里。只见它们一个猛子扎下去，眨眼工夫，有的就叼了一条鳜鱼上来——鱼鹰似乎专逮鳜鱼。打鱼人解开鱼鹰脖子上的金属的箍——鱼鹰脖子上都有一道箍，否则它就会把逮到的鱼吞下去，把鳜鱼扔进船舱，奖给它一条小鱼，它就高高兴兴，心甘情愿地转身又跳进水里去了。有时两只鱼鹰合力抬起一条大鳜鱼上来，鳜鱼还在挣蹦，打鱼人已经一手捞住了。这条鳜鱼够四斤！这真是一个热闹场面。看打鱼的，鱼鹰，都很兴奋激动，倒是打鱼人显得十分冷静，不动声色。

远远地听见砰砰砰砰的响声，那是在修船造船。砰砰的声音是斧头往船板上敲钉。船体是空的，故声音传得很远。待修的船翻扣过来，底朝上。这只船辛苦了很久，它累了，它正在休息。一只新船造好了，油了桐油，过两天就要下水了。看看崭新的船，叫人心里高兴，——生活是充满希望的。船场附近照例有打船钉的铁匠炉，叮叮当当。有碾石粉的碾子，石粉是填船缝用的。有卖牛杂碎的摊子。卖牛杂碎的是山东人。这种摊子上还卖锅盔（一种很厚很大的面饼）。

我们有时到西堤去玩。我们那里的人都叫它西湖。湖很大，一眼望不到边。很奇怪，我竟没有在湖上坐过一次船。湖西还有一些村镇。我知道一个地名，菱塘桥，想必是个大镇子。我喜欢菱塘桥这个地名，这引起我的向往，但我不知道菱塘桥是什么样子。湖东有的村子，到夏天就把耕牛送到湖西去歇伏。我所住的东大街上，那几天就不断有成队的水牛在大街上慢慢地走过。牛过后，留下很大的一堆一堆牛屎。听说是湖西凉快，而且湖西有茭草，牛吃了会消除劳乏，恢复健壮。我于是想象湖西是一片碧绿碧绿的茭草。

高邮湖中，曾有神珠。沈括《梦溪笔谈》载：

嘉祐中，扬州有一珠甚大，天晦多见，初出于天长县陂泽中，后转入甓社湖，又后乃在新开湖中，凡十余年，居民行人常常见之。余友人书斋在湖上，一夜忽见其珠甚近，初微开其房，光自吻中出，如横一金线，俄忽张壳，其大如半席，壳中白光如银，珠大如掌。灿然不可正视，十余里间林木皆有影，如初日所照，远处但见天赤如野火，倏然远去，其行如飞，浮于波中，杳杳如日。古有明月之珠，此珠色不类月，荧荧有芒焰，殆类日光。崔伯易尝为"明珠赋"。伯易，高邮人，盖常见之。近岁不复出，不知所往。樊良镇正当珠往来处，行人至此，往往维船数宵以待观，名其亭为"玩珠"。

这就是"秦邮八景"的第一景"甓射珠光"。沈括是很严肃的学者，所言凿凿，又生动细微，似乎不容怀疑。这是个什么东西呢？是一颗大珠子？嘉祐到现在也才九百多年，已经不可究诘了。高邮湖亦称珠湖，以此。我小时学刻图章，第一块刻的就是"珠湖人"，是一块肉红色的长方形图章。

湖通常是平静的，透明的。这样一片大水，浩浩淼淼（湖上常常没有一艘船），让人觉得有些荒凉，有些寂寞，有些神秘。

黄昏了。湖上的蓝天渐渐变成浅黄、橘黄，又渐渐变成紫色，很深很深的紫色。这种紫色使人深深感动。我永远忘不了这样的紫色的长天。

闻到一阵阵炊烟的香味。停泊在御码头一带的船上正在烧饭。

一个女人高亮而悠长的声音：

"二丫头……回来吃晚饭来……"

像我的老师沈从文常爱说的那样，这一切真是一个圣境。

高邮湖是悬湖。湖面，甚至有的地方的湖底，比运河东面的地面都高。

湖是悬湖，河是悬河，我的家乡随时都在大水的威胁之中。翻开县志，水灾接连不断。我所经历过的最大的一次水灾，是民国二十年。

　　这次水灾是全国性的。事前已经有了很多征兆。连降大雨，西湖水位增高，运河水平了漕，坐在河堤上可以"踢水洗脚"。有很多"瘆人"的，不祥的现象。天王寺前，虾蟆爬在柳树顶上叫。老人们说：虾蟆在多高的地方叫，大水就会涨得多高。我们在家里的天井里躺在竹床上乘凉，忽然拨刺一声，从阴沟里蹦出一条大鱼！运河堤上，龙王庙里香烛昼夜不熄。七公殿也是这样。大风雨的黑夜里，人们说是看见"耿庙神灯"了。耿七公是有这个人的，生前为人治病施药，风雨之夜，他就在家门前高旗杆上挂起一串红灯，在黑暗的湖里打转的船，奋力向红灯划去，就能平安到岸。他死后，红灯还常在浓云密雨中出现，这就是"耿庙神灯"——"秦邮八景"中的一景。耿七公是渔民和船民的保护神，渔民称之为"七公老爷"。渔民每年要做会，谓之"七公会"。神灯是美丽的，但同时也给人一种神秘的恐怖感。阴历七月，西风大作。店铺都预备了"高挑灯笼"——长竹柄，一头用火烧弯如钩状，上悬一个灯笼，轮流值夜巡堤。告警锣声不断。本来平静的水变得暴怒了。一个浪头翻上来，会把东堤石工的丈把长的青石掀起来。看来堤是保不住了。终于，我记得是七月十三（可能记错），倒了口子。我们那里把决堤叫作"倒口子"。西堤四处，东堤六处。湖水涌入运河，运河水直灌堤东。顷刻之间，高邮成了泽国。

　　我们家住进了竺家巷一个茶馆的楼上（同时搬到茶馆楼上的还有几家），巷口外的东大街成了一条河，"河"里翻滚着箱箱柜柜，死猪死牛。"河"里行了船，会水的船家各处去救人（很多人家爬在屋顶上、树上）。

约一星期后，水退了。

水退了，很多人家的墙壁上留下了水印，高及屋檐。很奇怪，水印怎么擦洗也擦洗不掉。全县粮食几乎颗粒无收。我们这样的人家还不至挨饿，但是没有菜吃。老是吃慈菇汤，很难吃。比慈菇汤还要难吃的是芋头梗子做的汤。日本人爱喝芋梗汤，真不可理解。大水之后，百物皆一时生长不出，唯有慈菇芋头却是丰收！我在小学的教务处的地上发现几个特大的蚂蟥，缩成一团，有拳头大，怎么踩也踩不破！

我小时候，从早到晚，一天没有看见河水的日子，几乎没有，我上小学，倘不走东大街而走后街，是沿河走的。上初中，如果不从城里走，走东门外，则是沿着护城河。出我家所在的巷子的南头，是越塘。出巷北，往东不远，就是大淖。我在小说《异秉》中所写的老朱，每天要到大淖去挑水，我就跟着他一起去玩。老朱真是个忠心耿耿的人，我很敬重他。他下水把水桶弄满（他两腿都是"筋疙瘩"——静脉曲张），我就拣选平薄的瓦片打水飘。我到一沟、二沟、三垛，都是坐船。到我的小说《受戒》所写的庵赵庄去，也是坐船。我第一次离家去外地读高中，也是坐船——轮船。

水乡极富水产。鱼之类，乡人所重者为鳊、白、鲫（鲫花鱼即鳜鱼）。虾有青白两种。青虾宜炒虾仁，呛虾（活虾酒醉生吃）则用白虾。小鱼小虾，比青菜便宜，是小户人家佐餐的恩物。小鱼有名"罗汉狗子"、"猫杀子"者很好吃。高邮湖蟹甚佳，以做醉蟹，尤美。高邮的大麻鸭是名种。我们那里八月中秋兴吃鸭，馈送节礼必有公母鸭成对。大麻鸭很能生蛋。腌制后即为著名的"高邮咸蛋"。高邮鸭蛋双黄者甚多。江浙一带人见面问起我的籍贯，答云高邮，多肃然起敬，曰："你们那里出咸鸭蛋。"好像我们那里就只出咸鸭蛋！

我的家乡不只出咸鸭蛋。我们还出过秦少游，出过散曲作家王磐，出过经学大师王念孙、王引之父子。

县里的名胜古迹最出名的是文游台。这是秦少游、苏东坡、孙莘老、王定国文酒游会之所。台基在东山（一座土山）上，登台四望，眼界空阔。我小时凭栏看西面运河的船帆露着半截，在密密的杨柳梢头后面缓缓移过，觉得非常美。有一座镇国寺塔，是个唐塔，方形。这座塔原在陆上，运河拓宽后，为了保存这座塔，留下塔的周围的土地，成了运河当中的一个小岛。镇国寺我小时还去玩过，是个不大的寺。寺门外有一堵紫色的石制照壁，这堵照壁向前倾斜，却不倒。照壁上刻着海水，故名"海水照壁"。寺内还有一尊肉身菩萨的坐像，是一个和尚坐化后漆成的，寺不知毁于何时。另外还有一座净土寺塔，明代修建。我们小时候记不住什么镇国寺、净土寺，因其一在西门，名之为"西门宝塔"；一在东门，便叫它"东门宝塔"。老百姓都是这么叫的。

全国以邮字为地名的，应只高邮一县。为什么叫高邮？因为秦始皇曾在高处建邮亭。高邮是秦王子婴的封地，至今还有一条河叫子婴河，旧有子婴庙，今不存。高邮为秦代始建，故又名秦邮，外地人或以为这跟秦少游有什么关系，没有。

一九九一年六月二十日

载一九九一年第十期《作家》

泰山片石

序

> 我从泰山归，
> 携归一片云。
> 开匣忽相视，
> 化作雨霖霖。

泰山很大

泰即太，太的本字是大。段玉裁以为太是后起的俗字，太字下面的一点是后人加上去的。金文、甲骨文的大字下面如果加上一点，也不成个样子，很容易让人误解，以为是表示人体上的某个器官。

因此描写泰山是很困难的。它太大了，写起来没有抓挠。三千年来，写泰山的诗里最好的，我以为是诗经的《鲁颂》："泰山岩岩，鲁邦所詹。""岩岩"究竟是一种什么感觉，很难捉摸，但是登上泰山，似乎可以体会到泰山是有那么一股劲儿。詹即瞻。说是在鲁国，不论在哪里，抬起头来就能看到泰山。这是写实，然而写出了一个大境界。汉武帝登泰山封禅，对泰山简直不知道怎么说才好，只好发出一连串的感叹："高矣！极矣！大矣！特矣！壮矣！赫矣！感矣！"完全没说出个所以然。这倒也是一种办法。人到了超经验的景色之前，往往找不到合适的语言，就只好狗一样地乱叫。杜甫诗《望岳》，自是绝唱，"岱宗夫如何，齐鲁青未了"，一句话就把泰山概括了。杜甫真是一个深受儒家思想影响的伟大的现实主义者，这一句诗表现了他对祖国山河的无比的忠悃。相比之下，李白的"天门一长啸，万里清风来"，就有点洒狗血。李白写了很多好诗，很有气势，但有时底气不足，便只好洒狗血，装疯。他写泰山的几首诗都让人有底气不足之感。杜甫的诗当然受了《鲁颂》的影响，"齐鲁青未了"，当自"鲁邦所詹"出。张岱说"泰山元气浑厚，绝不以玲珑小巧示人"，这话是说得对的。大概写泰山，只能从宏观处着笔。郦道元写三峡可以取法。柳宗元的《永州八记》刻琢精深，以其法写泰山即不大适用。

写风景，是和个人气质有关的。徐志摩写泰山日出，用了那么多华丽鲜明的颜色，真是"浓得化不开"。但我有点怀疑，这是写泰山日出，还是写徐志摩？我想周作人就不会这样写。周作人大概根本不会去写日出。

我是写不了泰山的，因为泰山太大，我对泰山不能认同。我对一切伟大的东西总有点格格不入。我十年间两登泰山，可谓了不相干。泰山既不能进入我的内部，我也不能外化为泰山。山自山，我自我，不能达到物我同一，山即是我，我即是山。泰山是强者之山，——我自以为这个提法很合适，我不是强者，不论是登山还是处世。我是生长在水边的人，一个平常的，平和的人。我已经过了七十岁，对于高山，只好仰止。我是个安于竹篱茅舍、小桥流水的人。以惯写小桥流水之笔而写高大雄奇之山，殆矣。人贵有自知之明，不要"小鸡吃绿豆——强努"。

同样，我对一切伟大的人物也只能以常人视之。泰山的出名，一半由于封禅。封禅史上最突出的两个人物是秦皇汉武。唐玄宗作《纪泰山铭》，文词华缛而空洞无物。宋真宗更是个沐猴而冠的小丑。对于秦始皇，我对他统一中国的丰功，不大感兴趣。他是不是"千古一帝"，与我无关。我只从人的角度来看他，对他的"蜂目豺声"印象很深。我认为汉武帝是个极不正常的人，是个妄想型精神病患者，一个变态心理的难得的标本。这两位大人物的封禅，可以说是他们的人格的夸大。看起来这两位伟大人物的封禅实际上都不怎么样。秦始皇上山，上了一半，遇到暴风雨，吓得退下来了。按照秦始皇的性格，暴风雨算什么呢？他横下心来，是可以不顾一切地上到山顶的。然而他害怕了，退下来了。于此可以看出，伟大人物也有虚弱的一面。汉武帝要封禅，召集群臣讨论封禅的制度。因无旧典可循，大家七嘴八舌瞎说一气。汉武帝恼了，自己规订了照祭东皇太乙的仪式，上山了。却谁也不让同去，只带了霍去病的儿子一个人。霍去病的儿子不久即得暴病而死。他的死因很可疑。于是汉武帝究竟在山顶上鼓捣了什么名堂，谁也不知道。封禅是大典，为什么要这样保密？看来汉武帝心里也有鬼，很怕他的那一套名堂并无灵验，为人所讥。

但是，又一次登了泰山，看了秦刻石和无字碑（无字碑是一个了不起的杰作），在乱云密雾中坐下来，冷静地想想，我的心态比较透亮了。我承认泰山很雄伟，尽管我和它整个不能水乳交融，打成一片。承认伟大的人物确实是伟大的，尽管他们所做的许多事不近人情。他们是人里头的强者，这是毫无办法的事。在山上待了七天，我对名山大川，伟大人物的偏激情绪有所平息。

同时我也更清楚地认识到我的微小，我的平常，更进一步安于微小，安于平常。

这是我在泰山受到的一次教育。

从某个意义上说，泰山是一面镜子，照出每个人的价值。

碧霞元君

泰山牵动人的感情，是因为关系到人的生死。人死后，魂魄都要到蒿里集中。汉代挽歌有《薤露》《蒿里》两曲。或谓本是一曲，李延年裁之为二，《薤露》送王公贵人，《蒿里》送大夫士庶。我看二曲词义，各成首尾，似本即二曲。《蒿里》词云：

> 蒿里谁家地？
>
> 聚敛魂魄无贤愚。
>
> 鬼伯一何相催迫，
>
> 人命不得少踟蹰。

写得不如《薤露》感人，但如同说话，亦自悲切。十年前到泰山，就想到蒿里去看看，因为路不顺，未果。蒿里山才多大的地方，天下的鬼魂都聚在那里，怎么装得下呢？也许鬼有形无质的，挤一点不要紧。后来不知怎么又出来个酆都城。这就麻烦了，鬼们将无所适从，是上山东呢，还是到四川？我看，随便吧。

泰山神是管死的。这位神不知是什么来头。或说他是金虹氏，或说是《封神榜》上的黄飞虎。道教的神多是随意瞎编出来的。编的时候也不查查档案，于是弄得乱七八糟。历代帝王对泰山神屡次加封，老百姓则称之为东岳大帝。全国各地几乎都有一座东岳庙，亦称泰山庙。我们县的泰山庙离我家很近，我对这位大帝是很熟悉的，一张油亮的白脸，疏眉细眼，五绺胡须。我小小年纪便知道大帝是黄飞虎，并且小小年纪就觉得这很滑稽。

中国人死了，变成鬼，要经过层层转关系，手续相当麻烦。先由本宅灶君报给土地，土地给一纸"回文"，再到城隍那里"挂号"，最后转到东岳大帝那里听候发落。好人，登银桥。道教好人上天，要经过一道桥（我想象倒是颇美的），这桥就叫"升仙桥"。我是亲眼看见过的，是纸扎的。道士诵经后，桥即烧去。这个死掉的人升天是不是经过东岳大帝批准了，不知道。不过死者的家属要给道士一笔劳务费，是知道的。坏人，下地狱。地狱设各种酷刑：上刀山、下油锅、锯人、磨人……这些都塑在东岳庙的两廊，叫作"七十二司"。听说泰山蒿里祠也有"司"，但不是七十二，而是七十五，是个单数，不知是何道理。据我的印象，人死了，登桥升天的很少，大部分都在地狱里受罪。人都不愿死，尤其不愿在七十二司里受酷刑，——七十二司是很恐怖的，我小时即不敢多看，因此，大家对东岳大帝都没什么好感。香，还是要烧的，因为怕他。而泰山香火最盛处，为碧霞元君祠。

碧霞元君，或说是泰山神的侍女、女儿，或说是玉皇大帝的女儿，又说是玉皇大帝的妹妹。道教诸神的谱系很乱，差一辈不算什么。又一说是东汉人石守道之女。这个说法不可取，这把元君的血统降低了，从贵族降成了平民。封之为"天仙玉女碧霞元君"的，是宋真宗。老百姓则称之为泰山娘娘，或泰山老奶奶。碧霞元君实际上取代了东岳大帝，成为泰山的主神。"礼岱者皆祷于泰山娘娘祠庙，而弗旅岳神久矣。"（福格《听雨丛谈》）泰安百姓"终日仰对泰山，而不知有泰山，名之曰奶奶山"。（王照《行脚山东记》）

泰山神是女神，为什么？这很容易让人联想原始社会母性崇拜的远古隐秘心理的回归，想到母系社会。这不是没有道理的。我们不管活得多大，在深层心理中都封藏着不止一代人对母亲的记忆。母亲，意味着生。假如说东岳大帝是司死之神，那么，碧霞元君就是司生之神，是滋生繁衍之神。或者直截了当地说，是母亲神，人的一生，在残酷的现实生活之中，艰难辛苦，受尽委屈，特别需要得到母亲的抚慰。明万历八年，山东巡抚何起鸣登泰山，看到"四方以进香来谒元君者，辄号泣如赤子久离父母膝下者"。这里的"父"字可删。这种现象使这位巡抚大为震惊，"看出了群众这种感情背后隐藏着对冷酷现实强烈否定。"（车锡伦《泰山女神的神话信仰与宗教》）这位何巡抚是个有头脑，能看问题的人。对封建统治者来说，这种如醉如痴的半疯狂的感情，是一种可怕的力量。

碧霞元君当然被蒙上世俗宗教的唯利色彩，如各种人来许愿、求子。

车锡伦同志在他的《泰山女神的神话信仰与宗教》的最后提出一个很有意思的问题，即对碧霞元君"净化"的问题。怎样"净化"？我们不能把碧霞元君祠翻造成巴黎圣母院那样的建筑，也不能请巴赫那样的作曲家来写像《圣母颂》一样的《碧霞元君颂》。但是好像也不是一点办法都没有。比如能不能组织一个道教音乐乐队，演奏优美的道教乐曲，调集一些有文化的炼师诵唱道经，使碧霞元君在意象上升华起来，更诗意化起来？

任何名山都应该提高自己的文化层次，都有责任提高全民的文化素质。我希望主管全国旅游的当局，能思索一下这个问题。

泰山石刻

第一次看见经石峪字，是在昆明一个旧家，一副四言的集字对联，厚纸浓墨，是较早的拓本。百年老屋，光线晦暗，而字字神气俱足，不能忘。

经石峪在泰山中路的岔道上。这地方的地形很奇怪，在崇山峻岭之中，怎么会出现一片一亩大的基本平整的石坪呢？泰山石为花岗岩，多为青色，而这片石坪的颜色是姜黄的。四周都没有这样的石头，很奇怪。是一个什么人发现了这片石坪，并且想起在石坪上刻下一部《金刚经》呢？经字大径一尺半。摩崖大字，一般都是刻在直立的石崖上，这是刻在平铺的石坪上的，很少见。这样的字体，他处也极少见。

经石峪的时代，众说纷坛。说这是从隶书过渡到楷书之间的字体，则多数人都无异议。

有人以为经石峪与瘗鹤铭的时代差不多，是有见地的。经石峪保存较多隶书笔意，但无蚕头雁尾，笔圆而体稍扁，可以上接石门铭，但不似石门铭的放肆，有人说这和瘗鹤铭都是王羲之写的，似无据。王羲之书多以偏侧取势，经石峪非也。瘗鹤铭结体稍长，用笔瘦劲，秀气扑人，说这近似二王书，还有几分道理（我以为应早于王羲之）。书法自晋唐以后，都贵瘦硬。杜甫诗"书贵瘦硬方通神"，是一时风气。经石峪字颇肥重，但是骨在肉中，肥而不痴。笔笔送到，而不板滞。假如用一个字评经石峪字，曰：稳。这是一个心平而志坚的学佛的人所写的字。这不是废话么，金刚经还能是不学佛的人写的？不，经字有佛性。

这样的字，和泰山才相称。刻在他处，无此效果。十年前，我在经石峪待了好大一会儿，觉得两天的疲劳，看了经石峪，也就值了。"经石峪"是"泰山"不可分离的一部分。泰山即使没有别的东西，没有碧霞元君祠，没有南天门，只有一个经石峪，也还是值得来看看的。

我很希望有人能拓印一份经石峪字的全文（得用好多张纸拼起来），在北京陈列起来，即便专为它盖一个大房子，也不为过。

名山之中，石刻最多，也最好的，似为泰山。大观峰真是大观，那么多块摩崖大字，大都写得很好，这好像是摩崖大字大赛，哪一块都不寒碜。这块地场（这是山东话）也选得好。石岩壁立，上无遮盖，而石壁前有一片空地，看字的人可以在一个距离之外看，收其全貌，不必像壁虎似的趴在石壁上。其他各处的摩崖石碑的字也都写得不错。摩崖字多是真书，体兼颜柳，是得这样，才压得住（蔡襄平日写行草，鼓山的石刻题名却是真书。董其昌字甚飘逸，但写大字则用颜体），看大字碑刻题名，很多都是山东巡抚。大概到山东来当巡抚，先得练好大字。

有些摩崖石刻，是当代人手笔。较之前人，不逮也。有的字甚至明显地看得出是用铅笔或圆珠笔写在纸上放大的。是乌可哉。

很奇怪，泰山上竟没有一块韩复榘写的碑。这位老兄在山东，待了那么久，为什么不想到泰山来留下一点字迹？看来他有点自知之明。韩复榘在他的任内曾大修过泰山一次，竣工后，电令泰山各处："嗣后除奉令准刊外，无论何人不准题字、题诗。"我准备投他一票。随便刻字，实在是糟蹋了泰山。

担山人

我在泰山遇了一点险，在由天街到神憩宾馆的石级上，叫一个担山人的扁担的铁尖在右眼角划了一下，当时出了血。这位担山人从我的后边走上来，在我身边换肩。担山人说："你注意一点。"话倒是挺和气，不过有点岂有此理，他在我后面，倒是我不注意！我看他担着重担，没有说什么（我能说什么呢？揪住他不放？这种事我还做不出来）。这个担山人年纪比较轻，担山、做人，都还少点经验。他担了四块正方形的水泥砖，一头两块。（为什么不把原材料运到山上，在山上做砖，要这样一趟一趟担？）我看了别的担山人，担什么的都有。有担啤酒的，不用筐箱，啤酒瓶直立着，缚紧了，两层。一担也就是担个五六十瓶吧。我们在山上喝啤酒，有时开了一瓶，没喝完，就扔下了。往后可不能这样，这瓶酒来之不易。泰山担山人有个特别处，担物不用绳系，直接结缚在扁担两头，这样重心就很高，有什么好处？大概因为用绳系，爬山级时易于碰腿。听泰山管理处的路宗元同志说，担山人，一般能担一百四五十斤，多的能担一百八。他们走得不快，一步一步，脚脚落在实处，很稳。呼吸调得很匀，不出粗气。冯玉祥诗《上山的挑夫》说担山人"腿酸气喘，汗如雨滴"，要是这样，那算什么担山的呢！

泰山担山人的扁担较他处为长，当中宽厚，两头稍翘，一头有铁尖（这种带有铁尖的扁担湖南也有，谓之钎担）。扁担作紫黑色，不知是什么木料，看起来很结实，又有绵性，既能承重，也不压肩。

我的那点轻伤不算什么，到了宾馆，血就止了。大夫用酒精擦了擦，晚上来看看，说"没有感染"（我还真有点怕万一感染了破伤风什么的）。又说："你扎的那个地方可不好！如果再往下一点，扎得深一点……"

"那就麻烦了！"

扇子崖下

泰山散文笔会的作家去登扇子崖。我和斤澜没有上去，叶梦为了陪我们，上了一截又下来了。路宗元同志叫我们在下面随便走走。等登山的人下来。

这也是一个景区，竹林寺风景管理区，但竹林寺只存其名，寺已不存在。这里属泰山西路，不是登山的正路，游人很少。除了特意来登扇子崖的，几乎没有人来。这不大像风景区，倒像山里的一个村子。稍远处有农家。地里种着地瓜（即白薯）。一个树林里有近百只羊。一色是黑山羊。泰山的山羊和别处不大一样，毛色浓黑，眼圈和嘴头是棕黄色的——别处的黑山羊眼、嘴都是浅灰色。这些羊分散在石块上，或立或卧，都一动不动，只有嘴不停地磨动，在倒嚼。这些羊的样子很"古"。有一个小庙了，叫无极庙。庙外有老妇人卖汽水。无极庙极小。正殿上塑着无极娘娘，两旁配殿一边塑送生娘娘，一边塑眼光娘娘，比碧霞元君祠简陋。中国人不知道为什么对眼光娘娘那样重视，很多庙里都有，是中国害眼疾的特多？无极庙小，没人来，无主持僧道，庭中有树两株，石凳一，很安静。在石凳上坐坐，舒服得很。出门时问卖汽水的老妇人："有人买汽水么？"答曰："有！"

出无极庙，沿山路徐行。路也有点起伏，石级崎岖处得由叶梦扶我一把，但基本上是平缓的。半山有石亭，在亭外坐下，眺望近处的长寿桥、远处的黑龙潭，如王旭《西溪》诗所说"一川烟景合，三面画屏开"，很美。许安仁《游泰山竹林》诗云："客来总说游山好，不道山僧却厌山"，在游山诗中别开生面。我在泰山，虽不到"厌山"的程度，但连日上上下下，不免疲乏，能于雄、伟、奇、险之外得一幽境（王旭《游竹林寺》："竹林开幽境"）偷闲半日，也是很好的休息。

薄暮，登山诸公下来，全都累得够呛，我与斤澜皆深以不登扇子崖为得计。

临走时，卖汽水的老妇人已经走了，无极庙的门开着。

回来翻翻资料，无极庙的来历原来是这样：一九二五年张宗昌督鲁时，兖州镇守使张培荣封其夫人为"无极真人"，并在竹林寺旧址建无极庙，不禁失笑。一个镇守使竟然"封"自己的老婆为"真人"，亦是怪事。这种事大概只有张宗昌的部下才干得出来。

中溪宾馆

中溪宾馆在中天门，一径通幽，两层楼客房，安安静静。楼外有个长长的庭院，种着小灌木，豆板黄杨、小叶冬青、日本枫。庭院两端有一石造方亭，突出于山岩之外，下临虚谷，不安四壁。亭中有石桌石凳。坐在亭子里，觉山色皆来相就，用四川话说，真是"安逸"。

伙食很好，餐餐有野菜吃。十年前我到泰山，就吃过野菜，但不如这次多。泰山可吃的野菜有一百多种，主要的有三十一种。野菜不外是两种吃法，一是开水焯后凉拌，一是裹了蛋清面糊油炸。我们这次吃过的野菜有这些：

灰菜（亦名雪里青。略焯，凉拌。亦可炒食。或裹面蒸食）

野苋菜（凉拌或炒）

马齿苋（凉拌或炒）

蕨菜（即藜，焯后凉拌）

黄花菜（泰山顶上的黄花菜淡黄色，与他处金黄者不同，瓣亦较厚而嫩，甚香。凉拌或炒，亦可做汤）

藿香（即做藿香正气丸的藿香。山东人读"藿"音如"河"，初不知"河香"为何物，上桌后方知是一味中药。藿香叶裹面油炸）

薄荷（野生者。油炸，入口不凉，细嚼后有薄荷香味）

紫苏（本地叫苏叶，与南京女作家苏叶名字相同，但南京的苏叶不能裹面油炸了吃耳）

椿叶（香椿已经无嫩芽，但其叶仍可炸食）

木槿花（整朵油炸，炸出后花形不变，一朵一朵开在瓷盘里。吃起来只是酥脆，亦无特殊味道，好玩而已）

宾馆经理朱正伦把野菜移栽在食堂外面的空地上，要吃，由炊事员现采，故皆极新鲜。朱经理说港台客人对中溪宾馆的野菜宴非常感兴趣。那是，香港咋能吃到野菜呢！

宾馆的服务员都是小姑娘，对人很亲切，没有星级宾馆的服务员那样过多的职业性的礼貌。她们对"散文笔会"的十八位作家的底细大体都摸清了。一个叫米峰的姑娘戴一副眼镜，我戏称她为学者型的服务员。她拿了一本《蒲桥集》来让我签名，说是今年一月在泰安买的，说她最喜欢《昆明的雨》那几篇，说没想到我会来，看到了我，真高兴。我在扉页上签了名，并写了几句话。

山中七日，除了在山顶的神憩宾馆住过一晚上外，六天都住在中溪宾馆。早晨出发，薄暮归来。人真是怪。宾馆，宾馆耳，但踏进大门，即觉得是回家了。

我问朱正伦同志，这地方为什么叫中溪，他指指对面的山头，说山上有一条溪水，是泰山的主溪，因为在泰山之中，故名中溪。听人说，泰山山有多高，水有多高，信然。

写了两个晚上的字。为中溪宾馆写了一幅四尺横幅：溪流崇岭上，人在乱云中。

临走，宾馆人员全体出动，一直把我们送下山坡上汽车。桑下三宿，未免有情。再来泰山，我还住中溪。

泰山云雾

宿中溪宾馆第二天，我起得很早，推开客房楼门，到院里一看，大雾。雾在峰谷间缓缓移动，忽浓忽淡。远近诸山皆作浅黛，忽隐忽现。早饭后，雾渐散，群山皆如新沐。

登玉皇顶，下来，到探海石旁，不由常路，转到后山。后山小路狭窄，未经斫治，有些地方仅能容足，颇险。我四月间在云南曾崴过一次脚，因有旧伤，所以格外小心。但是后山很值得一看。山皆壁立，直上直下，岩块皆数丈，笔致粗豪，如大斧劈。忽然起了大雾，回头看玉皇顶，完全没有了，只闻鸟啼。从鸟声中得出所从来的山岭松林的方位，知道就在不远处。然而极目所见，但浓雾而已。

宿神憩宾馆，晚上，和张抗抗出宾馆大门看看，只见白茫茫一片，不辨为云为雾。想到天街走走，服务员劝我们不要去，危险，只好伏在石栏上看看。云雾那样浓，似乎扔一个鸡蛋下去也不会沉底。老是白茫茫一片，看到什么时候？回去吧。抗抗说她小时候看见云流进屋里，觉得非常神奇。不想我们回去，拉开了玻璃大门，云雾抢在我们前面先进来了，一点不客气，好像谁请了它似的。

离泰山的那天夜晚，雾特大，开了车灯，能见度只有二尺。司机在泰山开了十年车，是老泰山了。他说外地司机，这天气不敢开车。我们就这样云里雾里，糊里糊涂地离开泰山了。

在车里，我想：泰山那么多的云雾，为什么不种茶？史载：中国的饮茶，始于泰山的灵岩寺，那么，泰山原来是有茶树的。泰山的水那样好（本地人云：泰山有三美，白菜、豆腐、水），以泰山水泡泰山茶，一定很棒。我想向泰山管委会做个建议：试种茶树。也许管委会早已想到了。下次再来泰山，希望能喝到泰山岩茶，或"碧霞新绿"。

一九九一年七月末，北京

载一九九二年创刊号《绿叶》

我的家

　　十年前我回了一次家乡，一天闲走，去看了看老家的旧址，发现我们那个家原来是不算小的。我家的大门开在科甲巷（不知道为什么这条巷子起了这么个名字，其实这巷里除了我的曾祖父中过一名举人，我的祖父中过拔贡外，没有别的人家有过功名），而在西边的竺家巷有一个后门。我的家即在这两条巷子之间。临街是铺面。从科甲巷口到竺家巷口，计有这么几家店铺：一家豆腐店，一家南货店，一家烧饼店，一家棉席店，一家药店，一家烟店，一家糕店，一家剃头店，一家布店。我们家在这些店铺的后面，占地多少平米我不知道，但总是不小的，住起来是相当宽敞的。

　　这所老宅子分作东西两截，或两区。东边住着祖父母（我们叫"太爷"、"太太"）和大房——大伯父一家。西边是二房（我的二伯母）和三房——我父亲的一家。东西地势相差约有三尺，由东边到西边要上几层台阶。

　　正屋的东边的套间住着太爷、太太，西边是大伯父和大伯母（我们叫"大爷"、"大妈"。当中是一个堂屋，因为敬神祭祖都在这间堂屋里，所以叫作"正堂屋"。正堂屋北面靠墙是一个很大的"老爷柜",即神案,但我们那里都叫作"老爷柜",这东西也确实是一个很长的大柜,当中和两边都有抽屉,下面还有钉了铜环的柜门。老爷柜上,当中供的是家神菩萨,左边是文昌帝君神位,右边是祖宗龛——一个细木雕琢的像小庙一样的东西,里面放着祖宗的牌位——神主。这正堂屋大概是我的曾祖父手里盖的,因为两边板壁上贴着他中秀才、中举人的报条。有年头了。原来大概是相当恢宏的。庭柱很粗,是"布灰布漆"的——木柱外涂瓦灰,裹以夏布,再施黑漆。到我记事时漆灰有多处已经剥落。这间老堂屋的铺地的箩底砖(方砖)的边角都磨圆了,而且特别容易返潮。天将下雨,砖地上就是潮乎乎的。若遇连阴天,地面简直像涂了一层油,滑的。我很小就知道"础润而雨"。用不着看柱础,从正堂屋砖地,就知道雨一时半会儿停不了。一想到正堂屋,总会想到下雨,有时接连下几天,真是烦人。雨老不停,我的一个堂姐就会剪一个纸人贴在墙上,这纸人一手拿着簸箕,一手拿笤帚,风一吹,就摇动起来,叫"扫晴娘"。也真奇怪,扫晴娘扫了一天,第二天多少会放晴。

这间正堂屋的用处是:过年时敬神,清明祭祖。祭祖时在正中的方桌上放一大碗饭,这碗特别的大,有一个小号洗脸盆那样大,很厚,是白色的古瓷的,除了祭祖装饭外,不作别的用处。饭压得很实,鼓起如坟头,上面插了好多双红漆的筷子。筷子插多少双,是有定数的,这事总是由我的祖母做。另有四样祭菜。有一盘白切肉,一盘方块粉,——绿豆粉,切成名片大小,三分厚。这方块粉在祭祖后分给两房。这粉一点味道都没有,实在不好吃,所以我一直记得。其余两样祭菜已无印象。十月朝(旧历十月初一)"烧包子",即北方的"送寒衣"。

一个一个纸口袋，内装纸钱，包上写明各代考妣冥中收用，一袋一袋排在祭桌前，上面铺一层稻草。磕头之后，由大爷点火焚化。每年除夕，要在这方桌上吃一顿团圆饭。我们家吃饭的制度是：一口锅里盛饭，大房、三房都吃同一锅饭，以示并未分家；菜则各房自炒，又似分爨。但大年三十晚上，祖父和两房男丁要同桌吃一顿。菜都是太太手制的。照例有一大碗鸭羹汤。鸭丁、山药丁、慈菇丁合烩。这鸭羹汤很好吃，平常不做，据说是徽州做法。我们的老家是徽州（姓汪的很多人的老家都是徽州），我们家有些菜的做法还保持徽州传统。比如肉丸蘸糯米蒸熟，有些地方叫珍珠丸子或蓑衣丸子，我们家则叫"徽团"。

我对大堂屋有一点特殊的记忆，是我曾在这里当过一回孝子。我的二伯父（二爷）死得早，立嗣时经过一番讨论。按说应该由长房次子，我的堂弟曾炜过继，但我的二伯母（二妈）不同意，她要我，因为她和我的生母感情很好，从小喜欢我。我是次房长子，长子过继，不合古理。后来是定了一个折中方案，曾炜和我都过继给二妈，一个是"派继"，一个是"爱继"。二妈死后，娘家提了一些条件，一是指定要用我的祖父的寿材盛殓。太爷五十岁时就打好了寿材，逐年加漆，漆皮已经很厚了。因为二妈是年轻守节，娘家提出，不能不同意。一是要在正堂停灵，也只好同意了（本来上有老人，是不该在正屋停灵的）。我和曾炜于是履行孝子的职责。亲视含殓（围着棺材走一圈），戴孝披麻，一切如制。最有意思的是逢七的时候得陪张牌李牌吃饭。逢七，鬼魂要回来接受烧纸，由两个鬼役送回来。这两个鬼役即张牌李牌。一个较大的方杌凳，两副筷子，一碟白肉，一碟豆腐，两杯淡酒。我和曾炜各用一个小板凳陪着坐一会儿。

陪鬼役吃饭,我还是头一回。六七开吊,我是孝子一直在场,所以能看到全部过程。家里办丧事,气氛和平常全不一样,所有的人都变得庄严肃穆起来。开吊像是演一场戏,大家都演得很认真。"初献"、"亚献"、"终献",有条不紊,节奏井然。最后是"点主"。点主要一个功名高的人。给我的二伯母点主的是一个叫李芳的翰林,外号李三麻子。"点主"是在神主上加点。神主(木制小牌位)事前写好"×孺人之神王",李三麻子就位后,礼生喝道:"凝神,想象,请加墨主。"李三麻子拈起一支新笔在"王"字上加一墨点。礼生再赞:"凝神,想象,请加朱主。"李三麻子用朱笔在黑点上加一点。这样死者的魂灵就进入神主了。我对"凝神,想象"印象很深,因为这很有点诗意。其实李三麻子对我的二伯母无从想象,因为他根本没有见过我的二伯母。

正堂屋对面,隔一个天井,是穿堂。

穿堂对面原来有一排三开间的房子,是我的叔曾祖父的一个老姨太太住的。房子很旧了,屋顶上长了很多瓦松,隔扇上糊的白纸都已成了灰色。这位老姨太太多年衰病,总是躺着。这一排房子里听不到一点声音,非常寂静,只有这位老姨太太的女儿——我们叫她小姑奶奶,带着孩子来住一阵,才有一点活气。

老姨太太死了,她没有儿子,由我一个叔祖父过继给他。这位叔祖父行六,我们叫他六太爷。这是个很有风趣的人,很喜欢孩子。老姨太太逢七,六太爷要来守灵烧纸,烧了纸,他弄一壶酒,慢慢喝着,给孩子讲故事——说书,说"大侠甘凤池",一直说到深夜。因此,我们总是盼着老姨太太逢七。

祖父过六十岁的头年,把东边的房屋改建了一下。正堂屋没动。穿堂加大了。老姨太太原来住的一排房子拆了，盖了一个"敞厅"。房屋翻盖的情况我还记得，先由瓦匠头、木匠头挖出整整齐齐的一方土，供在老爷柜上。破土后，请全体瓦木匠在正堂屋吃一次饭。这顿饭的特别处是有一碗泥鳅，泥鳅我们家是不进门的，但是请瓦木匠必得有这道菜，这是规矩。我觉得这规矩对瓦木匠颇有嘲讽意味。接着是上梁竖柱，放鞭炮，撒糕馒，如式。

敞厅的特点是敞，很宽敞。盖得后，祖父的六十大寿在这里布置过寿堂，宴过客，此外就没有怎么用过，平常总是空着。我的堂姐姐有时把两张方桌拼起来，在上面缝被子。

敞厅对面，一道砖墙之外，是花园。花园原来没有园名，祖父命之曰"民圃"，因为他字铭甫，取其谐音。我父亲选了两块方砖，刻了"民圃"，两个小篆，嵌在一个六角小门的额上。但是我们还是叫它花园，不叫民圃。祖父六十大寿时自撰了一副长联，末署"民圃叟六十自寿"，"民圃"字样也只在长联里出现过，别处没有用过。

西边半截的房屋大概是祖父手里盖的，格局较小，主要房屋只是两个堂屋，上堂屋和下堂屋。

上堂屋两边的套间，东侧是三房，西侧是二房。

我的二伯父早逝，我没有见过。他房间里的板壁上挂着他的八寸放大照片，半侧身，穿着一身古典燕尾服，前身无下摆，雪白的圆角硬领衬衫，一只胳臂夹着一根象牙头的短手杖，完全是年轻的英国绅士派头，很英俊。听我父亲说，二伯父是个性格很刚烈的人。他是新党，但崇拜的不是孙文而是黄兴。有一次历史教员（那时叫作"教习"）在课堂上讲了黄兴几句不恭敬的话，他上去就给了这个教员一个嘴巴。二伯父和我父亲那时都在南京读中学（旧制中学）。他的死也跟他的负气任性的脾气有关。放暑假从南京回来，路过镇江，带着行李，镇江车站的搬运工人敲了他们一下，索价很高。二伯父一生气，把几个人的行李绑在一起，一个人就背了起来。没有走几步，一口血吐在地上，从此不起。

二伯母守节有年，她变得有些古怪。我的小说《珠子灯》里所写的孙小姐的原型，就是我的二伯母。

她变得有点古怪了，她屋里的东西都不许人动。王常生活着的时候是什么样子，永远是什么样子，不许挪动一点。王常生用过的手表、座钟、文具，还有他养的一盆雨花石，都放在原来的位置。孙小姐原是个爱洁成癖的人，屋里的桌子、椅子、茶壶茶杯，每天都要用清水洗三遍。自从王常生死后，除了过年之前，她亲自监督着一个从娘家陪嫁过来的女用人大洗一天之外，平常不许擦拭。里屋炕几上有一套茶具：一个白瓷的茶盘，一把茶壶，四个茶杯。茶杯倒扣着，上面落了细细的尘土。茶壶是荸荠形扁圆的，茶壶的鼓肚子下面落不着尘土，茶盘里就清清楚楚留下一个干净的圆印子。

她病了，说不清是什么病。除了逢年过节起来几天，其余的时间都在床上躺着，整天地躺着，除那个女用人，没有人上她屋里去。

有一个人是常上她屋里去的，我。我去了，坐在她床前的机凳上，陪她一会儿。她精神好的时候，教我《长恨歌》《西厢记·长亭》：

> 春风桃李花开日
> 秋雨梧桐叶落时。
>
> 碧云天，
> 黄花地，
> 西风紧，
> 北雁南飞。
> 晓来谁染霜林醉，
> 都是离人泪。

也有的时候，她也会讲一点轻松一些的文学故事，念苏东坡嘲笑小妹的诗：

> 人前走不上三五步，
> 额头先到画堂前。

这样的时候，她脸上也会有一点笑意。她的记忆很好，教我念诗，都是背出来的。她背诗，抑扬顿挫，节奏很强，富于感情，因此她教过我的诗词，我一直记得很清楚。她的诗词，是邑中一个老名士教的。

她老是叫我坐在她床前吃东西，吃饭，吃点心。吃两口，她就叫我张开嘴让她看看。接着就自言自语："王二娘个猫，王二娘个猫，王二娘个猫。"不知道这是什意思。她是王二娘，我是她的猫？有时我不在跟前，她一个人在屋里也叨咕："王二娘个猫，王二娘个猫。"

每年夏天，她要回娘家住一阵，归宁那天，且出不了房门哩。跨出来，转身又跨进去，跨出来，又跨进去。轿子等在大门口（她回娘家都是坐轿子），轿前两盏灯笼换了几次蜡烛，她还没跨出房门。

这种精神状态，我们那里叫作"魔"。

下堂屋左边是我父亲的画室，右边是"下房"，女用人住的地方。

下堂屋南，一道花瓦墙外，即是花园，墙上也有一个小六角门。

开开六角门，是一片砖墁的平地。更南，是花厅。花厅是我们这所住宅里最明亮的屋子，南边一溜全是大玻璃窗，听说我父亲年轻时常请一些朋友来，在花厅里喝酒，唱戏，吹弹歌舞，到我记事的时候，就没有看过这种热闹。花厅也总是闲着。放暑假，我们到花厅里来做假期作业。每年做酱的时候，我的祖母在花厅里摊晾煮熟的黄豆和烤过的发面饼，让豆、饼长毛发酵。花厅外的砖地上有一口大缸，装着豆酱，一口浅缸，装着甜面酱。

砖地东面，是一个花台，种着四棵很大的腊梅花，主干都有碗口粗，每年开很多花。这种腊梅的花心是紫檀色的。按说"磐石檀心"是腊梅的名种，但是我们那里重白心的，叫作"冰心腊梅"，而将檀心者起一个不好听的名称，叫"狗心腊梅"。下雪之后，上树摘花，是我的事，腊梅的骨朵很密。相中一大枝，折下来，养在大胆瓶里，过年。

腊梅花的对面，是两棵桂花。一棵金桂，一棵银桂。每年秋天，吐蕊开花。桂花树下，长了一片萱草，也没人管它，自己长得很旺盛。萱花未尽开时摘下，阴干，我们那里叫作金针，北方叫作黄花菜。我小时最讨厌黄花菜，觉得淡而无味。到了北方，学做打卤面，才知道缺这玩意儿还不行。

桂花树后，是南北向的花瓦墙，墙上开一圆门，即北方所说的月亮门。

出圆门，是一畦菜地。我的祖母每年在这里种乌青菜，即上海人所说的塌苦菜。这块菜地土很瘦，乌青菜都不肥大，而茎叶液汁浓厚，旋摘煮食，味道极好，远胜市上买来的，叫作"起水鲜"，经霜后，叶绿皆作紫红色，尤其甜美。

菜畦左侧有一棵紫薇，一房多高，开花时乱红一片，晃人眼睛。游蜂无数，——齐白石爱画的那种大个的黑蜂，穿花抢蕊，非常热闹。西侧，有一座六角亭，可以小坐。

菜畦东边有一条砖路。砖路尽处是一棵木瓜，一棵矾杏，一棵柿树，都很少结果。

树之外，是一座船亭。这是祖父六十大寿头年盖的。船头向东，两边墙上各开了海棠形的窗户。祖父盖船亭，是为了"无事此静坐"，但是他只来坐过几次，平常不来，经常锁着。隔着正面的玻璃隔扇，可以看到里面铁梨木琴几上摆着几件彝器，几把檀木椅子，萧萧爽爽。

船亭对面，有一棵很大的柳树。挨着柳树，是一个高高的花坛。花坛上原来想是栽了不少花的，但因为无人料理，只剩下一棵石榴，一丛鱼儿牡丹。鱼儿牡丹开一串一串粉红的花，花作鸡心形，像是童话里的植物。

花坛对面，是土山。这座土山不知是哪年堆成的。这些土是从园里挖出的，还是从外面运进来的，均不知道。土山左脚，种了两棵碧桃，一棵白的，一棵浅红的。碧桃花其实是很好看的，花开得很繁茂，花期也长，应该对它珍贵一点，但是大家都不把它当回事，也许因为它花开得太多，也太容易养活了。土山正面，种了四棵香橼，每年都要结很多，香橼就是"橘逾淮南则为枳"的枳，但其实枳和橘是两种植物。香橼秋天成熟。香橼的香气很冲，不大好闻。但香橼花的气味是很好的，苦甜苦甜的。花白色，瓣微厚，五出深裂，如小酒盏，很好看。山顶有两棵龙爪槐，一在东，一在西。西边的一棵是我的读书树。我常常爬上去，在分杈的树干上靠好，带一块带筋的干牛肉或一块榨菜，一边慢慢嚼着，一边看小说。土山外隔一道墙是一个尼庵，靠在树上可以看见小尼姑从井里汲水浇菜。这尼庵的尼姑是带发修行的。因此我看的小尼姑是一头黑发。

从土山东边下山，是一片空地。空地上有一口很大的缸，养着很大的金鱼，这是大伯父养的。因此，在我们的印象里这一边是大爷的地方。但是我们并未分家，小孩子是可以自由来去的。

金鱼缸的西北边有一架紫藤。盛花时，紫云拂地。花谢，垂下一根一根长长的刀豆。

鱼缸正北，一棵白丁香，一棵紫丁香。

丁香之左，一片紫鸢。

往南，墙边一丛金雀花。

紫鸢的东边，荒草而已。这片草地每年下面结不少甘露，我们那里叫作螺蛳菜或宝塔菜，甘露洗净后装白布袋，可入甜面酱缸腌渍。

草地之东有一排很大的冬青树。夏天开密密的小白花，也有香味。秋后结了很多紫色的胡椒粒大的果实。

冬青之外，是"草房"，堆草的屋子。我们那里烧草——

芦柴，一次要置很多担草，垛积在一排空屋里。

　　冬青的北面，是花房，房顶南檐是玻璃盖的，原是大爷养花的地方，但他后来不养花了，花房就空着。一壁挂着一个老鹰风筝。据我父亲说这个老鹰是独脑线的，——只有一根脑线。老鹰风筝是大爷年轻时放过的。听我父亲说，放上去之后，曾有真的老鹰和它打过架。空空的花房里只有两盆颇大的夹竹桃。夹竹桃红花殷殷的，我忽然觉得有些紧张，因为天忽然黑下来了，只有我一个人，在空空的花园里。

　　听大人说，这花园里有一个白胡子老头。这白胡子老头是神仙？还是妖怪？但是，晚上是没有人到花园里去的，东边和西边的小六角门都上了铁锁。

　　我们这座花园实在很难叫作花园，没有精心安排布置过，草木也都是随意种植的，常有一点半自然的状态。但是这确是我童年的乐园，我在这里掏过很多蟋蟀，捉过知了、天牛、蜻蜓，捅过马蜂窝，——这马蜂窝结在冬青树上，有蒲扇大！

一九九一年九月十九日

载一九九一年第十二期《作家》

录音压鸟

听到一种鸟声："光棍好苦。"奇怪！这一带都是楼房，怎么会飞来一只"光棍好苦"呢？鸟声使我想起南方的初夏、雨声、绿。"光棍好苦"也叫"割麦插禾"、"媳妇好苦"。这种鸟的学名是什么，我一直没有弄清楚，也许是"四声杜鹃"吧。接着又听见布谷鸟的声音："咕咕，咕咕。"唔？我明白了：这是谁家把这两种鸟的鸣声录了音，在屋里放着玩哩，——季节也不对，九十月不是"光棍好苦"和布谷叫的时候。听听鸟叫录音，也不错，不像摇滚乐那样吵人。不过他一天要放好多遍。一天下楼，又听见。我问邻居：

"这是谁家老放'光棍好苦'？"

"八层！养了一只画眉，'压'他那只鸟哪！"

过了几天，八层的录音又添了一段，母鸡下蛋：咯咯咯咯、咯咯咯咯、咯咯咯咯咯……

又过了几天，又续了一段：咪噢，咪噢。小猫。

我于是肯定，邻居的话不错。

培训画眉学习鸣声，北京叫作"压"鸟。"压"亦写作"押"。北京人养画眉，讲究有"口"。有的画眉能有十三或十四套口，即能学十三四种叫声。比较一般的是苇咋子（一种小水鸟）、山喜鹊（蓝灰色）、大喜鹊，还有"伏天儿"（蝉之一种），鸣声如"伏天伏天……"，我一天和女儿在玉渊潭堤上散步，听见一只画眉学猫叫，学得真像，我女儿不禁笑出声来："这不是自己吓唬自己吗？"听说有一只画眉能学"麻雀争风"：两只麻雀，本来挺好，叫得很亲热；来了个第三者，跟母麻雀调情，公麻雀生气了，和第三者打了起来；结果是第三者胜利了，公麻雀被打得落荒而逃，母麻雀和第三者要好了，在一处叫得很亲热。一只画眉学三只鸟叫，还叫出了情节，我真有点不相信。可是养鸟的行家都说这是真事。听行家们说，压鸟得让画眉听真鸟，学山喜鹊就让它听山喜鹊，学苇咋子就听真苇咋子；其次，就是向别的有"口"的画眉学。北京养画眉的每天集中在一起，谓之"会鸟"，目的之一就是让画眉互相学习。靠听录音，是压不出来的！玉渊潭有一年飞来了一只"光棍好苦"，一只布谷，有一位，每天拿着录音机，追踪这两只鸟。我问养鸟的行家："他这是干什么？"——"想录下来，让画眉学，——瞎白！"

北京养画眉的大概有不少人想让画眉学会"光棍好苦"和布谷。不过成功的希望很少。我还没听到一只画眉有这一套"口"的。那位不辞辛苦跟踪录音的"主儿"也是不得已。"光棍好苦"和布谷北京极少来，来了，叫两天就飞走了。让画眉跟真的"光棍好苦"和布谷学，"没门儿！"

我们楼八层的小伙子（我无端地觉得这个养画眉的是个年轻人，一个生手）录的这四套"学习资料"，大概是跟别人转录来的。他看来急于求成，一天不知放多少遍录音。一天到晚，老听他的"光棍好苦"、"咕咕"、"咕咕咯咯"、"喵呜"，不免有点叫人厌烦。好在，我有点幸灾乐祸地想，这套录音大概听不了几天了，他这只画眉是只"生鸟"，"压"不出来的。

我不反对画眉学别的鸟或别的什么东西的声音（有的画眉能学旧日北京推水的独轮小车吱吱扭扭的声音；有一阵北京抓社会治安，不少画眉学会了警车的尖利的叫声，这种不上"谱"的叫声，谓之"脏口"，养画眉的会一把抓出来，把它摔死）。也许画眉天生就有学这些声音的习性。不过，我认为还是让画眉"自觉自愿"地学习，不要灌输，甚至强迫。我担心画眉忙着学这些声音，会把它自己本来的声音忘了。画眉本来的鸣声是很好听的。让画眉自由地唱它自己的歌吧！

一九九一年十一月五日

初识楠溪江

楠溪江在浙江温州永嘉县。永嘉的出名是因为谢灵运。谢灵运曾为永嘉太守，于永嘉山水，游历殆遍。谢灵运是中国山水诗的鼻祖，那末永嘉可以说是山水诗的摇篮，永嘉山水之美可以想见。永嘉山水之美在楠溪江。然而世人知永嘉，知楠溪江者甚少。楠溪江一九八八年经国务院批准为国家级风景名胜区。全国列入国家级风景区者共四十二处，楠溪江是其中之一。然而楠溪江之名犹不彰，养在深闺人未识。

我们应温州市、永嘉县之邀，到永嘉去了一趟。游楠溪江，实只三天。匆匆半面，很难得其仿佛。但是我可以负责地向全世界宣告：楠溪江是很美的。

九级瀑

九级瀑在大若岩景区。大若岩旧写作大箬岩，"箬"不知道什么时候省写成"若"，我觉得还是恢复原字为好，何必省去不多的笔划呢。箬是矮棵的竹子，叶片甚大，可以包粽子，衬斗笠。我在井冈山看到过这种箬竹，很好看的。即名为大箬岩，可以有意识地多种一点这种竹子。

　　九级瀑不像黄果树和镜泊湖瀑布，以其雄壮宏伟慑人心魄；不像大龙湫一样因为飞流直下三千尺而使人目眩。九级瀑之奇在瀑有九级。我在云南腾冲看过"三跌水"，瀑水三叠，已经叹为观止。像这样九级瀑布，实为平生所未见。九级瀑不是一瀑九级，是九条瀑布。九瀑源流，当是一脉，但是一瀑一形，一瀑一景，段落分明，自成首尾。在二三公里、一二小时的游程中，能连续看到九瀑，全世界大概再也找不出来。

　　九级瀑景点还没有定名。导游的同志希望作家起个名字，永嘉籍作家陈惠方征求我的意见，我想了想，说："就叫'九叠飞漈'吧。"本地人把瀑布叫作"漈"。"漈"字一般字典上没有，但是朱自清先生的《白水漈》一文中已经用过这个字。用"漈"，有点地方特点。温州籍作家林斤澜稍一沉吟，说："挺好。"有人提出为每个漈取个名字，我和斤澜商量了一下，觉得以漈形取名，把游客的想象框死了，不如就照本地习惯，叫作"一漈"、"二漈"、"三漈"……斤澜深以为然。下山吃饭的时候，旁边的桌上已经摆好了宣纸笔墨，叫把这四个字写下来。横竖各写了一条。

　　作九漈歌：

<blockquote>

漈水来天上，

依山为九叠。

源流一脉通，

风景各异域。

或如匹练垂，

万古流日夕。

</blockquote>

或分如燕尾，

左右各一撇。

或轻如雾縠，

随风自摇曳。

或泻入深潭，

潭水湛然碧。

或落石坝上，

淘然喷玉屑。

或藏岩隙中，

窅如云中月。

信哉永嘉美，

九漈皆奇绝。

出九级瀑，右折，为陶公洞，传是陶弘景隐居著书处。

陶弘景是中国道教史上的一个重要人物。他的思想很复杂，其源出于老庄，又受葛洪的神仙道教影响。他本是读书人，是儒家，做过官，仕齐拜左卫殿中将军，入梁隐居不仕。他又吸取了佛教的某些观点。从他身上可以看出儒、释、道思想的互相渗透。他是药物学家，所著《本草经集注》收药物七百三十种。他是书法家，擅长草隶行书。他还是个诗人。他的《诏问山中何所有》是中国诗歌史上杰出的名篇：

山中何所有？

岭上多白云。

只可自怡悦，

不堪持赠君。

这四句诗毫无齐梁诗的绮靡习气，实开初唐五言绝句的先河，一个人一生留下这样四句诗，也就可以不朽了。

陶公洞是个可以引人低徊向往的地方。陶弘景是值得纪念的人物，陶公洞内部应该收拾得更像样一些。现在洞里的情形实在不大好，有点乌烟瘴气。

永恒的船梿

石梿岩在鹤盛乡下岙村北。

下汽车，沿卵石路往下，上船。水不深，很平静，很清，而颜色绿如碧玉。夹岸皆削壁，回环曲折。群峰倒影映入水中，毫发不爽。船行影上，倒影稍稍晃动。船过后，即又平静无痕。是为"小三峡"。有人以为"小三峡"这个名字不好，叫作"小三峡"的地方太多了，而且也不像三峡。提出改一个名字。中国的"小三峡"确实不少，都不怎么像。"小三峡"嘛，哪能跟三峡一样呢，有那么一点三峡的意思就行了。一定要改一个名字，可以叫作"三峡小样"。但我看可以不必费那个事。"小三峡"，挺好，大家已经叫惯了。

小三峡两边山上树木葱茏，无隙处。偶见红树，鲜红鲜红，不是枫树，也不是乌桕，问问本地人，说这是野漆树。

我们坐的船，轻轻巧巧，一头尖翘。问林斤澜："这也是舴艋舟么？"斤澜说："也算。"幼年读李清照词："闻说双溪春尚好，也拟泛轻舟。只恐双溪舴艋舟，载不动许多愁"，以为"舴艋"只是个比喻。斤澜小说中也提到舴艋舟，我以为是承袭了李清照的词句。没想到这是个实体，永嘉把这种船就叫作舴艋舟。一般的舴艋舟比我们所坐的要小得多，只能容三四人（我们的船能坐二十人），样子很像蚱蜢。永嘉人所说的蚱蜢是尖头，绿色鞘翅，鞘翅下有桃红色膜翅的那一种，北京人把这种蚱蜢叫作"挂大扁儿"。我以为可以选一处舴艋舟较多的水边立一块不很大的石碑，把李清照的这首《武陵春》刻在上面（李清照曾流寓温州，可能到过永嘉）。字最好请一个女书法家来写，能填词的更好。

出小三峡，走一段卵石纵横的路（实是在卵石滩上踏出一条似有若无的路），又遇一片水，渡水至岸，有钢梯，蹑梯而上，至水仙洞。稍憩，出洞沿石级至峰顶。峰顶有野树一株，向内敧偃，极似盆景。树干不粗，而甚遒劲，树根深深扎进岩石中，真可谓"咬定青山"。迈过这棵大盆景，抚树一望，对面诸峰，争先恐后，奔奔沓沓，皆来相就。

首当其冲的山峰，状如巨兽，曰"麒麟送子"。或以为"麒麟送子"名不雅驯，拟改之为"驼峰"，以其形状更像一头奔跑而来的骆驼，我觉得也不必，天下山峰似骆驼而名为驼峰者多矣。山名与其求其形似，不如求其神似。"麒麟送子"好处在一"送"字。

沿石级而下，复至水仙洞略坐，洞不很大，可容二三十人。洞之末端渐狭小，有一个歪歪斜斜的铁烛架，算是敬奉水仙之处了。

据传，水仙是一少女，生前为人施药治病，后仙去，乡人为纪念她，名此洞曰水仙洞。水仙洞不在水边，却在山顶。既在山顶，仍叫水仙。这是很有意思的。

我建议把水仙洞稍稍整治一下，在洞之末端凿出一个拱顶的小龛，内供水仙像。水仙像可向福建德化订制，白瓷，如"滴水观音"瓷像那样，形貌亦可略似观音，亦可持瓶滴水，但宜风鬟雾鬓，萧萧飒飒，不似观音那样庄肃。像不必大，二三尺即可。

作《水仙洞歌》：

> 往寻水仙洞。
>
> 却在山之巅。
>
> 想是仙人慕虚静，
>
> 幽居不欲近人寰。
>
> 朝出白云漫浩浩，
>
> 暮归星月已皎然。
>
> 不识仙人真面目，
>
> 只闻轻唱秋水篇。

在水仙洞口待渡（船工回家吃饭去了），至对岸，稍左，即石桅岩。"石"与"桅"本不相干，但据说多年来就是这样叫的，是老百姓起的名字，起名字的百姓，有点禅机。听说从某一角度看，是像船桅的，但从我们立足处，看不出，只觉得一尊巨岩，拔地而起。岩是火成花岗岩，岩面浅红色，正似中国山水画里的"浅绛"。岩净高306米，巍然独立。四面诸峰不敢与之比高（诸峰皆只200米左右），只能退避，但于远处遥望，尽其仰慕惶恐之忱。石桅岩通体皆石，岩顶石隙，亦生草木，远视之，但如毛发疙痣而已。曾经有小伙子攀到山顶，伐倒几棵大树，没法运下岩，就心生一计，把树解为几段，用力推下，下岩一看，都已摔成碎片。

石桅岩之南，有一片很大的草坪，地极平，草很干净。在高岩乱石之间有这么一片天然草坪，也很奇怪。我们几个上了岁数的，在草坪上野餐了一次（年轻人都爬过后山到农民家去吃饭去了）。煮芋头、炖番薯、炒米粉，红烧山鸡（山里养的鸡），饮农家自制的老酒，陶然醉饱。

作《石桅铭》：

> 石桅停泊，
> 历千万载。
> 阅几沧桑，
> 青颜不改。

传家耕读古村庄

参观苍坡村。楠溪多古村，苍坡是其一。这是一个"宋村"。原名苍墩，绍熙间为避光宗赵惇之讳而改。现在的木结构的寨门建于建炎二年，有志可查。国师李时日题寨门的对联"四壁青山藏虎豹，双池碧水贮蛟龙"至今犹在。苍坡建村，是有一个总体设计的，其构思是：文房四宝。村中有长方形的水池，是砚，池边有长石条，是墨（石条想是为了便于村民憩喝），石条外有一条横贯全村的笔直的砖街，是笔，——一个村里有这样一条笔直笔直的街，我还从未见过。可以说，这是我所见过的最直的街。整个村子是方的，是为纸。这样的设计，关涉到"风水"，无非是希望村里多出达官文人。红卫兵小将如果知道，一定会大骂一声："封建！"但是整个村却因此而变得整齐爽朗，使人眼目明快。这个村没有遭到红卫兵的破坏，也许就因为风水好。

我见过一些古村民居，比如皖南的黟县。这里的民居设计和黟县大不相同。黟县古民居多是连院、高墙、小天井、小房间、小窗。窗槅雕刻精细，涂朱漆，勾金边，但采光很不好，卧房里黑洞洞的。所有建筑显得很拘谨，很局促。苍坡村的民居多木石结构，木构暴露，多为本色，薄墙充填，屋顶出檐大，显得很自由，很开阔，很豁达。这反映出两种不同的文化心理。黟县民居反映了商业社会文化。我在黟县一家的堂屋里看到一副木制朱地金字对联，上联是"为官好做商好能守业便好"（下联已忘），黟县民居格局，正与此种守成思想一致。苍坡民居则表现出一种耕读社会的文化。楠溪江畔一些村落宗谱族规都有类似词句："读可荣身，耕可致富。勿游手好闲，自弃取辱。少壮荡废，老悔莫及。"永嘉文风极盛，志称"王右军导以文教，谢康乐继之，乃知向方"。因为长时期的熏陶，永嘉人的文化素质是比较高的。"人生其地者皆慧中而秀外，温文而尔雅"。这种秀外慧中，温文尔雅的风度，到今天，我们还能在楠溪江人身上感受得到。想要了解中国耕读社会文化形态，楠溪江古村，是仍然具有生命力的标本。

楠溪江村外多有路亭。路亭是村民歇脚、纳凉、闲谈、听剧曲道情的地方，形制各异，而皆幽雅舒畅。路亭是铺溪江沿岸风光的很有特点的点缀。

楠溪江村头常有一两棵木芙蓉，永嘉土壤气候于木芙蓉也许特别适宜。我在上塘街边看到一棵芙蓉，主干有大碗口粗，有二屋楼高，满树繁花，浅白殷红，衬着巴掌大的绿叶，十分热闹。芙蓉是灌木，永嘉的芙蓉却长成了大树，真是岂有此理！听永嘉人说，永嘉过去种芙蓉，是为了取其树皮打草鞋，现在穿草鞋的少了，芙蓉也种得少了，应该多种。我向永嘉县领导建议，可考虑以芙蓉为永嘉县花。听说温州已定芙蓉为市花，不禁怅然。后到温州，闻温州市花是茶花，不是芙蓉，那么芙蓉定为永嘉县花还是有希望的。但愿我的希望能成为现实。

赞苍坡村：

> 村古民朴，
>
> 天然不俗，
>
> 秀外慧中，
>
> 渔樵耕读。

清清楠溪水

嘉陵江被污染了，漓江被污染了，即武夷山九曲溪也不能幸免，全国唯一的一条真正没有被污染的江，只有楠溪江了。永嘉人呀，你们千万要把楠溪保护好，为了全国人民的眼睛，拜托了！

楠溪江水质纯净，经化验，符合国家一级标准，无论在哪里，舀起一杯楠溪水，你可以放心地喝下去，绝不会闹肚子。水是透明的。水中含沙量很少，即使是下了暴雨，江水微浑，过两三天，又复透明如初。透明到一眼可以看到江底。江底卵石，历历可数，江宽而浅。浅处只有一米。偶有深潭，也只有几米。江水平静，流速不大，但很活泼，不呆板。江水下滩，也有浪花，但不汹涌。过滩时竹筏工并不警告乘客"小心"。偶有大块卵石阻碍航路，筏工卷裤过膝，跳进水中，搬开石头，水即畅流，他即一步上筏，继续撑篙，若无其事。他很泰然，你也不必紧张，尽管踏踏实实地在竹椅上坐着。

乘坐竹筏，在楠溪江上漂上个把小时，真是绝妙的享受。我在武夷山九曲溪坐过竹筏，一来，九曲溪和武夷山互为宾主，人在竹筏上，注意力常在岸上的景点，仙人晒布、石虾蟆……左顾右盼，应接不暇，不能全心感受九曲溪。二来，九曲溪航程太短，有点像南宋瓦子里的"唱赚"，正堪美听，已到煞尾，不过瘾。楠溪江两岸都是滩林。滩林很美，但很谦虚，但将一片绿，迎送往来人，甘心作为楠溪江的陪衬，绝不突出自己。似乎总在对人说："别看我，看江！"楠溪水程很长，有一百多公里。我们在江上漂了三个小时，如果不是因天黑了，还能再漂一个多小时，真是尽兴。在楠溪竹筏上漂着，你会觉得非常轻松，无忧无虑，一切烦恼委屈油盐柴米，全都抛得远远的，你会不大感觉到自己的体重。大胖子也会感到自己不胖。来吧，到楠溪江上来漂一漂，把你的全身，全心都交给这条温柔美丽的江。来吧，来解脱一次，溶化一次，当一回神仙。来吧！来！

作《楠溪之水清》：

楠溪之水清，

欲濯我无缨。

虽则我无缨，

亦不负尔情。

手持碧玉杓，

分江入夜瓶。

三年开瓶看，

化作青水晶。

一九九一年十一月二十日

载一九九二年一月九日、二十三日《中国旅游报》

关于《沙家浜》

一九六三年冬天，江青到上海看戏，回北京后带回两个沪剧剧本，一个《芦荡火种》，一个《革命自有后来人》，找了中国京剧院和北京京剧团的负责人去，叫改编成京剧。北京京剧团"认购"了《芦荡火种》。所以选中《芦荡火种》，大概因为主角是旦角，可以让赵燕侠演。《革命自有后来人》，归了中国京剧院，后改编为《红灯记》。

我和肖甲、杨毓珉去改编，住颐和园龙王庙。天已经冷了，颐和园游人稀少，风景萧瑟。连来带去，一个星期，就把剧本改好了。实际写作，只有五天。初稿定名为《地下联络员》，因为这个剧名有点传奇性，可以"叫座"。

经过短时期突击性的排练，要赶在次年元旦上演，已经登了广告。江青知道了，赶到剧场，说这样匆匆忙忙地搞出来，不行！叫把广告撤了。

江青总结了五十年代出现过的一批京剧现代戏失败的教训，认为这些戏没有能站住，主要是因为质量不够，不能和传统戏抗衡。江青这个"总结"是对的。后来她把这种思想发展成"十年磨一戏"。一个戏磨到十年，是要把人磨死的。但是戏是要"磨"的。萝卜快了不洗泥，是搞不出好戏的。公平地说，"磨戏"思想有其正确的一面。

决定重排，重写剧本。这次参加执笔的是我和薛恩厚。大概是一九六四年初春，住广渠门外一个招待所。我记得那几天还下了大雪，我和老薛踏雪到广渠门的一个饭馆里吃过涮羊肉。前后也就是十来天吧，剧本改出来了。二稿恢复了沪剧原名《芦荡火种》。

经过比较细致的排练，江青看了，认为可以请毛主席看了。

毛主席对京剧演现代戏一直是关心的，并提出过一些很中肯的意见，比如：京剧要有大段唱，老是散板、摇板，会把人的胃口唱倒的。这是针对五十年代的京剧现代戏而说的。五十年代的京剧现代戏确实很少有"上板"的唱，只有一点儿散板摇板，顶多来一段流水、二六。我们在《芦荡火种》里安排了阿庆嫂的大段二黄慢板"风声紧雨意浓天低云暗"，就是受毛主席的启发，才敢这样干的。"风声紧雨意浓"大概是京剧现代戏里第一次出现的慢板。彩排的时候，吴祖光同志坐在我的旁边，说："这个赵燕侠真能沉得住气！""沉不住气"，是五十年代搞京剧现代戏的同志普遍的创作心理。后来的现代戏，又走了另一个极端，不用散板摇板。都是上板的唱。不用散板摇板，就成了一朵一朵光秃秃的牡丹。毛主席只是说不要"老是散板摇板"，不是说不要散板摇板。

毛主席看了《芦荡火种》，提了几点意见（是江青向薛恩厚、肖甲等人传达的，我是间接知道的）：

兵的音乐形象不饱满；

后面要正面打进去，现在后面是闹剧，戏是两截；

改起来不困难，不改，就这样演也可以，戏是好戏；

剧名可叫《沙家浜》，故事都发生在这里。

我认为毛主席的意见都是有道理的，"态度"也很好，并不强加于人。

有些事实需要澄清。

兵的音乐形象不饱满，后面是闹剧，戏是两截，这都是原剧所存在的严重缺点，原剧的结尾是乘胡传奎结婚之机，新四军战士化装成厨师、吹鼓手，混进刁德一的家，开打。厨师念数板，有这样的词句："烤全羊，烧小猪，样样咱都不含糊。要问什么最拿手，就数小葱拌豆腐！"而且是"怯口"，说山东话。吹鼓手只有让乐队的同志上场，吹了一通唢呐。这简直是起哄。改成正面打进去。就可以"走边"（"奔袭"），"跟头过城"，翻进刁宅后院，可以发挥京剧特长。毛主席的意见只是从艺术上，从戏的完整性上考虑的，不牵涉到政治。"要突出武装斗争"，是江青的任意发挥。把郭建光提到一号人物，阿庆嫂压成二号人物，并提高到"究竟是武装斗争领导地下斗争，还是地下斗争领导武装斗争"这样的原则高度，更是无限上纲，胡搅蛮缠。后来又说彭真要通过这出戏来反对武装斗争，更是莫须有的诬陷。

《沙家浜》这个剧名是毛主席定的，不是江青定的。最初提出《芦荡火种》剧名不妥的，是谭震林。他说那个时候，革命力量已经不是星星之火，已经是燎原之势了，谭震林是江南新四军的领导人，他的话是对的。"芦荡"和"火种"，在字面上也矛盾。芦荡里都是水，怎么能保存火种呢？有人以为《沙家浜》是江青取的剧名，并以为《沙家浜》是江青抓出来的。《芦荡火种》和江青的关系不大。一些戏曲史家，戏曲评论家都愿意提《芦荡火种》，不愿意提《沙家浜》，这实在是一种误解。

我们按照江青传达的毛主席的意见，改了第三稿。一九六五年五月，江青在上海审查通过，并定为"样板"，"样板戏"这个叫法，是这个时候开始提出来的。

一九七〇年五月，《沙家洪》定本，在《红旗》杂志发表。

很多同志对"样板戏"的"定本"有兴趣，问我是怎样一个情形。是这样的：人民大会堂的一个厅（我记得是安徽厅）。上面摆了一排桌子，坐的是江青、姚文元、叶群（可能还有别的人，我记不清了）。对面一溜长桌，坐着剧团的演员和我。每人面前一个大字的剧本。后面是她的样板团的一群"文艺战士"。由剧团演员一句一句轮流读剧本。读到一定段落，江青说："这里要改一下。"当时就得改出来。这简直是"庭对"。她听了，说："可以。"这就算"应对称旨"。这号活儿，没有一点捷才，还真应付不了。

江青在《沙家浜》创作过程中做了一些什么？

我历来反对一种说法："样板戏"是群众创作的，江青只是剽窃了群众创作成果。这样说不是实事求是的。不管对"样板戏"如何评价，我对"样板戏"从总体上是否定的，特别是其创作思想——三突出和主题先行，但认为部分经验应该吸收（借鉴），不能说这和江青无关。江青在"样板戏"上还是花了心血，下了功夫的，至于她利用"样板戏"反党害人，那是另一回事。当然，她并未亲自动手写过一句唱词，导过一场戏，画过一张景片，她只是找有关人员谈话，下"指示"。

从剧本方面来说，她的"指示"有些是有道理的。比如"智斗"一场，原来只是阿庆嫂和刁德一两个人的"背供"唱，江青提出要把胡传奎拉进矛盾里来，这样不但可以展开三个人之间的心理活动，舞台调度也可以出点新东西，——"智斗"的舞台调度是创造性的。照原剧本那样阿庆嫂和刁德一斗心眼，胡传奎就只能踱到舞台后面对着湖水抽烟，等于是"挂"起来了。

有些是没有什么道理的。郭建光出场的唱"朝霞映在阳澄湖上"的第二句原来是"芦花白早稻黄绿柳成行"，她说这三种植物不是一个季节，说她到苏州一带调查过（天知道她调查了没有）。于是只能改成"芦花放稻谷香岸柳成行"，其实还不是一样？沙奶奶的儿子原来叫七龙，她说生七个孩子，太多了！这好办，让沙奶奶少生三个，七龙变成四龙！

有些是没有道理的，"风声紧"唱段前原来有一段念白："一场大雨，湖水陡涨。满天阴云，郁结不散，把一个水国江南压得透不过气来。不久只怕还有更大的风雨呀。亲人们在芦荡里，已经是第五天啦。有什么办法能救亲人出险哪！"这段念白，韵律感较强，是为了便于叫板起唱。江青认为这是"太文的词儿"，于是改成"刁德一出出进进的，胡传奎在里面打牌……"这是大白话，真是一点都不"文"了。这段念白是江青口授的，倒可以算是她的创作。"智斗"一场阿庆嫂大段流水"垒起七星灶"差一点被她砍掉，她说这是"江湖口"，"江湖口太多了！"我觉得很难改，就瞒天过海地保存了下来。

江青更多的精力用在抓唱腔，抓舞美。唱腔设计出来，试唱之后，要立即将录音送给她，她定要逐段审定的。"朝霞映在阳澄湖上"设计出两种方案，她坐在剧场里听，最后决定用李金泉同志设计的西皮。沙奶奶家门前的那棵柳树，她怎么也不满意，说要江南的垂柳，不要北方的。舞美设计到杭州去写生，回来做了一棵，这才通过。我实在看不出舞台上的柳树是杭州"柳浪闻莺"的，还是北京北海的，只是一棵用灯光照得碧绿透亮（亮得很不正常）的不大的柳树而已。

　　我在执笔写《沙家浜》时的一些想法。江青早期抓现代戏时，对剧本不是抓得很紧，我们还有一点创作自由。我的想法很简单。一是想把京剧写得像个京剧。写唱词，要像京剧唱词。京剧唱词基本上是叙述性的，不宜有过多的写景、抒情，而且要通俗。王昆仑同志曾对我说，《文昭关》"一事无成两鬓斑"，四句之后，就得是"恨平王无道纲常乱"。我认为很有道理。因此，我写《沙家浜》，在"风声紧雨意浓天低云暗"之后，下一句就是"不由人一阵阵坐立不安"。"不由人一阵阵坐立不安"，何等平庸。但是，同志，这是京剧唱词。后来的"样板戏"抒情过多，江青甚至提出"抒情专场"，于是满篇豪言壮语。我认为这是对京剧"体制"不了解所造成。再是，我想对京剧语言，进行一点改革，希望唱词能生活化、性格化，并且能突破原来的唱词格律（二二三，三三四）"垒起七星灶"是个尝试。写这一稿时，这一段写了两个方案，一个是五言的，一个是七言的。我向设计唱腔的李慕良同志说：如果五言的不好安腔，就用七言的。结果李慕良同志选择了五言的，创造了一段五言流水，效果很好。这一段唱词是数学游戏。前面说得天花乱坠，结果是"人一走，茶就凉"，是个"零"。前些时见到报上说"人一走，茶就凉"是民间谚语，不是的。

　　《沙家浜》从写初稿，至今已有二十七年。从"定稿"到现在，也有二十一年了。俯仰之间，已为陈迹。但是"样板戏"不能就这样揭过去。这些年的戏曲史不能是几张白页。于是信笔写了一点回忆，供作资料。忆昔执笔编剧，尚在壮年。今年七十一，垂垂老矣，感慨系之。

一九九一年十一月二十二日

载一九九二年第六期《八小时以外》

一辈古人

靳德斋

天王寺是高邮八大寺之一。这寺里曾藏过一幅吴道子画的观音。这是可信的。清李必恒还曾赋长诗题咏，看诗意，此人是见过这幅画的。天王寺始建于宋淳熙年，明代为倭寇焚毁（我的家乡还闹过倭寇，以前我不知道），清初重建。这幅画想是宋代传下来的。据说有一个当地方官的要去看看，从此即不知下落，这不知是什么年间的事（一说是文化大革命中被毁于扬州）。反正，这幅画后来没有了。

天王寺在臭河边。"臭河边"是地名，自北市口至越塘一带属于"后街"的地方都叫臭河边。有一条河，却不叫"臭河"，我到现在还没有考查出来应该叫什么河，这一带的居民则简单地称之曰"河"。天王寺濒河，山门（寺庙的山门都是朝南的）外即是河水。寺的殿宇高大，佛像也高大，但是多年没有修饰，显得暗旧。寺里僧众颇多，我们家凡做佛事，都是到天王寺去请和尚。但是寺里香火不盛，很幽静。我父亲曾于月夜到天王寺找和尚闲谈，在大殿前石坪上看到一条鸡冠蛇，他三步蹿上台阶，才没被咬着。鸡冠蛇即眼镜蛇，有剧毒，蛇不能上台阶，父亲才能逃脱，未被追上。寺庙中有蛇，本是常事，但也说明人迹稀少矣。

天王寺常常驻兵。我的小说《陈小手》里写的"天王庙"，即天王寺。驻在寺里的兵一般都很守规矩，并不骚扰百姓。我曾见一个兵半躺在探到水面上的歪脖柳树上吹箫，这是一个很独特的画境。

我是三天两头要到天王寺的，从我读的小学放学回家，倘不走正街（东大街），走后街，天王寺是必经的。我去看"烧房子"。我们那里有这样的风俗，给死去亲人烧房子。房子是到纸扎店订制的，当然要比真房子小，但人可以走进去。有厅，有室，有花园，花园里有花，厅堂里有桌有椅，有自鸣钟，有水烟袋！烧房子在天王寺的旁门（天王寺有个旁门，朝西）边的空地上。和尚敲动法器，念一通经，然后由亲属举火烧掉（房子下面都铺了稻草，一点就着）。或者什么也没得看，就从旁门进去，"随喜"一番，看看佛像，在大的青石上躺一躺。大殿里凉飕飕的，夏天，躺在青石上，窨人。

天王寺附近住过一个传奇性的人物，叫靳德斋。这人是个练武的。江湖上流传两句话："打遍天下无敌手，谨防高邮靳德斋。"说是，有一个外地练武的，不服，远道来找靳德斋较量。靳德斋不在家，邻居说他打酱油醋去了。这人就在竺家巷（出竺家巷不远即是天王寺，我的继母和异母弟妹现在还住在竺家巷）一家茶馆里等他。有人指给他：这就是靳德斋。这人一看，靳德斋一手端着满满一碗酱油、一手端着满满一碗醋，快走如飞，但是碗里的酱油、醋却纹丝不动。这人当时就离开高邮，搭船走了。

靳德斋练的这叫什么功？两手各持酱油醋碗，行走如飞，酱油醋不动，这可能么？不过用这种办法来表现一个武师的功夫,却是很别致的,这比挥刀舞剑,口中"嗨嗨"地乱喊,更富于想象。

我小时走过天王寺,看看那一带的民居,总想:哪一处是靳德斋曾经住过的呢?

后于靳德斋,也在天王寺附近住过的,有韩小辫。这人是教过我祖父的拳术的。清代的读书人,除了读圣贤书之外,大都还要学两样东西,一是学佛,一是学武,这是一时风气,据我父亲说,祖父年轻时腿脚是很有功夫的。他有一次下乡"看青"(看青即看作物的长势),夜间遇到一个粪坑。我们那里乡下的粪坑,多在路侧,坑满,与地平,上结薄壳,夜间不辨其为坑为地。他左脚踏上,知是粪坑,右脚使劲一跃,即越过粪坑。想一想,于瞬息之间,转换身体的重心,尽力一跃,倘无功夫,是不行的。祖父是得到韩小辫的一点传授的。韩小辫的一家都是练功的,他的夫人能把一张板凳放倒,板凳的两条腿着地,两条腿翘着,她站在翘起的板凳脚上,作骑马蹲裆势,以一块方石置于膝上,用毛笔大书"天下太平"四字,然后推石一跃而下。这是很不容易的,何况她是小脚。夫人如此,韩小辫功夫可知,这是我父亲告诉我的,不知是他亲见,还是得诸传闻。我父亲年轻时学过武艺,想不妄语。

张仲陶

《故乡的食物》有一段:

> 我父亲有一个很怪的朋友,叫张仲陶。他很有学问,曾教我读过《项羽本纪》。他薄有田产,不治生

业，整天在家研究易经，算卦。他算卦用蓍草。全城只有他一个人有用蓍草算卦。据说他有几卦算得极灵。有一家，丢了一只金戒指，怀疑是女用人偷的。这女用人蒙了冤枉，来求张先生算一卦。张先生算了，说戒指没有丢，在你们家炒米坛盖子上。一找，果然。我小时候就不大相信，算卦怎么能算得这样准，怎么能算得出在炒米坛盖子上呢？不过他的这一卦说明了一件事，即我们那里炒米坛子是几乎家家都有的。

《故乡的食物》这几段主要是记炒米的，只是连带涉及张先生。我对张先生所知道也大概只是这一些。但可补充一点材料。

我从张先生读《项羽本纪》，似在我小学毕业那年的暑假，算起来大概是虚岁十二岁即实足年龄十岁半的时候。我是怎么从张先生读这篇文章的呢？大概是我父亲在和朋友"吃早茶"（在茶馆里喝茶，吃干丝、点心）的时候，听见张先生谈到《史记》如何如何好，《项羽本纪》写得怎样怎样生动，忽然灵机一动，就把我领到张先生家去了。我们县里那时睥睨一世的名士，除经书外，读集部书的较多，读子史者少。张先生耽于读史，是少有的。他教我的时候，我的面前放一本《史记》，他面前也有一本，但他并不怎么看，只是微闭着眼睛，朗朗地背诵一段，给我讲一段。很奇怪，除了一篇《项羽本纪》，我以后再也没有跟张先生学过什么。他大概早就不记得曾经有过一个叫汪曾祺的学生了。张先生如果活着，大概有一百岁了，我都七十一了嘛！他不会活到这时候的。

张先生原来身体就不好，很瘦，黑黑的，背微驼，除了朗读《史记》时外，他的语声是低哑的。

他的夫人是一个微胖的强壮的妇人，看起来很能干，张家的那点薄薄的田产，都是由她经管的。张仲陶诸事不问，而且还抽一点鸦片，其受夫人辖制，是很自然的。一个十多岁的孩子也感觉得出来，张先生有些惧内。

张先生请我父亲刻过一块图章。这块图章很好，鱼脑冻，只是很小，高约四分，长方形。我父亲给他刻了两个字，阳文：中陶。刻得很好。这两个字很好安排。他后来还请我父亲刻了两方寿山石的图章，一刻阳文，一刻阴文，文曰："珠湖野人"、"天涯浪迹"。原来有人撺掇他出去闯闯，以卜卦为生，图章是准备印在卦象释解上的。事情未果，他并未出门浪迹，还是在家里糗（qiǔ）着。

最近几年，《易经》忽然在全世界走俏，研究的人日多，角度多不相同，有从哲学角度的，有从史学角度的，有从社会学角度的，有从数学角度的。我于《易经》一无所知，但我觉得这主要还是一部占卜之书。我对张仲陶算的戒指在炒米坛盖子上那一卦表示怀疑，是觉得这是迷信。现在想想，也许他是有道理的。如果他把一生精研易学的心得写出来，包括他的那些卦例，会是一本很有意思的书。但是，写书，张仲陶大概想也没有想过。小说《岁寒三友》中季陶民在看了靳彝甫的祖父、父亲的画稿后，拍着画案说："吾乡固多才俊之士，而皆困居于蓬牖之中，声名不出于里巷，悲哉！悲哉！"张仲陶不也是这样的人么？

薛大娘

薛大娘家在臭河边的北岸，也就是臭河边的尽头，过此即为螺蛳坝，不属臭河边了。她家很好认，四边不挨人家，远远的就能看见。东边是一家米厂，整天听见碾米机烟筒砰砰的声音。西边是她们家的菜园。菜园西边是一条路，由东街抄近到北门进城的人多走这条路。路以西，也是一大片菜园，是别人家的。房是草顶碎砖的房，但是很宽敞，有堂屋，有卧室，有厢房。

薛大娘的丈夫是个裁缝，是个极其老实的人，整天不说一句话，只是在东厢房里带着两个徒弟低着头不停地缝。儿子种菜。所种似只青菜一种。我们每天上学、放学，都可以看见薛大娘的儿子用一个长柄的水舀子浇水，浇粪，水、粪扇面似的洒开，因为用水方便，下河即可担来，人也勤快，菜长得很好。相比之下，路西的菜园就显得有点荒秽不治。薛大娘卖菜。每天早起，儿子砍得满满两筐菜，在河里浸一会儿，薛大娘就挑起来上街，"鲜鱼水菜"，浸水，不止是为了上份量，也是为了鲜灵好看。我们那里的菜筐是扁圆的浅筐，但两筐菜也百十斤，薛大娘挑起来若无其事。

她把菜歇在保安堂药店的廊檐下，不到一个时辰，就卖完了。

薛大娘靠五十了。——她的儿子都那样大了嘛，但不显老。她身高腰直，处处显得很健康。她穿的虽然是粗蓝布衣裤，但总是十分干净利索。她上市卖菜，赤脚穿草鞋，鞋、脚，都很干净。她当然是不打扮的，但是头梳得很光，脸洗得清清爽爽，双眼有光，扶着扁担一站，有一股英气，"英气"这个词用之于一个卖菜妇女身上，似乎不怎么合适，但是除此之外，你再也找不出一个合适的字眼。

薛大娘除了卖菜，偶尔还干另外一种营生，拉皮条，就是《水浒传》所说的"马泊六"。东大街有一些年轻女用人，和薛大妈很熟，有的叫她干妈。这些女用人都是发育到了最好的时候，一个一个亚赛鲜桃。街前街后，有一些后生家，有的还没成亲，有的娶了老婆但老婆不在身边，油头粉面，在街上一走，看到这些女用人，馋猫似的，有时一个后生看中了一个女用人求到薛大娘，薛大娘说："等我问问。"因为彼此都见过，眉语目成，大都是答应的。薛大娘先把男的弄到西厢房里，然后悄悄把女的引来，关了房门，让他们成其好事。

我们家一个女用人，就是由于薛大娘的撮合，和一个叫龚长霞的管田禾的——管田禾是为地主料理田亩收租事务的，欢会了几次，怀上了孩子。后来是由薛大娘弄了药来，才把私孩子打掉。

薛大娘没想到别人对她有什么议论。她认为：一个有心，一个有意，我在当中搭一把手，这有什么不好？

保安堂药店的管事姓蒲，行三，店里学徒的叫他蒲三节，外人叫他蒲先生。这药店有一个规矩：每年给店中的"同事"（店员）轮流放一个月假，回去与老婆团圆（店中"同事"都是外地人），其余十一个月都住在店里，每年打十一个月的光棍，蒲三爷自然不能例外。他才四十岁出头，人很精明，也很清秀，很潇洒（潇洒用于一个管事的身上似乎也不大合适），薛大娘给他拉拢了一个女的，这个女的不是别人，是薛大娘自己。薛大娘很喜欢蒲三，看见他就眉开眼笑，谁都看得出来，她一点也不掩饰。薛大娘趴在蒲三耳朵上，直截了当地说，"下半天到我家来。我让你……"

薛大娘不怕人知道，她觉得他干熬了十一个月，我让他快活快活，这有什么不对？

薛大娘的道德观念和大户人家的太太小姐完全不同。

后十年集

散文随笔卷

1992

晚　年

　　我们楼下随时有三个人坐着。他们都是住在这座楼里的。每天一早，吃罢早饭，他们各人提了马扎，来了。他们并没有约好，但是时间都差不多，前后差不了几分钟。他们在副食店墙根下坐下，挨得很近。坐到快中午了，回家吃饭。下午两点来钟，又来坐着，一直坐到副食店关门了，回家吃晚饭。只要不是刮大风，下雨，下雪，他们都在这里坐着。

　　一个是老佟。和我住一层楼，是近邻。有时在电梯口见着，也寒暄两句："吃啦？"、"上街买菜？"解放前他在国民党一个什么机关当过小职员，解放后拉过几年排子车，早退休了。现在过得还可以。一个孙女已经读大学三年级了。他八十三岁了。他的相貌举止没有什么特别的地方。脑袋很圆，面色微黑，有几块很大的老人斑。眼色总是平静的。他除了坐着，有时也遛个小弯，提着他的马扎，一步一步，走得很慢。

　　一个是老辛，老辛的样子有点奇特。块头很大，肩背又宽又厚，身体结实如牛。脸色紫红紫红的。他的眉毛很浓，不是两道，而是两丛。他的头发、胡子都长得很快。刚剃了头没几天，就又是一头乌黑的头发，满腮乌黑的短胡子。好像他的眉毛也在不断往外长。他的眼珠子是乌黑的。他的神情很怪。坐得很直，脑袋稍向后仰，蹙着浓眉，双眼直视路上行人，嘴唇嗫着，好像在往里用力地吸气。好像愤愤不平，又像藐视众生，看不惯一切，心里在想：你们是什么东西！我问过同楼住的街坊：他怎么总是这样的神情？街坊说：他就是这个样子！后来我听说他原来是一个机关食堂煮猪头肉、猪蹄、猪下水的。那么他是不会怒视这个世界，蔑视谁的。他就是这个样子。他怎么会是这个样子呢？他脑子里在想什么？还是什么都不想？他岁数不大，六十刚刚出头，退休还不到两年。

一个是老许。他最大，八十七了。他面色苍黑，有几颗麻子，看不出有八十七了——看不出有多大年龄。这老头怪有意思。他有两串数珠，——说"数珠"不大对，因为他并不信佛，也不"掐"它。一串是核桃的，一串是山核桃的。有时他把两串都带下来，绕在腕子上。有时只带一串山核桃的，因为山核桃的太大，也沉。山核桃有年头了，已经叫他的腕子磨得很光润。他不时将他的数珠改装一次，拆散了，加几个原来是钉在小孩子帽子上的小银铃铛之类的东西，再穿好。有一次是加了十个算盘珠。过路人有的停下来看看他的数珠，他就把袖子向上提提，叫数珠露出更多。他两手戴了几个戒指，一看就是黄铜的，然而他告诉人是金的。他用一个钥匙链，一头拴在纽扣上，一头拖出来。塞在左边的上衣口袋里，就像早年间戴怀表一样。他自己感觉，这就是怀表。他在上衣口袋里插着两支塑料圆珠笔的空壳——是他的孙女用剩下的，一枝白色的，一枝粉红的。我问老佟："他怎么爱搞这些？"老佟说："弄好些零碎！"他年轻时"跑"过"腿"，做过买卖。我很想跟他聊聊。问他话，他只是冲我笑笑。老佟说："他是个聋子。"

　　这三个在一处一坐坐半天，彼此都不说话。既然不说话，为什么坐的挨得这样近呢？大概人总得有个伴，即使一句话也不说。

　　老辛得过一次小中风。（他这样结实的身体怎么会中风呢？）但是没多少时候就好了。现在走起路来脚步还有一点沉。不过他原来脚步就很重。

　　老佟摔了一跤，骨折了，在家里躺着，起不来。因此在楼下坐着的，暂时只有两个人，不过老佟的骨折会好的，我想。

　　老许看样子还能活不少年。

载一九九三年《美文》创刊号

自得其乐

孙犁同志说写作是他的最好的休息。是这样。一个人在写作的时候是最充实的时候，也是最快乐的时候。凝眸既久（我在构思一篇作品时，我的孩子都说我在翻白眼），欣然命笔，人在一种甜美的兴奋和平时没有的敏锐之中，这样的时候，真是虽南面王不与易也。写成之后，觉得不错，提刀却立，四顾踌躇，对自己说："你小子还真有两下子！"此乐非局外人所能想象。但是一个人不能从早写到晚，那样就成了一架写作机器，总得岔乎岔乎，找点事情逍遣逍遣，通常说，得有点业余爱好。

我年轻时爱唱戏。起初唱青衣、梅派；后来改唱余派老生。大学三四年级唱了一阵昆曲，吹了一阵笛子。后来到剧团工作，就不再唱戏吹笛子了，因为剧团有许多专业名角，在他们面前吹唱，真成了班门弄斧，还是以藏拙为好。笛子本来还可以吹吹，我的笛风甚好，是"满口笛"，但是后来没法再吹，因为我的牙齿陆续掉光了，撒风漏气。

这些年来我的业余爱好，只有：写写字、画画画，做做菜。

我的字照说是有些基本功的。当然从描红模子开始。我记得我描的红模子是："暮春三月，江南草长，杂花生树，群莺乱飞。"这十六个字其实是很难写的，也许是写红模子的先生故意用这些结体复杂的字来折磨小孩子，而且红模子底子是欧字，这就更难落笔了。不过这也有好处，可以让孩子略窥笔意，知道字是不可以乱写的。大概在我十一二岁的时候，那年暑假，我的祖父忽然高了兴，要亲自教我《论语》，并日课大字一张，小字二十行。大字写《圭峰碑》，小字写《闲邪公家传》，这两本帖都是祖父从他的藏帖中选出来的。祖父认为我的字有点才分，奖了我一块猪肝紫端砚，是圆的，并且拿了几本初拓的字帖给我，让我看看。我记得有小字《麻姑仙坛》、虞世南的《夫子庙堂碑》、褚遂良的《圣教序》。小学毕业的暑假，我在三姑父家从一个姓韦的先生读桐城派古文，并跟他学写字。韦先生是写魏碑的。但他让我临的却是《多宝塔》。初一暑假，我父亲拿了一本影印的《张猛龙》，说："你最好写写魏碑，这样字才有骨力。"我于是写了相当长时期《张猛龙》。用的是我父亲选购来的特殊的纸。这种纸是用稻草做的，纸质较粗，也厚，写魏碑很合适，用笔须沉着，不能浮滑。这种纸一张有二尺高，尺半宽，我每天写满一张。写《张猛龙》使我终身受益，到现在我的字的间架用笔还能看出痕迹。这以后，我没有认真临过帖，平常只是读帖而已。我于二王书未窥门径。写过一个很短时期的《乐毅论》，放下了，因为我很懒。《行穰》《丧乱》等帖我很欣赏，但我知道我写不来那样的字。我觉得王大令的字的确比王右军写得好。读颜真卿的《祭侄文》，觉得这才是真正的颜字，并且对颜书从二王来之说很信服。大学时，喜读宋四家。有人说中国书法一坏于颜真卿，二坏于宋四家，这话有道理。但我觉得宋人字是书法的一次解放，宋人字的特点是少拘束，有个性，我比较喜欢蔡京和米芾的字（苏东坡字太俗，黄山谷字做作）。有人说米字不可多看，多看则终身摆脱不开，想要升入晋唐，就不可能了。一点不错。但是有什么办法呢！打一个不太好听的比方，一写米字，犹如寡妇失了身，无法挽回了。我现在写的字有点《张猛龙》的底子、米字的意思，还加上一点乱七八糟的影响，形成我自己的那么一种体，格韵不高。

我也爱看汉碑。临过一遍《张迁碑》，《石门铭》《西狭颂》看看而已。我不喜欢《曹全碑》。盖汉碑好处全在筋骨开张，意态从容，《曹全碑》则过于整饬了。

我平日写字，多是小条幅，四尺宣纸一裁为四。这样把书桌上书籍信函往边上推推，摊开纸就能写了。正儿八经地拉开案子，铺了画毡，着意写字，好像练了一趟气功，是很累人的。我都是写行书。写真书，太吃力。偶尔也写对联。曾在大理写了一副对子：

苍山负雪
洱海流云

字大径尺。字少，只能体兼隶篆。那天喝了一点酒，字写得飞扬霸悍，亦是快事。对联字稍多，则可写行书。为武夷山一招待所写过一副对子：

四围山色临窗秀
一夜溪声入梦清

字颇清秀，似明朝人书。

我画画，没有真正的师承。我父亲是个画家，画写意花卉，我小时爱看他画画，看他怎样布局（用指甲或笔杆的一头划几道印子），画花头，定枝梗，布叶，钩筋，收拾，题款，盖印。这样，我对用墨，用水，用色，略有体会。我从小学到初中，都"以画名"。初二的时候，画了一副墨荷，裱出后挂在成绩展览室里。这大概是我的画第一次上裱。我读的高中数理化，功课很紧，就不再画画。大学四年，也极少画画。工作之后，更是久废画笔了。当了右派，下放到一个农业科学研究所，结束劳动后，倒画了不少画，主要的"作品"是两套植物图谱，一套《中国马铃薯图谱》、一套《口蘑图谱》，一是淡水彩，一是钢笔画。摘了帽子回京，到剧团写剧本，没有人知道我能画两笔。重拈画笔，是运动促成的。运动中没完没了地写交待，实在是烦人，于是买了一刀元书纸，于写交待之空隙，瞎抹一气，少抒郁闷。这样就一发而不可收，重新拾起旧营生。有的朋友看见，要了去，挂在屋里，被人发现了，于是求画的人渐多。我的画其实没有什么看头，只是因为是作家的画，比较别致而已。

我也是画花卉的。我很喜欢徐青藤、陈白阳，喜欢李复堂，但受他们的影响不大。我的画不中不西，不今不古，真正是"写意"，带有很大的随意性。曾画了一幅紫藤，满纸淋漓，水气很足，几乎不辨花形。这幅画现在挂在我的家里。我的一个同乡来，问："这画画的是什么？"我说是："骤雨初晴。"他端详了一会，说："哎，经你一说，是有点那个意思！"他还能看出彩墨之间的一些小块空白，是阳光。我常把后期印象派方法融入国画。我觉得中国画本来都是印象派，只是我这样做，更是有意识的而已。

画中国画还有一种乐趣，是可以在画上题诗，可寄一时意兴，抒感慨，也可以发一点牢骚，曾用干笔焦墨在浙江皮纸上画冬日菊花，题诗代简，寄给一个老朋友，诗是：

> 新沏清茶饭后烟，
> 自搔短发负晴暄，
> 枝头残菊开还好，
> 留得秋光过小年。

为宗璞画牡丹，只占纸的一角，题曰：

> 人间存一角，
> 聊放侧枝花，
> 欣然亦自得，
> 不共赤城霞。

宗璞把这首诗念给冯友兰先生听了，冯先生说："诗中有人。"

今年洛阳春寒，牡丹至期不开。张抗抗在洛阳等了几天，败兴而归，写了一篇散文《牡丹的拒绝》。我给她画了一幅画，红叶绿花，并题一诗：

> 看朱成碧且由他，
> 大道从来直似斜。
> 见说洛阳春索寞，

牡丹拒绝着繁花。

　　我的画，遣兴而已，只能自己玩玩，送人是不够格的。最近请人刻一闲章："只可自怡悦"，用以押角，是实在话。

　　体力充沛，材料凑手，做几个菜，是很有意思的。做菜，必须自己去买菜。提一菜筐，逛逛菜市，比空着手遛弯儿要"好白相"。到一个新地方，我不爱逛百货商场，却爱逛菜市，菜市更有生活气息一些。买菜的过程，也是构思的过程。想炒一盘雪里蕻冬笋，菜市场冬笋卖完了，却有新到的荷兰豌豆，只好临时"改戏"。做菜，也是一种轻量的运动。洗菜，切菜，炒菜，都得站着（没有人坐着炒菜的），这样对成天伏案的人，可以改换一下身体的姿势，是有好处的。

　　做菜待客，须看对象。聂华苓和保罗·安格尔夫妇到北京来，中国作协不知是哪一位，忽发奇想，在宴请几次后，让我在家里做几个菜招待他们，说是这样别致一点。我给做了几道菜，其中有一道煮干丝。这是淮扬菜。华苓是湖北人，年轻时是吃过的。但在美国不易吃到。她吃得非常惬意，连最后剩的一点汤都端起碗来喝掉了。不是这道菜如何稀罕，我只是有意逗引她的故国乡情耳。台湾女作家陈怡真（我在美国认识她），到北京来，指名要我给她做一回饭。我给她做了几个菜。一个是干烧小萝卜。我知道台湾没有"杨花萝卜"（只有白萝卜）。那几天正是北京小萝卜长得最足最嫩的时候。这个菜连我自己吃了都很惊诧：味道鲜甜如此！我还给她炒了一盘云南的干巴菌。台湾咋会有干巴菌呢？她吃了，还剩下一点，用一个塑料袋包起，说带到宾馆去吃。如果我给云南人炒一盘干巴菌，给扬州人煮一碗干丝，那就成了鲁迅请曹靖华吃柿霜糖了。

做菜要实践。要多吃，多问，多看（看菜谱），多做。一个菜点得试烧几回，才能掌握咸淡火候。冰糖肘子、乳腐肉，何时煨软入味，只有神而明之，但是更重要的是要富于想象。想得到，才能做得出。我曾用家乡拌荠菜法凉拌菠菜。半大菠菜（太老太嫩都不行），入开水锅焯至断生，捞出，去根切碎，入少盐，挤去汁，与香干（北京无香干，以熏干代）细丁、虾米、蒜末、姜末一起，在盘中抟成宝塔状，上桌后淋以麻酱油醋，推倒拌匀。有余姚作家尝后，说是"很像马栏头"。这道菜成了我家待不速之客的应急的保留节目。有一道菜，敢称是我的发明：塞肉回锅油条。油条切段，寸半许长，肉馅剁至成泥，入细葱花、少量榨菜或酱瓜末拌匀，塞入油条段中，入半开油锅重炸。嚼之酥碎，真可声动十里人。

我很欣赏《杨恽报孙会宗书》："田彼南山，芜秽不治。种一顷豆，落而为萁。人生行乐耳，须富贵何时。"、"人生行乐耳，须富贵何时"，说得何等潇洒。不知道为什么，汉宣帝竟因此把他腰斩了，我一直想不透。这样的话，也不许说么？

西窗雨

　　很多中国作家是吃狼的奶长大的。没有外国文学的影响，中国文学不会像现在这个样子，很多作家也许不会成为作家。即使有人从来不看任何外国文学作品，即使他一辈子住在连一条公路也没有的山沟里，他也是会受外国文学的影响的，尽管是间接又间接的。没有一个作家是真正的"土著"，尽管他以此自豪，以此标榜。

　　高中三年级的时候，我为避战乱，住在乡下的一个小庵里，身边所带的书，除为了考大学用的物理化学教科书外，只有一本《沈从文选集》。一本屠格涅夫的《猎人日记》。可以说，是这两本书引我走上文学道路的。屠格涅夫对人的同情，对自然的细致的观察给我很深的影响。

　　我在大学里读的是中文系，但是课外所看的，主要是翻译的外国文学作品。

　　我喜欢在气质上比较接近我的作家。不喜欢托尔斯泰。一直到一九五八年我被划成右派下放劳动，为了找一部耐看的作品，我才带了两大本《战争与和平》，费了好大的劲才看完。不喜欢陀思妥耶夫斯基那样沉重阴郁的小说。非常喜欢契诃夫。

托尔斯泰说契诃夫是一个很怪的作家，他好像把文字随便丢来丢去，就成了一篇作品。我喜欢他的松散自由、随便、起止自在的文体；喜欢他对生活的痛苦的思索和一片温情。我认为契诃夫是一个真正的现代作家。从契诃夫后，俄罗斯文学才进入一个新的时期。

苏联文学里，我喜欢安东诺夫。他是继承契诃夫传统的。他比契诃夫更现代一些，更西方一些。我看了他的《在电车上》，有一次在文联大楼开完会出来，在大门台阶上遇到萧乾同志，我问他："这是不是意识流？"萧乾说："是。但是我不敢说！"五十年代，在中国提起意识流都好像是犯法的。

我喜欢苏克申，他也是继承契诃夫的。苏克申对人生的感悟比安东诺夫要深，因为这时的苏联作家已经摆脱了斯大林的控制，可以更自由地思索了。

法国文学里，最使当时的大学生着迷的是 A. 纪德。在茶馆里，随时可以看到一个大学生捧着一本纪德的书在读，从优雅的、抒情诗一样的情节里思索其中哲学的底蕴。影响最大的是《纳蕤思解说》《田园交响乐》。《窄门》《伪币制造者》比较枯燥。在《地粮》的文体影响下，不少人写起散文诗日记。

波德莱尔的《恶之花》《巴黎之烦恼》是一些人的袋中书——这两本书的开本都比较小。

我不喜欢莫泊桑，因为他做作，是个"职业小说家"。我喜欢都德，因为他自然。

我始终没有受过《约翰·克里斯多夫》的诱惑，我宁可听法朗士的怀疑主义的长篇大论。

英国文学里，我喜欢弗吉尼亚·伍尔夫。她的《到灯塔去》《浪》写得很美。我读过她的一本很薄的小说《狒拉西》，是通过一只小狗的眼睛叙述伯朗宁和伯朗宁夫人的恋爱过程，角度非常别致。《狒拉西》似乎不是用意识流方法写的。

我很喜欢西班牙的阿左林，阿左林的意识流是覆盖着阴影的，清凉的，安静透亮的溪流。

意识流有什么可非议的呢？人类的认识发展到一定阶段，就会发现人的意识是流动的，不是那样理性，那样规整，那样可以分切的。意识流改变了作者和人物的关系。作者对人物不再是旁观，俯视，为所欲为。作者的意识和人物的意识同时流动。这样，作者就更接近人物，也更接近生活，更真实了。意识流不是理论问题，是自然产生的。林徽因显然就是受了弗吉尼亚·伍尔夫的影响，废名原来并没有看过伍尔夫的作品，但是他的作品却与伍尔夫十分相似。这怎么解释？

意识流造成传统叙述方法的解体。

我年轻时是受过现代主义、意识流方法的影响的。

太阳晒着港口，把盐味敷到坞边的杨树的叶片上。
海是绿的，腥的。

一只不知名的大果子，有头颅那样大，正在腐烂。

贝壳在沙粒里逐渐变成石灰。

浪花的白沫上飞着一只鸟，仅仅一只，太阳落下去了。

黄昏的光映在多少人的额头上，在他们的额头上涂了一半金。

多少人逼向三角洲的尖端。又转身分散。

人看远处如烟。

自在烟里，看帆篷远去。

来了一船瓜，一船颜色和欲望。

一船是石头，比赛着棱角。也许——

一船鸟，一船百合花。

深巷卖杏花。骆驼。

骆驼的铃声在柳烟中摇荡。鸭子叫，一只通红的蜻蜓。

惨绿的雨前的磷火。

一城灯！

——《复仇》

这是什么？大概是意识流。

我的文艺思想后来有所发展。八十年代初，我宣布过"回到现实主义，回到民族传统"。但是立即补充了一句："我所说的现实主义是能容纳各种流派的现实主义，我所说的民族传统是能吸收任何外来影响的民族传统。"

抗日战争时期。昆明小西门外。

米市，菜市，肉市。柴驮子，炭驮子。马粪。粗细瓷碗，炒锅铁锅。焖鸡米线，烧饵块。金钱片腿，牛干巴。炒菜的油烟，炸辣子呛人的气味。红黄蓝白黑，酸甜苦辣咸。

每个人带着一生的历史，半个月的哀乐，在街上走。……

——《钓人的孩子》

这大概不能算是纯粹的民族传统。中国虽然也有"鸡声茅店月，人迹板桥霜"，有"古道西风瘦马，枯藤老树昏鸦"，但是堆砌了一连串的名词，无主语，无动词，是少见的。这也可以说是意识流。有人说这是意象主义，也可以吧。总之，这样的写法是外来的。

有一种说法：越是民族的，就越是世界的。这话我不知道是什么意思。如果说越写出民族的特点，就越有世界意义，可以同意。如果用来作为拒绝外来影响的借口，以为越土越好，越土越洋，我觉得这会害了自己，也害了别人。

我想对《外国文学评论》提几点看法。

希望能研究一下外国文学研究的最终目的是什么？我以为应该是推动、影响、刺激中国的当代创作。要考虑刊物的读者是什么人，我以为应是中国作家、中国的文学爱好者，当然，也包括中国的外国文学研究者。不要为了研究而研究，不要脱离中国文学的实际，要有的放矢，顾及社会的和文学界的效应。

评论要和鉴赏结合起来，要更多介绍一点外国作家和作品，不要空谈理论。现在发表的文章多是从理论到理论。评介外国的作家和作品，得是一个中国的研究者的带独创性的意见，不宜照搬外国人的意见。可以考虑开一个栏目：外国作家对中国作家的影响，比如魏尔兰之于艾青，T.S.艾略特、奥登之于九叶派诗人……这似乎有点跨进了比较文学的范围。但是我觉得一个外国文学研究者多多少少得是一个比较文学研究者，否则易于架空。

最后，希望文章不要全是理论语言，得有点文学语言。要有点幽默感。完全没有幽默感的文章是很烦人的。

一九九二年二月九日

载一九九二年第二期《外国文学评论》

旧病杂忆

对 口

那年我还小，记不清是几岁了。我母亲故去后，父亲晚上带着我睡。我觉得脖子后面不舒服。父亲拿灯照照，肿了，有一个小红点。半夜又照照，有一个小桃子大了。天亮再照照，有一个莲子盅大了。父亲说：坏了，是对口！

"对口"是长在第三节颈椎处的恶疮，因为正对着嘴，故名"对口"，又叫"砍头疮"。过去刑人，下刀处正在这个地方。——杀头不是乱砍的，用刀在第三颈节处使巧劲一推，脑袋就下来了，"身首异处"。"对口"很厉害，弄不好会把脖子烂通。——那成什么样子！

父亲拉着我去看张冶青。张冶青是我父亲的朋友，是西医外科医生，但是他平常极少为人治病，在家闲居。他叫我趴在茶几上，看了看，哆里哆嗦地找出一包手术刀，挑了一把，在酒精灯上烧了烧。这位张先生，连麻药都没有！我父亲在我嘴里塞了一颗蜜枣，我还没有一点准备，只听得"呼"的一声，张先生已经把我的对口豁开了。他怎么挤脓挤血，我都没看见，因为我趴着。他拿出一卷绷带，搓成条，蘸上药，——好像主要就是凡士林，用一个镊子一截一截塞进我的刀口，好长一段！

这是我看见的。我没有觉得疼，因为这个对口已经熟透了，只觉得往里塞绷带时怪痒痒。都塞进去了，发胀。

我的蜜枣已经吃完了，父亲又塞给我一颗，回家！

张先生嘱咐第二天去换药。把绷带条抽出来，再用新的蘸了药的绷带条塞进去。换了三四次。我注意塞进去的绷带条越来越短了。不几天，就收口了。

张先生对我父亲说："令郎真行，哼都不哼一声！"干嘛要哼呢？我没觉得怎么疼。

以后，我这一辈子在遇到生理上或心理上的病痛时，我很少哼哼。难免要哼，但不是死去活来，弄得别人手足无措，惶惶不安。

现在我的后颈至今还落下了个疤拉。

衔了一颗蜜枣，就接受手术，这样的人大概也不多

一九九二年

疟 疾

我每年要发一次疟疾，从小学到高中，一年不落，而且有准季节。每年桃子一上市的时候，就快来了，等着吧。

有青年作家问爱伦堡：头疼是什么感觉？他想在小说里写一个人头疼。爱伦堡说：这么说你从来没有头疼过，那你真是幸福！头疼的感觉是没法说的。中国（尤其是北方）很多人是没有得过疟疾的。如果有一位青年作家叫我介绍一下疟疾的感觉，我也没有办法。起先是发冷，来了！大老爷升堂了！——我们那里把疟疾开始发作，叫作"大老爷升堂"，不知是何道

理。赶紧钻被窝。冷！盖了两床厚棉被还是冷，冷得牙齿得得地响。冷过了，发热，浑身发烫。而且，剧烈地头疼。有一首散曲咏疟疾："冷时节似冰凌上坐，热时节似蒸笼里卧，疼时节疼得天灵破，天呀天，似这等寒来暑往人难过！"反正，这滋味不大好受。好了！出汗了！大汗淋漓，内衣湿透，遍体轻松，疟疾过去了，"大老爷退堂"。擦擦额头的汗，饿了！坐起来，粥已经煮好了，就一碟甜酱小黄瓜，喝粥。香啊！

杜牧诗云："忍过事则喜"，对于疟疾也只有忍之一法。挺挺，就过来了，也吃几剂汤药（加减小柴胡汤之类），不管事。发了三次之后，都还是吃"蓝印金鸡纳霜"（即奎宁片）解决问题。我父亲说我是阴虚，有一年让我吃了好些海参。每天吃海参，真不错！不过还是没有断根。一直到一九三九年，生了一场恶性疟疾，我身体内部的"古老又古老的疟原虫"才跟我彻底告别。

恶性疟疾是在越南得的。我从上海坐船经香港到河内，乘滇越铁路火车到昆明去考大学。到昆明寄住在同济中学的学生宿舍里，通过一个间接的旧日同学的关系。住了没有几天，病倒了。同济中学的那个学生把我弄到他们的校医室，验了血，校医说我血里有好几种病菌，包括伤寒病菌什么的，叫赶快送医院。

到医院，护士给我量了量体温，体温超过四十度。护士二话不说，先给我打了一针强心针。我问："要不要写遗书？"

护士嫣然一笑："怕你烧得太厉害，人受不住！"

抽血，化验。

医生看了化验结果，说有多种病菌潜伏，但是主要问题是恶性疟疾。开了注射药针。过了一会儿，护士拿了注射针剂来。我问：是什么针？

“606。”

我赶紧声明，我生的不是梅毒，我从来没有……

“这是治疗恶性疟疾的特效药。奎宁、阿脱平，对你已经不起作用。”

606，疟原虫、伤寒菌，还有别的不知什么菌，在我的血管里混战一场。最后是606胜利了。病退了，但是人很“吃亏”，医生规定只能吃藕粉。藕粉这东西怎么能算是“饭”呢？我对医院里的藕粉印象极不佳，并从此在家里也不吃藕粉。后来可以喝蛋花汤。蛋花汤也不能算饭呀！

我要求出院，医生不准。我急了，说，我到昆明是来考大学的，明天就是考期，不让我出院，那怎么行！

医生同意了。

喝了一肚子蛋花汤，晕晕忽忽地进了考场。天可怜见，居然考取了！

自打生了一次恶性疟疾，我的疟疾就除了根，半个世纪以来，没有复发过。也怪。

载一九九二年五月九日《济南日报》

牙 疼

从大学时期，牙就不好。一来是营养不良，即饥一顿，饱一顿；二来是不讲口腔卫生。有时买不起牙膏，常用食盐、烟灰胡乱地刷牙。又抽烟，又喝酒。于是牙齿龋蛀，时常发炎，——牙疼。牙疼不很好受，但不至于像契诃夫小说《马姓》里的老爷一样疼得吱哇乱叫。“牙疼不是病，疼起来要人命”，不见得。我对牙疼泰然置之，而且有点幸灾乐祸地想：我倒看你疼出一朵什么花来！我不会疼得"五心烦躁"，该咋着还咋着。照样活动。腮帮子肿得老高，还能谈笑风生，语惊一座。牙疼于我何有哉！

不过老疼，也不是个事。有一只槽牙，已经活动，每次牙疼，它是祸始。我于是决心拔掉它。昆明有一个修女，又是牙医，据说治牙很好，又收费甚低，我于是攒借了一点钱，想去找这位修女。她在一个小教堂的侧门之内"悬壶"。不想到了那里，侧门紧闭，门上贴了一个字条：修女因事离开昆明，休诊半个月。我当时这个高兴呀！王子猷雪夜访戴，乘兴而去，兴尽而归，何必见戴！我拿了这笔钱，到了小西门马家牛肉馆，要了一盘冷拼，四两酒，美美地吃了一顿。

昆明七年，我没有治过一次牙。

在上海教书的时候，我听从一个老同学母亲的劝告，到她熟识的私人开业的牙医处让他看看我的牙。这位牙科医生，听他的姓就知道是广东人，姓麦。他拔掉我的早已糟朽不堪的槽牙。他的"手艺"（我一直认为治牙镶牙是一门手艺）如何，我不知道，但是我对他很有好感，因为他的候诊室里有一本A.纪德的《地粮》。牙科医生而读纪德，此人不俗！

到了北京，参加剧团，我的牙越发地不行，有几颗跟我陆续辞行了。有人劝我去装一副假牙，否则尚可效力的牙齿会向空缺的地方发展。通过一位名琴师的介绍，我去找了一位牙医。此人是京剧票友，唱大花脸。他曾为马连良做过一枚内外纯金的金牙。他拔掉我的两颗一提溜就下来的病牙，给我做了一副假牙。说："你这样就可以吃饭了，可以说话了。"我还是应该感谢这位票友牙医，这副假牙让我能吃爆肚，虽然我觉得他颇有江湖气，不像上海的麦医生那样有书卷气。

"文化大革命"中，我正要出剧团的大门，大门"哐"地一声被踢开，正摔在我的脸上。我当时觉得嘴里乱七八槽！吐出来一看，我的上下四颗门牙都被震下来了，假牙也断成了两截。踢门的是一个翻跟头的武戏演员，没有文化。就是他，有一天到剧团来大声嚷嚷："同志们！告诉你们一个好消息，往后吃油饼便宜了！"——"怎么啦？"——"大庆油田出油了！"这人一向是个冒失鬼。剧团的大门是可以里外两面开的玻璃门，玻璃上糊了一层报纸，他看不见里面有人出来。这小子不推门，一脚踹开了。他直道歉："对不起！对不起！"我说："没事儿！没事儿！你走吧！"对这么个人，我能说什么呢？他又不是有心。掉了四颗门牙，竟没有流一滴血。可见这四颗牙已经衰老到什么程度，掉了就掉了吧。假牙左边半截已经没有用处，右边的还能凑合一阵。我就把这半截假牙单摆浮搁地安在牙床上，既没有钩子，也没有套子，嗨，还真能嚼东西。当然也有不方便处：一、不能吃脆萝卜（我最爱吃萝卜）；二、不能吹笛子了（我的笛子原来是吹得不错的）。

这样对付了好几年。直到一九八六年我随中国作家代表团访问香港前，我才下决心另装一副假牙。有人跟我说："瞧你那嘴牙，七零八落，简直有伤国体！"

我找到一个小医院，建筑工人医院。医院的一个牙医师小宋是我的读者，可以不用挂号、排队，进门就看。小宋给我检查了一下，又请主任医师来看看。这位主任用镊子依次掰了一下我的牙，说："都得拔了。全部'二度动摇'。做一副满口。这么凑合，不行。做一副，过两天，又掉了，又得重做，多麻烦！"我说："行！不过再有一个月，我就要到香港去，拔牙、安牙，来得及吗？"——"来得及。"主任去准备麻药，小宋悄悄跟我说："我们主任，是在日本学的。她的劲儿特别大，出名的手狠。"我的硕果仅存的十一颗牙，一个星期，分三次，全部拔光。我于拔牙，可谓曾经沧海，不在乎。不过拔牙后还得修理牙床骨，——因为牙掉的先后不同，早掉的牙床骨已经长了突起的骨质小骨朵，得削平了。这位主任真是大刀阔斧，不多一会儿，就把我的牙骨铲平了。小宋带我到隔壁找做牙的技师小马，当时就咬了牙印。

一般拔牙后要经一个月，等伤口长好才能装假牙。但有急需，也可以马上就做，这有个专用名词，叫作"即刻"。

"即刻"本是权宜之计，小马让我从香港回来再去做一副。我从香港回来，找了小马，小马把我的假牙看了看，问我："有什么不舒服吗？"——"没有。"——"那就不用再做了，你这副很好。"

我从拔牙到装上假牙，一共才用了两个星期，而且一次成功，少有。这副假牙我一直用到现在。

常见很多人安假牙老不合适，不断修理，一再重做，最后甚至就不再戴。我想，也许是因为假牙做得不好，但是也由于本人不能适应，稍不舒服，即觉得别扭。要能适应。假牙嘛，哪能一下就合适，开头总会格格不入的。慢慢地，等牙床和假牙已经严丝合缝，浑然一体，就好了。

凡事都是这样，要能适应、习惯、凑合。

一九九二年二月二十二日

载一九九二年八月一日《济南日报》

随笔写生活

　　新笔记小说是近年出现的文学现象。以前不是没有过，但是写的人不是那样多，刊物上也不似现在这样频繁的出现，没有成为风气。这种现象产生的背景是什么？这说明什么"问题"？我是写过一些这样的小说的，有些篇自己就加了总题或副题：笔记小说。但究竟什么是新笔记小说，我也说不上来。

　　要问新笔记小说是什么，不如先问问：小说是什么？这个问题问之小说家，大概十个有八个答不出。勉强地说，依我看，小说是一种生活的样式或生命的样式。那么新笔记小说可以说是随笔写下来的一种生活，一种生活或生命的样式。

　　中国古代的小说，大致有两个传统：唐人传奇和宋人笔记。唐人传奇本是"行卷"，是应试的举子投给当道看的，这样可以博取声名，"扩大影响"。使试官在阅卷前已经有个印象。因为要当道看得有趣，故情节曲折，引人入胜。又欲使当道欣赏其文才，故辞句多华丽丰赡。是有意为文。宋人笔记无此功利的目的，只是写给朋友看看，甚至是写给自己看的。《梦溪笔谈》云"所与谈者，唯笔砚耳"。是无意为文。故文笔多平实朴素，然而自有情致。假如用西方的文学概念来套，则唐人传奇是比较浪漫主义的，而宋人笔记则是比较现实主义的。新笔记小说所继承的，是宋人笔记的传统。

新笔记小说的作者大都有较多的生活阅历，经过几番折腾，见过严霜烈日，便于人生有所解悟，不复有那样炽热的激情了。相当多的新笔记小说的感情是平静的，如秋天，如秋水，叙事雍容温雅，渊渊汩汩，孙犁同志可为代表。孙犁同志有些小说几乎淡到没有什么东西，但是语简而情深，比如《亡人逸事》。这样的小说，是不会使人痛哭的，但是你的眼睛会有点潮湿。但也有些笔记小说的感情是相当强烈的，如张石山的《淘井》、王润滋的《三个渔人》。有不少笔记小说是写得滑稽梯突的，使读者读后哭笑不得。写"文化大革命"的笔记小说，被称为"新世说"者多如此。恽敬新的《刘校长游街》写得很真实，——同时又那样的荒谬。写"文化大革命"小景的小说，多如实，少夸张，然而这样的如实又显得好像极其夸张。这样的感情是所谓"冷隽"。这样，有些笔记小说就接近讽刺文学，带杂文意味。这在新笔记中占相当大的比重。这也是无可奈何的事。因为那是"无可奈何之日"。

笔记小说一般较少抒情，然而何立伟的《小城无故事》却是一首抒情诗。然而，你不能说这不是新笔记小说。阿成的《年关六赋》是风俗画。贾平凹的《游寺耳记》是小说么？是"笔记小说"么？这是一篇游记，一篇散文。然而"笔记"和"散文"从来就是"撕掳不开"的，笔记小说多半有点散文化。孙犁同志的小说在发表前有编辑问过他"您这是小说还是散文"？孙犁答曰"小说！小说！"我们要不要把《游寺耳记》从"新笔记小说"中开除出去？不一定吧。高晓声的《摆渡》是寓言。矫健的《圆环》可以说是一篇哲学论文。

如此说来，"新笔记小说"从内到外，初无定质，五花八门，无所不包了？

好像是这样。这也是"新笔记小说"的特点。"新笔记"的天地是非常广阔的。

"新笔记小说"很难界定。这是一个宽泛的、含混的概念，但是又不是"宽大无边"。作者和编者读者心目中有那么一种东西，有人愿意写，写就是了。有人愿意看，看就是了。

有一个也许叫人困惑的问题：新笔记小说和"主旋律"的关系。一般来说，大部分新笔记小说大概不能算是主旋律吧？不是主旋律，那么是什么？次旋律？亚旋律？它和主旋律的关系是什么？也不必管它吧。有人愿意写，写就是了。有人愿意看，看就是了。

载一九九二年二月二十二日《文汇读书周刊》

玉堂春

起解前大段反二黄前面苏三和崇公道有几句对白，苏三说："如此老伯前去打点行李，待我辞别狱神，也好趱路"，有些演员把"辞别狱神"改成了"待我辞别辞别"实在没有必要。原来的念白，让我们知道监狱里有一尊狱神，犯人起解前要拜别狱神，这是规矩。这可以使后来的观众了解一点监狱的情况，这个细节是很真实的。而且苏三的唱词是向狱神的祷告，这样苏三此时的思想情绪，她的忧虑和希望，也才有个倾诉的对象。改成"辞别辞别"，跟谁辞别？跟同监的难友？但唱词不像和难友的交流。

去掉狱神，想必因为这是迷信。怎么会是迷信呢？狱神是客观存在。这出戏并未渲染神的灵验，不是宣传迷信。五十年代改戏，往往有这种简单化的做法，一提到神、鬼，就一刀切掉，结果是损伤了生活的真实。

起解唱词好像有点前后矛盾。"苏三离了洪洞县，将身来在大街前"，已经离了洪洞县了，怎么又来在大街前呢？前面唱过"离了洪洞县"了，后面怎么又唱"低头出了洪洞县境"？只能这样解释："离了洪洞县"是离了洪洞县衙，"低头出了洪洞县境"是出了洪洞县城。大街是十字街,这样苏三才能跪在当街,求人带信给王金龙。出了城,来往的人少了,崇公道才能给苏三把刑枷去掉。这是合理的。洪洞县在太原南面,苏三、崇公道出的是洪洞县北门。我曾到洪洞县看过(假定苏三故事是出在洪洞县的),地理方向大致不错。

流水板唱词有两句:"人言洛阳花似锦,偏我来时不逢春"很多人不解所谓。这里不是洛阳,也没有花。这是罗隐的诗。苏三唱此,只是说不凑巧而已。罗隐诗很通俗,苏三读过或唱过,即景生情,移用成句,是有可能的。

西皮慢板第三四句的唱词原来是"想当初在院中缠头似锦"改成了"艰苦受尽"。"缠头似锦"和"罪衣罪裙"是今昔对此。"艰苦受尽"和"罪衣罪裙"在意思上是一顺边。改戏的人大概以为凡是妓女,都是很"艰苦"的,但是玉堂春是身价很高的名妓呀!或者以为苏三不应该留恋过去的生活,她应该控诉旧社会!

"玉堂春"("三堂会审")是一场非常别致的戏。京剧编剧有两大忌讳。一是把演过的情节再唱一遍,行话叫作"倒粪";一是没有动作,光是一个人没完没了地唱。"玉堂春"敢冒不韪,知难而进。苏三把过去的事情从头至尾历数了一遍。唱词层次非常清楚。唱腔和唱词情绪非常吻合。这场戏运用了西皮的全部板式,起伏跌宕,有疾有徐,极为动听。"玉堂春"和"四郎探母"的唱腔是京剧唱腔的两大杰作。苏三的外部动作不多,但是内心活动很丰富。整场戏就是一个人跪在下面唱,三个问官坐在上面听,但是四个人都随时在交流,一丝不懈。这样的处理,在全世界的戏剧中实为仅见。戏曲十分重视演员和观众的交流。这场戏有一个聪明的调度——"脸朝外跪"。

本来朝上回话，哪有背向问官的道理呢？这是为了使观众听得真凿，看得清楚。这跟"四郎探母"的"打坐向前"是一个道理。无缘无故的，叫丫环打坐向前干什么？

"玉堂春"有两句白和唱："头一个开怀是哪一个？"——"十六岁开怀是那王……王公子。"有人把"开怀"改成了"结交"。这是干什么？"开怀"是妓院里的行话，也并不"牙碜"。下面还有两句唱"不顾腌臜怀中抱，在神案底下叙一叙旧情"。一个演员唱这出戏，把这两句删掉了，想是因为这是黄色。一个妓女这样表达感情，是很自然的。只要演唱得不过于绘形绘色，我看没有什么不可以。

"玉堂春"是谁改的？可能是朱熹。

四进士

两个差人受田伦之命到信阳州道台衙门顾读处下书行贿，住在宋士杰店中。宋士杰偷拆了书信，套写在衣襟之上。第二天早晨，差人起来，跟宋士杰说："跟您借一东西"，宋士杰接口就说："敢莫是坛子？"旧时行贿，不能大明大白把银子送去，多是把银子放在酒坛里，装着送的就是酒，好遮人耳目。这一套，宋士杰门儿清，所以立即问："敢莫是坛子"这一细节，表现出宋士杰对官场积弊了如指掌，是个成了精的老吏。两个差人回了一句："你倒是老在行！"这里，差人应该有点表演，先表现出惊愕再表现心照不宣。宋士杰微微一笑。这样这个细节才突出。通常演出，差人无表情，只是平平说过。这样这个节就"兀突"了。演差人的两个丑角大概也不知道这是么意思。剧作者表现宋士杰的性格的这一小小闲笔也就被观众忽略了，可惜！

　　顾读的师爷上场念了一副对子："清早起来冷嗖嗖，吃了泡饭热呵呵"。许多演师爷的丑角演员只是随师傅照葫芦画瓢地念，不知念的是什么。师爷是绍兴人，念的是绍兴话。早上起来吃泡饭，这也很有绍兴特点。师爷拿走田伦贿赂顾读的银子，唱了两句："三百两银子到我手，管他丢官不丢官！"曲调是绍兴高调。从前上海有个专演师爷的丑，唱这两句绍兴味很足。这位演员在下场前还有几句念白："我拿了银子回家去卖霉干菜去哉！"霉干菜是绍兴特产，上海人多知道，所以听了都大笑。北京观众无此反应。

　　从前唱丑的都要会说几种方言。比如"荡湖船"是要念苏白的。后来唱丑的大都不会了。只有"打砂锅"还念山西话，"野猪林"里的解差说山东话。丑应该会说几个省的方言，否则叫什么丑呢。

一九九二年三月二十二日

载一九九二年第三期《新剧本》

四川杂忆

四川是个好地方

四川的气候好，多雾，雾养百谷；土好，不需要怎么施肥。在一块岩石上甩几坨泥巴，硬是能长出一片胡豆。这不是夸张想象，是亲眼目睹。我们剧团的一个演员在汽车里看到这奇特情景，招呼大家："快来看！石头上长蚕豆！"

成 都

在我到过的城市里，成都是最安静，最干净的。在宽平的街上走走，使人觉得很轻松，很自由。成都人的举止言谈都透着悠闲。这种悠闲似乎脱离了时代。以致何其芳在抗日战争时期觉得这和抗战很不协调，写了一首长诗：《成都，让我来把你摇醒》。

成都并不总是似睡不醒的。"文化大革命"中也很折腾了一气。我六十年代初、七十年代、八十年代，都到过成都。最后一次到成都，成都似乎变化不大，但也留下一些"文化大革命"的痕迹。最明显的原来市中心的皇城叫刘结挺、张西挺炸掉了。当时写了一首诗：

柳眠花重雨丝丝，

劫后成都似旧时。

独有皇城今不见，

刘张霸业使人思。

武侯祠大概不是杜甫曾到过的武侯祠了，似乎也不见霜皮溜雨、黛色参天的古柏树，但我还是很喜欢现在的武侯祠。武侯祠气象森然，很能表现武侯的气度。这是我所到过的祠堂中最好的。这是一个祠，不是庙，也不是观。没有和尚气、道士气。武侯塑像端肃，面带深思。两廊配享的蜀之文武大臣，武将并不剑拔弩张，故作威猛，文臣也不那么飘逸有神仙气，只是一些公忠谨慎的国之干城，一些平常的"人"。武侯祠的楹联多为治蜀的封疆大员所撰写，不是吟风弄月的名士所写，这增加了祠的典重。毛主席十分欣赏的那副长联："能攻心则反侧自消，从古知兵非好战；不审势即宽严皆误，后来治蜀要深思"，确实写得很得体，既表现了武侯的思想，也说出撰联大臣的见识。在祠堂对联中，可算得是写得最好的。

我不喜欢杜甫草堂，杜甫的遗迹一点也没有，为秋风所破的茅屋在哪里？老妻画纸，稚子敲针在什么地方？杜甫在何处看见细雨鱼儿出，微风燕子斜？都无从想象。没有桤木，也没有大邑青瓷。

眉　山

三苏祠即旧宅为祠。东坡文云："家有五亩之园"，今略广，占地约八亩。房屋疏朗，三径空阔，树木秀润。因为是以宅为祠，使人有更多的向往。廊子上有一口井，云是苏氏旧物，现在还能打得上水来。井以红砂石为栏，尚完好。大概苏家也不常用这个井，否则，红砂石石质疏松，是会叫井绳磨出道道的。园之右侧有花坛，种荔枝一棵。据说东坡离家时，乡人栽了一棵荔枝，要等他回来吃。苏东坡流谪在外，终于没有吃到家乡的荔枝。东坡酷嗜荔枝，日啖三百颗，但那是广东荔枝。从海南望四川，连"青山一发"也看不见。"不辞长作岭南人"，其言其实是酸苦的。当年乡人所种的荔枝，早已枯死，后来补种了几次。现存的一棵据说是明代补种的，也已经半枯了，正在设法抢救。祠中有个陈列室，搜集了苏东坡集的历代版本，平放在玻璃橱里。这一设计很能表现四川人的文化素养。

离眉山，往乐山，车中得诗：

当日家园有五亩，
至今文字重三苏。
红栏旧井犹堪汲，
丹荔重栽第几株？

乐 山

大佛的一只手断掉了，后来补了一只。补得不好，手太长，比例不对。又耷拉着，似乎没有筋骨。一时设计不到，造成永久的遗憾。现在没有办法了，又不能给他做一次断手再植的手术，只好就这样吧。

走尽石级，将登山路，迎面有摩崖一方，是司马光的字。司马光的字我见过他写给修《资治通鉴》的局中同人的信，字方方的，笔画颇细瘦。他的大字我还没有见过，字大约七八寸，健劲近似颜体。文曰：

> 登山亦有道徐行则不蹶　司马光

我每逢登山，总要想起司马光的摩崖大字。这是见道之言，所说的当然不只是登山。

洪椿坪

峨嵋山风景最好的地方我以为是由清音阁到洪椿坪的一段山路。一边是山，竹树层叠，蒙蒙茸茸。一边是农田。下面是一条溪，溪水从大大小小黑的、白的、灰色的石块间夺路而下，有时潴为浅潭，有时只是弯弯曲曲的涓涓细流，听不到声音。时时飞来一只鸟，在石块上落定，不停地撅起尾巴。撅起，垂下，又撅起……它为什么要这样？乌黑身白颊，黑得像墨，不叫。我觉得这就是鲁迅小说里写的张飞鸟。

洪椿坪的寺名我已经忘记了。

入寺后，各处看看。两个五台山来的和尚在后殿拜佛。

这两个和尚我们在清音阁已经认识，交谈过。一个较高，清瘦清瘦的。他是保定人，原来是做生意的，娶过妻，夫妻感情很好。妻子病故，他万念俱灰，四处漫游，到了五台山，就出了家。另一个黑胖结实，完全像一个农民，他原来大概也就是五台山下的农民。他们发愿朝四大名山。已经朝过普陀，朝过峨嵋之后，还要去朝九华山。五台山是本山，早晚可以拜佛，不需跋山涉水。他们的食宿旅费是自筹的。和尚每月有一点生活费，积攒了几年，才能完成夙愿。

进庙先拜佛，得拜一百八十拜。那样五体投地地拜一百八十拜，要叫我拜，非拜晕了不可。正在拜着，黑胖和尚忽然站起来飞跑出殿。原来他一时内急，憋不住了要去如厕。排便之后，整顿衣裤，又接着拜。

晚饭后，在走廊上和一个本庙的和尚闲聊。我问他和尚进庙是不是都要拜一百八十拜。他说都要拜的。"我们到人家庙里，还不是一样要拜！"同时聊天的有几个小青年。一个小青年问："你吃不吃肉？"他说："肉还是要吃的。""喝不喝酒？""酒还是要喝的。"我没想到他如此坦率，他说，"文化大革命"把他们赶下山去，结了婚，生了孩子，什么规矩也没有了。不过庙里的小和尚是不许的。这个和尚四十多岁。天热，他褪下一只僧鞋，把不着鞋的脚在膝上架成二郎腿。他穿的是黄色僧鞋，袜子却是葡萄灰的尼龙丝袜。

两个五台山的和尚天不亮去朝金顶，等我们吃罢早餐，他们已经下来了。保定和尚说他们看到普贤的法相了，在金顶山路转弯处，普贤骑在白象上，前面有两行天女。起先只他一个人看见，他（那个黑胖和尚）看不见，他心里很着急。后来他也看见了。他告诉我们他们在普陀也看到了观音的法相，前面一队白孔雀。保定和尚说："你们是唯物主义者，我们是唯心主义者，我们的话你们不会相信。不过我们干嘛要骗你们？"

下清音阁，我们要去宾馆，两位和尚要去九华山，遂分手。

北温泉

为了改《红岩》剧本，我们在北温泉住了十来天。住数帆楼。

数帆楼是一个小宾馆，只两层，房间不多，全楼住客就是我们几个人。数帆楼廊子上一坐，真是安逸。楼外是竹丛，如张岱所常说的："人面一绿。"竹外即嘉陵江。那时嘉陵江还没有被污染，水是碧绿的。昔人诗云："嘉陵江水女儿肤，比似春莼碧不殊"，写出了江水的感觉。听罗广斌说，艾芜同志在廊上坐下，说："我就是这里了！"不知怎么这句话传成了是我说的，"文化大革命"中我曾因为这句话而挨过斗。我没有分辩，因为这也是我的感受。

北温泉游人极少，花木欣荣，凫鸟自乐。温泉浴池门开着，随时可以洗。

引温泉水为渠，渠中养非洲鲫鱼。这是个好主意。非洲鲫鱼肉细嫩，唯恨刺多。每顿饭几乎都有非洲鲫鱼，于是我们每顿饭都带酒去。

住数帆楼，洗温泉浴，饮泸州大曲或五粮液，吃非洲鲫鱼，"文化大革命"不斗这样的人，斗谁？

新 都

新都有桂湖，湖不大，环湖皆植桂，开花时想必香得不得了。

桂湖上有杨升庵祠。祠不大，砖墙瓦顶，无藻饰，很朴素。祠内有当地文物数件。壁上嵌黑石，刻黄氏夫人"雁飞曾不到衡阳"诗，不知是不是手迹。

祠中正准备为杨升庵立像，管理处的负责同志让我们看了不少塑像小样，征求我们的意见。我没有说什么。我是不大赞成给古代的文人造像的。都差不多。屈原、李白、杜甫，都是一个样。在三苏祠后面看了苏东坡倚坐饮酒的石像，我实在不能断定这是苏东坡还是李白。杨升庵是什么长相？曾见陈老莲绘升庵醉后图，插花满头，是个相当魁伟的胖子。陈老莲的画未见得有什么根据。即使有一点根据，在桂湖之侧树一胖人的像，也不大好看。

我倒觉得升庵祠可以像三苏祠一样辟一间陈列室，搜集升庵著作的各种版本放在里面。

杨升庵著作甚多，有七十几种。有人以为升庵考证粗疏，有些地方是臆断。我觉得这毕竟是个很有才华，很有学问的人，而且遭遇很不幸，值得纪念。

曾有题升庵祠诗：

> 桂湖老桂弄新姿，
> 湖上升庵旧有祠。
> 一种风流谁得似，
> 状元词曲罪臣诗。

大 足

云冈石刻古朴浑厚，龙门石刻精神饱满。云冈、龙门的颜色是灰黑色，石质比较粗疏，易风化。云冈风化得很厉害，龙门石佛的衣纹也不那么清晰了。云冈是北魏的，龙门是唐代的。大足石刻年代较晚，主要是宋刻。石质洁白坚致，极少磨损，刻工风格也与云冈、龙门迥异，其特点是清秀潇洒，很美，一种人间的美，人的美。

有人说佛像都是没有性别的、是中性的，分不出是男是女。也许是这样吧。更恰切地说，佛有点女性美。大足普贤像被称为"东方的维纳斯",其实是不准确的。维纳斯就是西方的,她的美是西方的美。普贤是东方的,他的美是东方的美。普贤是男性(不像观音似的曾化为女身),咋会是维纳斯呢?不过普贤确实有点女性,眉目恬静,如好女子。他戴着花冠,尤易让人误会。

"媚态观音"像一个腰肢婀娜的舞女。不过"媚态"二字不大好,说得太露了。

"十二圆觉"衣带静垂,但让人觉得圆觉之间,有清风流动。这组群像的构思有点特别,强调同,而不强调异。十二尊像的相貌、衣着、坐态几乎是一样的。他们都在沉思,但仔细看看,觉得他们各有会心,神情微异。唯此小异,乃成大同,形成一个整体。十二圆觉门的上面凿出横方窗洞,以受日光,故室内并不昏暗。流泉一道,涓涓下注,流出室外,使空气长新。当初设计,极具匠心。

我见过很多千手观音,都不觉得怎么美。一个人肩背上长出许多胳臂和手,总是不自然。我见过最大的也是最好的千手观音,是承德外八庙的有三层楼高的那一尊。这尊很高的千手观音的好处是胳臂安得比较自然。大足的千手观音我以为是个奇迹。那么多只手(共一千零七只),可是非常自然。这些手是怎样从观音身上长出来的,完全没有交待,只见观音身后有很多手。因为没法交待,所以干脆不交待,这办法太聪明了!但是,你又觉得这确实都是观音的手,菩萨的手。这些手各具表情,有的似在召唤,有的似在指点,有的似在给人安慰……这是富于人性的手。这具千手观音的美学特点是把规整性和随意性结合了起来。石刻,当然是要经过周密的设计的,但是错落参差,不作呆板的对称。手共一千零七只,是个单数,即此可见其随意性。

释迦牟尼涅槃像（俗谓卧佛），佛的面部极为平静，目微睁（常见卧佛合目如甜睡），无爱无欲，无死无生，已寂灭一切烦恼，圆满一切功德，至最高境界。佛像很大，长三十余米，但只刻了佛的头部和胸部，肩和手无交待，下肢伸入岩石，不知所终。佛前刻了佛弟子约十人，不是站成一排，而是有前有后，有的向左，有的向右，弟子服饰如中土产；有一个科头鬈发的，似西方人。弟子面微悲戚，但不像有些通俗佛经上所说的号啕擗踊。弟子也只露出半身，腹部以下，在石头里，也不知所终。于有限的空间造无限的境界，大足的佛涅槃像是一个杰作！

川　菜

昆明护国路和文明新街有几家四川人开的小饭馆，卖"豆花素饭"和毛肚火锅。卖毛肚的饭馆早起开门后即在门口竖出一块牌子，上写"毛肚开堂"，或简单地写两字："开堂"。晚上封了火，又竖出一块牌子，只写一个字"毕"，简练之至！这大概是从四川带过来的规矩。后来我几次到四川，都不见饭馆门口这样的牌子，此风想已消失。也许乡坝头还能看到。

上海有一家相当大的饭馆叫作"绿杨村"，以"川菜扬点"为号召。四川菜、扬州包点，确有特色。不过"绿杨村"的川味已经淡化了。那样强烈的"正宗川味"上海人是吃不消的。

一九四八年我在北京沙滩北京大学宿舍里寄住了半年，常去吃一家四川小馆子，就是李一氓同志在《川菜在北京的发展》一文中提到的蒲伯英回川以后留下的他家里的厨师所开的，许倩云和陈书舫都去吃过的那一家，这家馆子实在很小，只有三四张小方桌，但是菜味很纯正。李一氓同志以为有的菜比成都的还要做得好。我其时还没有去过成都，无从比较。我们去时点的菜只是回锅肉、鱼香肉丝之类的大路菜。这家的泡菜很好吃。

川菜尚辣。我六十年代住在成都一家招待所里，巷口有一个饭摊。一大桶热腾腾的白米饭，长案上有七八样用海椒拌得通红的辣咸菜。一个进城卖柴的汉子坐下来，要了两碟咸菜，几筷子就扒进了三碗"帽儿头"。我们剧团到重庆体验生活，天天吃辣，辣得大家害怕了，有几个年轻的女演员去吃汤圆，进门就大声说："不要辣椒！"幺师傅冷冷地说："汤圆没有放辣椒的！"川味辣，且麻。重庆卖面的小馆子的白粉墙上大都用黑漆写三个大字："麻、辣、烫"。川花椒，即名为"大红袍"者确实很香，非山西、河北花椒所可及。吴祖光曾请黄永玉夫妇吃毛肚火锅。永玉的夫人张梅溪吃了一筷，问："这个东西吃下去会不会死的哟？"川菜麻辣之最者大概要数水煮牛肉。川剧名丑李文杰曾请我们在政协所办的餐厅吃饭，水煮牛肉上来，我吃了一大口，把我噎得透不过气来。

四川人很会做牛肉。赵循伯曾对我说："有一盘干煸牛肉丝，我能吃三碗饭！"灯影牛肉是一绝。为什么叫"灯影牛肉"？有人说是肉片薄而透明，隔着牛肉薄片，可以照见灯影。我觉得"灯影"即皮影戏的人形，言其轻薄如皮影人也。《东京梦华录》有"影戏𦙍"就是这样的东西。宋人所说的"𦙍"，都是干的或半干的肉的薄片。此说法可成立，则灯影牛肉已经有好几百年的历史了。

成都小吃谁都知道，不说了。"小吃"者不能当饭，如四川人所说，是"吃着玩的"。有几个北方籍的剧人去吃红油水饺，每人要了十碗，幺师父听了，鼓起眼睛。

川 剧

有一位影剧才人说过一句话："你要知道一个人的欣赏水平高低，只要问他喜欢川剧还是喜欢越剧。"有一次我在青年艺术剧院看川剧，台上正在演《做文章》，池座薄暗光线中悄悄进来两个人，一看，是陈老总和贺老总。那是夏天，老哥儿俩都穿了纺绸衬衫，一人手里一把芭蕉扇。坐定之后，陈老总一看邻座是范瑞娟，就大声说："范瑞娟，你看我们的川剧怎么样啊？"范瑞娟小声说："好！"这二位老帅看来是以家乡戏自豪的——虽然贺老总不是四川人。

川剧文学性高，像"月明如水浸楼台"这样的唱词在别的剧种里是找不出来的。

川剧有些戏很美，比如《秋江》《踏伞》。

有些戏悲剧性强，感情强烈。如《放裴》《刁窗》《打神告庙》。《马踏箭射》写女人的嫉妒令人震颤。我看过阳友鹤和曾荣华的《铁笼山》，戏剧冲突如此强烈，我当时觉得这是莎士比亚！

川剧喜剧多，而且品味极高，是真正的喜剧。像《评雪辨踪》这样带抒情性的喜剧，我在别的剧种里还没有见过。别的剧种移植这出戏就失去了原来的诗意。同样，改编的《秋江》也只保存了身段动作，诗意少了。川剧喜剧的诗意跟语言密不可分。四川话是中国最生动的方言之一。比如《秋江》的对话：

陈姑：嗳！

艄翁：那么高了，还矮呀！

　　陈姑：唉！

　　艄翁：飞远了，按不到了！

　　不懂四川话就体会不到妙处。

　　川丑都有书卷气。李文杰告诉我，进科班学丑，先得学三年小生。这是非常有道理的。川丑不像京剧小丑那样粗俗，如北京人所说"胳肢人"或上海人所说的"硬滑稽"，往往是闲中作色，轻轻一笔，使人越想越觉得好笑。比如《拉郎配》的太监对地方官宣读圣旨之后，说："你们各自回衙理事"，他以为这是在他的府第里，完全忘了这是人家的衙门。老公的颠顸糊涂真令人忍俊不禁。川剧许多丑戏并不热闹，倒是"冷淡清灵"的。像《做文章》这样的戏，京剧的丑是没法演的。《文武打》，京剧丑角会以为这不叫个戏。

　　川剧有些手法非常奇特，非常新鲜。《梵王宫》耶律含嫣和花云一见钟情，久久注视，目不稍瞬，耶律含嫣的妹妹（？）把他们两人的视线拉在一起，拴了个扣儿，还用手指在这根"线"上嘣嘣嘣弹三下。这位小妹捏着这根"线"向前推一推，耶律含嫣和花云的身子就随着向前倾，把"线"向后拖一拖，两人就朝后仰。这根"线"如此结实，实是奇绝！耶律含嫣坐车，她觉得推车的是花云，回头一看，不是！是个老头子，上唇有一撮黑胡子。等她扭过头，是花云！车夫是演花云的同一演员扮的。这撮小胡子可以一会儿出现，一会儿消失（胡子消失是演员含进嘴里了）。用这样的方法表现耶律含嫣爱花云爱得精神恍惚，瞧谁都像花云。耶律含嫣的心理状态不通过旦角的唱念来表现，却通过车夫的小胡子变化来表现，化抽象为具象，这种手法，除了川剧，我还没有见过，而且绝对想不出来。想出这种手法的，能不说他是个天才么？

有人说中国戏曲比较接近布莱希特体系，主要指中国戏曲的"间离效果"。我觉得真正有意识地运用"间离效果"的是川剧。川剧不要求观众完全"入戏"，保持清醒，和剧情保持距离。川剧的帮腔在制造"间离效果"上起了很大作用。帮腔者常常是置身局外的旁观者。我曾在重庆看过一出戏（剧名已忘），两个奸臣在台上对骂，一个说："你混蛋！"另一个说："你混蛋！"帮腔的高声唱道："你两个都混蛋嗏……"他把观众对俩人的评论唱出来了！

一九九二年四月六日

载一九九二年第八期《四川文学》

故乡的野菜

荠菜。荠菜是野菜，但在我的家乡却是可以上席的。我们
那里，一般的酒席，开头都有八个凉碟，在客人入席前即已摆
好。通常是火腿、变蛋（松花蛋）、风鸡、酱鸭、油爆虾（或
呛虾）、蚶子（是从外面运来的，我们那里不产）、咸鸭蛋之类。
若是春天，就会有两样应时凉拌小菜：杨花萝卜（即北京的小
水萝卜）切细丝拌海蜇，和拌荠菜。荠菜焯过，碎切，和香干
细丁同拌，加姜米，浇以麻油酱醋，或用虾米，或不用，均可。
这道菜常抟成宝塔形，临吃推倒，拌匀。拌荠菜总是受欢迎的，
吃个新鲜。凡野菜，都有一种园种的蔬菜所缺少的清香。

荠菜大都是凉拌，炒荠菜很少人吃。荠菜可包春卷，包圆
子（汤团）。江南人用荠菜包馄饨，称为菜肉馄饨，亦称"大
馄饨"。我们那里没有用荠菜包馄饨的。我们那里的面店中所
卖的馄饨都是纯肉馅的馄饨，即江南所说的"小馄饨"。没有"大
馄饨"。我在北京的一家有名的家庭餐馆吃过这一家的一道名
菜：翡翠蛋羹。一个汤碗里一边是蛋羹，一边是芥菜，一边嫩黄，
一边碧绿，绝不混淆，吃时搅在一起。这种讲究的吃法，我们
家乡没有。

枸杞头。春天的早晨，尤其是下了一场小雨之后，就可听到叫卖枸杞头的声音。卖枸杞头的多是附郭近村的女孩子，声音很脆，极能传远："卖枸杞头来！"枸杞头放在一个竹篮子里，一种长圆形的竹篮，叫作元宝篮子。枸杞头带着雨水，女孩子的声音也带着雨水。枸杞头不值什么钱，也从不用称约，给几个钱，她们就能把整篮子倒给你。女孩子也不把这当作正经买卖，卖一点钱，够打一瓶梳头油就行了。

自己去摘，也不费事。一会儿功夫，就能摘一堆。枸杞到处都是。我的小学的操场原是祭天地的空地，叫作"天地坛"。天地坛的四边围墙的墙根，长的都是这东西。枸杞夏天开小白花，秋天结很多小果子，即枸杞子，我们小时候叫它"狗奶子"，因为很像狗的奶子。

枸杞头也都是凉拌，清香似尤甚于荠菜。

蒌蒿。小说《大淖记事》："春初水暖，沙洲上冒出很多紫红色的芦芽和灰绿色的蒌蒿，很快就是一片翠绿了。"我在书页下面加了一条注："蒌蒿是生于水边的野草，粗如笔管，有节，生狭长的小叶，初生二寸来高，叫作'蒌蒿薹子'，加肉炒食极清香。……"蒌蒿，字典上都注"蒌"音楼，蒿之一种，即白蒿。我以为蒌蒿不是蒿之一种，蒌蒿掐断，没有那种蒿子气，倒是有一种水草气。苏东坡诗："蒌蒿满地芦芽短"，以蒌蒿与芦芽并举，证明是水边的植物，就是我的家乡所说的"蒌蒿薹子"。"蒌"字我的家乡不读楼，读吕。蒌蒿好像都是和瘦猪肉同炒，素炒好像没有。我小时候非常爱吃炒蒌蒿薹子。桌上有一盘炒蒌蒿薹子，我就非常兴奋，胃口大开。蒌蒿薹子除了清香，还有就是很脆，嚼之有声。

荠菜、枸杞我在外地偶尔吃过，蒌蒿薹子自十九岁离乡后从未吃过，非常想念。去年我的家乡有人开了汽车到北京来办事，我的弟妹托他们带了一塑料袋蒌蒿薹子来，因为路上耽搁，到北京时已经焐坏了。我挑了一些不太烂的，炒了一盘，还有那么一点意思。

马齿苋。中国古代吃马齿苋是很普遍的，马苋与人苋（即红白苋菜）并提。后来不知怎么吃的人少了。我的祖母每年夏天都要摘一些马齿苋，晾干了，过年包包子。我的家乡普通人家平常是不包包子的，只有过年才包，自己家里人吃，有客人来蒸一盘待客。不是家里人包的。一般的家庭妇女不会包，都是备了面、馅，请包子店里的师傅到家里做，做一上午，就够正月里吃了。我的祖母吃长斋，她的马齿苋包子只有她自己吃。我尝过一个，马齿苋有点酸酸的味道，不难吃，也不好吃。

马齿苋南北皆有。我在北京的甘家口住过，离玉渊潭很近，玉渊潭马齿苋极多。北京人叫作马苋儿菜，吃的人很少。养鸟的拔了喂画眉。据说画眉吃了能清火。画眉还会有"火"么？

莼菜。第一次喝莼菜汤是在杭州西湖的楼外楼，一九四八年四月。这以前我没有吃过莼菜，也没有见过。我的家乡人大都不知莼菜为何物。但是秦少游有《以莼姜法鱼糟蟹寄子瞻》诗，则高邮原来是有莼菜的。诗最后一句是"泽居备礼无麋鹿"，秦少游当时盖在高邮居住，送给苏东坡的是高邮的土产。高邮现在还有没有莼菜，什么时候回高邮，我得调查调查。

明朝的时候，我的家乡出过一个散曲作家王磐。王磐字鸿渐，号西楼，散曲作品有《西楼乐府》。王磐当时名声很大，与散曲大家陈大声并称为"南曲之冠"。王西楼还是画家。高邮现在还有一句歇后语："王西楼嫁女儿——画（话）多银子少"。王西楼有一本有点特别的著作：《野菜谱》。《野菜谱》

收野菜五十二种。五十二种中有些我是认识的，如白鼓钉（蒲公英）、蒲儿根、马栏头、青蒿儿（即茵陈蒿）、枸杞头、野绿豆、蒌蒿、荠菜儿、马齿苋、灰条。江南人重马栏头。小时读周作人的《故乡的野菜》，提到儿歌："荠菜马栏头，姐姐嫁在后门头"，很是向往，但是我的家乡是不大有人吃的。灰条的"条"字，正字应是"藋"，通称灰菜。这东西我的家乡不吃。我第一次吃灰菜是在一个山东同学的家里，蘸了稀面，蒸熟，就烂蒜，别具滋味。后来在昆明黄土坡一中学教书，学校发不出薪水，我们时常断炊，就撸了灰菜来炒了吃。在北京我也摘过灰菜炒食。有一次发现钓鱼台国宾馆的墙外长了很多灰菜，极肥嫩，就弯下腰来摘了好些，装在书包里。门卫发现，走过来问："你干什么？"他大概以为我在埋定时炸弹。我把书包里的灰菜抓出来给他看，他没有再说什么，走开了。灰菜有点碱味，我很喜欢这种味道。王西楼《野菜谱》中有一些，我不但没有吃过，见过，连听都没听说过，如："燕子不来香"、"油灼灼"……

《野菜谱》上图下文。图画的是这种野菜的样子，文则简单地说这种野菜的生长季节，吃法。文后皆系以一诗，一首近似谣曲的小乐府，都是借题发挥，以野菜名起兴，写人民疾苦。如：

眼子菜
　　眼子菜，如张目，年年盼春怀布谷，犹向秋来望时熟。何事频年倦不开，愁看四野波漂屋。

猫耳朵

猫耳朵，听我歌，今年水患伤田禾，仓廪空虚鼠弃窝，猫兮猫兮将奈何！

江荠

江荠青青江水绿，江边挑菜女儿哭。爷娘新死兄趁热，止存我与妹看屋。

抱娘蒿

抱娘蒿，结根牢，解不散，如漆胶。君不见昨朝儿卖客船上，儿抱娘哭不肯放。

这些诗的感情都很真挚，读之令人酸鼻。我的家乡本是个穷地方，灾荒很多，主要是水灾，家破人亡，卖儿卖女的事是常有的。我小时就见过。现在水利大有改进，去年那样的特大洪水，也没死一个人，王西楼所写的悲惨景象不复存在了。想到这一点，我为我的家乡感到欣慰。过去，我的家乡人吃野菜主要是为了度荒，现在吃野菜则是为了尝新了。喔，我的家乡的野菜！

一九九二年四月十四日

载一九九二年第三期《钟山》

食豆饮水斋闲笔

豌 豆

在北市口卖熏烧炒货的摊子上，和我写的小说《异秉》里的王二的摊子上，都能买到炒豌豆和油炸豌豆。二十文（两枚当十的铜元）即可买一小包，撒一点盐，一路上吃着往家里走。到家门口，也就吃完了。

离我家不远的越塘旁边的空地上，经常有几副卖零吃的担子。卖花生糖的。大粒去皮的花生仁，炒熟仍是雪白的，平摊在抹了油的白石板上，冰糖熬好，均匀地浇在花生米上，候冷，铲起。这种花生糖晶亮透明，不用刀切，大片，放在玻璃匣里，要买，取出一片，现约，论价。冰糖极脆，花生很香。卖豆腐脑的，我们那里的豆腐脑不像北京浇口蘑渣羊肉卤，只倒一点酱油、醋、加一滴麻油——用一只一头缚着一枚制钱的筷子，在油壶里一蘸，滴在碗里，真正只有一滴。但是加很多样零碎佐料：小虾米、葱花、蒜泥、榨菜末、药芹末——我们那里没有旱芹，只有水芹即药芹，我很喜欢药芹的气味。我觉得这样的豆腐脑清清爽爽，比北京的勾芡的黏黏糊糊的羊肉卤的要好吃。卖糖豌豆粥的。香粳晚米和豌豆一同在铜锅中熬熟，盛出后加洋糖（绵白糖）一勺。夏日于柳荫下喝一碗，风味不恶。

我离乡五十多年，至今还记得豌豆粥的香味。

北京以豌豆制成的食品，最有名的是"豌豆黄"。这东西其实制法很简单，豌豆熬烂，去皮，澄出细沙，加少量白糖，摊开压扁，切成 5 寸 × 3 寸的长方块，再加刀割出四方小块，分而不离，以牙签扎取而食。据说这是"宫廷小吃"，过去是小饭铺里都卖的，很便宜，现在只仿膳这样的大餐馆里有了，而且卖得很贵。

夏天连阴雨天，则有卖煮豌豆的。整料的豌豆煮熟，加少量盐，搁两个大料瓣在浮头上，用豆绿茶碗量了卖。虎坊桥有一个傻子卖煮豌豆，给得多。虎坊桥一带流传一句歇后语："傻子的豌豆——多给"。北京别的地区没有这样的歇后语，想起煮豌豆，就会叫人想起北京夏天的雨。

早年前有磕豌豆木模子的，豌豆煮成泥，摁在雕成花样的模子里，磕出来，就成了一个一个小玩意儿，小猫、小狗、小兔、小猪。买的都是孩子，也玩了，也吃了。

以上说的是干豌豆。新豌豆都是当菜吃。烩豌豆是应时当令的新鲜菜。加一点火腿丁或鸡茸自然很好，是素烩，也极鲜美。烩豌豆不宜久煮，久煮则汤色发灰，不透亮。

全国兴起了吃荷兰豌豆也就近几年的事。我吃过的荷兰豆以厦门为最好，宽大而嫩。厦门的汤米粉中都要加几片荷兰豆，可以解海鲜的腥味。北京吃的荷兰豆都是从南方运来的。我在厦门郊区的田里看到正在生长着的荷兰豆，搭小架，水红色的小花，嫩绿的叶子，嫣然可爱。

豌豆的嫩头，我的家乡叫豌豆头，但将"豌"字读成"安"。云南叫豌豆尖，四川叫豌豆颠。我的家乡一般都是油盐炒食。云南、四川加在汤面上面，叫作"飘"或"青"。不要加豌豆苗，叫"免飘";"多青重红"则是多要豌豆苗和辣椒。吃毛肚火锅，在涮了各种荤料后，浓汤之中推进一大盘豌豆颠，美不可言。

豌豆可以入画。曾在山东看到钱舜举的册页，画的是豌豆，不能忘。钱舜举的画设色娇而不俗，用笔稍细而能潇洒、我很喜欢。见过一幅日本竹内栖凤的画，豌豆花，叶颜色较钱舜举尤为鲜丽，但不知道为什么在豌豆前面画了一条赭色的长蛇，非常逼真。是不是日本人觉得蛇也很美？

一九九二年五月七日

黄　豆

豆叶在古代是可以当菜吃的。吃法想必是做羹。后来就没有人吃了。没有听说过有人吃凉拌豆叶、炒豆叶、豆叶汤。

我们那里，夏天，家家都要吃几次炒毛豆，加青辣椒。中秋节煮毛豆供月，带壳煮。我父亲会做一种毛豆：毛豆剥出粒，与小青椒（不切）同煮，加酱油、糖，候豆熟收汤，摊在筛子里晾至半干，豆皮起皱，收入小坛。下酒甚妙，做一次可以吃几天。

北京的小酒馆里盐水煮毛豆，有的酒馆是整棵地煮的，不将豆荚剪下，酒客用手摘了吃，似比装了一盘吃起来更香。

香椿豆甚佳。香椿嫩头在开水中略烫，沥去水，碎切，加盐；毛豆加盐煮熟，与香椿同抖匀，候冷，贮之玻璃瓶中，隔日取食。

北京人吃炸酱面，讲究的要有十几种菜码，黄瓜丝、小萝卜、青蒜……还得有一撮毛豆或青豆。肉丁（不用副食店买的绞肉末）炸酱与青豆同嚼，相得益彰。

北京人炒麻豆腐要放几个青豆嘴儿——青豆发一点芽。

三十年前北京稻香村卖熏青豆，以佐茶甚佳。这种豆大概未必是熏的，只是加一点茴香，入轻盐煮后晾成的。皮亦微皱，不软不硬，有咬劲。现在没有了，想是因为费工而利薄，熏青豆是很便宜的。

江阴出粉盐豆。不知怎么能把黄豆发得那样大，长可半寸，盐炒，豆不收缩，皮色发白，极酥松，一嚼即成细粉，故名粉盐豆。味甚隽，远胜花生米。吃粉盐豆，喝白花酒，很相配。我那时还不怎么会喝酒，只是喝白开水。星期天，坐在自修室里，喝水，吃豆，读李清照、辛弃疾词，别是一番滋味。我在江阴南菁中学读过两年，星期天多半是这样消磨过去的。前年我到江阴寻梦，向老同学问起粉盐豆，说现在已经没有了。

稻香村、桂香村、全素斋等处过去都卖笋豆。黄豆、笋干切碎，加酱油、糖煮。现在不大见了。

三年自然灾害时，对十七级干部有一点照顾，每月发几斤黄豆、一斤白糖，叫"糖豆干部"。我用煮笋豆法煮之，没有笋干，放一点口蘑。口蘑是我在张家口坝上自己采得晒干的。我做的口蘑豆自家吃，还送人。曾给黄永玉送去过。永玉的儿子黑蛮吃了，在日记里写道："黄豆是不好吃的东西，汪伯伯却能把它做得很好吃，汪伯伯很伟大！"

炒黄豆芽宜烹糖醋。

黄豆芽吊汤甚鲜。南方的素菜馆、供素斋的寺庙，都用豆芽汤取鲜。有一老饕在一个庙里吃了素斋，怀疑汤里放了虾子包，跑到厨房里去验看，只见一口大锅里熬着一锅黄豆芽和香菇蒂的汤。黄豆芽汤加酸雪里蕻，泡饭甚佳。此味北人不解也。

黄豆对中国人最大的贡献是能做豆腐及各种豆制品。如果没有豆腐，中国人的生活将会缺一大块，和尚、尼姑、素菜馆的大师傅就通通"没戏"了。素菜除了冬菇、口蘑、金针、木耳、冬笋、竹笋，主要是靠豆腐、豆制品。素这个，素那个，只是豆制品变出的花样而已。关于豆腐，应另写专文，此不及。

一九九二年五月十日

绿　豆

绿豆在粮食里是最重的。一麻袋绿豆二百七十斤，非壮劳力扛不起。

绿豆性凉，夏天喝绿豆汤、绿豆粥、绿豆水饭，可祛暑。

绿豆的最大用途是做粉丝。粉丝好像是中国的特产。外国名之曰玻璃面条。常见的粉丝的吃法是下在汤里。华侨很爱吃粉丝，大概这会引起他们的故国之思。每年国内要运销大量粉丝到东南亚各地，一律称为"龙口细粉"，华侨多称之为"山东粉"。我有个亲戚，是闽籍马来西亚归侨，我在她家吃饭，她在什么汤里都必放两样东西：粉丝和榨菜。苏南人爱吃"油豆腐线粉"，是小吃，乃以粉丝及豆腐泡下在冬菇扁尖汤里。午饭已经消化完了，晚饭还不到时候，吃一碗油豆腐线粉，蛮好。北京的镇江馆子森隆以前有一道菜，银丝牛肉：粉丝温油炸脆，浇宽汁小炒牛肉丝，哧拉有声。不知这是不是镇江菜。做银丝牛肉的粉丝必须是纯绿豆的，否则易于焦糊。我曾在自己家里做过一次，粉丝大概掺了不知别的什么东西，炸后成了一团黑炭。"蚂蚁上树"原是四川菜，肉末炒粉丝。有一个剧团的伙食办得不好，演员意见很大。剧团的团长为了关心群众生活，深入到食堂去亲自考察，看到菜牌上写的菜名有"蚂蚁上树"，说："啊呀，伙食是有问题，蚂蚁怎么可以吃呢？"这样的人怎么可以当团长呢？

绿豆轧的面条叫"杂面"。《红楼梦》里尤三姐说："咱们清水下杂面，你吃我看。"或说杂面要下羊肉汤里，清水下杂面是说没有吃头的。究竟这句话是什么意思，我还不太明白。不过杂面是要有点荤汤的，素汤杂面我还没有吃过。那么，吃长斋的人是不吃杂面的？

凉粉皮原来都是绿豆的，现在纯绿豆的很少，多是杂豆的。大块凉粉则是白薯粉的。

凉粉以川北凉粉为最好，是豌豆粉，颜色是黄的。川北凉粉放很多油辣椒，吃时嘴里要嘘嘘出气。

广东人爱吃绿豆沙。昆明正义路南头近金碧路处有一家广东人开的甜品店，卖绿豆沙、芝麻糊和番薯糖水。绿豆沙、芝麻糊都好吃，番薯糖水则没有多大意思。

绿豆糕以昆明的吉庆祥和苏州采芝斋最好，油重，且加了玫瑰花。北京的绿豆糕不加油，是干的，吃起来噎人。我有一阵生胆囊炎，不宜吃油，买了一盒回来，我的孙女很爱吃，一气吃了几块，我觉得不可理解。

一九九二年五月十一日

扁　豆

我们那一带的扁豆原来只有北京人所说的"宽扁豆"的那一种。郑板桥写过一副对联："一庭春雨瓢儿菜，满架秋风扁豆花"，指的当是这种扁豆。这副对子写的是尚可温饱的寒士家的景况，有钱的阔人家是不会在庭院里种菜种扁豆的。扁豆有紫花和白花的两种，紫花的较多，白花的少。郑板桥眼中的扁豆花大概是紫的。紫花扁豆结的豆角皮色亦微带紫，白花扁豆则是浅绿色的。吃起来味道都差不多。唯入药用，则必为"白扁豆"，两种扁豆药性可能不同。扁豆初秋即开花，旋即结角，可随时摘食。板桥所说"满架秋风"，给人的感觉是已是深秋了。画扁豆花的画家喜欢画一只纺织娘，这是一个季节的东西。暑尽天凉，月色如水，听纺织娘在扁豆架上沙沙地振羽，至有情味。北京有种红扁豆的，花是大红的，豆角则是深紫红的。这种红扁豆似没人吃，只供观赏。我觉得这种扁豆红得不正常，不如紫花、白花有韵致。

北京通常所说的扁豆，上海人叫四季豆。我的家乡原来没有，现在有种的了。北京的扁豆有几种，一般的就叫扁豆，有上架的，叫"架豆"。一种叫"棍儿扁豆"，豆角如小圆棍。"棍儿扁豆"字面自相矛盾，既似棍儿，不当叫扁。有一种豆角较宽而甚嫩的，叫"闷儿豆"，我想是"眉豆"的讹读。北京人吃扁豆无非是焯熟凉拌，炒，或焖。

"焖扁豆面"挺不错。扁豆焖熟，加水，面条下在上面，面熟，将扁豆翻到上面来，再稍焖，即得。扁豆不管怎么做，总宜加蒜。

我在泰山顶上一个招待所里吃过一盘炒棍儿扁豆，非常嫩。平生所吃扁豆，此为第一。能在泰山顶上吃到，尤为难得。

一九九二年五月十二日

芸　豆

我在昆明吃了几年芸豆。西南联大的食堂里有几个常吃的菜：炒猪血（云南叫"旺子"），炒莲花白（即北京的圆白菜、上海的卷心菜、张家口的疙瘩白），灰色的魔芋豆腐……几乎每天都有的是煮芸豆。府甬道菜市上有卖芸豆的，盐煮，我们有时买了当零嘴吃，因为很便宜。芸豆有红的和白的两种，我们在昆明吃的是红的。

北京小饭铺里过去有芸豆粥卖，是白芸豆。芸豆粥粥汁甚黏，好像勾了芡。

芸豆卷和豌豆黄一样，也是"宫廷小吃"，白芸豆煮成沙，入糖，制为小卷。过去北海漪澜堂茶馆里有卖，现在不知还有没有。

在乌鲁木齐逛"巴扎"，见白芸豆极大，有大拇指头顶儿那样大，很想买一点，但是数千里外带一包芸豆回北京，有点"神经"，遂作罢。

一九九二年五月十二日

红小豆

红小豆上海叫赤豆。赤豆汤，赤豆棒冰。北京叫小豆：小豆粥，小豆冰棍。我的家乡叫红饭豆，因为可掺在米里蒸成饭。

红小豆最大的用途是做豆沙。北方的豆沙有不去皮的，只是小豆煮烂而已。豆包、炸糕的馅都是这样的粗制豆沙。水滤去皮，成为细沙，北方叫"澄沙"，南方叫"洗沙"。做月饼、甜包、汤圆，都离不开豆沙。豆沙最能吸油，故宜作馅。我们家大年初一早起吃汤圆，洗沙是年前就用大量的猪油拌了，每天在饭锅头上蒸一次，沙色紫得发黑，已经吸足了油。我们家的汤圆又很大，我只能吃两三个，因为一咬一嘴油。

四川菜有夹沙肉，乃以肥多瘦少的带皮臀肩肉整块煮至六七成熟，捞出，稍凉后，切成厚二三分的大片，两片之间肉皮不切通，中夹洗沙，上笼蒸扒。这道菜是放糖的，很甜。肥肉已经脱了油，吃起来不腻。但也不能多吃，我只能来两片。我的儿子会做夹沙肉，每次都很成功。

一九九二年五月十三日

豇 豆

我小时最讨厌豇豆，只有两层皮，味道寡淡。从来北京，岁数大了，觉得豇豆也还好吃。人的口味是可以变的，比如我小时不吃猪肺，觉得泡泡囊囊的，嚼起来很不舒服。老了，觉得肺头挺好吃，于老人牙齿甚相宜。

嫩豇豆切寸段，入开水锅焯熟，以轻盐稍腌，滗去盐水，以好酱油、镇江醋、姜、蒜末同拌，滴香油数滴，可以"渗"酒。炒食宜佳。

河北省酱菜中有酱豇豆，别处似没有。北京的六必居、天源，南方扬州酱菜中都没有。保定酱豇豆是整根酱的，甚脆嫩，而极咸。河北人口重，酱菜无不甚咸。

豇豆米老后，表皮光洁、淡绿中泛浅紫红晕斑，瓷器中有一种"豇豆红"就是这种颜色。曾见一豇豆红小石榴瓶，莹润可爱。中国人很会为瓷器的釉色取名，如"老僧衣"、"芝麻酱"、"茶叶末"，都甚肖。

一九九二年五月十七日

载一九九三年第二期《长城》

蚕 豆

北京快有新蚕豆卖了。

我小时候吃蚕豆，就想过这个问题：为什么叫蚕豆？到了很大的岁数，才明白过来：因为这是养蚕的时候吃的豆。我家附近没有养蚕的，所以联想不起来。四川叫胡豆，我觉得没有道理。中国把从外国来的东西冠之以胡、番、洋，如番茄、洋葱。但是蚕豆似乎是中国本土上早就有的，何以也加一"胡"字？四川人也有写作"葫豆"的，也没有道理。葫是大蒜。这种豆和大蒜有什么关系？也许是因为这种豆结荚的时候也正是大蒜结球的时候？这似乎也是勉强。小时候读鲁迅的文章，提到罗汉豆，叫我好一阵猜，想象不出是怎样一种豆。后来才知道，嗐，就是蚕豆。鲁迅当然是知道全国大多数地方是叫蚕豆的，偏要这样写，想是因为这样写才有绍兴特点，才亲切。

蚕豆是很好吃的东西，可以当菜，也可以当零食。各种做法，都好吃。

我的家乡，嫩蚕豆连内皮炒。或加一点切碎的咸菜，尤妙。稍老一点，就剥去内皮炒豆瓣。有时在炒红苋菜时加几个绿蚕豆瓣，颜色鲜明，也能提味。有一个女同志曾在我家乡的乡下落户，说房东给她们做饭时在鸡蛋汤里放一点蚕豆瓣，说是非常好吃。这是乡下做法，城里没有这么做的。蚕豆老了，就连皮煮熟，加点盐，可以下酒，也可以白嘴吃。有人家将煮熟的大粒蚕豆用线穿成一挂佛珠，给孩子挂在脖子上，一颗一颗地剥了吃，孩子没有不高兴的。

江南人吃蚕豆与我们乡下大体相似。上海一带的人把较老的蚕豆剥去内皮，香油炒成蚕豆泥，好吃。用以佐粥，尤佳。

四川、云南吃蚕豆和苏南、苏北人亦相似。云南季节似比江南略早。前年我随作家访问团到昆明，住翠湖宾馆。吃饭时让大家点菜。我点了一个炒豌豆米，一个炒青蚕豆，作家下箸后都说："汪老真会点菜！"其时北方尚未见青蚕豆，故觉得新鲜。

北京人是不大懂吃新鲜蚕豆的。北京人爱吃扁豆、豇豆，而对蚕豆不赏识。因为北京人很少种蚕豆，蚕豆不能对北京人有鲁迅所说的"蛊惑"。北京的蚕豆是从南方运来的，卖蚕豆的也多是南方人。南豆北调，已失新鲜，但毕竟是蚕豆。

蚕豆到"落而为萁"，晒干后即为老蚕豆。老蚕豆仍可做菜。老蚕豆浸水生芽，江南人谓之为"发芽豆"。加盐及香料煮熟，是酒菜。我的家乡叫"烂蚕豆"。北京人加一个字，叫作"烂和蚕豆"，我在民间文艺研究会工作的时候，在演乐胡同上班，每天下班都见一个老人卖烂和蚕豆。这老人至少有七十大几了，头发和两腮的短髭都已经是雪白的了。他挎着一个腰圆的木盆，慢慢地从胡同这头到那头，哑声吆喝着：烂和蚕豆……后来老人不知得了什么病，头抬不起来，但还是折倒了颈子，埋着头，卖烂和蚕豆，只是不再吆喝了。又过些日子，老人不见了。我想是死了。不知道为什么，我每次吃烂和蚕豆，总会想起这位老人。我想的是什么呢？人的生活啊……

老蚕豆可炒食。一种是水泡后炒的，叫"酥蚕豆"。我的家乡叫"沙蚕豆"。一种是以干蚕豆入锅炒的，极硬，北京叫"铁蚕豆"。非极好牙口，是吃不了铁蚕豆的。北京有句歇后语：老太太吃铁蚕豆——焖了。我想没有哪个老太太会吃铁蚕豆，一颗铁蚕豆焖软和了，得多长时间！我的老师沈从文先生在中老胡同住的时候，每天有一个骑着自行车卖铁蚕豆的从他的后墙窗外经过，吆喝"铁蚕豆"……这人是个中年汉子，是个出色的男高音，他的声音不但高、亮、打远，而且尾音带颤。其时沈先生正因为遭受迫害而精神紧张，我觉得这卖铁蚕豆的声音也会给他一种压力，因此我忘不了铁蚕豆。

蚕豆作零食，有：

入水稍泡，油炸。北京叫"开花豆"。我的家乡叫"兰花豆"，因为炸之前在豆嘴上剁一刀，炸后豆瓣四裂，向外翻开，形似兰花。

上海老城隍庙奶油五香豆。

苏州有油酥豆板，乃以绿蚕豆瓣入油炸成。我记得从前的油酥豆板是撒盐的，后来吃的却是裹了糖的，没有加盐的好吃。

四川北碚的怪味胡豆味道真怪，酥、脆、咸、甜、麻、辣。

蚕豆可作调料。做川味菜离不开郫县豆瓣。我家里郫县豆瓣是周年不缺的。

北京就快有青蚕豆卖了，谷雨已经过了。

载一九九二年第七、八期《旅潮》

我的父亲

　　我父亲行三。我的祖母有时叫他的小名"三子"。他是阴历九月初九重阳节那天生的，故名菊生（我父亲那一辈生字排行，大伯父名广生，二伯父名常生）。字淡如。他作画时有时也题别号：亚痴、灌园生……他在南京读过旧制中学。所谓旧制中学大概是十年一贯制的学堂。我见过他在学堂时用过的教科书，英文是纳氏文法，代数几何是线装的有光纸印的，还有"修身"什么的。他为什么没有升学，我不知道。"旧制中学生"也算是功名。他的这个"功名"我在我的继母的"铭旌"上见过，写的是扁宋体的泥金字，所以记得。什么是"铭旌"。看《红楼梦》贾府办秦可卿丧事那回就知道，我就不噜苏了。

　　我父亲年轻时是运动员。他在足球校队踢后卫。他是撑杆跳选手，曾在江苏全省运动会上拿过第一。他又是单杠选手。我还见过他在天王寺外边驻军所设置的单杠上表演过空中大回环两周，这在当时是少见的。他练过武术，腿上带过铁砂袋。练过拳，练过刀、枪。我见他施展过一次武功，我初中毕业后，他陪我到外地去投考高中，在小轮船上，一个初来的侦缉队以检查为名勒索乘客的钱财。我父亲一掌，把他打得一溜跟头，从船上退过跳板，一屁股坐在码头上。我父亲平常温文尔雅，我还没见过他动手打人，而且，真有两下子！我父亲会骑马。南京马场有一匹劣马，咬人，没人敢碰它，平常都用一截粗竹筒套住他的嘴。我父亲偷偷解开僵绳，一蹁腿骑了上去。一趟马道子跑下来，这马老实了。父亲还会游泳，水性很好。这些，我都不知道他是什么时候学的。

从南京回来后，他玩过一个时期乐器。他到苏州去了一趟，买回来好些乐器，笙箫管笛、琵琶、月琴、拉秦腔的胡胡、扬琴，甚至还有大小唢呐。唢呐我从未见他吹过。这东西吵人，除了吹鼓手、戏班子，一般玩乐器的人都不在家里吹。一把大唢呐，一把小唢呐（海笛）一直放在他的画室柜橱的抽屉里。我们孩子们有时翻出来玩。没有哨子，吹不响，只好把铜嘴含在嘴里，自己呜呜作声，不好玩！他的一支洞箫、一支笛子，都是少见的上品。洞箫箫管很细，外皮作殷红色，很有年头了。笛子不是缠丝涂了一节一节黑漆的，是整个笛管擦了荸荠紫漆的，比常见的笛子管粗。箫声幽远，笛声圆润。我这辈子吹过的箫笛无出其右者。这两支箫笛不是从乐器店里买的，是花了大价钱从私人手里买的。他的琵琶是很好的，但是拿去和一个理发店里换了。他拿回理发店的那面琵琶又脏又旧、油里咕叽的。我问他为什么要换了这么一面脏琵琶回来，他说：“这面琵琶声音好！”理发店用一面旧琵琶换了他的几乎是全新的琵琶，当然乐意。不论什么乐器，他听听别人演奏，看看指法，就能学会，他弹过一阵古琴，说：都说古琴很难，其实没有什么。我的一个远房舅舅，有一把一个法国神父送他的小提琴，我父亲跟他借回来，鼓揪鼓揪，几天工夫，就能拉出曲子来，据我父亲说：乐器里最难，最要功夫的，是胡琴。别看它只有两根弦，很简单，越是简单的东西越不好弄。他拉的胡琴我拉不了，弓子硬，马尾多，滴的松香很厚，松香拉出一道很窄的深槽，我一拉，马尾就跑到深槽的外面来了。父亲不在家的时候我有时使劲拉一小段，我父亲一看松香就知道我动过他的胡琴了。他后来不大摆弄别的乐器了，只有胡琴是一直拉着的。

摒挡丝竹以后，父亲大部分时间用于画画和刻图章，他画画并无真正的师承，只有几个画友。画友中过从较密的是铁桥，是一个和尚，善因寺的方丈。我写的小说《受戒》里的石桥，就是以他为原型的。铁桥曾在苏州邓尉山一个庙里住过，他作画有时下款题为"邓尉山僧"。我父亲第二次结婚，娶我的第一个继母，新房里就挂了铁桥的一个条幅，泥金纸，上角画了几枝桃花，两只燕子，款题"淡如仁兄嘉礼弟铁桥写贺"。在新房里挂一幅和尚的画，我的父亲可谓全无禁忌；这位和尚和俗人称兄道弟，也真是不拘礼法。我上小学的时候，就觉得他们有点"胡来"。这条画的两边还配了我的一个舅舅写的一幅虎皮宣的对子："蝶欲试花犹护粉，莺初学啭尚羞簧"，我后来懂得对联的意思了，觉得实在很不像话！铁桥能画，也能写。他的字写石鼓，画法任伯年。根据我的印象，都是相当有功力的。我父亲和铁桥常来往，画风却没有怎么受他的影响。也画过一阵工笔花卉。我们那里的画家有一种理论，画画要从工笔入手，也许是有道理的。扬州有一位专画菊花的画家，这位画家画菊按朵论价，每朵大洋一元。父亲求他画了一套菊谱，二尺见方的大册页。我有个姑太爷，也是画画的，说："像他那样的玩法，我们玩不起！"兴化有一位画家徐子兼，画猴子，也画工笔花卉。我父亲也请他画了一套册页。有一开画的是罂粟花，薄瓣透明，十分绚丽。一开是月季，题了两行字："春水蜜波为花写照"。

"春水"、"蜜波"是月季的两个品种，我觉得这名字起得很美，一直不忘。我见过父亲画工笔菊花，原来花头的颜色不是一次敷染，要"加"几道。扬州有菊花名种"晓色"，父亲说这种颜色最不好画。"晓色"，很空灵，不好捉摸。他画成了，我一看，是晓色！他后来改了画写意，用笔略似吴昌硕，照我看，我父亲的画是有功力的，但是"见"得少，没有行万里路，多识大家真迹。受了限制。他又不会做诗，题画多用前人陈句，故布局平稳，缺少创意。

父亲刻图章，初宗浙派，清秀规矩。他年轻时刻过一套《陋室铭》印谱，有几方刻得不错，但是过于着意，很拘谨。有"兰带"、"折钉"，都是"做"出来的。有一方"草色入帘青"是双钩，我小时觉得很好看，稍大，即觉得纤巧小气。《陋室铭》印谱只是他初学刻印的成绩。三十多岁后，渐渐豪放，以治汉印为主。他有一套端方的《匋斋印存》，经常放在案头。有时也刻浙派少印。我记得他给一个朋友张仲陶刻过一块青田涷石小长方印，文曰"中陶"，实在漂亮。"中陶"两字也很好安排。

刻印的人多喜藏石。父亲的石头是相当多的，他最心爱的是三块田黄，我在小说《岁寒三友》中写的靳彝甫的三块田黄，实际上写的是我父亲的三块图章。

他盖章用的印泥是自己做的。用的是"大劈砂"，这是朱砂里最贵重的。大劈砂深紫色的，片状，制成印泥，鲜红夺目。他说见过一些明朝画，纸色已经灰暗，而印色鲜明不变。大劈砂盖的图章可以"隐指"，即用手指摸摸，印文是鼓出的。他的画室的书橱里摆了一列装在玻璃瓶的大劈砂和陈年的蓖麻子油，蓖麻油是调印色用的。

我父亲手很巧，而且总是活得很有兴致。他会做各种玩意儿。元宵节，他用通草（我们家开药店，可以选出很大片的通草）为瓣，用画牡丹的西洋红（西洋红很贵，齐白石作画，有一个时期，如用西洋红，是要加价的）染出深浅，做成一盏荷花灯，点了蜡烛，比真花还美。他用蝉翼笺染成浅绿，以铁丝为骨，做了一盏纺织娘灯，下安细竹棍。我和姐姐提了，举着这两盏灯上街，到邻居家串门，好多人围着看，清明节前，他糊风筝。有一年糊了一只蜈蚣（我们那里叫"百脚"），是绢糊的，他用药店里称麝香用的小戥子约蜈蚣两边的鸡毛，鸡毛必须一样重，否则上天就会打滚。他放这只蜈蚣不是用的一般线，是胡琴的老弦。我们那里用老弦放风筝的，家父实为第一人（用老弦放风筝，风筝可以笔直地飞上去，没有"肚子"。）他带了几个孩子在傅公桥麦田里放风筝。这时麦子尚未"起身"，是不怕踩的，越踩越旺。春服既成，惠风和畅，我父亲这个孩子头带着几个孩子，在碧绿的麦垅间奔跑呼叫，为乐如何？我想念我的父亲（我现在还常常梦见他），想念我的童年，虽然我现在是七十二岁，皤然一老了。夏天，他给我们糊养金铃子的盒子。他用钻石刀把玻璃裁成一小块一小块，再合拢，接缝处用皮纸浆糊固定，再加两道细蜡笺条，成了一只船、一座小亭子、一个八角玲珑玻璃球，里面养着金铃子。隔着玻璃，可以看到金铃子在里面爬，吃切成小块的梨，张开翅膀"叫"。秋天，买来拉秧的小西瓜，把瓜瓤掏空，在瓜皮上镂刻出很细致的图案，做成几盏西瓜灯，西瓜灯里点了蜡烛，撒下一片绿光，父亲鼓捣半天，就为让孩子高兴一晚上。我的童年是很美的。

我母亲死后，父亲给她糊了几箱子衣裳，单夹皮棉，四时不缺。他不知从哪里搜罗来各种颜色、砑出各种花样的纸。听我的大姑妈说，他糊的皮衣跟真的一样，能分出滩羊、灰鼠。

这些衣服我没看见过，但他用剩的色纸，我见过。我们用来折"手工"。有一种纸，银灰色，正像当时时兴的"慕本缎子"。

我父亲为人很随和，没架子。他时常周济穷人，参与一些有关公益的事情。因此在地方上人缘很好。民国二十年发大水，大街成了河。我每天看见他趟着齐胸的水出去，手里横执了一根很粗的竹篙，穿一身直罗褂，他出去，主要是办赈济。我在小说《钓鱼的医生》里写王淡人有一次乘了船，在腰里系了铁链，让几个水性很好的船工也在腰里系了铁链，一头拴在王淡人的腰里，冒着生命危险，渡过激流，到一个被大水围困的孤村去为人治病，这写的实际是我父亲的事。不过他不是去为人治病，而是去送"华洋义赈会"发来的面饼（一种很厚的面饼，山东人叫"锅盔"）。这件事写进了地方上人送给我祖父的六十寿序里，我记得很清楚。

父亲后来以为人医眼为职业。眼科是汪家祖传。我的祖父、大伯父都会看眼科。我不知道父亲懂眼科医道。我十九岁离开家乡，离乡之前，我没见过他给人看眼睛。去年回乡，我的妹婿给我看了一册父亲手抄的眼科医书，字很工整，是他年轻时抄的。那么，他是在眼科上下过功夫的。听说他的医术还挺不错。有一邻居的孩子得了眼疾，双眼肿得像桃子，眼球红得像大红缎子。父亲看过，说不要紧。他叫孩子的父亲到阴城（一片乱葬坟场，很大，很野，据说韩世忠在这里打过仗）去捉两个大田螺来。父亲在田螺里倒进两管鹅翎眼药，两撮冰片，把田螺扣在孩子的眼睛上，过了一会儿田螺壳裂了。据那个孩子说，他睁开眼，看见天是绿的。孩子的眼好了。一生没有再犯过眼病。田螺治眼，我在任何医书上没看见过，也没听说过。这个"孩子"现在还在，已经五十几岁了。是个理发师傅。去年我回家乡，从他的理发店门前经过，那天，他又把我父亲给他治眼的经过，向我的妹婿详细地叙述了一次。这位理发师傅希望我给他的理发店写一块招牌。当时我很忙，没有来得及给他写。我会给他写的。一两天就写了托人带去。

我父亲配制过一次眼药。这个配方现在还在，但是没有人配得起，要几十种贵重的药，包括冰片、麝香、熊胆、珍珠……珍珠要是人戴过的。父亲把祖母帽子上的几颗大珠子要了去。听我的第二个继母说，他制药极其虔诚，三天前就洗了澡（"斋戒沐浴"），一个人住在花园里，把三道门都关了，谁也不让去。

父亲很喜欢我。我母亲死后，他带着我睡。他说我半夜醒来就笑。那时我三岁（实年）。我到江阴去投考南菁中学，是他带着我去的。住在一个市庄的栈房里，臭虫很多。他就点了一支蜡烛，见有臭虫，就用蜡烛油滴在它身上。第二天我醒来，看见席子上好多好多蜡烛油点子。我美美地睡了一夜，父亲一夜未睡。我在昆明时，他还在信封里用玻璃纸包了一小包"虾松"寄给我过。我父亲很会做菜，而且能别出心裁。我的祖父春天忽然想吃螃蟹。这时候哪里去找螃蟹？父亲就用瓜鱼（即水仙鱼），给他伪造了一盘螃蟹，据说吃起来跟真螃蟹一样。"虾松"是河虾剁成米大小粒，掺以小酱瓜丁，入温油炸透。我也吃过别人做的"虾松"，都比不上我父亲的手艺。

我很想念我的父亲，现在还常常做梦梦见他。我的那些梦本和他不相干，我梦里的那些事，他不可能在场，不知道怎么会掺和进来了。

一九九二年五月二十八日

载一九九二年第八期《作家》

傻　子

这一带有好几个傻子。

一个是我们楼的傻八子。傻八子的妈生过八个孩子，他最小。傻八子两只小圆眼睛，鼻梁很低，几乎没有。他一天在人行道上走来走去，走得很慢，一步，一步，因为他很胖，肚子很大，走不快。他不停地自言自语。他妈说他爱"嘚啵"。我问他妈："嘚啵什么？"——"电视、电视上听来的！"我注意听过，不知道说些什么，经常说的是："你给我站住！……"似乎他的"嘚啵"是有个对象的。"嘚啵"几句，又喝喝地笑一阵。他还爱唱，没腔没调，没有字眼，声音像一张留声机的坏唱盘："咦……啊……嘞……"他有时倒吸气发出母猪一样的声音，这一带的孩子把这种声音叫作"打猪吭"。他不是什么都不明白，一边"嘚啵"着，见了熟人，也打招呼："回来啦！"——"报纸来啦！"熟人走过，接着"嘚啵"。

他大哥要把他送到福利院去，——福利院是收容傻子的地方，他妈舍不得。

亚运会期间，街道办事处把他捆起来，送进福利院关了几天。亚运会结束，又放了回来。傻八子为此愤愤不平："捆我！"

我问过傻八子："你怎么不结婚？"傻八子用手指指他的太阳穴："这儿，坏啦！"

附近有一个女傻子，喜欢上了傻八子，要嫁给他。傻八子妈不同意，说："俩傻子，怎么弄！"

我们楼有个女的，是开发廊的，爱打扮，细长眼，涂眼影，画嘴唇，穿的衣服很"港"。有一天这女的要到传达室打电话，下台阶时，从傻八子旁边擦身而过，傻八子跟她不知呜噜呜噜说了句什么。我问女的："他跟你说什么？"——"他说我没穿袜子。"我这才注意到女的趿了一双很精致的拖鞋。傻八子会注意好看的女人，注意到她的脚，他并不彻底的傻。

另一个傻子家在蒲黄榆拐角的胡同里，小个子，精瘦精瘦地老是抱着肩膀匆匆忙忙地在这一带不停地走，嘴里也"嘚啵"，但是声音小，不像傻八子大声"嘚啵"。匆匆忙忙地走着："嘚啵"着，一时吃吃地笑。

蒲安里有个小傻子，也就是十五六岁，长得挺好玩，又白又胖。夏天，光着上身，一身白肉；圆滚滚的肚子上挂着一条极肥大的白裤衩，在粮店和副食店之间的空地上，甩着胳臂齐步。见人就笑脸相迎，大声招呼："你好！"——"你好！"

有一个傻子有四十岁了，穿得很整齐干净，他不"嘚啵"，只是一脸的忧郁，在胡同口抱着胳臂，低头注视着地面，一动不动。

北京从前好像没有那么多傻子，现在为什么这么多？

一九九二年六月十日

大妈们

　　我们楼里的大妈们都活得有滋有味，使这座楼增加了不少生气。

　　许大妈是许老头的老伴，比许老头小十几岁，身体挺好，没听说她有什么病。生病也只有伤风感冒，躺两天就好了。她有一根花椒木的拐杖，本色，很结实，但是很轻巧，一头有两个杈，像两个小犄角。她并不用它来拄着走路，而是用来扛菜。她每天到铁匠营农贸市场去买菜，装在一个蓝布兜里，把布兜的襻套在拐杖的小犄角上，扛着。她买的菜不多，多半是一把韭菜或一把茴香。走到刘家窑桥下，坐在一块石头上，把菜倒出来，择菜。择韭菜、择茴香。择完了，抖落抖落，把菜装进布兜，又用花椒木拐杖扛起来，往回走。她很和善，见人也打招呼，笑笑，但是不说话。她用拐杖扛菜，不是为了省劲，好像是为了好玩。到了家，过不大会儿，就听见她乒乒乓乓地剁菜。剁韭菜、剁茴香。她们家爱吃馅儿。

　　奚大妈是河南人，和传达室小邱是同乡，对小邱很关心，很照顾。她最放不下的一件事，是给小邱张罗个媳妇。小邱已经三十五岁，还没有结婚。她给小邱张罗过三个对象，都是河南人，是通过河南老乡关系间接认识的。第一个是奚大妈一个村的。事情已经谈妥，这女的已经在小邱床上睡了几个晚上。一天，不见了，跟在附近一个小旅馆里住着的几个跑买卖的山西人跑了。第二个在一个饭馆里当服务员。也谈得差不多了，女的说要回家问问哥哥的意见。小邱给她买了很多东西：衣服、料子、鞋、头巾……借了一辆平板三轮，装了半车，蹬车送她上火车站。不料一去再无音信。第三个也是在饭馆里当服务员的，长得很好看，高颧骨，大眼睛，身材也很苗条。就要办事了，才知道这女的是个"石女"。奚大妈叹了一口气："唉！这事儿闹的！"

江大妈人非常好，非常贤慧，非常勤快，非常爱干净。她家里真是一尘不染。她整天不断地擦、洗、掸、扫。她的衣着也非常干净，非常利索。裤线总是笔直的。她爱穿坎肩，铁灰色毛涤纶的，深咖啡色薄呢的，都熨熨帖帖。她很注意穿鞋，鞋的样子都很好。她的脚很秀气。她已经过六十了，近看脸上也有皱纹了，但远远一看，说是四十来岁也说得过去。她还能骑自行车，出去买东西，买菜，都是骑车去。看她跨上自行车，一踩脚蹬，哪像是已经有了四岁大的孙子的人哪！她平常也不大出门，老是不停地收拾屋子。她不是不爱理人，有时也和人聊聊天，说说这楼里的事，但语气很宽厚，不嚼老婆舌头。

顾大妈是个胖子。她并不胖得腮帮的肉都往下掉，只是腰围很粗。她并不步履蹒跚，只是走得很稳重，因为搬动她的身体并不很轻松。她面白微黄，眉毛很淡。头发稀疏。但是总是梳得很整齐服帖。她原来在一个单位当出纳，是干部。退休了，在本楼当家属委员会委员，也算是干部。家属委员会委员的任务是要换购粮本、副食本了，到各家敛了来，办完了，又给各家送回去。她的干部意识根深蒂固，总觉得自己不是一个家庭妇女。别的大妈也觉得她有架子，很少跟她说话。她爱和本楼的退休了的或尚未退休的女干部说话。说她自己的事。说她的儿女在单位很受器重；说她原来的领导很关心她，逢春节都要来看看她……

在这条街上任何一个店铺里，只要有人一学丁大妈雄赳赳气昂昂走路的神气，大家就知道这学的是谁。于是都哈哈大笑，一笑笑半天。丁大妈的走路，实在是少见。头昂着，胸挺得老高，大踏步前进，两只胳臂前后甩动，走得很快。她头发乌黑，梳得整齐。面色紫褐，发出铜光，脸上的纹路清楚，如同刻出。除了步态，她还有一特别处：她穿的上衣，都是大襟的。料子是讲究的。夏天，派力司；春秋天，平绒；冬天，下雪，穿羽绒服。羽绒服没有大襟的。她为什么爱穿大襟上衣？这是习惯。她原是崇明岛的农民，吃过苦。现在苦尽甘来了。她把儿子拉扯大了。儿子、儿媳妇都在美国，按期给她寄钱。她现在一个人过，吃穿不愁。她很少自己做饭，都是到粮店买馒头，买烙饼，买面条。她有个外甥女，是个时装模特儿，常来看她，很漂亮。这外甥女，楼里很多人都认识。她和外甥女上电梯，有人招呼外甥女："你来了！" ——"我每星期都来。"丁大妈说："来看我！"非常得意。丁大妈活得非常得意，因此她雄赳赳气昂昂。

罗大妈是个高个儿，水蛇腰。她走路也很快，但和丁大妈不一样：丁大妈大踏步，罗大妈步子小。丁大妈前后甩胳臂，罗大妈胳臂在小腹前左右摇。她每天"晨练"，走很长一段，扭着腰，摇着胳臂。罗大妈没牙，但是乍看看不出来，她的嘴很小，嘴唇很薄。她这个岁数——她也就是五十出头吧，不应该把牙都掉光了，想是牙有病，拔掉的。没牙，可是话很多，是个连片子嘴。

乔大妈一头银灰色的卷发。天生的卷。气色很好。她活得兴致勃勃。她起得很早，每天到天坛公园"晨练"，打一趟太极拳，练一遍鹤翔功，遛一个大弯。然后顺便到法华寺菜市场买一提兜菜回来。她爱做饭，做北京"吃儿"。蒸素馅包子，炒疙瘩，摇棒子面嘎嘎……她对自己做的饭非常得意。"我蒸的包子，好吃极了！"，"我炒的疙瘩，好吃极了！"，"我摇的嘎嘎，好吃极了！"她间长不短去给她的孙子做一顿中午饭。他儿子儿媳妇不跟她一起住，单过。儿子儿媳是"双职工"，中午顾不上给孩子做饭。"老让孩子吃方便面，那哪成！"她爱养花，阳台上都是花。她从天坛东门买回来一大把芍药骨朵，深紫色的。"能开一个月！"

大妈们常在传达室外面院子里聚在一起闲聊天。院子里放着七八张小凳子、小椅子，她们就错错落落地分坐着。所聊的无非是一些家长里短。谁家买了一套组合柜，谁家拉回来一堂沙发，哪儿买的、多少钱买的，她们都打听得很清楚。谁家的孩子上"学前班"，老不去，"淘着哪！"谁家两口子吵架，又好啦，挎着胳臂上游乐园啦！乔其纱现在不时兴啦，现在兴"砂洗"……大妈们有一个好处，倒不搬弄是非。楼里有谁家结婚，大妈们早就在院里等着了。她们看扎着红彩绸的小汽车开进来，看放鞭炮，看新娘子从汽车里走出来，看年轻人往新娘子头发上撒金银色纸屑……

一九九二年六月十日
载一九九二年《美文》创刊三号

"样板戏" 谈往

样板戏

"样板戏"这个说法是不通的。什么是"样板"？据说这是服装厂成批生产据以画线的纸板。文艺创作怎么能像裁衣服似的统一标准、整齐划一呢？一九六三年冬天，江青在上海看戏，带回两个沪剧剧本，一个《芦荡火种》，一个《革命自有后来人》，让北京京剧团和中国京剧院改编成京剧。那时总说是搞"革命现代戏"。后来她有个说法，叫"种试验田"。《芦荡火种》后改名为《沙家浜》，《革命自有后来人》定名为《红灯记》。一九六五年五一节，《沙家浜》在上海演出，经江青审查批准，作为"样板"。"样板戏"的名称大概就是这时叫开了的。我曾听她说过："今年的两块样板是……"

"样板戏"是"文化大革命"的先导，到一九七六年"四人帮"垮台结束。可以说与"文化大革命"相始终，举其成数，时间约为十年。

"文化大革命"是中国政治史上一场噩梦。"样板戏"也是中国文艺史上一场噩梦。"样板戏"一去不复返矣。有人企图恢复"样板戏"，恐怕是不可能的。但是"样板戏"的教训还值得吸取，"样板"现象值得反思。"样板戏"的亡魂不时还在中国大地上游荡。

三结合

江青创造了一个"三结合"创作法。"三结合"是领导、群众、作者相结合。领导出思想，群众出生活，作者出技巧。创作是一个浑然的整体，怎么可以机械地分割开呢？"领导"，实际上就是江青。她出思想。这就是说作者不需要思想。"群众出生活"，就是到群众中去采访座谈，记录一点"生活素材"，回来编编纂纂。当时创作都是集体创作，每一句都得举手通过。这样，剧作者还能有什么"主体意识"，还有什么创作的个性呢？现在看起来，这简直是荒唐。可是当时就是这样干的，一干干了十年。我们剧院有一个编剧，说"我们只是创作秘书"。他说这样的话，并没有不满情绪。不料这句话传到于会泳耳朵里（当时爱打小报告的人很多），于会泳大为生气，下令批判。批了几次，也无结果，不了了之，因为这是事实。

"三突出"和"主题先行"

"样板戏"创作的理论基础是"三突出"和"主题先行"。

"三突出"，是在所有的人物中突出正面人物，在正面人物中突出英雄人物，在英雄人物中突出主要英雄人物。"三突出"是于会泳的创造，见于《智取威虎山》的总结。把人物划分三个阶梯，为全世界文艺理论中所未见，实在是一大发明。连江青都觉得这个模式实在有些勉强。她说过："我没有说过'三突出'，我只说过'一突出'。"江青所说的"一突出"即突出主要英雄，即她不断强调的"一号人物"。把人物排队编号，也是一大发明。《沙家浜》的主角本来是阿庆嫂，江青一定要把郭建光树成一号人物。芭蕾是"绝对女主角"，《红色娘子军》主角原是吴清华，她非把洪常青树成一号不可。为什么要这样搞？江青有江青的"原则"。为什么郭建光是一号人物？因为是武装斗争领导秘密工作，还是秘密工作领导武装斗争？为什么洪常青是一号？因为洪常青是代表党的，而吴清华只是在洪常青教育下觉醒的奴隶。这种划分，和她的题材决定论思想是有关系的。结果是一号人物怎么树还是树不起来，给人印象较深的还是二号人物。因为二号人物多少还有点性格，有戏。"样板戏"的人物，严格说不是人物，不是活人，只是概念的化身，共产主义伦理道德规范的化身，"党性"的化身。他们都不是血肉之躯，没有家室之累，儿女之情，一张嘴都是豪言壮语。王蒙曾在一篇文章里调侃地说："样板戏的人物好像都跟天干上了，'冲云天'，'冲霄汉'。"

　　"主题先行"，也是于会泳概括出来的。这种思想，江青原来就有，不过不像于会泳概括得这样简明扼要。江青抓戏，大都是从主题入手。改编《杜鹃山》的时候，她指示："主题是改造自发部队，这一点不能不明确。"她说过："主题是要通过人物来体现的。"反过来说，人物是为了表现主题而设置的。这些话乍听起来没有大错，但实际上这是从概念出发，是违反创作规律的。"领导出思想"，江青除了定主题，定题材，还要规定一个粗略的故事轮廓。这种故事轮廓都是主观主义，凭空设想，毫无生活根据的。她原来抓了很长时期的《红岩》，后来又认为解放前夕四川党就烂了，"我万万没有想到四川党那时还有王明路线！"她随便一句话，四川党就被整惨啰！

她决定放弃《红岩》，另写一个戏，写：从军队上派一个女的政工干部到重庆，不通过地方党，通过一个社会关系，打进兵工厂，发动群众护厂，迎接解放。不通过地方党，通过一个社会关系开展工作，党的秘密工作有这么干的吗？我和另一个编剧阎肃都没有这样的生活（也不可能有这样的生活），只好按她的意旨编造了一个提纲，向他汇报，她竟然很满意。那次率领我们到上海（江青那时在上海）的是北京市委宣传部长李琪。我们把提纲念给李琪听了，李琪冷笑着说："看来没有生活也是可以搞创作的噢？"这个戏后来定名为《山城旭日》，彩排过，没有演出。她原来想改编乌兰巴干的《草原烽火》，后来不搞了，叫我们另外写个戏，写：从八路军派一个政工干部（她老爱从军队上派干部）打进草原，发动奴隶，反抗日本侵略者和附逆的王爷。

我们几个编剧四下内蒙，搜集生活素材。搜集不到。我们访问过乌兰夫和李井泉，他们都不赞成写这样的戏。当时党对内蒙的政策是：蒙古的王公贵族和牧民团结起来，共同抗日。乌兰夫说写一个坏王爷，牧民是不会同意的。李井泉说：你们写这个戏的用意，我是理解的，但是我们没有干过那种事。我不干那种事。他还给我们讲了个故事：红军长征，路过彝族地区，毛主席叫他留下来，在这里开辟一个小块根据地。第二天毛主席打来一个电报，叫他们赶快回来。这个地区不具备开辟工作的条件。李井泉等人赶快走。身上衣服都被彝族剥光了。写这样的戏不但违反生活真实，也违反党的民族政策。我们回来，向于会泳汇报，说没有这样的生活。于会泳说了一句非常精彩的话："没有生活更好，你们可以海阔天空。""四人帮"垮台后，文化部召集了一个关于文艺创作的座谈会，会议主持人是冯牧。我在会上介绍了于会泳的这句名言。冯牧说："什么叫'海阔天空'，就是瞎编！"一点不错，除了瞎编，还能有什么办法？这个戏有这样一场：日本人把几个盐池湖都控制了起来，牧民没有盐吃。有一天有一个蒙奸到了一个浩特，带来了一袋盐，要分给牧民，这盐是下了毒的。正在危急关头，那位八路军政工干部飞马赶到，大叫："这盐不能吃！"他抓了一把盐，倒一点水在碗里，把盐化开，让一只狗喝。狗喝了，四脚朝天，死了。在给演员念这一场时，一个演员说：你们真能瞎造。我只听说大牲口喂盐的，没听说过给狗喝盐水。狗肯喝吗？再说哪找这么个狗演员去？举此一例，足可说明"主题先行"会把编剧憋得多么胡说八道。

样板团

在江青直接领导之下创演"样板戏"的剧团变成了"样板团"。"样板团"的"战士"待遇很特殊，吃样板饭：香酥鸡、番茄烧牛肉、炸黄花鱼、炸油饼……每天换样。穿样板服，夏天，春秋天各一套，银灰色的确良，冬天还发一身军大衣。样板服的式样、料子、颜色都是江青亲自定的。她真有那闲工夫！样板团称样板饭为"板儿餐"、样板服为"板儿服"。一些被精简到"五七干校"劳动的演员、干部则自称"板儿刷"。

每排一个样板戏，都要形式主义地下去体验一下生活，那真是"御使出朝，地动山摇"。

为排《沙家浜》，到了苏州、常熟。其实这时《沙家浜》已经在上海演出过，下去只是补一补课。到阳澄湖内芦苇荡里看了看，也就那样。剧团排练、辅导，我没什么事，就每天偷偷跑出去吃糟鹅，喝百花酒。

　　为排《红岩》到过重庆。在渣滓洞坐过牢（这是江青的指示：要坐一坐牢），开过龙光华烈士的追悼会。假戏真做，气氛惨烈。至华莹山演习过"扯红"，即起义。那天下大雨，黑夜之间，山路很不好走，随时有跌到山涧里的危险。"政委"是赵燕侠，已经用小汽车把她送上山，在一个农民家等着。这家有猫。赵燕侠怕猫，用一根竹竿不停地在地上戳。到该她下动员令宣布起义时，她说话都不成句了。这是"体验生活"么？充其量，可以说是做戏剧小品，不过这个"小品"可真是兴师动众，劳民伤财。

　　为了排《杜鹃山》，到过安源，安源倾矿出动，敲锣打鼓，夹道欢迎这些"毛主席派来的文艺战士"。那天红旗不展，万头皆湿，——因为下大雨。

　　样板团的编导下去了解情况，搜集材料，俨然是"特使"，各地领导都是热情接待，亲自安排。唯恐稍有不周，就是对样板戏的态度问题。

经　验

　　"样板戏"是不是也还有一些可以借鉴的经验？我以为也有。一个是重视质量。江青总结了五十年代演出失败的教训，以为是质量不够，不能跟老戏抗衡。这是对的。她提出"十年磨一戏"。一个戏磨上十年，是要把人磨死的。但戏总是要"磨"的，"萝卜快了不洗泥"，搞不出好戏。一个是唱腔、音乐，有创新、突破；把京剧音乐发展了。于会泳把曲艺、地方戏的音乐语言揉进京剧里，是成功的。《海港》里的二黄宽板，《杜鹃山》"家住安源"的西皮慢二六，都是老戏里所没有的板式，很好听。

一九九二年六月十四日

载一九九三年第一期《长城》

豆 腐

豆腐点得比较老的，为北豆腐。听说张家口地区有一个堡里的豆腐能用秤钩钩起来，扛着秤杆走几十里路。这是豆腐么？点的较嫩的是南豆腐。再嫩即为豆腐脑。比豆腐脑稍老一点的，有北京的"老豆腐"和四川的豆花。比豆腐脑更嫩的是湖南的水豆腐。

豆腐压紧成型，是豆腐干。

卷在白布层中压成大张的薄片，是豆腐片。东北叫干豆腐。压得紧而且更薄的，南方叫百页或千张。

豆浆锅的表面凝结的一层薄皮撩起晾干，叫豆腐皮，或叫油皮。我的家乡则简单地叫作皮子。

豆腐最简便的吃法是拌。买回来就能拌。或入开水锅略烫，去豆腥气。不可久烫，久烫则豆腐收缩发硬。香椿拌豆腐是拌豆腐里的上上品。嫩香椿头，芽叶未舒，颜色紫赤，嗅之香气扑鼻，入开水稍烫，梗叶转为碧绿，捞出，揉以细盐，候冷，切为碎末，与豆腐同拌（以南豆腐为佳），下香油数滴。一箸入口，三春不忘。香椿头只卖得数日，过此则叶绿梗硬，香气大减。其次是小葱拌豆腐。北京有歇后语："小葱拌豆腐——

一青二白"，可见这是北京人家家都吃的小菜。拌豆腐特宜小葱，小葱嫩，香。葱粗如指，以拌豆腐，滋味即减。我和林斤澜在武夷山，住一招待所。斤澜爱吃拌豆腐，招待所每餐皆上拌豆腐一大盘，但与豆腐同拌的是青蒜。青蒜炒回锅肉甚佳，以拌豆腐，配搭不当。北京人有用韭菜花、青椒糊拌豆腐的，这是侉吃法，南方人不敢领教。而南方人吃的松花蛋拌豆腐，北方人也觉得岂有此理。这是一道上海菜，我第一次吃到却是在香港的一家上海饭馆里，是吃阳澄湖大闸蟹之前的一道凉菜。北豆腐、松花蛋切成小骰子块，同拌，无姜汁蒜泥，只少放一点盐而已。好吃么？用上海话说：蛮崭格！用北方话说：旱香瓜——另一个味儿。咸鸭蛋拌豆腐也是南方菜，但必须用敝乡所产"高邮咸蛋"。高邮咸蛋蛋黄色如朱砂，多油，和豆腐拌在一起，红白相间，只是颜色即可使人胃口大开。别处的咸鸭蛋。尤其是北方的，蛋黄色浅，又无油，却不中吃。

烧豆腐大体可分为两大类：用油煎过再加料烧的；不过油煎的。

北豆腐切成厚二分的长方块，热锅温油两面煎。油不必多，因豆腐不吃油。最好用平底锅煎。不要煎得太老，稍结薄壳，表面发皱，即可铲出，是名"虎皮"。用已备好的肥瘦各半熟猪肉，切大片，下锅略煸，加葱、姜、蒜、酱油、绵白糖，兑入原猪肉汤，将豆腐推入，加盖猛火煮二三开，即放小火咕嘟。约十五分钟，收汤，即可装盘。这就是"虎皮豆腐"。如加冬菇、虾米、辣椒及豆豉即是"家乡豆腐"。或加菌油，即是湖南有名的"菌油豆腐"——菌油豆腐也有不用油煎的。

"文思和尚豆腐"是清代扬州有名的素菜，好几本菜谱著录，但我在扬州一带的寺庙和素菜馆的菜单上都没有见到过。

不知道文思和尚豆腐是过油煎了的，还是不过油煎的。我无端地觉得是油煎了的，而且无端地觉得是用黄豆芽吊汤，加了上好的口蘑或香蕈、竹笋，用极好秋油，文火熬成。什么时候材料凑手，我将根据想象，试做一次文思和尚豆腐。我的文思和尚豆腐将是素菜荤做，放猪油，放虾籽。

虎皮豆腐切大片，不过油煎的烧豆腐则宜切块，六七分见方。北方小饭铺里肉末烧豆腐，是常备菜。肉末烧豆腐亦称家常豆腐。烧豆腐里的翘楚，是麻婆豆腐。相传有陈婆婆，脸上有几粒麻子，在乡场上摆一个饭摊，挑油的脚夫路过，常到她的饭摊上吃饭，陈婆婆把油桶底下剩的油刮下来，给他们烧豆腐。后来大人先生也特意来吃她烧的豆腐。于是麻婆豆腐名闻遐迩。陈麻婆是个值得纪念的人物，中国烹任史上应为她大书一笔，因为麻婆豆腐确实很好吃。做麻婆豆腐的要领是：一要油多。二要用牛肉末。我曾做过多次麻婆豆腐，都不是那个味儿，后来才知道我用的是瘦猪肉末。牛肉末不能用猪肉末代替。三是要用郫县豆瓣。豆瓣须剁碎。四是要用文火，俟汤汁渐渐收入豆腐，才起锅。五是起锅时要撒一层川花椒末。一定得用川花椒，即名为"大红袍"者。用山西、河北花椒，味道即差。六是盛出就吃。如果正在喝酒说话，应该把说话的嘴腾出来。麻婆豆腐必须是：麻、辣、烫。

昆明最便宜的小饭铺里有小炒豆腐。猪肉末，肥瘦，豆腐捏碎，同炒，加酱油，起锅时下葱花。这道菜便宜，实惠，好吃。不加酱油而用盐，与番茄同炒，即为番茄炒豆腐。番茄须烫过，撕去皮，炒至成酱，番茄汁渗入豆腐，乃佳。

砂锅豆腐须有好汤，骨头汤或肉汤，小火炖，至豆腐起蜂窝，方好。砂锅鱼头豆腐，用花鲢（即胖头鱼）头，劈为两半，下冬菇、扁尖（腌青笋）、海米，汤清而味厚，非海参鱼翅可及。

"汪豆腐"好像是我的家乡菜。豆腐切成指甲盖大的小薄片，推入虾籽酱油汤中，滚几开，勾薄芡，盛大碗中，浇一勺熟猪油，即得。叫作"汪豆腐"，大概因为上面泛着一层油。用勺舀了吃。吃时要小心，不能性急，因为很烫。滚开的豆腐，上面又是滚开的油，吃急了会烫坏舌头。我的家乡人喜欢吃烫的东西，语云："一烫抵三鲜"。乡下人家来了客，大都做一个汪豆腐应急。周巷汪豆腐很有名。我没有到过周巷，周巷汪豆腐好，我想无非是虾籽多，油多。近年高邮新出一道名菜：雪花豆腐，用盐，不用酱油。我想给家乡的厨师出个主意：加入蟹白（雄蟹白的油即蟹的精子），这样雪花豆腐就更名贵了。

不知道为什么，北京的老豆腐现在见不着了，过去卖老豆腐的摊子是很多的。老豆腐其实并不老，老，也许是和豆腐脑相对而言。老豆腐的佐料很简单：芝麻酱、腌韭菜末。爱吃辣的浇一勺青椒糊。坐在街边摊头的矮脚长凳上，要一碗老豆腐，就半斤旋烙的大饼，夹一个薄脆，是一顿好饭。

四川的豆花是很妙的东西，我和几个作家到四川旅游，在乐山吃饭。几位作家都去了大馆子，我和林斤澜钻进一家只有穿草鞋的乡下人光顾的小店，一人要了一碗豆花。豆花只是一碗白汤，啥都没有。豆花用筷子夹出来，蘸"味碟"里的作料吃。味碟里主要是豆瓣。我和斤澜各吃了一碗热腾腾的白米饭，很美。豆花汤里或加切碎的青菜，则为"菜豆花"。北京的豆花庄的豆花乃以鸡汤煨成，过于讲究，不如乡坝头的豆花存其本味。

北京的豆腐脑过去浇羊肉口蘑渣熬成的卤。羊肉是好羊肉，口蘑渣是碎黑片蘑，还要加一勺蒜泥水。现在的卤，羊肉极少，不放口蘑，只是一锅稠糊糊的酱油黏汁而已。即便是过去浇卤的豆腐脑，我觉得也不如我们家乡的豆腐脑。我们那里的豆腐脑温在紫铜扁钵的锅里，用紫铜平勺盛在碗里，加秋油、滴醋、一点点麻油，小虾米、榨菜末、芹菜（药芹即水芹菜）末。清清爽爽，而多滋味。

中国豆腐的做法多矣，不胜记载。四川作家高缨请我们在乐山的山上吃过一次豆腐宴，豆腐十好几样，风味各别，不相雷同。特别是豆腐的质量极好。掌勺的老师傅从磨豆腐到烹制，都是亲自为之，绝不假手旁人。这一顿豆腐宴可称寰中一绝！

豆腐干南北皆有。北京的豆腐干比较有特点的是熏干。熏干切长片拌芹菜，很好。熏干的烟熏味和芹菜的芹菜香相得益彰。花干、苏州干是从南边传过来的，北京原先没有。北京的苏州干只是用味精取鲜，苏州的小豆腐干是用酱油、糖、冬菇汤煮出后晾得半干的，味长而耐嚼。从苏州上车，买两包小豆腐干，可以一直嚼到郑州。香干亦称茶干。我在小说《茶干》中有较细的描述：

> ……豆腐出净渣，装在一个小蒲包里，包口扎紧，入锅，码好，投料，加上好抽油，上面用石头压实，文火煨煮。要煮很长时间。煮得了，再一块一块从蒲包里倒出来。这种茶干是圆形的，周围较厚、中间较薄，周身有蒲包压出来的细纹，……这种茶干外皮是深紫黑色的，掰开了，里面是浅褐色的。很结实，嚼起来很有咬劲，越嚼越香，是佐茶的妙品，所以叫作"茶干"。

茶干原出界首镇，故称"界首茶干"。据说乾隆南巡，过界首，曾经品尝过。

干丝是淮扬名菜。大方豆腐干，快刀横披为片，刀工好的师傅一块豆腐干能片十六片；再立刀切为细丝。这种豆腐干是特制的，极坚致，切丝不断，又绵软，易吸汤汁。旧本只有拌干丝。干丝入开水略煮，捞出后装高足浅碗，浇麻油酱醋。青蒜切寸段，略焯，五香花生米搓去皮，同拌，尤妙。煮干丝的兴起也就是五六十年的事。干丝母鸡汤煮，加开阳（大虾米），火腿丝。我很留恋拌干丝，因为味道清爽，现在只能吃到煮干丝了。干丝本不是"菜"，只是吃包子烧麦的茶馆里，在上点心之前喝茶时的闲食。现在则是全国各地淮扬菜系的饭馆里都预备了。我在北京常做煮干丝，成了我们家的保留节目。北京很少遇到大白豆腐干，只能用豆腐片或百页切丝代替。口感稍差，味道却不逊色，因为我的煮干丝里下了干贝。煮干丝没有什么诀窍，什么鲜东西都可往里搁。干丝上桌前要放细切的姜丝，要嫩姜。

臭豆腐是中国人的一大发明。我在上海、武汉都吃过。长沙火宫殿的臭豆腐毛泽东年轻时常去吃。后来回长沙，又特意去吃了一次，说了一句话："火宫殿的臭豆腐还是好吃。"这就成了"最高指示"，写在照壁上。火宫殿的臭豆腐遂成全国第一。油炸臭豆腐干，宜放辣椒酱、青蒜。南京夫子庙的臭豆腐干是小方块，用竹签像冰糖葫芦似的串起来卖，一串八块。昆明的臭豆腐不用油炸，在炭火盆上搁一个铁箅子，臭豆腐干放在上面烤焦，别有风味。

在安徽屯溪吃过霉豆腐，长条豆腐，长了二寸长的白色的绒毛，在平底锅中煎熟，蘸酱油辣椒青蒜吃。凡到屯溪者，都要去尝尝。

豆腐乳各地都有。我在江西进贤参加土改，那里的农民家家都做腐乳。进贤原来很穷，没有什么菜吃，顿顿都用豆腐乳下饭。做豆腐乳，放大量辣椒面，还放柚子皮，味道非常强烈，广西桂林、四川忠县、云南路南所出豆腐乳都很有名，各有特点。腐乳肉是苏州松鹤楼的名菜，肉味浓醇，入口即化。广东点心很多都放豆腐乳，叫作"南乳××饼"。

南方人爱吃百页。百页结烧肉是宁波、上海人家常吃的菜。上海老城隍庙的小吃店里卖百页结：百页包一点肉馅，打成结，煮在汤里，要吃，随时盛一碗。一碗也就是四五只百页结。北方的百页缺韧性，打不成结，一打结就断。百页可入臭卤中腌臭，谓之"臭千张"。

杭州知味观有一道名菜：炸响铃。豆腐皮（如过干，要少润一点水）瘦肉剁成细馅，加葱花细姜末，入盐，把肉馅包在豆腐皮内，成一卷，用刀剁成寸许长的小段，下油锅炸得馅熟皮酥，即可捞出。油温不可太高，太高豆皮易糊。这菜嚼起来发脆响，形略似铃，故名响铃。做法其实并不复杂。肉剁极碎，成泥状（最好用刀背剁），平摊在豆腐皮上，折叠起来，如小钱包大，入油炸，亦佳。不入油炸，而以酱油冬菇汤煮，豆皮层中有汁，甚美。北京东安市场拐角处解放前有一家肉店宝华春，兼卖南味熟肉，卖一种酒菜：豆腐皮切细条，在酱肉汤中煮透，捞出，晾至微干，很好吃，不贵。现在宝华春已经没有了。豆腐皮可做汤。炖酥腰（猪腰炖汤）里放一点豆腐皮，则汤色雪白。

一九九二年六月二十五日

新校舍

西南联大的校舍很分散。有一些是借用原先的会馆、祠堂、学校，只有新校舍是联大自建的，也是联大的主体。这里原来是一片坟地，坟主的后代大都已经式微或他徙了，联大征用了这片地并未引起麻烦。有一座校门，极简陋，两扇大门是用木板钉成的，不施油漆，露着白茬。门楣横书大字："国立西南联合大学"。进门是一条贯通南北的大路。路是土路，到了雨季，接连下雨，泥泞没足，极易滑倒。大路把新校舍分为东西两区。

路以西，是学生宿舍。土墼墙，草顶。两头各有门。窗户是在墙上留出方洞，直插着几根带皮的树棍。空气是很流通的，因为没有人爱在窗洞上糊纸，当然更没有玻璃。昆明气候温和，冬天从窗洞吹进一点风，也不要紧。宿舍是大统间，两边靠墙，和墙垂直，各排了十张双层木床。一张床睡两个人，一间宿舍可住四十人。我没有留心过这样的宿舍共有多少间。我曾在二十五号宿舍住过两年。二十五号不是最后一号。如果以三十间计，则新校舍可住一千二百人。联大学生三千人，工学院住在拓东路迤西会馆；女生住"南院"，新校舍住的是文、理、法三院的男生。估计起来，可以住得下。学生并不老老实实地让双层床靠墙直放，向右看齐，不少人给它重新组合，把三张床拼成一个 U 字，外面挂上旧床单或钉上纸板，就成了一个独立天地，屋中之屋。结邻而居的，多是谈得来的同学。也有的不是自己选择的，是学校派定的。我在二十五号宿舍住的时候，睡靠门的上铺，和下铺的一位同学几乎没有见过面。他是历史系的，姓刘，河南人。他是个农家子弟，到昆明来考大学是由河南自己挑了一担行李走来的。——到昆明来考联大的，多数是坐公共汽车来的，乘滇越铁路火车来的，但也有利用很奇怪的交通工具来的。物理系有个姓应的学生，是自己买了一头毛驴，从西康骑到昆明来的。我和历史系同学怎么会没有见过面呢？他是个很用功的老实学生，每天黎明即起，到树林里去读书。我是个夜猫子，天亮才回床睡觉。一般说，学生搬床位，调换宿舍，学校是不管的，从来也没有办事职员来查看过。有人占了一个床位，却终年不来住。也有根本不是联大的，却在宿舍里住了几年。有一个青年小说家曹卣，——他很年轻时就在《文学》这样的大杂志上发表过小说，他是同济大学的，却住在二十五号宿舍。也不到同济上课，整天在二十五号写小说。

桌椅是没有的。很多人去买了一些肥皂箱。昆明肥皂箱很多，也很便宜。一般三个肥皂箱就够用了。上面一个，面上糊一层报纸，是书桌。下面两层放书，放衣物，这就书橱、衣柜都有了。椅子？——床就是。不少未来学士在这样的肥皂箱桌面上写出了洋洋洒洒的论文。

宿舍区南边，校门围墙西侧以里，是一个小操场。操场上有一副单杠和一副双杠。体育主任马约翰带着大一学生在操场上上体育课。马先生一年四季只穿一件衬衫，一件西服上衣，下身是一条猎裤，从不穿毛衣、大衣。面色红润，连光秃秃的头顶也红润，脑后一圈雪白的卷发。他上体育课不说中文，他的英语带北欧口音。学生列队，他要求学生必须站直："Boys！You must keep your body straight！"我年轻时就有点驼背，始终没有 straight 起来。

操场上有一个篮球场，很简陋。遇有比赛，都要临时画线，现结篮网，但是很多当时的篮球名将如唐宝华、牟作云……都在这里展过身手。

大路以东，有一条较小的路。这条路经过一个池塘，池塘中间有一座大坟，成为一个岛。岛上开了很多野蔷薇，花盛时，香扑鼻。这个小岛是当初规划新校舍时特意留下的。于是成了一个景点。

往北，是大图书馆。这是新校舍唯一的瓦顶建筑。每天一早，就有一堆学生在外面等着。一开门，就争先进去，抢座位（座位不很多），抢指定参考书，（参考书不够用）。晚上十点半钟。图书馆的电灯还亮着，还有很多学生在里面看书。这都是很用功的学生。大图书馆我只进去过几次。这样正襟危坐，集体苦读，我实在受不了。

图书馆门前有一片空地。联大没有大会堂，有什么全校性的集会便在这里举行。在图书馆关着的大门上用摁钉摁两面党国旗，也算是会场。我入学不久，张清常先生在这里教唱过联大校歌（校歌是张先生谱的曲），学唱校歌的同学都很激动。每月一号，举行一次"国民月会"，全称应是"国民精神总动员月会"，可是从来没有人用全称，实在太麻烦了。国民月会有时请名人来演讲，一般都是梅贻琦校长讲讲话。梅先生很严肃，面无笑容，但说话很幽默。有一阵昆明闹霍乱，梅先生劝大家不要在外面乱吃东西，说："有一位同学说，'我吃了那么多次，也没有得过一次霍乱。'这种事情是不能有第二次的。"开国民月会时，没有人老实站着，都是东张西望，心不在焉。有一次，我发现青天白日满地红的国旗的太阳竟是十三只角（按规定应是十二只）！

"一二·一惨案"（国民党军队枪杀三位同学、一位老师）发生后，大图书馆曾布置成死难烈士的灵堂，四壁都是挽联，灵前摆满了花圈，大香大烛，气氛十分肃穆悲壮。那两天昆明各界前来吊唁的人络绎于途。

大图书馆后面是大食堂。学生吃的饭是通红的糙米，装在几个大木桶里，盛饭的瓢也是木头的，因此饭有木头的气味。饭里什么都有：砂粒、耗子屎……被称为"八宝饭"。八个人一桌，四个菜，装在酱色的粗陶碗里。菜多盐而少油。常吃的菜是煮芸豆，还有一种叫作魔芋豆腐的灰色的凉粉似的东西。

大图书馆的东面，是教室。土墙，铁皮顶。铁皮上涂了一层绿漆。有时下大雨，雨点敲得铁皮叮叮当当地响。教室里放着一些白木椅子。椅子是特制的，右手有一块羽毛球拍大小的木板，可以在上面记笔记。椅子是不固定的，可以随便搬动，从这间教室搬到那间。吴宓先生上"红楼梦研究"课，见下面有女生没有坐下，就立即走到别的教室去搬椅子。一些颇有骑士风度的男同学于是追随吴先生之后，也去搬。到女同学都落座，吴先生才开始上课。

我是个吊儿郎当的学生，不爱上课。有的教授授课是很严格的。教西洋通史（这是文学院必修课）的是皮名举。他要求学生记笔记，还要交历史地图。我有一次画了一张马其顿王国的地图，皮先生在我的地图上批了两行字："阁下所绘地图美术价值甚高，科学价值全无。"第一学期期终考试，我得了三十七分。第二学期我至少得考八十三分，这样两学期平均，才能及格，这怎么办？到考试时我拉了两个历史系的同学，一个坐在我的左边，一个坐在我的右边。坐在右边的同学姓钮，左边的那个忘了。我就抄左边的同学一道答题，又抄右边的同学一道。公布分数时，我得了八十五分，及格还有富余！

朱自清先生教课也很认真。他教我们宋诗。他上课时带一沓卡片，一张一张地讲。要交读书笔记，还要月考、期考。我老是缺课，因此朱先生对我印象不佳。

多数教授讲课很随便。刘文典先生教《昭明文选》，一个学期才讲了半篇木玄虚的《海赋》。

闻一多先生上课时，学生是可以抽烟的。我上过他的"楚辞"。上第一课时，他打开高一尺又半的很大的毛边纸笔记本，抽上一口烟，用顿挫鲜明的语调说："痛饮酒，熟读《离骚》——乃可以为名士。"他讲唐诗，把晚唐诗和后期印象派的画联系起来讲。这样讲唐诗，别的大学里大概没有。闻先生的课都不考试，学期终了交一篇读书报告即可。

唐兰先生教词选，基本上不讲。打起无锡腔调，把词"吟"一遍："'双鬓隔香红啊——玉钗头上风……'好！真好！"这首词就算讲过了。

西南联大的课程可以随意旁听。我听过冯文潜先生的美学。他有一次讲一首词：

汴水流
泗水流，
流到瓜洲古渡头，
吴山点点愁。

冯先生说他教他的孙女念这首词，他的孙女把"吴山点点愁"念成"吴山点点头"，他举的这个例子我一直记得。

吴宓先生讲"中西诗之比较"，我很有兴趣地去听。不料他讲的第一首诗却是：

> 一去二三里，
> 烟村四五家，
> 楼台六七座，
> 八九十枝花。

我不好好上课，书倒真也读了一些。中文系办公室有一个小图书馆，通称系图书馆。我和另外一两个同学每天晚上到系图书馆看书。系办公室的钥匙就由我们拿着，随时可以进去。系图书馆是开架的，要看什么书自己拿，不需要填卡片这些麻烦手续。有的同学看书是有目的有系统的。一个姓范的同学每天摘抄《太平御览》。我则是从心所欲，随便瞎看。我这种乱七八糟看书的习惯一直保持到现在。我觉得这个习惯挺好。夜里，系图书馆很安静，只有哲学心理系有几只狗怪声嗥叫——一个教生理学的教授做实验，把狗的不同部位的神经结扎起来，狗于是怪叫。有一天夜里我听到墙外一派鼓乐声，虽然悠远，但很清晰。半夜里怎么会有鼓乐声？只能这样解释：这是鬼奏乐。我确实听到的，不是错觉。我差不多每夜看书，到鸡叫才回宿舍睡觉。——因此我和历史系那位姓刘的河南同学几乎没有见过面。

新校舍大门东边的围墙是"民主墙"。墙上贴满了各色各样的壁报，左、中、右都有。有时也有激烈的论战。有一次三青团办的壁报有一篇宣传国民党观点的文章，另一张"群社"编的壁报上很快就贴出一篇反驳的文章，批评三青团壁报上的文章是"咬着尾巴兜圈子"。这批评很尖刻，也很形象。"咬着尾巴兜圈子"是狗。事隔近五十年，我对这一警句还记得十分清楚。当时有一个"冬青社"（联大学生社团甚多），颇有影响。冬青社办了两块壁报，一块是《冬青诗刊》，一块就叫《冬青》，是刊载杂文和漫画的。冯友兰先生、查良钊先生、马约翰先生，都曾经被画进漫画。冯先生、查先生、马先生看了，也并不生气。

除了壁报，还有各色各样的启事。有的是出让衣物的。大都是八成新的西服、皮鞋。出让的衣物就放在大门旁边的校警室里，可以看货付钱。也有寻找失物的启事，大都写着："鄙人不慎，遗失了什么东西，如有捡到者，请开示姓名住处，失主即当往取，并备薄酬。"所谓"薄酬"，通常是五香花生米一包。有一次有一位同学贴出启事："寻找眼睛。"另一位同学在他的启事标题下用红笔画了一个大问号。他寻找的不是"眼睛"，是"眼镜"。

新校舍大门外是一条碎石块铺的马路。马路两边种着高高的尤加利树（即桉树，云南到处皆有）。

马路北侧，挨新校的围墙，每天早晨有一溜卖早点的摊子。最受欢迎的是一个广东老太太卖的煎鸡蛋饼。一个瓷盆里放着鸡蛋加少量的水和成的稀面，舀一大勺，摊在平铛上，煎熟，加一把葱花。广东老太太很舍得放猪油。鸡蛋饼煎得两面焦黄，猪油吱吱作响，喷香。一个鸡蛋饼直径一尺，卷而食之，很解馋。

晚上，常有一个贵州人来卖馄饨面。有时馄饨皮包完了，他就把馄饨馅拨在汤里下面。问他："你这叫什么面？"贵州老乡毫不迟疑地说："桃花面！"

马路对面常有一个卖水果的。卖桃子，"面核桃"和"离核桃"，卖泡梨——糖梨泡在盐水里，梨肉转为极嫩、极脆。

晚上有时有云南兵骑马由东面驰向西面，马蹄铁敲在碎石块的尖棱上，迸出一朵朵火花。

有一位曾在联大任教的作家教授在美国讲学。美国人问他：西南联大八年，设备条件那样差，教授、学生生活那样苦，为什么能出那样多的人才？——有一个专门研究联大校史的美国教授以为联大八年，出的人才比北大、清华、南开三十年出的人才都多。为什么？这位作家回答了两个字：自由。

一九九二年七月五日

载一九九二年第十期《芒种》

我的母亲

我父亲结过三次婚。

我的生母姓杨。我不知道她的学名。杨家不论男女都是排行的，我母亲那一辈"遵"字排行，我母亲应该叫杨遵什么。前年我写信问我的姐姐，我们的母亲叫什么。姐姐回信说：叫"强四"。我觉得很奇怪，怎么叫这么个名呢？是小名么？也不大像。我知道我母亲不是行四。一个人怎么会连自己母亲的名字都不知道呢！因为我母亲活着的时候我太小了。

我三岁的时候，母亲就故去了。我对她一点印象都没有。她得的是肺病，病后即移住在一个叫"小房"的房间里，她也不让人把我抱去看她。我只记得我父亲用一个煤油箱做了一个炉子，这炉子是他自制的。煤油箱横放着，有两个火口，可以同时为母亲熬粥，熬参汤、燕窝，另外还记得我父亲雇了一只船陪她到淮城去就医，我是随船去的。还记得小船中途停泊时，父亲在船头钓鱼，我记得船舱里挂了好多大头菜。我一直记得大头菜的气味。

我只能从母亲的画像看看她。据我的大姑妈说，这张像画得很像。画像上的母亲很瘦，眉尖微蹙。样子和我的姐姐很相似。

我母亲是读过书的。她病倒之前每天还写一张大字。我曾在我父亲的画室里找出一摞母亲写的大字，字写得很清秀。

前年我回家乡，见着一个老邻居，她记得我母亲。看见过我母亲在花园里看花。——这家邻居和我们家的花园只隔一堵短墙。我母亲叫她"小新娘子"。"小新娘子，过来过来，给你一朵花戴。"我于是好像看见母亲在花园里看花，并且觉得她对邻居很和善。这位"小新娘子"已经是八十多岁的老太太了！

我还记得我母亲爱吃京冬菜。这东西我们家乡是买不到的，是托做京官的亲戚带回来的，装在陶制的罐子里。

我母亲死后，她养病的那间"小房"锁了起来，里面堆放着她生前用的东西，全部嫁妆，——"摆橱"、皮箱和铜火盆，朱漆的火盆架子……我的继母有时开锁进去，取一两样东西，我跟着进去看过。"小房"外面有一个小天井。靠南有一个秋叶形的小花台。花台上开了一些秋海棠。这些海棠自开自落，没人管它。花很伶仃，但是颜色很红。

我的第一个继母娘家姓张。她们家原来在张家庄住，是个乡下财主。后来在城里盖了房子，才搬进城来。房子是全新的，新砖，新瓦，油漆的颜色也都很新。没有什么花木，却有一片很大的桑园。我小时就觉得奇怪，又不养蚕，种那么多桑树做什么？桑树都长得很好，干粗叶大，是湖桑。

我的继母幼年丧母，她是跟姑妈长大的。姑妈家姓吴，继母的姑妈年轻守寡。她住的房子二梁上挂着一块匾，朱地金字："松贞柏节"，下款是"大总统题"。这大总统不知是谁，是袁世凯，还是黎元洪？吴家家境不富裕，住的房子是张家的三间偏房。老姑奶奶有两个儿子，一个叫大和子，一个叫小和子。两个儿子都没上学校，念了几年私塾，专学珠算。同年龄的少年学"鸡兔同笼"，他们却每天打"归除"、"斤求两，两求斤"。他们是准备到钱庄去学生意的。

我的继母归宁，也到她的继母屋里坐坐，但大部分时间都在这三间偏房里和姑妈在一起。我父亲到老丈人那边应酬应酬，说些淡话，也都在"这边"陪姑妈闲聊。直到"那边"来请坐席了，才过去。

继母身体不好。她婚前咳嗽得很厉害，和我父亲拜堂时是服用了一种进口的杏仁露压住的。

她是长女，但是我的外公显然并不钟爱她。她的陪嫁妆奁是不丰的，她有时准备出门做客，才戴一点首饰。比较好的首饰是一副翡翠耳环。有一次，她要带我们到外公家拜年，她打扮了一下，换了一件灰鼠的皮袄。我觉得她一定会冷。这样的天气，穿一件灰鼠皮袄怎么行呢？然而她只有一件皮袄。我忽然对我的继母产生一种说不出来的感情。我可怜她，也爱她。

后娘不好当。我的继母进门就遇到一个局面，"前房"（我的生母）留下三个孩子，我姐姐，我，还有一个妹妹。这对于"后娘"当然会是沉重的负担。上有婆婆，中有大姑子、小姑子，还有一些亲戚邻居，她们都拿眼睛看着，拿耳朵听着。

也许我和娘（我们都叫继母为娘）有缘，娘很喜欢我。

她每次回娘家，都是吃了晚饭才回来。张家总是叫了两辆黄包车，姐姐和妹妹坐一辆，娘搂着我坐一辆。张家有个规矩（这规矩是很多人家都有的）姑娘回自己婆家，要给孩子手里拿两根点着了的安息香。我于是拿着两根安息香，偎在娘怀里。黄包车慢慢地走着。两旁人家、店铺的影子向后移动着，我有点迷糊。闻着安息香的香味，我觉得很幸福。

小学一年级时，冬天，有一天放学回家，我大便急了，憋不住，拉在裤子里了（我记得我拉的屎是热腾腾的）。我兜着一裤兜屎，一扭一扭地回了家。我的继母一闻，二话没说，赶紧烧水，给我洗了屁股。她把我擦干净了，让我围着棉被坐着。

接着就给我洗衬裤，刷棉裤。她不但没有说我一句，连眉头都没有皱一下。

我妹妹长了头虱，娘煎了草药给她洗头，用篦子给她篦头发。

张氏娘认识字，念过《女儿经》。《女儿经》有几个版本，她念过的那本，她从娘家带了过来，我看过。里面有这样的句子："张家长，李家短，别人的事情我不管。"她就是按照这一类道德规范做人的。她有时念经：《金刚经》《心经》《高王经》。她是为她的姑妈念的。

她做的饭菜有些是乡下做法，比如番瓜（南瓜）熬面疙瘩，煮百合先用油炒一下。我觉得这样的吃法很怪。

她死于肺病。

我的第二个继母姓任。任家是邵伯大地主，庄园有几座大门，庄园外有壕沟吊桥。

我父亲是到邵伯结的婚。那年我已经十七岁，读高二了。父亲写信给我和姐姐，叫我们去参加他的婚礼。任家派一个长工推了一辆独轮车到邵伯码头来接我们。我和姐姐一人坐一边。我第一次坐这种独轮车，觉得很有趣。

我已经很大了，任氏娘对我们很客气，称呼我是"大少爷"。我十九岁离开家乡到昆明读大学。一九八六年回乡，这时娘才改口叫我"曾祺"。——我这时已经六十六岁，也不是什么"少爷"了。

我对任氏娘很尊敬。因为她伴随我的父亲度过了漫长的很艰苦的沧桑岁月。

她今年八十六岁。

一九九二年七月十一日

载一九九三年第二期《作家》

大莲姐姐

大莲姐姐可以说是我的保姆。她是我母亲从娘家带过来的。她在杨家伺候大小姐——我母亲，到了我们家"带"我。我们那里把女用人都叫作"莲子"，"大莲子"、"小莲子"。伺候我的二伯母的女用人，有一个奇怪称呼，叫"高脚牌大莲子"。不知道怎么会这样称呼，可能是她的脚背特别高。全家都叫我的保姆为"大莲子"，只有我叫她"大莲姐姐"。

我小时候是个"惯宝宝"。怕我长不大，于是认了好几个干妈，在和尚庙、道士观里都记了名，我的法名叫"海鳌"。我还记得在我父亲的卧室的一壁墙上贴着一张八寸高五寸宽的梅红纸，当中一行字"三宝弟子求取法名海鳌"，两边各有一个字，一边是"皈"，一边是"依"。我大概是从这张记名红纸上才认得这个"皈"字的。因为是"惯宝宝"，才有一个保姆专门"看"我。大莲姐姐对我的姐姐和妹妹是不大管的，就管照看我一个人。

大莲姐姐对我母亲很有感情，对我的继母就有一种敌意。继母还没有过门，嫁妆先发了过来，新房布置好了。她拍拍一张小八仙桌，对我的姐姐说："这是红木的，不是海梅的！""海梅"别处不知叫什么，在我们那里是最贵重的木料。我母亲的嫁妆就是海梅的。她还教我们唱：

> 小白菜呀
> 地里黄呀……

我虽然很小，也觉得这不好。

大莲姐姐对我是很好。我小时不好好吃饭，老是围着桌子转，她就围着桌子追着喂我。不知要转多少圈，才能把半碗饭喂完。

晚上，她带着我睡。

我得了小肠疝气，有时发作，就在床上叫："大莲姐姐，我疼。"她就熬了草药，倒在一个痰盂里、抱我坐在上面熏。熏一会儿，坠下来的小肠就能收缩回去。她不知从哪里学到一些偏方，都试过。煮了胡萝卜，让我吃。我天天吃胡萝卜，弄得我到现在还不喜欢胡萝卜的味儿。把鸡蛋打匀了，用一个秤锤烧红了，放在鸡蛋里，嗤啦一声，鸡蛋熟了。不放盐，吃下去。真不好吃！

我上小学后，大莲姐姐辞了事，离开我们家。她好像在别的人家做了几年。后来，就不帮人了，住在臭河边一个白衣庵里。她信佛，听我姐姐说，她受过戒。并未剃去头发，只在头顶上剃了一块，烧的戒疤也少，头发长长了，拢上去，看不出来。她成了个"道婆子"。我们那里有不少这种道婆子。她们每逢哪个庙的香期，就去"坐经"，——席地坐着，一坐一天。不管什么庙，是庙就"坐"。东岳庙、城隍庙，本来都是道士住持，她们不管，一屁股坐下就念"南无阿弥陀佛"。我放学回家，路过白衣庵，她有时看着我走过，有时也叫我到她那里去玩。白衣庵实在没有什么好"玩"的。这是一个小庵，殿上塑着一尊白衣观音。天井东西各有一间小屋，大莲姐姐住东屋，西屋住的也是一个"带发修行"的道婆子。

她后来又和同善社、"理教劝戒烟酒会"的一些人混在一起。我们那里没有一贯道。如果有，她一定也会入一贯道的。她是什么都信的。

一九九二年七月十二日

载一九九三年第四期《作家》

我的小学

我读的小学是县立第五小学，简称五小。在城北承天寺的旁边，五小有一支校歌。我在小说《徙》的开头提到这支校歌。歌词如下：

> 西挹神山爽气，
>
> 东来邻寺疏钟，
>
> 看吾校巍巍峻宇，
>
> 连云栉比列其中。
>
> 半城半郭尘嚣远，
>
> 无女无男教育同。
>
> 桃红李白，芬芳馥郁，
>
> 一堂济济坐春风。
>
> 愿少年，乘风破浪，
>
> 他日毋忘化雨功。

"神山爽气"是高邮八景之一。"神山"即"神居山"，在高邮湖西，我没有去过，"爽气"也不知道是一种什么样子的气。"东来邻寺疏钟"的"邻寺"即承天寺。这倒是每天必须经过的。这是一座古寺，张士诚就是在承天寺称王的。张士诚攻下高邮在至正十三年（公元一三五三年），称王在次年。那时就有这座寺了。以后也没听说重修过（我没见过重修碑记）。这也就是一个一般的寺庙。一个大雄宝殿，三世佛；殿后是站在鳌鱼头上的南海观音；西侧是罗汉堂，罗汉堂有一口大钟，我写的《幽冥钟》就是写的这口钟；东边是僧众的宿舍和膳堂，廊子上挂了一条很大的木头鱼，画出蓝色的鱼鳞。一口像倒挂的如意云头的铁磬，木鱼、铁磬从来没听见敲响过。寺古房旧僧白头，佛像鬃漆都暗淡了。看不出一点张士诚即位称王的痕迹。他在什么地方坐朝的呢？总不能在大雄宝殿上，也不会在罗汉堂里。

学校的对面，也就是承天寺的对面，是"天地坛"。原来大概是祭天地的地方，但我从小就没有见过祭过天地。这是一片很大的空地，安下一个足球场还有富余。天地坛四边有砖砌的围墙，但是除了五小的学生来踢球，跑步，可以说毫无用处。坛的四面长满了荒草，草丛中有枸杞，秋天结了很多红果子，我们叫它"狗奶子"。

"巍巍峻宇"、"连云栉比"，实在过于夸张了。一个只有六个班的小学，怎么能有这样高大，这样多的房子呢！

学校门外的地势比校内高，进大门，要下一个慢坡，慢坡是"站砖"铺的。不是笔直的，而是有点弯。不知道为什么，我们对这道弯弯的慢坡很有感情。如果它是笔直的，就没有意思了。

慢坡的东端是门房，同时也是斋夫（校工）詹大胖子的宿舍。詹大胖子墙上挂着一架时钟，桌上有一把铜铃，一个玻璃匣子放着花生糖、芝麻糖，是卖给学生吃的。学校不许他卖，他还是偷偷地卖。

詹大胖子的房子的对面，隔着慢坡，是大礼堂。大礼堂的用处是做"纪念周"，开"同乐会"。平常日子，是音乐教室，唱歌。

大礼堂的北面是校园。校园里花木不多，比较突出的是一架很大的"十姊妹"。我对这个校园留下很深的印象是：有一年我们县境闹蝗虫，蝗虫一过，遮天蔽日，学校里遍地都是蝗虫，我们就见蝗虫就捉，到校园里用两块砖头当磨子，把蝗虫磨得稀烂。蝗虫太可恶了！

校园之北，是教务处。一个很大的房间，两边靠墙摆了几张三屉桌，供教员备课，批改学生作业。当中有一张相当大的会议桌。这张会议桌平常不开会，有一个名叫夏普天的教员在桌上画炭画像。这夏普天（不知道为什么，学生背后都不称他为"夏先生"，还称之为"夏普天"，有轻视之意）在教员中有其特别处。一是他穿西服（小学教员穿西服者甚少）；二是他在教小学之外还有一个副业：画像。用一个刻有方格的有四只脚的放大镜，放在一张照片上，在大张的画纸上画了经纬方格，看着放大镜，勾出铅笔细线条，然后用剪秃了的羊毫笔，蘸炭粉，涂出深浅浓淡。说是"涂"不大准确，应该说是"蹭"。我在小学时就知道这不叫艺术，但是有人家请他画，给钱。夏普天的画像真正只是谋生之术。夏家原是大族，后来败落了，夏普天画像，实非得已。过了好多年，我才知道夏普天是我们县的最早的共产党员之一！夏普天给我的印象是：一个非常聪明的人。

教务处的北面是幼稚园。现在一般都叫幼儿园，我入园时叫幼稚园。五小设幼稚园是创举。这个幼稚园是全县第一个幼稚园。

幼稚园的房子是新盖的。一切都是新的。新砖，新瓦，新门，新窗。这座房子有点特别，是六角形的。进门，是一个宽敞明亮的大厅。铺着漆成枣红色的地板，用白漆画出一个很大的圆圈。这圆圈是为了让"小朋友"沿着唱歌跳舞而画出的。"小朋友"每天除了吃点心，大部分时间是唱歌跳舞。规定：上幼稚园的"小朋友"的家里都要预备一双"软底鞋"，——普通的布鞋，但是鞋底是几层布"纳"出来的软底。

幼稚园的老师是王文英，她是我们县里头一个从"幼稚师范"毕业的专业老师。整个幼稚园只有一个老师，教唱歌、跳舞都是她。我在幼稚园学过很多歌，有一些是"表演唱"。我至今记得的是《小羊儿乖乖》，母亲出去了，狼来了：

狼：　小羊儿乖乖，

　　　把门儿开开，

　　　快点儿开开，

　　　我要进来。

小羊：不开不开不能开，

　　　母亲不回来，

　　　谁也不能开。

狼：　小兔子乖乖，

　　　把门儿开开，

　　　快点儿开开，

　　　我要进来。

小兔：不开不开不能开，

母亲不回来，

谁也不能开。

狼：　小螃蟹乖乖，

把门儿开开，

快点儿开开，

我要进来。

螃蟹：就开就开我就开——（开门）

狼：　啊呜！（把小螃蟹吃了）

小羊、小兔：可怜小螃蟹，

从此不回来。

另外还有：

拉锯，送锯，

你来，我去。

拉一把，推一把，

哗啦哗啦起风啦。

小小狗，快快走；

小小猫，快快跑！

（王老师除了教唱，领着小朋友唱，还用一架风琴伴奏。）

幼稚园门外是一个游戏场，有一个沙坑，一架秋千，还有
一个"巨人布"。一根粗大柱，半截埋在土里，柱顶有一个火
炬形的顶子，顶与柱之间是铁的轴辘，柱顶牵出八条粗麻绳，
小朋友各攥住一根麻绳，连跑几步，拳起腿一悠，柱顶即转动，
小朋友能悠好多圈。我到现在还不知道这个游戏器械为什么叫

"巨人布"。也许应该写成"巨人步"。这种游戏大概是从外国传进来的。

在全班小朋友中我是最受王老师宠爱的。我们那一班临毕业前曾在游戏场上照了一张合影。我骑在一头木马上。这是我第一次留了一回马上英姿（另外还有一个同学骑在一个灰色的木鸭子上，其他小朋友都蹲着，坐着）。

我离开五小后很少和王老师见面。我十九岁离开家乡，和王老师不通音问。她和我的初中国文老师张道仁先生结了婚，我也不知道。

一九八六年我回了一次故乡，带了两盒北京的果脯，去看张老师和王老师。我给张老师和王老师都写了一张字。给王老师写的是一首不文不白的韵文：

> "小羊儿乖乖，
> 把门儿开开"，
> 歌声犹在，耳畔徘徊。
> 念平生美育，
> 从此培栽。
> 我今亦老矣，
> 白髭盈腮。
> 但师恩母爱，
> 岂能忘怀。
> 愿吾师康健，
> 长寿无灾。

这首"诗"使王老师哭了一个晚上。她对张先生说："我教了那么多学生，还没有一个来看看我的。"张先生非常感慨地再三说："师恩母爱！师恩母爱！……"他说王老师告诉他，我上幼稚园的时候还戴着我妈妈的孝。王老师不说，我还真不记得。

教务处和幼稚园的东面，是一、二、三、四年级教室。两排。两排教室之前是一片空地。空地的路边有几棵很大的梧桐。到了秋天，落了一地很大的梧桐叶。我很小的时候就知道"一叶落而天下惊秋"，而且不胜感慨。我们捡梧桐子。梧桐子炒熟了，是可以吃的，很香。

往后走，是五年级、六年级教室。这是另外一个区域，不仅因为隔着一个院子，有几棵桂花，而且因为五、六年级是高年级（一、二年级是初年级，三、四年级是中年级），到了这里俨然是"大人"了，不再是毛孩子了。

五年级教室在西边的平地上。教室外面是一口塘。塘里有鱼。常常看到有打鱼的来摸鱼，有时摸上很大的一条。从五年级的北窗伸出钓竿，就可以钓鱼。我有一次在窗里看着一条大黑鱼咬了钩，心里怦怦跳。不料这条大黑鱼使劲一挣，把钩线挣断了，它就带着很长的一截钓线游走了！

六年级教室在一座楼上。这楼是承天寺的旧物，年久失修，真是一座"危楼"，在楼上用力蹦跳，楼板都会颤动。然而它竟也不倒。

我小时候，去年回乡，遇到一个小学同班姓许的同学（他现在是有名的中医），说我多年都是全班第一。他大概记得不准，我从三年级后算术就不好。语文（初中年级叫"国语"，高年级叫"国文"）倒是总是考第一的。

我觉得那时的语文课本有些篇是选得很好的。一年级开头虽然是"大狗跳，小狗叫"，后面却有《咏雪》这样的诗：

> 一片一片又一片，
> 两片三片四五片，
> 七片八片九十片，
> 飞入芦花都不见。

我学这一课时才虚岁七岁，可是已经能够感受到"飞入芦花都不见"的美。我现在写散文、小说所用的方法，也许是从"飞入芦花都不见"悟出的。

二年级课文中有两则谜语，其中一则是：

> 远观山有色，
> 近听水无声，
> 春去花还在，
> 人来鸟不惊。

谜底是：画。这对培养儿童的想象力是有好处的。

我希望教育学家能搜集各个时期的课本，研究研究，吸取有益的部分，用之今日。

教三、四年级语文的老师是周席儒。我记不得他教的课文了，但一直觉得他真是一个纯然儒者。他总是坐在三年级和四年级教室之间的一间小屋的桌上批改学生的作文，"判"大字。他判字极认真，不只是在字上用红笔画圈，遇有笔划不正处，都用红笔矫正。有"间架"不平衡的字，则于字旁另书此字示范。我是认真看周先生判的字而有所领会的。我的毛笔字稍具功力，是周先生砸下的基础。周先生非常喜欢我。

教五年级国文的是高北溟先生。关于高先生，我写过一篇小说《徙》。小说，自然有很多地方是虚构，但对高先生的为人治学没有歪曲。关于高先生，我在下一篇《初中》中大概还会提到，此处从略。

教六年级国文的是张敬斋，张先生据说很有学问，但是他的出名却是因为老婆长得漂亮，外号"黑牡丹"。他教我们《老残游记》，讲得有声有色。我留下印象最深的是大明湖上的对联："四面荷花三面柳，一城山色半城湖"，这使我对济南非常向往。但是他讲"黑妞白妞说书"，文章里提到一个湖南口音的人发了一通议论，张先生也就此发了一通议论，说：为什么要说"湖南口音"呢？因为湖南话很蛮，俗说是"湖南骡子"。这实在是没有根据。我长大后到过湖南，从未听湖南人说自己是"骡子"。外省人也不叫湖南人是"湖南骡子"。不像外省人说湖北人是"九头鸟"，湖北人自己也承认。也许张先生的话有证可查，但我小时候就觉得他是胡说。不知道为什么，我对张先生的"歪批"总也忘不了。

我在五小颇有才名，是因为我的画画得不错。教我们图画的老师姓王，因为他有一个口头语："譬如"，学生就给他起了个外号："王譬如"。王先生有时带我们出校"野外写生"，那是最叫人高兴的事。常去的地方是运河堤，因为离学校很近。画得最多的是堤上的柳树，用的是六个 B 的铅笔。

一九九一年十月，我回高邮，见到同班同学许医生，他说我曾经送过他一张画：只用大拇指蘸墨，在纸上一按，加几笔犄角、四蹄、尾巴，就成了一头牛。大拇指有胴纹，印在纸上有牛毛效果。我三年级时是画过好些这种牛。后来就没有再画。

我对五小很有感情。每天上学，暑假、寒假还会想起到五小看看。夏天，到处长了很高的草。有一年寒假，大雪之后，我到学校去。大门没有锁，轻轻一推就开了。没有一个人，连詹大胖子也不在。一片白雪，万籁俱静。我一个人踏雪走了一会儿，心里很感伤。

我十九岁离乡，六十六岁回故乡住了几天。我去看看我的母校：什么也没有了。承天寺、天地坛，都没有了。五小当然没有了。

这是我的小学，我亲爱的，亲爱的小学！

"愿少年，乘风破浪，

他日毋忘化雨功！"

一九九二年八月六日

载一九九三年第六期《作家》

我的初中

初中全名是高邮县立初级中学，是全县的最高学府。我们县过去连一所高中都没有。

地点在东门。原址是一个道观，名曰"赞化宫"。我上初中时，二门楣上还保留着"赞化宫"的砖额，字是《曹全碑》体隶书，写得不错，所以我才记得。

赞化宫的遗物只有：一个白石砌的圆形的放生池，池上有石桥。平日池干见底，连日大雨之后有水。东北角有一座小楼，原是供奉吕祖的。年久失修，岌岌可危。吕祖楼的对面有一土阜。阜上有亭，倒还结实。亭子的墙壁外面涂成红色。我们就叫它"小亭子"。亭之三面有圆形的窗洞。拳起两脚，坐在窗洞里，可以俯看墙外的土路。小亭之下长了相当大一丛紫竹，紫竹皮色深紫，极少见。我们县里好像只有这一丛紫竹。不知是何年、何人所种。小亭子左边有一棵楮树，我们那里叫"壳树"。楮树皮可造纸，但我们那里只是采其大叶以洗碗，因为楮叶有细毛，能去油腻。还有一棵很奇怪的树，叫"五谷树"，一棵树结五种形状不同的小果子，我们家乡从哪一种果子结得多少，以占今年宜豆宜麦。

初中的主要房屋是新建的。靠南墙是三间教室，依次为初一、初二、初三，对面是教导处和教员休息室。初三教室之东，有一个圆门，门外有一座楼，两层。楼上是图书馆，主要藏书是几橱万有文库。楼下是"住读生"的宿舍。初中学生大部分是"走读"，有从四乡村镇来的学生，城区无亲友家可寄住，就住在学校里，谓之"住读"。

初中的主课是"英（文）、国（文）、算（数学）"。学期终了结算学生的总平均分数，也只计算这三门。

初一、初二的英文没有学到什么东西，因为教员不好。初三却有一门奇怪的课："英文三民主义"。不知道这是国民党的统一规定，还是我们学样里特别设置的。教这一课的是校长耿同霖。耿同霖解放后被枪毙了，不知道他有什么罪恶，但他在当我们的校长时看不出有多坏。他有一个习惯，讲话或上课时爱用两手抹煞前胸。他老是穿一件墨绿色的毛料的夹袍。在我的想象里，他被枪毙时也是穿的这件夹袍。

初一、初二国文是高北溟先生教的。他的教学法大体如我在小说《徙》中所写的那样。有些细节是虚构的，如小说中写高先生编过一本《字形音义辨》，实际上他没有编过这样一本书，他只是让学生每周抄写一篇《字辨》上的字。但他编过一些字形的歌诀，如："戌横、戊点、戊中空。"《国学常识》是编过一本讲义的，学生要背："三坟五典八索九丘"、"乾三连、坤六断、震仰盂、艮覆碗"……他讲书前都要朗读一遍。有时从高先生朗读的顿挫中就能体会到文义。"小子识之：苛政猛于虎也！"、"永州之野，产异蛇，黑质而白章……"他讲书，话不多，简明扼要。如讲《训俭示康》："……'厅事前不容旋马'，闭目一想，就知道房屋有多狭小了。"这使我受到很大启发，对写小说有好处。小说的描叙要使读者有具体的印象。如果记录厅事的尺寸，即无意义。高先生教书很严，学生背不出来，是要打手心的。我的堂弟汪曾炜挨过多次打。因为他小时极其顽皮，不用功。曾炜后来发愤读书，现在是著名的心脏外科专家了。我的同班同学刘子平后来在高邮中学教书，和高先生是同事了，曾问过高先生："你从前为什么对我们那么严？"高先生叹了一口气，说："我现在想想，真也不必。"小说《徙》中写高先生在初中未能受聘，又回小学去教书了，是为了渲染高先生悲怆遭遇而虚构的，事实上高先生一直在高邮中学任教，直至寿终。

教初三国文的是张道仁先生。他是比较有系统地把新文学传到高邮来的。他是上海大夏大学毕业的。我在写给张先生的诗中有两句："汲源来大夏，播火到小城。"一九八六年，我和张先生提起，他说他主要根据的是孙俍工的一本书。

教初二代数的是王仁伟先生。王先生少孤。他的父亲曾游食四方。王先生曾拿了一册他的父亲所画的册页，让我交给我父亲题字。我看了这套册页，都是记游之作。其中有驴、骡、骆驼，大概是在北方的时候多。王先生学历不高，没有上过大学。他的家境不宽裕，白天在学校上课，晚上还要在家里为十多个学生补习，够辛苦的。也许因为他的脾气不好，多疑而易怒，见人总是冷着脸子。我的代数不好。但王先生却很喜欢我。我有一次病了几天，他问我的堂哥汪曾浚（他和我同班）："汪曾祺的病怎么样？"我那堂哥回答："他死不了"，王先生大怒，说："你死了我也不问！"

教初三几何的是顾调笙先生。他同时是教导主任。他是中央大学毕业的，中央大学是名牌国立大学，因此他看不起私立大学毕业的教员，称这种大学为"野鸡大学"，有时在课堂公开予以讥刺。他对我的几何加意辅导。因为他一心想培养我将来进中央大学，学建筑，将来当建筑师。学建筑同时要具备两种条件，一是要能画画，一是要数学好，特别是几何。我画画没有问题，数学——几何却不行。他在我身上花了很多功夫，没有效果，叹了一口气说："你的几何是桐城派几何！"桐城派文章简练，而几何是要一步步论证的，我那种跳跃式的演算，不行！顾先生走路总是反抄着两手，因为他有点驼背，想用这种姿势纠正过来。他这种姿势显得人更为自负。

教美术的是张杰夫先生。"夫"字的行草似"大人"两个字合在一起，学生背后便称之为"杰大人"。他不是本地人，是盐城人，上海艺专毕业。他画水彩，也画国画。每天写大字一张，临《礼器碑》。《礼器碑》用笔结体都比较奇峭，高邮人不欣赏。他的业绩是开辟了一个图画教室，就在吕祖楼东边的一排闲房里。订制了画架、画板（是银杏木的）。我们这才知道画西洋画是要把纸钉在画板上斜立在画架上画的（过去我们画画都是把纸平放在桌子上面的）。三年级以后，画水彩画，我开始知道分层布色，知道什么叫"笔触"。我们画的次数最多的是鱼，两条鱼，放在瓷盘里。我们最有兴趣的是倒石膏模子。张先生性格有点孤僻，和本地籍的同事很少来往。算是知交的，只有一个常州籍教地理学的史先生。史先生教了一学年，离开了。张先生写了一首诗送他："侬今送君人笑痴，他日送侬知是谁？"这是活剥《葬花词》，但是当时我们觉得写得很好，很贴切。大概当时的教员都有一点无端的感伤主义。

教音乐的也是一位姓张的先生，他的特别处是发给学生的乐谱不是简谱，是线谱；教了一些外国歌。我学会《伏尔加船夫曲》就是在那时候。张先生郁郁不得志，他学历不高，薪水也低。

东门外是刑场。出东门，有一道铁板桥，脚踏在上面，咚咚地响。桥下是水闸，闸上闸下落差很大，水声震耳，如同瀑布。这道桥叫作"掉魂桥"，说是犯人到了桥上，魂就掉了。过去刑人是杀头的。东门外南北大路也有四五个圆的浅坑，就是杀人的遗迹。据说，犯人跪在坑里，由刽子手从后面横切一刀，人头就落地了。后来都改成枪毙了，我们那里叫作"铳人"。在教室里上着课，听着凄厉的拉长音的号声，就知道：铳人了。一下课，我们就去看。犯人的尸首已经装在一具薄皮棺材里，抬到城墙外面的荒地里，地下一滩泛出蓝光的血。

东门之东，过一小石桥，有几间瓦房。原来大概是一个什么祠，后来成了耕种学田的农民的住家。瓦房外是打谷场。有一棵大桑树。桑树下卧着一头牛。不知道为什么，我一想起桑树和牛，就很感动。大概是因为看得太熟了。

城墙下是护城河，就是流经掉魂桥的河。沿河种了一排很大的柳树。柳树远看如烟，有风则起伏如浪。我第一次体会到什么是"烟柳"、"柳浪"，感受到中国语言之美。可以这样说：这排柳树教会我怎样使用语言。

往南走，是东门宝塔。

除了到打谷场上看看，沿护城河走走，我们课余的活动主要有：爬城墙、跳河。

操场东面，隔一道小河，即是城墙。城墙外壁是砖砌的，内壁不封砖，只是夯土。内壁有一点坡度，但还是很陡。我们几乎每天搞一次登山运动。上了陡坡，手扶垛口，心旷神怡。然后由陡坡飞奔而下。这可是相当危险的，无法减速，下到平地，收不住脚，就会一直窜到河里去。

操场北面，沿东城根到北城根，虽在城里，却很荒凉。人家不多，很分散。有一些农田，东一块，西一块，大大小小，很不规整。种的多是杂粮，豆子、油菜、大麦……地大概是无主的地，种地的也不正经地种，荒秽不治，靠天收。地块之间，芦荻过人。我曾经在一片开着金黄的菊形的繁花的茼蒿上面（茼蒿开花时高可尺半）看到成千上万的粉蝶，上下翻飞，真是叫人眼花缭乱。看到这种超常景象，叫人想狂叫。

这里有很多野蔷薇，一丛一丛，开得非常旺盛。野蔷薇是单瓣的，不耐细看，好处在多，而且，甜香扑鼻。我自离初中后，再也没有看到这样多的野蔷薇。

稍远处有一片杂木林。我有一次在林子里看到一个猎人。我从来没有看到过猎人。我们那里打鱼的很多，打猎的几乎没有。这个猎人黑瘦瘦的；眼睛很黑，他穿了一身黑的衣裤，小腿上缠了通红的绑腿。这个猎人给我一种非常猛厉的印象。他在追逐一只斑鸠。斑鸠已经发觉，它在逃避。斑鸠在南边的树头枝叶密处，猎人从北往南走。他走得从容不迫，一步，一步。快到树林南边，斑鸠一翅飞到北边树上，猎人又由南往北走，一步，一步。这是一种无声的，紧张，持续的意志的角逐。我很奇怪，斑鸠为什么不飞出树林。这样往复多次，斑鸠慌神了，它飞得不稳了。一声枪响，斑鸠落地，猎人拾起斑鸠，放进猎袋，走了。他的大红的绑腿鲜明如火。我觉得斑鸠和猎人都很美。

这一片荒野上有一些纵横交错的小河。我们几乎每天来比赛"跳河"。起跑一段，纵身一跳，跳到对岸。河阔丈许，跳不好就会掉在河里，但我的记忆中似没有一人惨遭灭顶。跳河有大王，大王名孙普，外号黑皮。他是多宽的河也敢跳的。

赞化宫之外，有一处房屋也是归初中使用的：孔庙。孔庙离赞化宫很近，往西三分钟即到。孔庙大门前有一个半圆形的"泮池"，常年有水，池上围以石栏，泮池南面是一片大坪场，整整齐齐地栽了很多松树，都已经很大了。孔庙的主体建筑是"明伦堂"，原是祭孔的地方，后来成了初中的大礼堂。至圣先师的牌位被请到原来住"训导"、"教谕"的厢房里去了，原来供牌位的地方挂了孙中山像。明伦堂的东西两壁挂了十六条彩印的条幅，都是历史民族英雄，有苏武牧羊、闻鸡起舞、班超投笔、木兰从军……其余的，记不得了。为什么要挂这样的画？这时"九·一八"事变已经发生，全国上下抗战救国情绪高涨。我们的国文、历史课都增加培养民族意识的内容，作文也多出这方面的题目。有一次高北溟先生出了一道作文题："救国策"，我那堂哥汪曾浚辟头写道："国将亡，必欲救，此不易之理也。"他的名句我一直记得。他大概读了一些《东莱博议》之类的书，学会了这种调调。这有点可笑，一个初中学生能拿出什么救国之策呢？但是大敌当前，全民奋起，精神可贵。我到现在还觉得应该教初中、小学的学生背会《木兰辞》，唱"苏武留胡节不辱"。这对培养青少年的情操和他们的审美意识，都是有好处的。

一九九二年八月二十四日

载一九九三年第八期《作家》

干　丝

　　南京、镇江、扬州、高邮、淮安都有干丝。发源地我想是扬州。这是淮扬菜系的代表作之一，很多菜谱都著录。但其实这不是"菜"。干丝不是下饭的，是佐茶的。

　　扬州一带人有吃早茶的习惯。人说扬州人"早上皮包水，晚上水包皮"。"水包皮"是洗澡，"皮包水"是喝茶。"扬八属"各县都有许多茶馆。上茶馆不只是喝茶，是要吃包子点心的。这有点像广东的"饮茶"。不过广东的茶楼是由服务员（过去叫"伙计"）推着小车，内置包点，由茶客手指索要，扬州的茶馆是由客人一次点齐，陆续搬上。包点是现做现蒸，总得等一些时候，一般上茶馆的大都要一个干丝，一边喝茶，吃干丝，既消磨时间，也调动胃口。

　　一种特制的豆腐干，较大而方，用薄刃快刀片成薄片，再切为细丝，这便是干丝。讲究一块豆腐干要片十六片，切丝细如马尾，一根不断。

　　最初似只有烫干丝。干丝在开水锅中烫后，滗去水，在碗里堆成宝塔状，浇以麻油、好酱油醋，即可下箸。过去盛干丝的碗是特制的，白地青花，碗足稍高，碗腹较深，敞口，这样拌起干丝来好拌。现在则是一只普通的大碗了。我父亲常带了一包五香花生米，搓去外皮，携青蒜一把，嘱堂倌切寸段，稍烫一烫，与干丝同拌，别有滋味。这大概是他的发明。干丝喷香，茶泡两开正好，吃一箸干丝，喝半杯茶，很美！扬州人喝茶爱喝"双拼"，倾龙井、香片各一包，入壶同泡，殊不足取。总算还好，没有把乌龙茶和龙井掺和在一起。

煮干丝不知起于何时。用小虾米吊汤，投干丝入锅，下火腿丝，鸡丝，煮至入味，即可上桌。不嫌夺味，亦可加冬菇丝。有冬笋的季节，可加冬笋丝。总之烫干丝味要清纯，煮干丝则不妨浓厚。但也不能搁螃蟹、蛤蜊、海蛎子、蛏，那样就是喧宾夺主，吃不出干丝的味了。

北京没有适于切干丝的豆腐干。偶有"大白干"，质地松泡，切丝易断。不得已，以高碑店豆腐片代之，细切如扬州方干一样，但要选片薄而有韧性者。这道菜已经成了我偶设家宴的保留节目。

美籍华人女作者聂华苓和她的丈夫保罗·安格尔来北京，指名要在我家吃一顿饭，由我亲自做。我给她掂配了几个菜。几个什么菜，我已经忘了，只记得有一大碗煮干丝。华苓吃得淋漓尽致，最后端起碗来把剩余的汤汁都喝了。华苓是湖北人，年轻时是吃过煮干丝的，但在美国不易吃到。美国有广东馆子、四川馆子、湖南馆子，但淮扬馆子似很少。我做这个菜是有意逗引她的故国乡情！我那道煮干丝自己也感觉不错，是用干贝吊的汤。前已说过，煮干丝不厌浓厚。

一九九二年九月七日

载一九九三年第三期《家庭》

肉食者不鄙

狮子头

狮子头是淮安菜。猪肉肥瘦各半，爱吃肥的亦可肥七瘦三，要"细切粗斩"，如石榴米大小（绞肉机绞的肉末不行），荸荠切碎，与肉末同拌，用手抟成招柑大的球，入油锅略炸，至外结薄壳，捞出，放进水锅中，加酱油、糖，慢火煮，煮至透味，收汤放入深腹大盘。

狮子头松而不散，入口即化，北方的"四喜九子"不能与之相比。周总理在淮安住过，会做狮子头，曾在重庆红岩八路军办事处做过一次，说："多年不做了，来来来，尝尝！"想必做得很成功，因为语气中流露出得意。

我在淮安中学读过一个学期，食堂里有一次做狮子头，一大锅油，狮子头像炸麻团似的在油里翻滚，捞出，放在碗里上笼蒸，下衬白菜。一般狮子头多是红烧，食堂所做却是白汤，我觉最能存其本味。

镇江肴蹄

镇江肴蹄，盐渍，加硝，放大盆中，以巨大石块压之，至肥瘦肉都已板实，取出，煮熟，晾去水气，切厚片，装盘。瘦肉颜色殷红，肥肉白如羊脂玉，入口不腻。

吃肴肉，要蘸镇江醋，加嫩姜丝。

乳腐肉

乳腐肉是苏州松鹤楼的名菜，制法未详。我所做乳腐肉乃以意为之。猪肋肉一块，煮至六七成熟，捞出，俟冷，切大片，每片须带肉皮、肥瘦肉，用煮肉原汤入锅，红乳腐碾烂，加冰糖、黄酒，小火焖。乳腐肉嫩如豆腐，颜色红亮，下饭最宜。汤汁可蘸银丝卷。

腌笃鲜

上海菜，鲜肉和咸肉同炖，加扁尖笋。

东坡肉

浙江杭州、四川眉山，全国到处都有东坡肉。苏东坡爱吃猪肉，见于诗文，东坡肉其实就是红烧肉，功夫全在火候。先用猛火攻，大滚几开，即加作料，用微火慢炖，汤汁略起小泡即可。东坡论煮肉法，云须忌水，不得已时可以浓茶烈酒代之。完全不加水是不行的，会焦糊粘锅，但水不能多。要加大量黄酒。扬州炖肉，还要加一点高粱酒。加浓茶，我试过，也吃不出有什么特殊的味道。

传东坡有一首诗："无竹令人俗，无肉令人瘦，若要不俗与不瘦，除非天天笋烧肉。"未必可靠，但苏东坡有时是会写这种张打油体的诗的。冬笋烧肉，是很好吃。我的大姑妈善做这道菜，我每次到姑妈家，她都做。

霉干菜烧肉

这是绍兴菜，全国各处皆有，但不似绍兴人三天两头就要吃一次，鲁迅一辈子大概都离不开霉干菜。《风波》里所写的蒸得乌黑的霉干菜很诱人，那大概是不放肉的。

黄鱼鲞烧肉

宁波人爱吃黄鱼鲞（黄鱼干）烧肉，广东人爱吃咸鱼烧肉，这都是外地人所不能理解的口味，其实这种搭配是很有道理的。近几年因为违法乱捕，黄鱼产量锐减，连新鲜黄鱼都很难吃到，更不用说黄鱼鲞了。

火 腿

浙江金华火腿和云南宣威火腿风格不同。金华火腿味清，宣威火腿味重。

昆明过去火腿很多，哪一家饭铺里都能吃到火腿。昆明人爱吃肘棒的部位，横切成圆片，外裹一层薄皮，里面一圈肥肉，当中是瘦肉，叫作"金钱片腿"。正义路有一家火腿庄，专卖火腿，除了整只的、零切的火腿，还可以买到火腿脚爪、火腿油。火腿油炖豆腐，很好吃。护国路原来有一家本地馆子，叫"东月楼"，有一道名菜：锅贴乌鱼，乃以乌鱼片两片，中夹火腿一片，在平底铛上烙熟，味道之鲜美，难以形容。前年我到昆明去，向本地人问起东月楼，说是早就没有了，"锅贴乌鱼"遂成《广陵散》。

华山南路吉庆祥的火腿月饼，全国第一。一个重旧秤四两，名曰"四两砣"。吉庆祥还在，而且有了分号，所制四两砣不减当年。

腊 肉

湖南人爱吃腊肉。农村人家杀了猪，大部分都腌了，挂在厨灶房梁上，烟熏成腊肉。我不怎么爱吃腊肉，有一次在长沙一家大饭店吃了一回蒸腊肉，这盘腊肉真叫好。通常的腊肉是条状，切片不成形，这盘腊肉却是切成颇大的整齐的方片，而且蒸得极烂，我没有想到腊肉能蒸得这样烂！入口香糯，真是难得。

夹沙肉·芋泥肉

夹沙肉和芋泥肉都是甜的。夹沙肉是川菜，芋泥肉是广西菜。厚膘豚肩肉，煮半熟，捞出，沥去汤，过油灼肉皮起泡，候冷，切大片，两片之间不切通，夹入豆沙，装碗笼蒸，蒸至四川人所说"㸆而不烂"，倒扣在盘里，上桌，是为夹沙肉。芋泥肉做法与夹沙肉相似。芋泥较豆沙尤为细腻，且有芋香，味较夹沙肉更胜一筹。

白肉火锅

白肉火锅是东北菜。其特点是肉片极薄，是把大块肉冻实了，用刨子刨出来的，故入锅一涮就熟，很嫩。白肉火锅用海蛎子（蚝）作锅底，加酸菜。

烤乳猪

烤乳猪原来各地都有，清代满汉餐席上必有这道菜，后来别处渐渐没有，只有广东一直盛行，不论大饭店，烧腊摊上的烤乳猪都很好。烤乳猪如抹一点甜面酱，卷薄饼吃，一定不亚于北京烤鸭，可惜广东人不大懂得吃饼，一般烤乳猪只作为冷盘。

一九九二年九月九日
载一九九三年第三期《家庭》

鱼我所欲也

石　斑

我第一次吃石斑鱼是一九四七年，在越南海防一家华侨开的饭馆里。那吃法很别致。一条很大的石斑，红烧，同时上一大盘生的薄荷叶。我仿照邻座人的办法，吃一口石斑鱼，嚼几片薄荷叶。这薄荷可把口中残余的鱼味去掉，再吃第二口，则鱼味常新。这种吃法，国内似没有。越南人爱吃薄荷，华侨饭馆这样的搭配，盖受越南人之影响。

石斑鱼有红斑，青斑——即灰鼠斑。灰鼠斑尤名贵，清蒸最好。

鳜　鱼

可以和石斑相媲美的淡水鱼，其唯鳜鱼乎？张志和《渔父》词："西塞山前白鹭飞，桃花流水鳜鱼肥"，一经品题，身价十倍。我的家乡是水乡，产鱼，而以"鳊、白、鲒"为三大名鱼。"鲒"是鲒花鱼，即鳜鱼。徐文长以为"鲒"字应作"罽"。"罽"是古代的花毯；鲒花鱼身上有黄黑的斑点，似"罽"。但"罽"字今人多不识，如果饭馆的菜单上出现这个字，顾客将不知道这是什么东西。鳜鱼肉细，是蒜瓣肉，刺少，清蒸、氽汤、红烧、糖醋皆宜。苏南饭馆做"松鼠鳜鱼"，甚佳。

一九三八年，我在淮安吃过干炸鲚花鱼。活鳜鱼，重三斤，加花刀，在大油锅中炸熟，外皮酥脆，鱼肉白嫩，蘸花椒盐吃，极妙。和我一同吃的有小叔父汪兰生、表弟董受申。汪兰生、董受申都去世多年了。

鲥鱼·刀鱼·鮰鱼

这都是江鱼。

鲥鱼现在卖到两百多块钱一斤，成了走后门送礼的东西，"吃的人不买，买的人不吃"。

刀鱼极鲜，肉极细，但多刺。金圣叹尝以为刀鱼刺多是人生恨事之一。不会吃刀鱼的人是很容易卡到嗓子的。镇江人以刀鱼煮至稀烂，用纱布滤去细刺，以做汤，下面，即谓"刀鱼面"，很美。

我在江阴读南菁中学时，常常吃到鮰鱼，学校食堂里常做。这东西在江阴是很便宜的。鮰鱼本名鮠鱼，但今人只叫它鮰鱼。鮰鱼大概也能红烧，但我在中学时吃的鮰鱼都是白烧。后来在汉口的璇宫饭店吃的，也是白烧。鮰鱼肉厚，切成块，放在碗里，没有吃过的人会以为这是鸡块。鮰鱼几乎无刺，大块入口，吃起来很过瘾，宜于馋而懒的人。或说鮰鱼是吃死人的。江里哪有那么多的死人？！鮰鱼吃鱼，是确实的。凡吃鱼的鱼都好吃。鳜鱼也是吃鱼的。养鱼的池塘里是不能有鳜鱼的，见鳜鱼，即捕去。

黄河鲤鱼

我不爱吃鲤鱼，因为肉粗，且有土腥气，但黄河鲤鱼除外。在河南开封吃过黄河鲤鱼，后来在山东水泊梁山下吃过黄河鲤鱼，名不虚传。辨黄河鲤与非黄河鲤，只须看鲤鱼剖开后内膜是白的还是黑的。白色者是真黄河鲤，黑色者是假货。梁山一带人对鲤鱼很重视，酒席上必须有鲤鱼，"无鱼不成席"。婚宴尤不可少。梁山一带人对即将结婚的青年男女，不说是"等着吃你的喜酒"，而说"等着吃你的鱼！"鲤鱼要吃三斤左右的，价也最贵。《水浒传·吴学究说三阮撞筹》中，吴用说他"在一个大财主家做门馆教学，今来要对付十数尾金色鲤鱼，要重十四五斤的"。鲤鱼大到十四五斤，不好吃了，写《水浒》的施耐庵、罗贯中对吃鲤鱼外行。

虎头鲨和昂嗤鱼

虎头鲨和昂嗤鱼原来都是贱鱼，在我的家乡是上不得席的，现在都变得名贵了。

苏州人特重塘鳢鱼，谈起来眉飞色舞。我到苏州一看：嗐，原来就是我们那里的虎头鲨。虎头鲨头大而硬，鳞色微紫，有小黑斑，样子很凶恶，而肉极嫩。我们家乡一般用来氽汤，汤里加醋。

昂嗤鱼阔嘴有须，背黄腹白，无背鳍，背上有一根硬骨，捏住硬骨，它会"昂嗤昂嗤"地叫。过去也是氽汤，不放醋，汤白如牛乳。近年家乡兴起炒昂嗤鱼片，谓之"炒金银片"，亦佳。

鳝鱼

淮安人能做全鳝席，一桌子菜，全是鳝鱼。除了烤鳝背、
炝虎尾等等名堂，主要的做法一是炒，二是烧。鳝鱼烫熟切丝
再炒，叫作"软兜"；生炒叫炒脆鳝。红烧鳝段叫"火烧马鞍
桥"，更粗的鳝段叫"焖张飞"。制鳝鱼都要下大量姜蒜，上
桌后撒胡椒，不厌其多。

一九九二年九月十四日

载一九九三年第一期《家庭》

语文短简

普通而又独特的语言

鲁迅的《高老夫子》中高尔础说："女学堂越来越不像话，我辈正经人确乎犯不着和他们酱在一起。"（手边无鲁迅集，所引或有出入）"酱"字甚妙。如果用北京话说："犯不着和他们一块儿掺和"，味道就差多了。沈从文的小说，写一个水手，没有钱，不能参加赌博，就"镶"在一边看别人打牌。"镶"字甚妙。如果说是"靠"在一边，"挤"在一边，就失去原来的味道。"酱"字、"镶"字，大概本是口语，绍兴人（鲁迅是绍兴人）、凤凰人（沈从文是湘西凤凰人）大概平常就是这样说的。但是在文学作品里没有人这样用过。

屠格涅夫的散文诗写伐木，有句云"大树缓慢地，庄重地倒下了"。"庄重"不仅写出了树的神态，而且引发了读者对人生的深沉、广阔的感慨。

阿城的小说里写"老鹰在天上移来移去"，这非常准确。老鹰在高空，是看不出翅膀搏动的，看不出鹰在"飞"，只是"移来移去"。同时，这写出了被流放在绝域的知青的寂寞的心情。

我曾经在一个果园劳动，每天下工，天已昏暗，总有一列火车从我们的果园的"树墙子"外面驰过，车窗的灯光映在树墙子上，我一直想写下这个印象。有一天，终于抓住了。

车窗蜜黄色的灯光连续地映在果树东边的树墙子
上，一方块，一方块，川流不息地追赶着……

"追赶着"，我自以为写得很准确。这是我长期观察、思索，才捕捉到的印象。

好的语言，都不是奇里古怪的语言，不是鲁迅所说的"谁也不懂的形容词之类"，都只是平常普通的语言，只是在平常语中注入新意，写出了"人人心中所有，而笔下所无"的"未经人道语"。

平常而又独到的语言，来自于长期的观察、思索、捉摸。

读诗不可抬杠

苏东坡《崇惠小景》诗云："春江水暖鸭先知"，这是名句，但当时就有人说："鸭先知，鹅不能先知耶？"这是抬杠。

林和靖咏梅诗："疏影横斜水清浅，暗香浮动月黄昏"，是千古名句。宋代就有人问苏东坡，这两句写桃、杏亦可，为什么就一定写的是梅花？东坡笑曰："此写桃杏诚亦可，但恐桃杏不敢当耳！"

有人对"红杏枝头春意闹"有意见，说："杏花没有声音，'闹'什么？""满宫明月梨花白"，有人说："梨花本来是白的，说它干什么？"

跟这样的人没法谈诗。但是，他可以当副部长。

想 象

　　闻宋代画院取录画师，常出一些画题，以试画师的想象力。有些画题是很不好画的。如"踏花归去马蹄香"，"香"怎么画得出？画师都束手。有一画师很聪明，画出来了。他画了一个人骑了马，两只蝴蝶追随着马蹄飞。"深山藏古寺"，难的是一个"藏"字，藏就看不见了，看不见，又要让人知道有一座古寺在深山里藏着。许多画师的画都是在深山密林中露一角檐牙，都未被录取。有一个画师不画寺，画了一个小和尚到山下溪边挑水。和尚来挑水，则山中必有寺矣。有一幅画画昨夜宫人饮酒闲话。这是"昨夜"的事，怎么画？这位画师画了一角宫门，一大早，一个宫女端着笸箩出来倒果壳，荔枝壳、桂圆壳、栗子壳、鸭脚（银杏）壳……这样，宫人们昨夜的豪华而闲适的生活可以想见。

　　老舍先生曾点题请齐白石画四幅屏条，有一条求画苏曼殊的一句诗："蛙声十里出山泉。"这很难画。"蛙声"，还要从十里外的山泉中出来。齐老人在画幅两侧用浓墨画了直立的石头，用淡墨画了一道曲曲弯弯的山泉，在泉水下边画了七八只摆尾游动的蝌蚪。真是亏他想得出！

　　艺术，必须有想象，画画是这样，写文章也是这样。

一九九二年十二月二十六日

载一九九三年第三月二十三日《语文报》

岁朝清供

　　"岁朝清供"是中国画家爱画的画题。明清以后画这个题目的尤其多。任伯年就画过不少幅。画里画的、实际生活里供的，无非是这几样：天竹果、腊梅花、水仙。有时为了填补空白，画里加两个香橼。"橼"谐音圆，取其吉利。水仙、腊梅、天竹，是取其颜色鲜丽。隆冬风厉，百卉凋残，晴窗坐对，眼目增明，是岁朝乐事。

　　我家旧园有腊梅四株，主干粗如汤碗，近春节时，繁花满树。这几棵腊梅磐口檀心，本来是名贵的，但是我们那里重白心而轻檀心，称白心者为"冰心"，而给檀心的起一个不好听的名子："狗心"。我觉得狗心腊梅也很好看。初一一早，我就爬上树去，选择一大枝——要枝子好看，花蕾多的，拗折下来——腊梅枝脆，极易折，插在大胆瓶里。这枝腊梅高可三尺，很壮观。天竹我们家也有一棵，在园西墙角。不知道为什么总是长不大，细弱伶仃，结果也少。我不忍心多折，只是剪两三穗，插进胆瓶，为腊梅增色而已。

　　我走过很多地方，像我们家那样粗壮的腊梅还没有见过。

　　在安徽黟县参观古民居，几乎家家都有两三丛天竹。

有一家有一棵天竹，结了那么多果子，简直是岂有此理！

而且颜色是正红，——一般天竹果都偏一点紫。我驻足看了半天，已经走出门了，又回去看了一会儿。大概黟县土壤气候特宜天竹。

在杭州茶叶博物馆，看见一个山坡上种了一大片天竹。我去时不是结果的时候，不能断定果子是什么颜色的，但看梗干枝叶都作深紫色，料想果子也是偏紫的。

任伯年画天竹，果极繁密。齐白石画天竹，果较疏；粒大，而色近朱红。叶亦不作羽状。或云此别是一种，湖南人谓之草天竹，未知是否。

养水仙得会"刻"，否则叶子长得很高，花弱而小，甚至花未放蕾即枯瘪。但是画水仙都还是画完整的球茎，极少画刻过的，即福建画家郑乃珖也不画刻过的水仙。刻过的水仙花美，而形态不入画。

北京人家春节供腊梅、天竹者少，因不易得。富贵人家常在大厅里摆两盆梅花（北京谓之"干枝梅"，很不好听），在泥盆外加开光丰彩或景泰蓝套盆，很俗气。

穷家过年，也要有一点颜色。很多人家养一盆青蒜。这也算代替水仙了吧。或用大萝卜一个，削去尾，挖去肉，空壳内种蒜，铁丝为箍，以线挂在朝阳的窗下，蒜叶碧绿，萝卜皮通红，萝卜缨翻卷上来，也颇悦目。

广州春节有花市，四时鲜花皆有。曾见刘旦宅画"广州春节花市所见"，画的是一个少妇的背影，背兜里背着一个娃娃，右手抱一大束各种颜色的花，左手拈花一朵，微微回头逗弄娃娃，少妇着白上衣，银灰色长裤，身材很苗条。穿浅黄色拖鞋。轻轻两笔，勾出小巧的脚跟。很美。这幅画最动人之处，正在脚跟两笔。

这样鲜艳的繁花，很难说是"清供"了。

曾见一幅旧画：一间茅屋，一个老者手捧一个瓦罐，内插梅花一枝，正要放到案上，题目："山家除夕无他事，插了梅花便过年"，这才真是"岁朝清供"！

一九九二年十二月三十一日

悔不当初

我一生最大的遗憾是没有把英文学好。

小学六年级就有英文课，但是我除了 book、pen 之类少数的单词外什么也没有记住。初中原来教英文的是我的一个远房舅舅，行六，是个近视眼，人称"杨六瞎子"，据说他的英文是很好的。但是我进初中时他已经在家享福，不教书了。后来的英文教员都不怎么样。初中三年级教英文的是校长耿同霖，用的课本却是《英文三民主义》——他是国民党党部的什么委员，教学的效果可想而知。因此全校学生的英文被白白地耽误了三年。我读的高中是江阴的南菁中学。南菁中学的数、理、化和英文的程度在江苏省是很有名的。教我们英文的是吴锦棠先生。他是圣约翰大学毕业的，英文很好，能够把《英汉四用辞典》背下来。吴先生原来是西装笔挺很洋气，很英俊的，他的夫人是个美人。夫人死后，吴先生的神经受了刺激，变得很邋遢，脑子也有点糊涂了。他上课是很有趣的。讲《李白大梦》，模仿李白的老婆在李白失踪后到处寻找李白，尖声呼叫；讲《澳洲人打袋鼠》，他会模仿袋鼠的样子，四脚朝天躺在讲桌上。高中一、二年级的英文课本是相当深的，除了兰姆的散文，还有《为什么经典是经典》这样的难懂的论文，有一课是《恺撒大帝》剧本中恺撒遇刺后安东尼在他的尸体前的演讲！除了课本以外，还要背扬州中学编的单页的《英文背诵五百篇》。如果我能把这两册课本学好，把"五百篇"背熟，我的英文会是很不错的。但是我没有做到。原因是：一、我的初中英文基础太差；二、我不用功；三、吴先生糊涂。考试时，他给上一班出的题目都忘了，给下一班出的还是那几道题。月考、大考（学期考试）都是这样。学生知道了，就把上一班的试题留下来，到时候总可以应付。而且吴先生心肠特好，学生的答卷即便文不对题，只要能背下一段来，他也给分。主要还是要怪我自己，不能怪吴先生。这样好的老师，教出了我这么个学生！——我的同班同学有不少是英文很好的。我到现在还常怀念吴先生，并且觉得有点对不起他。

一九三七年暑假后，江阴失陷，我在淮安中学、私立扬州中学、盐城临时中学辗转"借读"，简直没有读什么书。淮安中学教英文的姓过，无锡人，他教的英文实在太浅了，还不到初中一年级程度。我们已经高三了，他却从最起码的拼音教起：d-a, da; d-o, do; d-u, du！

参加大学入学考试时我的英文不知道得了几分，反正够呛。我记得很清楚，有一道题是中翻英，是一段日记："我刷了牙，刮了脸……"我不知"刮脸"怎么翻，就翻成"把胡子弄掉"！

大一英文是连滚带爬，凑合着及格的。

大二英文，教我们那个班的是一个俄国老太太，她一句中文也不会说，我对她的英文也莫名其妙。期终考试那天，我睡过了头（我任何课上课都不记笔记，到期终借了别的同学的笔记本看，接连开了几个夜车，实在太困了），没有参加考试。

因此我的大二英文是零分。

不会英文，非常吃亏。

作为一个作家，有时难免和外国人见面座谈，宴会，见面握手寒暄，说不了一句整话，只好傻坐着，显得非常愚蠢。

偶尔出国，尤其不便。我曾到美国爱荷华参加国际写作计划。几乎所有的外国作家都能说英语，我不会，离不开翻译一步。或作演讲，翻译得不大准确，也没有办法。我曾做过一个关于中国艺术的"留白"特点的演讲，提到中国画的构图常不很满，比如马远，有些画只占一个角，被称为"马一角"，翻译的女士翻成了"一只角的马"（美国有一种神话传说中的马，额头有一只角），我知道她翻得不对，但也没有纠正，因为我也不知道"马一角"在英语中该怎么说。有些外国作家，尤其是拉丁美洲的作家，不知道为什么对我很感兴趣，但只通过翻译，总不能直接交流感情。有一位女士眼睛很好看，我说她的眼睛像两颗黑李子，大陆去的翻译也没有办法，他不知道英语的黑李子该怎么说。后来是一位台湾诗人替我翻译了告诉她，她才非常高兴地说："喔！谢谢你！"台湾的作家英文都不错，这一点，优于大陆作家。

最别扭的是：不能读作品的原著。外国作品，我都是通过译文看的。我所接受的西方文学的影响，其实是译文的影响。六朝高僧译经，认为翻译是"嚼饭哺人"，我吃的其实是别人嚼过的饭。我很喜欢海明威的风格，但是海明威的风格究竟是怎么回事，我真说不上来，我没有读过他的一本原著。我有时到鲁迅文学院等处讲课，也讲到海明威，但总是隔靴搔痒，说不到点子上。

再有就是对用英文翻译的自己的作品看不懂，更不用说是提意见。我有一篇小说《受戒》译成英文。这篇小说里有四副对联，我想：这怎么翻呢？后来看看译文，译者用了一个干净绝妙的主意：把对联全部删去了。我有个英文很棒的朋友，说是他是能翻的。我如果自己英文也很棒，我也可以自己翻！

我觉得不会外文（主要是英文）的作家最多只能算是半个作家。这对我说起来，是一个惨痛的、无可挽回的教训。我已经七十二岁，再从头学英文，来不及了。

我诚恳地奉劝中青年作家，学好英文。

学英文，得从中学抓起。一定要选择好的英文教员。如果英文教员不好，将贻误学生一辈子。

希望教育部门一定要重视这个问题。

一九九二年

1993

后
十
年
集

散文随笔卷

昆明的吃食

几家老饭馆

东月楼。东月楼在护国路，这是一家地道的云南饭馆。其名菜是锅贴乌鱼。乌鱼两片，去其边皮，大小如云片糕，中夹宣威火腿一片，于平铛上文火烙熟，极香美。宜酒宜饭，也可作点心。我在别处未吃过，在昆明别家饭馆也未吃过，信是人间至味。

东月楼另一名菜是酱鸡腿。入味，而鸡肉不"柴"。

映时春。映时春在武成路东口，这是一家不大不小的饭馆。最受欢迎的菜是油淋鸡。生鸡剁为大块，以热油反复浇灼，至熟，盛以一尺二寸的大盘，蘸花椒盐吃，皮酥肉嫩。一盘上桌，顷刻无余。

映时春还有两道菜为别家所无。一是雪花蛋。乃以温油慢炒鸡蛋清，上撒火腿细末。雪花蛋比北方饭馆的芙蓉鸡片更为细嫩。然无宣腿细末则无以发其香味。如用蛋黄，以同法炒之，则名桂花蛋。

这是一个两层楼的饭馆。楼下散座，卖冷荤小菜，楼上卖热炒。楼上有两张圆桌，六张大八仙桌，座位经常总是满的。招呼那么多客人，却只有一个堂倌。这位堂倌真是能干。客人点了菜，他记得清清楚楚（从前的饭馆是不记菜单的），随即向厨房里大声报出菜名。如果两桌先后点了同一样菜，就大声追加一句："番茄炒鸡蛋一作二"（一锅炒两盘）。听到厨房里锅铲敲炒的声音。知道什么菜已经起锅，就飞快下楼，（厨房在楼下，在店堂之里，菜炒得了，由墙上一方窗口递出）转眼之间，又一手托一盘菜，飞快上楼，脚踩楼梯，噔噔噔噔，麻溜之至。他这一天上楼下楼，不知道有多少趟。累计起来，他一天所走的路怕有几十里。客人吃完了，他早已在心里把账算好，大声向楼下账桌报出钱数：下来几位，几十元几角。他的手、脚、嘴、眼一刻不停，而头脑清晰灵敏，从不出错，这真是个有过人精力的堂倌。看到一个精力旺盛的人，是叫人高兴的。

过桥米线·汽锅鸡

这似乎是昆明菜的代表作，但是今不如昔了。

原来卖过桥米线最有名的一家，在正义路近文庙街拐角处，一个牌楼的西边。这一家的字号不大有人知道，但只要说去吃过桥米线，就知道指的是这一家，好像"过桥米线"成了这家的店名。这一家所以有名，一是汤好。汤面一层鸡油，看似毫无热气，而汤温在一百度以上。据说有一个"下江人"司机不懂吃过桥米线的规矩，汤上来了，他咕咚喝下去，竟烫死了。二是片料讲究，鸡片、鱼片、腰片、火腿片，都切得极薄，而又完整无残缺，推入汤碗，即时便熟，不生不老，恰到好处。

专营汽锅鸡的店铺在正义路近金碧路处。这家的字号也不大有人知道，但店里有一块匾，写的是"培养正气"，昆明人碰在一起，想吃汽锅鸡，就说："我们去培养一下正气。"中国人吃鸡之法有多种，其最著者有广州盐焗鸡、常熟叫花鸡，而我以为应数昆明汽锅鸡为第一。汽锅鸡的好处在哪里？曰：最存鸡之本味。汽锅鸡须少放几片宣威火腿，一小块三七，则鸡味越"发"。走进"培养正气"，不似走进别家饭馆，五味混杂，只是清清纯纯，一片鸡香。

为什么现在的汽锅鸡和过桥米线不如从前了？从前用的鸡不是一般的鸡，是"武定壮鸡"。"壮"不只是肥壮而已，这是经过一种特殊的技术处理的鸡。据说是把母鸡骟了。我只听说过公鸡有骟了的，没有听说母鸡也能骟。母鸡骟了，就使劲长肉，"壮"了。这种手术只有武定人会做。武定现在会做的人也不多了，如不注意保存，可能会失传。我对母鸡能骟，始终有点将信将疑。不过武定鸡确实很好。前年在昆明，佤佤族女作家董秀英的爱人，特意买到一只武定壮鸡，做出汽锅鸡来，跟我五十年前在昆明吃的还是一样。

南道街鸡枞。鸡枞之名甚怪。为什么叫"鸡枞"，到现在还没有人解释清楚。这是一种菌子，它生长的地方也怪，长在田野间的白蚁窝上。为什么专在白蚁窝上生长，到现在也还没有人解释清楚。鸡枞的菌盖不大，而下面的菌把甚长而粗。一般菌子中吃的部分多在菌盖，而鸡枞好吃的地方正在菌把。鸡枞可称菌中之王。鸡枞的味道无法比方。不得已，可以说这是"植物鸡"。味似鸡，而细嫩过之，入口无渣，甚滑，且有一股清香。如果用一个字形容鸡枞的口感，可以说是：腴。甫道街有一家中等本地饭馆，善做鸡枞，极有名。

这家还有一个特别处，用大锅煮了一锅苦菜汤。这苦菜汤是奉送的，顾客可以自己拿了大碗去盛。汤甚美，因为加了一些洗净的小肠同煮。

昆明是菌类之乡。除鸡枞外，干巴菌、牛肝菌、青头菌，都好吃。

小西门马家牛肉馆。马家牛肉馆只卖牛肉一种，亦无煎炒烹炸，所有牛肉都是头天夜里蒸煮熟了的，但分部位卖。净瘦肉切薄片，整齐地在盘子里码成两溜，谓之"冷片"，蘸甜酱油吃。甜酱油我只在云南见过，别处没有。冷片盛在碗里浇以热汤，则为"汤片"，也叫"汤冷片"。牛肉切成骨牌大的块，带点筋头巴脑，以红曲染过，亦带汤，为"红烧"。有的名目很奇怪，外地人往往不知道这是什么部位的。牛肚叫作"领肝"，牛舌叫"撩青"。"撩青"之名甚为形象。牛舌头的用处可不是撩起青草往嘴里送么？不大容易吃到的是"大筋"，即牛鞭也。有一次我陪一位女同学上马家牛肉馆，她问："这是什么东西？"我真没法回答她。

马家隔壁是一家酱园。不时有人托了一个大搪瓷盘，摆七八样酱菜，放在小碟子里，藠头、韭菜花、腌姜……供人下饭（马家是卖白米饭的）。看中哪几样，即可点要，所费不多。这颇让人想起《东京梦华录》之类的书上所记的南宋遗风。

护国路白汤羊肉。昆明一般饭馆里是不卖羊肉的。专卖羊肉的只有不多的几家，也是按部位卖，如"拐骨"（带骨腿肉）、"油腰"（整羊腰，不切）、"灯笼"（羊眼）……都是用红曲染了的。只有护国路一家卖白汤羊肉，带皮，汤白如牛乳，蘸花椒盐吃。

奎光阁面点。奎光阁在正义路，不卖炒菜米饭，只卖面点，昆明似只此一家。卖葱油饼（直径五寸，葱甚多，猪油煎，两面焦黄）、锅贴、片儿汤（白菜丝、蛋花、下面片）。

玉溪街蒸菜。玉溪街有一家玉溪人开的饭馆，只卖蒸菜，不卖别的。好几摞小笼，一屋子热气腾腾。蒸鸡、蒸骨、蒸肉……"瓢（读去声）小瓜"甚佳。小南瓜挖去瓢（此读平声），塞入切碎的猪肉，蒸熟去笼盖，瓜香扑鼻。这家蒸菜的特点是衬底不用洋芋、白薯，而用皂角仁。皂角仁这东西，我的家乡女人绣花时用来"光"（去声）绒，绒沾皂仁黏液，则易入针，且绣出的花有光泽。云南人却拿来吃，真是闻所未闻。皂仁吃起来细腻软糯，很有意思。皂角仁不可多吃。我们过腾冲时，宴会上有一道皂角仁做的甜菜，一位河北老兄一勺又一勺地往下灌。我警告他：这样吃法不行，他不信。结果是这位老兄才离座席，就上厕所。皂角仁太滑了，到了肠子里会飞流直下。

米线饵块

米线属米粉一类。湖南米粉、广东的沙河粉，都是带状，扁而薄。云南的米线是圆的，粗细如线香，是用压饸饹似的办法压出来的。这东西本来就是熟的，临吃加汤及配料，煮两开即可。昆明讲究"小锅米线"。小铜锅，置炭火上，一锅煮两三碗，甚至只煮一碗。

米线的配料最常见的是"焖鸡"。焖鸡其实不是鸡，而是加酱油花椒大料煮出的小块净瘦肉（可能过油炒过）。本地人爱吃焖鸡米线。我们刚到昆明时，昆明的电影院里放的都是美国电影，有一个略懂英语的人坐在包厢（那时的电影院都有包厢）的一角以意为之的加以译解，叫作"演讲"。有一次在大众电影院，影片中有一个情节，是约翰请玛丽去"开餐"，"演讲"的人说："玛丽呀，你要哪样？"楼下观众中有一个西南联大的同学大声答了一句："两碗焖鸡米线！"这本来是开开玩笑，不料"演讲"人立即把电影停住，把全场的灯都开了，厉声问："是哪个说的？哪个说的！"差一点打了一次群架。"演讲"人认为这是对云南人的侮辱。其实焖鸡米线是很好吃的。

另一种常见的米线是"爨肉米线"，即在米线锅中放入肉末。这个"爨"字实在难写。但是昆明的米线店的价目表上都是这样写的。大概云南有《爨宝子》《爨龙颜》两块名碑，云南人对它很熟悉，觉得这样写很亲切。

巴金先生在写怀念沈从文先生的文章中，说沈先生请巴老吃了两碗米线，加一个鸡蛋，一个西红柿，就算一顿饭。这家卖米线的铺子，就在沈先生住的文林街宿舍的对面。沈先生请我吃过不止一次。他们吃的大概是"爨肉米线"。

米线也还有别的配料。文林街另一家卖米线的就有：鳝鱼米线，鳝鱼切片，酱油汤煮，加很多蒜瓣；叶子米线，猪肉皮晾干油炸过，再用温水发开，切成长片，入汤煮透，这东西有的地方叫"响皮"，有的地方叫"假鱼肚"，昆明叫"叶子"。

荩忠寺坡有一家卖"炖肉米线"。大块肥瘦猪肉，煮极烂，置大瓷盆中，用竹片刮下少许，置米线上，浇以滚开的白汤。

青莲街有一家卖羊血米线。大锅煮羊血，米线煮开后，舀半生羊血一大勺，加芝麻酱、辣椒、蒜泥。这种米线吃法甚"野"，而鄙人照吃不误。

护国路有一家卖炒米线。小锅，放很多猪油，少量的汤汁，加大量的辣椒炒。甚咸而极辣。

凉米线。米线加一点绿豆芽之类的配菜，浇作料。加作料前堂倌要问"吃酸醋吗甜醋？"一般顾客都说："酸甜醋。"即两样醋都要。甜醋别处未见过。

米粉揉成小枕头状的一坨，蒸熟，是为饵块。切成薄片，可加肉丝青菜同炒，为炒饵块；加汤煮，为煮饵块。云南人认为腾冲饵块最好。腾冲人把炒饵块叫作"大救驾"。据说明永历帝被吴三桂追赶，将逃往缅甸，至腾冲，没吃的，饿得走不动了，有人给他送了一盘炒饵块，万岁爷狼吞虎咽，吃得精光，连说："这可救了驾了！"我在腾冲吃过大救驾，没吃出所以然，大概我那天也不太饿。

饵块切成火柴棍大小的细丝，叫作饵丝。饵丝缅甸也有。我曾在中缅交界线上吃过一碗饵丝。那地方的国界没有山，也没有河，只是在公路上用白粉画一道三寸来宽的线，线以外是缅甸，线以内是中国。紧挨着国境线，有一个缅甸人摆的饵丝摊。这边把钱（人民币）递过去，那边就把饵丝递过来。手过国界没关系，只要脚不过去，就不算越境。缅甸饵丝与中国饵丝味道一样！

还有一种饵块是米面的饼，形状略似北方的牛舌饼，但大一些，有一点像鞋底子。用一盆炭火，上置铁篦子，将饵块饼摊在篦子上烤，不停地用油纸扇扇着，待饵块起泡发软，用竹片涂上芝麻酱、花生酱、甜酱油、油辣子，对折成半月形，谓之"烧饵块"。入夜之后，街头常见一盆红红的炭火，听到一声悠长的吆唤："烧饵块！"给不多的钱，一"块"在手，边走边吃，自有一种情趣。

点心和小吃

火腿月饼。昆明吉庆祥火腿月饼天下第一。因为用的是"云腿"（宣威火腿），做工也讲究。过去四个月饼一斤，按老秤说是四两一个，称为"四两砣"。前几年有人从昆明给我带了两盒"四两砣"来，还能保持当年的质量。

破酥包子。油和的发面做的包子。包子的名称中带一个"破"字，似乎不好听。但也没有办法，因为蒸得了皮面上是有一些小小裂口。糖馅肉馅皆有，吃是很好吃的，就是太"油"了。你想想，油和的面，刚揭笼屉，能不"油"么？这种包子，一次吃不了几个，而且必须喝很浓的茶。

玉麦粑粑。卖玉麦粑粑的都是苗族的女孩。玉麦即苞谷。昆明的汉人叫苞谷，而苗人叫玉麦。新玉麦，才成粒，磨碎，用手拍成烧饼大，外裹玉麦的籇片（粑粑上还有手指的印子），蒸熟，放在漆木盆里卖，上覆杨梅树叶。玉麦粑粑微有咸味，有新玉麦的清香。苗族女孩子吆唤："玉麦粑粑……"，声音娇娇的，很好听。如果下点小雨，尤有韵致。

洋芋粑粑。洋芋学名马铃薯，山西、内蒙叫山药，东北河北叫土豆，上海叫洋山芋，云南叫洋芋。洋芋煮烂，捣碎，入花椒盐、葱花，于铁勺中按扁，放在油锅里炸片时，勺底洋芋微脆，粑粑即漂起，捞出，即可拈吃。这是小学生爱吃的零食，我这个大学生也爱吃。

摩登粑粑。摩登粑粑即烤发面饼，不过是用松毛（马尾松的针叶）烤的，有一种松针的香味。这种面饼只有凤翥街一家现烤现卖。西南联大的女生很爱吃。昆明人叫女大学生为"摩登"，这种面饼也就被叫成"摩登粑粑"，而且成了正式的名称。

前几年我到昆明，提起这种粑粑，昆明人说：现在还有，不过不在凤翥街了，搬到另外一条街上去了，还叫作"摩登粑粑"。

一九九三年一月十三日
载一九九三年第三期《随笔》

谈幽默

《容斋随笔》载：关中无螃蟹。有人收得干蟹一只，有生疟疾的，就借去挂在门上，疟鬼（旧以为疟疾是疟鬼作祟）见了，不知是什么东西，就吓得退走了。《梦溪笔谈》云："不但人不识，鬼亦不识。"沈存中此语极幽默。

元宵节，司马温公的夫人要出去看灯，温公不同意，说自己家里有灯，何必到外面去看。夫人云："兼欲看人"，温公云："某是鬼耶？"司马温公胡搅蛮缠，很可爱。我一直以为司马先生是个很古怪的人，没想到他还挺会幽默。想来温公的家庭生活是挺有趣的。

齐白石曾为荣宝斋画笺纸，一朵淡蓝的牵牛花，几片叶子，题了两行字："梅畹华家牵牛花碗大，人谓外人种也，余画其最小者"。此老极风趣幽默。寻常画家，哪得有此。此是齐白石较寻常画家高处。

小时候看《济公传》：县官王老爷派两个轿夫抬着一乘轿子去接济公到衙门里来给太夫人看病。济公说他坐不来轿子，从来不坐轿子，他要自己走了去。轿夫说："你不坐，我们回去没法交待"。济公说："那这样，你们把轿底打掉，你们在外面抬，我在里面走。"轿夫只得依他。两个轿夫抬着空轿，轿子下面露着济公两只穿了破鞋的脚，合着轿夫的节奏啪嗒啪嗒地走着。实在叫人发噱。济公很幽默，编写《济公传》的民间艺人很幽默。

什么是幽默？

人世间有许多事，想一想，觉得很有意思。有时一个人坐着，想一想，觉得很有意思，会噗噗笑出声来。把这样的事记下来或说出来，便挺幽默。

《辞海》幽默条云：

> 英文 humour 的音译。通过影射、讽喻、双关等修辞手法，在善意的微笑中，揭露生活中乖讹和不通情理之处。

这话说得太死。只有"在善意的微笑中"却是可以同意的。富于幽默感的人大都存有善意，常在微笑中。左派恶人，不懂幽默。

载一九九三年《大众生活》创刊号

祈难老

太原晋祠，从悬瓮山流出一股泉水，是为晋水之源。泉名
"难老艮"。泉流出一段，泉上建亭，亭中有一块匾，题曰："永
锡难老"，傅青主书，字写得极好。"难老"之名甚佳。不说"不老"
而说"难老"。难老不是说老得很难。没有人快老了，觉得老
得太慢了：阿呀，怎么那么难呀，快一点老吧。这里所谓难老，
是希望老得缓慢一点。从容一点，不是"焉得不速老"的速老，
不是"人命危浅，朝不虑夕"那样的衰老。

要想难老，首先旷达一点，不要太把老当一回事。说白了，
就是不要太怕死。老是想着我老，没有几年活头了，有一点头
疼脑热，就很紧张，思想负担很重。这样即使是多活几年，也
没有多大意思。老死是自然规律，谁也逃不脱的。唐宪宗时的
宰相裴度云："鸡猪鱼蒜，逢着则吃；生老病死，时至则行"，
这样的态度很可取法。

其次是对名利得失看得淡一些。孔夫子说："及其老也，
戒之在得。"得，无非一是名，二是利。现在有些作家"下海"，
我觉得这未可厚非，但这是中青年的事，老了，就不必"染一水"
了，多几个钱，花起来散漫一点，也不错。但是我对进口家具，

真皮沙发，纯毛地毯，实在兴趣不大，——如果有人送我，我也不会拒绝。我对名牌服装爱好者不能理解。穿在身上并不特别舒服，也并不多么好看，这无非是显出一种派头，有"份"。何必呢。中国作家还不到做一个"雅皮士"的时候吧。至于吃食，我并不主张"一箪食一瓢饮"，但是我不喜欢豪华宴会，吃一碗烩鲍鱼、黄焖鱼翅，我觉得不如来一盘爆肚，喝二两汾酒。而且我觉得钱多了，对写作没有好处，就好比吃饱了的鹰就不想拿兔子了。名，是大多数作者想要的。三代以下未有不好名者。但是我以为人不可没有名，也不可太有名。六十岁时，我被人称为作家，还不习惯。进七十岁，就又升了一级，被称为老作家、著名作家，说实在的，我并不舒服。盛名之下，其实难副，这成了一种负担。我一共才写了那么几本书，摞在一起，也没有多大分量。有些关于我的评论、印象记、访谈录之类，我也看看。言谈微中，也有知己之感。但是太多了，把我弄成热点，而且很多话说得过了头，我很不安。十多年前我在一次座谈会上说过，希望我就是悄悄地写写，你们就是悄悄地看看，是真话。这样我还能多活几年。

要难老，更重要的是要工作。饱食终日，无所事事，是最难受的。我见过一些老同志，离退休以后，什么也不干，很快就显老了，精神状态老了。要找点事做，比如搞搞翻译、校点校点古籍……作为一个作家，要不停地写。笔这个东西，放不得。一放下，就再也拿不起来了。写长篇小说，我现在怕是力不从心了。曾有写一个历史题材的长篇的打算，看来只好放弃。我不能进行长时期的持续的思索，尤其不能长时期的投入、激动。短篇小说近年也写得少，去年一年只写了三篇。写得比较多的是散文。散文题材广泛，写起来也比较省力，近二年报刊约稿要散文的也多，去年竟编了三本散文集，是我没有料到的。

散文中相当一部分是为人写的序。顾炎武说过："人之患在好为人序"，予岂好为人序哉，予不得已也。人家找上门来了，不好意思拒绝。写序是很费时间的，要看作品，要想出几句比较中肯的话。但是我觉得上了年纪的作家为青年作家写序是一种不可推卸的责任，所以我还愿意写。但是我要借机会提出一点要求：一、作者要自揣作品有一定水平，值得要老头儿给你卖卖块儿。二、让我看的作品只能挑出几篇，不要把全部作品都寄来，我篇篇都看，实在吃不消。三、寄来作品请自留底稿，不要把原稿寄来。我这人很"拉糊"，会把原稿搞丢了的。四、期限不要逼得太紧，不要全书已经发排，就等我这篇序。

我几乎每天都要写一点，我的老伴劝我休息休息。我说这就是休息。在不拿笔的时候，我也稍事休息。我的休息一是泡一杯茶在沙发上坐坐，二是看一点杂书。这也是为了写作。坐，并不是"一段呆木头"似的坐着，脑子里会飘飘忽忽地想一些往事。人老了，对近事善忘，有时有人打电话给我，说了一件事，当时似乎记住了，转脸就忘了。但对多少年前的旧事却记得很真切。这是老人"十悖"之一。我把这些往事记下来，就是一篇散文。我将为深圳海天出版社编一本新的散文集，取名就叫《独坐小品》。看杂书，也是为了找一点写作的材料。我看的杂书大都是已经看过的，但是再看看，往往有新发现。比如，几本笔记里都记过应声虫，最近看了一本诗话，才知道得应声虫病是会要人的命的，而且这种病还会传染！这使我对应声虫有了一层新的认识。

今年正月十五，是我的七十三岁的生日，写了一副小对联，聊当自寿：

往事回思如细雨

旧书重读似春湖

癸酉年元宵节晚六时

七十三年前这会儿我正在出生

花

荷 花

我们家每年要种两缸荷花，种荷花的藕不是吃的藕，要瘦得多，节间也长，颜色黄褐，叫作"藕秋子"。在缸底铺一层马粪，厚约半尺，把藕秋子盘在马粪上，倒进多半缸河泥，晒几天，到河泥坼裂有缝，倒两担水，将平缸沿。过个把星期，就有小荷叶嘴冒出来，过几天荷叶长大了，冒出花骨朵了。荷花开了，露出嫩黄的小莲蓬，很多很多花蕊。清香清香的。荷花好像说："我开了。"

荷花到晚上要收朵。轻轻地合成一个大骨朵。第二天一早，又放开，荷花收了朵，就该吃晚饭了。

下雨了。雨打在荷叶上啪啪地响。雨停了，荷叶面上的雨水水银似的摇晃。一阵大风，荷叶倾倒，雨水流泻下来。

荷叶的叶面为什么不沾水呢？

荷叶粥和荷叶粉蒸肉都很好吃。

荷叶枯了。

下大雪，荷叶缸中落满了雪。

报春花，毋忘我

昆明报春花到处都有。圆圆的小叶子，柔软的细梗子，淡淡的紫红色的成簇的小花，由梗的两侧开得满满的，谁也不把它当作"花"。连根挖起来，种在浅盆里，能活。这就是翻译小说里常常提到的樱草。

偶然在北京的花店里看到十多盆报春花，种在青花盆里，标价相当贵，不禁失笑。昆明人如果看到，会说："这也卖？"

Forget-me-not——毋忘我，名字很有诗意，花实在并不好看。草本，矮棵，几乎是贴地而生的。抽条颇多，一丛一丛的。灰绿色的布做的似的皱皱的叶子。花甚小，附茎而开，颜色正蓝。蓝色很正，就像国画颜色中的"三蓝"。花里头像这样纯正的蓝色的还很少见，—— 一般蓝色的花都带点紫。

为什么西方人把这种花叫作 forget-me-not 呢？是不是思念是蓝色的。

昆明人不管它什么毋忘我，什么 forget-me-not，叫它"狗屎花"！

这叫西方的诗人知道，将谓大煞风景。

绣 球

绣球，周天民编绘的《花卉画谱》上说：

> 绣球，虎儿草科，落叶灌木，高达一二丈，于皮带皱。叶大椭圆形，边缘有锯齿。春月开花，百朵成簇，如球状而肥大。小花五出深裂，瓣端圆，有短柄，

其色有淡紫、红、白。百株成簇，严如玉屏。

我始终没有分清绣球花的小花到底是几瓣，只觉得是分不
清瓣的一个大花球。我偶尔画绣球，也是以意为之的画了很多
簇在一起的花瓣，哪一瓣属于哪一朵小花，不管它！

绣球花是很好养的，不需要施肥，也不要浇水，不用修枝，
也少长虫，到时候就开出一球一球很大的花，白得像雪，非常
灿烂。这花是不耐细看的，只是赫然的在你眼前轻轻摇晃。

我以前看过的绣球都是白的。

我有个堂房的小姑妈——她比我才大一岁。绣球花开的时
候，她就折了几大球，插在一个白瓷瓶里，她在花下面写小字。
她是订过婚的。

听说她婚后的生活很不幸，我那位姑父竟至动手打她。

前年听说，她还在，胖得不得了。

绣球花云南叫作"粉团花"。民歌里有用粉团花来形容女
郎长得好看的。用粉团花来形容女孩子，别处的民歌似还没有
见过。

我看过的最好的绣球是在泰山。泰山人养绣球是一种风气。
一个茶馆里的院子里的石凳上放着十来盆绣球。开得极好。盆
面一层厚厚的喝剩的茶叶。是不是绣球宜浇残茶？泰山盆栽的
绣球花头较小，花瓣较厚，瓣作豆绿色。这样的绣球是可以细
看的。

杜鹃花

淡淡的三月天，

杜鹃花开在山坡上，

杜鹃花开在小溪旁，

多美丽哦。

乡村家的小姑娘，

乡村家的小姑娘。

　　这是抗日战争期间昆明的小学生很爱唱的一首歌。董林肯词，徐守廉曲。这是一首曲调明快的抒情歌，很好听。不单小学生爱唱，中学生也爱唱，大学生也有爱唱的，因为一听就记住了。

　　董林肯和徐守廉是同济大学的学生，原来都是育才中学毕业的。育才中学是全面培养学生才能的，而且是实行天才教育的学校。学生多半有艺术修养。董林肯、徐守廉都是学工的（同济大学是工科大学），但都对艺术有很虔诚的兴趣，因此能写词谱曲。

　　我是怎么认识他们俩的呢？因为董林肯主办了班台莱耶夫的《表》的演出，约我去给演员化妆，我到同济大学的宿舍里去见他们，认识了，那时在昆明，只要有艺术上的共同爱好，有人一介绍，就会熟起来的。

　　董林肯为什么要主持《表》的演出？我想是由于在昆明当时没有给孩子看的戏。他组织这次演出是很辛苦的，而且演戏总有些叫人头疼的事，但是还是坚持了下来。他不图什么，只是因为有一颗班台莱耶夫一样的爱孩子的心。

　　我记得这个戏的导演是劳元干。演员里我记得演监狱看守的，是刺杀孙传芳的施剑翘的弟弟，他叫施什么我已经忘记了。他是个身材魁梧的胖子。我管化妆，主要是给他贴一个大仁丹胡子。

有当时有中国秀兰·邓波儿之称的小明星，长大后曾参与搜集整理《阿诗玛》，现在写小说、散文的女作家刘绮。有一次，不知为什么，剧团内部闹了意见，戏几乎开不了场，刘绮在后台大哭。刘绮一哭，事情就解决了。

刘绮，有这回事么？

前几年我重到昆明，见到刘绮。她还能看出一点小时候的模样。不过，听说已经当了奶奶了。

不知道为什么，我有时还会想起董林肯和徐守廉。我觉得这是两个对艺术的态度极其纯真，像我前面所说的，虔诚的人。他们身上没有一点明星气、流氓气。这是两个通身都是书卷气的搞艺术的人。

> 淡淡的三月天，
> 杜鹃花开在山坡上，
> 杜鹃花开在小溪旁……

木香花

我的舅舅家有一架木香花。木香花开，我们就揪下几撮，——木香柄长，似海棠，梗带着枝，一揪，可揪下一撮，养在浅口瓶里，可经数日。

木香亦称"锦栅儿"，枝条甚长。从运河的御码头上船，到快近车逻，有一段，两岸全是木香，枝条伸向河上，搭成了一个长约一里的花棚。小轮船从花棚下开过，如同仙境。

前几年我回故乡一次，说起这一段运河两岸的木香花棚，谁也不知道。我有点怀疑：我是不是做梦？

昆明木香花极多。观音寺南面，有一道水渠，渠的两沿，密密的长了木香。

我和朱德熙曾于大雨少歇之际，到莲花池闲步。雨下起来了，我们赶快到一个小酒馆避雨。要了两杯市酒（昆明的绿陶高杯，可容三两）一碟猪头肉，坐了很久。连日下雨，墙脚积苔甚厚。檐下的几只鸡都缩着一脚站着。天井里有很大的一棚木香花，把整个天井都盖满了。木香的花、叶、花骨朵，都被雨水湿透，都极肥壮。

四十年后，我写了一首诗，用一张毛边纸写成一个斗方，寄给德熙：

> 莲花池外少行人，
> 野店苔痕一寸深。
> 浊酒一杯天过午，
> 木香花湿雨沉沉。

德熙很喜欢这幅字，叫他的儿子托了托，配一个框子，挂在他的书房里。

德熙在美国病逝快半年了，这幅字还挂在他在北京的书房里。

一九九三年一月二十九日

载一九九三年第四期《收获》

昆虫备忘录

复　眼

　　我从小学三年级"自然"教科书上知道蜻蜓是复眼，就一直捉摸复眼是怎么回事。"复眼"，想必是好多小眼睛合成一个大眼睛。那它怎么看呢？是每个小眼睛都看到一个小形象，合成一个大形象？还是每个小眼睛看到形象的一部分，合成一个完整形象？捉摸不出来。

　　凡是复眼的昆虫，视觉都很灵敏。麻苍蝇也是复眼，你走近蜻蜓和麻苍蝇，还有一段距离，它就发现了，噌——飞了。

　　我曾经想过：如果人长了一对复眼？

　　还是不要！那成什么样子！

蚂　蚱

　　河北人把尖头绿蚂蚱叫"挂大扁儿"。西河大鼓里唱道："挂大扁儿甩子在那荞麦叶儿上"，这句唱词有很浓的季节感。为什么叫"挂大扁儿"呢？我怪喜欢"挂大扁儿"这个名字。

　　我们那里只是简单地叫它蚂蚱。一说蚂蚱，就知道是指尖头绿蚂蚱。蚂蚱头尖，徐文长曾觉得它的头可以蘸了墨写字画画，可谓异想天开。

尖头蚂蚱是国画家很喜欢画的，画草虫的很少没有画过蚂蚱。齐白石、王雪涛都画过。我小时也画过不少张，只为它的形态很好掌握，很好画，——画纺织娘，画蝈蝈，就比较费事。我大了以后，就没有画过蚂蚱。前年给一个年轻的牙科医生画了一套册页，有一开里画了一只蚂蚱。

蚂蚱飞起来会格格作响，不知道它是怎么弄出这种声音的。蚂蚱有鞘翅，鞘翅里有膜翅。膜翅是淡淡的桃红色的，很好看。

我们那里还有一种"土蚂蚱"，身体粗短，方头，色黑如泥土，翅上有黑斑。这种蚂蚱，捉住它，它就吐出一泡褐色的口水，很讨厌。

天津人所说的"蚂蚱'，实是蝗虫。天津的"烙饼卷蚂蚱"，卷的是焙干了的蝗虫肚子，河北省人嘲笑农民谈吐不文雅，说是"蚂蚱打喷嚏——满嘴的庄稼气"，说的也是蝗虫。蚂蚱还会打喷嚏？这真是"遭改"庄稼人！

小蝗虫名蝻。有一年，我的家乡闹蝗虫，在这以前，大街上一街蝗蝻乱蹦，看着真是不祥。

花大姐

瓢虫款款地落下来了，摺好它的黑绸衬裙——膜翅，顺顺溜溜：收拢硬翅，严丝合缝。瓢虫是做得最精致的昆虫。

"做"的？谁做的？

上帝。

上帝？

上帝做了一些小玩意儿，给他的小外孙女儿玩。

上帝的外孙女儿？

对。上帝说："给你！好看吗？"

"好看！"

上帝的外孙女儿？

对！

瓢虫是昆虫里面最漂亮的。

北京人叫瓢虫为"花大姐"，好名字！

瓢虫，朱红的，瓷漆似的硬翅，上有黑色的小圆点。圆点是有定数的，不能瞎点。黑色，叫作"星"。有七星瓢虫、十四星瓢虫……星点不同，瓢虫就分为两大类。一类是吃蚜虫的，是益虫；一类是吃马铃薯的嫩叶的，是害虫。我说吃马铃薯嫩叶的瓢虫，你们就不能改改口味，也吃蚜虫吗？

独角牛

吃晚饭的时候，呜——扑！飞来一只独角牛，摔在灯下。它摔得很重，摔晕了。轻轻一捏，就捏住了。

独角牛是硬甲壳虫，在甲虫里可能是最大的，从头到脚，约有二寸。甲壳铁黑色，很硬，头部尖端有一只犀牛一样的角。这家伙，是昆虫里的霸王。

独角牛的力气很大。北京隆福寺过去有独角牛卖。给它套上一辆泥制的小车，它就拉着走。北京管这个大力士好像也叫作独角牛。学名叫什么，不知道。

磕头虫

我抓到一只磕头虫，北京也有磕头虫？我觉得很惊奇。我拿给我的孩子看，以为他们不认识。

"磕头虫，我们小时候玩过。"

哦！

磕头虫的脖子不知道怎么有那么大的劲，把它的肩背按在桌面上，它就吧嗒吧嗒地不停地磕头。把它仰面朝天放着，它运一会儿气，脖子一挺，就反弹得老高，空中转体，正面落地。

蝇 虎

蝇虎，我们那里叫作苍蝇虎子，形状略似蜘蛛而长，短脚，灰黑色，有细毛，趴在砖墙上，不注意是看不出来的。蝇虎的动作很快，苍蝇落在它面前，还没有站稳，已经被它捕获，来不及嘤地叫一声，就进了苍蝇虎子的口了。蝇虎的食量惊人，一只苍蝇，眨眼之间就吃得只剩一张空皮了。

苍蝇是很讨厌的东西，因此人对蝇虎有好感，不伤害它。

捉一只大金苍蝇喂苍蝇虎子，看着它吃下去，是很解气的。苍蝇虎子对送到它面前的苍蝇从来不拒绝。苍蝇虎子不怕人。

狗 蝇

世界上最讨厌的东西是狗蝇。狗蝇钻在狗毛里叮狗，叮得狗又疼又痒，烦躁不堪，发疯似的乱蹦，乱转，乱骂人，——叫。

一九九三年二月二日

载一九九四年第一期《大家》

故乡的元宵

故乡的元宵是并不热闹的。

没有狮子、龙灯、没有高跷，没有跑旱船，没有"大头和尚戏柳翠"，没有花担子、茶担子。这些都在七月十五"迎会"——赛城隍时才有，元宵是没有的。很多地方兴"闹元宵"，我们那时的元宵却是静静的。

有几年，有送麒麟的。上午，三个乡下的汉子，一个举着麒麟，——一张长板凳，外面糊纸扎的麒麟，一个敲小锣，一个打镲，咚咚哐哐敲一气，齐声唱一些吉利的歌。每一段开头都是"格炸炸"：

> 格炸炸，格炸炸，
>
> 麒麟送子到你家……

我对这"格炸炸"印象很深。这是什么意思呢？这是状声词？状的什么声呢？送麒麟的没有表演，没有动作，曲调也很简单，送麒麟的来了，一点也不叫人兴奋，只听得一连串的"格炸炸"，"格炸炸"完了，祖母就给他们一点钱。

街上掷骰子"赶老羊"的赌钱的摊子上没有人。六颗骰子静静地在大碗底卧着。摆赌摊的坐在小板凳上抱着膝盖发呆，年快过完了，准备过年输的钱也输得差不多了，明天还有事，大家都没有赌兴。

草巷口有个吹糖人的，孙猴子舞大刀、老鼠偷油。

北市口有捏面人的。青蛇、白蛇、老渔翁。老渔翁的蓑衣是从药店里买来的夏枯草做的。

到天地坛看人拉"天嗡子"——即抖空竹，拉得很响，天嗡子蛮牛似的叫。

到泰山庙看老妈妈烧香。一个老妈妈鞋底有牛屎，干了。

一天快过去了。

不过元宵要等到晚上，上了灯，才算。元宵元宵嘛。我们那里一般不叫元宵，叫灯节，灯节要过几天，十三上灯，十七落灯。"正日子"是十五。

各屋里的灯都点起来了。大妈（大伯母）屋里是四盏玻璃方灯。二妈屋里是画了红寿字的白明角琉璃灯，还有一张珠子灯。我的继母屋里点的是红琉璃泡子，一屋子灯光，明亮而温柔，显得很吉祥。

上街去看走马灯。连万顺家的走马灯很大。"乡下人不识走马灯，——又来了"。走马灯不过是来回转动的车、马、人（兵）的影子，但也能看它转几圈。后来我自己也动手做了一个，点了蜡烛，看着里面的纸轮一样转了起来，外面的纸屏上一样映出了影子，很欣喜。乾隆和的走马灯并不"走"，只是一个长方的纸箱子，正面白纸上有一些彩色的小人，小人连着一根头发丝，烛火烘热了发丝，小人的手脚会上下动。它虽然不"走"，我们还是叫它走马灯。要不，叫它什么灯呢？这外面的小人是唐僧、孙悟空、猪八戒、沙和尚。整个画面表现的是《西游记》唐僧取经。

孩子有自己的灯。兔子灯、绣球灯、马灯……兔子灯大都是自己动手做的。下面安四个轱辘，可以拉着走。兔子灯其实不大像兔子，脸是圆的，眼睛是弯弯的，像人的眼睛，还有两道弯弯的眉毛！绣球灯、马灯都是买的。绣球灯是一个多面的纸扎的球，有一个篾制的架子。架子上有一根竹竿，架子下有两个轱辘，手执竹竿，向前推移，球即不停滚动。马灯是两段，一个马头，一个马屁股，用带子系在身上。西瓜灯、虾蟆灯、鱼灯，这些手提的灯，是小孩玩的。

有一个习俗可能是外地所没有的：看围屏。硬木长方框，约三尺高，尺半宽，镶绢，上画工笔演义小说人物故事，灯节前装好，一堂围屏约三十幅，屏后点蜡烛。这实际上是照得透亮的连环画。看围屏有两处，一处在炼阳观的偏殿，一处在附设在城隍庙里的火神庙。炼阳观画的是《封神榜》，火神庙画的是《三国》，围屏看了多少年，但还是年年看。好像不看围屏就不算过节似的。

街上有人放花。

有人放高升（起火），不多的几支，起火升到天上，嗤——灭了。

天上有一盏红灯笼，竹篾为骨，外糊红纸，一个长方的筒，里面点了蜡烛，放到天上，灯笼是很好放的，连脑线都不用，在一个角上系上线。就能飞上去。灯笼在天上微微飘动，不知道为什么，看了使人有一点薄薄的凄凉。

年过完了，明天十六，所有店铺就"大开门"了。我们那里，初一到初五，店铺都不开门。初六打开两扇排门，卖一点市民必需的东西，叫作"小开门"。十六把全部排门卸掉，放一挂鞭，几个炮仗，叫作"大开门"，开始正常营业。年，就这样过去了。

一九九三年二月十二日
载一九九三年三月十八日《武汉晚报》

惊人与平淡

杜甫诗云："语不惊人死不休"，宋人论诗，常说"造语平淡"。究竟是惊人好，还是平淡好？

平淡好。

但是平淡不易。

平淡不是从头平淡，平淡到底。这样的语言不是平淡，而是"寡"。山西人说一件事、一个人、一句话没有意思，就说："看那寡的！"

宋人所说的平淡可以说是"第二次的平淡"。

苏东坡尝有书与其侄云：

"大凡为文，当使气象峥嵘，五色绚烂。渐老渐熟，乃造平淡。"

葛立方《韵语阳秋》云：

"大抵欲造平淡，当自绚丽中来，然后可造平淡之境。落其华芬，然后可造平淡之境。

平淡是苦思冥想的结果。欧阳修《六一诗话》说：

"（梅）圣俞平生苦于吟咏，以闲远古淡为意，故其构思极限。"

《韵语阳秋》引梅圣俞和晏相诗云：

"因今适性情，稍欲到平淡。苦词未圆熟，刺口剧菱芡。"
言到平淡处甚难也。

运用语言，要有取舍，不能拿起笔来就写。姜白石云：

"人所易言，我寡言之。人所难言，我易言之，自不俗。"

作诗文要知躲避。有些话不说。有些话不想别人那样说。
至于把难说的话容易地说出，举重若轻，不觉吃力，这更是功夫。
苏东坡作《病鹤》诗，有句："三尺长胫□瘦躯"，抄本缺第
五字，几位诗人都来补这字，后来找来旧本，这个字是"搁"，
大家都佩服。杜甫有一句诗"身轻一鸟□"，刻本末一字模糊
不清，几位诗人猜这是个什么字。有说是"飞"，有说是"落"……
后来见到善本，乃是"身轻一鸟过"，大家也都佩服。苏东坡
的"搁"字写病鹤。确实很能状其神态，但总有点"做"，终
觉吃力，不似杜诗"过"字之轻松自然，若不经意，而下字极准。

平淡而有味，材料、功夫都要到家。四川菜里的"开水白
菜"，汤清可以注砚，但并不真是开水煮的白菜，用的是鸡汤。

方　言

作家要对语言有特殊的兴趣，对各地方言都有兴趣，能感
觉、欣赏方言之美，方言的妙处。

上海话不是最有表现力的方言，但是有些上海话是不能代
替的。比如"辣辣两记耳光！"这只有用上海方音读出来才有劲。
曾在报纸上读一纸短文，谈泡饭，说有两个远洋轮上的水手，
想念上海，想念上海的泡饭，说回上海首先要"杀杀搏搏吃两

碗泡饭!""杀杀搏搏"说的真是过瘾。

有一个关于苏州人的笑话,说两位苏州人吵了架,几至动武,一位说:"阿要把俫两记耳光搭搭?"用小菜佐酒,叫作"搭搭"。打人还要征求对方的同意,这句话真正是"吴侬软语",很能表现苏州人的特点。当然,这是个夸张的笑话,苏州人虽"软",不会软到这个样子。

有苏州人、杭州人、绍兴人和一位扬州人到一个庙里,看到"四大金刚"各说了一句本乡特点的话,扬州人念了四句诗:

> 四大金刚不出奇,
>
> 里头是草外头是泥。
>
> 你不要夸你个子大,
>
> 你敢跟我洗澡去!

这首诗很有扬州的生活特点。扬州人早上皮包水(上茶馆吃茶),晚上"水包皮"(下澡堂洗澡)。四大金刚当然不敢洗澡去,那就会泡烂了。这里的"去"须用扬州方音,读如 kì 。

写有地方特点的小说、散文,应适当地用一点本地方言。我写《七里茶坊》,里面引用黑板报上的顺口溜:"天寒地冻百不咋,心里装着全天下","百不咋"就是张家口一带的话。《黄油烙饼》里有这样几句:"这车的样子真可笑,车轱辘是两个木头饼子,还不怎么圆,骨鲁鲁,骨鲁鲁,往前滚。"这里的"骨鲁鲁"要用张家口坝的音读,"骨"字读入声。如用北京音读,即少韵味。

幽　默

《梦溪笔谈》载：

"关中无螃蟹。元丰中，予在陕西，闻秦州人家收得一干蟹，土人怖其形状，以为怪物，每人家用病疟者，则借去挂门户上，往往遂差。不但人不识，鬼亦不识也。"

过去以为生疟疾是疟鬼作祟，故云："不但人不识，鬼亦不识也。"说得非常幽默。这句话如译为口语，味道就差一些了，只能用笔记体的比较通俗的文言写。有人说中国无幽默，噫，是何言欤！宋人笔记，如《梦溪笔谈》《容斋随笔》，有不少是写得很幽默的。

幽默要轻轻淡淡，使人忍俊不禁，不能存心使人笑，如北京人所说"胳肢人"。

一九九三年二月十七日

手把肉

蒙古人从小吃惯羊肉，几天吃不上羊肉就会想得慌。蒙古族舞蹈家斯琴高娃（蒙古族女的叫斯琴高娃的很多，跟那仁花一样的普遍）到北京来，带着她的女儿。她的女儿对北京的饭菜吃不惯。我们请她在晋阳饭庄吃饭，这小姑娘对红烧海参、脆皮鱼……统统不感兴趣。我问她想吃什么，"羊肉！"我把服务员叫来，问他们这儿有没有羊肉，说只有酱羊肉。"酱羊肉也行，咸不咸？""不咸。"端上来，是一盘羊键子。小姑娘白嘴把一盘羊键子都吃了。问她："好吃不好吃？""好吃！"她妈说："这孩子！真是蒙古人！她到北京几天，头一回说'好吃'。"

蒙古人非常好客，有人骑马在草原上漫游，什么也不带，只背了一条羊腿。日落黄昏，看见一个蒙古包，下马投宿。主人把他的羊腿解下来，随即杀羊。吃饱了，喝足了，和主人一家同宿在蒙古包里，酣然一觉。第二天主人送客上路，给他换了一条新的羊腿背上。这人在草原上走了一大圈，回家的时候还是背了一条羊腿，不过已经不知道换了多少次了。

"四人帮"肆虐时期，我们奉江青之命，写一个剧本，搜集材料，曾经四下内蒙古。我在内蒙古学会了两句蒙古话。蒙古族同志说，会说这两句话就饿不着。一句是"不达一的"——要吃的；一句是"莫哈一的"——要吃肉。"莫哈"泛指一切肉，特指羊肉。（元杂剧有一出很特别，汉话和蒙古话掺和在一起唱。其中有一句是"莫哈整斤吞"，意思是整斤地吃羊肉。）果然，我从伊克昭盟到呼伦贝尔大草原，走了不少地方，吃了多次手把肉。

八九月是草原最美的时候。经过一夏天的雨水，草都长好了，草原一片碧绿。阿格长好了，灰背青长好了，阿格和灰背青是牲口最爱吃的草。草原上的草在我们看起来都是草，牧民却对每一种草都叫得出名字。草里有野葱、野韭菜（蒙古人说他们那里的羊肉不膻，是因为羊吃野葱，自己把味解了）。到处开着五颜六色的花。羊这时也都上了膘了。

内蒙古的作家、干部爱在这时候下草原，体验生活，调查工作，也是为去"贴秋膘"。进了蒙古包，先喝奶茶。内蒙古的奶茶制法比较简单，不像西藏的酥油茶那样麻烦。只是用铁锅坐一锅水，水开后抓入一把茶叶，滚几滚，加牛奶，放一把盐，即得。我没有觉得有太大的特点，但喝惯了会上瘾的。（蒙古人一天也离不开奶茶。很多人早起不吃东西，喝两碗奶茶就去放羊。）摆了一桌子奶食，奶皮子、奶油（是稀的）、奶渣子……还有月饼、桃酥。客人喝着奶茶，蒙古包外已经支起大锅，坐上水，杀羊了。蒙古人杀羊真是神速，不是用刀子捅死的，是掐断羊的主动脉。羊挣扎都不挣扎，就死了。马上开膛剥皮，工具只有一把比水果刀略大一点的折刀。一会儿的工夫，羊皮就剥下来，抱到稍远处晒着去了。看看杀羊的现场，连一滴血都不溅出，草还是干干净净的。

"手把肉"即白水煮切成大块的羊肉。一手"把"着一大块肉，用一柄蒙古刀自己割了吃。蒙古人用刀子割肉真有功夫。一块肉吃完了，骨头上连一根肉丝都不剩。有小孩子割剔得不净，妈妈就会说："吃干净了，别像那干部似的！"干部吃肉，不像牧民细心，也可能不大会使刀子。牧民对奶、对肉都有一种近似宗教情绪似的敬重，正如汉族的农民对粮食一样，糟踏了，是罪过。吃手把肉过去是不预备作料的，顶多放一碗盐水，蘸了吃。现在也有一点作料，酱油、韭菜花之类。因为是现杀、现煮、现吃，所以非常鲜嫩。在我一生中吃过的各种做法的羊肉中，我以为手把羊肉第一。如果要我给它一个评语，我将毫不犹豫地说：无与伦比！

吃肉，一般是要喝酒的。蒙古人极爱喝酒，而且几乎每饮必醉。我在呼和浩特听一个土默特旗的汉族干部说"骆驼见了柳，蒙古人见了酒"，意思就走不动了——骆驼爱吃柳条。我以为这是一句现代俗话。偶读一本宋人笔记，见有"骆驼见柳，蒙古见酒"之说，可见宋代已有此谚语，已经流传几百年了。可惜我把这本笔记的书名忘了。宋朝的蒙古人喝的大概是武松喝的那种煮酒，不会是白酒——蒸馏酒。白酒是元朝的时候才从阿拉伯传进来的。

在达茂旗吃过一次"羊贝子"，即煮全羊。整只羊放在大锅里煮。据说蒙古人吃只煮三十分钟，因为我们是汉族，怕太生了不敢吃，多煮了十五分钟。整羊，剁去四蹄，趴在一个大铜盘里。羊头已经切下来，但仍放在脖子后面的腔子上，上桌后再搬走。吃羊贝子有规矩，先由主客下刀，切下两条脖子后面的肉（相当于北京人所说的"上脑"部位），交叉斜搭在肩背上，然后其他客人才动刀，各自选取自己爱吃的部位。羊贝子真是够嫩的，一刀切下去，会有血水滋出来。同去的编剧、导演，有的望而生畏，有的浅尝即止，鄙人则吃了个不亦乐乎。羊肉越嫩越好。蒙古人认为煮久了的羊肉不好消化，诚然诚然。我吃了一肚子半生的羊肉，太平无事。

蒙古人真能吃肉。海拉尔有两位书记到北京东来顺吃涮羊肉，两个人要了十四盘肉，服务员问："你们吃得完吗?"一个书记说："前几天我们在呼伦贝尔，五个人吃了一只羊！"

蒙古人不是只会吃手把肉，他们也会各种吃法。呼和浩特的烧羊腿，烂，嫩，鲜，入味。我尤其喜欢吃清蒸羊肉。我在四子王旗一家不大的饭馆中吃过一次"拔丝羊尾"。我吃过拔丝山药、拔丝土豆、拔丝苹果、拔丝香蕉从来没听说过羊尾可以拔丝。外面有一层薄薄的脆壳，咬破了，里面好像什么也没有，一包清水，羊尾油已经化了。这东西只宜供佛，人不能吃，因为太好吃了！

我在新疆唐巴拉牧场吃过哈萨克的手抓羊肉。做法与内蒙古的手把肉略似，也是大锅清水煮，但切的肉块较小，煮的时间稍长。肉熟后，下面条，然后装在大磁盘里端上来。下面是面，上面是肉。主人以刀把肉切成小块，客人以手抓肉及面同吃。吃之前，由一个孩子执铜壶注水于客人之手。客人手上浇水后不能向后甩，只能待其自干，否则即是对主人不敬。铜壶颈细而长，壶身镂花，有中亚风格。

载一九九三年第二、三期《新苑》

午 门

旧戏、旧小说里每每提到推出午门斩首，其实没有这回事。午门在紫禁城里，三大殿的外面，这个地方哪能杀人呢！从元朝以来，刑人多在柴市口（今菜市口）、交道口（原名"交头口"）或西四牌楼。在闹市杀人，大概是汉朝以来就有的规矩，即所谓"弃市"。晁错就是"朝服斩于市"的。午门是逢什么重要节日皇帝接见外国使节和接受献俘的地方。另外，也是大臣受廷杖的地方。"廷杖"不是在太和殿上打屁股，那倒是"推出午门"去执行的。"廷杖"是明代对大臣的酷刑。明以前，好像没听说过。原来打得不重，受杖时可以穿了厚棉裤，下面还垫了毡子，"示辱而已"。但挨了杖，也得躺几天起不来。到了刘瑾当权，因为他痛恨知识分子，"始去衣"，那就是脱了裤子，露出了屁股来挨揍了。行刑的是锦衣卫的太监，他们打得很毒，有的大臣立毙杖下，当场被打死的。

午门居北京城的正中。"午"者中也。这里的建筑是非常有特色的。一是建在和天安门的城墙一般高的城台之上，地基比故宫任何一座宫殿都高。二是它是五座建筑联成的。正中是一座大殿，两侧各有两座方形的亭式建筑，俗称"五凤楼"。

旧戏曲里常用"五凤楼"作为朝廷的代称。《草桥关》里姚期唱："到来朝陪王伴驾在那五凤楼。"《珠帘寨》里程敬思唱："为千岁懒登五凤楼。"其实五凤楼不是上朝的地方，姚期和程敬思也不会登上这样的地方。

五凤楼平常是没有人上去的，于是就成了燕子李三式的飞贼的藏身之所。据说飞贼作了案，就用一根粗麻绳，绳子有铁钩，把麻绳甩上去，钩搭住午门外侧的城墙。倒几次手，就"就"上去了。据说在民国以后，午门城楼上设立了历史博物馆，在修缮房屋时，曾在正殿的天花板上扫出了一些烧鸡骨头、桂圆、荔枝皮壳。那是飞贼遗留下来的。我未能亲见，只好姑妄听之。理或有之：躲在这里，是谁也找不到的。

一九四八年，我曾在历史博物馆工作过将近一年，而且住在午门的下面。除了两个工友，职员里住在这里的只我一个人。我住的房间在右掖门一边，据说是锦衣卫值宿的地方。我平生所住过的房屋，以这一处最为特别。夜晚，在天安门、端门、左右掖门都上锁之后，我独自站立在午门下面的广大的石坪上，万籁俱静，满天繁星，此种况味，非常人所能领略。我曾写信给黄永玉说：我觉得全世界都是凉的，只我这里一点是热的。

于是，到一九四九年三月，我就离开了。

一九九三年三月七日

白马庙

我教的中学从观音寺迁到白马庙，我在白马庙住过一年，白马庙没有庙。这是由篆塘到大观楼之间一个镇子。我们住的房子形状很特别，像是卡通电影上画的房子，我们就叫它卡通房子，前几年日本飞机常来轰炸，有钱的人多在近郊盖了房子，躲警报，这二年日本飞机不来了，这些房子都空了下来，学校就租了当教员宿舍。这些房子的设计都有点别出心裁，而以我们住的卡通房子最显眼，老远就看得见。

卡通房子门前有一条土路，通过马路，三面都是农田，不挨人家。我上课之余，除了在屋里看看书，常常伏在窗台上看农民种田。看插秧，看两个人用一个戽斗戽水。看一个十五六岁的孩子用一个长柄的锄头挖地。这个孩子挖几锄头就要停一停，唱一句歌，他的歌有音无字，只有一句，但是很好听，长日悠悠，一片安静。我那时正在读《庄子》。在这样的环境中读《庄子》真是太合适了。

这样的不挨人家的"独立家屋"有一点不好，是招小偷。曾有小偷光顾过一次。发觉之后，几位教员拿了棍棒到处搜索，闹腾了一阵，无所得。我和松卿有一次到城里看电影，晚上回来，快到大门时，从路旁沟里蹿出一条黑影，跑了。是一个俟机翻墙行窃的小偷。

小偷不少，教导主任老杨曾当美军译员，穿了一条美军将军呢的毛料裤子，晚上睡觉，盖在被窝上压脚。那天闹小偷。他醒来，拧开电灯看看，将军呢裤子没了。他翻了个身，接着睡他的觉。我们那时都是这样，得、失无所谓，而可失之物亦不多，只要不是真的赤条条来去无牵挂，怎么着也能混得过去，——这位老兄从美军复员，领到一笔复员费，崭新的票子放在夹克上衣口袋里，打了一夜沙蟹，几乎全部输光。

学校的教员有的在校内住，也有住在城里，到这里来兼课的。坐马车来，很方便。朱德熙有一次下了马车，被马咬了一口！咬在胸脯上，胸上落了马的牙印，衣服却没有破。

镇上有一个卖油盐酱醋香烟火柴的杂货铺，一家猪肉案子，还有一个做饵块的作坊。我去看过工人做饵块，小枕头大的那么一坨，不知道怎么竟能蒸熟。

饵块作坊门前有一道砖桥，可以通到河南边。桥南是菜地，我们随时可以吃到刚拔起来的新鲜蔬菜。临河有一家茶馆，茶客不少。靠窗而坐，可以看见河里的船、船上的人，风景很好。

使我惊奇的是东壁粉墙上画了一壁茶花，画得满满的。墨线勾边，涂了很重的颜色，大红花，鲜绿的叶子，画得很工整，花、叶多对称，很天真可爱，这显然不是文人画。我问冲茶的堂倌："这画是谁画的？"——"哑巴。"——"他就爱画，哪样上头都画，他画又不要钱，自己贴颜色，就叫他画吧！"

过两天，我看见一个挑粪的，粪桶是新的，粪桶近桶口处画了一周遭串枝莲，墨线勾成，笔如铁线，匀匀净净。不用问，这又是那个哑巴画的。粪桶上描花，真是少见。

听说哑巴岁数不大，二十来岁。他没有跟谁学过，就是自己画。

我记得白马庙，主要就是因为这里有一个画画的哑巴。

一九九三年三月二十三日

载一九九四年第一期《大家》

《榆树村杂记》自序

　　我住的地方名叫蒲黄榆，是把东蒲桥、黄土坑、榆树村三个地名各取其一个字拼合而成的。东蒲桥原来有一座桥，后来在原处建了很大的立交桥，改名为玉蜓桥。据说从飞机上看，像一只大蜻蜓。我没有从飞机上看过，不知道像不像，只觉得是绕来绕去的一座大桥。黄土坑在我搬来的时候就只剩下一个地名，那一带全是店铺，既无黄土也无坑。榆树村六七年前还在，就在我们住的高层楼的对面，是个村子。从南边进去，老远就闻到一股很重的酸味，那是在煮猪食。附近有一个养猪场。有一条南北向的不宽的柏油路。路西住的多半是工厂的工人，每天可以看到一些男女青年骑自行车上下班。有一家喂养了二三十只火鸡，有个孩子每天赶它们出来吃菜叶子。跟这个孩子闲聊，知道养火鸡是很来钱的。往北，有一个出卖花木的小林场。有一座小庙，外形还像一座庙，檐牙翻翘，墙是涂红了的。庙好像是跟马有关系的，当初这地方大概养过马。现在庙里已经住了人家了，不好进去看，柏油路的东边是一片菜地，菜地东边一溜，住的都是菜农。我隔一两天就到菜畦旁边走走。人家逛公园，我逛菜园。逛菜园也挺不错，看看那些绿菜，一天一个样，全都鲜活水灵，挺好看。菜地的气味可不好，因为菜要浇粪。有时我也蹲下来和在菜地旁边抽烟休息的老菜农聊聊，看他们怎样搭塑料大棚，看看先时而出的黄瓜、西红柿、嫩豆角、青辣椒，感受到一种欣欣然的生活气息。

现在菜地和菜农和房子都没有了，榆树村没有了，成了方庄小区，高楼林立，都是新建的。我再没有菜园可逛了。

我的这些文章都是在榆树村对面的高楼里写的，故将此集名为《榆树村杂记》。

是为序。

一九九三年三月二十四日

文游台

文游台是我们县首屈一指的名胜古迹。

台在泰山庙后。

泰山庙前有河，曰澄河。河上有一道拱桥，桥很高桥洞很大。走到桥上，上面是天，下面是水，觉得体重变得轻了，有凌空之感。拱桥之美，正在使人有凌空感。我们每年清明节后到东乡上坟都要从桥上过（乡俗，清明节前上新坟，节后上老坟）。这正是杂花生树，良苗怀新的时候，放眼望去，一切都使人心情舒畅。

澄河产瓜鱼，长四五寸，通体雪白，莹润如羊脂玉，无鳞无刺，背部有细骨一条，烹制后骨亦酥软可吃，极鲜美。这种鱼别处其实也有，有的地方叫水仙鱼，北京偶亦有卖，叫面条鱼。但我的家乡人认定这种鱼只有我的家乡有，而且只有文游台前面澄河里有。家乡人爱家乡，只好由着他说。不过别处的这种鱼不似澄河所产的味美，倒是真的。因为都经过冷藏转运，不新鲜了。为什么叫"瓜鱼"呢？据说是因黄瓜开花时鱼始出，到黄瓜落架时就再捕不到了，故又名"黄瓜鱼"。是不是这么回事，谁知道。

泰山庙亦名东岳庙，差不多每个县里都有的，其普遍的程度不下于城隍庙。所祀之神称为东岳大帝。泰山庙的香火是很盛的，因为好多人都以为东岳大帝是管人的生死的。每逢香期，初一十五，特别是东岳大帝的生日（中国的神佛都有一个生日，不知道是从什么档案里查出来的）来烧香的善男信女（主要是信女）络绎不绝。一进庙门就闻到一股触鼻的香气。从门楼到甬道，两旁排列的都是乞丐，大都伪装成瞎子、哑巴、烂腿的残废（烂腿是用蜡烛油画的），来烧香的总是要准备一两吊铜钱施舍给他们的。

正面的大殿，神龛里坐着大帝，油白脸，疏眉细目，五绺长须，颇慈祥的样子，穿了一件簇新的大红蟒袍，手捧一把摺扇。东岳大帝何许人也？据说是《封神榜》上的黄飞虎！

正殿两旁，是"七十二司"，即阴间的种种酷刑，上刀山、下油锅、锯人、磨人……这是对活人施加的精神威慑：你生前做坏事，死后就是这样！

我到泰山庙是去看戏。

正殿的对面有一座戏台。戏台很高，下面可以走人。这倒也好，看戏的不会往前头挤，因为太靠近，看不到台上的戏。

戏台与正殿之间是观众席。没有什么"席"，只是一片空场，看戏的大都是站着。也有自己从家里扛了长凳来坐着看的。

没有什么名角，也没有什么好戏。戏班子是"草台班子"，因为只在里下河一带转。亦称"下河班子"，唱的是京戏，但有些戏是徽调。不知道为什么，哪个班子都有一出《扫松下书》。这出戏剧情很平淡，我小时最不爱看这出戏。到了生意不好，没有什么观众的时候（这种戏班子，观众入场也还要收一点钱），就演《三本铁公鸡》，再不就演《九更天》《杀子报》。演《杀子报》是要加钱的，因为下河班子的闻太师勾的是金脸。下河班子演戏是很随便的，没有准调准词。只有一年，来了一人叫周素娟的女演员，是个正工青衣，在南方的科班时坐科学过戏，唱戏很规矩，能唱《武家坡》《汾河湾》这类的戏，甚至能唱《祭江》《祭塔》……我的家乡真懂京戏的人不多，但是在周素娟唱大段慢板的时候，台下也能鸦雀无声，听得很入神。周素娟混得到里下河来搭班，是"卖了脑子"落魄了。有一个班子有一个大花脸，嗓子很冲，姓颜，大家就叫他颜大花脸。有一回，我听他在戏台旁边的廊子上对着烧开水的"水锅"大声嚷嚷："打洗脸水！"我从他的声音里听出了一腔悲愤，满腹牢骚。我一直对颜大花脸的喊叫不能忘。江湖艺人，吃这碗开口饭，是充满辛酸的。

　　泰山庙正殿的后面，即属于文游台范围，沿砖路北行，路东有秦少游读书台。更北，地势渐高，即文游台。台基是一个大土墩。墩之一侧为四贤祠。四贤，说法不一。这本是一个"淫祠"，是一位"蒲圻先生"把它改造了的。蒲圻先生姓胡，字尧元。明代张继《谒文游台四贤词》诗云："迩来风流久澌烬，文游名在无遗踪。虽有高台可游眺，异端丹碧徒穹窿。嘉禾不植稂莠盛，邦人奔走如狂矇。蒲圻先生独好古，一扫陋俗隆高风。长绳倒拽淫像出，易以四子衣冠容。"这位蒲圻先生实在是多事，把"淫像"留下来让我们看看也好。我小时到文游台，不但看不到淫像，连"四子衣冠容"也没有，只有四个蓝地金字的牌位。墩之正面为盍簪堂。"盍簪"之名，比较生僻。出处在易经。《易·豫》："勿疑，朋盍簪。"王弼洲："盍，合也；簪，疾也。"孔颖达疏："群朋合聚而疾来也。"如果用大白话说，就是"快来堂"。我觉得"快来堂"也挺错。我们小时候对盉簪堂的兴趣比四贤祠大得多。因为堂的两壁刻着《秦邮帖》。小时候以为帖上的字是这些书法家在高邮写的。不是的。是把名家的书法杂凑起来的（帖都是杂凑起来的）。帖是清代嘉庆年间一个叫师亮采的地方官属钱梅溪刻的。钱泳《履园丛话》："二十年乙亥……是年秋八月为韩城师禹门太守刻《秦邮帖》四卷，皆取苏东坡、黄山谷、宋元章、秦少游诸公书，两殿以松雪、华亭二家。"曾有人考证，帖中书颇多"赝鼎"，是假的，我们不管这些，对它还是很有感情。我们用薄纸蒙在帖上，用铅笔来回磨蹭，把这些字"拓"下来带回家，有时翻出来看看，觉得字很美。

盉簪堂后是一座木结构的楼，是文游台的主体建筑。楼颇宏大，东西两面都是大窗户。我读小学时每年"春游"都要上文游台，趴在两边窗台上看半天。东边是农田，碧绿的麦苗，油菜、蚕豆正在开花，很喜人。西边是人家，鳞次栉比，最西可看到运河堤上的杨柳，看到船帆在树头后面缓缓移动，缓缓移动的船帆叫我的心有点酸酸的，也甜甜的。

文游台的出名，是因为这是苏东坡、秦少游、王定国、孙莘老聚会的地方，他们在楼上饮酒、赋诗、倾谈、笑傲。实际上文游诸贤之中，最感动高邮人心的是秦少游。苏东坡只是在高邮停留一个很短的时期。王定国不是高邮人。孙莘老不知道为什么给人一个很古板的印象，使人不大喜欢。文游台实际上是秦少游的台。

秦少游是高邮人的骄傲，高邮人对他有很深的感情，除了因为他是大才子，"国士无双"，词写得好，为人正派，关心人民生活（著过《蚕书》）……还因为他一生遭遇很不幸。他的官位不高，最高只做到"正字"，后半生一直在迁谪中度过。

四十六岁"坐党籍"——和司马光的关系，改馆阁校勘，出为杭州通判。这一年由于御史刘拯给他打了小报告，说他增损《实录》，贬监处州酒税。叫一个才子去管酒税，真是令人啼笑皆非。四十八岁因为有人揭发他写佛书，削秩徒郴州。五十岁，迁横州。五十一岁迁雷州。几乎每年都要调动一次，而且越调越远。后来朝廷下了赦令，迁臣多内徙，少游启程北归，至藤州，出游光华亭，索水欲饮，水至，笑视之而卒，终年五十三岁。

迁谪生活，难以为怀，少游晚年诗词颇多伤心语，但他还是很旷达，很看得开的，能于颠沛中得到苦趣。明陶宗仪《说郛》卷八十二。

> 秦观南迁，行次郴州遇雨，有老仆滕贵者，久在少游家，随以南行，管押行李在后，泥泞不能进，少游留道傍人家以俟，久之盘跚策杖而至，视少游叹曰："学士，学士！他们取了富贵，做了好官，不枉了恁地，自家做甚来陪奉他们！波波地打闲官，方落得甚声名！"怒而不饭。少游再三勉之，曰"没奈何。"其人怒犹未已，曰："可知是没奈何！"少游后见邓博文言之，大笑，且谓邓曰："到京见诸公，不可不举似以发大笑也。"

我以为这是秦少游传记资料中写得最生动的一则，而且是可靠的。这样如闻其声的口语化的对白是伪造不来的。这也是白话文学史中很珍贵的资料，老仆、少游都跃然纸上。我很希望中国的传记文学、历史题材的小说戏曲都能写成这样。然而可遇而不可求。现在的传记、历史题材的小说，都空空廓廓，有事无人，而且注入许多"观点"，使人搔痒不着，吞蝇欲吐。历史连续电视剧则大多数是胡说八道！

东坡闻少游凶信，叹曰："少游已矣，虽万人何赎"，鸣呼哀哉。

一九九三年四月十九日
载一九九三年第五期《散文天地》

文集自序

朋友劝我出一个文集，提了几年了，我一直不感兴趣。第一，我这样的作家值得出文集么？第二，我今年七十三岁，一时半会儿还不会报废，我还能写一点东西，还不到画句号的时候。我的这位朋友是个急脾气，他想做的事就一定要做到，而且抓得很紧。在他的不断催促下，我也不禁意动，我出的书很分散，这里一本，那里一本，有几本已经绝版。有的读者或研究我的学生想搜罗我的作品的全部，很困难。有一个文集，他们翻检起来就可以省一点事。编一个文集，就算到了一站吧。我也可以歇一歇脚，稍事休整，考虑一下下面的路怎么走，我还能写什么，怎么写。于是接受了朋友的建议。

把作品大体归拢了一下，第一个感觉是：才这么一点！半个世纪过去了，我都干了些什么？时间的浪费真是一件可怕的事。不是我一个人，大部分作家都如此。大半时间都是在运动中耗掉的。邓小平同志说运动耽误事，这是一句很真实也很沉痛的话。"左"的文艺思想又扼杀了很多人的才华。老是怕犯错误，怕挨整，哪还能写出多少好作品？半个世纪以来中国文学所走过的道路，是值得大家都来反省一下的。

文集共四卷。第一卷是短篇小说（分上、下册），第二卷是散文，第三卷是文论，第四卷是戏曲剧本。

我是四十年代开始写小说的，以后是一段空白。六十年代初发表过三篇小说。到八十年代又重操旧业，而且一发而不可收，发表小说的数量不少，这个现象有点奇怪。为什么会出现这样的现象呢？

我在八十年代初发表的一些小说，只能说是"王杨卢骆当时体"，"至今已觉不新鲜"，现在的青年作家看了那些小说，会说"这有什么？"但在初发表时是颇为"新鲜"的。那时有青年作家看了《受戒》睁大了眼睛问："小说也是可以这样写的？"他们原来以为小说是只能"那样"写的，于此可见作家的文艺思想被束缚到了何种程度。

"那样"写的小说是哪样的小说？

得有思想性。

小说当然要有思想。我以为思想是小说首要的东西。但必须是作者自己的思想，不是别人的思想。一个小说家对于生活要有自己的感受，自己的思索，自己的独特的感悟。对于生活的思索是非常重要的。要不断地思索，一次比一次更深入的思索。一个作家与常人的不同，就是对生活思索得更多一些，看得更深一些。不是这样，要作家有什么用？但是一些理论书中所说的"思想性"实际上是政治性。"为政治服务"是一个片面性的、不好的口号。这限制了作家的思想。新时期以来文学创作有一种倾向，即从"为政治"回归到"为人生"。我以为这种倾向是好的，这拓宽了文学创作的天地。政治不能涵盖人生的全部内容。

其次很多人心目中对小说叙事模式有个一定之规。他们不知道小说创作方法第一必须打破常规。大家都是一个写法，都是"那样"的小说，那还有什么多样化的风格？

我的一些"这样"的小说可能使青年作家受到某种启发，差堪自慰。但是他们都已经走到我的前面了，我应该向他们学习。

我希望青年作家还能从我这里接受的一点影响是：语言的朴素。

这几年散文忽然走起俏来了。报刊发散文的多起来。专登散文的刊物就有好几家。出版社争出散文。散文的势头很"火"。而且方兴未艾，不是"樱桃桑椹，货卖当时"。这是好事。为什么现在愿意读散文的人那样多，什么原因，我到现在还没有捉摸透。

我本来是写小说的，写散文是"搂草打兔子——捎带脚"。这几年情况变了，小说写得少了，散文写得多了，有一点本末倒置。每天睡醒，赖在床上不起来，脑子想的就是今天写一篇什么散文。写散文渐成我的正业。去年到今年，我应出版社之请，接连编了五个散文集。编得我自己都有点不耐烦了。

为什么有人愿意读我的散文，原因我也一直捉摸不出来。

《蒲桥集》的封面有一条广告，是我自己写的（应出版社的要求）：

　　齐白石自称诗第一，字第二，画第三。有人说汪曾祺的散文比小说好，虽非定论，却有道理。

　　此集诸篇，记人事、写风景、谈文化、述掌故，兼及草木虫鱼、瓜果食物，皆有情致。间作小考证，亦可喜。娓娓而谈，态度亲切，不矜持作态。文求雅洁，少雕饰，如行云流水。春初新韭，秋末晚菘，滋味近似。

这实在是老王卖瓜。"春初新韭，秋末晚菘"，吹得太过头了。广告假装是别人写的，所以不脸红。如果要我自己署名，我是不干的。现在老实招供出来（老是有人向我打听，这广告是谁写的，不承认不行），是让读者了解我的"散文观"。这不是我的成就，只是我的追求。

我以为散文的大忌是作态。

散文是可以写得随便一些的。但是我并不认为什么样的内容都可以写进散文，什么样的文章都可以叫作散文。散文总得有点见识，有点感慨，有点情致，有点幽默感。我的散文会源源不断地写出来，我要跟自己说：不要写得太滥。要写得不滥，没有别的法子，只有多想想事，多接触接触人，多读一点书。

文论卷一部分是创作谈。我不是搞理论的，只能说一点形而下的问题，卑之勿甚高论。谈语言的较多，也还可以看看。《中国文学的语言问题》中说语言的暗示性和流动性，是我捉摸出来的，哪本书里也没有见过，无所本。很难说有什么科学性。往好里说，是一点心得；往坏里说是"瞎咧咧"。

一部分是评论。如果不是报刊指名约稿，我是不会写评论的。都是写东西的人，干嘛要对别人的作品说三道四，品头论足？柯罗连科就批评过高尔基写的文学评论，说他说得太多。柯罗连科以为，一个作家评论另一个作家的作品，只要说："这一篇写得不错，就够了。"我非常赞成柯罗连科的意见。但是只是这样一句话，报刊主编是不会"放过身"的，他们要求总得像一篇文章。于是，只好没话找话说。

我写的评论是一个作家写的评论，不是评论家写的评论，没有多少道理，可以说是印象派评论。现在写印象派评论的人少了。我觉得评论家首先要是一个鉴赏家，评论首先需要的是感情，其次才是道理，这样才能写得活泼生动，不至于写得干巴巴的。评论文章应该也是一篇很好的散文。现在的评论家多数不大注意把文章写好，读起来不大有味道。

　　另一部分是序跋，主要是序。有几篇是我自己的几个集子的序，只是交待一下集中作品写作的背景和经过。更多的是为一些青年作家写的序。顾炎武说"人之患在好为人序"，我并不是那样好为人序，因为写起来很费劲。要看作品，还要想问题。但是花一点工夫，为年轻人写序，为他们鸣锣开道，我以为是应该的，值得的。我知道年轻作家要想脱颖而出，引起注意，坚定写作的信心，是多么不容易。而且有那么一些人总是斜着眼睛看青年作家的作品，专门找"问题"，挑鼻子挑眼。"世人皆欲杀，吾意独怜才"，这样的胸襟他们是没有的。才华，是脆弱的。因此，我要为他们说说话。我写的序跋难免有一些溢美之词，但不是不负责任地胡乱吹捧，那样就是欺骗读者，对作者本人也没有好处。

　　我写的文论大都是心平气和的，没有"论战"的味道。但有些也是有感而发，有所指的。我是个凡人，有时也会生气的。

　　京剧原来没有剧本，更没有剧作家。大部分剧种（昆曲、川剧除外）都不重视剧本的文学性。导演、演员可以随意修改剧本。《范进中举》《小翠》《擂鼓战金山》都演出过，也都被修改过。《裘盛戎》彩排过，被改得一塌糊涂。我是不愿意去看自己的戏演出的。文集所收的剧本都是初稿本，是文学本，不是演出本。

　　有人问我以后还写不写戏，不写了！

一九九三年五月二十三日

却顾所来径，苍苍横翠微
——小说回顾

　　我一九四〇年开始发表小说，那年我二十岁。屈指算来，已经有半个世纪了。最初的小说是沈从文先生"各体文习作"和"创作实习"课上所交的课卷，经沈先生寄给报刊发表的。四十年代写的小说曾结为《邂逅集》，一九四八年由文化生活出版社出版。以后是一段空白。一九四九年到六十年代，我没有写小说。一九六二年写了三个短篇，在中国少年儿童出版社出了一个小集子《羊舍的夜晚》。以后又是一段空白。到八十年代初，我忽然连续发表了不少小说，一直到现在。

　　我家的后园有一棵藤本植物，家里人都不知道是什么东西，因为它从来不开花。有一年夏天，它忽然暴发似的一下子开了很多很多白色的、黄色的花。原来这是一棵金银花。我八十年代初忽然写了不少小说，有点像那棵金银花。

　　为什么我写小说时作时辍，当中有那样长的两大段空白呢？

　　我的小说《受戒》发表后引起一点震动。一个青年作家睁大了眼睛问："小说也是可以这样写的？"他以为小说只能"那样"写，这样写的小说他没有见过。那样写的小说是哪样的呢？要写好人好事，写可以作为大家学习的榜样的先讲人物，模范、英雄，要有思想性，有明确的主题……总之，得"为政治服务"。我写不了"那样"的小说，于是就不写。

八十年代为什么又写起来了呢？因为气候比较好。当时强调要解放思想，允许有较多的创作自由。"这样写"似乎也是可以的，于是我又写了。

北京市作家协会举行过我的作品的讨论会，我做了一次简短的发言，题目是《回到现实主义，回到民族传统》。为什么说"回到"？因为我的小说有一个时期是脱离现实的，受西方文学的影响比较大。

我年轻时写小说，除了师承沈从文，常读契诃夫，还看了一些西方现代派的作品，如阿索林、弗吉尼亚·伍尔夫，受了一些影响。我是较早的，也是有意识的动用意识流方法写作的中国作家之一。

有一次，我和一个同学从西南联大新校舍大门走出来。对面的小树林里躺着一个奄奄一息的士兵，他就要死了，像奥登诗所说，就要"离开身上的虱子和他的将军"了。但还有一口气。他的头缓缓地向两边转动着。我的同学对我说："对于这种现象，你们作家要负责！"我当时想起一句里尔克的诗："他眼睛里有些东西，绝非天空。"

以后我的作品里表现了较多的对人的关怀。我曾自称为"中国式的抒情的人道主义者"。

我是一个中国人。一个人是不能脱离自己的民族的。"民族"最重要的东西是它的文化。一个中国人，即便没有读过什么书，也是在文化传统里生活着的。有评论家说我受了道家思想的影响，有可能，我年轻时很爱读《庄子》。但我觉得我受儒家思想影响更大一些。我所说的"儒家"是曾子式的儒家，一种顺乎自然，超功利的潇洒的人生态度。因为我写的人物身上有传统文化的印迹，有的评论家便封我为"寻根文学"的始作俑者。看起来这顶帽子我暂时只得戴着。

小说里最重要的是什么？我以为是思想。是作家自己的思想，不是别人的思想。是作家用自己的眼睛对生活的观察（我称之为"凝视"），自己的感受，自己的思索，自己对人生的独特的感悟。思索是非常重要的。接触到生活，往往不能即刻理解这个生活片段的全部意义。得经过反复的、一次比一次深入的思索，才能汲出生活的底蕴。作家和常人的不同，无非是对生活想得更多一点，看得更深一点。我有的小说重写过三四次。重写一次，就是一次更深的思索。

与此有关的是文学的社会功能问题。作家的使命感、社会责任或艺术良心，这些还要不要？有一些青年作家对这一套是很腻味的。我以为还是要的。作品写出来了，放在抽屉里，是作家自己的事。拿出去发表了，就是社会的事。一个作品对读者总会产生这样那样的影响，这事不能当儿戏。但是我觉得作品的社会影响不能看得太直接，要求立竿见影，应该看得更宽一点。我以为一个作家的作品是引起读者对生活的关心，对人的关心，对生活，对人持欣赏的态度，这样读者的心胸就会比较宽厚，比较多情，从而使自己变得较有文化修养，远离鄙俗，变得高尚一点，雅一点，自觉地提高自己的人品。

我六十岁写的小说抒情味较浓，写得比较美，七十岁后就越写越平实了。这种变化，不知道读者是怎么看的。

一九九三年六月十九日

载一九九四年第三期《小说月报》

文章杂事

写字·画画·做饭

我正经练字是在小学五年级暑假。我的祖父不知道为什么一高兴，要亲自教我这个孙子。每天早饭后，讲《论语》一节，要读熟，读后，要写一篇叫作"义"体的短文。"义"是把《论语》的几句话发挥一通，这其实是八股文的初阶，祖父很欣赏我的文笔，说是若在"前清"，进学是不成问题的。另外，还要写大字、小字各一张。这间屋子分里外间，里间是一个佛堂，供着一尊铜佛。外间是祖母放置杂物的地方，房梁上挂了好些干菜和晾干了的棕叶，我就在干菜、棕叶的气味中读书、作文、写字。下午，就放学了，随我自己玩。

祖父叫我临的大字帖是裴休的《圭峰定慧禅师碑》，是他从藏帖中选出来的，裴休写的碑不多见，我也只见过这一种。裴休的字写得安静平和，不像颜字柳字那样筋骨努张。祖父所以选中这部帖，道理也许在此。

小学六年级暑假，我在三姑父家从韦子廉先生学。韦先生每天讲一篇桐城派古文，让我们写篇大字。韦先生是写魏碑的，曾临北碑各体，他叫我临的是《多宝塔》。《多宝塔》是颜字里写得最清秀的，不像《大字麻姑仙坛》那样重浊。

有人说中国的书法坏于颜真卿，未免偏激。任何人写碗口大的字，恐怕都得有点颜书笔意，蔡襄以写行草擅名，福州鼓山上有他的两处题名，写的是正书，那是颜体。董其昌行书透逸，写大字却用颜体。歙县有许多牌坊，坊额传为董其昌书，是颜体。

读初中后，父亲建议我写写魏碑，写《张猛龙》。他买来一种稻草做的高二尺，宽尺半，粗而厚的纸，我每天写满一张。

《圭峰碑》《多宝塔》《张猛龙》，这是我的书法的底子。

祖父拿给我临的小楷是赵子昂的《闲邪公家传》，我后来临过《黄庭》《乐毅》，时间都很短。一九四三年云南大学成立了一个曲社，拍曲子。曲谱石印，要有人在特制的石印纸上，用特制的石印墨汁，端楷写出印制。这差事落在我的头上。我凝神静气地写了几十出曲谱，有的是晋人小楷笔意，我的晋人笔意不是靠临摹，而是靠"看"，看来的。

有一个时期，我写的小楷效法倪云林、石涛。

一九四七、四八年我还能用结体微扁的晋人小楷毛笔在毛边纸上写稿、写信。以后改用钢笔，小楷功夫就荒废了。

习字，除了临摹，还要多看，即"读帖"，我的字受"宋四家"（苏、黄、米、蔡）的影响，但我并未临过"宋四家"，是因为爱看，于不知不觉中受了感染。

对于"宋四家"，自来书法家颇多贬词。有人以为中国书法一坏于颜真卿，二坏于"宋四家"，这话不能说毫无道理。"宋四家"对于二王，对于欧薛，确实是一种破坏。但是，也是革新。宋人书法的特点是解放，有较多的自由，较多的个性。"四家"的"蔡"本指蔡京，因为蔡京人太坏，被开除了，代之以蔡襄。其实蔡京的字是写得很好的，有人以为应为"四家"之冠，我同意。苏东坡多有偏锋，书体颇近甜俗。黄山谷长撇大捺，做作。

米芾字不宜多看，多看了会受其影响，终身摆脱不开。米字流畅洒脱，而书品不高，他自称是"臣书刷字"。我的书品也只是尔尔，无可奈何！

我没有正式学过画。我父亲是画家，年轻时画过工笔画。中年后画写意花卉。他没有教过我。只是在他作画时，我爱在旁边看，给他抻抻纸。我家有不少珂罗版印的画册，我没事时就翻来覆去一本一本地看。画册以四王最多，还有，不知为什么有好几本蓝四叔的。我对四王、蓝四叔都没有太大兴趣，及见徐青藤，陈白阳及石涛画，乃大好之。我作画只是自己瞎抹，无师法。要说有，就是这几家（石涛偶亦画花卉，皆极精）。我作画不写生，只是凭印象画。曾为《中国作家》画水仙，另纸题诗一首，中有句云："草花随目见，鱼鸟略似真。"我画的鸟，我的女儿称之为"长嘴大眼鸟"。我的孙女有一次看艺术记录片《八大山人》，说："爷爷画的鸟像八大山人——大眼睛。"写意画要有随意性，不能过事经营，画得太理智。我作画，大体上有一点构思，便信笔涂抹，墨色浓淡，并非预想。画中国画的快乐也在此。曾请人刻了两方闲章，刻的是陶弘景的两句诗："岭上多白云"，"只可自怡悦"。有人撺掇我开画展，我笑笑，我的画作为一个作家的画，还看得过去，要跻身画家行列，是会令画师齿冷的。

有人说写字，画画，也是一种气功。这话有点道理。写字、画画是一种内在的运动。写字，画画，都要把心沉下来，齐白石题画曰："心闲气静时一挥"。心浮气躁时写字、画画，必不能佳。写字画画可以养性，故书画家多长寿。

我不会做什么菜。可是不知道怎么竟会弄得名闻海峡两岸。这是因为有过几位台湾朋友在我家吃过我做的菜，大事宣传而造成的。我只能做几个家常菜。大菜,我做不了。我到海南岛去,东道主送了我好些鱼翅、燕窝,我放在那里一直没有动,因为不知道怎么做。有一点特色,可以称为我家小菜保留节目的有这些:

拌荠菜、拌菠菜。荠菜焯熟,切碎,香干切米粒大,与荠菜同拌,在盘中用手拸成宝塔状。塔顶放泡好的海米,上堆姜米、蒜米。好酱油、醋、香油放在茶杯内,荠菜上桌后,浇在顶上,将荠菜推倒,拌匀,即可下箸。佐酒甚妙。没有荠菜的季节,可用嫩菠菜以同法制。这样做的拌菠菜比北京用芝麻酱拌的要好吃得多。这道菜已经在北京的几位作家中推广,凡试做者,无不成功。

干丝。这是淮扬菜,旧只有烫干丝,大白豆腐干为薄片(刀工好的师傅一块豆腐干能片十六片),再切为细丝。酱油、醋、香油调好备用。干丝用开水烫后,上放青蒜米、姜丝(要嫩姜,切极细),将调料淋下,即得。这本是茶馆中在点心未蒸熟之前,先上桌佐茶的闲食,后来饭馆里也当一道菜卖了。煮干丝的历史我想不超过一百年。上汤(鸡汤或骨头汤)加火腿丝、鸡丝、冬菇丝、虾籽同熬(什么鲜东西都可以往里搁),下干丝,加盐,略加酱油,使微有色,煮两三开,加姜丝,即可上桌。聂华苓有一次上我家来,吃得非常开心,最后连汤汁都端起来喝了。北京大方豆腐干甚少见,可用豆腐片代。干丝重要的是刀工。袁子才谓"有味者使之出,无味者使之入",干丝切得极细,方能入味。

烧小萝卜。台湾陈怡真到北京来,指名要我做菜,我给她做了几个菜,有一道是烧小萝卜,我知道台湾没有小红水萝卜(台湾只有白萝卜)。做菜看对象,要做客人没有吃过的,才觉新鲜。北京小水萝卜一年里只有几天最好。早几天，萝卜没长好，少水分，发艮，且有辣味，不甜；过了这几天，又长过了，糠。陈怡真运气好，正赶上小萝卜最好的时候。她吃了，赞不绝口。我做的烧小萝卜确实很好吃，因为是用干贝烧的。"粗菜细做"，是制家常菜不二法门。

塞肉回锅油条。这是我的发明，可以申请专利。油条切成寸半长的小段，用手指将内层掏出空隙，塞入肉茸、葱花、榨菜末，下油锅重炸。油条有矾，较之春卷尤有风味。回锅油条极酥脆，嚼之真可声动十里人。

炒青苞谷。新玉米剥出粒，与瘦猪肉末同炒，加青辣椒。昆明菜。

其余的菜如冰糖肘子、腐乳肉、腌笃鲜、水煮牛肉、干煸牛肉丝、冬笋雪里蕻炒鸡丝、清蒸轻盐黄花鱼、川冬菜炒碎肉……大家都会做，也都是那个做法，不列举。

做菜要有想象力，爱捉摸，如苏东坡所说："忽出新意"；要多实践，学做一样菜总得失败几次，方能得其要领；也需要翻翻食谱。在我所看的闲书中，食谱占一个重要地位。食谱中写得最好的，我以为还得数袁子才的《随园食单》。这家伙确实很会吃，而且能说出个道道。如前面所说："有味者使之出，无味者使之入。"实是经验的总结。"荤菜素油炒，素菜荤油炒"，尤为至理名言。

做菜的乐趣第一是买菜，我做菜都是自己去买的。到菜市场要走一段路，这也是散步，是运动。我什么功也不练，只练"买菜功"。我不爱逛商店，爱逛菜市。看看那些碧绿生青、新鲜水灵的瓜菜，令人感到生之喜悦。其次是切菜、炒菜都得站着，对于一个终日伏案的人来说，改变一下身体的姿势是有好处的。

最大的乐趣还是看家人或客人吃得很高兴，盘盘见底。做菜的人一般吃菜很少。我的菜端上来之后，我只是每样尝两筷，然后就坐着抽烟、喝茶、喝酒。从这点说起来，愿意做菜给别人吃的人是比较不自私的。

诗曰：

> 年年岁岁一床书，
> 弄笔晴窗且自娱。
> 更有一般堪笑处，
> 六平方米作邮厨。

一九九三年八月十三日
载一九九三年第六期《今日生活》

名实篇

　　我浑身上下无名牌，除了口袋里有时有一盒名牌烟。叫我谈名牌，实在是赶鸭子上架。我只能说一点极其一般的老生常谈。

　　"牌子"是外来语，中国原先没有这个东西。"牌子"是商标，更精确一点是"注册商标"。原文是 Trade mark。最初引进的可能是广东人。广东四五十年前出了一种花露水，瓶子上贴了印了两个广东妞的图画，有字："双妹唛"——后来为了通行全国，改成了"双妹老牌花露水"。但是"唛"这个字并未消失。有一种长方形扁铁桶装的花生油，还叫作"骆驼唛"。我的女儿管这种油叫作"骆驼妈"。

　　中国没有牌子，但有字号。有的字号标明 ×× 为记，这"为记"实近似商标。如北京后门桥一家卖酱菜的在门口挂一个大葫芦，这本是一个幌子，但成了这一家的字号，有一个时期与六必居、天源鼎足而立，后来不知道为什么歇业了。有的药品以创制的人为记。昆明云南白药的仿单印着曲焕章的照片，北京长春堂的避瘟散的外包装上印着发明这种药的老道的像。曲焕章、老道的玉像，实起了牌子的作用。老字号、名牌，有时是分不清的。王麻子、张小泉，是字号，也是商标。

牌子的兴起，最初大概是香烟。人买烟，都得认准了是什么牌子的。一时从南到北到处充斥各种中外名牌烟：555、三炮台、绞盘牌、老刀牌、红锡包；骆驼牌、Lucky strike、吉士斐儿、万宝路……中国烟则有大前门、美丽牌。其后才出现别种名牌商品。最初是"天虚我生新发明"的无敌牌牙粉、三友实业社的三角牌床单、天厨味精、奇异牌电灯泡……这些名牌，有的退步了，有些消失了。考察一下名牌的兴衰史，可以作为今天创保名牌的借鉴。

名的基础是实。"名者实之宾"，"实至名归"，这是常识，也是真理。要出名，先得东西地道。北京人的俗话说："人叫人千声不语，货叫人点手就来"，说得很形象。

创名牌不易，保名牌尤难。关键是质量。昆明吉庆祥的火腿月饼我以为是天下第一。前几年有人给我带了一盒"四两砣"（旧秤四两一个），质量和我四十年前在昆明吃的还是一样。而过桥米线、汽锅鸡则完全不是那么一回事了！

以烟卷为例。"红塔山"现在已经是无可争议的国产烟的头块牌了。原来可不是这样。在云南名烟中，"红塔山"只是位居第三。为什么能够力挫群雄，扶摇直上呢？因为玉溪卷烟厂非常重视质量，厂的领导认为质量是企业的生命。他们严格把好两道质量关。一是保证烟叶的质量。他们说玉烟的第一车间不在厂里，而在田间。厂方对烟农在农药、化肥等方面给予很大的帮助，但有一个条件：你得给我一级烟叶。第二是烟叶在制造前一定要储存二年至二年半，这样才能把烟叶中的杂味挥发掉。中药铺的制药作坊挂着一副对子："修合虽无人见，存心自有天知。"制烟也是这样。烟叶的质量、储存时间，是没有人看见的。但是烟也有"天"，这个"天"就是烟民的感觉。

名牌是要靠宣传的，就是做广告。"桃李不言，下自成蹊"是过于古典的说法。"酒好不怕巷子深"未必然。小酒铺贴对联："隔壁三家醉，开坛十里香"，是宣传，是广告，而且很夸张。广告，总要夸张，但是夸张得有谱。有的广告实在太离谱。上海过去有一个叫黄楚九的人，此人全靠广告起家。他发明了一种药叫"百龄机"，大做广告。他出过一本画册，宣传百龄机"有意想不到之功效"，请上海的名画家作画，图文并茂，每一页宣传意想不到的功效中的一项。有一页画的是一个人在小便，文曰："小便远射有力。"因为这种功效真是"意想不到"，给我留下的印象很深。但是我不会去买百龄机的，因为小便是否远射有力，关系不大。现在有许多高级补药，我看到广告言过其实，总不免想到百龄机，想到小便远射有力。

广告是一门艺术。广告语言要有点文学性。广告语言中最好的，我以为是丰田汽车广告牌上的"车到山前必有路，有路便有丰田车"，头一句运用中国谚语很巧妙，下接"有路便有丰田车，读起来非常顺口。美丽牌香烟在申报、新闻报做全幅广告，只是两句话——"有美皆备，无用不臻"，虽然两句的意思是一样的，在诗律中是"合掌"，但是简单明了。而且大家看得多了，便记得住。其次是图像。万宝路在各画报杂志上登的广告，都是同一个牛仔。这个牛仔的形象，气质和万宝路的烟味有相通处，是一幅成功的广告，听说这个牛仔前两年死了，那万宝路以后靠谁来做广告呢？广告上出现的人物形象得讨人喜欢。七喜电视广告上的那个女孩就很可爱。康莱蛋卷广告上那个男孩，"康莱，把营养和美味，卷起来！"看了那个孩子，叫人很想买一盒康莱蛋卷嚼嚼。有的广告是失败的，如一个风雨衣厂的广告，看了叫人莫名奇妙。

随着商品经济的发展，名牌的破土解箨，应该培养人们的名牌意识，有些观念需要改变。比如"价廉物美"，在高消费的时期，就不适用，应该代之是"价高物美"。现在"价廉物美"的陈旧观念，还在束缚着一些企业的手脚。

名牌意识的普及，有几个方面，一是企业家，一是消费者，一是工商业的领导。名牌需要保护，需要特殊照顾。最重要的是保障原料的供应。举一个例，昆明的汽锅鸡、过桥米线为什么质量下降？因为汽锅鸡、过桥米线过去用的鸡都是"武定壮鸡"—— 一种动了特殊手术的肥母鸡，现在武定壮鸡几乎没有了，用人工饲养的肉鸡，怎么能做得出不减当年的汽锅鸡和过桥米线呢？要恢复当年的汽锅鸡、过桥米线，首先应恢复武定壮鸡的生产。

一九九三年八月

载一九九三年第四期《中国名牌》

栗　子

　　栗子的形状很奇怪，像一个小刺猬。栗有"斗"，斗外长了长长的硬刺，很扎手。栗子在斗里围着长了一圈，一颗一颗紧挨着，很团结。当中有一颗是扁的，叫作脐栗。脐栗的味道和其他栗子没有什么两样。坚果的外面大都有保护层，松子有鳞瓣，核桃、白果都有苦涩的外皮，这大概都是为了对付松鼠而长出来的。

　　新摘的生栗子很好吃，脆嫩，只是栗壳很不好剥，里面的内皮尤其不好去。

　　把栗子放在竹篮里，挂在通风的地方吹几天，就成了"风栗子"。风栗子肉微有皱纹，微软，吃起来更为细腻有韧性。不像吃生票子会弄得满嘴都是碎粒，而且更甜。贾宝玉为一件事生了气，袭人给他打岔，说："我想吃风栗子了。你给我取去。"怡红院的檐下是挂了一篮风栗子的。风栗子入《红楼梦》，身价就高起来，雅了。这栗子是什么来头，是贾蓉送来的？刘姥姥送来的？还是宝玉自己在外面买的？不知道，书中并未交待。

　　栗子熟食的较多。我的家乡原来没有炒栗子，只是放在火里烤。冬天，生一个铜火盆，丢几个栗子在通红的炭火里，一会儿，砰的一声，蹦出一个裂了壳的熟栗子，抓起来，在手里来回倒，连连吹气使冷，剥壳入口，香甜无比，是雪天的乐事。不过烤栗子要小心，弄不好会炸伤眼睛。烤栗子外国也有，西方有"火中取栗"的寓言，这栗子大概是烤的。

北京的糖炒栗子，过去讲究栗子是要良乡出产的。良乡栗子比较小，壳薄，炒熟后个个裂开，轻轻一捏，壳就破了，内皮一搓就掉，不"护皮"。据说良乡栗子原是进贡的，是西太后吃的（北方许多好吃的东西都说是给西太后进过贡）。

北京的糖炒栗子其实是不放糖的，昆明的糖炒栗子真的放糖。昆明栗子大，炒栗子的大锅都支在店铺门外，用大如玉米豆的粗砂炒，不时往锅里倒一碗糖水。昆明炒栗子的外壳是黏的，吃完了手上都是糖汁，必须洗手。栗肉为糖汁沁透，很甜。

炒栗子宋朝就有。笔记里提到的"爆栗"，我想就是炒栗子。汴京有个叫李和儿的，爆栗有名。南宋时有一使臣（偶忘其名姓）出使，有人遮道献爆栗一囊，即汴京李和儿也。一囊爆栗，寄托了故国之思，也很感人。

日本人爱吃栗子，但原来日本没有中国的炒栗子。有一年我在广交会的座谈会上认识一个日本商人，他是来买栗子的（每年都来买）。他在天津曾开过一家炒栗子的店，回国后还卖炒栗子，而且把他在天津开的炒栗子店铺的招牌也带到日本去，一直在东京的炒栗子店里挂着。他现在发了财，很感谢中国的炒栗子。

北京的小酒铺过去卖煮栗子。栗子用刀切破小口，加水，入花椒大料煮透，是极好的下酒物。现在不见有卖的了。

栗子可以做菜。栗子鸡是名菜，也很好做，鸡切块，栗子去皮壳，加葱、姜、酱油，加水淹没鸡块，鸡块熟后，下绵白糖，小火焖二十分钟即得。鸡须是当年小公鸡，栗须完整不碎。罗汉斋亦可加栗子。

我父亲曾用白糖煨栗子，加桂花，甚美。

北京东安市场原来有一家卖西式蛋糕、冰点心的铺子卖奶油栗子粉。栗子粉上浇稀奶油，吃起来很过瘾。当然，价钱是很贵的。这家铺子现在没有了。

羊羹的主料是栗子面。"羊羹"是日本话，其实只是潮湿的栗子面压成长方形的糕，与羊毫无关系。

河北的山区缺粮食，山里多栗树，乡民以栗子代粮。栗子当零食吃是很好吃的，但当粮食吃恐怕胃里不大好受。

载一九九三年第八期《家庭》

老年的爱憎

大约三十年前，我在张家口一家澡堂洗澡，翻翻留言簿，发现有叶圣老给一个姓王的老搓背工题的几句话，说老王服务得很周到，并说："与之交谈，亦甚通达。""通达"用在一个老搓背工的身上，我觉得很有意思，这比一般的表扬信有意思得多。从这句话里亦可想见叶老之为人。因此至今不忘。

"通达"是对世事看得很清楚，很透彻，不太容易着急生气发牢骚。

但"通达"往往和冷漠相混。鲁迅是反对这种通达的。《祝福》里鲁迅的本家叔叔堂上的对联的下联写的便是"世理通达心气和平"，鲁迅是对这位讲理学的老爷存讽刺之意的。

通达又常和恬淡，悠闲联在一起。

这几年不知道怎么提倡起悠闲小品来，出版社争着出周作人、林语堂、梁实秋的书，这说明什么问题呢?

周作人早年的文章并不是那样悠闲的，他是个人道主义者，思想是相当激进的。直到《四十自寿》"请到寒斋吃苦茶"的时候，鲁迅还说他是有感慨的。后来才真的闲得无聊了。我以为林语堂、梁实秋的文章和周作人早期的散文是不能相比的。

提倡悠闲文学有一定的背景，大概是因为大家生活得太紧张，需要休息，前些年的文章政治性又太强，过于严肃，需要轻松轻松。但我以为一窝蜂似的出悠闲小品，不是什么好事。

可是偏偏有人（而且不少人）把我的作品算在悠闲文学一类里，而且算是悠闲文学的一个代表人物。

我是写过一些谈风俗，记食物，写草木虫鱼的文章，说是"悠闲"，并不冤枉。但我也写过一些并不悠闲的作品。我写的《陈小手》，是很沉痛的。《城隍·土地·灶王爷》，也不是全无感慨。只是表面看来，写得比较平静，不那么激昂慷慨罢了。

我不是不食人间烟火，不动感情的人。我不喜欢那种口不藏否人物，绝不议论朝政，无爱无憎，无是无非，胆小怕事，除了猪肉白菜的价钱什么也不关心的离退休干部。这种人有的是。

中国人有一种哲学，叫作"忍"。我小时候听过"百忍堂"张家的故事，就非常讨厌。现在一些名胜古迹卖碑帖的文物商店卖的书法拓本最多的一是郑板桥的"难得糊涂"，二是一个大字："忍"。这是一种非常庸俗的人生哲学。

周作人很欣赏杜牧的一句诗："忍过事则喜"，我以为这不像杜牧说的话。杜牧是凡事都忍么？请看《阿房宫赋》："使天下之人，不敢言而敢怒。"

一九九三年十一月三日

载一九九四年第一期《钟山》

继　母

　　林则徐的女儿嫁沈葆帧，病笃，自知不治，写了一副对联留给沈葆祯和她的女儿：

　　　我别良人去矣。大丈夫何患无妻。若他年重结丝罗，
　莫对生妻谈死妇。
　　　汝从严父戒哉。小妮子终当有母。倘异日得蒙扶养，
　须知继母即亲娘。

　　　　　　　　　　　引自一九九三年十一期《女声》杂志

　　这实际上是一篇遗嘱。病危之时，不以自己的生死萦怀，没有多少生离死别的悲悲切切，而是拳拳以丈夫和继室、女儿和后母处好关系为念，真是难得。老是继室面前谈前妻，总是会使继室在感情上不舒服的。前娘的女儿对后娘总不会那么亲，久之，便会产生隔阂。使她放心不下的，唯此二事，所以言之谆谆，话说得既通达，又充满人情。这真是大家风范，不愧是林则徐的女儿。

　　由此我想起一个与后娘有关的评剧小戏，《鞭打芦花》，

是写闵子骞的。闵子骞的母亲死了，他父亲又续娶了一房。后房生了两个儿子。一天，下大雪，闵子骞的父亲命三个儿子驾车外出。闵子骞的父亲看见大儿子抱肩耸背，不使劲，很生气，抽了他一鞭。一鞭下去，闵子骞的上袄裂开了，闵子骞的父亲怔了：袄里絮的不是棉花，是芦花！闵子骞的父亲大为生气，怎么可以对前房的儿子这样呢！他要把这个后老伴休了，闵子骞说千万使不得，跪在雪地上说了两句话：

> 母在一子单，
> 母去三子寒。

这是两句非常感人的话。

闵子骞是孔子的学生，是个孝子。孔子称赞他说："孝哉闵子骞！人不间于其父母昆弟之言。"（《论语·先进》）"鞭打芦花"有没有这回事，未见记载。我想是民间艺人编出来的戏，这样富于生活气息的细节，也只有民间艺人能够想得出。这是一出说教的戏，但是编得很艺术，很感人。过去在农村演出，到"母在一子单，母去三子寒"，有的妇女会流泪，甚至会哭出声来的。

继母是不好当的。"继母"在旧社会一直是一个不好解决的家庭问题，社会问题，伦理道德问题。一般父母对自己生的儿女即使是打是骂，也还是疼的，因为照京郊农村小戏所说，这是"我生的，我养的，我锄的，我耪的！"对前房的子女，则是"隔层肚皮隔重山"。这种关系，需要协调。怎么协调？"亦唯忠恕而已矣"。

林则徐的女儿的遗联、《鞭打芦花》的情节，直接间接都受了儒家思想的影响。林则徐的女儿出身书香门第，曾读孔孟之书，自不必说。《鞭打芦花》的编剧艺人未必读过《论语》（但是一出土生土长的民间小戏却以一孔夫子的弟子做主角，这是值得深思的），但是这位（或这些）剧作者掌握了儒家思想最精粹的内核：人情。

现在实行一对夫妻只生一个孩子的政策，"继母"问题已经不那么尖锐，不那么普遍了，但是由此涉及的伦理道德问题并没有解决，即如何为人母。

有些与"继母"毫不相干的社会现象，从伦理道德角度来看，即所谓"人际关系"，其实是相通的，即怎样"做人"。

一个国家，一个民族，一个时代，总要有它的伦理道德观念。我们今天的伦理道德观念从什么地方取得？我看只有从孔夫子那里借鉴，曰仁心，曰恕道，或者如老百姓所说：讲人情。如果一个时代没有道德支柱，只剩下赤裸裸的自私和无情，将是极其可怕的事。我们现在常说提高民族的素质，什么素质？应该是文化素质、心理素质、伦理道德素质。

我觉得林则徐的女儿的遗联、《鞭打芦花》，对提高民族伦理道德素质，是有作用的。

一九九三年十一月十八日

载一九九八年第二期《大家》

1994

后十年集

散文随笔卷

七载云烟

天地一瞬

我在云南住过七年，一九三九年至一九四六年。准确地说，只能说在昆明住了七年。昆明以外，最远只到过呈贡，还有滇池边一片沙滩极美、柳树浓密的叫作斗南村的地方，连富民都没有去过。后期在黄土坡、白马庙各住过年把二年，这只能算是郊区。到过金殿、黑龙潭、大观楼，都只是去游逛，当日来回。我们经常活动的地方是市内。市内又以正义路及其旁出的几条横街为主。正义路北起华山南路，南至金马碧鸡牌坊，当时是昆明的贯通南北的干线，又是市中心所在。我们到南屏大戏院去看电影，——演的都是美国片子。更多的时间是无目的地闲走，闲看。

我们去逛书店。当时书店都是开架售书，可以自己抽出书来看。有的穷大学生会靠在柜台一边，看一本书，一看两三个小时。

逛裱画店。昆明几乎家家都有钱南园的写得四方四正的颜字对朕。还有一个吴忠荩老先生写的极其流利但用笔扁如竹篾的行书四扇屏。慰情聊胜无，看看也是享受。

武成路后街有两家做锡箔的作坊。我每次经过，都要停下来看做锡箔的师傅在一个木墩上垫了很厚的粗草纸，草纸间衬了锡片，用一柄很大的木槌，使劲夯砸那一垛草纸。师傅浑身是汗，于是锡箔就槌成了。没有人愿意陪我欣赏这种槌锡箔艺术，他们都以为："这有什么看头！"

逛茶叶店。茶叶店有什么逛头？有！华山西路有一家茶叶店，一壁挂了一副嵌在镜框里的米南宫体的小对联，字写得好，联语尤好：

> 静对古碑临黑女
> 闲吟绝句比红儿

我觉得这对得很巧，但至今不知道这是谁的句子。尤其使我不明白的，是这家茶叶店为什么要挂这样一副对子？

我们每天经过，随时往来的地方，还是大西门一带。大西门里的文林街，大西门外的凤翥街、龙翔街。"凤翥"、"龙翔"，不知道是哪位擅于辞藻的文人起下的富丽堂皇的街名，其实这只是两条丁字形的小小的横竖街。街虽小，人却多，气味浓稠。这是来往滇西的马锅夫卸货、装货、喝酒、吃饭、抽鸦片、睡女人的地方。我们在街上很难"深入"这种生活的里层，只能切切实实地体会到：这是生活！我们在街上闲看。看卖木柴的、卖木炭的、卖粗瓷碗、卖砂锅的，并且常常为一点细节感动不已。

但是我生活得最久，接受影响最深，使我成为这样一个人，这样一个作家，——不是另一种作家的地方，是西南联大，新校舍。

骑了毛驴考大学

万里长征，

辞却了五朝宫阙。

暂驻足，

衡山湘水，

又成离别，

绝徼移栽桢干质，

九州遍洒黎元血。

尽笳吹弦诵在山城，

情弥切……

——西南联大校歌

日寇侵华，平津沦陷，北大、清华、南开被迫南迁，组成一个大学，在长沙暂住，名为"临时大学"。后迁云南，改名"国立西南联合大学"，简称"西南联大"。这是一座战时的、临时性的大学，但却是一个产生天才，影响深远，可以彪炳于世界大学之林，与牛津、剑桥、哈佛、耶鲁平列而无愧色的，窳陋而辉煌的，奇迹一样的，"空前绝后"的大学。喔，我的母校，我的西南联大！

像蜜蜂寻找蜜源一样飞向昆明的大学生，大概有几条路径。

一条是陆路。三校部分同学组成"西南旅行团"，由北平出发，走向大西南。一路夜宿晓行，埋锅造饭，过的完全是军旅生活。他们的"着装"是短衣，打绑腿，布条编的草鞋，背负薄薄的一卷行李，行李卷上横置一把红油纸伞，有点像后来的大串联的红卫兵。除了摆渡过河外，全是徒步。自北平至昆明，全程三千五百里，算得是一个壮举。旅行团有部分教授参加，闻一多先生就是其中之一。闻先生一路画了不少铅笔速写。其时闻先生已经把胡子留起来了，——闻先生曾发愿：抗战不胜，誓不剃须！

另一路是海程。由天津或上海搭乘怡和或太古轮船，经香港，到越南海防，然后坐滇越铁路火车，由老街入境，至昆明。

有意思的是，轮船上开饭，除了白米饭之外，还有一箩高粱米饭。这是给东北学生预备的。吃高粱米饭，就咸鱼、小虾，可以使"我的家在东北松花江上的"的流亡学生得到一点安慰，这种举措很有人情味。

我们在上海就听到滇越路有瘴气，易得恶性疟病，沿路的水不能喝，于是带了好多瓶矿泉水。当时的矿泉水是从法国进口的，很贵。

没有想到恶性疟疾照顾上了我！到了昆明，就发了病，高烧超过四十度，进了医院，医生就给我打了强心针（我还跟护士开玩笑，问"要不要写遗书"）。用的药是606，我赶快声明：我没有生梅毒！

出了院，晕晕乎乎地参加了全国统一招生考试。上帝保佑，竟以第一志愿被录取，我当时真是像做梦一样。

当时到昆明来考大学的，取道各有不同。

有一位历史系学生姓刘的同学是自己挑了一担行李，从家乡河南一步一步走来的。这人的样子完全是一个农民，说话乡音极重，而且四年不改。

有一位姓应的物理系的同学，是在西康买了一头毛驴，一路骑到昆明来的。此人精瘦，外号"黑鬼"，宁波人。

这样一些莘莘的学子，不远千里，从四面八方奔到昆明来，考入西南联大，他们来干什么，寻找什么？

大部分同学是来寻找真理，寻找智慧的。

也有些没有明确目的，糊里糊涂的。我在报考申请书上填了西南联大，只是听说这三座大学，尤其是北大的学风是很自由的，学生上课、考试，都很随便，可以吊儿郎当。我就是冲着吊儿郎当来的。

我寻找什么？

寻找潇洒。

斯是陋室

西南联大的校舍很分散，很多处是借用昆明原有的房屋、学校、祠堂。自建的，集中，成片的校舍叫"新校舍"。

新校舍大门南向，进了大门是一条南北大路。这条路是土路，下雨天滑不留足，摔倒的人很多。这条土路把新校舍划分成东西两区。

西边是学生宿舍。土墙，草顶。土墙上开了几个方洞，方洞上竖了几根不去皮的树棍，便是窗户。挨着土墙排了一列双人木床，一边十张，一间宿舍可住四十人，桌椅是没有的。两个装肥皂的大箱摞起来，既是书桌，也是衣柜。昆明不知道哪里来的那么多肥皂箱，很便宜，男生女生多数都有这样一笔"财产"。有的同学在同一宿舍中一住四年不挪窝，也有占了一个床位却不来住的。有的不是这个大学的，却住在这里。有一位，姓曹，是同济大学的，学的是机械工程，可是他从来不到同济大学去上课，却从早到晚趴在木箱上写小说。有些同学成天在一起，乐数晨夕，堪称知己。也有老死不相往来，几乎等于不认识的。我和那位姓刘的历史系同学就是这样，我们俩同睡一张木床，他住上铺，我住下铺，却很少见面。他是个很守规矩、很用功的人，每天按时作息。我是个夜猫子，每天在系图书馆看一夜书，即天亮才回宿舍。等我回屋就寝时，他已经在校园树下苦读英文了。

大路的东侧，是大图书馆。这是新校舍唯一的一座瓦顶的建筑。每天一早，就有人等在门外"抢图书馆"，——抢位置，抢指定参考书。大图书馆藏书不少，但指定参考书总是不够用的。

每月月初要在这里开一次"国民精神总动员月会"，简称"国民月会"。把图书馆大门关上，钉了两面交叉的党国旗，便是会场。所谓月会，就是由学校的负责人讲一通话。讲的次数最多的是梅贻琦，他当时是主持日常校务的校长（北大校长蒋梦麟、南开校长张伯苓）。梅先生相貌清癯，人很严肃，但讲话有时很幽默。有一个时期昆明闹霍乱，梅先生告诫学生不要在外面乱吃，说："有同学说'我在外面乱吃了好多次，也没有得一次霍乱'，同学们！这种事情是不能有第二次的。"

更东，是教室区。土墙，铁皮屋顶（涂了绿漆）。下起雨来，铁皮屋顶被雨点打得乒乒乓乓地响，让人想起王禹偁的《黄岗竹楼记》。

这些教室方向不同，大小不一，里面放了一些一边有一块平板，可以在上面记笔记的木椅，都是本色，不漆油漆。木椅的设计可能还是从美国传来的，我在爱荷华—耶鲁都看见过。这种椅子的好处是不固定，可以从这个教室到那个教室任意搬来搬去。吴宓（雨僧）先生讲《红楼梦》，一看下面有女生还站着，就放下手杖，到别的教室去搬椅子。于是一些男同学就也赶紧到别的教室去搬椅子。到宝姐姐、林妹妹都坐下了，吴先生才开始讲。

这样的陋室之中，却培养了很多优秀的人才。

联大五十周年校庆时，校友从各地纷纷返校。一位从国外赶回来的老同学（是个男生），进了大门就跪在地下放声大哭。

前几年我重回昆明，到新校舍旧址（现在是云南师范大学）看了看，全都变了样，什么都没有了，只有东北角还保存了一间铁皮屋顶的教室，也岌岌可危了。

不衫不履

联大师生服装各异，但似乎又有一种比较一致的风格。

女生的衣着是比较整洁的。有的有几件华贵的衣服，那是少数军阀商人的小姐。但是她们也只是参加 Party 时才穿，上课时不会穿得花里胡哨的。一般女生都是一身阴丹士林旗袍，上身套一件红的毛衣。低年级的女生爱穿"工裤"，——劳动布的长裤，上面有两条很宽的带子，白色或浅花的衬衫。这大概本是北京的女中学生流行的服装，这种风气被贝满等校的女生带到昆明来了。

男同学原来有些西装革履，裤线笔直的，也有穿麂皮夹克的，后来就日渐少了，绝大多数是蓝布衫，长裤。几年下来，衣服破旧，就想各种办法"弥补"，如贴一张橡皮膏之类。有人裤子破了洞，不会补，也无针线，就找一根麻筋，把破洞结了一个疙瘩。这样的疙瘩名士不止一人。

教授的衣服也多残破了。闻一多先生有一个时期穿了一件一个亲戚送给他的灰色夹袍，式样早就过时，领子很高，袖子很窄。朱自清先生的大衣破得不能再穿，就买了一件云南赶马人穿的深蓝氆氇的一口钟（大概就是彝族察尔瓦）披在身上，远看有点像一个侠客。有一个女生从南院（女生宿舍）到新校舍去，天已经黑了，路上没有人，她听到后面有梯里突鲁的脚步声，以为是坏人追了上来，很紧张。回头一看，是化学教授曾昭抡。他穿了一双空前（露着脚趾）绝后鞋（后跟烂了，提不起来，只能半趿着），因此发出此梯里突鲁的声音。

联大师生破衣烂衫，却每天孜孜不倦地做学问，真是穷且益坚，不坠青云之志，这种精神，人天可感。

当时"下海"的，也有。有的学生跑仰光、腊戌，趸卖"玻璃丝袜"、"旁氏口红"；有一个华侨同学在南屏街开了一家很大的咖啡馆，那是极少数。

采 薇

大学生大都爱吃，食欲很旺，有两个钱都吃掉了。

初到昆明，带来的盘缠尚未用尽，有些同学和家乡邮汇尚通，不时可以得到接济，一到星期天就出去到处吃馆子。汽锅鸡、过桥米线、新亚饭店的过油肘子、东月楼的锅贴乌鱼、映时春的油淋鸡、小西门马家牛肉馆的牛肉、厚德福的铁锅蛋、松鹤楼的腐乳肉、"三六九"（一家上海面馆）的大排骨面，全都吃了一个遍。

钱逐渐用完了，吃不了大馆子，就只能到米线店里吃米线、饵块。当时米线的浇头很多，有焖鸡（其实只是酱油煮的小方块瘦肉，不是鸡）、爨肉（即肉末、音川，云南人不知道为什么爱写这样一个笔画繁多的怪字）、鳝鱼、叶子（油炸肉皮煮软，有的地方叫"响皮"，有的地方叫"假鱼肚"）。米线上桌，都加很多辣椒，——"要解馋，辣加咸"。如果不吃辣，进门就得跟堂倌说："免红！"

到连吃米线、饵块的钱也没有的时候，便只有老老实实到新校舍吃大食堂的"伙食"。饭是"八宝饭"，通红的糙米，里面有砂子、木屑、老鼠屎。菜，偶尔有一碗四锅肉、炒猪血（云南谓之"旺子"），常备的菜是盐水煮芸豆，还有一种叫"魔芋豆腐"，为紫灰色的，烂糊糊的淡而无味的奇怪东西。有一位姓郑的同学告诫同学：饭后不可张嘴——恐怕飞出只鸟来！

一九四四年，我在黄土坡一个中学教了两个学期。这个中学是联大办的，没有固定经费，薪水很少，到后来连一点极少的薪水也发不出来，校长（也是同学）只能设法弄一点米来，让教员能吃上饭。菜，对不起，想不出办法。学校周围有很多野菜，我们就吃野菜。校工老鲁是我们的技术指导。老鲁是山东人，原是个老兵，照他说，可吃的野菜简直太多了，但我们吃得最多的是野苋菜（比园种的家苋菜味浓）、灰菜（云南叫作灰藋菜，"藋"字见于《庄子》，是个很古的字），还有一种样子像一根鸡毛掸子的扫帚苗。野菜吃得我们真有些面有菜色了。

有一个时期附近小山下柏树林里飞来很多硬壳昆虫，黑色，形状略似金龟子，老鲁说这叫豆壳虫，是可以吃的，好吃！他捉了一些，撕去硬翅，在锅里干爆了，撒了一点花椒盐，就起酒来。在他的示范下，我们也爆了一盘，闭着眼睛尝了尝，果然好吃。有点像盐爆虾，而且有一股柏树叶的清香，——这种昆虫只吃柏树叶，别的树叶不吃。于是我们有了就酒的酒菜和下饭的荤菜。这玩意儿多得很，一会儿的工夫就能捉一大瓶。

要写一写我在昆明吃过的东西，可以写一大本，撮其大要写了一首打油诗。怕读者看不明白，加了一些注解，诗曰：

> 重升肆里陶杯绿[1]，
>
> 饵块摊来炭火红[2]。
>
> 正义路边养正气[3]，
>
> 小西门外试撩青[4]。
>
> 人间至味干巴菌[5]，
>
> 世上馋人大学生。
>
> 尚有灰藋堪漫吃[6]，
>
> 更循柏叶捉昆虫。

一束光阴付苦茶

昆明的大学生（男生）不坐茶馆的大概没有。不可一日无

[1] 昆明的白酒分市酒和升酒。市酒是普通白酒，升酒大概是用市酒再蒸一次，谓之"玫瑰重升"，似乎有点玫瑰香气。昆明酒店都是盛在绿陶的小碗里，一碗可盛二小两。

[2] 饵块分两种，都是米面蒸熟了的。一种状如小枕头，可做汤饵块、炒饵块。一种是椭圆的饼，犹如鞋底，在炭火上烤得发泡，一面用竹片涂了芝麻酱、花生酱、甜酱油、油辣子，对合而食之，谓之"烧饵块"。

[3] 汽锅鸡以正义路牌楼旁一家最好。这家无字号，只有一块匾，上书大字："培养正气"，昆明人想吃汽锅鸡，就说："我们今天去培养一下正气。"

[4] 小西门马家牛肉极好。牛肉是蒸或煮熟的，不炒菜，分部位，如"冷片"、"汤片"……有的名称很奇怪。如大筋（牛鞭）、"领肝"（牛肚）。最特别的是"撩青"（牛舌，牛的舌头可不是撩青草的么？但非懂行人觉得这很费解）。"撩青"很好吃。

[5] 昆明菌子种类甚多，如"鸡㙡"，这是菌之王，但至今我还不知道为什么只在白蚁窝上长 "牛肝菌"（色如牛肝，生时熟后都像牛肝，有小毒，不可多吃，且须加大量的蒜，否则会昏倒。有个女同学吃多了牛肝菌，竟至休克）。"青头菌"，菌盖青绿，菌丝白色，味较清雅。味道最为隽永深长，不可名状的是干巴菌。这东西中吃不中看，颜色紫褐，不成模样，简直像一堆牛屎，菌面又夹杂了一些松毛、杂草。可是收拾干净了撕成蟹腿状的小片，加青辣椒同炒，一箸入口，酒兴顿涨，饭量猛开。这真是人间至味！

[6] 藋字云南读平声。

此君，有人一天不喝茶就难受。有人一天喝到晚，可称为"茶仙"。茶仙大抵有两派。一派是固定茶座。有一位姓陆的研究生，每天在一家茶馆里喝三遍茶，早，午，晚。他的牙刷、毛巾、洗脸盆就放这家茶馆里，一起来就上茶馆。另一派是流动茶客，有一姓朱的，也是研究生，他爱到处遛，腿累了就走进一家茶馆，坐下喝一气茶。全市的茶馆他都喝遍了。他不但熟悉每一家茶馆，并且知道附近哪是公共厕所，喝足了茶可以小便，不至被尿憋死。

关于喝茶，我写过一篇《泡茶馆》，已经发表过，写得相当详细，不再重复，有诗为证：

水厄囊空亦可赊 [1]，
枯肠三碗嗑葵花 [2]。
昆明七载成何事？
一束光阴付苦茶。

水流云在

云南人对联大学生很好，我们对云南、对昆明也很有感情。我们为云南做了一些什么事，留下一点什么？

有些联大师生为云南做了一些有益的实事，比如地质系师生完成了《云南矿产普查报告》，生物系师生写出了《中国植物志·云南卷》的长编初稿，其他还有多少科研成果，我不大

---

[1]　我们和凤翥街几家茶馆很熟，不但喝茶、吃芙蓉糕可以欠账，甚至可以向老板借钱去看电影。

[2]　茶馆常有女孩子来卖炒葵花子，绕桌轻唤："瓜子瓜，瓜子瓜。"

知道，我不是搞科研的。

　　比较明显的，普遍的影响是在教育方面。联大学生在中学兼课的很多，连闻一多先生都在中学教过国文，这对昆明中学生学业成绩的提高，是有很大作用的。

　　更重要的是使昆明学生接受了民主思想，呼吸到独立思考、学术自由的空气，使他们为学为人都比较开放，比较新鲜活泼。这是精神方面的东西，是抽象的，是一种气质，一种格调，难于确指，但是这种影响确实存在。如云如水，水流云在。

一九九四年二月十五日

载一九九四年第四期《中国作家》

道士二题

马道士

马道士是一个有点特别的道士，和一般道士不一样。他随时穿着道装，我们那里当道士只是一种职业，除了到人家诵经，才穿了法衣，——高方巾，绣了八卦的"鹤氅"，平常都只是穿了和平常人一样的衣衫，走在街上和生意买卖人没有什么两样。马道士的道装也有点特别，不是很宽大，很长，——我们那里说人衣服宽长不合体，常说："像个道袍"，而且短才过胫。斜领，白布袜，青布鞋。尤其特别的是他头上的那顶道冠。这顶道冠是个上面略宽，下面略窄，前面稍高，后面稍矮的一个马蹄状的圆筒，黑缎子的。冠顶留出一个圆洞，露出梳得溜光的发髻。这种道冠不知道叫什么冠。全城只有马道士一个人戴这种冠，我在别处也没见过。

马道士头发很黑，胡子也很黑，双目炯炯，说话声音洪亮，中等身材，但很结实。他不参加一般道士的活动，不到人家念经，不接引亡魂过升仙桥，不"散花"（道士做法事，到晚上，各执琉璃荷花灯一盏，迂迴穿插，跑出舞蹈队形，谓之"散花"），更不搞画符捉妖。他是个独来独往的道士。

他无家无室（一般道士是娶妻生子的），一个人住在炼阳观。

炼阳观是个相当大的道观，前面的大殿里也有太上老君，值日功曹的塑像，也有人来求签、掷珓……马道士概不过问，他一个人住在最后面的吕祖楼里。

吕祖楼是一座孤零零的很小的楼，没有围墙，楼北即是"阴城"，是一片无主的荒坟，住在这里真是"与鬼为邻"。

马道士坐在楼上读道书，读医书，很少下楼。

他靠什么生活呢？他懂医道，有时有人找他看病，送他一点钱，——他开的方子都是一般的药，并没有什么仙丹之类。

他开了一小片地，种了一畦萝卜，一畦青菜，够他吃的了。

有时他也出观上街，买几升米，买一点油盐酱醋。

吕祖楼四周有二三十棵梅花，都是红梅，不知是原来就有，还是马道士手种的。春天，梅花开得极好，但是没有什么人来看花，很多人甚至不知道炼阳观吕祖楼下有梅花，我们那里梅花甚少，顶多有人家在庭院里种一两棵，像这样二三十棵长了一圈的地方，没有。

马道士在梅花丛中的小楼上读道书，读医书。

我从小就觉得马道士属于道教里的一个什么特殊的支派，和混饭吃的俗道士不同。他是从哪里来的呢？

前几年我回家乡一趟，想看看炼阳观，早就没有了。吕祖楼，梅花，当然也没有了。马道士早就"羽化"了。

一九九四年三月二十三日

五 坛

五坛是个道观，离我家很近。由傅公桥往东走十来分钟就到。观枕澄子河，门外是一条一步可以跨过的水渠，水很清。沿渠种了一排柽柳。渠以南是一片农田，稻子麦子都长得很好，碧绿碧绿。五坛的正名是"五五社"，坛的大门匾上刻着这三个字，可是大家都叫它"五坛"。有人问路："五五社在哪里"，倒没有什么人知道。为什么叫个"五坛"、"五五社"？不知道。道教对数目有一种神秘观念，对五尤其是这样。也许这和"太极、无极"有一点什么关系，不知道。我小时候不知道，现在也还是不知道。真是"道可道，非常道！"

五坛的门总是关着的。但是门里并未下闩，轻轻一推，就可以进去。

门里耳房里站着一个道童，管看门、扫地、焚香。除他以外，没有一个人，静悄悄的。天井两头种了四棵相当高大的树。东边是两棵玉兰，两边是两棵桂花。玉兰盛开，洁白耀眼，桂花盛开，香飘坛外。左侧有一个放生池，养着乌龟。正面的三清殿上塑着太上老君的金身，比常人还稍矮一点。前面是念经的长案，长案上整整齐齐的排了一刊经卷。经案下是一列拜垫，盖着大红毡子。炉里烧的是檀香，香气清雅。

五坛的道士不是普通的道士，他们入坛，在道，只是一种信仰，并不以此为职业，他们都是有家有业，有身份的人。如叶恒昌，是恒记桐油楼的老板。桐油楼是要有雄厚的资金的。如高西园，是中学的历史教员。人们称呼他们时也只是"叶老板"、"高老师"，不称其在教中的道名。他们定期到坛里诵经（远远的可以听到诵经的乐曲和钟磬声音）。一般只是在坛里，除非有人诚敬恭请，不到人家作法事。他们念的经也和一般道士不一样，听说念的是《南华经》——《庄子》，这很奇怪。

五坛常常扶乩，我没有见过扶乩，据说是由两个人各扶着一个木制的丁字形的架子，下面是一个沙盘，降神后丁字架下垂部分即在沙盘上画出字来。扶乩由来已久，明清后，尤其盛行。张岱的《陶庵梦忆》即有记载。纪晓岚《阅微草堂笔记》录了很多乩语、乩诗。纪晓岚是个严肃的人，所录当不是造谣。这究竟是怎么回事呢？我以为这值得研究研究，不能用"迷信"二字一笔抹杀。

每年正月十五后一二日（扶乩一般在正月十五举行），五坛即将"乩语"木板刻印，分送各家店铺，大约四指宽，六七寸长。这些"乩语"倒没有神秘色彩，只是用通俗的韵文预卜今年是否风调雨顺，宜麦宜豆，人畜是否平安，有无水旱灾情。是否灵验，人们也在信与不信之间。

关于五坛，有这么一个故事。

蓝廷芳是个医生，"是外路人"。他得知五坛的道士道行高尚，法力很深，到五坛顶礼跪拜，请五坛道长到他家里为他父亲的亡魂超度。那天的正座是叶恒昌。

到"召请"（把亡魂摄到法坛，谓之"召请"），经案上有的烛火忽然变成蓝色，而且烛焰倾向一边，经案前的桌帏无风自起。同案诵经的道士都惊恐色变，叶恒昌使眼色令诸人勿动。

法事之后，叶恒昌问蓝廷芳：

"令尊是怎么死的？"

蓝廷芳问叶恒昌看见了什么。

叶恒昌说："只见一个人，身着罪衣，一路打滚，滚出桌帏。"

蓝廷芳只得说笑话：他父亲犯了罪，在充军路上，被解差乱棍打死。

蓝廷芳和叶恒昌我都认识。蓝廷芳住在竺家巷口，就在我家后门的斜对面。叶恒昌的恒记桐油栈在新巷口，我上小学时上学、放学都要从桐油油栈门口走过，常看见叶恒昌端坐在柜台里面。叶恒昌是个大个子，看起来好像很有道行。但是我没有问过叶恒昌和蓝廷芳有没有这么回事，一来，我当时还是个孩子，二来这种事也不便问人家。

但是我很早就认为这只是一个故事。

而且这故事叫我很不舒服，为什么使我不舒服，我也说不清。

我常到五坛前面的渠里去捉乌龟。下了几天大雨，五坛放生池的水涨平岸，乌龟就会爬出来，爬到渠里快快活活地游泳。

《庄子》被人当作"经"念，而且有腔有调，而且敲钟击磬，这实在有点滑稽。

一九九四年三月二十七日

载一九九四年第五期《长城》

长城漫忆

我的家乡是苏北，和长城距离很远，但是我小时候即对长城很有感情，这主要是因为常唱李叔同填词的那首歌：

> 长城外，
> 古道边，
> 芳草碧连天。
> 晚风拂柳笛声残，
> 夕阳山外山……

长城给我一个很悲凉的印象。

到北京后曾参观了八达岭长城。这一段长城是新修过的，砖石过于整齐，使我觉得是一个假古董。长城变成了游览区，非复本来面目。

一九五八年我被错划成右派，下放张家口沙岭子劳动，这可真是出了长城了。

张家口一带农民把长城叫作"边墙"。我很喜欢这两个字。"边墙"者，防边之墙也。

长城内外各种方面是有区别的，但也不是那样截然不同。

长城外的平均气温比关里要低几度。我们冬天在沙岭子野外劳动，那天降温到零下三十九度，生产队长敲钟叫大家赶快回去，再降下去要冻死人的。零下三十九度在坝上不算什么，但在边墙附近可就是奇寒了。长城外昼夜温差大，当地人说："早穿皮袄午穿纱，抱着火炉吃西瓜。"这本是西北很多地方都有的俗谚，但是张家口人以为只有他们才是这样。再就是风大。有一天刮了一夜大风，山呼海啸。第二天一早我们到果园去劳动，在地下捡了二三十只石鸡子。这些石鸡子是在水泥电线杆上撞死的。它们被狂风刮得晕头转向、乱扑乱撞，想必以为落到电线杆上就可以安全了。这一带还爱下雹子。"蛋打一条线"（张家口一带把雹子叫作"冷蛋"），远远看见雹子云黑压压齐齐地来了，不到一会儿：砰里叭啦，劈里卜碌！有一场雹子，把我们的已经熟透的葡萄打得稀烂。一年的辛苦，全部泡汤（真是泡了汤）！沽源有一天下了一个雹子，有马大！

塞外无霜期短，但关里的农作物这里大都也能生长：稻粱菽麦黍稷。因为雨少，种麦多为"干寄子"，即把麦种先期下到地里等雨——"寄"字甚妙。为了争季节，有些地方种春小麦。春小麦可不好吃，蒸出馒头来发黏。坝下种莜麦的地方不多，坝上则主要的作物是莜麦。坝上土层薄，地块大，广种薄收。无水利灌溉，靠天收。如果一年有一点雨，打的莜麦可供河北省吃一年，故有人称坝上是"中国的乌克兰"。坝上的地块有多大？说是有一个农民牵了一头牛去耕地，耕了一趟，回来时母牛带回一个小牛犊子，已经三岁了！

马牛羊鸡犬豕都有。坝上有的地方是半农半牧区。张北的张北马、短角牛都是有名的。长城外各村都养羊。一是为了吃肉，二是要羊皮。塞外人没有一件白茬老羊皮袄是过不了冬的。狗皮主要是为了做帽子。没有狐狸皮帽子的，戴了狗皮遮耳大三块瓦皮帽，也能顶得住无情的狂风。

塞外人的饮食结构和关里不同的是爱吃糕，吃莜面。"糕"是黄米面拍成烧饼大小的饼子，在涂了胡麻油的铛上烙熟。口外认为这是食物中的上品，经饿，"三十里的莜面四十里的糕，二十里的白面饿断腰。"过去地主请工锄地，必要吃糕："锄地不吃糕，锄了大大留小小！"张家口一带人吃莜面和山西雁北不同。雁北吃莜面只是蘸酸菜汤，加一点凉菜，张家口人则是蘸热的菜汤吃。锅里下一点油，把菜——山药（土豆）、西葫芦、疙瘩白（圆白菜）切成块，哗啦一声倒在油锅里，这叫"下搭油"，盖盖焖熟后，再在菜面上浇一点油，叫作"上搭油"。这一带人做菜用油很省。有农民见一个下放干部炒菜，往锅里倒了半碗油，说："你用这么多的油，炒石子儿也是好吃的！"在烩菜里放几块羊肉，那就是过年了！

他们也知道吃野味。"天鹅、地鹬、鸽子肉、黄鼠"，这是人间美味。石鸡子、伯劳，是很容易捉到手，但是，虽然他们也说："宁吃飞禽四两，不吃走兽半斤"，他们对石鸡子之类的兴趣其实并不是很大，远不如来一碗口蘑炖羊肉"解恨"。

长城内外不缺水果。杏树很多，果大而味浓。宣化葡萄，历史最久，味道最佳。

长城对我们这个民族到底起了什么作用？说法不一。有人说这是边防的屏障，对于抵御北方民族入侵，在当时是必不可少的。这使得中国完成统一，对民族心理凝聚力的形成，是有很大影响的。也有人说这使得我们的民族形成一种盲目的自大心理，造成文化的封闭乃至停滞，对中国的发展起了阻碍作用。

我对这样深奥的问题没有研究过，没有发言权，但是我觉得它是伟大的。

一个美国的航天飞机的飞行员（忘其名）说过：在月球能看见地球上的是中国的万里长城，那么长城是了不起的。

"文化大革命"后期，有一个中学的语文教员领着一班初一的学生去游长城，回来让学生都写一篇游记，一个学生只写了一句：

"长城啊，
真他妈的长！"

一九九四年四月二十一日

载一九九五年第一期《长城》

文人与书法

自古以来很多文人的字是写得很好的。

李白的《上阳台诗》是不是真迹还有争议，但杜牧的《张好好诗》没问题。宋四家都是文学家兼书法家。有人认为中国的书法一坏于颜真卿，再坏于宋四家，未免偏颇。宋人是很懂书法之美的。苏东坡自己说得很明确："我虽不善书，晓书莫如我。"他本人确实懂字。他的字很多，我觉得不如蔡京的，蔡京字好人不好，但不能因人废书。

也有文人的字写得不好。我见过司马光的一件作品，字不好。四川乐山有他一块碑，写得还可以。他不算书法家，但他的字很有味，是大学问家写的字。大学问家字写得不好的还有不少，如龚定庵。他一生没当过翰林，就是因为书法不行。他中过进士，但没点翰林。他的字虽然不好，但很有味。这种文人书法的"味"，常常不是职业书法家所能达到的。

我觉得要重视书法。我到过台湾，有一个感觉。台湾的牌匾，大部分是欧体，不像我们这里的字龙飞凤舞、非隶非篆。台湾是欧体、唐楷居多，他们故宫博物院的说明书也全是欧体。这使我想到一个问题，写字还要从楷书学起。楷书比较规整的是欧体。如果一开始就写颜体，容易叫小孩把字写坏了。茅盾的字有点欧味，有人说像成亲王，茅公说他没学过成亲王。扬州有人考证茅公的字是从欧字来的，但不是九成宫那类楷书，而是欧的行书体。

书法的发展不是孤立的，应该以传统文化为基础。台湾对传统文化比较重视。台湾的书法比较端正。台湾很多作家能背很多古文。台湾的教科书中没有白话文，全是文言文。这样做不一定对。但是从我们的语文教材比例看，文言文的比重比较少。我认为，作为一个作家，不熟读若干古文，是不适于写散文的，小说另当别论。

现在，有那么多人喜欢书法，爱好字，这是件好事。写字应该从小抓起，但现在的小学生很麻烦，因为老师就不懂书法，写的都是印刷体、仿宋体。写字还得从楷书入手。

还有个麻烦，就是换笔问题。我是换不了笔的。相当多年以前，我是用毛笔写稿的，写的是竖行。后来改成横写，别扭了好几年。到现在我也很难想象怎样用电脑写作，我认为电脑写作是机器在写作而不是我在写作，感觉不一样。我至少在相当长的时间里办不到这一点。当然写几十万字的长篇小说也可能用电脑更方便，我因为不写长东西，所以还是喜欢用笔。换笔对于书法发展的影响，也是一个值得注意的问题。

现在有一个书协，会员那么多，成就那么大，这是很令人欣慰的事。要写好字，有必要强调基本功。现在写篆隶，有的人是有真功夫的，有的是花架子。应该首先把楷书、行书写好。有人写很大的篆隶，题款不像样子，行书都不会写。现在还有人鼓励小孩子篆隶，我以为不妥，还是先写楷书为好。

中国的毛笔应该怎样做，也很值得商讨。唐以前用的不是羊毫，但现在硬毫太少了，羊毫长锋盛行。日本书法多是狼毫写的，我们现在的笔是大肥肚子，写不了多少字就掉毛。毛笔制作也要不拘一格，这样才有利于书法的发展。早年胡小石在昆明时，正赶上灭鼠运动，他借机攒了不少鼠须用来制笔，他的字有不少就是用鼠须笔写的。

根据谈话整理
载一九九四年第五期《中国书法》

大　地

祈　祷

从乌鲁木齐往吐鲁番，汽车以每小时八十公里的速度在戈壁滩上飞驰，车轮好像不着地。戈壁很大，很平，表层覆盖一层黑白相间、黄豆大的砂砾，铺得非常均匀。戈壁上没有生命。没有动物，没有鸟，不长草，连"梭梭"都不见一丛，非常荒凉，一种难以想象的荒凉，好像这是另外一个星球。

到吐鲁番了。景象变了。有树，有街道房屋，有店铺，有人。吐鲁番没有雨，也没有风，空气闷闷的。我们都有点恍惚。在戈壁上飞驰时，我们没有想到戈壁尽头是这样一块绿洲，——（我们这才体会到什么是"绿洲"）。我们像做梦。是吐鲁番像梦，还是刚才驰过的戈壁像梦？

从吐鲁番返回乌鲁木齐，太阳已经偏西。戈壁依然是那样一望无际，一样荒凉，——使人产生神秘感的荒凉。从汽车里远远看见两个维吾尔人在祈祷。他们都穿了长过膝盖的黑白相间的条纹的长袍——"裙裆"。一个瘦高，一个稍矮。他们在西逝的阳光里肃立着，微微低了头，一动不动。虽然隔着很远，但仍可以感觉到他们的虔诚。

这两个在戈壁滩上西逝的阳光中站立着祈祷的穆斯林使我

深受感动。

雹 子

我到坝上沽源马铃薯研究站去画一套《中国马铃薯图谱》。

有一天，有一个干部从正蓝旗骑马到"站"里来办事，马拴在"拴马桩"上。这是一匹黑马，很神骏。我忽然想试试骑骑马。我已经二十年没有骑马了。起初有点胆怯，但是这匹马走得很稳，地又很平，于是我就放胆撒开缰绳让马飞奔起来。坝上的地真是大地，一眼望不到边，长着干净得水洗过一样整齐的"碱草"，种着大片大片的莜麦。要问坝上的地块有多大？有一个农民告诉我：有一个汉子牵了一头母牛去犁地，犁了一垅，回来时母牛带回了一个牛犊子，已经三岁了！在这样平坦的大地上驰马，真是痛快。

变天了！黑云四合，速度很快，顷刻之间已到头顶。黑云绞扭着，翻腾着，扩散着，喷射着，雷鸣电闪，很可怕。不断变化着的浓云，好像具有一种超自然的、不可抗拒的威力，让人感到这是天神在发怒。这是雹子云。我早就听说过坝上的雹子很厉害，能有鸡蛋大，曾经砸死过牛，也砸死过人。

我赶紧扯动僵绳，夹紧了马肚子，飞奔着赶。马铃薯研究站。刚才还是明晃晃的太阳，刹时变得天昏地暗，几乎不辨五指。站在黑沉沉的大地上飞驰，觉得我的马和我自己都很小。

雪 湖

下了两天雪，运河封了冻，轮船不能开，我们决定"起旱"，——从陆上步行。我们四个人，我，—— 一个放寒假回家的中学生，那三个是跑生意的买卖人。到了邵伯，他们建议"下湖"，从高邮湖上斜插到高邮。他们是老江湖，从湖上起旱已经不止一次，路很熟，远远的湖边的影影绰绰的村子，他们都能指认得出来。对我却是一种新鲜的经验。雪还在下，虽然不大，但是湖面洁白如玉，真是"白茫茫一片大地真干净"。

"高邮到邵伯，六十六"，斜插走湖面，也就是四五十里，今天下晚到高邮，没有问题。因此那三位跑生意的买卖人并不着急赶路。他们走一截，就停下来等等我。见我还不上来，他们就坐在结了冰、落了雪的湖面上坐下来吃牛肉干，喝酒。

我穿了棉衣棉裤，戴了一种护耳的毡帽——这种毡帽叫作"锅腔子"，还有个不好听的名字，叫"狗套头"。走了一程，"哈气"蒸到"狗套头"的帽檐，结冰。

我筋力还好，没有成了三位买卖人的累赘（他门对于"学生子"是很照顾的）。

看见琵琶闸了，县城已经不远。

琵琶闸外的河堤上，无人家，无店铺，只有一个小饭店。

我走进小饭店。小饭店只有一张桌子。墙上贴了一副写在"梅红纸"上的小对联，八个大字：

　　家常便饭
　　随意小酌

一九九四年八月

载一九九四年第九期《大地》

使这个世界更诗化

　　关于文学的社会职能有不同的说法。中国古代十分强调文艺的教育作用。古代把演剧叫作"高台教化"，即在高高的舞台上对人民进行形象的教育，宣扬封建伦理道德，——忠、孝、节、义。三十、四十年代以后，马克思主义理论家认为文艺的功能首先在教育，对读者和观众进行政治教育，要求文艺作品塑造可供群众学习的英雄模范人物。有人不同意这种看法，认为文艺不存在教育作用，只存在审美作用。我认为文艺的教育作用是存在的，但不是那样的直接，那样"立竿见影"。让一些"苦大仇深"的农民，看一出戏，立刻热血沸腾，当场要求报名参军，上前线打鬼子，可能性不大（不是绝对不可能），而且这也不是文艺作品应尽的职责。文艺的教育作用只能是曲折的，潜在的，像杜甫的诗《春雨》所说："随风潜入夜，润物细无声"，使读者（观众）于不知不觉中受到影响。我觉得一个作家的作品总要使读者受到影响，这样或那样的影响。一个作品写完了，放在抽屉里，是作家个人的事。拿出来发表，就是一个社会现象。我认为作家的责任是给读者以喜悦，让读者感觉到活着是美的，有诗意的，生活是可欣赏的。这样他就会觉得自己也应该活得更好一些，更高尚一些，更优美一些，更有诗意一些。小说应该使人在文化素养上有所提高。小说的作用是使这个世界更诗化。

这样说起来，文艺的教育作用和审美作用就可以一致起来，善和美就可以得到统一。

因此，我觉得文艺应该写美，写美的事物。鲁迅曾经说过，画家可以画花，画水果，但是不能画毛毛虫，画大便。丑的东西总是使人不愉快的。前几年有一些青年小说家热衷于写丑，写得淋漓尽致，而且提出一个不知从哪里来的奇怪的口号："审丑作用"，以为这样才是现代主义。我作为一个七十四岁的作家，对此实在不能理解。

美，首先是人的精神的美、性格的美、人性美。中国对于性善、性恶，长期以来，争论不休。比较占上风的还是性善说。我们小时候读启蒙的科教书《三字经》，开头第一句话便是"人之初，性本善"。性善的标准是保持孩子一样纯洁的心，保持对人、对物的同情，即"童心"、"赤子之心"。孟子说："大人者不失其赤子之心者也。"

人性有恶的一面。"文化大革命"把一些人的恶德发展到了极致，因此有人提出"人性的回归"。

有一些青年作家以为文艺应该表现恶，表现善是虚伪的。他愿意表现恶，就由他表现吧，谁也不能干涉。

其次是人的形貌的美。

小说不同于绘画，不能具体地表现一个人的外貌，但小说有自己的优势，写作家的主体印象。鲁迅以为写一个人，最好写他的眼睛。中国人惯用"秋水"写女人眼睛的清澈。"巧笑倩兮，美目盼兮"是写美女的名句。

小说和绘画的另一不同处，即可以写人的体态。中国写美女，说她"烟视媚行"。古诗《孔雀东南飞》写焦仲卿妻"珊珊作细步，精妙世无双"，这比写女人的肢体要聪明得多。

不具体写美女，而用暗示的方法使读者产生美的想象，是高明的方法。唐代的诗人朱庆余写新嫁娘：

> 洞房昨夜停红烛，待晓窗前拜舅姑。
> 妆罢低声问夫婿，画眉深浅入时无？

宋代的评论家说：此诗不言美丽，然味其辞义，非绝色女子不足以当之。

有两句诗：

> 行到中庭数花朵，蜻蜓飞上玉搔头。

也让人想象到，这是一个很美的女人。

有时不直接写女人的美，而从看到她的人的反应中显出她的美。汉代乐府《陌上桑》写罗敷之美：

> 行者见罗敷，下担捋髭须。
> 少年见罗敷，脱帽著帩头。
> 耕者忘其犁，锄者忘其锄。
> 来归相怨怒，但坐观罗敷。

这种方法和《伊里亚特》写海伦王后的美很相似。

中国人对自然美有一种独特的敏感。

郦道元《水经注·三峡》：

自三峡七百里中，两岸连山，略无阙处；重岩叠嶂，
隐天蔽日，自非亭午夜分，不见曦月。

短短的几句话，就把三峡风景全写出来了。这样高度的概
括，真是大手笔！

柳宗元《到小丘西小石潭记》：

潭中鱼可百许头，皆若空游无所依。日光下澈；
影布石上，怡然不动；俶尔远逝，往来翕忽，似与游
者相乐。

通过鱼影，写出水的清澈，这种方法为后来许多诗人所效
法，而首创者实为柳宗元。

苏轼《记承天寺夜游》：

庭下积水空明，水中藻荇交横，盖竹柏影也。

这写的是月色，但没有写出月字。

古人要求写自然能做到"状难写之景如在目前"，作为一
个中国作家，应该学习、继承这个传统。

载一九九四年第十期《读书》

后十年集

散文随笔卷

1995

草巷口

过去，我们那里的民间常用燃料不是煤。除了炖鸡汤、熬药，也很少烧柴。平常煮饭、炒菜，都是烧草——烧芦柴。这种芦柴杆细而叶多，除了烧火，没有什么别的用处。草都是由乡下——主要是北乡用船运来，在大淖靠岸。要买草的，到岸边和草船上的人讲好价钱，卖草的即可把草用扁担挑了，送到这家，一担四捆，前两捆，·后两捆，水桶粗细一捆，六七尺长。送到买草的人家，过了秤，直接送到堆草的屋里。给我们家过秤的是一个本家叔叔抡元二爷。他用一杆很大的秤约了分量，用一张草纸记上"苏州码子"。我是从抡元二叔的"草纸账"上才认识苏州码子的。现在大家都用阿拉伯数字，认识苏州码子的已经不多了。我们家后花园里有三间空屋，是堆草的。一次买草，数量很多，三间屋子装得满满的，可以烧很多时候。

从大淖往各家送草，都要经过一条巷子，因此这条巷叫作草巷口。

草巷口在"东头街上"算是比较宽的巷子。像普通的巷子一样，是砖铺的——我们那里的街巷都是砖铺的，但有一点和别的巷子不同，是巷口嵌了一个相当大的旧麻石磨盘。这是为了省砖，废物利用，还是有别的什么原因，就不知道了。

磨盘的东边是一家油面店，西边是一个烟店。严格说"草巷口"应该指的是油面店和烟店之间，即麻石磨盘所在处的"口"，但是大家把由此往北，直到大淖一带都叫作"草巷口"。

"油面店"，也叫"茶食店"，即卖糕点的铺子，店里所卖糕点也和别的茶食店差不多，无非是：兴化饼子、鸡蛋糕，兴化饼子带椒盐味，大概是从兴化传过来的；羊枣，也叫京果，分大小两种，小京果即北京的江米条，大京果似北京蓼花而稍小；五月十五前当然要做月饼。过年前做枫糖饼，像一个锅盖，枫糖饼是送礼用的；夏天早上做一种"潮糕"，米面蒸成，潮糕做成长长的一条，切开了一片一片是正方角，骨牌大小，但是切时断而不分，吃时一片一片揭开吃，潮糕有韧性，口感很好；夏天的下午做一种"酒香饼子"，发面，以糯米和面，烤熟，初出锅时酒香扑鼻。

吉陛的糕点多是零块地卖，如果买得多（是为了送礼的），则用苇蔑编的"撇子"装好，一底一盖，中衬一张长方形的红纸，印黑字：

"本店开设东大街草巷口座北朝南惠顾诸君请认明吉陛字号庶不致误"

源昌烟店主要是卖旱烟，也卖水烟——皮丝烟。皮丝烟中有一种，颜色是绿的，名曰"青条"，抽起来劲头很冲。一般烟店不卖这种烟。

源昌有一点和别家店铺不同。别的铺子过年初一到初五都不开门，破五以前是不做生意的。源昌却开了一半铺搭子门，靠东墙有一个卖"耍货"的摊子。可能卖耍货的和源昌老板是亲戚，所以留一块空地供他摆摊子。"耍货"即卖给小孩子玩意儿:"捻捻转"、"地嗡子"(陀螺)……卖得最多的是"洋泡"。一个薄薄橡皮做的小囊,上附小木嘴。吹气后就成了氢气球似的圆泡,撒手后,空气振动木嘴里的一个小哨,哇的一声。还卖一些小型的花炮,起火,"猫捉老鼠"……最便宜的是"滴滴金",——皮纸制成麦杆粗细的小管,填了一点硝药,点火后就会嗤嗤地喷出火星,故名"滴滴金"。

进巷口,过麻石磨盘,左手第一家是一家"茶炉子"。茶炉子是卖开水的,即上海人所说的"老虎灶"。店主名叫金大力。金大力只管挑水,烧茶炉子的是他的女人,茶炉子四角各有一口大汤罐,当中是火口,烧的是粗糠。一簸箕粗糠倒进火口,呼的一声,火头就窜了上来,水马上呱呱地就开了。茶炉子卖水不收现钱,而是事前售出很多"茶筹子"—— 一个一个小竹片,上面用烙铁烙了字:"十文"、"二十文",来打开水的,交几个茶筹子就行。这大概是一种古制。

往前走两步,茶炉子斜对面,是一个澡堂子,不大。但是东街上只有这么一个澡堂子,这条街上要洗澡的只有上这家来。澡堂子在巷口往西的一面墙上钉了一个人字形小木棚,每晚在小棚下挂一个灯笼,算是澡堂的标志(不在澡堂的门口)。过年前在木棚下贴一条黄纸的告白,上写:

"正月初六日早有菊花香水"

那就是说初一到初五澡堂子是不开业的。

为什么是"菊花香水"而不是兰花香水、桂花香水?我在这家澡堂洗过多次澡,从来没有闻到过"菊花香水"味儿,倒是一进去,就闻到一股浓重的澡堂子味儿。这种澡堂子味道,是很多人愿意闻的。他们一闻过味道,就觉得:这才是洗澡!

有些人烫了澡(他们不怕烫,不烫不过瘾),还得擦背、捏脚、修脚，这叫"全大套"。还要叫小伙计去叫一碗虾子猪油葱花面来，三扒两口吃掉。然后咕咚咕咚喝一壶浓茶，脑袋一歪，酣然睡去。洗了"全大套"的澡，吃一碗滚烫的虾子汤面，来一觉，真是"快活似神仙"。

由澡堂往北，不几步，是一个卖香烛的小店。这家小店只有一间门面。除香烛纸马之外，卖"箱子"。苇秆为骨，外糊红纸。四角贴了"云头"。这是人家买去，内装纸钱，到冥祭时烧给亡魂的。小香烛店的老板（他也算是"老板"），人物猥琐，个儿矮小，而且是个"齄鼻子"，"齄"得非常厉害，说起话来瓮声瓮气，谁也听不清他说什么。他的媳妇可是一个很"刷括"（即干净利索）的小媳妇，她每天除了操持家务，做针线，就是糊"箱子"。一街的人都为这小媳妇感到很不平，——嫁了这么个矮小个儿齄鼻子丈夫。但是她就是这样安安静静地过了好多年。

由香烛店往北走几步，就闻到一股骡粪的气味。这是一家碾坊。这家碾坊只有一头骡子（一般碾坊至少有两头骡子，轮流上套）。碾房是个老碾房。这头骡子也老了，看到这头老骡子低着脑袋吃力地拉着碾子，总叫人有些不忍心。骡子的颜色是豆沙色的，更显得没有精神。

碾坊斜对面有一排比较整齐高大的房子，是连万顺酱园的住家兼作坊。作坊主要制品是萝卜干，萝卜干揉盐之后，晾晒在门外的芦席上，过往行人，可以抓几个吃。新腌的萝卜干，味道很香。

再往北走，有几户人家。这几家的女人每天打芦席。她们盘腿坐着，压过的芦苇片在她们的手指间跳动着，延展着，一会儿的工夫就能织出一片。

再往北还零零落落有几户人家。这几户人家都是干什么的，我就不知道了，我很少到那边去。

载一九九五年第一期《雨花》

后十年集　散文随笔卷

1996

题画二则

（一）

　　梅畹华家牵牛花碗大，人谓外人种也，余画其最小者。

　　　　　　　　　　齐白石为荣宝斋画笺纸并题

　　白石题语很幽默，很有风趣。

　　白石老人尝谓：吾诗第一，字第二，画第三。此言有些道理。画之品味高低决定画中是否有诗，有多少诗。画某物即某物，即少内涵，无意境，无感慨，无嬉笑怒骂，苦辣酸甜。有些画家，功力非不深厚，但恨少诗意。他们的画一般都不题诗，只是记年月。徐悲鸿即为不善题画而深深遗憾。

　　我一贯主张，美术学院应延聘名师教学生写诗，写词，写散文。一个画家，首先得是诗人。

（二）

　　天竹是灌木，别有草本者。齐白石曾画。他爱画草本天竹，因为是他乡之物。而我宁取木本者，以其坚挺结实，果粒色也较深。齐白石自画其草本天竹，我画我的。谁也管不着谁。

　　天竹和腊梅是春节胜景，天然的搭配。我的家乡特重白色花心的腊梅，美之为"冰心腊梅"，而将紫色花心的一种贬之为"狗心腊梅"。古人则重紫心的，称为"磬口檀心"。对花木的高低褒贬也和对人一样，一人一个说法，只好由他去说。

一九九六年一月

载一九九六年第三期《随笔》

晚翠园曲会

云南大学西北角有一所花园，园内栽种了很多枇杷树，"晚翠"是从千字文"枇杷晚翠"摘下来的。月亮门的门额上刻了"晚翠园"三个大字，是胡小石写的，很苍劲。胡小石当时在重庆中央大学教书。云大校长熊庆来和他是至交，把他请到昆明来，在云大住了一些时。胡小石在云大、昆明写了不少字。当时正值昆明开展捕鼠运动，胡小石请有关当局给他拔了很多老鼠胡子，做了一束鼠须笔，准备带到重庆去，自用、送人。鼠须笔我从书上看到过，不想有人真用鼠须为笔。这三个字不知是不是鼠须笔所书。晚翠园除枇杷外，其他花木少，很幽静。云大中文系有几个同学搞了一个曲社，活动（拍曲子、开曲会）多半在这里借用一个小教室，摆两张乒乓球桌，二三十张椅子，曲友毕集，就拍起曲子来。

曲社的策划人实为陶光（字重华），有两个云大中文系同学为其助手，管石印曲谱，借教室，打开水等杂务。陶光是西南联大中文系教员，教"大一国文"的作文。"大一国文"各系大一学生必修。联大的大一国文课有一些和别的大学不同的特点。一是课文的选择。诗经选了"关关雎鸠"，好像是照顾面子。楚辞选《九歌》，不选《离骚》，大概因为《离骚》太长了。《论语》选"冉有公西华侍坐"。"暮春者，春服既成，冠者五六人，童子六七人，浴乎沂，风乎舞雩，泳而归"，这不仅是训练学生的文字表达能力，这种重个性，轻利禄，潇洒自如的人生态度，对于联大学生的思想素质的形成，有很大的关系，这段文章的影响是很深远的。联大学生为人处世不俗，夸大一点说，是因为读了这样的文章。这是真正的教育作用，也是选文的教授的用心所在。

魏晋不选庾信、鲍照，除了陶渊明，用相当多篇幅选了《世说新语》，这和选"冉有公西华侍坐"，其用意有相通处。唐人文选柳宗元《永州八记》而舍韩愈。宋文突出地全录了李易安的《金石录后序》。这实在是一篇极好的文章。声情并茂。到现在为止，对李清照，她的词，她的这篇《金石录后序》还没有给予应有的重视，她在文学史上的位置还没有摆准，偏低了。这是不公平的。古人的作品也和今人的作品一样，其遭际有幸有不幸，说不清是什么原故。白话文部分的特点就更鲜明了。鲁迅当然是要选的，哪一派也得承认鲁迅，但选的不是《阿Q正传》而是《示众》，可谓独具只眼。选了林徽因的《窗子以外》、丁西林的《一只马蜂》（也许是《压迫》）。林徽因的小说进入大学国文课本，不但当时有人议论纷纷，直到今天，接近二十一世纪了，恐怕仍为一些铁杆左派（也可称之为"左霸"，现在不是什么最好的东西都称为"霸"么）所反对，所不容。但我却从这一篇小说知道小说有这种写法，知道什么是"意识流"，扩大了我的文学视野。"大一国文"课的另一个特点是教课文和教作文的是两个人。教课文的是教授、副教授，教作文的是讲师、教员、助教。为什么要这样分开，我至今不知道是什么道理。我的作文课是陶重华先生教的。他当时大概是教员。

陶光（我们背后都称之为陶光，没有人叫他陶重华），面白皙，风神朗朗。他有一个特别的地方，是同时穿两件长衫。里面是一件咖啡色的夹袍，外面是一件罩衫，银灰色。都是细毛料的。于此可见他的生活一直不很拮据——当时教员、助教大都穿布长衫，有家累的更是衣履敝旧。他走进教室，脱下外衣，搭在椅背上，就把作文分发给学生，摘其佳处，很"投入"地（那时还没有这个词）评讲起来。

陶光的曲子唱得很好。他是唱冠生的，在清华大学时曾受红豆馆主（傅侗）亲授。他嗓子好，宽、圆、亮、足，有力度。他常唱的是"三醉"、"迎像"、"哭像"，唱得苍苍莽莽，淋漓尽致。

不知道为什么，我觉得陶光在气质上有点感伤主义。

有一个女同学交了一篇作文，写的是下雨天，一个人在弹三弦。有几句，不知道这位女同学的原文是怎样的，经陶先生润改后成了这样：

"那湿冷的声音，湿冷了我的心。"这两句未见得怎么好，只是"湿冷了"以形容词作动词用，在当时是颇为新鲜的。我一直不忘这件事。我认为这其实是陶光的的感觉，并且由此觉得他有点感伤主义。

说陶光是寂寞的，常有孤独感，当非误识。他的朋友不多，很少像某些教员、助教常到有权势的教授家走动问候，也没有哪个教授特别赏识他，只有一个刘文典（叔雅）和他关系不错。刘叔雅目空一切，谁也看不起。他抽鸦片，又嗜食宣威火腿，被称为"二云居士"——云土、云腿。他教《文选》，一个学期只讲了多半篇木玄虚的《海赋》，他倒认为陶光很有才。他的《淮南子校注》是陶光编辑的，扉页的"淮南子校注"也是陶光题署的。从扉页题署，我才知道他的字写得很好。

他是写二王的，临《圣教序》功力甚深。他曾把张充和送他的一本影印的《圣教序》给我看，字帖的缺字处有张充和题的字：

以此赠别　充和

陶光对张充和是倾慕的，但张充和似只把陶光看作一般的朋友，并不特别垂青。

陶光不大为人写字，书名不著。我曾看到他为一个女同学写的小条幅，字较寸楷稍大，写在冷金笺上，气韵流转，无一败笔。写的是唐人诗：

故园东望路漫漫，
双袖龙钟泪不干。
马上相逢无纸笔，
凭君传语报平安。

这条字反映了陶光的心情。"炮仗响了"（日本投降那天，昆明到处放鞭炮，云南把这天叫作"炮仗响"的那天）后，联大三校准备北返，三校人事也基本定了，清华、北大都没有聘陶光，他只好滞留昆明。后不久，受聘云大，对"洛阳亲友"，只能"凭君传语"了。

我们回北平，听到一点陶光的消息。经刘文典撮合，他和一个唱滇戏的演员结了婚。

后来听说和滇剧女演员离婚了。

又听说他到台湾教了书。悒郁潦倒，竟至客死台北街头。遗诗一卷，嘱人转交张充和。

正晚上拍着曲子，从窗外飞进一只奇怪的昆虫，不像是动物，像植物，体细长，约有三寸，完全像一截青翠的竹枝。大家觉得很稀罕，吴征镒捏在手里看了看，说这是竹节虫。吴征镒是读生物系的，故能认识这只怪虫，但他并不研究昆虫，竹节虫在他只是常识而已，他钻研的是植物学，特别是植物分类学。他记性极好，文化大革命被关在牛棚里，一个看守他的学生给了他一个小笔记本，一支铅笔，他竟能在一个小笔记本上完成一部著作，天头地脚满满地写了蠛虫大的字，有些资料不在手边，他凭记忆引用。出牛棚后，找出资料核对，基本准确；他是学自然科学的，但对文学很有兴趣，写了好些何其芳体的诗，厚厚的一册。他很早就会唱昆曲，——吴家是扬州文史世家。唱老生。他身体好，中气足，能把《弹词》的"九转货郎儿"一气唱到底，这在专业的演员都办不到，——戏曲演员有个说法："男怕弹词。"他常唱的还有《疯僧扫秦》。

每次做"同期"（唱昆爱好者约期集会唱曲，叫作同期）必到的是崔芝兰先生。她是联大为数不多的女教授之一，多年来研究蝌蚪的尾巴，运动中因此被斗，资料标本均被毁尽。崔先生几乎每次都唱《西楼记》。女教授，举止自然很端重，但是唱起曲子来却很"嗲"。

崔先生的丈夫张先生也是教授，每次都陪崔先生一起来。

张先生不唱，只是端坐着听，听得很入神。

除了联大、云大师生，还有一些外来的客人来参加同期。

有一个女士大概是某个学院的教授的或某个高级职员的夫人。她身材匀称，小小巧巧，穿浅色旗袍，眼睛很大，眉毛的弧线异常清楚，神气有点天真，不作态，整个脸明明朗朗。我给她起了个外号：“简单明了”，朱德熙说：“很准确。”她一定还要操持家务，照料孩子，但只要接到同期通知，就一定放下这些，欣然而来。

有一位先生，大概是襄理一级的职员，我们叫他“聋山门”。他是唱大花面的，而且总是唱《山门》，他是个聋子，——并不是板聋，只是耳音不准，总是跑调。真也亏给他擫笛的张宗和先生，能随着他高低上下来回跑。聋子不知道他跑调，还是气势磅礴地高唱：

“树木叉桠，峰峦如画，堪潇洒，喂呀，闷煞洒家，烦恼天来大！”

给大家吹笛子的是张宗和，几乎所有人唱的时候笛子都由他包了。他笛风圆满，唱起来很舒服。夫人孙凤竹也善唱曲，常唱的是《折柳·阳关》，唱得很宛转。“叫他关河到处休离剑，驿路逢人数寄书”，闻之使人欲涕。她身弱多病，不常唱。张宗和温文尔雅，孙凤竹风致楚楚，有时在晚翠园（他们就住在晚翠园一角）并肩散步，让人想起“拣名门一例一例里神仙眷”。（《惊梦》）他们有一个女儿，美得像一块玉。张宗和后调往贵州大学，教中国通史。孙凤竹死于病。不久，听说宗和也在贵阳病殁。他们岁数都不大，宗和只三十左右。

有一个人，没有跟我们一起拍过曲子，也没有参加过同期，但是她的唱法却在曲社中产生很大的影响，张充和。她那时好像不在昆明。

张家姊妹都会唱曲。大姐因为爱唱曲，嫁给了昆曲传习所的顾传玠。张家是合肥望族，大小姐却和一个昆曲演员结了婚，门不当，户不对，张家在儿女婚姻问题上可真算是自由解放，突破了常规。二姐是个无事忙，她不大唱，只是对张罗办曲会之类的事非常热心。三姐兆和即我的师母，沈从文先生的夫人。她不太爱唱，但我却听过她唱"扫花"，是由我给她吹的笛子。四妹充和小时没有进过学校，只是在家里延师教诗词，拍曲子。她考北大，数学是零分，国文是一百分，北大还是录取了她。她在北大很活跃，爱戴一顶红帽子，北大学生都叫她"小红帽"。

她能戏很多，唱得非常讲究，运字行腔，精微细致，真是"水磨腔"。我们唱的《思凡》《学堂》《瑶台》，都是用的她的唱法（她灌过几张唱片）。她唱的"受吐"，娇慵醉媚，若不胜情，难可比拟。

张充和兼擅书法，结体用笔似晋朝人。

许宝騄先生是数论专家。但是曲子唱得很好。许家是昆曲大家，会唱曲子的人很多。俞平伯先生的夫人许宝驯就是许先生的姐姐。许先生听过我唱的一支曲子，跟我们的系主任罗常培（宰田）说，他想教我一出"刺虎"。罗先生告诉了我，我自然是愿意的，但稍感意外。我不知道许先生会唱曲子，更没想到他为什么主动提出要教我一出戏。我按时候去了，没有说多少话，就拍起曲子来：

"银台上晃晃的风烛火敦，金猊内袅袅的香烟喷……"

许先生的曲子唱得很大方，"刺虎"完全是正旦唱法。他的"擞"特别好，摇曳生姿而又清清楚楚。

许茹香是每次同期必到的。他在昆明航空公司供职，是经理查阜西的秘书。查先生有时也来参加同期，他不唱曲子，是来试吹他所创制的十二平均律的无缝钢管的笛子的（查先生是"国民政府"的官员，但是雅善音乐，除了研究曲律，还搜集琴谱，解放后曾任中国音协副主席）。许茹香，同期的日子他是不会记错的，因为同期的帖子是他用欧底赵面的馆间体小楷亲笔书写的。许茹香是个戏篓子，什么戏都会唱，包括"花判"（《牡丹亭》）这样的专业演员都不会的戏。他上了岁数，吹笛子气不够，就带了一支"老人笛"，吹着玩玩。

这是一个非常有趣的老人。他做过很多事，走过很多地方，会说好几种地方的话。有一次说了一个小笑话。有四个人，苏州人、绍兴人、宁波人、扬州人，一同到一个庙里，看到四大金刚，苏州人、绍兴人、宁波人各人说了几句话，都有地方特点。轮到扬州人，扬州人赋诗一首：

> 四大金刚不出奇，
> 里头是草外头是泥。
> 你不要夸你个子大，
> 你敢跟我洗澡去！

扬州人好洗澡。早上皮包水，晚上水包皮。"去"读"kì"，正是扬州口音。

同期只供茶水。偶在拍曲后亦作小聚。大馆子吃不起，只能吃花不了多少钱的小馆。是"打平伙"，——北京人谓之"吃公墩"，各人自己出钱。翠湖西路有一家北京人开的小馆，卖馅儿饼，大米粥，我们去吃了几次。吃完了结账，掌柜的还在低头扒算盘，许宝騄先生已经把钱敛齐了交到柜上。掌柜的诧异：怎么算得那么快？他不知道算账的是一位数论专家，这点小九九还在话下吗？

参加同期、曲会的，多半生活清贫，然而在百物飞腾，人心浮躁之际，他们还能平平静静地做学问，并能在高吟浅唱、曲声笛韵中自得其乐，对复兴民族大业不失信心，不颓唐，不沮丧，他们是浊世中的清流，旋涡中的砥柱。他们中不少人对文化、科学做出了很大的成绩，安贫乐道，恬淡冲和，是中国的知识分子优良的传统。这个传统应该得到继承，得到扶植发扬。

审如此，则曲社同期无可非议。晚翠园是可怀念的。

一九九六年春节

载一九九六年第五期《当代人》

果蔬秋浓

中国人吃东西讲究色香味。关于色味，我已经写过一些话，今只说香。

水果店

江阴有几家水果店，最大的是正街正对寿山公园的一家，水果多，个大，饱满，新鲜。一进门，扑鼻而来的是浓浓的水果香。最突出的是香蕉的甜香。这香味不是时有时无，时浓时淡，一阵一阵的，而是从早到晚都是这么香，一种长在的、永恒的香。香透肺腑，令人欲醉。

我后来到过很多地方，走进过很多水果店，都没有这家水果店的浓厚的果香。这家水果店的香味使我常常想起，永远不忘。

那年我正在恋爱，初恋。

果蔬秋浓

今天的活是收萝卜。收萝卜是可以随便吃的——有些果品不能随便吃，顶多尝两个，如二十世纪明月（梨）、柔丁香（葡萄），因为产量太少了，很金贵。萝卜起出来，堆成小山似的。农业工人很有经验，一眼就看出来——这是一般的，过了磅卖出去；这几个好，留下来自己吃。不用刀，用棒子打它一家伙，"棒打萝卜"嘛。喀嚓一声，萝卜就裂开了。萝卜香气四溢，吃起来甜、酥、脆。我们种的是心里美。张家口这地方的水土好像特别宜于萝卜之类作物生长，苤蓝有篮球大，疙瘩白（圆白菜）像一个小铜盆。萝卜多汁，不艮，不辣。

红皮小水萝卜，生吃也很好（有萝卜我不吃水果），我的家乡叫作"杨花萝卜'，因为杨树开花时卖。过了那几天就老了。小红萝卜气味清香。

江青一辈子只说过一句正确的话："小萝卜去皮，真是煞风景！"我们有时陪她看电影，开座谈会，听她东一句西一句地漫谈。开会都是半夜（她白天睡觉，夜里办公），会后有一点夜宵。有时有凉拌小萝卜。人民大会堂的厨师特别巴结，小萝卜都是削皮的。萝卜去皮，吃起来不香。

南方的黄瓜不如北方的黄瓜，水叽叽的，吃起来没有黄瓜香。

都爱吃夏初出的顶花带刺的嫩黄瓜，那是很好吃，一咬满口香，嫩黄瓜最好攥在手里整咬，不必拍，更不宜切成细丝。但也有人爱吃二茬黄瓜——秋黄瓜。

呼和浩特有一位老八路，官称"老李森"。此人保留了很多农民的习惯，说起话来满嘴粗话。我们请他到宾馆里来介绍情况，他脱下一只袜子来，一边摇着这只袜子，一边谈，嘴里隔三句就要加一个"我操你妈！"他到一个老朋友曹文玉家来看我们。曹家院里有几架自种的黄瓜，他进门就摘了两条嚼起来。曹文玉说："你洗一洗！"——"洗它做啥！"

我老是想起这两句话："宁吃一斗葱，莫逢屈突通。"这两句话大概出自杨升庵的《古谣谚》。屈突通不知是什么人，印象中好像是北朝的一个很凶恶的武人。读书不随手做点笔记，到要用时就想不起来了。我为什么老是要想起这两句话呢？因为我每天都要吃葱，爱吃葱。

"小葱拌豆腐——一清二白"，每年小葱下来时我都要吃几次小葱拌豆腐，盐，香油，少量味精。

羊角葱蘸酱卷煎饼。

再过几天，新葱——新鲜的大葱就下来了。

我在一九五八年定为右派，尚未下放，曾在西山八大处干了一阵活，为大葱装箱。是山东大葱，出口的，可能是出口到东南亚的。这样好的大葱我真没有见过，葱白够一尺长，粗如擀面杖。我们的任务是把大葱在大箱里码整齐，钉上木板。闻得出来，这大葱味甜不辣，很香。

新山药（土豆，马铃薯）快下来了，新山药入大笼蒸熟，一揭屉盖，喷香！山药说不上有什么味道，可是就是有那么一种新山药气。羊肉卤蘸莜面卷，新山药，塞外美食。

苤蓝、茄子、口外都可以生吃。

逐　臭

"臭豆腐、酱豆腐，王致和的臭豆腐！"过去卖臭豆腐、酱豆腐是由小贩担子沿街串巷吆喝着卖的。王致和据说是有这么个人的。皖南屯溪人，到北京来赶考，不中，穷困落魄，流落在北京，百无聊赖，想起家乡的臭豆腐，遂依法炮制，沿街叫卖，生意很好，干脆放弃功名，以此为生。这个传说恐怕不可靠，一个皖南人跑到北京来赶考，考的是什么功名？无此道理。王致和臭豆腐家喻户晓，世代相传，现在成了什么"集团"，厂房很大，但是商标仍是"王致和"。王致和臭豆腐过去卖得很便宜，是北京最便宜的一种贫民食品，都是用筷子夹了卖，现在改用方瓶码装，卖得很贵，成了奢侈品。有一个侨居美国的老人，晚年不断地想北京的臭豆腐，再来一碗热汤面，此生足矣。这个愿望本不难达到，但是臭豆腐很臭，上飞机前检查，绝对通不过，老华人恐怕将带着他的怀乡病，抱恨以终。

臭豆腐闻起来臭，吃起来香。有一位女同志，南京人。爱人到南京出差，问她要带什么东西。——"臭豆腐"。她爱人买了一些，带到火车上。一车厢都大叫："这是什么味道？什么味道！"我们在长沙，想尝尝毛泽东在火宫殿吃过的臭豆腐，循味跟踪，臭味渐浓，"快了，快到了，闻到臭味了嘛！"到了眼前，是一个公共厕所！据说毛泽东曾特意到火宫殿去吃了一次臭豆腐，说了一句话："火宫殿的臭豆腐还是好吃！""文化大革命"中，这就成了一条"最高指示"，用油漆写在火宫殿的照壁上。

其实油炸臭豆腐干不只长沙有。我在武汉、上海、南京，都吃过。昆明的是烤臭豆腐，把臭油豆干放在下置炭火的铁箅子上烤。南京夫子庙卖油炸臭豆腐干用竹签子串起来，十个一串，像北京的冰糖葫芦似的，穿了薄纱的旗袍或连衣裙的女郎，描眉画眼，一人手里拿了两三串臭豆腐，边走边吃，也是一种景观，他处所无。

吃臭，不只中国有，外国也有，我曾在美国吃过北欧的臭启司。招待我们的诗人保罗·安格尔，以为我吃不来这种东西。

我连王致和臭豆腐都能整块整块地吃，还在乎什么臭启司！待老夫吃一个样儿叫你们见识见识！

不臭不好吃，越臭越好吃，口之于味并不都是"有同嗜焉"。

一九九六年三月二十七日

载一九九六年第四期《小说》

颜色的世界

鱼肚白

珍珠母

珠灰

葡萄灰（以上皆天色）

大红

朱红

牡丹红

玫瑰红

胭脂红

干红（《水浒》等书动辄言"干红"，不知究竟是怎样的红）

浅红

粉红

水红

单衫杏子红

霁红（釉色）

豇豆红（粉绿地泛出豇豆红，釉色，极娇美）

天竹

湖蓝

春水碧于蓝

雨过天青云破处（釉色）

鸭蛋青

葱绿

鹦哥绿

孔雀绿

松耳石

"嘎巴绿"

明黄

赭黄

土黄

藤黄（出柬埔寨者佳）

梨皮黄（釉色）

杏黄

鹅黄

老僧衣

茶叶末

芝麻酱（以上皆釉色，甚肖）

世界充满了颜色

一九九六年三月二十七日

载一九九六年第四期《小说》

彩云聚散

蕉叶白

我的祖父有几件心爱的宝贝，一到"闹兵荒"，就叫我的父亲用油布包好，埋在我母亲病逝前住的一个小院的地下，把小院的门用砖砌死。一是《云麾将军碑》；一是一块蕉叶白大端砚。还有一件是什么东西我不记得了。《云麾将军碑》是初拓本。流传的《云麾将军碑》都有残缺，此帖一字不残，当是宋拓，为海内孤本，故极珍贵。"蕉叶白"我没有见过，据父亲说是浅绿色的，难得的是叶脉纹理都是自然生成的，放在桌上，和一片芭蕉叶一模一样。这几件东西都是祖父从十八鹤来堂夏家的后人手里买下的。十八鹤来堂是夏之蓉的堂。夏之蓉是本县名臣，他做过多大的官我不甚了然，只知道他是桐城派古文大家，我小时曾背过他的一两篇文章。据说他建造厅堂时飞来十八只仙鹤，遂以"鹤来"作为堂名。夏之蓉死后，夏家逐渐衰败，后人只得靠变卖祖产为生。蕉叶白、《云麾将军碑》就是一次卖给我的祖父的。同时买进的还有几大箱碑帖。有些碑帖其实是很珍贵的，夏家后人都不当一回事！我小时临过褚河南的《圣教序》，就是祖父从大箱子里挑选出来给我的。我到现在写的字还有点褚河南的笔意，真是令人感慨……

《云麾将军碑》一直在我父亲那里。我曾写信给父亲让他把《云麾将军碑》寄到北京来由我保存，父亲说他要捐献给政府，那还有什么说的呢。"蕉叶白"本在我的一个异母弟弟手里，不知道被他弄到哪里去了。

田　黄

我父亲有三块田黄图章，都不大。一块是方的，一块是长方的，一块将就石料，不成形，都恬润似鸡油。数这块不成形的值钱，因为有文三樵刻的边款——印文叫一个不识货的无知的人磨去了，很可惜。我父亲对这三块图章极为珍视，自己用玻璃条做了一个盒子，把三块图章嵌在底座上，置之案头，随时观赏。屡经变乱，无法重问这三块田黄的下落了。

我们那里特重鸡血，一般索价比田黄还高，然亦视石地与"血"的颜色而大有高低。凡品并不难得。兴化有两方名闻远近的鸡血章，地子是藕粉地，极纯净，"血"不散乱，映着日光，从近乎透明的底子外面，可以清楚地看到两石各有鲜血似的一滴血，正在往下滴。我父亲曾专到兴化，去看过这两块鸡血章，终因价钱过高，没有买，事后觉得非常可惜。

珍　珠

我有一个堂叔在本家中是比较有钱的，他结婚时新娘子的鞋尖上缀的两颗珍珠有指头顶大。他的家产都被他从鸦片烟枪里抽掉了。他抽鸦片谱很大，穷得什么都没有了，到鸦片烟馆里，只能在地下铺一张席子，枕一块砖头，就是这样，他还不自己烧烟，得有人烧了烟泡，给他装在斗上。

　　"人老珠黄"，珠子老了，就失去容光，不值钱了。但老珠子有老珠子的用处，入药。我父亲合眼药，要用珍珠，而且还是要用人戴过的。父亲跟我祖母要去她的帽子上的珍珠。我们家几代家传看眼科，父亲熬眼药极虔诚，三天前就沐浴。熬制时把自己关在小花园内，不跟人接触。他的眼药里还有熊胆之类的名贵药材。

载一九九六年第三期《中国珠宝首饰》

师恩母爱
——怀念王文英老师

　　五小（县立第五小学）创立了我们县的第一所幼儿园（当时叫作"幼稚园"），我是幼稚园第一届的学生。幼稚园是新建的，什么都是新的。新的瓦顶，新的砖墙，新的大窗户，新的地板。地板是油漆过的，地板上用白漆漆了一个很大的圆圈。地板门窗发出很好闻的木料的香味。这是我们的教室。教室一边是放玩具的安了玻璃窗的柜橱，一边是一架风琴。教室门前是一片草坪。草坪一侧是滑梯、跷跷板（当时叫作"轩轾板"，这名称很文，我们都不知道为什么叫这样的名称）、沙坑，另一侧有一根粗大的木柱，木柱有顶，中有铁轴，可转动。柱顶垂下七八根粗麻绳，小朋友手握麻绳，快走几步，两腿用力蹬地，两脚蜷缩，人即腾起，围着木柱而转。这件体育器材叫作"巨人布"。我至今不明白这东西怎么会叫这样一个奇怪名字，而且我以后再也没有见过这样的奇怪东西。这就是我们的幼稚园，我们真正的乐园。

　　幼稚园也上下课。课业内容是唱歌、跳舞、游戏。教我们唱歌游戏的是王先生（那时没有"阿姨"这种称呼），名文英，最初学的是简单的短歌：

拉锯，送锯，
你来我去。
拉一把，推一把，
哗啦哗啦起风啦，
小小狗，
小小猫，快快跑。

后来学了带一点情节性的表演唱：
母亲要外出，嘱咐孩子关好门，有人叫门，不要开。
狼来了，唱唱：

小孩子乖乖，
把门儿开开，
快点儿开开，
我要进来。

不开不开不能开，
母亲不回来，
谁也不能开！

狼依次叫小兔子乖乖、小羊儿乖乖开门，他们都不开。最
后叫小螃蟹：

小螃蟹乖乖，
把门儿开开，
快点儿开开，

我要进来。

小螃蟹答应：

就开就开我就开——

小螃蟹开了门，"啊呜！"狼一口把它吃掉了：
合唱：

可怜小螃蟹，
从此不回来！

最后就能排演有歌有舞，有舞台动作的小歌剧《麻雀和小孩》了。
开头是老麻雀教小麻雀学飞：

飞飞，飞飞，慢慢飞。
要上去就要把头抬，
要下来尾巴摆一摆，
这个样子飞到这里来。

老麻雀出去寻食，老不回来。小孩上，问小麻雀：

小麻雀呀，
你的母亲哪里去了？

小麻雀答：

> 我的母亲打食去了，
> 还不回来，
> 饿的真难受。

小孩把小麻雀接回去，给它喂食充饥。
老麻雀回来，发现女儿不见了，十分焦急，唱：

> 啊呀不好了，
> 女儿不见了！
> 焦焦，
> 女儿，
> 年纪小，
> 不会高飞上树梢。
> 缈缈茫茫路远山遥……

小孩把小麻雀送回来，老麻雀看见女儿，非常高兴，问它
是不是饿坏了。女儿说小孩人很好，给它喂了食：

> 小青虫，小青豆，
> 吃了一个饱，
> 我的妈妈呀！

老麻雀感谢小孩。
全剧终。

剧情很简单，音乐曲调也很简单，但是感情却很丰富，麻雀母女之情，小孩的善良仁爱，都在小朋友的心灵中留下深刻长久的影响。

所有的歌舞表演都是王文英先生一句一句地教会的。我们在表演时，王先生踏风琴伴奏。我至今听到风琴声音还是很感动。

我在五小毕业，后来又读了初中、高中，人也大了，就很少到幼稚园去看看。十九岁离乡，四方漂泊，一直没有回去过。我一直没有再见过王先生。她和我的初中的教国文的张道仁先生结了婚，我是大了以后才知道的。

一九八一年秋，我应邀回阔别多年的家乡讲学，带了一点北京的果脯去看王先生和张先生，并给他们各送了一首在招待所急就的诗。给王先生的一首不文不白，毫无雕饰。第二天，张先生带着两瓶酒到招待所来看我，我说哪有老师来看学生的道理，还带了酒！张先生说，是王先生一定要他送来的。说王先生看了我的诗，哭了一晚上。这首诗全诗是：

> "小孩子乖乖，把门儿开开，"
> 歌声犹在，耳边徘徊。
> 我今亦老矣，白髭盈腮，
> 念一生美育，从此培栽，
> 师恩母爱，岂能忘怀！
> 愿吾师康健，长寿无灾。

张先生说，王先生对他说："我教过那么多学生，长大了，还没有一个来看过我的！"王先生指着"师恩母爱，岂能忘怀"

对张先生说："他进幼稚园的时候还戴着他妈妈的孝！"我这才知道王先生为什么对我特别关心，特别喜爱。张先生反复念了这两句，连说："师恩母爱！师恩母爱！"

王先生已经去世几年了。我不知道她的准确的寿数，但总是八十以上了。

我觉得幼儿园的老师对小朋友都应该有这样的"师恩母爱"。

一九九六年八月

载一九九六年九月九日《江苏教育报》

书到用时

我曾经想写一短文，谈中国人的吃葱，想引用两句谚语："宁吃一斗葱，莫逢屈突通"。说明中国有些人是怕吃葱的。屈突通想必是个很残暴的人。但是他是哪一朝代的人，他做过什么事，为什么叫人望而生畏，却不甚了了。这一则谚语只好放弃。好像是《梦溪笔谈》上说过，对于读书"用即不错，问却不会"。很多人也像我一样，对于人物、典故能用，但是出处和意义不明白，记不住，知其然而不知其所以然。这样读书实在是把时间白白地浪费。

我曾有过一本影印的汤显祖评点本《董西厢》，我很喜欢这本书。汤显祖是大戏曲作家，又是大戏曲评伦家。他的评点非常深刻，非常生动。他的语言也极富才化，单是读评点文章，就是很大的享受，比现在的评论家不知道要强多少倍，——现在的评论家的文章特点，几乎无一例外：噜嗦！汤显祖谈《董西厢》的结尾有两种。一是"煞尾"，一是"度尾"。"煞尾"如"骏马收缰，寸步不移"；"度尾"如"画舫笙歌，从远处来，过近处，又向远处去"。这样用比喻写感受，真是妙喻！我很喜欢"汤评"，经常要翻一翻。这本书为一戏曲史家借去不还。

我不蓄图书，书丢了就丢了，这本书丢了却叫我多年耿耿，因为在写文章时不能准确的引用，只能凭记忆背出来，字句难免有出入。——汤显祖为文是字字都精致讲究的。

为什么读书？是为了写作。朱光潜先生曾说，为了写作而读书，比平常地读书的理解、记忆要深刻，这是非常正确的经验之谈。即使是写写随笔、笔记，也比空过了强。毛泽东尝言：不动笔墨不读书。肯哉斯言。

载一九九六年九月十日《书友周报》

北京的秋花

桂　花

桂花以多为胜。《红楼梦》薛蟠的老婆夏金桂家"单有几十顷地种桂花"，人称"桂花夏家"。"几十顷地种桂花"，真是一个大观！四川新都桂花甚多。杨升庵祠在桂湖，环湖植桂花，自山坡至水湄，层层叠叠，都是桂花。我到新都谒升庵祠，曾作诗：

> 桂湖老桂发新枝，
> 湖上升庵旧有祠。
> 一种风流谁得似，
> 状元词曲罪臣诗。

杨升庵是才子，以一甲一名中进士，著作有七十种。他因"议大礼"获罪，充军云南，七十余岁，客死于永昌。陈老莲曾画过他的像，"醉则簪花满头"，面色酡红，是喝醉了的样子。从陈老莲的画像看，升庵是个高个儿的胖子。但陈老莲恐怕是凭想象画的，未必即像升庵。新都人为他在桂湖建祠，升庵死若有知，亦当欣慰。

北京桂花不多，且无大树。颐和园有几棵，没有什么人注意。我曾在藻鉴堂小住，楼道里有两棵桂花，是种在盆里的，不到一人高！

我建议北京多种一点桂花。桂花美荫，叶坚厚，入冬不凋。开花极香浓，干制可以做元宵馅、年糕。既有观赏价值，也有经济价值，何乐而不为呢？

菊　花

秋季广交会上摆了很多盆菊花。广交会结束了，菊花还没有完全开残。有一个日本商人问管理人员："这些花你们打算怎么处理？"答云："扔了！"——"别扔，我买。"他给了一点钱，把开得还正盛的菊花全部包了，订了一架飞机，把菊花从广州空运到日本，张贴了很大的海报："中国菊展"。卖门票，参观的人很多。他捞了一大笔钱。这件事叫我有两点感想：一是日本商人真有商业头脑，任何赚钱的机会都不放过，我们的管理人员是老爷，到手的钱也抓不住。二是中国的菊花好，能得到日本人的赞赏。

中国人长于艺菊，不知始于何年，全国有几个城市的菊花都负盛名，如扬州、镇江、合肥，黄河以北，当以北京为最。

菊花品种甚多，在众多的花卉中也许是最多的。

首先，有各种颜色。最初的菊大概只有黄色的。"鞠有黄华"、"零落黄花满地金"，"黄华"和菊花是同义词。后来就发展到什么颜色都有了。黄色的、白色的、紫的、红的、粉的，都有。挪威的散文家别伦·别尔生说各种花里只有菊花有绿色的，也不尽然，牡丹、芍药、月季都有绿的，但像绿菊那样绿得像初新的嫩蚕豆那样，确乎是没有。我几年前回乡，在公园里看到一盆绿菊，花大盈尺。

其次，花瓣形状多样，有平瓣的、卷瓣的、管状瓣的。在镇江焦山见过一盆"十丈珠帘"，细长的管瓣下垂到地，说"十丈"当然不会，但三四尺是有的。

北京菊花和南方的差不多，狮子头、蟹爪、小鹅、金背大红……南北皆相似，有的连名字也相同。如一种浅红的瓣，极细而卷曲如一头乱发的，上海人叫它"懒梳妆"，北京人也叫它"懒梳妆"，因为得其神韵。

有些南方菊种北京少见。扬州人重"晓色"，谓其色如初日晓云，北京似没有。"十丈珠帘"，我在北京没见过。"枫叶芦花"，紫平瓣，有白色斑点，也没有见过。

我在北京见过的最好的菊花是在老舍先生家里。老舍先生每年要请北京市文联、文化局的干部到他家聚聚，一次是腊月，老舍先生的生日（我记得是腊月二十三；一次是重阳节左右，赏菊。老舍先生的哥哥很会莳弄菊花。花很鲜艳；菜有北京特点，如芝麻酱炖黄花鱼、"盒子菜"）；酒"敞开供应"，既醉既饱，至今不忘。

我不赞成搞菊山菊海，让菊花都按部就班，排排坐，或挤成一堆，闹闹嚷嚷。菊花还是得一棵一棵地看，一朵一朵地看。更不赞成把菊花缚扎成龙、成狮子，这简直是糟蹋了菊花。

秋葵、鸡冠、凤仙、秋海棠

秋葵我在北京没有见过，想来是有的。秋葵是很好种的，在篱落、石缝间随便丢几个种子，即可开花。或不烦人种，也能自己开落。花瓣大、花浅黄，淡得近乎没有颜色，瓣有细脉，瓣内侧近花心处有紫色斑。秋葵风致楚楚，自甘寂寞。不知道为什么，秋葵让我想起女道士。秋葵亦名鸡脚葵，以其叶似鸡爪。

我在家乡县委招待所见一大丛鸡冠花，高过人头，花大如扫地笤帚，颜色深得吓人一跳。北京鸡冠花未见有如此之粗野者。

凤仙花可染指甲，故又名指甲花。凤仙花捣烂，少入矾，敷于指尖，即以凤仙叶裹之，隔一夜，指甲即红。凤仙花茎可长得很粗，湖南人或以入臭坛腌渍，以佐粥，味似臭苋菜秆。

秋海棠北京甚多，齐白石喜画之。齐白石所画，花梗颇长，这在我家那里叫作"灵芝海棠"。诸花多为五瓣，唯秋海棠为四瓣。北京有银星海棠，大叶甚坚厚，上洒银星，秆亦高壮，简直近似木本。我对这种孙二娘似的海棠不大感兴趣。我所不忘的秋海棠总是伶仃瘦弱的。我的生母得了肺病，怕"过人"——传染别人，独自卧病，在一座偏房里，我们都叫那间小屋为"小房"。她不让人去看她，我的保姆要抱我去让她看看，她也不同意。因此我对我的母亲毫无印象。她死后，这间"小房"成了堆放她的嫁妆的储藏室，成年锁着。我的继母偶尔打开，取一两件东西，我也跟了进去。"小房"外面有一个小天井，靠墙有一个秋叶形的小花坛，不知道是谁种了两三棵秋海棠，也没有人管它，它在秋天竟也开花。花色苍白，样子很可怜。不论在哪里，我每看到秋海棠，总要想起我的母亲。

黄栌、爬山虎

霜叶红于二月花。

西山红叶是黄栌，不是枫树。我觉得不妨种一点枫树，这样颜色更丰富些。日本枫娇红可爱，可以引进。

近年北京种了很多爬山虎，入秋，爬山虎叶转红。

沿街的爬山虎红了，

北京的秋意浓了。

一九九六年中秋

载一九九六年十月二十八日《北京晚报》

草木春秋

木芙蓉

　　浙江永嘉多木芙蓉。市内一条街边有一棵，干粗如电线杆，高近二层楼，花多而大，他处少见。楠溪江边的村落，村外、路边的茶亭（永嘉多茶亭，供人休息、喝茶、聊天）檐下，到处可以看见芙蓉。芙蓉有一特别处，红白相间。初开白色，渐渐一边变红，终至整个的花都是桃红的。花期长，掩映于手掌大的浓绿的叶丛中，欣然有生意。

　　我曾向永嘉市领导建议，以芙蓉为永嘉市花，市领导说永嘉已有市花，是茶花。后来听说温州选定茶花为温州市花，那么永嘉恐怕得让一让。永嘉让出茶花，永嘉市花当另选。那么，芙蓉被选中，还是有可能的。

　　永嘉为什么种那么多木芙蓉呢？问人，说是为了打草鞋。芙蓉的树皮很柔韧结实，剥下来撕成细条，打成草鞋，穿起来很舒服，且耐走长路，不易磨通。

　　现在穿树皮编的草鞋的人很少了，大家都穿塑料凉鞋、旅游鞋。但是到处都还在种木芙蓉，这是一种习惯。于是芙蓉就成了永嘉城乡一景。

南瓜子豆腐和皂角仁甜菜

在云南腾冲吃了一道很特别的菜。说豆腐脑不是豆腐脑，说鸡蛋羹不是鸡蛋羹。滑、嫩、鲜，色白而微微带点浅绿，入口清香。这是豆腐吗？是的，但是用鲜南瓜子去壳磨细"点"出来的。很好吃。中国人吃菜真能别出心裁，南瓜子做成豆腐，不知是什么朝代，哪一位美食家想出来的！

席间还有一道甜菜，冰糖皂角米。皂角我的家乡颇多。一般都用来泡水，洗脸洗头，代替肥皂。皂角仁蒸熟，妇女绣花，把绒在皂仁上"光"一下，绒不散，且光滑，便于入针。没有吃它的。到了昆明，才知道这东西可以吃。昆明过去有专卖蒸菜的饭馆，蒸鸡、蒸排骨，都放小笼里蒸，小笼垫底的是皂角仁，蒸得了晶莹透亮，嚼起来有韧劲，好吃。比用红薯、土豆衬底更有风味。但知道可以做甜菜，却是在腾冲。这东西很滑，进口略不停留，即入肠胃。我知道皂角仁的"物性"，警告大家不可多吃。一位老兄吃得口爽，弄了一饭碗，几口就喝了。未及终席，他就奔赴厕所，飞流直下起来。

皂角仁卖得很贵，比莲子、桂圆、西米都贵，只有卖干果、山珍的大食品店才有得卖，普通的副食店里是买不到的。

近几年时兴"皂角洗发膏"，皂角恢复了原来的功能，这也算是"以故为新"吧。

车前子

车前子的样子很有趣。叶贴地而长，近卵形，有长柄。在自由伸向四面的叶丛中央抽出细长的花梗，顶端有穗形花序，直立着。穗不多，少的只有一穗。画家常画之为点缀。程十发即喜画。动画片中好像少不了它。不知道为什么，这东西有一种童话情趣。

车前子可利小便，这是很多农民都知道的。

张家口的山西梆子剧团有一个唱"红"（老生）的演员，经常在几县的"堡"（张家口人称镇为"堡"）演唱，不受欢迎，农民给他起了个外号："车前子"。怎么给他起了这么个外号呢？因为他一出台，农民观众即纷纷起身上厕所，这位"红"利小便。

这位唱"红"的唱得起劲，观众就大声减叫："快去，快，赶紧拿咸菜！"这又是怎么回事呢？吃白薯吃得太多了，烧心反胃，嚼一块咸菜就好了。这位演员的嗓音叫人听起来烧心。

农民有时是很幽默的。

搞艺术的人千万不能当"车前子"，不能叫人烧心反胃。

紫穗槐

在戴了"右派分子"的帽子以后，我曾经被发到西山种树。在石多土少的山头用镢头刨坑。实际上是在石头上硬凿出一个一个的树坑来，再把凿碎的砂石填入，用九齿耙搂平。山上寸土寸金，树坑就山势而凿，大小形状不拘。这是个非常重的活。我成了"右派"后所从事的劳动，以修十三陵水库和这次西山种树的活最重。那真是玩了命。

一早，就上山，带两个干馒头、一块大腌萝卜。顿顿吃大腌萝卜，这不是个事。已经是秋天了，山上的酸枣熟了，我们摘酸枣吃。草里有蝈蝈，烧蝈蝈吃！蝈蝈得是三尾的，腹大，多子。一会儿就能捉半土筐。点一把火，把蝈蝈往火里一倒，劈劈剥剥，熟了。咬一口大腌萝卜，嚼半个烧蝲蝲，就馒头，香啊。人不管走到哪一步，总得找点乐子，想一点办法，老是愁眉苦脸的，干吗呢！

我们刨了坑，放着，当时不种，得到明年开了春，再种。据说要种的是紫穗槐。

紫穗槐我认识，枝叶近似槐树，抽条甚长，初夏开紫花，花似紫藤而颜色较紫藤深，花穗较小，瓣亦稍小，风摇紫穗，姗姗可爱。

紫穗槐的枝叶皆可为饲料，牲口爱吃，上膘。条可编筐。

刨了约二十多天树坑，我就告别西山八大处回原单位等候处理，从此再也没有上过山。不知道我们刨的那些坑里种上紫穗槐了没有。再见，紫穗槐！再见，大腌萝卜！再见，蝲蝲！

阿格头子灰背青

> 敕勒川，
> 阴山下。
> 天似穹庐，
> 笼盖四野。
> 天苍苍，
> 野茫茫，
> 风吹草低见牛羊。

北齐斛律金这首用鲜卑语唱的歌公认是北朝乐府的杰作，写草原诗的压卷之作；苍茫雄浑，前无古人，后无来者。一千多年以来，不知道有多少"南人"，都从"风吹草低见牛羊"

一句诗里感受到草原景色，向往不置。

　　但是这句诗有夸张成分，是想象之词。真到草原去，是看不到这样的景色的。我曾四下内蒙，到过呼伦贝尔草原、达茂旗的草原、伊克昭盟的草原，还到过新疆的唐巴拉牧场，都不曾见过"风吹草低见牛羊"。张家口坝上沽源的草原的草，倒是比较高，但也藏不住牛羊。论好看，要数沽源的草原好看。草很整齐，叶细长，好像梳过一样，风吹过，起伏摇摆如碧浪。这种草是什么草？问之当地人，说是"碱草"，我怀疑这可能是"草菅人命"的"菅"。"碱草"的营养价值不是很高。

　　营养价值高的牧草有阿格头子、灰背青。

　　陪同我们的老曹唱他的爬山调：

　　　　阿格头子灰背青，

　　　　四十五天到新城。

　　他说灰背青叶子青绿而背面是灰色的。"阿格头子"是蒙古话。他拔起两把草叫我们看，且问一个牧民：

　　"这是阿格头子吗？"

　　"阿格！阿格！"

　　这两种草都不高，也就三四寸，几乎是贴地而长。叶片肥厚而多汁。

　　"阿格头子灰背青，四十五天到新城。"老曹年轻时拉过骆驼，从呼和浩特驮货到新疆新城，一趟得走四十五天。那么来回就得三个月。在多见牛羊少见人的大草原上拉着骆驼一步一步地走，这滋味真难以想象。

　　老曹是个有趣的人。他的生活知识非常丰富。大青山的药材、草原上的草，他没有不认识的。他知道很多故事，很会说故事。单是狼，他就能说一整天。都是实在经验过的，并非道听途说。狼怎样逗小羊玩，小羊高了兴，跳起来，过了圈羊的荆笆，狼一口就把小羊叼走了；狼会出痘，老狼把出痘子的小狼用沙埋起来，只露出几个小脑袋；有一个小号兵掏了三只小狼羔子，带着走，母狼每晚上跟着部队，哭，后来怕暴露部队目标，队长说服小号兵把小狼放了……老曹好说，能吃，善饮，喜交游。他在大青山打过游击，山里的堡垒户都跟他很熟，我们的吉普车上下山，他常在路口叫司机停一下，找熟人聊两句，帮他们买拖拉机，解决孩子入学……我们后来拜访了布赫同志，提起老曹，布赫同志说："他是个红火人。""红火人"这样的说法，我在别处没有听见过。但是用之于老曹身上，很合适。

老曹后来在呼市负责林业工作。他曾到大兴安岭调查，购买树种，吃过犴鼻子（他说犴鼻子黏性极大，吃下一块，上下牙粘在一起，得使劲张嘴，才能张开。他做了一个当时使劲张嘴的样子，很滑稽）、飞龙。他负责林业时主要的业绩是在大青山山脚至市中心的大路两侧种了杨树，长得很整齐健旺。但是他最喜爱的是紫穗槐，是个紫穗槐迷，到处宣传紫穗槐的好处。

"文化大革命"，内蒙大搞"内人党"问题，手段极其野蛮残酷，是全国少有的重灾区。老曹在劫难逃。他被捆押吊打，打断了踝骨。后经打了石膏，幸未致残，但是走起路来一拐一拐的。他还是那么"红火"，健谈豪饮。

老曹从小家贫，"成份"不高。他拉过骆驼，吃过很多苦。他在大青山打过游击，无历史问题，为什么要整他，要打断他的踝骨？为什么？

阿格头子灰背青，

四十五天到新城。

花和金鱼

从东珠市口经三里河、河舶厂，过马路一直往东，是一条横街。这是北京的一条老街了。也说不上有什么特点，只是有那么一种老北京的味儿。有些店铺是别的街上没有的。有一个每天卖豆汁儿的摊子，卖焦圈儿、马蹄烧饼，水疙瘩丝切得细得像头发。这一带的居民好像特别爱喝豆汁儿，每天晌午，有一个人推车来卖，车上搁一个可容一担水的木桶，木桶里有多半桶豆汁儿。也不吆喝，到时候就来了，老太太们准备好了坛坛罐罐等着。马路东有一家卖鞭哨、皮条、纲绳等等骡车马车上用的各种配件。北京现在大车少了，来买的多是河北人。看了店堂里挂着的挺老长的白色的皮条、两股坚挺的竹子拧成的鞭哨，叫人有点说不出来的感动。有一家铺子在一个高台阶上，门外有一块小匾，写着"惜阴斋"。这是卖什么的呢？我特意上了台阶走进去看了看：是专卖老式木壳自鸣钟、怀表的，兼营擦洗钟表油泥、修配发条、油丝。"惜阴"用之于钟表店，挺有意思，不知是哪位一方名士给写的匾。有一个茶叶店，也有一块匾："今雨茶庄"（好几个人问过我这是什么意思）。其实这是一家夫妻店，什么"茶庄"！

两口子，有五十好几了，经营了这么个"茶庄"。他们每天的生活极其清简。大妈早起擞炉子、生火、坐水、出去买菜。老爷子扫地、擦试柜台，端正盆花金鱼。老两口都爱养花、养鱼。鱼是龙睛，两条大红的，两条蓝的（他们不爱什么红帽子、绒球……）。鱼缸不大，飘着筟草。花四季更换。夏天，茉莉、珠兰（熟人来买茶叶，掌柜的会摘几朵鲜茉莉花或一小串珠兰和茶叶包在一起）；秋天，九花（老北京人管菊花叫"九花"）；冬天，水仙、天竹果。我买茶叶都到"今雨茶庄"买，近。我住河舶厂，出胡同口就是。我每次买茶叶，总爱跟掌柜的聊聊，看看他的花。花并不名贵，但养得很有精神。他说："我不瞧戏，不看电影，就是这点爱好。"

我打成了"右派"，就离开了河舶厂。过了十几年，偶尔到三里河去，想看"今雨茶庄"还在不在，没找到。问问老住户，说："早没有了！"——""茶叶店掌柜的呢？"——"死了！叫红卫兵打死了！"——"干吗打他？"——"说他是小业主；养花养鱼是'四旧'。老伴没几天也死了，吓死的！——这他妈的'文化大革命'！这叫什么事儿！"

一九九六年十月二十八日

载一九九七年第一期《收获》

关于于会泳

于会泳死了大概有二十年了，现在没有人提起他。年轻人大都不知道有过这个人。但是提起十年浩劫，提起"革命样板戏"，不提他是不行的。写戏曲史，不能把他"跳"过去，不能说他根本没有存在过。——戏曲史不论怎么写，总不能对这十年只字不提，只是几张白纸。于会泳从一个文工团演奏员、音乐学院教研室主任，几年工夫爬到文化部长，则其人必有"过人"之处。

于会泳对文艺与政治的关系有他的看法。他曾经领导组织了一台晚会，有三个小戏，是抓特务的，阎肃半开玩笑地对他说："一个晚上抓了三个特务，你这个文化部成了公安部了！"于会泳当时没有说什么。第二天在宾馆里做报告，于会泳非常严肃地说："文化部就是要成为意识形态的公安部！"弄得大家都很尴尬。本来是一句玩笑话，他却提到了原则高度。这个人翻脸不认人，和他开不得半句玩笑。这是个不讲人情的人。

把文化部说成是"意识形态的公安部"，持这种看法的人，现在还有。

于会泳善于把江青的片言只句加以敷衍，使得它更加"周密"，更加深化，更带有"理论"色彩。江青很重视主题。在她对《杜鹃山》作指示时说："主题是改造自发部队，这一点不能不明确。"于会泳后来就在一次报告中明确提出："主题先行。"应该佩服这位文化部长，概括得非常准确。——其荒谬性也就暴露得更加充分。尤其荒谬的是把人物分等论级。他提出一个公式："在所有的人物中突出正面人物，在正面人物中突出英雄人物，在英雄人物中突出主要英雄人物。"这就是有名的"三突出"。世界文艺理论中还从来没有人提出过这种阶梯模式，在创作实践中也绝对行不通。连江青都说："我没有提过'三突出'，我只提过一突出，——突出英雄人物。"

主题先行、"三突出"，这两大"理论"影响很大，遗祸无穷。

于会泳是搞音乐的。平心而论，他对戏曲音乐唱腔是有贡献的。他的贡献可以说是前无古人。很多人都想对京剧唱腔有所创新，有所突破，但找不到方法。有人拼命使用高八度。还有人违反唱腔的自然走势，该往高处走的，往低处走；该往低处走的，往高处。有个老演员批评某些唱腔设计是"顺姐她妹妹——别妞（扭）"。于会泳走了另外一条路：把地方戏曲、曲艺的腔吸收进京剧。他对地方戏、曲艺的确下过一番功夫，据说他曾分析过几十种地方戏、曲艺，积累了很多音乐素材，把它吸收进来，并与京剧的西皮、二黄融合在一起，使京剧的音乐语言大大丰富了。听起来很新鲜，不别扭。

于会泳把西方歌剧的人物主题旋律的方法引用到京剧唱腔中来，运用得比较成功的是《杜鹃山》柯湘的唱腔，既有性格，也出新，也好听。

"音乐布局"是于会泳关于京剧唱腔的一个较新的概念。他之受知于江青，就是在江青在上海定《沙家浜》为样板时，他在报纸上发表了一篇《论"沙家浜"的音乐布局》的文章。"样板"当时还未被人承认,于会泳这篇文章正是她所需要的。文章言之成理,她很欣赏。关于音乐唱腔,毛泽东提出:一定要有大段唱,老是散板摇板,要把人的胃口唱倒的。江青提出一个"成套唱腔"的概念。到于会泳就发展成"核心唱段"。这些都是有道理的,但是不能绝对。老戏也有成套的唱腔。《文昭关》《捉放曹》的"叹五更"都是成套的,也可以说是唱段的核心。《四郎探母》杨延辉开场即唱,而且是大段,但从剧本看,却很难说这是核心。唱腔布局不能机械划分,首先必须受剧情的制约。但是唱腔要有总体构思,是对的。否则就会零碎散乱。

于会泳的功劳之一,是创造了一些新的板式。例如《海港》的"二黄宽板"。演员拿到曲谱,不知道怎么拍板,因为这样轻重拍的处理,在老戏里是没有的。又如《杜鹃山》柯湘唱的"家住安源萍水头"就不知道是什么板。似乎是西皮二六,但二六的节奏没有那么多的变化。起初是比较舒缓的回忆,当中是激越的控诉,节奏加快,最后"叫散",但却转为高腔,结句重复,形成"搭句"。于会泳好像也没有给这段新板式起个名字。

于会泳设计唱腔还有一个特点,即同时把唱法(他叫作"润腔手段")也设计出来。在演员唱不好时,他就自己示范(他能唱,而且小嗓很好)。

于会泳有罪,有错误,但是是个有才能的人。他在唱腔、音乐上一些经验,还值得今天搞京剧音乐的同志借鉴,吸收。

一九九六年十一月十七日

对仗·平仄

英文《中国文学》翻译了我的小说《受戒》。事前我就为译者想：这篇东西是很难翻的。《受戒》这个词英文里大概没有，翻译家把题目改了，改成"一个小和尚的恋爱故事"，这不免有点叫人啼笑皆非。小说里有四副对联，这怎么翻？样书寄到，拆开来看看正文，这位翻译家对对联采取了一个干净绝妙的办法：全部删掉。我所见到的这篇小说的几个译本对对联大都只翻一个意思，不保留格式。只有德文译文看得出是一副对联：上下两句的字数一样，很整齐。这位德文译者真是下了功夫！但就是这样，也还是形似而已，不是真正的对联。

对联是中国特有的艺术形式。对联的前提是必须是单音缀（或节）的语言，一字、一音、一意。西方的语言都是多音节的，"对"不起来。

与对仗有关的是中国话（主要指汉语）有"调"。据说古梵语有调，其他国家的语言都没有鲜明的音高调值差别。郭沫若参加世界和平理事会，约翰逊主教就觉得郭说话好像在唱歌，就是因为郭老的语言有高低调值。中国人觉得老外说话都是平的，外国人学说中国话最"玩不转"的便是"调"。

对联的上下联相同位置的字音要相反，上联此位置的字是平声，则下联此位置之字必须是仄声。两联的意思一般是一开一阖，一正一反，相辅相承。或两联意境均大，如"大漠孤烟直，长河落日圆"；或两句都小，如"细雨鱼儿出，微风燕子斜"。有些对句极工巧，而内涵深远，如李商隐"此日六军同驻马，当年七夕笑牵牛"。有"无情对"，只是字面相对，意思上并无联系，如我的小说《受戒》中的一副对联：

一花一世界，
三邈三菩提。

"三邈三菩提"的"三"并非么二三的三，这不是数字是梵语汇音。有"流水对"，上一句和下一句一气贯穿，如同流水，似乎没有对，如"三十一年还旧国，落花时节读华章"。"流水对"最难写，毛泽东这一联极有功力。

由于有对仗、平仄，就形成中国话的特有的语言美，特有的音乐感。有人写诗，两个字意思差不多，用这个字、不用那个字，只是"为声俊耳"（此语出处失记）。作为一个当代作家应该注意培养语言的审美感觉，语言的音乐感，能感受哪个字"响"，哪个字不"响"。

我们今天写散文或小说，不必那么严格地讲对仗，讲平仄，但知道其中道理，使笔下有丰富的语感，是有好处的。我写小说《幽冥钟》，写一座古寺的罗汉堂外有两棵银杏树，已是数百年物，"夏天，一地浓荫。冬天，满阶黄叶。"如果完全不讲对仗，不讲平仄，就不能产生古旧荒凉的意境。

载一九九六年十二月三十一日《书友周报》

后十年集

散文随笔卷

1997

《去年属马》题记

京味和京派是两回事，两个不同的概念。京派是一个松散的群体，并没有共同的纲领性的宣言。但一提京派，大家有一种比较模糊的共识，就是这样一群作家有其近似的追求，都比较注重作品的思想。即都有一点人道主义。而被称或自称"京味"的作家则比较缺乏思想，缺少人道主义。

我算是"京味"作家么？

《天鹅之死》把天鹅和跳"天鹅之死"的芭蕾演员两条线交错进行，这是现代派的写法。这不像"京味"。《窥浴》是一首现代抒情诗。就是大体上是现实主义的小说《八月骄阳》，里面也有这样的词句：

> 粉蝶儿、黄蝴蝶乱飞。忽上，忽下。忽起，忽落。黄蝴蝶，白蝴蝶。白蝴蝶，黄蝴蝶……

用蝴蝶的上下纷飞写老舍的起伏不定的思绪，这大概可以说是"意象现实主义"。

我这样做是有意的。

我对现代主义比对"京味"要重视得多。因为现代主义是现代的，而一味追求京味，就会导致陈旧，导致油腔滑调，导致对生活的不严肃，导致玩世不恭。一味只追求京味，就会使作家失去对生活的沉重感和潜藏的悲愤。

本集有不少篇是写京剧界的人和事的。京剧界是北京特有的一个社会。京剧界自称为"梨园行"、"内行"，而将京剧界以外的都称为"外行"。有说了儿媳妇的，有老亲问起姑娘家是干什么的，老太太往往说："是外行。"这里的"外行"不是说不懂艺术，只是说是梨园行以外的人家，并无褒贬之意。梨园行内的人，大都沾亲带故，三叔二大爷，都论得上。他们有特殊的风俗，特殊的语言。如称票友为"丸子"，说玩笑开过分了叫"前了"……"梨园行"自然也和别的行一样，鱼龙混杂，贤愚不等。有姜妙香那样的姜圣人，肖老（长华）那样乐于助人而自奉甚薄的好人，有"好角儿"，也有"苦哈哈"、"底帏子"。从俯视的角度看来，梨园行的文化素质大都不高。这样低俗的文化素质是怎样形成的？如《讲用》里的郝有才，《去年属马》里的夏构丕，他们是那样可笑，又那样的可悲悯，这应该由谁负责？由谁来医治？

梨园行是北京的一个重要的组成部分。可以说没有梨园行就没有北京，也没有"京味"。我希望写京味文学的作家能写写梨园行。但是要探索他们的精神世界，不要只是写一点悲欢离合的故事。希望能出一两个写梨园行的狄更斯。

一九九七年二月十三日

载一九九七年四月二十四日《北京晚报》

《旅食与文化》题记

　　"旅食"作为词语见于杜甫诗。杜甫《奉赠韦左丞文二十二韵》：

> ……
> 骑驴十三载，
> 旅食京华春。
> 朝扣富儿门，
> 暮随肥马尘。
> 残杯和冷炙，
> 到处潜悲辛。

　　我没有杜甫那样的悲辛，这里的"旅食"只是说旅行和吃食。

　　我是喜欢旅行的，但是近年脚力渐渐不济。人老先从腿上老。六十岁时就有年轻人说我走路提不起脚后跟。七十岁生日作诗抒怀，有句云：

> 悠悠七十犹耽酒，
> 唯觉登山步履迟。

七十以后有相邀至外边走走，我即声明："遇山而止，逢高不上"了。前年重到雁荡，我就不能再登观音阁，只是在山下平地上看看，走走。即使司马光的见道之言："登山亦有道，徐行则不踬"也不能奉行。甚矣吾衰也！岁数不饶人，不服老是不行的。

老了，胃口就差。有人说装了假牙，吃东西就不香了。有人不以为然，说：好吃不好吃，决定于舌上的味蕾，与牙无关。但是剥食螃蟹，咔嚓一声咬下半个心里美萝卜，总不那么利落，那么痛快了。虽然前几年在福建云霄吃的血蚶，我还是兴致勃勃，吃了的空壳在面前堆成一座小山，但这样时候不多矣。因为这里那里有点故障，医生就嘱咐这也不许吃，那也不许吃，立了很多戒律。肝不好，白酒已经戒断。胆不好，不让吃油炸的东西。前几月做了一次"食道造影"，坏了！食道有一小静脉曲张，医生命令不许吃硬东西，怕碰破曲张部分流血，连烙饼也不能吃，吃苹果要搅碎成糜。这可怎么活呢？不过，幸好还有"世界第一"的豆腐，我还是能鼓捣出一桌豆腐席来的，不怕！

舍伍德·安德生的《小城畸人》记一老作家："他的躯体是老了，不再有多大用处了，但他身体内有些东西却是全然年轻的。"我希望我能像这位老作家，童心常绿。我还写一点东西，还能陆陆续续地写更多的东西，这本《旅食与文化》会逐年加进一点东西。

活着多好呀。我写这些文章的目的也就是使人觉得：活着多好呀！

一九九七年二月二十日

林斤澜！哈哈哈哈……

　　林斤澜这个名字很怪。他原名庆澜，意思是庆水安澜，大概生他那年他们家乡曾遭过一次水灾，后退了。不知从哪年，他自己改名"斤澜"。我跟他说"斤澜"没讲，他也说：没讲！他们家的人名字都有点怪。夫人叫"古叶"，女儿叫"布谷"。大概都是他给起的。斤澜好怪，好与众不同。他的《矮凳桥风情》里有三个女子，三姐妹叫笑翼、笑耳、笑杉。小城镇哪里会有这样名字呢？我捉摸了很久，才恍然大悟：原来只是小一、小二、小三。笑翼的妈妈给儿女起名字时不会起这样的名字的，这都是林斤澜搞的鬼。夏尚质，周尚文，林尚，林斤澜被称为"怪味葫豆"，罪有应得。

　　斤澜曾患心脏病，三十岁就得过一次心肌梗死。后来又得过一次，但都活下来了。六十岁时他就说过他活得已经够了本，再活就是白饶。斤澜的身体不算好，但不在乎。我这些年出外旅游，总是"逢高不上，遇山而止"，斤澜则是有山就爬。他慢条斯理的，一步一步地还误不了看山看水，结果总是他头一个到山顶。一览众山小，笑看众头低。他应该节制饮食，但是他不，每有聚，他都是谈笑风生，饮啖自若。不论是黄酒、白酒、葡萄酒、啤酒，全都招呼。最近有一次，他同时喝了三种酒。人常说酒喝杂了不好，斤澜说："没事！"斤澜爱吃肉。"三天不吃肉就觉得难受。"他吃肉不讲究部位，冰糖肘子、笃鲜、蒜泥白肉，都行。他爱吃猪头肉，尤其爱吃"拱嘴"——猪鼻子，以为乃人间之"大美"。他是温州人，说起生吃海鲜，眉飞色舞。吃海鲜，喝黄酒，嘿！不过温州的"老酒汗"（黄酒再蒸一次）我实在喝不出好来。温州人还有一种喝法，在黄酒里加鸡蛋，煮热，这算什么酒！斤澜的吃喝是很平民化的。我和他曾在屯溪街头一小吃店的檐下，就一盘煮螺蛳，一人喝了两瓶加饭。他爱吃豆腐，老豆腐、嫩豆腐、毛豆腐、臭豆腐，都好。煎炒煮炸，都好。我陪他在乐山小饭馆吃了乡坝头上的菜豆花，好！

斤澜的生活是很平民化的。他不爱洗什么桑拿浴，愿意在澡堂的大池子里（水很烫）泡一泡，泡得大汗淋漓、浑身作嫩红色。他大概是有几身西服的，但我从未见过他穿了整齐的套服，打了领带。他爱穿夹克，里面是条纹格子衬衫。衬衫就是街上买的，棉料的多，颜色倒是不怕花哨。

斤澜的平民化生活习惯来自于他对生活的平民意识。这种平民意识当然会渗入他的作品。

斤澜的哈哈笑是很有名的。这是他的保护色。斤澜每遇有人提到某人、某事，不想表态，就把提问者的原话重复一次，然后就殿以哈哈的笑声。"×××，哈哈哈哈……"、"这件事，哈哈哈哈……"把想要从口中掏出他的真实看法的新闻记者之类的人弄得莫名其妙，斤澜这种使人摸不着头脑抓不住尾巴的笑声，使他摆脱了尴尬，而且得到一层安全的甲壳。在反右派运动中，他就是这样应付过来的。林斤澜不被打成右派，是无天理，因此我说他是"漏网右派"，他也欣然接受。

斤澜极少臧否人物，但是是非清楚，爱憎分明。他一直在北京市文联工作，对市文联的领导，一般干部的遗闻逸事了如指掌。比如老舍挨斗，是他亲眼所见，亲耳所闻，揭发批判老舍的人是赖也赖不掉的。他觉得萧军有骨头有侠气，真是一条汉子。红卫兵想要萧军低头认罪，萧军就是不低头，两腿直立，如同生了根。萧军没有动手，他说："我要是一动手，七八个小青年就得趴下。"红卫兵斗骆宾基，萧军说："你们谁敢动骆宾基一根毫毛！"京剧演员荀慧生病重，是萧军背着他上车的。"文革"后，文联作协批斗浩然，斤澜听着，忽然大叫："浩然是好人哪！"当场昏厥。斤澜平时似很温和，总是含笑看世界，但他的感情是非常强烈的。

斤澜对青年作家（现在都已是中年了）是很关心的。对他们的作品几乎一篇不落地都看了，包括一些评论家的不断花样翻新，用一种不中不西稀里古怪的语言所写的论文。他看得很仔细，能用这种古怪语言和他们对话这一点，他比我强得多。

林斤澜！哈哈哈哈……

载一九九七年第二期《时代文学》

潘天寿的倔脾气

潘天寿曾到北京开画展，《光明日报》出了一版特刊，刊头由康生题了两行字：

　　画师魁首
　　艺苑班头

这使得很多画家不服。

过了几年，"文革"开始，"金棍子"姚文元对潘天寿进行了大批判，称之为"反革命画家"。

康生和姚文元都是"无产阶级司令部"管意识形态的，一前一后，对潘天寿的评价竟然如此悬殊，实在令人难解。康生后来有没有改口，没听说，不过此人善于翻云覆雨，对他说过的话常会赖账，姑且不去管他。姚文元只凭一个画家的画就定为"反革命"，下手实在太狠了。姚文元的批判文章很长，不能悉记，只约略记得说从潘天寿的画来看，他对现实不满，对新社会有刻骨的仇恨等等。

姚文元的话不是一点"道理"没有，潘天寿很少画过歌功颂德的画（偶尔也有，如《运粮图》）。他的画有些是"有情绪"的，他用笔很硬，构图也常反常规，他的名作《雁荡山花》用平行构图，各种山花，排队似的站着，不欹侧取势；用墨也一律是浓墨勾勒，不以浓淡分远近，这些都是画家之大忌。山花茎叶瘦硬，真是"山花"，是在少雨露、多沙砾的恶劣环境的石缝中挣扎出来的。然而这些花还是火一样使劲地开着，显出顽强坚挺的生命力，这样的山花使一些人得到鼓舞，也使一些人觉得不舒服，——如姚文元。

　　潘天寿画鸟有个特点。一般画鸟，鸟的头大都是朝着画里，对娇艳的花叶流露出欣喜的感激；潘天寿的鸟都是眼朝画外，似乎愤愤不平，对画里的花花世界不屑一顾。

　　在展览会上见过他的一幅雏鸡图，题曰："××农场所见"。这是一只半大雏公鸡，背身，羽毛未丰，肌肉鼓突，一只腿上拖了一只烂草鞋。看了，使人感到这只小公鸡非常别扭。说潘天寿此画是有感而发，感同身受，我想这不为过分。

　　姚文元对这样的画恨之入骨，必欲置潘天寿于死地，说明这个既残忍又懦弱的阴谋家还是敏感的。

　　问题是在画里略抒愤懑，稍发不平之气，可以不可以？

　　不要使画家都变成如意馆的待诏 [1]。

载一九九七年二月十四日《南方周末》

---

[1] 清代御用画家的一种名称。

万寿宫丁丁响（代序）

　　冯思纯同志编出了他的父亲废名的小说选集，让我写一篇序，我同意了。我觉得这是义不容辞的事，因为我曾经很喜欢废名的小说，并且受过他的影响。但是我把废名的小说反复看了几遍，就觉得力不从心，无从下笔，我对废名的小说并没有真的看懂。

　　我说过一些有关废名的话：

　　　废名这个名字现在几乎没有人知道了。国内出版的中国现代文学史没有一本提到他。这实在是一个真正很有特点的作家。他在当时的读者就不是很多，但是他的作品曾经对三十年代、四十年代的青年作家，至少是北京的青年作家，产生过颇深的影响。这种影响现在看不到了，但是它并未消失。它像一股泉水，在地下流动着。也许有一天，会汨汨地流到地面上来的。他的作品不多，一共大概写了六本小说，都很薄。他后来受了佛教思想的影响，作品中有见道之言，很不好懂。《莫须有先生传》就有点令人莫名其妙，到了《莫须先生坐飞机以后》就不知所云了。但是他早期的小说，《桥》《枣》《桃园》和《竹林的故事》写得真是很美。他把晚唐诗的超越理性，直写感觉的象征手法移到小说里来了。他用写诗的办法写小说，他的小说实际上是诗。他的小说不注重写人物，也几乎没有故事。《竹林的故事》算是长篇，叫作"故事"。实无故事，只是几个孩子每天生活的记录。他不写故事，写意境。但是他的小说是感人的，使人得到一种不同寻常的感动。因为他对于小儿女是那样富于同情心。他用儿童一样明亮而敏感的眼睛观察周围世界，用儿童一样简单而准确的笔墨来记录，他的小说是天真的，具有天真的美。因为他善于捕捉儿童的思想和情绪，他运用了意识流，他的意识流是从生活里发现的，不是从外国的理论或作品里搬来的。……因为他追随流动的意识，因此他的行文也和别人不一样。周作人曾说废名是一个讲究文章之美的小说家。又说他的行文好比一溪流水，遇到一片草叶都要去抚摸一下，然后又汪汪地向前流去。这说得实在非常好。

我的一些说法其实都是从周作人那里来的，谈废名的文章谈得最好的是周作人。周作人对废名的文章喻之为水，喻之为风。他在《莫须有先生传》的序文中说：

　　这好像是一道流水，大约总是向东去朝宗了海，他流过的地方，凡有什么汊港弯曲，总得灌注潆洄一番，有什么岩石水草，总要披拂抚弄一下子，再往前走去，

再往前去，这都不是他的行程的主脑，但除去了这些，
也就别无行程了。

　　周作人的序言有几句写得比较吃力，不像他的别的文章随
便自然。"灌注濩洄"、"披拂抚弄"，都有点着力太过。有
意求好，反不能好，虽在周作人亦不能免。不过他对意识流的
描绘却是准确贴切且生动的。他的说法具有独创性，在他以前
还没有人这样讲过。那时似还没有"意识流"这个说法，周作
人、废名都不曾使用过这个词。这个词是从外国迻译进来的。
但是没有这个名词不等于没有这个东西。中国自有中国的意识
流，不同于普鲁斯特，也不同于弗吉尼亚·伍尔夫，但不能否
认那是意识流，晚唐的温（飞卿）李（商隐）便是。比较起来，
李商隐更加天马行空，无迹可求。温则不免伤于轻艳。废名受
李的影响更大一些。有人说废名不是意识流，不是意识流又是
什么？废名和《尤利西斯》的距离诚然较大，和吴尔芙则较为
接近。废名的作品有一种女性美，少女的美。他很喜欢"摘花
赌身轻"，这是一句"女郎诗"！

　　冯健男同志（废名的侄儿）在《我的叔父废名》一书中引
用我的一段话，说我说废名的小说"具有天真的美"以为"这
是说得新鲜的，道别人之所未道"。其实这不是"道别人之所
未道"。废名喜欢儿童（少年），也非常善于写儿童，这个问
题周作人就不止一次地说过。我第一次读废名的作品大概是《桃
园》。读到王老大和他的害病女儿阿毛说："阿毛，不说话，
一睡就睡着了"，忽然非常感动。这一句话充满一个父亲对一
个女儿的感情。"这个地方太空旷吗？不，阿毛睁大的眼睛叫
月亮装满了"，这种写法真是特别。真是美。读《万寿宫》，

至程林写在墙上的字："万寿宫丁丁响"，我也异常的感动，本来丁丁响的是四个屋角挂的铜铃，但是孩子们觉得是万寿宫在丁丁响。这是孩子的直觉。孩子是不大理智的，他们总是直觉地感觉这个世界，去"认同"世界。这些孩子是那样纯净，与世界无欲求，无争竞，他们对世界是那样充满欢喜，他们最充分地体会到人的善良，人的高贵，他们最能把握周围环境的颜色、形体、光和影、声音和寂静，最能完美地捕捉住诗。这大概就是周作人所说的"仙境"。

另一位真正读懂废名，对废名的作品有深刻独到的见解的美学家，我以为是朱光潜。朱先生的论文说："废名先生不能成为一个循规蹈矩的小说家，因为他在心境原型上是一个极端的内倾者。小说家须得把眼睛朝外看，而废名的眼睛却老是朝里看；小说家须把自我沉没到人物性格里面去，让作者过人物的生活，而废名的人物却都沉没在作者的自我里面，处处都是过作者的生活。"朱先生的话真是打中了废名的"要害"。

前几年中国的文艺界（主要是评论家）闹了一阵"向内转、向外转"之争。"向内转、向外转"与"向内看、向外看"含义不尽相同，但有相通处。一部分具有权威性的理论家坚决反对向内，坚持向外，以为文学必须如此，这才叫文学，才叫现实主义；而认为向内是离经叛道，甚至是反革命。我们不反对向外的文学，并且认为这曾经是文学的主要潮流，但是为什么对向内的文学就不允许其存在，非得一棍子打死不可呢？

废名作品的不被接受，不受重视，原因之一，是废名的某些作品确实不好懂。朱光潜先生就写过："废名的诗不容易懂，但是懂得之后，你也许要惊叹它真好。"这是对一般人而言，对平心静气，不缺乏良知的读者，对具有对文学的敏感的人而言的。对于另一种人则是另一回事。他们感觉到废名的文学对他们是一种潜在的威胁，会危及他们的左派正宗，一统天下。他们的武器是沉默，用不理代替批判，他们可以视若无睹，不赞一辞，仿佛废名根本不存在。他们用沉默来掩饰对废名，对一切高雅文学的刻骨的仇恨。他们是一些粗俗的人，一群能写恶札的文艺官。但是他们能够窃踞要津，左右文运。废名的价值被认识，他在中国现代文学史上的地位真正的被肯定，恐怕还得再过二十年。

一九九六年三月六日

载一九九七年二期《芙蓉》

花溅泪

我很少看报纸而流泪，但读了《爱是一束花》，我的眼睛湿了。

我眼前影影绰绰看到一个四十二岁的中国的中年妇女的影子，一个平常的、善良而美丽的灵魂。她忍让宽容地对待生活，从不抱怨，从不倾诉。但是多么让人不平啊：摆不出做女孩的娇羞，扮不出当女工的美丽，为住房奔走了十几年，没有过做女人的恬静和迷人……命运不曾让她舒舒心心地做一回女人，就剥夺了她做一个完整的女人的机会，——她得了乳腺癌，就要动手术。这种悲痛只有做女人的才能感受得到。这太不公平！

姐儿仨的姊妹之情是很感人的。妹没有号啕大哭，姐和小妹也没有泣不成声，倒是姐给妹唱了一支歌，"七个调唱走了六个半"，妹破涕为笑了。

姐把妹送进手术室，在冰天雪地中为妹买了一束妹从来没有接受过的鲜花，踏着积雪归来。

我不知道车军是谁，似乎不是个作家，这篇文章也并没有当一个文学作品来写，只是随笔写去，然而至情流露，自然成文。

作者似乎没有考虑怎样结构，然而这种朴素自然的结构是最好的结构。

　　结尾也极好：

　　"我呢，则和小妹互相依偎着，静静地，等着你醒来。"

　　这是真实的、美的。

　　读了这样的散文（应该是一篇散文了），会使人恺悌之情，油然而生。

　　谢谢你，车军！

一九九七年三月七日

载一九九七年三月十九日《北京日报》

闻一多先生上课

闻先生性格强烈坚毅。日寇南侵，清华、北大、南开合成临时大学，在长沙少驻，后改为西南联合大学，将往云南。一部分师生组成步行团，闻先生参加步行，万里长征，他把胡子留了起来，声言：抗战不胜，誓不剃须。他的胡子只有下巴上有，是所谓"山羊胡子"，而上髭浓黑，近似一字。他的嘴唇稍薄微扁，目光灼灼。有一张闻先生的木刻像，回头侧身，口衔烟斗，用炽热而又严冷的目光审视着现实，很能表达闻先生的内心世界。

联大到云南后，先在蒙自待了一年。闻先生还在专心治学，把自己整天关在图书馆里。图书馆在楼上。那时不少教授爱起斋名，如朱自清先生的斋名叫"贤于博弈斋"，魏建功先生的书斋叫"学无不暇籀"，有一位教授戏赠闻先生一个斋主的名称："何妨一下楼主人"。因为闻先生总不下楼。

西南联大校舍安排停当，学校即迁至昆明。

我在读西南联大时，闻先生先后开过三门课：楚辞、唐诗、古代神话。

楚辞班人不多。闻先生点燃烟斗，我们能抽烟的也点着了烟（闻先生的课可以抽烟的），闻先生打开笔记，开讲："痛饮酒，熟读《离骚》，乃可以为名士。"闻先生的笔记本很大，长一尺有半，宽近一尺，是写在特制的毛边纸稿纸上的。字是正楷，字体略长，一笔不苟。他写字有一特点，是爱用秃笔。别人用过的废笔，他都收集起来，秃笔写篆楷蝇头小字，真是一个功夫。我跟闻先生读一年楚辞，真读懂的只有两句："嫋嫋兮秋风，洞庭波兮木叶下。"也许还可加上几句："成礼兮会鼓，传葩兮代舞，春兰兮秋菊，长毋绝兮终古。"

闻先生教古代神话，非常"叫座"。不单是中文系的、文学院的学生来听讲，连理学院、工学院的同学也来听。工学院在拓东路，文学院在大西门，听一堂课得穿过整整一座昆明城。闻先生讲课"图文并茂"。他用整张的毛边纸墨画出伏羲、女娲的各种画像，用按钉钉在黑板上，口讲指画，有声有色，条理严密，文采斐然，高低抑扬，引人入胜。闻先生是一个好演员。伏羲女娲，本来是相当枯燥的课题，但听闻先生讲课让人感到一种美，思想的美，逻辑的美，才华的美。听这样的课，穿一座城，也值得。

能够像闻先生那样讲唐诗的，并世无第二人。他也讲初唐四杰、大历十才子、《河岳英灵集》，但是讲得最多，也讲得最好的，是晚唐。他把晚唐诗和后期印象派的画联系起来。讲李贺，同时讲到印象派里的 pointlism（点画派），说点画看起来只是不同颜色的点，这些点似乎不相连属，但凝视之，则可感觉到点与点之间的内在联系。这样讲唐诗，必须本人既是诗人，也是画家，有谁能办到？闻先生讲唐诗的妙悟，应该记录下来。我是个大大咧咧的人，上课从不记笔记。听说比我高一班的同学郑临川记录了，而且整理成一本《闻一多论唐诗》，出版了，这是大好事。

我颇具歪才，善能胡诌，闻先生很欣赏我。我曾替一个比我低一班的同学代笔写了一篇关于李贺的读书报告，——西南联大一般课程都不考试，只于学期终了时交一篇读书报告即可给学分。闻先生看了这篇读书报告后，对那位同学说："你的报告写得很好，比汪曾祺写的还好！"其实我写李贺，只写了一点：别人的诗都是画在白底子上的画，李贺的诗是画在黑底子上的画，故颜色特别浓烈。这也是西南联大许多教授对学生鉴别的标准：不怕新，不怕怪，而不尚平庸，不喜欢人云亦云，只抄书，无创见。

一九九七年三月十二日
载一九九七年五月三十日《南方周末》

梦见沈从文先生

夜梦沈从文先生。

梦见《人民文学》改了版，成了综合性的文学刊物。除整块整块的作品外，也发一些文学的随笔、杂记、评论。主编崔道怡。我到编辑部小坐。屋里无人。桌上有一份校样，是沈从文的一篇小说的续篇。拿起来看了一遍，写得还是很好。有几处我觉得还可再稍稍增饰发挥，就拿起笔来添改了一下。拿了校样，想找沈先生看一看，是否妥当。沈先生正在隔壁北京市文联开会（沈先生很少到市文联开会）。一出门，见沈先生迎面走来，就把校样交给他。沈先生看了，说："改得好！我多时不写小说，笔有点僵了，不那么灵活了。笔这个东西，放不得。"

"……文字，还是得贴紧生活。用写评论的语言写小说，不成。"

我说现在的年轻作家喜欢在小说里掺进论文成分，以为这样才深刻。

"那不成。小说是小说，论文是论文。"

沈先生还是那样，瘦瘦的，穿一件灰色的长衫，走路很快，匆匆忙忙的，挟着一摞书，神情温和而执着。

在梦中我没有想到他已经死了。我觉得他依然温和执着，一如既往。

我很少做这样有条有理的梦（我的梦总是飘飘忽忽，乱糟糟的），并且醒后还能记得清清楚楚（一些情节，我在梦中常自以为记住了，醒来却忘得一干二净）。醒来看表，四点二十。怎么会做这样的梦呢?

沈先生在我的梦里说的话并无多少深文大义，但是很中肯。

一九九七年四月三日清晨
载一九九七年五月二十八日《文汇报》

铁凝印象

　　"我对给他人写印象记一直持谨慎态度，我以为真正理解一个人是困难的，通过一篇短文便对一个人下结论则更显得滑稽。"[1] 铁凝说得很对。我接受了让我写写铁凝的任务，但是到快交卷的时候，想了想，我其实并不了解铁凝。也没有更多的时间温习一下一些印象的片段，考虑考虑。文章发排在即，只好匆匆忙忙把一枚没有结熟的"生疙瘩"送到读者面前，——张家口一带把不熟的瓜果叫作"生疙瘩"。

　　四次作代会期间，有一位较铁凝年长的作家问铁凝："铁凝，你是姓铁吗？"她正儿八经地回答："是呀。"这是一点小狡狯。她不姓铁，姓屈，屈原的屈。我不知道她为什么不告诉那年纪稍长的作家实话。姓屈，很好嘛！她父亲作画署名"铁扬"，她们姊妹就跟着一起姓起铁来。铁凝有一个值得叫人羡慕的家庭，一个艺术的家庭。铁凝是在一个艺术的环境长大的。铁扬是个"不凡"的画家。——铁凝拿了我在石家庄写的大字对联给铁扬看，铁扬说了两个字："不凡。"我很喜欢这个高

---

[1]　《铁凝文集·5·写在卷首》

度概括，无可再简的评语，这两个字我可以回赠铁扬，也同样可以回赠给他的女儿。铁凝的母亲是教音乐的。铁扬夫妇是更叫人羡慕的，因他们生了铁凝这样的女儿。"生子当如孙仲谋"，生女当如屈铁凝。上帝对铁扬一家好像特别钟爱。且不说别的，铁凝每天要供应父亲一瓶啤酒。一瓶啤酒，能值几何？但是倒在啤酒杯里的是女儿的爱！

上帝在人的样本里挑了一个最好的，造成了铁凝。又聪明，又好看。四次作代会之后，作协组织了一场晚会，让有模有样的作家登台亮相。策划这场晚会的是疯疯癫癫的张辛欣和《人民文学》的一个胖胖乎乎的女编辑，——对不起，我忘了她叫什么。二位一致认为，一定得让铁凝出台。那位小胖子也是小疯子的编辑说："女作家里，我认为最漂亮的是铁凝！"我准备投她一票，但我没有表态，因为女作家选美，不干我这大老头什么事。

铁凝长得不高不矮，不胖不瘦，两腿修长，双足秀美，行步动作都很矫健轻快。假如要用最简练的语言形容铁凝的体态，只有两个最普通的字：挺拔。她面部线条清楚，不是圆乎乎地像一颗大香白杏儿。眉浓而稍直，眼亮而略狭长。不论什么时候都是精精神神，清清爽爽的，好像是刚刚洗了一个澡。我见过铁凝的一些照片。她的照片大致可分为两类。一类是露齿而笑的。不是"巧笑倩兮"那样自我欣赏也叫人欣赏的"巧笑"，而是坦率真诚，胸无渣滓的开怀一笑。一类是略带忧郁地沉思。大概这是同时写在她的眉宇间的性格的两个方面。她有时表现出有点像英格丽·褒曼的气质，天生的纯净和高雅。有一张放大的照片，梳着蓬松的鬈发（铁凝很少梳这样的发型），很像费雯丽。我当面告诉铁凝，铁凝笑了，说："又说我像费雯丽，你把我越说越美了。"她没有表示反对。但是铁凝不是英格丽·褒曼，也不是费雯丽，铁凝就是铁凝，世间只有一个铁凝。

铁凝胆子很大。我没想到她爱玩枪，而且枪打得不错。她大概也敢骑马！她还会开汽车。在她挂职到涞水期间，有一次乘车回涞水，从驾驶员手里接过方向盘，呼呼就开起来。后排坐着两个干部，一个歪着脑袋睡着了，另一个推醒了他，说："快醒醒！你知道谁在开车吗？——铁凝！"睡着了的干部两眼一睁，睡意全消。把性命交给这么个姑奶奶手上，那可太玄乎了！她什么都敢干。她写东西也是这样：什么都敢写。

铁凝爱说爱笑。她不是腼腆的，不是矜持渊默的，但也不是家雀一样叽叽喳喳，哨起来没个完。有一次我说了一个嘲笑河北人的有点粗俗的笑话：一个保定老乡到北京，坐电车，车门关得急，把他夹住了。老乡大叫："夹住俺腚了！夹住俺腚了！"售票员问："怎么啦！"——"夹住俺腚了！"售票员明白了，说："北京这不叫腚。"——"叫什么？"——"叫屁股"——"哦！"——"老大爷你买票吧。您到哪儿呀。"——"安屁股门！"铁凝大笑，她给续了一段："车开了，车上人多，车门被挤开了，老乡被挤下去了，——'哦，自动的！'"铁凝很有幽默感。这在女作家里是比较少见的。

关于铁凝的作品，我不想多谈，因为我只看过一部分，没有时间通读一遍。就印象言，铁凝的小说也可以大致分为两类。一类《哦，香雪》一样清新秀润的。"清新"二字被人用滥了，其实这是很不容易做到的。河北省作家当得起清新二字的，我看只有两个人，一是孙犁，一是铁凝。这一类作品抒情性强，笔下含蓄。另一类，则是社会性较强的，笔下比较老辣。像《玫瑰门》里的若干章节，如"生吃大黄猫"，下笔实可谓带着点残忍，惊心动魄。王蒙深为铁凝丢失了清新而惋惜，我见稍有不同。现实生活有时是梦，有时是严酷的、粗粝的。对粗粝的生活只能用粗粝的笔触写之。即便是女作家，也不能一辈子只是写"女郎诗"。我以为铁凝小说有时亦有男子气，这正是她在走向成熟的路上迈出的坚实的一步。

我很希望能和铁凝相处一段时间，仔仔细细读一遍她的全部作品，好好地写一写她，但是恐怕没有这样的机遇。而且一个人感觉到有人对她跟踪观察，便会不自然起来。那么到哪儿算哪儿吧。

一九九七年五月八日凌晨
载一九九七年六月十六日《北京晚报》

图书在版编目（CIP）数据

后十年集·散文随笔卷 / 汪曾祺著. —上海：上海三联书店，2016.9

ISBN 978-7-5426-5667-4

Ⅰ.①后…　Ⅱ.①汪…　Ⅲ.①散文集-中国-当代　Ⅳ.①I217.2

中国版本图书馆CIP数据核字（2016）第187120号

后十年集·散文随笔卷

著　　者／汪曾祺

责任编辑／陈启甸　朱静蔚

特约编辑／周青丰　李志卿　李　倩

装帧设计／乔　东　阿　龙

监　　制／李　敏

责任校对／李志卿

出版发行／上海三联书店

　　　　　　（201199）中国上海市闵行区都市路4855号2座10楼

网　　址／www.sjpc1932.com

印　　刷／山东临沂新华印刷物流集团有限责任公司

版　　次／2016年9月第1版

印　　次／2016年9月第1次印刷

开　　本／889×1194　1/32

字　　数／515 千字

印　　张／24

书　　号／ISBN 978-7-5426-5667-4 / I·1154

定　　价／78.00元

敬启读者，如发现本书有印装质量问题，请与印刷厂联系0539-2925680。